R.U. KEYNES

Angelockt

R.U. Keynes

Deutsche Erstausgabe

1. Auflage

Kontakt: www.rukeynes.de
Coverdesign: Alexander Kopainski
(www.kopainski-artwork.weebly.com)
Illustration: Alexander Kopainski
Sporen: AuntSpray / shutterstock.com
Druck: CreateSpace ein Unternehmen von Amazon.com
010
ISBN-13:978-1517066390
ISBN-10:1517066395

Das Buch

Mit dem Frühling beginnt für den Vogelsberger Pfarrer Marc Lendy ein Albtraum. Geplagt von Depressionen und Glaubenszweifeln gerät er in den verhängnisvollen Bann einer schönen Unbekannten. Sie scheint aus einer geheimnisvollen und zugleich unheimlichen Parallelwelt zu kommen. Eines Tages wird er bewusstlos in einem Wald aufgefunden und bleibt danach in einem unerklärlichen Koma.

Seine Zwillingsschwester Karen glaubt, dass ihr Bruder mit Drogen aus einer Pflanze experimentiert hat. Doch bei der Suche nach Hinweisen stößt sie auf einen alten Brief, der die Tragödie eines Paares aus dem Wasgauer Land schildert. Als sie auf offenbar noch heute in dieses grausame Schicksal verwickelte Personen und eine bedrohliche Kiste trifft, wird klar: Ihre Suche nach Antworten hat Karen und Menschen aus ihrer Umgebung in tödliche Gefahr gebracht. Etwas, das nicht entdeckt werden wollte, beginnt sich zu wehren.

Über den Autor

Hinter R.U. Keynes verbirgt sich ein Autorenpaar aus Mittelhessen

Ricarda Heintz-Ornik studierte Pädagogik in Marburg. Nach einer Zeit als Werbeassistentin schrieb sie zunächst Kurzgeschichten, die in der Zeitung veröffentlicht und prämiert wurden (E605). Mit "Tarrs Garten" veröffentlichte sie das erste Buch. In 2015 folgt nun "Angelockt", ein Psychothriller.

Udo Ornik, ist promovierter Physiker und arbeitet als Informatiker. Neben der Beschäftigung mit Kosmologie, Elementarteilchen, Computerinfrastrukturen und Softwareentwicklung ist er seit vielen Jahren streitbarer Kommunalpolitiker in seiner Heimat.

ANGELOCKT

R.U. KEYNES

Unseren Kindern Janosch, Alina, Miro und Muriel

Inhalt

Prolog 12

Teil 1 Marcs Martyrium 23

Die Jagd beginnt 24

Die Zwillinge 25

Am Sterbebett 36

Acht 45

Was ist Gott? 50

Frühling 60

Eine Entscheidung 68

Ein aufdringlicher Freund 87

Auslese! 98

Die Falle 116

Gewissensbisse 121

Chekov 132

Symbiose 135

Teil 2 Karens Suche 142

Hilf mir! 143

Ein sehr alter Brief 147

Neugier 151

Spurensuche 158

Eine Verbündete 160

Im Institut 180

Der Therapeut 183

Unterwegs im Wald 190
Das Dorf 202
Ein Verdacht 224
Blutende Schnäbel 235
Ein Höllentrip 251
Die Bedrohung 262
Melancholischer Rückblick 269
Smiley 295
Der Unbekannte 306
Im Labor 326
Gedankenaustausch 335
Alles hat seinen Preis! 356
Schlechte Nachrichten 358
Problemlösungsstrategien 361
Dieser Mensch bin ich! 365
Das Kolloquium 375
Spurensuche 387
Asche 391
Nachricht vom Unbekannten 398
Angebot in Paris 400
Einsam Unsterblich 405
Erste konkrete Spur 415
Teil 3 Aphrodita Simula 423
Die alte Kirche 424

Vorwürfe 439
Überzeugungskraft 440
Der Schützling 447
Gefahr! 449
Der Einsatzleiter 456
Abstieg 460
Eine Ankündigung 462
Ein letzter Versuch 463
Zeit und Raum 465
Das Trugbild 467
Unter dem Hügel 470
Das Grab 475
Ein phantastisches Auge 477
Vaterfigur 479
Eine unerwartete Rückkehr 482
Wer manipuliert wen? 486
Physische Gewalt 488
Insektenhammer 489
Der Außeneinsatz 493
Schlussfolgerungen 495
Der Pakt 498
Ein Angriff 503
Retten, was zu retten ist 504
Rückzug unter den Friedhof 506

Flucht 509

Auf dem Hügel 511

Ernüchterung 517

Abschied 519

Aphrodita Simulas Gedankenwelt 528

Anmerkungen 531

Dank 532

R.U. KEYNES

Ein Schatten riss mich aus dem Schlaf,
ließ mich aus meinem Traum erwachen.
Verloren, wissend, dass ich die,
von der ich träumte,
niemals, niemals würde wiedersehen.

Prolog

Hausen, 7. Oktober 1849

Lieber Bruder.

Die Begebenheit, von der ich dir berichte, ließ weder in einer noch so unmerklichen Andeutung oder in sonstigen versteckten Zeichen auf ihre Bedeutung für mein weiteres Leben schließen. Und doch ist sie der Grund für die lange Zeit, die ich dich in Unwissenheit über mein Schicksal ließ.

Es kostet mich ein Übermaß an Überwindung, dir davon zu erzählen, wirst du doch glauben, ich sei geistig umnachtet, und die Gefahr, den Verstand vollends zu verlieren, scheint zu groß.

Ich habe mich letztendlich nun doch entschlossen, dir, lieber Bruder, zu erzählen von diesem einen, unsäglichen Erlebnis, das mich seither bis in meine Träume verfolgt. Es hat mein Leben und auch das meines Sohnes so grundlegend und schrecklich verändert. Zur Entlastung meines Gewissens und als Beitrag zur Aufklärung der entsetzlichen Wochen, die hinter mir liegen, schreibe ich dies nieder.

Wie du weißt, leben wir seit etwa zwei Jahren im kleinen Ort Hausen, nahe der französischen Grenze.

Dir ist natürlich auch bekannt, dass weder ich noch meine treue Amélie eine familiäre Verbindung zu Hausen hatte. Einzig meine Tätigkeit als Lehrer verschlug uns in dieses versteckte Dorf im Wasgauer Land.

Als Stadtmenschen taten wir uns anfangs recht schwer, uns dem einfachen, ruhigen Leben der hier Geborenen zu öffnen. Jeder Tag glich dem vorherigen und der nächste ebenso.

Amélie, die du ja als wissbegierige Frau kennst und ich als, oftmals vorwitzige und wahrhafte Gefährtin schätzte, litt sehr unter der Abgeschiedenheit, der kulturellen Bescheidenheit. Ich schrieb dir vor Monaten voller Sorge, wie ihre temperamentvolle Natur zunehmend in der Einsamkeit verkümmerte. Es bedrückte mich, dass ihr hübsches Gesicht immer häufiger von Gleichgültigkeit und Sorge gezeichnet war.

Umso erfreuter waren wir, als uns eine Einladung erreichte.

Auf dem Dorfplatz richtete der Bürgermeister ein Fest aus und der Anlass, ein Jubiläum, sollte mit Musik und Tanz gefeiert werden.

Die schon am Nachmittag beginnende Feier sollte ihren Höhepunkt am Abend finden. Ein Pianist, einer der berühmtesten Bewohner der Ortschaft, sollte der Festgesellschaft unter freiem Himmel eine Kostprobe seines Könnens geben. Und repräsentierte das Fest bis zu dieser Stunde den Ort in seinem recht volkstümlichen Charakter sehr treffend, änderte sich seine Form schon mit den ersten Tönen des Klaviers in beeindruckender Weise.

Amélie und auch ich haben, wie du weißt, schon von je her eine Affinität zur Oper und zur klassischen Musik. Aus diesem Grund erkannten wir schon nach wenigen Klängen Chopins bekannteste Nocturne, allerdings auf solch brillante Weise interpretiert, wie ich es noch niemals zuvor erlebt hatte.

Der Musiker schlug die Tasten seines Instrumentes so, als sei es lebendig, als wäre er regelrecht verbunden mit jedem der Bestandteile seines Klaviers, ja, als versuche er, die Ingredienzien, aus denen es einst geschaffen wurde, durch die Kuppen seiner Finger zu erfühlen.

Dieser Künstler nahm wohl nichts von seiner Umgebung mehr wahr, verschmolz mit seiner Musik, und bisweilen war es, als streichle er die Töne aus dem Instrument heraus. In den schnelleren und heiteren Passagen des Stücks jedoch schlug er fast die Tasten, spielte mit passendem Schwung und Effet, um dann die Stimmung bei den leiseren und melancholischeren Teilen vollendet wieder zu wechseln.

Dabei betonten die Bewegungen seiner Hände, seine gefühlvolle Mimik und ein Wiegen seiner Schultern den Einklang des Künstlers mit seiner Musik.

Mehr als einmal fuhr mir ein leiser Schauer über den Rücken, und ich spürte, wie Amélies Hand die meine mit Ergriffenheit in meinem Schoß drückte. Es hatte für mich den Anschein, dass sich in den Klängen der Musik die Innigkeit unserer Liebe ausdrückte.

Als die letzten Töne verklungen waren und sich ein tosender Beifall erhob, versank der Pianist sekundenlang in scheinbar vollkommener Andacht. Dann jedoch löste er sich von den Tasten, stand auf und verneigte sich tief vor seinem Publikum.

Ein Gefühl der Bewunderung durchfuhr mich mit Heftigkeit. Doch wie viel ungestümer musste die Musik meine Frau gefesselt haben, denn auch sie übte sich schon von Kindesbeinen an im Klavierspiel und ahnte sicher, dass sie doch niemals eine solche Brillanz erreichen würde. Ich erkannte, wie ergriffen sie war.

Wir schauten uns an, und jeder sah die Verzückung in den Augen des anderen. Die wunderschönen Grübchen in Amélies Mundwinkeln an diesem Abend werde ich nie vergessen.

Nun kam es durch einen Zufall, dass wir einander vorgestellt wurden. Hans Jordan, ein alter Mann, dessen Augen, wie ich erst jetzt aus der Nähe sah, auffällig müde und kränklich aussahen, begrüßte uns als neue Bewohner des Ortes. Er lud Amélie und mich zu einem Getränk ein, und so erfuhr ich verwundert, dass er abgeschieden in einem großen Anwesen am Rande Hausens wohnte.

"Vor langer Zeit schon", erklärte er mit schwacher Stimme und richtete umständlich seine altmodische Brille, "hat mir meine Tante ihre Besitztümer vermacht. Die einzige Bedingung, die sie an die Erbschaft geknüpft hatte, war, dass ich dieses alte Haus bewohnen und mich ihm und seinen Sonderlichkeiten widmen würde. Seither fühle ich mich daran gebunden. Auch wenn der Garten so riesig ist und sicher der Betreuung eines Fachmanns bedürfte."

Während er sprach, rieb er sich immerfort wie vor Kälte seine Hände. Jene Hände, die nur Minuten zuvor in unnachahmlicher Weise Chopins Nocturne hervorgebracht hatten. Ich konnte ich nicht anders, als ihn aufs Genauste zu studieren.

Jordan, zu diesem Schluss kam ich, war so besonders wie seine Musik. An jedem seiner Finger trug er einen Ring. Manche sahen uralt aus, manche eher schlicht aus glänzendem Metall. Und so jung und lebendig seine Hände aussahen, so betagt und verbraucht waren im Gegensatz dazu der ganze Körper und vor allem sein Gesicht. Es hatte eine ungesunde Farbe und war durchzogen von Falten. Die grauen Haare, dünn und formlos, hatte er zu einem unordentlichen Zopf am Hinterkopf zusammengebunden.

Auch sein Gang war unsicher und ließ mich vermuten, er habe sich vor nicht allzu langer Zeit an Rückgrat oder Hüfte verletzt oder leide gar an einer chronischen Krankheit.

"Von Zeit zu Zeit unternehme ich eine Konzertreise und komme doch immer wieder gerne hierher zurück", sprach er weiter, und sein Gesicht bekam einen seltsam weichen Ausdruck. "Hausen ist gleichsam meine Heimat geworden. Den Ort, seine Gebirgsformationen und seine bewegte Geschichte umgibt eine gewisse Stimmung, eine regenerative Aura, auch wenn Ähnliches für Neubürger wie Sie sicher nicht existent zu sein scheint."

Wir trennten uns erst, als der Morgen nicht mehr weit war. Ich hatte ihm berichtet, wie beschränkt und mäßig unser Leben sich in diesem von allem verlassenen Hinterland gestaltete, und Amélie gestand, dass sie sich seit Monaten nicht mehr auf eine vergleichbare Art und Weise unterhalten hatte. Meine Frau blühte in Gegenwart des Pianisten regelrecht auf und verwandelte sich wieder in die lebhafte, impulsive Frau, die ich bisher gekannt hatte.

Bei unserer Verabschiedung bat er uns, ihn in den nächsten Tagen zu besuchen. Doch dies möge schnell geschehen, denn er plane schon seit längerer Zeit einen Verwandtenbesuch im Ausland, der keinen Aufschub mehr gestattete.

So kam es, dass ich mit Amélie schon zwei Tage später am Tor des großen Anwesens, das vollkommen von Sträuchern und alten Bäumen überwuchert war, stand und die Glocke betätigte.

Es war schon früher Abend, und Hans Jordan öffnete uns in einem weiten Morgenmantel, fast so, als hätte er sich schon zur Nacht bereit gemacht.

Seit unserem Kennenlernen war ja nur eine kurze Zeit verstrichen, noch nicht einmal zwei ganze Tage, aber unser Gastgeber hatte sich auf erstaunliche Art und Weise verändert.

Machte er äußerlich bei unserer ersten Begegnung einen schon recht hinfälligen Eindruck, wirkte er nun noch verbrauchter, und der graue Farbton seiner Haut war einer kranken Blässe gewichen. Selbst die tiefen Falten, die vormals seinem Gesicht diesen gegerbten und zerrissenen Anschein gegeben hatten, waren, so sah es aus, noch markanter. Allein sein Gang war noch ähnlich unsicher und hinfällig, wie ich es zuvor, bei unserem Kennenlernen, erlebt hatte.

"Das Bein", erläuterte er beim Gehen, fast als hätte er meine Gedanken erraten, "lässt mir keine Ruhe. Ein altes Leiden, welches mich in gewissen Abständen immer wieder heimsucht."

Das Haus, das er, wie er schon am Abend des Festes berichtet hatte, allein bewohnte, wirkte äußerlich wie innerlich altmodisch.

Es ruhte auf einem mächtigen Sockel grob behauener Natursteine, und das weitläufige, mit scheinbar uralten Bäumen bewachsene Anwesen wirkte ungepflegt und vergessen.

Die großen Fenster waren mit schweren Vorhängen behangen und ließen nur wenige spärliche Anteile vom Lichte des Sommerabends ins Haus herein.

Beim Gang durch den langen, hohen Flur starrten uns altmodisch gekleidete Herrschaften von Gemälden an, die sicher schon antiken Wert hatten. Staubflocken sammelten sich in den Ecken. Herr Jordan bot uns einen Platz auf einem alten Diwan an, der vor dem Kamin stand, und schob auch seinen Stuhl näher an die Flammen.

Der Abzug der Feuerstätte war wohl seit langem nicht gereinigt worden, denn der rußige Geruch des Feuers hatte sich im ganzen Haus ausgebreitet. Feiner Staub wirbelte in der Luft.

"Seit mich im letzten Winter ein fast tödliches Fieber gepackt hatte, brauche ich die Wärme des Feuers nun auch während des Sommers", erklärte er, ohne dass wir danach fragten.

Auch mich fröstelte es, denn es verhielt sich tatsächlich so, dass es trotz der schwülen Wärme, die draußen herrschte, im Haus recht kühl war. Amélie erging es wohl ähnlich, denn sie schob sich nahe an mich heran.

Während unser Gastgeber in einem gefälligen Ton von seiner bevorstehenden Reise zu seinem Bruder erzählte, sah ich mich in dem mit allerlei Antiquitäten ausgestatteten unmodern wirkenden Wohnzimmer um. Ohne einer Ordnung zu folgen, wirkten die antiken Möbel mehr oder weniger abgestellt als zweckmäßig gebraucht.

Mit einem Blick durch eine offene Tür ins Nebenzimmer entdeckte ich einen großen, weißen Flügel, offensichtlich das Instrument des Hausherrn. Es war in verspielt barockem Stil mit aufwändigen Vergoldungen gestaltet, und die weich geschwungenen Beine mit der Farbverzierung trugen den mächtigen, eindrucksvollen Klangkörper mit Leichtigkeit.

Hans Jordan hatte es wohl bemerkt, denn er unterbrach seine Rede und nickte mir lächelnd zu. In seinen Augen blitzte der Stolz. "Ja, auch dieses Instrument ist eine Hinterlassenschaft meiner verstorbenen Tante. Und in diesem Falle eine recht zweckmäßige, denn nachdem ich diese vielen unnützen Dinge in ihrem Hause gefunden hatte, war ich wahrlich glücklich über den Flügel. Sein Klang ist ganz außerordentlich."

Amélie war, wie du weißt, immer schon sehr wissbegierig. Kaum etwas hatte jemals eine Möglichkeit, ihr verborgen zu bleiben. Und so folgte auf Jordans Rede sofort ihre Frage und, lieber Bruder, ich schwöre dir, ich sah damals die begierige Sucht nach Wissen in ihren schönen Augen leuchten. "Unnütze Dinge?", wiederholte sie, und auch Jordan musste bemerkt haben, dass er ihre unbedingte Aufmerksamkeit genoss. "Ich liebe unnütze Dinge, wissen Sie?"

Jordan hielt inne, und es sah aus, als grüble er kurze Zeit über etwas nach. Seine Augen suchten auf den dicken, abgetretenen Teppichen, die den Fußboden des Zimmers bedeckten, scheinbar nach Worten.

Dann erhob er sich, wohl einem Gedanken folgend, jäh von seinem Stuhl und sah uns mit einem vornehmen Lächeln an. "In diesem Haus sind Dinge verborgen, die wohl ungleich überflüssiger sind als alle Gegenstände, die ich jemals gesehen habe. Einiges davon bewahre ich in einem der Zimmer im Keller auf. Aber sehen Sie doch selbst." Er machte eine auffordernde Geste, ihm zu folgen, und ging auch schon voraus.

Nun war es so, dass ich schon beim ersten Schritt in dieses seltsame Haus bemerkt hatte, wie auch in mir ein fremdartiges Verlangen, eine Neugier, erwacht war. Es entsprach einer Begierde, alles, ja jedes einzelne seiner Zimmer, anzusehen und mit allen Sinnen zu untersuchen. Ein sonderbar drängendes Gefühl der Erwartung hatte mich befallen. Deshalb sprang ich sofort auf und sah in den Augen meiner Frau, dass auch Amélie vor Neugier brannte.

Wir stiegen hinter ihm über eine Treppe hinunter und verließen das Treppenhaus mit seinen morschen Holzstufen schon im nächsten Stockwerk, dem Keller. Jordan öffnete eine der beiden breiten Türen, und wir betraten einen riesigen, fast das gesamte Geschoss einnehmenden, dunklen Raum. Es roch leicht muffig, und an den Wänden blätterte der Putz ab. Durch kleine Fenster drang nur wenig Licht, und auf dem rohen Erdboden hatte man ohne ein erkennbares System große Tische aufgestellt. Darauf war scheinbar allerlei Gerümpel abgestellt worden.

"Dies also ist das Kuriositätenkabinett meines Onkels", erklärte Jordan und ging einige Schritte in den Raum. Als auch wir näher traten, bemerkte ich, dass sich auf dem ersten Tisch nur ein Gegenstand befand, der zunächst wie ein großes Tablett aussah. Rund um dieses Brett aus Holz waren auf einem Rahmen lange Stäbe aus dünnem Metall befestigt, die mit Gelenken über seine Oberfläche ragten. An ihren Enden hingen Schläuche aus dünnen Häuten, die an einer Stange befestigt waren. Hans Jordan ging darauf zu und wartete, bis wir uns zu ihm gesellt hatten.

"Onkel Gustav, der Mann meiner Tante, war ein Sammler recht wunderlicher Apparate. Dieser wurde zu dem Zweck gebaut, in kürzester Zeit außergewöhnlich geschmackvolle und künstlerisch vollkommene Bilder zu malen. Sehen Sie hier."

Er drehte sich um und wies auf eine Leinwand, die neben dem Tisch an der Wand lehnte. Darauf waren schwarze, verschlungene Linien und Flächen zu sehen, die anscheinend in keiner voraussehbaren Absicht angeordnet waren.

Das Bild berührte mich nicht, wirkte es doch wie die zufällige Schmiererei eines Kindes. Die Konstruktion des Apparats dagegen, mit dem es hergestellt worden war, zeugte von Verstand und Bedacht. Jordan ging weiter zum nächsten Tisch, und wir folgten.

Der Apparat aus Metall, der dort stand, halb so groß wie ein Mensch, war an einigen Stellen schon recht mitgenommen. An seiner Vorderseite befand sich ein vertikales, schmales Sichtfenster, dessen zersplittertes Glas teil-

weise herausgebrochen war. Dahinter waren in einer unleserlichen, altertümlich geschwungenen Schrift einige Worte auf eine verschmutzte helle Platte geschrieben. Sie standen an einer langen Skala mit Teilstrichen untereinander, und ein Zeiger, der anscheinend an einer verborgenen Feder aufgehängt war, ruhte darüber. Jedes der Worte markierte einen bestimmten Bereich darauf. Ich bückte mich und versuchte, etwas zu entziffern.

"HÖCHSTWAHRSCHEINLICH", las ich die zweite der Eintragungen, darüber stand als oberste Erklärung ein "JA", dahinter ein "GANZ SICHER". Nun klangen solche Begriffe im Ohr eines Suchenden durchaus willkommen, gefällig und angenehm. Sah man jedoch auf die unteren und untersten Eintragungen, so stockte einem regelrecht der Atem.

"NIEMALS und OHNE HOFFNUNG" stand dort geschrieben.

Es war merkwürdig, solch abweisende Worte in dieser gefälligen Schrift zu lesen. Ich sah Jordans Hand in der Tasche seines Mantels verschwinden. Dann zog er eine Münze heraus.

"Nun", begann er und drehte das Geldstück spielerisch in seiner Hand. "Dieser Automat wird, glaubt man seinem Erfinder, in jedem Fall die richtige Antwort auf eine Frage geben."

"Sie möchten wohl andeuten, das Ding habe Vorahnungen, soll einem Hilfesuchenden in schwierigen Lebenslagen Rat geben?", fragte ich und ich muss gestehen, dass ich mir einen amüsierten Blick nicht verkneifen konnte. Doch Jordan nickte nur und gab mir die Münze.

"Versuchen Sie es! Wenn Sie nicht daran glauben, kann doch sicher nichts passieren. Versäumen Sie jedoch nicht, zuerst an die Frage zu denken, auf die sie eine Antwort erhoffen." Ohne einen Gedanken steckte ich die Münze in den schmalen Schlitz und nichts geschah. Ich sah hoch.

"Dort!", enthüllte Jordan und deutete auf eine metallene Kurbel an der Seite des Geräts. "Einmal drehen und nur einen Augenblick warten. Sie werden staunen." Ich wollte den Metallhebel gerade berühren, als mir Amélie rasch ihre Hand auf den Arm legte.

"Darf ich, Lieber?" In ihrem Blick lag ein ernster, fast schwermütiger Ausdruck, und ich überlegte kurz, ob sie diesem wirklich albernen Apparat, der sicher zur Belustigung auf Jahrmärkten und die vergangenen Jahre ver-

staubt in diesem unseligen Zimmer gestanden hatte, letztendlich Glauben schenken wollte.

Doch ohne auf eine Antwort zu warten, zog meine Frau schon an der Kurbel, und der Zeiger schwang auf und ab, unablässig und heftig. Kurz wurde er langsamer, dann dehnte sich die Feder, an der er hing, und er hüpfte abermals hoch und runter.

Ich sah zu Amélie herüber und las eine versteckte Angst, eine Qual, in ihrem Blick, verfluchte schon meine Leichtsinnigkeit, mit der ich sie in diese Lage gebracht hatte.

"Das ist doch lächerlich", entfuhr es mir, als die Bewegungen des Zeigers kein Ende nehmen wollten und ich schon fürchtete, Amélie bräche in Tränen aus.

Ich sah zu Jordan, und mir wurde gewahr, dass sich seine bisher müden und alten Augen mit neuem, frischem Glanz auf meine Frau richteten. Plötzlich glaubte ich, einen scharfen, unheilvollen Blick darin entdecken zu können.

Ich spürte den heftigen Drang, Amélie am Arm zu packen und fortzuziehen. Aber auf unerklärliche Weise konnte ich mich nicht bewegen, musste nur immer wieder auf den auf und ab wippenden Zeiger starren. Endlich kam er zur Ruhe und verharrte auf "JA".

Amélies Körper entspannte sich. Sie hatte im Verborgenen eine Frage gestellt, dessen war ich mir sicher. Und als ich nun ihr gelöstes und vor Freude leicht gerötetes Gesicht sah, erkannte ich die Erleichterung, die sie aufgrund der positiven Antwort des Apparates empfand.

Es beschämte mich, wie unschwer es möglich war, meine Frau in solch einen labilen Zustand zu versetzen. Gleichzeitig zog es mich jedoch rätselhaft an. Ich kann es mir heute nur so erklären, dass ich unbewusst den Drang spürte, sie zu schützen, um die Unversehrtheit ihres Gemütszustands zu kämpfen, ja letztendlich meine Aufgabe als Ehemann zu erfüllen.

Amélie sah sich schon begierig nach den anderen Tischen um, wie auf der Suche nach neuen Anregungen. Ich dagegen verspürte immer deutlicher das Bedürfnis, diesem eigenwilligen Besuch ein Ende zu setzten.

Ich trat zwischen Hans Jordan und meine Frau. "Das ist alles sicher hochinteressant", gab ich scheinbar zu. "Aber ich denke, wir müssen uns bald auf den Heimweg machen."

Amélie war inzwischen schon einige Schritte weitergegangen und wandte sich einer Ecke des Raums zu. "Was mag dies wohl sein?", fragte sie, neugierig wie ein Kind, und deutete auf einen großen hölzernen Gegenstand in der Ecke. Er war mit unzähligen metallischen Verzierungen überzogen und erinnerte an einen asiatischen Schrein, obwohl er viel größer war.

Ohne auf meinen Einwand zu achten, folgte Jordan ihr und schüttelte lächelnd den Kopf. "Da muss ich Sie enttäuschen, Madame. Diese Kiste wurde hier nur abgestellt. An ihr ist nichts Besonderes. Sicher wurde sie nur zum Transport eines der Geräte verwendet und vergessen."

Sie hatte sich schon vorgebeugt und strich über die Flächen. "Aber das Ding sieht so altertümlich aus. Mit all diesen Verzierungen und Holzschnitzereien."

Widerstrebend trat auch ich näher an das rechteckige Utensil heran. Wie eine Transportkiste sah dieser Kasten tatsächlich nicht aus. Er war brusthoch, in Schwarz gehalten und mit einst wohl leuchtenden Farben marmoriert. Jetzt waren sie an verschiedenen Stellen abgeblättert und stumpf. Man hätte meinen können, vor einer Kommode zu stehen, doch da waren weder Schubladen noch Türen, die solch ein Möbelstück doch benötigt hätte. Einzig die Seiten hatten längliche Vertiefungen, die wie Intarsien wirkten.

Amélie bückte sich und suchte mit großer Erregung nach einem Schloss oder einem versteckten Hinweis darauf, wie sich der Schrein öffnen ließe. Dann aber, nachdem sie beinahe jeden Zentimeter der Oberfläche berührt hatte, erhob sie sich und blickte mich mit den Augen eines enttäuschten Kindes an.

Dieser Abend, der so unterhaltsam und vielversprechend begonnen hatte, war mir inzwischen nahezu unerträglich. Ich hätte nicht zu sagen gewusst, was mich mehr gestört hatte, das alte Gemäuer mit seinen morbiden Gerüchen, die antiken Gerätschaften oder der kränkliche Hausherr. Ich sehnte mich plötzlich nach frischer Luft und Sauberkeit.

"Herr Jordan, ich fürchte, wir müssen uns an dieser Stelle verabschieden", sagte ich also und schob meine Frau schon behutsam zur Treppe. "Und gleichzeitig würden wir uns freuen, das nächste Mal Ihr Gastgeber zu sein."

Mit diesen falschen, weil geheuchelten, Worten und einer angedeuteten Verneigung wollte ich mich schon umdrehen, als Jordan mich mit erstaunlich festem Druck am Arm packte. Ich sah auf seine Hand, die mich festhielt, und schluckte. "Eine Einladung. Ja, sicher", murmelte er und lächelte auf seine feine Art. "Das ist eine überaus nette Geste. Aber ich hätte doch noch eine Bitte."

Mein Gefühl des Abscheus, jetzt, da Jordan mich angefasst hatte, verstärkte sich ins Unerträgliche. Dennoch blieb ich stehen und hörte, was er vorzubringen hatte.

"Ich begebe mich, wie Sie bereits wissen, schon morgen auf Reisen; ein leider unumgänglicher Verwandtenbesuch." Er nestelte an den Taschen seines Hausmantels und zog einen Schlüssel hervor. "Normalerweise gebe ich einem Vertrauten diesen Hausschlüssel, einem Freund. Nur für den Fall, dass es Not tut. Und dieser Mann musste nun ebenfalls einer privaten Verpflichtung nachkommen, es ist sehr ärgerlich. Wäre es also möglich, während meiner Abwesenheit ein Auge auf mein Anwesen zu haben? Es sind ja nur fünf Tage."

Ich zögerte.

Ein derartiges Angebot einem fast unbekannten Ehepaar zu machen, kam mir ungewöhnlich vor. Dennoch, mit der Annahme des Schlüssels ging ich ja keinerlei Verpflichtung ein und ich wusste, dass ich auch Amélie damit einen Gefallen tat. Das sah ich daran, dass sie Jordans Schlüssel ohne Rücksprache mit mir in Empfang genommen hatte. In seinem Blick konnte ich auch nicht das geringste Zeichen einer List erkennen; ja, er sah mich so offen und ehrlich an, dass mich alleine meine elterliche Erziehung gemahnte, seiner scheinbar arglosen Bitte zu entsprechen.

So nahm ich also seinen Schlüssel in Verwahrung, verabschiedete mich eilig, und wir traten den Heimweg an, ohne zu wissen, dass das Schicksal schon auf grausame Weise eine Weiche gestellt hatte.

Teil 1
Marcs Martyrium

Die Jagd beginnt

Bergstraße, im Spätsommer

Nachdem er die Hälfte des alten Briefs noch einmal gelesen hatte, faltete er die letzte Kopie und steckte sie in einen der vorbereiteten Umschläge.

Er las die traurige Geschichte nicht mehr zu Ende, er hatte sie schon so oft gelesen. Nun war es an der Zeit, das Richtige zu tun.

Alle Spuren liefen in einer mittelhessischen Gegend nördlich von Gießen zusammen. Dort musste er sitzen.

Die Briefe mit dem Foto der geschnitzten Papageien, der E-Mail Adresse und ein paar Erläuterungen gingen an ein paar Schreiner und Antiquitätenhändler in dieser Gegend.

Wenn der Unbekannte einen davon in die Hände bekäme, und davon ging er jetzt aus, würde er hoffentlich nervös werden, glauben, jemand sei ihm auf der Spur und wisse Bescheid über seine Machenschaften. So aufgescheucht würde er reagieren und Fehler machen.

Und er selbst würde nun wie die Spinne im Netz darauf warten, dass es irgendwo berührt wurde und erzitterte. Dann würde er zuschlagen.

Schon mehr als zehn Jahre war er auf der Suche nach dem Unbekannten. Er spürte die Aufregung, die ihn überkam.

Er würde ihn aufspüren! Bald! Alles ans Tageslicht bringen! Ihn jagen!

Die Zwillinge

Niederod, Sommer

Karen blieb auf der Straße stehen und sah an dem viel zu großen, alten Haus mit den beige gestrichenen Holzschindeln hoch.

Das kleine Fenster der Küche war hell erleuchtet, und sie sah Marc vor dem Tisch herlaufen. Kurz vorm Abendbrot.

Karen ging den Steinpfad zur geschnitzten Haustür und läutete an der altmodischen Glocke. Das Pfarrhaus war seit Jahrzehnten nicht renoviert worden, aber sie wusste, dass Marc es gerade deshalb liebte.

Kurz warf sie einen Blick hoch auf die Fassade. Sie musste nicht lange warten, dann stand seine kräftige Gestalt, mit großen blauen Augen und kurz gehaltenem rotgelockten Haar, vor ihr. Die Ärmel hochgekrempelt und ein Messer in der Hand lächelte er sie breit an.

„Du hast dir deine Mähne gestutzt. Hey, das steht dir gut", sagte sie und hielt etwas Abstand, um ihn zu betrachten. Der Hüne in der Gestalt eines Wikingers ging auf sie zu, zog sie mühelos in seine Arme, und sie drückte sich an seinen runden Bauch. „Schön, dich zu sehen!", sagte er mit tiefer Stimme und ließ sie los.

Als er die Tür hinter ihr schloss, fielen Karen auf den Fliesen im Flur die Kartons mit Drucksachen auf. Marcs monatliche Mitteilungen an die Gemeinde." Der Kirchbote" stand in dicker Schrift darauf.

Karen hob die Augenbrauen und ging daran vorbei. Die Gedanken, die er sich schon seit einiger Zeit wegen seiner Arbeit machte, fielen ihr wieder ein. Karen beschloss, ihm ein paar unverfängliche Fragen dazu zu stellen.

Dieser Zwiespalt, in dem er sich befand, musste ein Ende haben. Bald, sonst würde er krank davon werden.

Sie musste sich ermahnen, nicht wieder eine dieser Grundsatzdiskussionen mit ihm anzufangen, bei denen keiner gewinnen konnte. Das würde nur wieder damit enden, dass er darauf bestand, es sei seine Sache.

In der Küche warf sie ihre Jacke auf einen der Stühle, setzte sich an den großen Holztisch und sah Marc zu, wie er ihr eine Tasse Tee eingoss und sie vor ihr abstellte. Karen blickte sich um, zog das Gummiband von ihren langen, dunkelroten Haaren. Wie ein Fächer fielen sie über ihre Schultern.

Karen warf einen Blick durch die offene Tür zum Büro und sah die Stapel mit Papieren auf seinem Schreibtisch, selbst der Besuchersessel, der davor stand, war voll davon. Marc schob Arbeit gerne vor sich her. So war es schon gewesen, als sie Kinder waren. Dass er trotzdem in seinem Leben zurechtkam, grenzte in ihren Augen an ein Wunder.

Schon beim Eintreten hatte sie das Gebratene gerochen. Jetzt sah sie, dass seine Spüle voll mit benutztem Geschirr stand und in einer Pfanne auf dem Herd ein Stück Fleisch brutzelte. Zwiebelringe lagen frisch geschnitten auf einem Teller bereit, und die Schalen waren achtlos daneben verstreut.

Sie sah ihm zu, wie er sie eilig beiseiteschob.

In dieser Unordnung könnte sie nie leben, abgesehen davon, dass schon das Steak für sie keine Option wäre. Aber zu Marc passte das alles. Er hatte sich wie immer eine Sache ausgesucht, auf die er sich konzentrierte, der Rest klappte schon irgendwie.

„Du willst gerade essen?“, fragte sie, doch er machte eine wegwerfende Handbewegung.

„Nicht unbedingt, jedenfalls nicht sofort. Du weißt ja, je weniger, desto besser.“ Er strich sich mit der Hand über seinen rundlichen Bauch. „Außer, du isst mit.“ Karen schüttelte den Kopf. „Nein, lass mal. Ich möchte nichts.“ Schon beim Gedanken an das angebratene Fleisch schüttelte es sie.

Marc schaltete den Herd ab und kam mit seiner Tasse Tee zu ihr herüber. „Wie geht es dir?“

Er schob mit seiner Hand leere Plastikverpackungen, halbvolle Keksschachteln und trockene Brotkrümel zur Seite und setzte sich. In der Hand die Tasse, räkelte er sich auf der breiten Bank, auf der anderen Seite des Tisches. "Haben sie schon eine Vertretung für dich im Laden?", fragte er und strich sich, wie um sich zu versichern, dass die langen Strähnen weg waren, übers strubbelige kurze, hellrote Haar.

Karen schüttelte den Kopf. "Ich hab´ den Urlaub verschoben." Sie zuckte mit den Schultern und legte ihre Hände um die Teetasse, um die Wärme zu spüren. "Es ist besser, wenn ich hier bleibe, ein paar Tage ausschlafe, lese und faulenze. Stress hatte ich genug. Dieses Projekt, von dem ich dir erzählt habe, ist viel heftiger, als ich gedacht habe. Es gibt massenhaft Dokumente in altdeutscher Schrift, die ich mir ansehen muss."

Marc sah sie an. Ihr hübsches, schmales Gesicht mit blauen strahlenden Augen und einer markanten Nase. Ein rothaariger Männerschwarm, in lässiger, manchmal nachlässiger Kleidung.

Sie merkte an seinem Blick, wie er sie musterte und dabei versuchte, sich zu erinnern. "Na ja, die Sache mit den Wüstungen", half sie ihm. Keine Reaktion, derselbe Blick. Sie holte Luft und betonte jedes Wort, um ihm zu zeigen, dass sie ihm schon einmal erzählt hatte, womit sie gerade beschäftigt war. "Du weißt doch, alte Dörfer, die in Kriegen und Hungersnöten verlassen wurden. Arne hatte mich gebeten zu recherchieren."

Marcs Blick entspannte sich. Ein Lächeln zeigte sich auf seinem breiten Gesicht. "Ja stimmt. Dein Chef. Für sein Buch. Du hast das erwähnt."

"Ja. Und dazu brauch´ ich noch mindestens einen ganzen Tag im Archiv. Danach werde ich j e d e n Tag ausschlafen und chillen." Sie zog das Wort lang wie einen Kaugummi, legte den Kopf schief und sah ihn forschend an. "Könntest du auch gebrauchen, denke ich."

Marc gab keine Antwort. Er schob konzentriert seinen Löffel auf dem Tisch hin und her und verfolgte dessen Bahn mit dem Blick. Es war immer schon so, dass er besser nachdenken konnte, wenn sich seine Hände mit irgendetwas beschäftigten. "Na ja, vielleicht hast du Recht", stellte er endlich fest, hob den Kopf und sah Karen mit zusammengezogenen Brauen an. "Und wie´s der Zufall so will, hab ich in der nächsten Woche ein paar Tage frei, und wir könnten was zusammen machen." Er lächelte sie an. "Wenn du willst."

Karen überlegte, knabberte an ihrer Lippe. "Ehrlich gesagt, du würdest mich retten. André ..., er hat was vor, glaube ich." Sie warf ihm einen gespielt verzweifelten Blick zu. "Und sag nicht wieder, ich soll ihm eine Chance geben. Dass wir befreundet sind, ist in Ordnung. Es macht Spaß, was mit euch beiden zu machen. Aber er ist ja inzwischen auch noch mein Nachbar, da sieht er mich viel öfter. Und jedes Mal macht er komische Andeutungen. Wegen einer Überraschung oder sowas." Sie verzog ihr Gesicht. "Dabei müsste er doch schon längst gemerkt haben, dass er das vergessen kann. Dass ich mir nichts aus ihm mache." Sie hob in verzweifelter Geste die Schultern. "Aus ihm und vor allem seinem Faible für Autos. Rede mit ihm! Als Freund. Er soll sich das mit mir aus dem Kopf schlagen. Endgültig."

Marc zuckte mit den Achseln und verkniff sich ein Lächeln. "Lass ihm doch sein Hobby. Ist doch seine Sache, wofür er sein Geld ausgibt. Also entspann dich." Er wog ab. „Wenn er jetzt so nahe bei dir wohnt, wird er sowieso schnell merken, wie anstrengend du bist, also entspann dich!“

Sie stöhnte auf, zerknüllte eins der Kaugummipapiere, die auf dem Tisch lagen, und bewarf ihn damit. "War ja klar, dass du deinen Kumpel verteidigst!"

Marc lachte auf und schnippte das Papierchen von seinem Pullover. "Hey, er will halt ein bisschen angeben, das ist alles! Wahrscheinlich auch bei dir!" Er grinste sie an. "Oder *mit* dir."

Karen machte ein gespielt ernstes Gesicht. "Du bist *mein* Bruder! Also sei auf *meiner* Seite!"

Marc stand auf, nahm seine leere Tasse, spülte sie am Becken oberflächlich mit Wasser aus und stellte sie neben den Herd.

"Süße, du nimmst dich zu wichtig." Er kam zum Tisch zurück und setzte sich wieder. "Und André auch. Er wird dich nicht zu irgendwas überreden wollen, wenn du´s nicht willst, das kann ich dir versprechen."

Karen nickte nachdenklich und studierte mit ihrem Blick die Maserung des Holztisches. "Okay. Vielleicht hast du Recht. Trotzdem blöd. Mir reicht es schon, dass er mich alle paar Wochen zum Essen einlädt. Ich muss betrunken gewesen sein, als ich das erste Mal mit ihm gefahren bin."

"Wie läuft denn eure Aktion?", fragte Marc, um das Thema zu wechseln.

"Na ja, direkt nach dem Hochladen der Filme ins Netz hat sich einiges getan. Viele Klicks, Kommentare und Emotionen, du weißt schon. Aber jetzt sieht sich das seit Tagen kaum noch jemand an. Die Mehrheit verdrängt die unangenehme Wahrheit über den Umgang mit unseren Mitgeschöpfen leider nach kurzer Empörung sehr schnell", sagte sie und blickte ihn resigniert an. „Und dort, wo wir nicht genau hinsehen oder hinsehen wollen, entstehen industrielle Massentierhaltung, moderne Schlachtfabriken und Kükenschredder", bezog sie verärgert und nun plötzlich wieder angriffslustig Position. „Marc, wie ist wohl der Geisteszustand derer, die so etwas erfinden?"

Marc zögerte einen Moment, und Karen merkte wie es in ihm arbeitete. Moralische Dilemma, sein Lieblingsthema.

„Wenn wir uns um die Menschen sorgen, die sich in Terrorlagern ausbilden lassen und durch die dortigen Umstände des Krieges verroht wieder als Gefahr zurückkehren, müssen wir uns natürlich auch um den Geisteszustand derer hier vor Ort Sorgen machen, die solch höchst unmenschliche Produktionsmethoden ersinnen", griff Mark den Gedanken auf. „Aber geht es wirklich nur um die, die das erfinden?", fragte er in provozierendem Ton weiter. „Ich meine, es bedarf mehr als Klicks und anonyme Empörung, da wir diesen real gewordenen geistigen Monstern mit unserem Wegschauen, aber auch dem Wunsch, ja der Gier nach immer mehr, zu immer niedrigeren Preisen den Boden bereiten. Mir macht zunehmend Sorgen, dass mit diesen Klicks ein moderner Ablasshandel entsteht, bei dem die Absolution auch noch kostenlos ist."

Das saß. Sie ließ das Gesagte einen Augenblick im Raum stehen und blickte in den Tee. Sie wusste, dass sie gegen Marc nicht gewinnen konnte. Auch wenn sie sich im Grunde einig waren, spürte er sofort die Schwächen in ihrer Argumentation auf und richtete sie gegen sie. Bruder und Schwester, Zwillinge.

Dann sah sie auf und wechselte überraschend das Thema. "Aber was ist mit dir? Wie läuft es gerade, kleiner Bruder?" Sie spielte mit dem Adjektiv *klein* auf die zehn Minuten Vorsprung an, die sie länger als er auf der Welt war.

Marc zuckte mit den Schultern, und sie merkte sofort, wie er ihrem Blick auswich. "Oh, nichts so Spektakuläres wie bei euch, keine Einbrüche in Ställe, keine toten oder vernachlässigte Tiere." Er sah auf, machte sein "Zu-Gesicht", wie sie es immer nannte, wenn er nicht bereit war, über ein bestimmtes Thema zu reden, auf das sie hinauswollte. Wenn er sich selbst erst seine eigene Wahrheit suchen musste.

Marc wusste genau, dass sie ihn durchschaute, versuchte aber trotzdem abzulenken. "Das neue Mosaikfenster ist fertig", sagte er, als glaube er, sie akzeptiere den Themenwechsel, “und wird in ein paar Tagen eingebaut. Ich hoffe, sie machen nicht so viel Dreck in der Kirche. Und vielleicht schaffe ich es, morgen den Ausflug in die alte Synagoge vorzubereiten. Da gibt´s noch tausend Sachen zu regeln."

Karen erwiderte nichts. Sie sah ihn nur an, aber er wusste natürlich, dass sie nicht aufgeben würde. Er presste seine Lippen fest aufeinander und sah zum Fenster. Dann wieder zu ihr. Als sich ihre Blicke begegneten, glaubte sie einen Funken Wut in seinen Augen zu erkennen. "Glaub mir, ich mache meinen Job gut, falls du das meinst. Alles andere ...", seine Gesichtsmuskeln spannten sich an, "das ist erst mal egal!"

Karen ließ ihm Zeit zu überlegen. *Das glaubst du also im Ernst?*, stellte sie in Gedanken fest. *Nach allem, was du mir erzählt hast?* Er zweifelte, das wusste sie. An Gott und an seinem Auftrag.

Eines Nachmittags, vor ein paar Wochen beim Kaffee hatte er ihr davon erzählt. Dass er den Plan Gottes nicht verstehe, wenn er darüber nachdachte, dass fast die gesamte Natur auf der Abfolge *fressen und gefressen werden* basierte.

Nur Pflanzen machten da eine Ausnahme, erzählte er, während der Mensch das Schlimmste von allen sei. Und auch, dass er zu der Überzeugung gekommen war, dass humanitäres Handeln auch ohne einen Glauben möglich sei, ja sogar ehrlicher vor Gott sei. „Denn Gutes zu tun, nur weil wir ihn fürchten, um gleichzeitig so skrupellos auf Kosten der Natur zu leben, kann unmöglich Teil eines göttlichen Plans sein“, hatte er gesagt. Dass er deshalb überlege, ob er ihn überhaupt noch brauche, seinen Glauben. Als sei es das Normalste der Welt, ganz plötzlich sein Leben zu ändern.

Karen hatte an diesem Tag beschlossen, ihm erst einmal Zeit zu geben. Zeit, über alles nachzudenken. Danach hatten sie lange nicht mehr darüber gesprochen, aber dass sich sein Problem inzwischen zum Tabuthema entwickelt hatte, erschreckte sie. "Dann hat sich also nichts geändert, ja?“ Sie strich sich die langen, dunkelroten Haare von der Schulter. „Ich hab´ gehört, es gibt Beratungsstellen. Weil ..."

Seine Miene gefror. "Erklär mir jetzt nicht meine Arbeit, okay? Ich sag dir auch nicht, welche Bücher du in eurem Laden verkaufen sollst und wie du dich dabei fühlen musst. Das weißt du sicher besser als ich! Und wer sagt, dass Pfarrer nicht manchmal über ihren Gauben nachdenken sollten?"

Sie schwieg. Er dachte nicht über seinen Glauben nach, er hatte ein richtiges Problem damit! Aber wenn er so drauf war, hatte es keinen Sinn, weiter darüber zu reden, das wusste sie auch. Also kurzer Blick in seine Richtung, ein endgültiges Nicken, dann stand sie auf. "Ich muss los. Wäre schön, wenn wir nächste Woche mal zusammen essen gehen. Ich stehe im Moment auf asiatisch. Es gibt da ein neues kleines Restaurant, da kann man den Köchen bei der Arbeit direkt in den Wok sehen." Sie lächelte ihn an. "Es wird dir gefallen."

Als Karen nach einer letzten Umarmung die Tür hinter sich zugezogen hatte, blieb Marc im Flur stehen und sah ihr durch das milchige Glas der Haustür nach, bis sie auf der anderen Straßenseite hinter einem parkenden Fahrzeug verschwunden war. Ein ärgerlicher Zug strich über seinen Mund. Musste sie ihn daran erinnern? Er war doch alt genug, selbst zu wissen, was er tat. Langsam schlenderte er zurück in die Küche und setzte sich wieder. Obwohl sie nicht mehr da war, fühlte er immer noch flüchtige Spuren ihrer Anwesenheit. Und er wusste, dass es sicher Stunden dauern würde, bis er ihre Andeutung wieder vergessen konnte. Hunger hatte er auch keinen mehr. Beiläufig strich er die verknitterten Papierchen auf dem Tisch zu einem Haufen zusammen und sah aus dem Fenster zur Kirche hinüber.

Die Kirche. Das stattliche Fachwerkgebäude, das jetzt schon seit Langem in der Mitte des Orts stand. Und hier, schräg gegenüber, das Pfarrhaus. Durchs Fenster seines Schlafzimmers im ersten Stock konnte er die Tauben beobachten, die auf dem mit Schindeln gedeckten Dach des Gotteshauses saßen. Er liebte seinen Beruf. Er war wie dafür gemacht, ihn auszuüben. Nichts anderes hätte ihn so sehr erfüllen können wie genau diese wichtige Aufgabe. Warum also zweifeln? Welchen Sinn sollte eine erneute Frage nach seinem Glauben haben? Die hatte er doch schon ganz offiziell beantwortet.

Gleich zu Anfang des Studiums hatte er gespürt, dass sein Amt mehr war als nur ein Beruf. Sein Arbeitsplatz war unglaublich, dieses große, würdevolle Gebäude mit all seinen Verzierungen und Symbolen. Liebe, Anfang, Ewigkeit und Himmel.

Die Weite des Kirchenschiffs mit seinem Klang, wenn er die Orgel spielte. Die bunten Fenster mit ihren wunderschönen Darstellungen. Voller alter Geschichten, die schöner, wundersamer und manchmal auch grausamer nicht sein konnten. Immer schon hatte er sich vorgestellt, wie es gewesen sein musste.

Damals, als all das, was an den Fenstern in Bildern erzählt wurde, passierte. Es war doch unbegreiflich, dass das alles bis heute nachwirkte. In vielen Menschen und auch in ihm selbst und dem, was er tat.

Ja, genau das hatte er gewollt, Teil sein all dieser großen Mysterien. Mit dem, was er sagte, und dem, was danach passierte. Sein Beruf schuf einen Raum für seine Gedanken, Taten und vielleicht auch Wunder. Es gab ja so viele Geschichten über sie, diese unerklärlichen Wunder. War nicht das Leben selbst das größte davon?

Mochten Wissenschaftler noch so viel entdeckt haben, blieben noch genug Fragen unbeantwortet, und mit jeder taten sich neue auf. Was spielte es da für eine Rolle, ob man an einen Gott glaubte oder nicht?

Er war gut in seiner Rolle als Pfarrer. Die Menschen brauchten ihn, das war alles. Denn jeder Mensch trug mit dem Wissen um die persönliche Endlichkeit auch die Angst davor in sich. Sein Job war es, den Menschen zu helfen, mit dieser Angst umgehen.

Sie brauchten ihn, fast ohne Ausnahme. Das war es, was er wollte. Immerzu offen zu sein für die Sorgen und Nöte der Menschen. Einfache Menschen. Ihm von der Kirche anvertraut, so hatte er es sich immer vorgestellt. Dass er, egal von wo, den Auftrag hatte, sich um sie zu kümmern. Und dafür liebten sie ihn. Ehrten ihn. Den hoffnungslos chaotischen Menschen, der er war. Als ob sie in ihm einen Vater oder den Vertreter eines höheren Wesens sahen, nicht Marc, den Träumer. Manchmal unsicher, mit seinen eigenen Ängsten und ungelösten Fragen.

Er schloss die Augen und suchte in der Dunkelheit seiner Gedanken. Dort waren sie und belauerten ihn. Nachts, wenn alle schliefen, zeigten sie sich in all ihrer Größe. Dann musste er mit ihnen sprechen. Sie wegdrängen. Es wenigstens versuchen. Sich ihnen stellen, sie verjagen, mit seinem Glauben.

Oder mit dem, was er für Glauben hielt.

Schon während des Studiums hatte er sich bei dem Gedanken erwischt, dass das, woran er glaubte, gar nicht existierte. Ja, er hatte gelernt, mit solchen Glaubenskrisen umzugehen, sie zu umschiffen.

Doch tief in seinem Innersten hatte sich der Gedanke, dass all das, woran er bisher geglaubt hatte, falsch sein könnte, festgesetzt wie ein Parasit.

Er hatte sich eines Abends von einem betrunkenen Physiker das Universum erklären lassen, um zu verstehen, welche Rolle der Mensch darin spielt. Dabei wurde ihm mit Erschrecken bewusst, dass die Erde, ja das ganze Sonnensystem und sogar die Milchstraße nicht mal ein Staubkorn in diesem Universum bedeuteten, und dass ein Gott in diesem großen Ganzen sicherlich Wichtigeres zu tun haben würde, als sich um das Ungeziefer zu kümmern, das sich auf diesem Staubkorn festgesetzt hatte. Und als ob das nicht schon schlimm genug wäre, erfuhr er, dass die Schöpfung nichts Statisches war, sondern etwas immerwährend sich Veränderndes, das seine Kraft aus Ungleichgewichten bezog. Es würde zum Stillstand kommen, wenn alle Ungleichgewichte und Ungerechtigkeiten beseitigt sind. Gott hatte also nichts geschaffen, sondern wenn überhaupt, war er *gerade dabei* etwas zu schaffen. Und der Mensch war in diesem Übergang nur eine unbedeutende Episode. Marc wusste, dass er diesen parasitären Spielverderber, der seine Zweifel nährte, niemals mehr loswerden würde. Dass er ihn höchstens unterdrücken konnte. Er musste kämpfen. Auch, wenn es manchmal schwer war, nahezu hoffnungslos und kompliziert.

Marc sehnte sich nach den einfachen Nöten der Menschen.

Denn solange er mit den Problemen anderer kämpfte, blieben seine eigenen in erträglichem Abstand.

Und ja, es waren meistens die einfachen Dinge, die Menschen beschäftigten.

Meist waren es Frauen, die nicht mehr weiterwussten. Ihn mit vorgehaltener Hand und leiser Stimme um ein Gespräch baten und seinen Rat suchten. Ihn, als Vertreter des einen, höheren Wesens. Mit dem nötigen Wissen über das Leben. Das richtige Leben. Wie es zu sein hatte. Was man durfte und was nicht. Darin hatte er sich auszukennen. Das hatte er studiert. Er sollte wissen, wie mit Kindern umzugehen war. Mit Eltern. Dem eigenen Mann. Mit einer Krankheit.

Und dann war da die Trauer, die manche gepackt hatte. Die sie regelrecht horteten in ihren Köpfen. Darin badeten wie in einem Teich. Einem Teich aus dunklen Ahnungen und Verletzungen, die nicht heilen wollten.

Manchen konnte er helfen, vielen nicht. *Reden,* sagte er immer. Sie müssen reden mit den anderen. Mit vielen anderen, je mehr desto besser. Ja, im Grunde war das Marcs Allheilmittel für fast alles. Er versuchte, den Menschen beizubringen, wie sie über ihre inneren Konflikte reden konnten.

Marc sah sich als Menschenversteher. Und manchmal, auf der Suche nach Verständnis für alles, überkam ihn das Gefühl, regelrecht hineinzuschlüpfen in die Haut der anderen, bei denen er so sehr versuchte zu erfühlen, was sie berührte. Dann lebte er, wenn auch nur theoretisch und in Gedanken, für eine kurze Zeit das Leben anderer Menschen. Folgte dem Streit mit dem Ehemann, erlebte die Enttäuschung über die Kinder, spürte die Krankheit. Ja, er glaubte, wirklich alle verstehen zu können.

Er hielt sich für gut darin. Nahezu perfekt. Woher hätte er auch wissen sollen, dass ihm das einmal zum Verhängnis werden würde. Das Zuhören, das Verstehen und das Glauben, auch wenn es jeder Erfahrung widersprach.

Am Sterbebett

Niederod, Herbstbeginn

nimm mich! halt mich! rieche mich!
ein Wir, für immer

Als er drei Wochen später ans Sterbebett des alten Paul gerufen wurde, machte sich Marc auf den Weg, bereit ihm zuzuhören. Seinen letzten Worten. So wie denen all der anderen, die er beim Gehen begleitet hatte. Auf ihrem Weg in die Ewigkeit.

Da, wo sich Menschen gerne fernhielten, stand Marc voller Eifer auf einsamem Posten. Die letzten Dinge, die einem Menschen wichtig sind, machten das Geheimnis eines persönlichen Lebens aus. Hier fühlte er oft, dass er den Antworten auf seine Fragen näher als irgendwo anders kam.

Marc kannte Paul schon seit seiner Kindheit. Sein Großvater war wie er Schreiner, und sie hatten lange zusammengearbeitet, sich bei Projekten gegenseitig unterstützt.

Oft hatte er Marc mit in Pauls Werkstatt genommen. Es war eine alte Freundschaft, die Paul mit seinem Großvater verband, trotz ihrer Verschiedenheit, die Arbeit anzupacken. Und es war genau dieser Unterschied zwischen den beiden Handwerkern, der Marc so neugierig gemacht hatte. Dort war ihm zum ersten Mal die Individualität von Menschen begegnet, die trotzdem das gleiche Ziel haben konnten.

Paul hatte drei Söhne, und später, als seine Frau gestorben war, blieb er bei einem von ihnen, dem ältesten, der den Betrieb geerbt hatte. Auch als alter Mann half er oft noch mit, solange es ging. Und nun war das Haus, in dem er sterben würde, nicht mehr sein eigenes, nun war es das Haus des Sohnes.

Marc nahm sein Gebetbuch und machte sich auf den Weg. An der Haustür des alten Fachwerkhauses mit den Schnitzereien über den Fenstern öffnete ihm die Schwiegertochter mit einem verhaltenen Nicken die Tür und führte ihn zu dem Sterbenden.

Auf dem Weg passierten sie den Betrieb, und obwohl die Tür angelehnt war, spürte Marc sofort den über ihn hereinbrechenden unbeschreiblichen Duft von echtem Holz, der ihn übergangslos emotional in seine Kindheit und Jugend versetzte. Eine der vielen Entscheidungen, die er im Laufe seines Lebens getroffen hatte, hatte ihn weg vom einfachen und anspruchslosen Leben eines Schreiners geführt. Für einen kurzen Moment fühlte er, welch hohen Preis er dafür gezahlt hatte. Marc hielt kurz inne, sog den Geruch tief in sich und wusste gleichzeitig, dass er diesen Augenblick des Glücks nicht zum Verweilen bringen würde.

Pauls Stube war abgedunkelt, die Vorhänge zugezogen, und ein kleines Lämpchen auf dem Tisch beleuchtete schwach sein Bett. Schmal und unbeweglich lag der alte Mann auf dem Rücken, zugedeckt von einer dicken Decke. Nur seine knochigen Schultern hoben und senkten sich mit dem Atem. Es roch abgestanden, die Luft des Todes.

Als Marc sich auf den altmodischen Sessel, der neben dem Bett stand, setzte, fiel ihm das Foto über dem Bett an der Wand auf.

Es zeigte seinen Großvater und Paul, wie sie Arm in Arm in Pauls aufgeräumter Werkstatt standen. Paul, lächelnd, mit hochgekrempelten Ärmeln und Marcs Großvater mit dickem Bart und zerzaustem Haar. Paul immer korrekt, auch in seiner Werkstatt, mit frischem karierten Hemd und pünktlich. Marcs Großvater dagegen nahm es mit den Vorgaben meist nicht so genau, experimentierte lieber mit dem Holz.

Marc sah sich das Foto genauer an und bemerkte, wie viel Feuer im Blick der beiden Männer gelegen hatte. Und nun, über zwanzig Jahre später, lag Paul wie ein Kind in seinem Bett und machte sich auf seinen letzten Weg.

Marc sah sich den alten Mann an. Scheinbar schlafend lag er da, friedlich und mit sich selbst beschäftigt. Unwillkürlich kam Marc der Gedanke, Paul ging wohl gerade schon die ersten Schritte in einer anderen Welt.

Marc öffnete leise sein Buch. Doch als er zu Paul hinübersah, merkte er, dass der Sterbende seine Augen leicht geöffnet hatte, wie in Meditation. Ein Lächeln strich über den faltigen Mund. Schnell und flüchtig.

"Marc, danke", war alles, was er ihm entgegenhauchte.

Die Schwiegertochter ließ sie allein und zog leise die Tür hinter sich zu. Angehörige sind meist froh, wenn sie Fachleuten das Sterben ihrer Alten überlassen können.

Marc setzte sich auf den altmodischen Sessel mit dem harten Polster, der neben dem Bett stand, und nahm die abgemagerte Hand des Mannes. Ohne fühlbaren Druck lag sie in seiner. Paul blinzelte ihn zufrieden und entspannt an. In sich ruhend.

"Möchtest du beten?", bot er ihm leise, fast flüsternd an. Doch Paul sprach lange Zeit nicht mehr.

Es machte den Eindruck, als sei er viel zu sehr mit sich selbst und diesem endgültigen Zustand, den er anstrebte, beschäftigt, als dass er antworten konnte.

Dann aber, als hätte er sich endlich dazu durchgerungen, stellte er doch eine Frage. Marc erwartete ein Flüstern, aber in den Augen des Alten sah er es flackern. Paul war anscheinend gar nicht so sterbenskrank, wie er erwartet hatte.

"Kannst du ein Geheimnis bewahren?", fragte er und regte sich.

Er versuchte, seinen Kopf zu heben, und der weiße Flaum darauf trat neben dem Kissen hervor.

Nun kam es oft vor, dass Sterbende noch eine letzte Sünde beichten wollten. Oder es lag ihnen etwas auf der Seele, etwas, das sie loswerden wollten, bevor es zu spät war.

Also nickte Marc nur und senkte seinen Kopf tiefer an Pauls Mund heran. "Du kannst mir alles sagen. Sei unbesorgt. Ist bei mir in guten Händen, das weißt du doch", versuchte er, ihn zu ermutigen.

Wieder entstand eine Pause, und der alte Mann atmete schwer. Fast, als hätte er eine große Anstrengung hinter sich gebracht und müsste um jeden Atemzug kämpfen.

Es vergingen einige Minuten, und Marc dachte schon, sein Schützling hätte es sich anders überlegt, als sich plötzlich die Hand des alten Mannes in seiner bewegte.

Marc drückte sie mitfühlend. Doch der Alte schüttelte energisch den Kopf und zog seine Hand zurück auf das dicke Federbett.

"Behandle mich nicht wie ein Baby!", krächzte er. "Zum Sterben hab ich noch keine Lust. Dort", erklärte er und deutete mit zitternder Hand zu einem Holzschränkchen, das neben seinem Kleiderschrank an der Wand stand. "Da muss es drin sein. Hol es raus!"

Marc verstand nicht gleich, doch Paul sah ihn ungeduldig an und wies mit seinem dürren Finger immer wieder auf das Möbelstück. "Die Schublade! Jetzt mach doch schon!"

"Was ist damit?", fragte Marc, stand auf, ging zum Schrank. "Brauchst du etwas?"

Paul nickte heftig. "Nun mach sie schon auf!", rief er ungeduldig.

Die Schublade ließ sich ohne Widerstand öffnen, und als er Pauls Habseligkeiten darin liegen sah, fühlte sich Marc wie ein Einbrecher. Und das, obwohl der Alte ja von ihm verlangt hatte hineinzuschauen.

Zusammengelegte Kleidungsstücke, kleine abgegriffene Schachteln, einige Briefe und Bleistifte.

Unsicher zog er die Lade ganz auf und sah den Alten fragend an.

"Es ist ein kleiner Beutel aus Leder", versuchte Paul ihm ungeduldig zu helfen. "Und der Umschlag, der daneben liegt. Jetzt bring schon alles her!"

Marc hob den weißen Umschlag ein wenig an und entdeckte darunter ein dünnes, kleines Säckchen aus rauem, fleckigem Wildleder.

Als er beides aus der Schublade nahm, fühlte sich der Beutel klebrig und speckig an. Dabei war er mit einer sich seltsam anfühlenden Staubschicht bedeckt; Marc bemerkte sie sofort, als er ihn leicht in seiner Hand wog.

"Was ist das?", fragte er leise, kam zum Bett zurück und legte den Umschlag auf die Decke. Den Beutel hielt er dem Alten hin, der seine zittrigen Finger schon gierig danach ausgestreckt hatte.

Mit festem Griff umschlossen sie das Leder. Pauls Atem wurde ruhig, und er lächelte beruhigt.

"Weißt du, dass ich es schon zig Jahre bei mir habe. Ihm verdanke ich, dass ich mir meine unstillbare Wissbegier bewahrt hab. Ich dachte, ich hätte alles erlebt, was wichtig ist, so alt, wie ich war." Er lachte auf. "Man könnte auch sagen, träge, ja? Aber durch sie bin ich wieder neugierig geworden, das kennst du doch, oder? Diese Neugier der Kinder."

Pauls Augen richteten sich wieder auf den Beutel in seinen Händen, und er verzog seinen schmalen, verkniffenen Mund zu einem Lächeln. "Ich war schon alt, als ich es bekam und damit anfing", wiederholte er, und es klang, als könne er es selbst nicht glauben.

Anfing? Womit? Marc hatte keine Ahnung, was Paul meinte. Aber er musste beim Gedanken, dass Paul diesen schmutzigen, alten Beutel schon Jahre mit sich herumtrug, schmunzeln.

Marc hob die Brauen. "Neugierig sagst du? Das ist doch gut. Wir müssen uns diese Dinge bewahren, auch wenn der Alltag es kaum zulässt."

Paul hob ungeduldig die Hand, und eine Falte erschien auf seiner Stirn. "Hör auf, mir diesen Mist zu erzählen, Marc. Erspar mir deine Predigten." Er hob kurz den Beutel hoch und krallte seine Finger in das Leder. Seine Stimme wurde geheimnisvoll leise. "Das ist eine verbotene Frucht, die ich probiert habe, das hab ich sofort gewusst. Aber es war schon zu spät, verstehst du?"

Nein, Marc verstand nicht. "Und warum hast du es dann behalten? Dieses alte Ding", fragte er.

Paul schnaubte auf, angesichts dieser Frage. Er hatte Mühe, seine Stimme unter Kontrolle zu halten "Natürlich wegen dem, was darin war! Es war das Schönste, das ich jemals besessen hatte! Bis heute!"

Marc runzelte die Stirn und sah Paul zweifelnd an. "Du meinst, dieser Beutel …? Wie …"

"Das verstehst du nicht", unterbrach ihn Paul barsch und machte eine abwehrende Handbewegung. "Jedenfalls ist jetzt die Zeit gekommen, mich davon zu verabschieden. Das Zeug muss weg!"

Marc meinte, eine Träne in Pauls Augenwinkel zu sehen. "Manchmal ist es gut, sich auch nach Jahren von alten Dingen zu verabschieden. Auch wenn man sie über die Zeit liebgewonnen hat", sagte er. Er überlegte, warum Paul sich so für einen alten Lederbeutel interessierte. Bewahrte der Alte verbotene Substanzen darin auf? Marc wurde die Sache unangenehm. "Lass deinen Sohn sich darum kümmern", schlug er vor und setzte sich gerade hin. Er nahm sich vor, dieses alte Ding nicht mehr anzufassen.

Paul schüttelte vielsagend den Kopf. "Es ist älter als ich. Viel älter, da bin ich sicher", enthüllte er, und Marc glaubte einen Augenblick, so etwas wie Ehrfurcht in der Stimme des Alten zu erkennen.

"Oder möchtest du es nicht der Vera geben, deiner Schwiegertochter?", fragte Marc, als er sah, dass sich der Alte immer erschöpfter in seine Kissen drückte. Doch Paul hob die Hand und schüttelte heftig den Kopf.

"Nein! Es darf nicht mehr in der Familie weitergegeben werden. Das ist eine Aufgabe für dich. Für dich alleine."

Marc zog zweifelnd die Brauen zusammen. "Das kann ich doch nicht annehmen", sagte er, ohne zu wissen, wovon er eigentlich sprach. In dem Beutel konnte alles sein, von Geld bis zu Steinchen, die der Alte beschlossen hatte aufzuheben.

Manchmal, erinnerte sich Marc, hatte Paul in seiner Werkstatt kleine Figuren aus Holz geschnitzt. Er stellte sich vor, dass dieser Beutel voll davon war. "Du kannst das deiner Familie geben. Als Erinnerungsstück."

Pauls Mund bekam einen harten Zug, und seine Augen zogen sich zu Schlitzen zusammen. "Nein!", beschloss er mit scharfer Stimme, und Marc wunderte sich über die Energie, die der Sterbende noch aufbringen konnte. Gleichzeitig schlossen sich die langen Finger des Alten fester um das Säckchen in seiner knochigen Hand. "Keiner soll sie haben. Du musst das verbrennen. Und auch diesen Brief!" Man konnte hören, wie viel ihm daran lag.

Marc überlegte. Dass es nicht viel Sinn hatte, Paul zu widersprechen war klar.

Warum auch, denn offensichtlich war der ehemalige Freund seines Großvaters nicht mehr ganz bei Verstand. Und das Letzte, das Marc wollte, war ein Streit mit einem Sterbenden. Nur wegen eines Ledersäckchens voller alter Erinnerungen.

Also nickte er nur und lächelte. Da musste er nun durch, beschloss er.

"In Ordnung Paul. Ich erledige das für dich. Mach dir keine Sorgen."

Einen Augenblick lang sah es aus, als ob der Alte ihn nicht verstanden hätte. Misstrauisch blitzten seine Augen aus dem Bett hervor, und er zog den Beutel in seiner Hand eng an sich.

Dann aber entspannten sich seine Züge langsam, und er holte tief Luft.

"Gut", willigte er kaum hörbar ein und presste die Lippen zusammen. In seiner Brust röchelte es, und er hustete rasselnd. "Dann tue es jetzt. Sofort. Je schneller, desto besser."

Marc sah ihn überrascht an. Doch bevor er etwas einwenden konnte, trieb der alte Mann die Sache voran. "Wenn du kein Feuer dabei hast, suche dort im Regal. Da müssen Streichhölzer liegen."

Marc rutschte auf seinem Sessel herum, er begann zu schwitzen. "Paul, ich kann hier doch kein Feuer machen", sagte er vorsichtig und sah ihn mitfühlend an. "Das musst du doch einsehen. Was wird deine Familie denken? Draußen im Garten vielleicht. Oder auf dem Feld."

Marc fiel sein Kamin im Wohnzimmer des Pfarrhauses ein. "Oder bei mir zu Hause. Da ist das kein Problem."

Auf Pauls Stirn bildeten sich Sorgenfalten. "Ich will es aber sehen!", jammerte er leise. "Mit eigenen Augen, damit ich es glauben kann."

Marcs Blick wanderte zur Hand des Alten, der den Beutel immer noch fest umklammert hielt. "Was hast du da überhaupt drin?

Vielleicht riecht es schlecht, wenn es verbrennt. Möchtest du es nicht auspacken, damit wir es uns in Ruhe ansehen können? Dann kannst du immer noch entscheiden, was damit passiert."

Paul hustete wieder.

Er hatte plötzlich Schwierigkeiten mit dem Sprechen und winkte Marc näher an sein Gesicht.

Der Alte packte seinen Arm, und Marc fühlte, wie der kleine Beutel von Pauls Hand in seine wechselte. Auch den kleinen Umschlag schob er ihm über die Bettdecke hin.

Ekel überkam Marc, als der Schreiner versuchte, mit seiner zittrigen Hand Marcs Finger so fest wie möglich um das fleckige Leder zu schließen.

Marc roch den aromatischen Duft des Leders, *wie Tabak*, ging es ihm durch den Kopf. Er spürte Pauls Finger an seinen und spürte die Kraft, mit der der alte Mann zudrückte.

"Es *darf* nicht ausgepackt werden! Auf keinen Fall! Auch der Brief nicht!", flüsterte er verhalten und hustete immer wieder, als er endlich auch den weißen Umschlag in Marcs Hand drückte.

Paul warf einen Blick zur Tür, als glaubte er, jemand könne hereinkommen. "Niemals hörst du? Ich habe mich verabschiedet, und diese Sache muss nun mit mir enden. Du musst alles ver brennen, so wie es ist. Was darin ist, geht niemanden was an. Versprich es, bei deinem Glauben an einen Gott. Du bist doch Pfarrer und so ein starker Mann. Wenn du es mir versprichst, musst du dich auch daran halten. Nur deshalb gebe ich es dir, weil ich das weiß. Betrachte es als meinen letzten Willen." Er hustete wieder, und seine Augen wurden glasig.

Marc sah, wie sich der Alte, um Atem ringend, ins Bett drückte.

Während Pauls Husten immer leiser wurde und zuletzt einem Röcheln wich, öffnete Marc schnell die Tür zum Flur, um Pauls Schwiegertochter zu rufen.

Sie war schnell zur Stelle und bettete mit Marcs Hilfe den Alten in eine angenehmere Lage. Trotzdem ließ der Husten nicht nach, und Paul wurde von heftigen Anfällen geschüttelt.

Marc begann, die Sache unangenehm zu werden. Er nahm sein Gebetbuch vom Tisch und riss seine Jacke vom Stuhl. Vera sah ihn an.

"Wenn du nichts dagegen hast, gehe ich jetzt. Morgen werden wir sehen, ob sich wieder eine Gelegenheit zum Gespräch ergibt."

Die Frau nickte und lächelte dankbar, doch Paul hob wie zur Warnung die Hand. "Marc, du bist ein Kirchenmann", rief er und fing wieder an zu husten. Seine Stimme überschlug sich. "Junge, denk daran! Du hast es versprochen! Und wenn sie dich lockt, geh nicht hinein! Niemals hörst du?" Er hustete wieder entsetzlich. "Du darfst nicht hineingehen!" Marc zog sich schon die Jacke an. "Nein, Paul. Sicher nicht", versuchte er den alten Mann zu beruhigen und sah, wie seine Schwiegertochter ein Glas Wasser holte. "Es ist wohl besser, Sie gehen jetzt", sagte sie mit einem entschuldigenden Blick. "Er ist völlig geschwächt und muss jetzt unbedingt ruhen. Außerdem kommt gleich der Arzt."

Acht

Niederod, Herbst

Fass mich an, rieche mich, erlebe mich.
Endlich!

Nachdem der Alte endlich erschöpft in seinen Kissen lag und Marc das Haus verließ, nahm er sich vor, ihn in den nächsten Tagen wieder zu besuchen.

Als Paul schon in der darauf folgenden Nacht starb, fühlte sich Marc erleichtert.

Der Lederbeutel und das Schreiben fielen ihm wieder ein. Und gleichzeitig sein Versprechen.

Er suchte in seiner Jacke, hielt das flache Säckchen und den Brief hoch und versuchte, durch das dünne Leder zu ertasten, was in dem Beutel sein konnte.

Es schienen kleine Kugeln zu sein, denn als er sie zwischen den Fingern zusammendrückte, rutschten sie immer wieder unter dem Leder weg.

Ohne darüber nachzudenken, legte er den Umschlag auf seinen Schreibtisch und öffnete das Band, das den Beutel verschloss.

Er schüttete den Inhalt in seine geöffnete Hand. Die Kügelchen drängten sich in der Kuhle, die er mit der Handfläche bildete, zusammen.

Acht perfekt runde Perlen, die mit einem rötlichen Staub bedeckt waren.

Er hielt sie näher ans Gesicht, versuchte, den Staub wegzublasen, um das Muster, das sich auf ihnen befand, besser sehen zu können.

Auf jeder der Kugeln zog sich gewunden eine orangefarbene Marmorierung hin. Zwischen den Linien schimmerten sie bunt, manchmal hell, manchmal dunkel, so dass sich, je nach Lichteinfall, die Linien ins Unendliche fortzusetzen schienen. Ihre Oberfläche war rau und fühlte sich, als Marc darüber strich, seltsam weich an.

Wunderschön, dachte er sofort und fühlte sich wie verzaubert von der Schönheit dieser bunten Kugeln.

Er hielt sie sich, ohne darüber nachzudenken, unter die Nase und merkte, wie ein süßlicher, angenehmer Duft von ihnen aufstieg.

Marc kannte ihn. Er erinnerte ihn irgendwie an den Geruch, der sich über der Straße ausbreitete, wenn es begann zu regnen.

Dann wieder rochen die kleinen Perlen wie feuchtes Holz, und Pauls Wunsch fiel ihm plötzlich ein.

Es war ja so, dass er dem alten Mann versprochen hatte, sie zu verbrennen; als letzten Dienst. Doch Paul war tot; er würde es nicht merken, wenn der Beutel nicht sofort verbrannt wurde.

Und jetzt, am späten Abend, hatte Marc einfach keine Lust, die kleinen, duftenden Kugeln zu vernichten.

Er dachte sogar ernsthaft darüber nach, sie in eine Schale zu legen und aufs Fensterbrett zu stellen, damit er immer wieder daran riechen konnte.

Oder vielleicht sollte er im Internet nach Hinweisen suchen, die erklären könnten, worum es sich bei diesen Kugeln handelt. Nur hätte er sich dann immer wieder an Paul erinnert und an sein gebrochenes Versprechen.

Also packte er die kleinen Kugeln wieder in den Beutel und schob ihn zwischen abgelegte Papiere in eine Ecke des Bücherregals. Dorthin, wo er all die Dinge sammelte, um die er sich später kümmern wollte.

In den Brief hatte er reingesehen, ihn überflogen. Er erzählte von einer seltsamen alten Geschichte und enthielt ein Bild von einer Kiste und eine E-Mailadresse.

Marc beschloss, den Brief beiseite zu legen. Trotzdem merkte er, dass ihn eine innere Unruhe gepackt hatte und er Probleme hatte, sich zu konzentrieren.

Schon in der folgenden Nacht hatte er seinen ersten Traum. Nicht so deutlich und klar wie später. Er konnte sich kaum erinnern, um was es ging. Sicher war jedoch, dass alles anders werden würde. Dass da etwas mit ihm vom kommenden Unheil träumte.

Bei Pauls Beerdigung schüttete es wie aus Eimern.

Die Angehörigen standen mit Schirmen am offenen Grab und sahen dem Sarg nach, wie er in die Grube heruntergelassen wurde.

Viele Menschen kamen und standen nach Marcs Trauerrede nacheinander an Pauls Grab, um einen letzten Gruß in das feuchte erdige Loch zu senden.

Marc fiel auf, dass alle auch seinen Großvater gut gekannt hatten.

Auch seine Eltern waren gekommen. Nicht um stolz ihren Sohn, den Pfarrer, zu sehen, sondern aus wirklicher Betroffenheit über den Tod eines alten Freundes der Familie.

Als alles vorüber war und die Menge zum Kaffeetrinken Richtung Friedhofstor ging, hakte sich seine Schwester bei Marc unter. Karen hatte Paul genauso gut gekannt wie er, und als er sie von der Seite ansah, entdeckte er einen feuchten Schimmer in ihren Augen.

"Er wird mir fehlen", gestand sie mit leiser Stimme und versuchte, Marc nicht anzusehen, damit er ihre Tränen nicht entdeckte.

"Uns bleibt doch die Erinnerung", versuchte er sie zu trösten. "Stell dir einfach vor, er sitzt jetzt dort oben und sieht uns zu." Marc legte den freien Arm um sie und drückte sie an sich, als sie aufsah.

"Kennst du den Typen dort?", fragte sie, und er wusste, wen sie meinte, auch ohne sich umzudrehen.

Der Mann mit den blonden Haaren, der ihnen mit großem Abstand folgte, war ihm schon seit Beginn der Beerdigung aufgefallen.

Der Fremde mit dem schwarzen breitkrempigen Hut hatte ein wenig abseits gestanden, als sich die Trauernden am Sarg versammelt hatten.

Dennoch hatte er nichts anderes getan, als zu ihnen herüberzustarren und sie zu beobachten. Die Hände hatte er tief in den Taschen seines völlig durchweichten Trenchcoats vergraben, und sein Blick wirkte starr und hart.

Marc zuckte mit den Schultern. "Keine Ahnung. Aber, es gibt Leute, die lieben es, auf fremden Beerdigungen dabei zu sein."

"Ich finde ihn unheimlich", flüsterte Karen.

Marc musste fast grinsen. "Auf einem Friedhof ist alles unheimlich, das ist das Gesetz der Dinge."

Als sie am Tor des Friedhofs angelangt waren, drehte sich Marc noch ein letztes Mal um und sah, dass der Fremde verschwunden war.

Nach dem Kaffee legte Pauls Sohn Helmut mit feierlichem Blick Marc einen Pappkarton in den Arm. Darin, erzählte er, als Marc ihn erstaunt ansah, seien Sachen, von denen Paul wollte, dass er sie bekam. Erinnerungen.

Als er später den Karton öffnete, sah er unter alten Papieren und Konstruktionszeichnungen, die Paul vor langer Zeit mit seinem Großvater verwirklicht hatte, einen Bilderrahmen. Das Bild zeigte Paul mit seinem Großvater. Marc hängte es in seinem Büro auf.

Als Karen das Bild bei ihrem nächsten Besuch in seinem Arbeitszimmer an der Wand sah, musste sie lächeln.

"*Du* hast es also bekommen", sagte sie begeistert und ging näher an das Bild heran. Genau wie Marc kannte sie das Foto noch von früher. Ihr Großvater hatte das gleiche bei sich zuhause gehabt.

"Sie waren wie Brüder; die besten Freunde. Stimmt's?" Karens Blick bekam einen melancholischen Ausdruck. "Jetzt sind sie beide tot." Sie kam zu Marc an seinen Schreibtisch und setzte sich.

Er hatte Tee gemacht, und sie goss sich eine Tasse ein und trank einen Schluck. Marc fielen plötzlich die kleinen Kugeln wieder ein, und er nahm sich vor, sie endlich bei nächster Gelegenheit zu entsorgen.

Karen sah ihn fragend an, als sie seinen nachdenklichen Blick bemerkte. „War da noch was?“

Marc schüttelte den Kopf. "Na ja, Paul erschien mir, ehrlich gesagt, ziemlich verwirrt. Erzählte was von seinem schönen Leben." Marc legte den Kopf schief und sah sie an. "Ich denke, das war wohl seine Art, sich von uns zu verabschieden. Mit einem Ausflug in die Vergangenheit. Als ich ging, rief er mir noch etwas hinterher, das ich gar nicht verstanden habe."

"Er hat dir noch etwas hinterhergerufen?"

Marc hob ratlos die Schultern. "Sinnlose Worte, keine Ahnung, was er damit gemeint hat."

Karen sah sich wieder das Foto an. "Sie waren gute Freunde. Einer wusste, wenn es dem anderen schlecht ging."

Marc schob seine leere Tasse von sich weg und sah Karen lächelnd an. "Wie bei uns, Schwesterherz."

Sie wusste sofort, was er meinte. Ihr Zeichen, der Hilferuf.

Karen hob lächelnd die Hand und zeigte ihm ihre verschränkten Zeige- und Mittelfinger. So hatten sie sich als Kinder immer gegenseitig mitgeteilt, wenn sie die Hilfe des anderen brauchten, ohne dass es jemand merken sollte. Es war ihr Geheimzeichen.

Was ist Gott?

Niederod, Winteranfang

Die Wochen vergingen und damit auch der Herbst. Innerlich machte sich Marc für den Winter bereit, seine Lieblingsjahreszeit.

Es war der Zeitabschnitt des Jahres, in dem die Menschen zusammenrückten und Lichter ins Fenster stellten.

Die Tage wurden grauer und kürzer.

Marc liebte die ausgedehnten Spaziergänge durch die abgeernteten Felder in dieser Jahreszeit und freute sich schon auf den ersten Schnee. Weihnachten, das wichtigste kirchliche Ereignis der Gemeinde, stand bevor, und als Pfarrer freute sich Marc darauf, wie jedes Jahr, ein wahres Fest daraus zu machen.

Alle Gemeindemitglieder, die an den Vorbereitungen teilhaben wollten, halfen, die Kirche prächtig zu schmücken, und schon in der Adventszeit war es Marc eine Freude, dass immer mehr Menschen den Gottesdienst besuchten.

Nur diesmal war alles anders.

Schon gegen Ende des Herbstes, seit die Temperaturen immer weiter fielen und es von Tag zu Tag schneller dunkel wurde, merkte Marc, dass es ihm immer schwerer fiel, das Haus zu verlassen.

Ständig fror er, die nackten Bäume deprimierten ihn.

Mit Menschen zu sprechen, empfand er als Zumutung.

Sein Gesicht nahm eine ungesunde, blasse Farbe an. Sich den halben Tag im Bett zu verkriechen, wurde zur regelmäßigen Gewohnheit.

Natürlich war Karen die Erste, die sah, dass etwas nicht mit ihm stimmte. Sie befürchtete, dass seine Glaubenszweifel schlimmer geworden waren und ihn in Depressionen gestürzt hatten.

Eines Abends, auf dem Heimweg in ihre Wohnung, beschloss sie, dass sie sich genügend Gedanken darüber gemacht hatte. Sie würde mit ihm reden, so wie immer, wenn es einem von beiden schlecht ging.

Als sie vor der Kirche aus ihrem Wagen stieg, klangen leise, tiefe Orgeltöne aus dem großen Gebäude auf die Straße. Marc liebte es zu spielen, er interpretierte auf dem alten Instrument gerne Lieder aus Soundtracks bekannter Filme oder versuchte, eigene experimentelle Stücke zu komponieren.

Die Orgel war eines von Marcs Stimmungsbarometern, fast so etwas wie sein zweites Gesicht. Karen fand oft, wenn sie ihn spielen hörte, dass man schon an der Auswahl der Stücke erkennen konnte, wie er drauf war.

Heute klang die Musik düster und traurig. Eine Sonate von Bach?

Als sie die schwere Kirchentür öffnete und wieder hinter sich schloss, verstummte die Musik sofort in der stockdunklen Kirche. Nur eine schwache Notbeleuchtung ließ sie nicht stolpern, als sie mit tastender Hand die Treppe suchte.

"Spiel ruhig weiter, ich bin´s", rief sie. Sie wusste, dass er allein sein wollte, denn normalerweise störte es ihn nicht, wenn er merkte, dass Besucher kamen, die zuhören wollten.

Aber er hatte absichtlich kein Licht gemacht und auch die Heizung nicht eingeschaltet.

Sie stieg die schmale Holzstiege zur Orgel hoch und sah ihn oben vor den langen Tastenreihen sitzen.

Sein leerer Blick war auf das beleuchtete Notenblatt gerichtet, und er vermied es, sie anzusehen.

Seine Hände lagen wie schlafend auf seinem Schoß. "Sorry, wenn ich dich gestört hab", flüsterte sie und versuchte trotz der Dunkelheit ein Lächeln, "klang toll."

Als sie neben ihm stand, sah er auf und fuhr mit der Hand durch sein kurzes Haar. "Was ist denn so wichtig?", fragte er, und Karen sah im Schein der Lampe seine geröteten Augen.

"Nichts ist wichtig", sagte sie und legte ihm zur Begrüßung die Hand auf die Schulter. Er wandte den Kopf, sah wieder auf seine Noten, eine Geste, die sie kannte, *lass mich einfach in Ruhe*. "Ich wollte nur mal vorbeischauen." Ein paar klärende Worte mussten doch möglich sein. "Ich muss auch gleich wieder gehen", kündigte sie vorsichtshalber an.

Marc erwiderte nichts. Dann holte er tief Luft. "Okay. Danke", war alles, was er zu sagen hatte.

"Wie geht´s dir?", versuchte sie es, obwohl ihr klar war, dass er wahrscheinlich nicht reden wollte. "Ich meine ...", sie setzte sich zu ihm auf die breite Bank, "macht dein Leben gerade Spaß?" Die Frage war ein Code, den sie lange schon vereinbart hatten, wenn einer von ihnen wissen wollte, wie es dem anderen ging. *Macht dein Leben gerade Spaß?* Da sagte nie einer nur ja oder nein. Der Satz war wie ein Eisbrecher, der das Reden leichter machen sollte.

Karen merkte in ihrer Brust ein Gefühl der Erleichterung, als sie im Schein der Lampe ein schwaches Lächeln auf seinem Mund sah.

"Ich versuche, das Beste draus zu machen", deutete er eine Antwort an.

"So schlimm?" Sie drückte sich an ihn. "Und schon so lange."

Marc überlegte.

Sie ließ ihm die Zeit, die er brauchte.

"Mir geht im Moment so viel durch den Kopf", gab er endlich leise zu. "Dinge, die mich fertigmachen."

Karen wusste, dass sie es geschafft hatte. Wenn er einen Anfang fand, war ein Gespräch nicht mehr aufzuhalten. "Dinge? Was für Dinge?", fragte sie, um ihn zu motivieren. Sie wusste zwar, dass er sich schon lange mit seinem Problem herumschlug, aber ob das jetzt gerade so war, war unklar. "Meinst du den Job?", setzte sie nach.

Er beugte sich nach vorne, um sie besser ansehen zu können, und sie sah den verärgerten Ausdruck in seinem Blick. "Nenn es nicht Job! Du weißt, dass ich das hasse!"

Also hatte sie recht. Dass er auf das Wort *Job* so empfindlich reagierte, war ungewöhnlich. Denn eigentlich wusste er, dass sie es scherzhaft meinte. "Was genau ist dein Problem? Du willst nicht mehr weitermachen, dir etwas Neues suchen. Ist es das?"

Er sah wieder auf die Tasten, holte tief Luft und blies sie geräuschvoll aus der Nase. "Genau das ist es eben nicht. Das will ich nicht, etwas Neues. Auch wenn mir als Pfarrer das Wichtigste fehlt."

Er redete vom Glauben. Seinem ganz persönlichen Glauben. Karen war froh, dass sie endlich darüber sprachen. Sie hob eine Schulter. "Und du willst mir nicht sagen, was passiert ist?"

Marc schnaufte auf. "Ich denke nach. Das ist passiert." Als Karen nichts antwortete, hob er kurz in einer hilflosen Geste die Hände. "Ich mach wahrscheinlich den Fehler, den viele machen. Ich stell ihn mir vor."

"Was soll daran falsch sein? Das macht doch jeder, schon als Kind haben wir das getan, oder?"

"Nein, ich meine nicht den alten Mann mit dem Bart!", antwortete er schnell. "Ich rede von seiner Existenz, an die wir glauben." Er machte eine Pause. "Dem rationalen Geist."

Sie versuchte zu verstehen. "Du meinst, du denkst darüber nach, was er so *denkt*?"

"Ja, was er fühlt, ob er überhaupt fühlt und denkt und sowas. Wenn er ein Wesen ist oder einfach nur existiert, muss er sich doch total allein fühlen. Wenn er überhaupt allein ist."

Karen rief sich die Vorstellung vom Himmel, die sie als Kind gehabt hatte in Erinnerung. Und an die vielen Engel, die dort waren. Die Geister der Toten. Und Jesus. Dem fabelhaften Wesen, der Verkörperung des Guten, war mit der Zeit all das Hässliche entgegengetreten, das sich heute im 21. Jahrhundert aufgrund der Deutung des Wesens von Gott ergab. Menschen, die sich dafür noch immer die Köpfe abschlugen, Kinder und Unschuldige töteten. *Wie viele Menschen sind für Allah, Christus und sonstige Götter bis heute gestorben?,* fragte sie sich. "Wir können nicht alles verstehen, das hast du mir selbst gesagt", versuchte sie ihm in Erinnerung zu rufen. "Ich hab dir mal gesagt, dass ich nicht großartig an einen Gott glaube. Daran hat sich nichts geändert."

"Aber *ich* glaube an ihn!", fuhr er sie an. "Schon immer. Ich möchte nur verstehen, warum! Und wie er so ist, ob er gut ist oder böse, ob ihm alles egal ist oder er sich Gedanken um uns macht. Er kann doch nicht ernsthaft ohne eine menschliche Eigenschaft sein, oder? Ein rationaler Geist, was ist das? Eine Art Computer? Es scheint so vieles nicht logisch zu sein."

"Hm, was glaubst du, ist er denn? Wenn nicht gütig oder gerecht, wie so allgemein gesagt wird."

„Egal, wie mächtig er ist, in jedem Fall sehr einsam", kam sofort Marcs Antwort. "Ein einsames uraltes Wesen, das sicher keine Lust auf beknackte Menschen hat, auf die er dauernd aufpassen muss." Marcs laute Stimme hallte im riesigen Raum der Kirche wider. "Ich meine, was sind wir denn für ihn? Winzige, unbedeutende, unzählig viele Wesen, die ständig irgendwelchen Mist bauen. Hättest du auf sowas Lust?"

In Karens Erinnerung blieb ein einziges Wort hängen. Einsam. "Du fühlst dich allein, stimmt's?" Sie drückte sich wieder an ihn. "Das bist du nicht. Kleiner Bruder!" Marc sagte nichts, und sie wusste nicht, ob sie das als Zustimmung werten sollte oder ob er glaubte, sie hätte ihn nicht verstanden. Er nahm ihre schmale Hand in seine.

"Es ist nicht die Einsamkeit", enthüllte er leise, "hat mir nie was ausgemacht, allein zu sein. Dafür hab ich doch diesen Beruf. Menschen, die mich brauchen. Nein, es ist das Nachdenken. Da könnte ich echt drauf verzichten." Er ließ ihre Hand los und senkte den Kopf. "Ich bin so müde. Die ganze Zeit. Es muss doch etwas geben, das dagegen hilft."

Nach diesem Abend redete Marc nicht mehr über seine Gedanken. Karen hörte ihn auch nicht wieder Orgel spielen. Er verkroch sich regelrecht in sich selbst.

Bisher war er mindestens einmal im Monat zum Essen oder auf ein Glas Wein bei Karen aufgetaucht. So war es, seit sie beide nicht mehr bei ihren Eltern wohnten.

Jetzt fanden solche Besuche gar nicht mehr statt. Es sah aus, als litt er unter etwas nicht Fassbarem.

Karen besuchte ihn nun fast täglich, in diffuser Angst, es könne etwas Schlimmes mit ihm geschehen sein, wenn sie den Buchladen hinter sich abgeschlossen hatte.

Sie versuchte, ihm mit Geschichten über die Kunden ein Lächeln ins Gesicht zu locken. Sie versorgte ihn mit dem Nötigsten und brachte, nachdem sich sein Zustand nicht gebessert hatte, auch Freunde mit.

Aber Marc wollte kaum noch das Bett verlassen; er wohnte förmlich darin.

Eine rätselhafte Müdigkeit und Lustlosigkeit hatte ihn gepackt.

Selbst das schwache Licht der Wintertage, das durchs Fenster in sein Bett leuchtete, tat seinen Augen weh.

Manchmal fand sie ihn unruhig schlafend, offenbar von heftigen Albträumen gepackt. Essen wurde zur Qual, und er nahm ab. Der kräftige, muskelbepackte Marc war nicht mehr wiederzuerkennen.

Als Karen ihn endlich überreden konnte, mit ihr einen Arzt aufzusuchen, stellte dieser nur eine massive Depression fest.

"Sie sind körperlich völlig in Ordnung", hatte er gesagt und ihm ein Antidepressivum verschrieben. "Und dass Sie ein bisschen abgenommen haben, tut Ihnen sicher ganz gut."

Marc nahm es regelmäßig, aber es half nicht. Im Gegenteil, er verkroch sich mehr denn je.

Nach Wochen fand sich ein Pfarrer aus einer der umliegenden Gemeinden, der für ihn die Vertretung übernahm.

Dann kam das Frühjahr.

Nach dem strengen Winter freuten sich die Menschen auf die Sonnenstrahlen.

Und als sich Mitte April immer mehr Pflanzen durch den Boden hoch zum Licht kämpften, merkte Marc endlich wieder, dass er lebte. Es war, als fließe sein Blut schneller und kräftiger durch seine Adern.

Zum ersten Mal verließ er, ohne dass ihn jemand dazu überreden musste, das Bett und schleppte sich ins Bad. Um den Kreislauf anzukurbeln, beschloss er zu duschen und erschrak, als er nackt in der Wanne stand und an sich heruntersah.

Nicht nur die sowieso schon blasse, fast schon weiße Haut erinnerte ihn an eine Leiche. Er hatte in den letzten Wochen auch kaum etwas gegessen, sodass ihn die vorstehenden Rippen und das verfilzte Haar aussehen ließen wie einen Kranken.

Als er sich vor dem Spiegel abtrocknete, starrten ihn seine Augen im Spiegelbild groß und blutunterlaufen an.

Erschöpft schlich er in die Küche, goss sich ein großes Glas Leitungswasser ein und setzte sich an den Tisch. Erst jetzt merkte er, wie durstig er war, und trank es gierig aus.

Aus den Mundwinkeln rann ihm das Wasser in Rinnsalen über das T-Shirt und auf den Tisch.

Noch nie, ging es ihm durch den Kopf, *hat kühles Wasser so gut geschmeckt.* Sofort füllte er sich das nächste Glas, hielt es mit beiden Händen fest und leerte es so hastig, dass er sich verschluckte. Hustend stellte er das leere Glas ab und holte tief Luft, als es ihm besser ging. Tränen rannen ihm über die Wangen und tropften auf das sowieso schon nasse Shirt.

Auf der anderen Straßenseite holten die Jungs seiner Nachbarn gerade ihre Räder aus der Garage. Zum ersten Mal im neuen Jahr. Marc sah durchs Fenster zu ihnen hinüber. Man konnte ihnen ansehen, wie glücklich und erleichtert auch sie darüber waren, dass der Winter bald vorüber war, und darüber, endlich wieder mit ihren Rädern auf der Straße, auf der immer noch Schneereste lagen, spielen zu können. Tobend und vor Freude quietschend nahmen sie beim Fahren jede vereiste Bordsteinkante ohne Rücksicht auf die Räder. Schmelzwasser spritzte auf.

Trotz der, im Vergleich zu den letzten Wochen, milden Temperaturen war der Himmel noch wolkenverhangen. Aber über der dünnen Decke konnte man den heißen Sonnenball schon erahnen. Marc versuchte, sich die Sonne darüber vorzustellen. Er fand, es sah aus, als brenne sie sich regelrecht durch den Nebel der Wolken durch.

Er stand auf, öffnete das Fenster und ließ kalte, klare Luft herein. Sein nasses Shirt störte ihn nicht.

Dann setzte er sich ans geöffnete Fenster, stützte sich mit dem Arm auf den Tisch und legte gedankenverloren den Kopf auf die Hand.

Eine bequeme Position.

Träumend sah er immer wieder zum Himmel. Er versuchte abzuschätzen, wann es dem feurigen Himmelsball wohl gelingen würde, die Wolken zu durchbrechen. Fast schon spürte er die warmen Strahlen, die sie zu ihm herunterschicken würde.

Die Sonne war immer schon eine Feindin gewesen, hatte ihn verbrannt und seiner hellen Haut geschadet. Kein Urlaub war vergangen, ohne dass er sich mit Sonnenbrand herumzuschlagen hatte.

Jetzt, am Fenster, sah er in die neblige Sonne und hatte das Gefühl, es kaum erwarten zu können, ihre kräftige und energievolle Berührung auf seiner Haut zu spüren.

Er war immer noch dabei, darüber nachzudenken, als er hörte, wie die Haustür geöffnet wurde.

Es war Karen. Mit der rechten Hand trug sie eine Tüte mit Einkäufen herein. Vor Überraschung ließ sie alles fallen, schlug beide Hände vor den Mund und schrie erschrocken auf.

Der Schlüsselbund klapperte laut, als sie schnell die Tüte aufnahm, sie auf den Tisch warf und mit wenigen Schritten bei ihm war, um ihn zu umarmen. Sie umfasste seine feuchte, kalte Schulter und begann zu schluchzen. Marc spürte ihre Tränen seinen Nacken herunterlaufen.

"Gott", stieß sie erleichtert hervor, "ich fürchtete schon, wir hätten dich verloren." Sie sah an ihm herunter und schüttelte den

Kopf. Er sah immer noch mager und verwirrt aus. Doch sein Gesicht hatte wieder einen Anflug von Farbe.

Mit ungeduldigen Bewegungen machte er sich von ihrer Umarmung frei und sah sie endlich mit klarem Blick an. "Wieso denn?" Er zwinkerte. Mit einem Lächeln auf den Lippen lehnte er sich im Sitzen zurück. Den Kopf ließ er in den Nacken fallen, und es sah aus, als mache er Pläne.

Dann sah er wieder aus dem Fenster, gerade, als die Wolkendecke aufriss und die immer noch tief stehende Sonne endlich die Wolken durchbrach. Lächelnd kniff er geblendet seine Augen zusammen. "Karen, es wird Frühjahr! Sieh dir doch dieses Licht an!"

Karens verständnisloser Blick wanderte zum offenen Fenster. "Licht? Wieso, welches Licht? Und warum sitzt du hier in der Kälte?"

Sie löste sich von ihm, schloss schnell das Küchenfenster und drehte die Heizung höher. "Zieh dir was an! Du weißt, dass draußen noch Schnee liegt, oder?" In ihrer Stimme schwang ein leiser Vorwurf mit.

Aber als er sie mit fast kindlichem Blick lächelnd ansah, musste sie wieder lachen, und Tränen standen in ihren Augen.

In den nächsten Tagen lebte Marc auf. Er begann, wieder zu essen, und konnte einen Sonntag später seine erste Predigt in der Kirche halten. Man sah ihm die Wochen seiner Krankheit zwar noch an, doch allmählich wurde er wieder der Marc, den jeder gekannt hatte.

Als dann der Frühling sich endlich gegen das nasskalte Wetter durchsetzte, hatte Marc das Gefühl, dass es nichts gab, das ihn aufhalten könne.

Frühling

Niederod, Frühlingsbeginn

Duschen in der Sonne,
Energie spüren, ins Leere wachsen.
Räume mit Flächen füllen.
Energie, die zum Tanzen bringt,
zum Strömen und wiegende Halme im Wind.

Marc hatte sich nie großartig für Pflanzen interessiert. Er war ein Stubenhocker, hatte seine Mutter immer behauptet. Auch wenn er das immer als Übertreibung angesehen hatte, wusste er, dass sie im Grunde recht hatte.

Draußen war man dem Wetter ausgesetzt, konnte sich eine Erkältung oder, so wie er, noch viel eher einen Sonnenbrand holen. Überhaupt hatte er einmal beschlossen, dass dieser Himmelsstern zu heiß war.

Auch die Weite einer Landschaft machte ihm Probleme. Er empfand sie immer als hoffnungslos langweilig, und wenn er verreiste, war er danach froh, wieder zu Hause zu sein.

Marc hatte immer schon das Gefühl gehabt, alles, was im Leben interessant war, fand drinnen statt. Sein Schreibtisch oder abends mit Freunden in Kneipen unterwegs zu sein, das waren Dinge, bei denen er sich wohl fühlte.

Karen hatte ihm von ihrem wöchentlichen Joggen erzählt. Sie hatte behauptet, sie habe es damit geschafft, ihre helle Haut langsam an das Licht der Sonne zu gewöhnen. Nicht, dass sie braun war, das war bei ihr, genau wie ihm, nahezu ausgeschlossen. Aber sie wurde irgendwie unempfindlicher.

In der Zeit seiner der tiefen Depression hatte Marc einiges an Gewicht verloren. Von Karen ließ er sich überreden, es zu halten zu versuchen und deshalb einmal in der Woche mit ihr zu laufen. Zwei Läufer mit karottenroten Haaren, eine schlanke, hübsche Elfe und ein bärtiger Bär.

Sonst ging er normalerweise höchstens mal auf die kleine Terrasse, die man vom Büro aus betreten konnte. Und das auch nur, um nach stundenlangem Sitzen am Computer oder über seinen Büchern ein bisschen Luft zu schnappen.

Das riesige Gelände des Pfarrgartens mit den alten Bäumen und den bunten Beeten überließ er den angestellten Gärtnern und einigen Freiwilligen aus der Gemeinde. Die kümmerten sich gerne darum.

Dieses Jahr jedoch interessierte er sich erstmals dafür, was im Garten vor sich ging.

Eines Tages sah er durchs Fenster einen Fremden in Latzhose, der von einem Betrieb aus dem Nachbarort kam.

Sein weißer Lieferwagen mit Aufdruck stand am Straßenrand.

Als er die Beete und Hecken vom vergangenen Winter in Ordnung brachte, zog Marc es hinaus in den Garten, zunächst auf die Terrasse. Von hier aus konnte er dem Mann ein wenig zusehen.

Marc bemerkte zum ersten Mal, wie sorgfältig und liebevoll der Mann mit den kurzen, gewellten Haaren mit den Pflanzen umging. Vorsichtig schnitt er alte, dürre Äste ab, kürzte die Stauden an den scheinbar richtigen Stellen und rechte vertrocknete Blätter von der Wiese. Marc nickte dem Mann zu, als der bemerkte, dass er auf der Terrasse stand.

Er schlenderte zu ihm hinüber.

"Sie können das richtig gut", begann er ein Gespräch und sah sich die noch blattlosen Äste an. "Man merkt, dass Ihnen was an den Pflanzen liegt."

Der junge Mann blickte ihn an und grinste. "Na ja, das ist eben mein Job." Er gab Marc die Hand. "Moebus", stellte er sich vor und hob symbolisch seine schmutzige Hand. "Aber Sie können mich Alex nennen, wenn Sie wollen. Ich hab Landschaftsarchitektur studiert, und mir gehört der Betrieb im Nachbarort. Sie können uns ja mal besuchen.“

Marc folgte dem Blick des Mannes auf den kleinen Wagen, mit dem er angereist war.

„Moebus Plant Equipment ist keine reine Gärtnerei“, erklärte der Mann und hob dabei einen der herumliegenden Äste auf. Marc sah die braunen Ränder unter seinen Fingernägeln, als er ihn zu den anderen auf die Wiese legte. „Wir verkaufen eigentlich Gewächshäuser, Pavillons. Und natürlich Zubehör. Wir sind gerade in einer Phase, in der wir uns auf einen weltweiten Vertrieb vorbereiten. Aber ich brauche natürlich immer noch den Umgang mit den Pflanzen."

Er strich liebevoll über den harzigen Stamm eines Baumes. "Wenn ich die nicht richtig behandle, rächt sich das in ein paar Wochen. Der Jasmin zum Beispiel", er bückte sich, bog einen der kahlen Äste, die aus dem Boden ragten und an dem schon erste Knospen zu erkennen waren. "Den habe ich letzten Herbst richtig runter geschnitten. Deshalb wird er dieses Jahr explodieren, wie eine Bombe."

Marc zog die Brauen zusammen. "Explodieren? Wie das?"

Der Gärtner lachte auf. Ein melodisches Lachen. "Na explo dieren halt. In ein paar Wochen werden Sie es riechen. Der treibt kräftig aus. Jasmin riecht wahnsinnig intensiv. Ein echt schwerer Duft. Dahinten", er richtete sich auf und deutete auf eine Stelle an der Hecke neben der Mauer, "da hab ich Kapuzinerkresse gesät. In die alten Steintröge, die dort stehen. Das wird ein wahres Blütenmeer, Sie werden schon sehen."

Marc ging ein Gedanke durch den Kopf, und es war ihm, als hätte er ihn schon gehabt, als er den Garten betreten hatte. Er hob mit nachdenklichem Blick die Hand. "Sie kennen sich doch mit sowas aus, stimmt´s? Vielleicht können Sie mir helfen. Mich beschäftigt da nämlich eine Frage, und wo Sie schon mal hier sind … warten Sie bitte!"

Ehe Moebus etwas sagen konnte, hatte sich Marc schon umgedreht und war im Pfarrhaus verschwunden.

Er ging zum Regal, nahm das Ledersäckchen und hob es an seine Nase. Nach der langen Zeit kam ihm die Geschichte mit Pauls Vermächtnis immer noch ziemlich komisch vor. Aber er liebte das angenehme Gefühl, wenn er die kleinen bunten Perlen in seiner Hand hielt. Ihre glatte Oberfläche und vor allem ihren anziehenden Duft.

Marc sog gierig die Luft ein und musste lächeln. Jetzt konnte er vielleicht erfahren, was es damit auf sich hatte.

Schnell war er im Garten und hielt dem jungen Mann eines der rötlichen Kügelchen hin.

Moebus zog nachdenklich die Augenbrauen zusammen. Er wirkte überrascht. "Wo haben Sie *das* denn her?", fragte er und nahm es.

Er hob es sich vors Gesicht, sah es mit misstrauischem Blick genau an und drehte es zwischen den Fingern. Dann schüttelte er bedauernd den Kopf. "Nein. Sowas Exotisches hab ich noch nie gesehen. Tut mir leid." Auch er hatte anscheinend den Duft, den es ausströmte, bemerkt, denn ohne Marc noch einmal anzusehen, hielt er sich das Samenkorn unter die Nase und roch daran.

Marc sah, wie der Gärtner genießerisch die Augen schloss und sich sein Mund zu einem Lächeln verzog. "Hm, wenn mich nicht alles täuscht, riecht das nach Himbeere." Er schnupperte immer noch und sog die Luft geräuschvoll ein. "Und Rose. Ein bisschen wenigstens."

Langsam öffnete der Mann wieder seine Augen, und Marc fürchtete für einen Augenblick, der Gärtner wolle das Korn behalten, es mit einer schnellen Bewegung einfach einstecken.

Es entstand eine merkwürdige Pause, und Moebus überlegte wohl.

Marc strich sich unsicher über die kurzen Haare. Er begann zu schwitzen und behielt das kleine Samenkorn, das der Mann wieder zwischen Daumen und Zeigefinger begutachtete, im Blick. Er wünschte sich plötzlich, er hätte es niemals diesem Idioten gegeben.

Moebus Miene hellte sich plötzlich auf. "Graben wir es doch einfach ein!", schlug er vor, drehte sich um und lief auch schon mit großen Schritten in den hinteren Teil des Gartens. Dort bückte er sich und strich die Äste der Büsche weg.

"Da, zwischen den beiden Johannisbeersträuchern. Dort ist genug Platz, und da besteht auch keine Gefahr, dass jemand aus Versehen mit dem Rasenmäher drüber fährt. Hier bekommt sie genug Sonne, könnte ich wetten."

Marc stand wie versteinert da. Er hatte auf einmal das Gefühl, etwas Wichtiges werde ihm aus der Hand genommen. Etwas, das wichtiger und dringender war als alles davor.

"Nein!", rief er und beeilte sich, Moebus nachzurennen.

Die Vorstellung, dass dieser Mann das Korn, ohne groß zu fragen, in die Erde drücken könnte, erschien ihm auf einmal schier unerträglich. Er packte den Gärtner, der sich noch nach der passenden Stelle umsah, grob am Ärmel und zog ihn von den Sträuchern weg.

Der starrte ihn erschrocken an, aber Marc lockerte seinen Griff nicht. Mit der anderen Hand, die er geöffnet hinhielt, forderte er mit strengem Blick das Korn zurück.

"Geben Sie mir das wieder her, bitte! Ich denke, es wäre nicht gut, sie zu vergraben, zumal die Dinger gar nicht mir gehören!"

Moebus starrte Marc entsetzt an. Er öffnete den Mund, um etwas zu sagen, schloss ihn aber wieder. Dann machte sich Ärger in seinem Gesicht breit. Er entzog sich mit einer überraschenden, flinken Drehung Marcs festem Griff und sprang schnell einen Schritt zur Seite.

"Hey!", rief er, als der Pfarrer wieder versuchte, nach ihm zu fassen, aber ins Leere griff. "Spinnen Sie jetzt, oder was?"

Verärgert warf er das Samenkorn achtlos in Marcs Richtung auf die Wiese und hob kopfschüttelnd die Hände, sodass man seine leeren Handflächen sehen konnte. In seinen Augen spiegelte sich Fassungslosigkeit. "Was *wollen* Sie überhaupt von mir? Glauben Sie, ich hab´s nötig, mich an ihren dämlichen Körnern zu vergreifen? Ticken Sie noch richtig?"

Marc hörte ihm nicht mehr zu. Er war in die Hocke gegangen und wühlte mit beiden Händen fieberhaft im Gras.

Der Mann neben ihm schüttelte den Kopf, murmelte noch ein paar Verwünschungen und schlich langsam zurück zu seinen Gartengeräten. Leise fluchend packte er sie zusammen.

Marc hörte nichts von all dem.

Er beschloss, sich zu konzentrieren.

Mit klopfendem Herzen legte er an den Stellen, an denen er das verlorene Samenkorn vermutete, jeden Grashalm um und rieb mit den Händen über die Wiese.

Doch die kleine gemusterte Kugel blieb verschwunden, so gründlich er auch suchte.

Eine merkwürdige Mischung aus Schuldbewusstsein gegenüber dem letzten Willen eines Sterbenden und einer Neugier darauf, was nun geschehen würde, breitete sich in ihm aus.

Völlig aufgewühlt kniete er sich auf die feuchte Wiese und überlegte. Was sollte schon passieren, wenn er es nicht wiederfand? Nichts, oder? Es waren Samenkörner. Es war nicht mal sicher, dass das Ding austrieb. Und es hatte keinen Sinn, sie noch länger zu behalten.

Er spürte, wie sich die Feuchtigkeit am Stoff seiner Hosen ausbreitete. *Noch heute,* nahm er sich vor, *werde ich die anderen sieben verbrennen. Wie versprochen. Am besten jetzt sofort.*

Er hatte es plötzlich sehr eilig. Pauls merkwürdige Warnung fiel ihm wieder ein. Und der dringende Ton, in dem er sie ausgesprochen hatte.

Schnell ging er zurück ins Haus, holte eine Schüssel aus dem Küchenschrank und das Beutelchen mit den restlichen Samen.

Auf dem Tisch, der auf einer kleineren Terrasse unter einem Vordach stand, arrangierte er alles. Unten in die Schale schüttete er die restlichen sieben Samenkörner aus dem Beutel, knüllte Papier von einem Stapel alter Zeitungen, die er in der Küche fand, zusammen, schichtete es darauf und steckte es mit Streichhölzern an. Die Flammen züngelten am Papier und fraßen sich viel zu schnell durch. Marc fürchtete schon, das Feuer würde vorzeitig ausgehen.

Mit fliegenden Fingern zerriss er weitere Zeitungsseiten, mit denen er die Flammen fütterte, und versuchte so, das Feuer in Gang zu halten, doch sehr schnell wurde es wieder bedrohlich klein.

Er strich sich nervös eine Strähne aus dem Gesicht und versuchte, die aufkommende Panik zu unterdrücken. Aber das Feuer wollte einfach nicht richtig brennen!

Holz, fiel ihm ein. Dem Feuer fehlt die Grundlage, das Holz!

Schnell sprintete er in den Garten und sah sich um.

Vor dem Pavillon fand er ein paar abgeschnittene Äste, die dort vom letzten Herbst im Trockenen lagen, nahm sie und warf sie in das immer schwächer werdende Feuer.

Die Flammen erfassten sofort das trockene Holz, wuchsen, und schnell füllten sie die gesamte Schale aus. Gut, stellte er erleichtert fest, so würde es sicher funktionieren.

Mit schnell klopfendem Herzen ließ er sich auf einen der Gartenstühle fallen und sah gebannt in die kleinen Flammen.

Tief unten stellte er sich vor, würden die kleinen Kügelchen von der Hitze aufplatzen, sich verformen und verbrennen. Minuten später war alles heruntergebrannt.

Der Qualm verzog sich in langen Schlieren in Richtung Nachbarort.

Marc sah ihm eine Weile nach und erhob sich dann erwartungsvoll von seinem Stuhl. Mit forschendem Blick näherte er sich der Schale und sah auf den schwarzen, rauchenden Haufen.

Er wartete, bis die Asche abgekühlt war, schüttete sie auf eines der übrigen Papiere, das er wie einen Teller auseinander gefaltet hatte.

Dann untersuchte er sie mit einem Kugelschreiber. Immer wieder kratzte er durch das schwarze Pulver auf der Zeitung, doch von den Samenkörnern war nichts mehr zu entdecken.

Noch während sein Stift Bahnen durch die Asche zog, machte sich Erleichterung in ihm breit.

Er schlug die schwarzen Reste in das Papier ein, knüllte es zusammen, presste es, so fest er konnte, zu einem Ball. Es fühlte sich an, als falle eine Last von seinen Schultern. Tief atmete er auf. Dann trug er alles zu den Mülltonnen und warf es hinein. Sogar die Schüssel entsorgte er. Jetzt würde er die Sache vergessen, nahm er sich vor. So schnell es ging!

Als er am nächsten Tag an seinem Schreibtisch saß, schrieb er eine Notiz an den Kirchenvorstand.

Die Gartenpflege sollte doch bitte ein anderer Pflanzenhof übernehmen. Der bisherige sei schlampig und vernachlässige die Pflege der Pflanzen.

Diesen widerlichen Typen wiederzusehen, kam ihm plötzlich unmöglich vor. Überhaupt wäre es doch schön, selbst mehr im Garten zu machen, sich alles anzusehen. Den hinteren Teil des weitläufigen Gartens, die Stelle, an der das einzelne Samenkorn verloren gegangen war, würde er im Auge behalten. Vorsichtshalber.

Eine Entscheidung

Niederod, Sommeranfang

Eins werden.
Immer – uns, das Schönste, locken, locken und vereinen.
Schmerzen werden durch Winde getragen.

Schon seit Tagen konnte Marc nicht mehr richtig schlafen. Meist hatte er Albträume, die ihm Angst machten und ihn auch nach dem Aufwachen noch verfolgten, sich in seine Gedanken stahlen.

Es waren Träume von Flucht und Jagd, immer so, dass er entweder vor etwas floh oder jemanden oder etwas verfolgte.

Manchmal erwachte er mitten in der Nacht, lag lange wach, grübelte über sein Leben und die Zukunft nach und verlor dabei jedes Zeitgefühl.

So war es immer, und komischerweise fühlte er sich an den Tagen danach ausgeschlafen. So als hätte er eine völlig entspannte Nacht im Tiefschlaf verbracht, nicht wachliegend und erschrocken über seine Phantasien.

Daneben entdeckte er eine völlig neue Seite an sich.

Er widmete seinem Garten mehr Zeit. Insbesondere der Teil des Gartens, an dem eine neue Pflanze zu sprießen begonnen hatte, bekam seine ganze Aufmerksamkeit. Dem Kirchenvorstand hatte er mitgeteilt, dass er nun die Pflege des Gartens selbst übernehmen würde.

Marc studierte Bücher und tat, was er konnte, um dem jungen Trieb so gut wie möglich beim Wachsen zu helfen.

Täglich sah er sich die Fortschritte an, und schon nach wenigen Wochen hatte die Pflanze sich zu einem stattlichen hüfthohen Gewächs gemausert.

Trotzdem wollte er mehr wissen. Eigentlich mehr, als ihm die unzähligen Bücher, die er sich inzwischen gekauft hatte, vermitteln konnten.

Dann tauchte diese Unbekannte auf. In jedem seiner immer wirreren Träume.

Anfangs wusste er nicht, dass sie es war, dass sie sich wahrscheinlich hineingeschlichen hatte, in seine Gedanken, wenn er schlief. Denn sie schlüpfte jedes Mal in eine andere Gestalt.

Einmal war sie eine Katze, die ihr schwarzes Fell leckte und ihn aus geheimnisvollen Augen ansah, dann eine Hyäne, die ihn unerbittlich jagte und zur Flucht in Abgründe trieb. Doch egal, welches Erscheinungsbild sie annahm, es war immer eine geheimnisvolle Unbekannte, mit einem vielsagenden Lächeln, die ihm dort, in seiner Traumwelt begegnete.

Eines Nachts, als er gerade wieder schweißgebadet erwacht war, setzte er sich schlaftrunken auf.

Er ging barfuß, wie in Trance, in die Küche und trank ein Glas Wasser. Er fühlte sich fiebrig und verschwitzt, und als er auf das Thermometer am Fenster sah, zeigte es 19 Grad an. Kein Wunder. Bei diesen Nachttemperaturen war an Schlaf nicht zu denken.

Marc warf einen Blick auf die Uhr. Kurz nach Mitternacht. Und kein bisschen müde.

Als er sich mit dem Glas ans Fenster stellte und auf die menschenleere Straße hinaussah, kam ihm ein Gedanke.

Die letzten Tage waren zu heiß für Sport im Freien gewesen. Aber jetzt, überlegte er und sah sich durchs Fenster den Sternenhimmel an, tief in der Nacht, war es kühl genug.

Anfangs widerstrebte ihm die Vorstellung davon, wenn alle schliefen, durch den Ort zu laufen, doch warum eigentlich nicht? Dies war eine großartige Nacht dafür.

Als er den Entschluss gefasst hatte, erhöhte sich sein Puls in Vorfreude. Er zog sich schnell seine Hose und das T-Shirt über und schlüpfte in seine Laufschuhe.

Mit einem letzten Handgriff schnappte er sich eine Plastikflasche mit Wasser, die auf dem Tisch stand, verstaute sie in seinem Rucksack, den er dann auf dem Weg zur Tür schulterte.

Dass er nicht schon früher darauf gekommen war! Schon seit Wochen schlug er sich die Nächte um die Ohren und bedauerte die Zeit, die er wach mit Grübeln verlor. Dabei war sie doch so wertvoll! Kühl und einsam; ideal zum Laufen. Er trat auf die Straße. Die Dunkelheit störte nicht, im Gegenteil, gab ihm der dadurch klar sichtbare Sternenhimmel über sich das Gefühl, mit dem Weltall eins und damit Gott ein Stück näher zu sein

Normalerweise, wenn er tagsüber im Ort unterwegs war, traf er ständig Leute, die er kannte.

Nun aber, nachts und völlig allein, hatte sich die Welt verändert. Vor ihm lag die Straße, einsam wie nie, und in keinem der Häuser, an denen er vorbei ging, brannte Licht.

Mit schnellen Schritten lief er bis ans Ende der Straße, bog ab und fand sich am Rand des Ortes wieder. Hier verließ er die breite Straße und trat auf den schmalen Radweg, der zwischen diesem und dem Ortsteil, in dem Karen wohnte, verlief. Sie nahmen ihn oft, wenn sie zusammen joggten, und er verlief parallel zur Straße. Durch den hellen Vollmond, der die Umgebung in ein angenehmes Licht tauchte, war es auch nicht besonders dunkel.

Gemächlich, in langsamem Tempo, fand er allmählich seinen Rhythmus und genoss es, seine Gedanken fließen zu lassen. Es war wie eine Befreiung. Niemand kontrollierte ihn, sah ihn an und grüßte ihn oder registrierte seine anfangs holprigen Schritte.

Morgen früh standen keine wichtigen Termine an. Marc stellte sich vor, wie er bald nach Hause kam, seine verschwitzten Kleider auf den Boden warf, sich ins Bett legte, ohne vorher zu duschen, um dann entspannt einzuschlafen. Mit diesem guten Gefühl und einem leichten angenehmen Gegenwind ließ er sich treiben.

Er genoss den Lauf.

Doch kurz vor den ersten Häusern am Ende des Radwegs hörte er von weiter weg am Waldrand neben sich ein Geräusch. Es klang wie ein Zischen, das plötzlich die Stille durchbrach, und es hörte sich an wie ein unbändiger Luftstrom, der durch einen engen Durchlass gepresst wurde und sich dagegen wehrte, indem er alles in Aufruhr versetzte.

Marc blieb stehen, lauschte und sah sich um, bis er die Richtung, aus der es kam, lokalisieren konnte. Irgendwo im Schwarz hinter den Bäumen, schätzte er, hatte dieses Rauschen seinen Ursprung. Obwohl dieses Gerät, denn um nichts anderes konnte es sich handeln, sicher ziemlich weit entfernt war, war klar, dass bei dieser Lautstärke mit viel Kraft Luft geblasen wurde. Das Geräusch war völlig gleichmäßig, um dann plötzlich, in der nächsten Sekunde, wieder zu verstummen.

Nur eine halbe Minute später begann es wieder, hartnäckig und stark.

Marc verließ den Weg und ging einige Schritte auf die Wiese. Er versuchte, etwas in diesem großen, schwarzen Gebiet, in dem er den Wald vermutete, zu erkennen. Und tatsächlich war da ein schwaches, hellgelbes Flackern, das immer, wenn das Rauschen begann, dort aufleuchtete. Wie eine kleine Flamme, die an- und ausging und die zischte.

Marc wurde bewusst, dass er sich mitten in der Nacht, ganz allein, nahe einem dunklen Wald befand. Merkwürdige Geräusche und helles Leuchten hatten ihn hierher gelockt.

Die Neugier brannte in ihm. Von übertriebener Spontanität und Risikofreudigkeit hatte er sein ganzes Leben lang nichts gehalten. Deshalb wäre er normalerweise, ohne Zweifel, weiter gelaufen oder nach Hause umgekehrt.

Doch stattdessen fand in ihm ein Kampf statt. Lief er, ohne auf seine innere Stimme zu hören, auf das Licht zu, entfernte er sich vom Weg und damit von allem, was er eigentlich für richtig hielt.

Völlig idiotisch, ging es ihm durch den Kopf, als er tatsächlich schon die ersten Schritte über die Wiese ging und sich langsam und vorsichtig dem Wald näherte.

An schnelles Laufen war nicht mehr zu denken. Das Halbdunkel des Mondes, das ihn sofort umfing, ließ ihn über Wurzeln und kleine Kuhlen im Gras stolpern, und einmal wäre er fast gestürzt. Kleinere Gräben, ein Weidezaun und eine kaum merkliche Anhöhe waren zu bewältigen.

Dann hatte er endlich den Waldrand erreicht.

Es roch nach Erde und verfaulten Blättern. Dort musste er durch, wollte er den Ursprung des Lichts finden.

Doch hier gab es keinen Weg, und die Zweige der Bäume reichten fast bis zum Boden. Sie bildeten einen natürlichen Zaun, der zunächst von außen unüberwindbar erschien. Nur unten, am Boden, gab es einen kleinen Spielraum, der nutzbar war.

Ohne auf sich zu achten, rutschte er auf den Knien über feuchten Matsch und duckte sich unter die harten, kratzenden Äste. Er spürte die Feuchtigkeit auf der Haut; die dünne Jogginghose klebte an seinen Beinen.

Marc bemerkte es, doch es kam ihm unwichtig vor. Wenn er den Kopf hob, sah er nur noch das helle Licht zwischen den Bäumen, wie es aufflackerte und wieder erlosch.

Es waren nur ein paar Meter, dann öffnete sich der Wald, und ein schmaler Weg wurde sichtbar.

Hier waren einmal vor einiger Zeit Bäume gefällt worden. Marc bemerkte tiefe Rinnen, die davon zeugten, dass sich Waldarbeiter mit ihren schweren Fahrzeugen bewegt hatten. Es wurde jetzt einfacher, sich unter dem dunklen Dach der riesigen Bäume zu bewegen.

Marc trat, mehr tastend als sehend, in die Furche, immer von einem Stamm zum nächsten. Er sah das Leuchten deutlicher. Den Blick als Fixpunkt, den es anzusteuern galt, fest auf das immer wiederkehrende Aufflackern gerichtet, näherte er sich dem Zischen, dessen Lautstärke zunahm.

Auch das helle Flackern gewann an Intensität, und irgendwann sah Marc, dass es Flammen waren, die wie aus einer Sprühdose in die Luft fauchten.

Bisher hatte er noch keine Idee, was hinter dem Tosen der hellgelben Flammen stecken konnte, doch nun blieb er staunend zwischen den Bäumen stehen.

Es war unglaublich, denn da war ein riesiger dunkelgrüner Ballon, der sich über dem Flackern ausdehnte. Er wurde jenseits des Waldes auf einer Lichtung von einem fauchenden Brenner erwärmt.

Die große leuchtende Kugel war anscheinend noch nicht straff genug, um aufsteigen zu können. Sicher fehlte noch einiges an Wärme.

Der schöne grüne Stoff schlug noch tiefe Falten, die sich im Wind immer wieder in Wellen ausdehnten und zusammenzogen.

Marc bemerkte noch etwas anderes. Es war ein süßer, angenehmer Duft, der an eine Blumenwiese erinnerte oder ein sehr teures Parfüm.

Langsam ging er weiter, und das Fauchen des Brenners wurde mit jedem Meter, den er zurücklegte, lauter. Als nur noch ein schmales Band von kleineren Bäumen das Ende des Waldstücks ankündigte, musste er seinen Kopf in den Nacken legen, um den ganzen Ballon zu sehen.

Schnell überstieg er den letzten kleinen Graben zwischen dem Waldrand und einem befestigten geteerten Weg und trat mit klopfendem Herzen auf die Wiese.

So nahe war er einem Heißluftballon noch niemals gewesen. Dass sie so riesig waren, hätte er nicht gedacht.

Auf dem Gras stand ein geflochtener brauner Korb, der unter der gewaltigen, wabernden Kugel sehr klein wirkte. Die Person darin drückte immer wieder zwei gebogene Stangen zusammen, und ein heißer Feuerstrahl wurde über ihr in das Fluggerät geblasen.

Jedes Mal, wenn sie das tat, wurde sie ein wenig vom Leuchten des Feuers erhellt.

Doch etwas stimmte nicht daran.

Eine Frau, schoss es Marc durch den Kopf, und er staunte darüber, wie eine so schmale und zierliche Person mit derart sicheren Bewegungen diesen übergroßen Ballon unter ihre Kontrolle bringen konnte.

Sie musste ein Profi sein, denn ihre Bewegungen waren fließend und sicher. Doch warum füllte sich das Ding nicht richtig, und wie konnte es sein, dass sie alleine unterwegs war, noch dazu nachts?

Langsam trat Marc näher heran und beobachtete das Manöver. Jetzt erst erkannte er, wie sich langes, hellblondes Haar um die schmalen Schultern der Fremden legte.

Das Rauschen war inzwischen zu einem lauten, berstenden Sturm herangewachsen.

Als er endlich den Korb erreicht hatte, sah er, dass sie ihn wohl noch nicht bemerkt hatte, denn sie beschäftigte sich weiter mit dem Brenner.

Es war ihm fast schon ein wenig peinlich, eine fremde Frau alleine nachts auf einer menschenleeren Wiese anzusprechen.

Er stellte sich vor, wie es ihm selbst gehen würde, wenn hier im Dunkeln ein fremder Mann auftauchen würde. Dies war eine Frau, und er bezeichnete sich selbst manchmal scherzhaft als Rübezahl, stark und groß, wie er war.

Deshalb und weil er damit rechnete, dass sie erschrocken oder wenigstens verunsichert reagieren würde, überlegte er sich, sie schon ein paar Meter vor dem Korb auf sich aufmerksam zu machen.

"Hallo", versuchte er gegen den Krach anzubrüllen und winkte. "Kann ich Ihnen helfen?"

Die Frau erstarrte tatsächlich in ihren Bewegungen, ließ die Stangen des Brenners los, lehnte sich an den Rand des Korbes und sah ihm entgegen.

Das Zischen verstummte, und die helle Flamme erstarb. Im Dunkeln, ohne das Licht des Brenners, war sie nicht viel mehr als eine Silhouette, die sich vom mondhellen Himmel abhob.

Es hatte fast den Anschein, sie warte auf ihn, schoss es ihm durch den Kopf.

Als er schon ganz nahe war, bückte sie sich und hob etwas vom Boden des Korbes auf. Es war eine kleine Campinglampe, die sie an eine der Stangen über sich hängte.

Marc war sich nicht sicher, ob er es wagen sollte, ohne ausdrückliche Erlaubnis noch näher heranzukommen. Er wusste, welchen ersten Eindruck er mit seinem massigen Körper vor allem bei Frauen machte.

Deshalb blieb er sicherheitshalber noch einige Schritte vom Korb entfernt stehen und wartete ab. Doch sie winkte ihn heran, und als er näher kam, fiel es ihm schwer zu glauben, was er sah.

Bisher war die Unbekannte nur eine schemenhafte Gestalt, die sich am Brenner des Ballons zu schaffen gemacht hatte. Sicher, sie stellte sich für eine Frau recht geschickt an, und sie hatte wahrscheinlich auch eine gewisse Erfahrung. Aber ohne es wirklich zu denken, hatte Marc, als er Schritt für Schritt näher kam, eine kräftige, eher praktisch veranlagte Frau erwartet.

Was ihn nun aber zwischen den Seilen des Korbs lächelnd und entspannt ansah, glich eher einem schlanken und grazilen Model.

Marc musste schlucken und warf ihr einen ungläubigen Blick zu. Im Schein der Lampe blinzelte ihn die stark geschminkte, blonde Schönheit an, als sie sich ihre langen glatten Haare mit einer wie einstudiert wirkenden Bewegung über die Schulter warf.

Sie war fast nackt, sah man von dem engen, tief ausgeschnittenen Top und dem kurzen Rock über ihren langen Beinen ab. Einen Augenblick lang war Marc sprachlos, regelrecht verunsichert. Dann fasste er sich wieder.

"Ähm, Sie sind ganz alleine hier?", fragte er mit brüchiger Stimme. "Also, ich jogge hier manchmal nachts und ...", er zuckte unschlüssig mit den Schultern, "da hab ich Sie gesehen. Vielleicht brauchen Sie Hilfe, hab ich mir gedacht."

Seine letzten Worte waren mehr gemurmelt, als gesprochen, und noch während er sie aussprach, fiel ihm auf, wie unwahrscheinlich es klingen musste, dass er auf dieser abgelegenen Wiese joggte, noch dazu nachts.

Das Lächeln, zu dem sich ihre rotgeschminkten Lippen verzogen, war unbeschreiblich. "Danke, das ist furchtbar nett von dir, wirklich. Aber ich habe ja noch meine Schwestern. Wir probieren hier heute Nacht nur was aus."

Bei ihren letzten Worten trat eine weitere Frau aus dem Dunkel hinter dem Korb hervor und sah ihn neugierig an. Marc fühlte sich von oben bis unten gemustert.

Auch sie bewegte sich leichtfüßig und sicher. "Wir haben Besuch!", rief sie, lächelte und wandte den Kopf dabei leicht, fast, als wolle sie es jemandem, der hinter ihr stand, berichten.

Als ein Windstoß ihr eine Strähne ins Gesicht blies, fuhren ihre schlanken Finger durch ihr kurzes Haar, das sie fast jungenhaft aussehen ließ und einen satten, dunklen Braunton hatte.

Auch sie war auffallend schlank und trug eine kurze, schwarze Hose, die ihre Beine betonte.

"Alina übt nur ein bisschen den Umgang mit dem Brenner", erklärte sie. "Sie ist die Einzige, von uns, die das Ding noch nicht so richtig beherrscht. Du bist schon mal Ballon geflogen?", erkundigte sie sich, schüttelte aber sofort lächelnd den Kopf und hob die Hand, als hätte sie etwas Dummes gesagt. "Ach, Entschuldigung", korrigierte sie sich. "*Gefahren* sagt man natürlich, oder?"

Bei ihrer letzten Frage sah sie zu Alina rüber, die allerdings nur ein ratloses Gesicht machte und die Schultern hob. "Ist das nicht egal?" Die Blonde lächelte Marc wieder an. "Wenn nicht, wird es auf jeden Fall Zeit! Du kommst doch mit?"

Sie drehte sich kurz um, und Marc sah, wie sich ihr blondes Haar auf ihrem Arm wie ein Fächer teilte.

"Mädchen, ihr könnt unseren Gast doch nicht so drängen", rief jemand mit einer festen, bestimmenden Stimme aus dem Dunkel, und Marc sah, wie sich eine dritte Frau am Korb vorbei ins Licht der Lampe schob.

Sie trug eine Stofftasche, aus der der Hals einer Flasche ragte, über dem Arm und sah Marc mit offenem Blick an.

"Wir haben uns doch noch gar nicht richtig vorgestellt."

Sie ging noch ein paar Schritte übers Gras auf ihn zu und reichte ihm zur Begrüßung die rechte Hand. "Mein Name ist Marina, angenehm."

Er nahm ihre Hand und wusste sofort, dass Marina die Frau aus seinen Träumen war.

Weniger ihr seidiges, fließendes Haar, das denselben Glanz wie das Fell der Traumgestalten hatte, verriet sie. Es waren ihre Augen, die ihr, auch als Raubtier im Traum, Form und Ausdruckskraft, diese anziehende Ausstrahlung verliehen.

Sie war anders als ihre Schwestern. Bestimmend, klar und selbstbewusst. Gegen sie wirkten sie wie kleine Mädchen. Wahrscheinlich, ging es ihm durch den Kopf, war sie die Älteste.

"Alina im Korb hast du ja schon kennen gelernt. Und das ist Hannah", sie nickte in Richtung der Kurzhaarigen.

Es entstand eine kleine Pause, die Marc irgendwie als unangenehm empfand. Fast, als hätte er sich in Dinge eingemischt, die ihn nichts angingen.

Er räusperte sich. "Marc Lendy, also Marc. Ich wohne nicht weit von hier."

Mit einem Blick auf den Ballon nickte er anerkennend. "Toll, dass Sie zu dritt so was wagen. Und auch noch nachts", sagte er bewundernd und versuchte, seine langsam aufkeimende Unsicherheit zu verbergen. Sollte er sie siezen oder beim Du bleiben?

Er warf schon einen Blick zum Waldrand hinter sich und überlegte, ob man wohl von ihm erwartete, dass er sich verabschiede, als er sah, dass Marina ihre Tasche hob und ihrer Schwester in den Korb reichte. Die Blonde stöhnte, als sie ihr den Beutel abnahm. "Gott, was hast du denn bloß da drinnen? Das reicht ja für Wochen!"

Marina lachte. "Stell dich nicht so an, es ist Zeit, wir müssen gleich los. Hannah! Pack die Decke zusammen."

Während die beiden anderen die Sachen im Korb verstauten, ging Marina an Marc vorbei und drehte sich um zum Ballon, der groß und grün in den Himmel ragte.

"Sieh mal! Ist er nicht wunderschön?"

Sie winkte ihn zu sich heran, und ihr langes braunes Haar wehte ihr ins Gesicht. Sie versuchte, es mit der Hand zu bändigen "Unser Vater hat ihn uns vermacht", sie schmunzelte. "Und wahrscheinlich auch seine Leidenschaft dafür. Sieh mal, dort. Das ist der Name, den wir ihm gegeben haben."

Marc ließ seinen Blick über die riesigen leuchtenden Stoffbahnen schweifen und entdeckte einen großen, schwarzen Schriftzug, der aussah, als hätte ein Kind ungelenk mit der Hand darauf geschrieben. *Himmelsblase.*

Marina ging an ihm vorbei und umrundete den Ballon ein letztes Mal, wahrscheinlich um noch einmal alles zu überprüfen. Er roch ihr Parfüm.

"Ja", sagte er leise zu sich selbst. "Traumhaft schön. Es muss ganz wunderbar sein, damit zu fliegen."

Den Ballon heizte Alina wieder an, sodass das Feuer des Brenners laut zischte. Marc konnte kaum den Blick von der großen, grünen Blase, die nun prall und hell im Nachthimmel leuchtete, abwenden. Marina stand plötzlich wieder vor ihm. Ihre langen, braunen Haare hielt sie immer noch mit einer Hand im Wind fest, damit sie ihr nicht ins Gesicht fielen.

"Sie müssen jetzt los, ja?", fragte er und merkte, dass er klang, als bedauere er es.

"Ja sicher. Es ist jetzt wirklich Zeit zu starten. Wir halten es hier unten kaum noch aus, wenn er so groß ist." Marina musste ihre Worte fast schon schreien, so laut zischte der Brenner, den Alina hinter ihr bediente.

Einen Augenblick lang sah sie ihn forschend von der Seite an. Es war, als überlege sie, ob sie die nächste Frage wirklich stellen wollte. Dann legte sie den Kopf schief und hob die Brauen.

"Aber wenn du Lust hast … ich fänd´s toll, wenn du uns die Freude machen würdest, dir die Welt von oben zu zeigen." Sie lächelte. "Die vielen Lichter, die man am Boden sehen kann."

Marc hatte kurz das Gefühl, er habe sich verhört. "Sie meinen, wir könnten etwas verabreden? Kann man bei Ihnen sowas buchen?"

"Buchen? Nein, das ist nicht möglich. Wir machen das nur privat. Zum Spaß. Unser Ballon ist ein Vergnügen, das man nicht kaufen kann. Man kann es nur verschenken."

"Verschenken? Also doch buchen?"

Sie verzog ihr Gesicht, zeigte ihm, dass sie endlich wollte, dass er hinhörte. "Nein nein! Ich denke fast, du willst mich nicht verstehen. Ich meinte genau das, was ich gesagt habe, *verschenken*. Also ist es ein Geschenk. Von uns an dich." Sie nahm plötzlich seine Hand, zog daran. "Komm, ich zeige es dir!"

Bevor er sich dagegen wehren konnte, waren sie die wenigen Schritte zum Korb gegangen, und Marina zeigte Marc, wie man über die hohe Bordwand einstieg. Er roch wieder diesen süßen blumigen Duft und sah sie erstaunt an.

"Jetzt komm schon! Dir hat wohl schon lange keiner was geschenkt. Diese Gelegenheit kommt nicht so bald wieder. Oder hast du Angst?"

Ja, natürlich hatte er Angst. Er hatte sie immer schon gehabt, vor der Tiefe und einem möglichen Absturz ins Leere. Wegen ihr war er noch nie geflogen, hatte sich immer wieder davor gedrückt, wenn er einen Urlaub oder eine Reise plante. Diese Angst jetzt hier und vor den drei mutigen Frauen zuzugeben, fiel ihm allerdings schwer.

"Es ist mitten in der Nacht", erwiderte er deshalb und ging vorsichtshalber einen Schritt rückwärts. Irgendwie wurde ihm sofort klar, wie albern seine Entschuldigung klingen musste. "Außerdem habe ich keine Ahnung, wohin Sie fliegen und wie ich später wieder nach Hause kommen kann. Danke, wirklich! Für alles."

"Wir fliegen dahin, wo uns der Ballon hinträgt", lachte Hannah. "Hier drin gibt es kein Steuerrad, man kann nur die Luftströmungen ein bisschen ausnutzen. Jetzt komm schon und mach uns die Freude. Wir haben nicht oft Gäste an Bord und wollen dir doch zeigen, was wir können. Und nach Hause kommst du auf jeden Fall, das können wir garantieren."

Marc holte tief Luft und versuchte, sein wild klopfendes Herz zu beruhigen.

Wenn er jetzt dort einstieg, gab es kein Zurück mehr. Der Ballon würde abheben und immer höher und höher in den Himmel steigen.

In Grunde hatte so ein Flug etwas von Freiheit. Er wäre ausgeliefert und hätte keine Kontrolle mehr über sich oder über sein Leben. Freiheit, die Angst machte.

Marc dachte kurz an seine Arbeit in der Gemeinde. An die Kontrollen, denen er sich unterwarf. Unter welcher Beobachtung er manchmal zu stehen glaubte.

Die drei Frauen standen unter dem fauchenden Feuerstrahl in ihrem Korb und sahen ihn erwartungsvoll an. Da ging er wie automatisch die wenigen Schritte zum Korb und ließ sich beim Einsteigen helfen. Ohne nachzudenken, ohne wirklich die Entscheidung zu treffen, es zu tun.

Als Hannah ihm die Hand gab, um ihm zu helfen, spürte er kurz Panik in sich aufsteigen, sein Puls fing an zu rasen. "Eigentlich möchte ich nicht ...", versuchte er es ein letztes Mal, dann aber stand er schon im Korb neben den Frauen, hielt sich krampfhaft am Rand fest und konnte kaum etwas hören, so laut war das Fauchen über ihm.

Jetzt war es Marina, die den Brenner mit routinierter Hand bediente, und er merkte, wie seine Knie anfingen zu zittern.

Er ließ sich auf einen der kleinen Klappstühle fallen und wartete.

Dann ging alles ganz schnell. Nicht mit einem Rucken, wie er zunächst angenommen hatte, sondern ganz schonend und weich hob sich der Korb von der Wiese, schaukelte kurz, und Marc sah, dass sich die dunkle Silhouette der Landschaft um ihn herum abwärts bewegte.

Er zog sich hoch, wagte es, über den Rand des Korbes in den Himmel zu sehen und ließ es zu, dass Marina, die inzwischen die Stangen des Brenners an ihre Schwester übergeben hatte, um ihn zu beruhigen, seine Hand hielt. Unter ihnen tauchten massenhaft Lichtpunkte auf.

"Siehst du, das war doch gar nicht so schwer", lachte Marina und hielt ihn immer noch an der Hand. "Das da unten ist der Ort, aus dem du kommst. Stell dir mal vor, die Leute liegen alle im Bett und ahnen gar nicht, dass wir über ihnen sind."

Marc entspannte sich.

Er begann, den Flug zu genießen.

Der Korb schaukelte zwar manchmal, doch die Aussicht auf die nächtliche Landschaft und vor allem der durch den Gasbrenner hellgrün erleuchtete Ballon über ihnen entschädigten für alles.

Und als Marina seine Hand losließ, um die Flasche Wein aus der Tasche zu holen, wünschte er sich, sie hätte es nicht getan. Zu schön hatte sich die Berührung ihrer Finger angefühlt.

Weit weg am Horizont kündigte sich schon der neue Tag mit einem rötlichen Schimmer an.

Weingläser wurden verteilt, miteinander angestoßen, und schon bald hatte Marc alle Bedenken, was die Höhe betraf, überwunden.

Die Erde unter ihnen tauchte im anbrechenden Morgen allmählich wieder aus der Dunkelheit auf, und man konnte schon größere Straßen, die sich wie schmale Bänder über den Boden zogen, erkennen. Marc fiel auf, dass sich die Erdoberfläche scheinbar immer weiter entfernte, was nur heißen konnte, dass sie höher hinaufstiegen.

Nervös beobachtete er, wie Alina trotzdem den Brenner immer wieder betätigte, sodass der Ballon noch höher stieg. Irgendwie fand er es auch komisch, dass er nicht fror, denn in dieser Höhe konnte es doch unmöglich so warm sein wie am Boden.

"Wie hoch sind wir? Habt ihr einen Höhenmesser an Bord?", fragte er scheinbar beiläufig und hoffte, dass keiner die Nervosität in seiner Stimme bemerkte.

Niemand antwortete. Ob es daran lag, dass das Rauschen des Brenners seine Worte verschluckt hatte, oder daran, dass es einfach keiner wusste, war unklar.

"Marina", rief er deshalb laut und konnte nicht verhindern, dass sich seine Stimme dabei überschlug. "Wir sind so hoch! Und steigen immer noch! Ist das nicht vielleicht gefährlich?"

Sie drehte sich um, und Marc meinte, so etwas wie einen euphorischen Glanz in ihren Augen zu entdecken.

"Du hast wohl Angst?", rief sie gegen das Rauschen an.

Er zuckte etwas beschämt mit den Schultern. Dann hob er fragend die Arme. "Meine erste Ballonfahrt. Da ist das doch normal, oder?"

Marina lachte auf. "Glaub mir, wir haben die Erfahrung gemacht, dass die Höhe vollkommen egal ist." Sie warf einen Blick auf die Blonde, die immer wieder die Stangen zusammendrückte. "Und für Alina ist das heute auch eine Premiere. Sieh nur, welchen Spaß sie hat!"

Marc merkte, wie sich kleine Schweißtropfen auf seiner Stirn bildeten. Er setzte sich wieder.

Marina sah ihn von der Seite an, lachte kurz auf und richtete ihre braunen Augen auf die in der Morgenröte immer deutlicher werdende Landschaft. Ein Schmunzeln lag in ihrem Blick. "Warte nur ab. Der Flug an sich ist schon schön. Aber das Ende ist der schönste Augenblick. Und glaub mir, je höher wir kommen, desto besser."

Marc hatte inzwischen keinen Blick mehr für das Panorama unten ihnen. Er war kurz davor, Alina, die immer wieder die Flammen zischen ließ, in den Arm zu fallen und ihr die Stangen zu entreißen. "Das Ende?", fragte er laut nach. "Du meinst die Landung?"

Marina nickte verhalten. "Ja, schon. Du wirst schon sehen, es ist großartig!"

Marcs Gehirn arbeitete fieberhaft.

Ihm fiel plötzlich auf, dass hier nichts zusammenpasste: der Flug in der Nacht, die Besatzung nur aus Frauen und die übertriebene Schminke in Alinas Gesicht. Welche Ballonfahrerin staffierte sich für einen Flug derart aus?

Nur Hannah machte einen normalen Eindruck. Sie stand am Rand und sah aus, als konzentriere sie sich auf etwas, was sich am Erdboden befand. Vielleicht schätzte sie die Höhe ab?

Marc stand mit wackligen Beinen auf, krallte seine Finger in den Rand des Korbes, stellte sich neben sie. Als er ihrem Blick folgte, sah auch er es. Der Ballon hatte inzwischen solch eine Höhe erreicht, dass selbst Straßen von hier oben nicht mehr zu erkennen waren.

Erschrocken schnappte er nach Luft und spürte einen heftigen Schwindel. Er wusste, dass der Sauerstoffgehalt mit der Höhe abnahm. Wie lange würde es wohl dauern, bis sie einer nach dem anderen bewusstlos werden würden?

Trotzdem befeuerte Alina den Brenner unbeirrt weiter, und Marina unterließ es, sie zu stoppen.

Marc legte eine Hand auf ihren Oberarm und packte sie grob. Sie drehte sich zu ihm um.

"Ich möchte runter!", forderte er laut. "Jetzt sofort!" Er sah zu Hannah hinüber, die sich umdrehte und ihn ruhig ansah.

Marina nahm seine Hand und legte vorsichtig einen Arm um seine Schultern. "Nur die Ruhe, es dauert nicht mehr lange", versuchte sie ihn zu beruhigen. "Siehst du dort?", fragte sie und deutete vor sich auf den Boden des Korbes, auf dem ihre Tasche und die Picknickdecke lagen. "Es hat schon begonnen. Nur noch eine kurze Zeit, dann sind wir da."

Marc wurde der Wahnsinn ihrer Worte bewusst. "Nein!", schrie er und schüttelte Marinas Arm von seinen Schultern. "Was ist denn dort? Seid ihr alle verrückt?"

"Da", wiederholte Marina und stampfte mit dem Fuß auf. "Sieh doch genauer hin!"

Marc versuchte zu verstehen, was sie meinte.

Er kniff die Augen zusammen und suchte fieberhaft nach einem Hinweis, doch dort war doch, außer dem Holzboden im Korb, nichts von Bedeutung. Dort konnte es doch auch nichts geben. Wie also kam Marina darauf, sie könne ihn bei dieser Höhe beruhigen.

Dann plötzlich, ohne Vorwarnung, traf ihn die Erkenntnis wie ein Schlag, und er versuchte sich, rückwärts taumelnd, am Rand des Korbes festzuhalten. Schwindel erfasste ihn.

Sie hatte recht, man konnte es tatsächlich sehen, ganz deutlich sogar.

Dort, wo Marina mit ihrem Fuß aufgestampft war, hatte sich der Holzboden verändert. Ihr Fuß musste das Material in seiner Farbe und Konsistenz, genau an der Stelle, an der er den Boden getroffen hatte, verwandelt haben, denn das Braun des Holzes war nun in Form ihres schmalen Fußes heller. Bedeutend heller.

Verwirrt ging Marc in die Hocke, um sich das Phänomen genauer anzusehen. Er strich mit dem Finger über den Boden, kratzte an der Oberfläche und merkte, wie sich eine körnige Masse löste. Sie grub sich tief unter seine kurzen Nägel und hinterließen einen dunklen Rand.

"Was um Himmels willen ...", entfuhr es ihm, da sah er im Augenwinkel, wie Marina sich neben ihn kniete und den krümeligen Brei zwischen den Fingern verrieb.

Marc sah, wie sie mit der ganzen Hand über den sich auflösenden Boden strich, der sich plötzlich merkwürdig bewegte.

Mit einem Mal wurde ihm klar, was er da sah.

Es war keine Bewegung auf dem Boden, er sah die Landschaft, die unter ihnen durchzog. Die Baumkronen und die Orte. Der Boden wurde also *durchsichtig*. Oder einfach nur dünner?

Marc atmete schneller. "Was passiert hier?", rief er und wich entsetzt von der Stelle, die er sah, zurück. Die Tiefe unter ihnen war fast greifbar. Noch etwas mehr Druck darauf und der Boden würde nachgeben.

Hilflos drückte er sich enger an den Rand des Korbes und beobachtete, wie sich das gesamte Material, ausgehend von der offenen Stelle, allmählich auflöste.

Dort, wo Marinas Schuh das Loch geschlagen hatte, breitete sich in Windeseile ein Fenster nach unten aus.

Marinas Leinentasche kippte um und die leere Weinflasche rollte heraus, verschwand im Loch.

Marc fühlte Feuchtigkeit an seinem Arm, ein Kitzeln. Reflexartig wischte er mit der Hand darüber. Sie hinterließ eine braune, feuchte Spur auf der Haut.

Dort, wo seine Schulter die Seitenwand berührt hatte, wurde auch sie weich. Das Material gab gummiartig nach.

Schnell sprang er auf die Beine und suchte, ohne in das Loch im Boden zu sehen, im Blick der Schwestern eine Erklärung. In Marinas Gesicht meinte er eine Mischung von Faszination und Freude zu lesen, während Alina und Hannah schon über sich nach den Seilen, an denen der Korb am Ballon aufgehängt war, griffen.

Marc schnaufte. "Mein Gott! Wir stürzen ab, ist das so?", brüllte er panisch. "Ist es so?", wiederholte er, so laut er konnte.

Marina rutschte über den immer kleiner werdenden Boden zu ihm und hielt ihm ihre schmale Hand hin. "Nein. Wir teilen das hier zusammen. So ist der Anfang, es ist die Entscheidung. Und für alles andere ist es heute noch zu früh."

Als er sie nur mit fassungslosem Blick ansah, griff sie nach ihm, packte fest seine Hand und zog ihn nahe an sich heran. Fast sah es aus, als würde sie die Situation genießen, so erwartungsvoll sah sie ihn an.

"Hab keine Angst", sagte sie mitfühlend, und er merkte, wie er sich langsam beruhigte. "Glaub mir, keiner von uns wird zu Schaden kommen. Aber wenn du dich weiter mit mir treffen willst, musst du lernen, zwischen meiner und deiner Welt ohne Angst zu wandeln"

Mit einer schnellen Bewegung schmiegte sie sich in Marcs Arme und drückte sich an seine Brust. Wie automatisch legte er seine Arme um sie und schloss seine Augen.

Dann erlebte er etwas, wie einen ewigen Augenblick.

Er wusste, dass sie in kürzester Zeit alle tot sein würden, hinunter fallen in diese unglaubliche Tiefe. Ihr Aufprall würde fürchterlich sein.

Doch der Körper dieser Frau in seinen Armen, ihr weiblicher Duft, ließ ihn alles Kommende akzeptieren, machte ihn gleichgültig angesichts seines Schicksals. Marc spürte, wie sich unter ihm der letzte Rest des Holzbodens auflöste und seine Beine ins Leere rutschten.

Um sie nicht zu verlieren, drückte er Marinas Körper noch stärker an sich.

Dann fielen sie. Gemeinsam, eng umschlungen, wie in einem Strudel kreisend.

Im Wind des freien Falls wurde ihm schwindelig. Kurz öffnete er seine Augen und sah nach unten, doch dort war plötzlich weißer Nebel, der wie eine Wolke auf dem Erdboden lag.

Er presste sein Gesicht in Marinas Haar, sog ihren süßen Duft ein. Dann war da das Nichts.

Ein aufdringlicher Freund

Niederod, Sommeranfang

Binden, vereinen und halten.
Wachsen, locken, locken.
Vereinen auf immer, auf ewig im Schutz,
durch und in ihm.

Marc atmete. Doch er war tot. Musste es sein. Kein Mensch konnte einen solchen Fall in die Tiefe überleben.

Er spürte Stoff an seinen Fingern, sein eigenes Gewicht. Vögel sangen unbeschreiblich laut, es war, als säßen sie direkt neben ihm.

Dann merkte er, dass er zitterte.

Er fühlte feuchtes Gras an seiner Hand und öffnete die Augen. Äste bildeten ein Dach über ihm. Blätter, auch unter und neben ihm. Zarte hellbraune Schlingen bedeckten seine Handgelenke.

Angeekelt strich er sie sich von der Haut. Schmale raue Stellen blieben zurück, und Marc versuchte, sie abzureiben.

Er drehte den Kopf und sah seine Terrasse. Er hatte die Nacht im Garten verbracht! Ohne sich daran erinnern zu können.

Stöhnend richtete er sich auf, kam zum Sitzen. Seine Kleider waren feucht, die Füße in den Laufschuhen kalt.

Marc fuhr sich mit der Hand über seinen Arm und sah es. Das Muster auf seiner Haut, ein langer, sich immer weiter verästelnder, dunkler Strich zog sich geschlängelt, wie ein Tattoo, bis zum Ellbogen. Dort endete es in einem kleinen Oval, das zwei nach außen gebogene Kurven enthielt.

Vor Ekel schüttelte er sich und stand mühsam auf. Schnell rieb er sich immer wieder über den Arm, bis sich feiner Staub löste und die Markierung etwas verblasste. Nur der Kreis und die Kurven blieben.

Ein Traum, schoss es ihm durch den Kopf, als er die Holztür aufschloss, und für einen Augenblick glaubte er, den Verstand verloren zu haben. *Aber das kann nicht sein, kein Traum fühlt sich so echt an! Niemals!*

An seiner Wange konnte er immer noch Marinas Haar fühlen, und ihr süßes Parfüm hing noch in der Luft.

Drinnen zog er sich die klammen Kleider vom Körper und sah sich verwirrt um. Alles war so, wie er es vom Abend zuvor in Erinnerung hatte. Nichts verändert. Völlig normal. Das Licht warf durchs Fenster helle Flecken auf den Teppich, Staubkörnchen schwebten im Sonnenlicht. Draußen lärmte ein Mülllaster. Laut scheppernd krachten die geleerten Tonnen auf den Asphalt.

Marc schlich ins Bad, um zu duschen. Er wollte die hellen Schlieren von den Armen bekommen.

Wenn dieser Morgen Realität war, wurde Marc unter dem Wasserstrahl der Brause klar, hatte die letzte Nacht niemals stattgefunden. Dann musste sie ein Traum, wie er ihn realistischer niemals erlebt hatte, gewesen sein, sah man einmal davon ab, dass sich der Korb eines Heißluftballons in der Realität nicht einfach in der Luft auflöste.

Er überlegte, ob er gestern Abend Alkohol getrunken hatte. Wenn, musste es sehr viel gewesen sein. So viel, dass es keine Erinnerung mehr daran gab.

Marc sah in den Spiegel, streckte die Zunge raus und zog die Augenbrauen hoch. Alles an seinem Gesicht wirkte klar und völlig normal. So, beschloss er, sah kein Alkoholopfer aus.

Was aber blieb, war das Gefühl für Marina, in seinen Gedanken eingenistet. Wie nach einem Traum, aus dem man aufwachte, unendlich traurig darüber, dass alles nicht echt und für immer verloren war.

Er hatte sich für heute, einem Samstag, in einem Café zum Frühstück mit André verabredet, und der breitschultrige Mann saß auch schon auf der großen Terrasse des Lokals und wartete.

André, braun gebrannt, mit lebhaften Augen und Gelhaarfrisur, war wie immer wie aus dem Ei gepellt. Sportsakko, weißes Hemd und die neuesten Slipper.

Aus Rücksicht auf Marc hatte er ihnen einen Tisch im Schatten ausgesucht und hielt sein Handy in der Hand, in das er konzentriert etwas eintippte.

Als Marc vor ihm stand, legte er es zur Seite und lächelte ihn an.

André war schon seit der Schulzeit einer seiner besten Freunde. Mit ihm konnte er auch über andere Dinge reden, nicht nur über die Arbeit. Fußball, Frauen und Andrés Lieblingsthema, Autos. Deshalb störte es auch nicht, dass sie verschiedener nicht hätten sein können.

Sie unternahmen öfters etwas zusammen, gingen an freien Wochenenden weg, und obwohl André es nicht zugab, wusste Marc, dass er eine Schwäche für Karen hatte.

Als er nach seiner Scheidung gegenüber Karens Wohnung eingezogen war, hatte es nicht lange gedauert, bis André sie manchmal besucht oder abends mit einer Flasche Wein vor ihrer Tür gestanden hatte.

Dann begann er, sie zum Essen in Restaurants einzuladen. Um ihr nahe zu sein, war er mindestens einmal in der Woche in Karens Buchladen aufgetaucht, um sich mit Literatur einzudecken.

Dass Karen inzwischen entnervt reagierte, musste sich Marc bei ihren Besuchen anhören. "Ich bin sicher, er hat nicht eins der Bücher, die er gekauft hat, gelesen!", behauptete sie einmal. "Er hat erzählt, er musste sich zwei Regale anschaffen, um sie zu Hause unterzubringen."

Marc wusste, dass Karen André mochte, auf eine unverbindliche Art, trotz seiner Liebe für außergewöhnliche Autos, die Karen total kalt ließen.

Um ihm deutlich zu machen, wie unmöglich sie seine Leidenschaft fand, setzte sie durch, dass sie immer, wenn er sie zum Essen einlud, mit ihrem Auto, einem klapprigen Honda, fuhren.

Karen akzeptierte ihn, doch eine Beziehung mit ihm war für sie auch aus anderen Gründen unvorstellbar. "Er ist so furchtbar genau in allem, was er tut!", hatte sie Marc einmal lachend erzählt. "Er plant alles. Jeden Tag, jede Woche und das wahrscheinlich bis zum Ende seines Lebens. Liegt wahrscheinlich an seinem Job als Vertreter für Autoersatzteile. Und genau deshalb wird er irgendwann in einem Einzelgrab landen."

Als Marc nun endlich vor seinem dampfenden Doppio und einem Teller belegter Sandwiches und Muffins in der Sonne saß, erzählte er André von seiner traumhaften Ballonfahrt.

Seit dem Aufwachen hatte er das bizarre Erlebnis nicht mehr aus dem Kopf bekommen. Den furchtbaren Absturz erwähnte er aber vorsichtshalber nicht. Seit seinem emotionalen Tief im Winter machte sich vor allem Karen ohnehin viel zu viele Gedanken um ihn, und er wusste nicht, wie viel André ihr davon erzählen würde. "Es war so real!", schwärmte er und ließ den Blick genießerisch über den Tisch wandern. "Die Mädchen und der Ballon! Du hättest das grüne Licht sehen sollen, das ihn von innen durch das Feuer beleuchtete."

"Mädchen also." André schmunzelte. "Na ja, du hattest lange keine feste Beziehung mehr, da hat man wahrscheinlich solche Träume. Waren die Mädchen wenigstens nach deinem Geschmack?"

Marc lächelte und schüttelte gedankenverloren den Kopf. Die Bilder waren selbst jetzt noch, Stunden später, für einen Traum unglaublich präsent. "Na ja, hübsch waren sie alle. Da gab es eine Blonde, die war zu auffallend zurecht gemacht, regelrecht aufgetakelt." Er sah André zweifelnd an. "Mal ehrlich, *so* geht doch kein Mensch auf eine Ballonfahrt. Sie klang auch ein bisschen minderbemittelt. Und die andere war das absolute Gegenteil. Die sah total jungenhaft aus."

"Also nichts für dich?"

"Nun", Marc legte den Kopf schief und presste die Lippen aufeinander. Verlegen holte er hörbar Luft. "Da war ja noch eine Dritte."

Andrés Mund verzog sich zu einem breiten Grinsen. "Wusste ich‘s doch! Bingo!", lachte er. "Miss Perfekt! Und was hat dir an ihr so gut gefallen?"

Marcs Gesicht färbte sich rötlich. "Ihr Gesicht“, schwärmte er. „Ja, das war wirklich außergewöhnlich hübsch. Und ihr Parfüm, unglaublich. Vielleicht auch ihre strahlenden Augen."

André lächelte immer noch. "Oh, das ist doch schon ziemlich viel, findest du nicht?"

Marc schüttelte den Kopf und hob bedauernd die Schultern. "Ein Traum eben, nichts Reales."

Er biss in sein Brötchen, winkte der Bedienung und bestellte einen Kaffee.

André griff in seine Tasche und legte einen Umschlag vor Marc auf den Tisch. In seinem Gesicht war eine Spur von Vorfreude zu lesen. "Ich plane gerade einen Urlaub für den Sommer. Für Karen und mich."

Als Marc ihn verwirrt ansah, zuckte André mit den Schultern. "Okay, sie weiß noch nichts davon, aber ich bin sicher, sie freut sich. Sieh es dir mal an", er nickte zum Umschlag. "Toskana, zwei Wochen. Wir hätten noch einen Platz im Jeep, du brauchst nur noch ja zu sagen. Das Haus ist groß genug für eine ganze Familie. Ich dachte, weil du doch schon ein paar Mal in dieser Gegend warst, könnte dir das gefallen. Wenn du es schaffst, Urlaub einzuplanen, wäre ich froh, dich dabei zu haben. Und Karen sowieso."

Marc sah André an, dann hob er unschlüssig die Schultern.

Es war extrem unwahrscheinlich, dass Karen einwilligen würde, mit André einen Urlaub zu verbringen, so gut kannte er seine Schwester. Aber André jetzt die Hoffnung zu nehmen, dass es klappen würde, hatte er auch keine Lust. "Ich kann unmöglich nach all der Zeit, die ich krank war, wegfahren."

Er nahm den Umschlag, zog den Prospekt heraus, und sein erster Blick fiel auf das Foto einer ockerfarbenen Villa. Rund um das Gebäude erstreckte sich das Panorama der typisch grünen, hügligen toskanischen Landschaft. Die Beschreibung des Hauses war traumhaft. "Sieht teuer aus", murmelte er.

André machte ein selbstzufriedenes Gesicht und lehnte sich zurück. "Mach dir keine Gedanken, der Vermittler ist mit dem Preis noch ein Stück runtergegangen."

Er nahm den Umschlag wieder an sich und steckte ihn zurück in seine Tasche. "Also gib dir einen Ruck! Wir spannen mal richtig aus und lassen alles hinter uns. Viel lesen, Wein und Sonne. Da ist auch ein riesiger Pool."

Marc schwieg. Obwohl er es nicht wollte, fiel ihm Clara und ihr kurzes rotes Kleidchen ein. Das war sein letztes Erlebnis in der Toskana gewesen. Den ganzen Sommer lang hatten sie sich geliebt.

Sie war seine bisher längste Beziehung gewesen, und seit sie sich nach fast drei Jahren getrennt hatten, war er überhaupt nicht mehr in Urlaub gefahren.

Clara war wahrscheinlich das genaue Gegenteil von ihm, deshalb hätte sie wohl besser zu André gepasst.

Damals war sie ständig auf Partys unterwegs und meinte, überall im Mittelpunkt stehen zu müssen.

Karen hatte sie gemocht und ihm einmal gesagt, Clara täte ihm ganz gut, Gegensätze würden sich anziehen.

Wahrscheinlich waren die Unterschiede aber viel größer, als angenommen, denn irgendwann war beiden klar, dass ihre Beziehung keine Zukunft mehr hatte, dass sie sich miteinander unwohl fühlten.

Obwohl nach ihrer Trennung beide aufatmeten und Marc das Gefühl hatte, ein Berg von Problemen sei von seinen Schultern genommen worden, hatte er damals gemerkt, dass ihm ohne sie etwas fehlte. Ganz alleine zu leben, war eben doch manchmal schwieriger als in einer Beziehung, und war sie noch so stressig.

Sie hatten sich ohne viele Tränen getrennt, doch manchmal wünschte er sich die schöne Zeit, die sie in Italien verbracht hatten, zurück. Die lauen italienischen Abende und die Ausflüge, die sie gemacht hatten. Doch er wusste, selbst wenn Karen zusagen würde, was extrem unwahrscheinlich war, wäre es falsch mitzufahren. "Ich weiß noch nicht, lass mir ein bisschen Zeit", sagte er deshalb vorsichtig und sah, wie André als Reaktion den Kopf schüttelte.

"Marc, du brauchst Abwechslung! Und vielleicht auch ein paar neue Gesichter. Hübsche Frauen. Du träumst ja schon von ihnen."

André hatte den Satz noch nicht beendet, da hatte Marc plötzlich ein Gesicht vor Augen. Marinas Gesicht. Ihre schönen, warmen Augen und den sanften Blick darin.

Er schluckte und versuchte, den Gedanken an sie zu verscheuchen. Es funktionierte nicht.

In seiner Not nahm er sich vor, an Clara zu denken. Er schloss die Augen und kramte aus seiner Erinnerung ihren ersten gemeinsamen Silvesterabend auf Sylt hervor, kurz nachdem sie zusammengekommen waren.

Damals war bei ihnen noch alles in Ordnung, und sie hatten einen romantischen, schönen Abend. Doch als Claras Gesicht in seiner Vorstellung Gestalt annahm, sah sie wieder aus wie Marina.

"Marc", riss ihn André aus seinen Erinnerungen. "Geht's dir gut?"

Marc öffnete seine Augen. "Entschuldigung. Ich musste gerade wieder an diesen verrückten Traum denken. Irgendwie werde ich den nicht los."

André lachte. "Die Frauen im Ballon scheinen ja mächtigen Eindruck hinterlassen zu haben."

Marc rieb sich die Schläfe und lächelte. Es tat irgendwie gut, darüber zu reden. Dadurch, dass er das Erlebnis teilte, konnte er vielleicht selbst verstehen, warum er immerzu daran denken musste.

Er hob den Kopf und sah André mit verklärtem Blick an. "Weißt du, es war vor allem diese Nähe, die wir hatten. Stell dir vor, ich hab ihre Hand gespürt. Richtig gespürt, nicht so unecht, wie das normalerweise in einem Traum so ist! Und ihr Haar!"

André nickte. Er schob seinen leeren Teller in die Mitte des Tisches und stand auf. "Klingt nach einer phantastischen Nacht, schade, dass ich nicht dabei war. Immerhin gab es ja noch zwei, die übrig waren."

Er lächelte zweideutig und schob den Stuhl unter den Tisch. "Ich komm gleich wieder, bestell mir noch ein Wasser, okay?" Er ging mit großen Schritten zu den Toiletten.

Marc rutschte ungemütlich auf seinem Stuhl herum und versuchte, die Gedanken an den Traum abzuschütteln. Was sollte André von ihm denken? Dass er nichts mehr anderes im Kopf hatte?

Als die Bedienung den frischen Kaffee brachte, bestellte Marc das Wasser und nahm die Tasse entgegen. Da fiel ihm ein dunkler Schatten unter dem Nagel seines Daumens auf.

Er hielt seine Nägel immer sehr kurz, weil er es hasste, Schmutz darunter zu haben. Doch da war ohne Zweifel ein feiner, dunkler Rand.

Er schluckte und merkte, wie er anfing zu zittern, als er die Kaffeetasse abstellte. Sein Herz schlug schneller. Wo konnte er sich diesen Dreck geholt haben? Und weshalb war er ihm nicht schon vorhin beim Duschen aufgefallen? Aber das konnte doch nicht sein! Es war ganz unmöglich!

Marc nahm hektisch seinen Autoschlüssel und versuchte mit ihm den Nagel zu säubern, etwas von der braunen Masse auf die weiße Tischdecke zu bekommen. Dass ihn andere Gäste am Nachbartisch sehen konnten, war ihm egal. Er musste es wissen, jetzt sofort.

Tief über den Tisch gebeugt, merkte er im Augenwinkel, wie André sich wieder ihm gegenübersetzte. Er blieb zunächst ganz ruhig. Dann räusperte er sich. "Was machst du? Hast du einen Splitter?"

Marc sah nicht vom Tisch auf. "Ich brauche eine Schere oder sowas", murmelte er. "Der Schlüssel ist zu dick!"

André fing an, in den Taschen seiner Hose zu suchen. "Hier", sagte er und hielt ihm seine Kreditkarte hin. "Eine Pinzette ersetzt das zwar nicht, aber vielleicht kannst du mir mal sagen, was du hast?"

Marc antwortete nicht. Mit tief gebeugten Schultern schob er sich den Rand der Karte unter den kurzen Nagel. Feiner, brauner Sand rieselte aufs Tischtuch.

Er starrte darauf und zog zweifelnd die Brauen zusammen. Dann ließ er die Karte fallen und zerrieb die Krümel mit dem Zeigefinger auf dem weißen Stoff. Sein Atem ging schnell, als er den Kopf hob.

André sah ihn erschrocken an und stieß einen leisen Fluch aus. Mit zwei Schritten hatte er den Tisch umrundet, stand neben Marc, beugte sich über ihn und legte ihm den Arm um die Schultern. "Junge, was ist denn los?", murmelte er leise in beruhigendem Ton. "Was ist das?"

Marc schüttelte den Kopf und sah wieder auf die braunen Körner. "Der Traum", versuchte er zu erklären und merkte, wie seine Stimme zitterte. "Ich hab diese ...", er versuchte kurz das richtige Wort für das, was er meinte, zu finden, "diese Dinger vom Boden des Korbs gekratzt."

"Welcher Korb? Wovon redest du?"

"Der Korb, in dem wir unter dem Ballon hingen! Verdammt, der Korb eben! André, ich weiß noch genau, wie sich dieses braune Zeug angefühlt hat. Da!", er strich über die Krümel. "Genauso wie das hier!"

André ging wieder langsam zu seinem Platz zurück und ließ sich schwerfällig auf den Stuhl fallen. "Du bist immer noch in deinem Traum, ja?" Er machte ein nachdenkliches Gesicht, holte Luft und blies sie aus der Nase. "Träume spielen einem manchmal Streiche. Das ist mir schon Hunderte Mal passiert – ach, was sag ich, Tausende. Gerade, wenn es um Frauen geht, dreht der Verstand oft durch."

Obwohl er lächelte, sah sein Gesicht nicht so aus, als ob er es lustig meinte. "Aber es sind nur schöne Fantasien, nicht mehr. Die Erde da", er machte eine Handbewegung zu den Krümeln auf dem Tisch. "Die hast du dir sicher gestern beim Ausziehen der Schuhe eingefangen. Warst du joggen?"

Marc nickte. André hatte ja recht. Natürlich war er joggen gewesen. Oder hatte er auch das geträumt? Immerhin war er im Garten aufgewacht. Nur wie war er dorthin gekommen? Sein Bewusstsein hatte einfach irgendwo ausgesetzt, und er war vom Waldstück in seinen Garten gelangt. Das war unheimlich. Was hatte er in dieser Zeit getan? Oder war er wirklich in Marinas Welt gewesen und hatte sich dort den Dreck unter den Fingernägeln und das Mal am Arm geholt. Was steckte dahinter?

Aber wenn du dich weiter mit mir treffen willst, musst du lernen zwischen meiner und deiner Welt ohne Angst zu wandeln. Marc überlegte, was Marina damit gemeint hatte. Gab es eine weitere Welt, die genauso real wie seine war. Wartete sie dort auf ihn? Ihm gingen die Depressionen, die er hinter sich gebracht hatte, durch den Kopf. Und Karens mitleidiger Blick. "Kein Wort zu Karen, ist das klar?", entfuhr es ihm. Was er jetzt am wenigsten gebrauchen konnte, war, dass sie sich wieder endlos Sorgen um ihn machte.

Mit einem Handstreich fegte er den Schmutz vom Tischtuch auf den Boden und fühlte sich sofort, als wäre eine Last von seinen Schultern genommen worden.

Doch dann fiel sein Blick wieder auf das Mal an seinem Arm, und plötzlich hatte er eine Idee, wie alles zusammenhängen könnte.

Er verabschiedete sich eilig von André und fuhr so schnell wie möglich nach Hause. Dort hastete er in den Garten zu seiner Pflanze. Er griff nach den Blättern, drehte sie herum und hielt seinen Arm daneben. Verglich die Zeichen.

Was er sah, war unglaublich und angsterregend.

Das Mal auf seinem Arm war mit dem winzigen Muster auf der Unterseite des Blattes identisch.

Auslese!

Niederod, Spätsommer

Sei stark für uns.
Tanzen vor Schmerz,
Wut und Trauer und wehren gegen Angst.
Wildes Tanzen und warten, warten,
er kommt, riechen und zittern,
er kommt und nimmt die Angst.
Er riecht die Angst und hilft.

Marc war nun klar, dass es einen tieferen Zusammenhang zwischen dieser Pflanze in seinem Garten und Marina geben musste.

Doch was das bedeutete, blieb ein Rätsel.

Er verbrachte nun viele Stunden im Garten. Beobachtete die Pflanze.

Ihre Blätter und den immer kräftiger werdenden Stamm anzusehen, erfüllte ihn mit Ruhe. Und jedes Mal kam ihm Marina in den Sinn.

Die Tage vergingen, und er wachte immer noch in jeder Nacht auf. Meist gegen Mitternacht, verschwitzt, verwirrt und erschrocken von den Träumen, die sich regelmäßig wie eine dicke Decke auf ihn legten.

Doch waren es vor seinem Erlebnis mit Marina oft wilde Tiere, die ihn gejagt hatten und denen er zu entkommen versuchte, war er nun meist selbst auf der Jagd. Oder vielleicht auf der Suche. Nach was genau, wusste er jedoch nicht. Aber zumindest ahnte er es.

Seit der nächtlichen Ballonfahrt, von der auch er inzwischen überzeugt war, dass sie seinen Fantasien entsprungen sein musste, tauchte Marina immer wieder in seinen Gedanken auf.

Marcs Beruf brachte es mit sich, dass er den Tag über mit einer Menge Leute reden musste.

Doch bei jedem Gespräch, das er mit einer Frau führte, schlich sich Marinas Gesicht in seinen Kopf, und er merkte, dass er anfing zu flirten. Er sah sie dann betont sanft und mit fließenden Blicken an, machte Komplimente und suchte eine Nähe, die für eine oberflächliche Bekanntschaft eigentlich völlig unakzeptabel war. Für einen Pfarrer sowieso. Einmal beendete er, erschrocken über sich selbst, so schnell es ging, die Unterhaltung. Er redete immerhin mit der Frau des Bürgermeisters.

Doch schon an der Kasse des Schwimmbads, in dem er sich am Nachmittag mit Karen und ein paar Freunden traf, begann er mit der Ticketverkäuferin eine zwanglose Plauderei. Sie endete damit, dass sie zuerst ihn und dann Karen erschrocken ansah. Er hatte sie doch tatsächlich gefragt, ob sie manchmal nackt schlafe.

"Was ist denn mit dir los?", fragte Karen kopfschüttelnd, als sie zu den Umkleiden gingen. "Bist du öfters hier und ich hab was verpasst?"

Er verzog nachdenklich den Mund und zuckte mit den Schultern. "Nein, keine Ahnung. Das war nur ein dummer Scherz."

Marc merkte natürlich, wie auffällig er sich verhielt, wenn er mit Frauen sprach. Aber bevor er sich vor Karen rechtfertigen konnte, musste er sich zuerst einmal eigene Gedanken über die Ursache machen.

Es hing mit Marina und ihrem gemeinsamen Erlebnis in seinem Traum zusammen, soviel konnte er sich denken.

Frauen anzusehen, machte ihm nichts aus, doch wenn es zu einem Gespräch kam, schlich sich sofort Marina in seinen Verstand. Etwas, das schwer zu stoppen war, übernahm in ihm das Kommando.

Er war froh, dass er die Seelsorge seit seiner Krankheit im Winter abgegeben hatte. Nicht auszudenken, wenn er während einer Beratung jemanden belästigt hätte.

Seit der Nacht des Traumes mied er seine alte Joggingroute. Zumindest zu Fuß wollte er sie nicht mehr gehen.

Lediglich mit dem Auto fuhr er gelegentlich die Strecke, die entlang des Radwegs zum Nachbarort führte. Und jedes Mal, wenn er die Stelle erreichte, an der er in der Nacht auf das Rauschen des Brenners aufmerksam geworden war und den Weg verlassen hatte, kämpfte er mit sich. Aber was hätte er dort schon entdecken können?

Du drehst noch durch, versuchte er sich immer wieder klarzumachen, wenn er sich die Szene in Gedanken ausmalte. *Du musst diesen Mist endlich vergessen!*

Wenn er aber an ihr Gesicht dachte, wurde ihm sofort bewusst, dass ihm das nicht möglich war.

Dann kam einer der weniger heißen Tage am Ende des Sommers.

Die Nächte wurden herbstlich, eher kühl. André hatte, wie erwartet, mit seinem Urlaubsvorschlag bei Karen einen Korb bekommen. Keine Überraschung, aber Marc tat es für André fast ein wenig leid. Vielleicht wäre er sogar mitgefahren - ein bisschen Abstand zu seinem verkorksten Leben hätte sicher geholfen.

Er versuchte sich immer wieder klarzumachen, wie verrückt es war, an eine Frau zu denken, die es nicht gab.

Trotzdem merkte er, dass das Verlangen, sie wieder zu sehen und mit ihr über das Geschehene zu reden, nicht nachließ. Heute Nachmittag, beschloss er.

Mit einem Rucksack auf dem Rücken lief er auf dem Radweg bis zu der Stelle, die er bisher versucht hatte, zu meiden. Hier hatte alles angefangen.

Kurz blickte er zu dem Wäldchen hinüber, das in der Nacht damals nur als dunkler Schatten zu sehen gewesen war, und überlegte, ob er wirklich das Richtige tat. Was wollte er sich beweisen, fast drei Wochen nach diesem Traum? Dass alles, was er erlebte und fühlte, falsch war?

Nein, überlegte er sich. Wenn ich dort nichts finde, keinen Anhaltspunkt dafür, dass ich jemals hier gewesen war, wird vielleicht alles wieder wie vorher. Aber egal, einen Versuch war es wert.

Schnell schritt er über die Wiese und hatte viel früher als in der Traumnacht die ersten Bäume des kleinen Wäldchens erreicht.

Sie bildeten eine fast undurchdringliche Wand, genauso wie er glaubte, es in der Traumnacht erlebt zu haben. Aber das hatte ja noch nichts zu bedeuten. Solche Waldränder gab es hier überall.

Obwohl er sich beim letzten Mal kriechend durch den niedrigen Wald gekämpft hatte, beschloss er, heute im hellen Tageslicht um das Hindernis herum zu gehen.

Es war nicht schwer, direkt hinter den Bäumen den schmalen Waldweg wieder zu finden, über den er nachts zur Wiese gestolpert war. Doch als er die ersten Schritte ging, merkte er, unter welch großer Anspannung er stand.

Er hatte keinen Blick für die Farne und das Moos, das im Sonnenlicht hellgrün und feucht leuchtete. Nur die andere Seite des Waldes interessierte ihn, der Platz, auf dem der Ballon gestanden hatte.

Mit schnell klopfendem Herzen trat er Minuten später aus dem Dunkel und stand auf der Wiese. Sie sah tatsächlich genau so aus, wie er sie aus seinem Traum in Erinnerung hatte. Nur dass hier kein Ballon war. Außer Wiesen und weiter weg noch einigen Feldern gab es hier gar nichts. Nur Büsche und Blumen. Ihr Duft lag in der Luft, und er schirmte seine Augen gegen das Licht der niedrigen Sonne ab, um besser sehen zu können.

Ein Gebet fiel ihm ein, eine Lobpreisung Gottes schöner Welt.

Ernüchtert setzte er sich auf einen umgestürzten Baum am Waldrand und sah sich um. Aber was hatte er erwartet? Marina hier zu finden? Auf einer Wiese, von der er geträumt hatte? Nun, wenigstens brauchte er nicht mehr den Radweg zum Joggen zu meiden, das wäre jetzt geklärt.

Marc erhob sich, drehte sich um und trat wieder den Rückweg an. Er hatte schon den ganzen Mittag verloren und musste zu Hause noch an verschiedenen Texten arbeiten.

Trotzdem hatte er keine Lust, sich zu beeilen. Im Gegenteil, als er immer noch in Gedanken durch das Waldstück schlenderte, wurden seine Schritte immer langsamer.

Bis er stehen blieb. Mitten in dem kleinen Wäldchen, das seine Laufstrecke von der Wiese trennte.

Hier im Schatten der Bäume wuchs ein Feld dichter, fleischiger Blätter. Sie bildeten einen Teppich auf dem Waldboden.

Marc versenkte seinen Blick in das satte Grün am Boden und hatte plötzlich ein merkwürdiges Gefühl.

Der Gedanke, jemand warte hier auf ihn, drängte sich auf. Hatte sich versteckt in den hohen Farnen oder hinter den Stämmen der Bäume.

Marc schüttelte den Kopf und machte sich klar, dass er anfing zu spinnen.

Wahrscheinlich wollte er sich unbedingt an die Vorstellung klammern, dass Marina ebenso nach ihm suchte, wie er nach ihr.

Und obwohl er gerade erst beschlossen hatte, sie zu vergessen, dachte er wieder an sie. In seinem Kopf arbeitete es fieberhaft auf der Suche nach einer Lösung. Es *musste* einen Weg in ihre Welt geben, etwas, das er tun konnte, um zwischen beiden Welten zu wandeln. Und wenn dieser Weg nichts mit dem Ort, an dem er Marina kennengelernt hatte, zu tun hatte, dann war vielleicht die *Zeit* der Schlüssel!

Marc ließ sich auf dem Waldboden nieder, lehnte sich an den Stamm eines Baumes und versuchte nachzudenken.

Er blickte zurück zum Wiesenstück, das hinter den Bäumen nur noch in hellen Lichtstreifen zu erahnen war, und versuchte, die Nacht, in der er sie zum ersten Mal gesehen hatte, zu rekonstruieren.

Es war um Mitternacht, als er aufgewacht war mit dieser Unruhe, die ihn schließlich hierher geführt hatte. Vielleicht suchte er einfach zur falschen Zeit!

Marc schloss seine Augen und ließ die Ruhe und den würzigen Duft des Waldes auf sich wirken.

Hier gab es nichts, das ihn ablenkte, und er merkte, dass ihm genau dieses Gefühl der Meditation und innerer Einkehr gefehlt hatte.

Er wusste nicht, wie lange er dort gesessen hatte, als er aufstand und sich die vertrockneten Tannennadeln von der Hose klopfte.

Mit der Gewissheit, noch nicht alles versucht zu haben, machte er sich auf den Heimweg. Es war die Zeit, beschloss er. Nicht unbedingt der Ort.

Am Abend war er zu einer Geburtstagsfeier in der Nachbarschaft eingeladen. Marc nahm die Einladung als gute Möglichkeit, sich von seiner immer größer werdenden Nervosität abzulenken.

Er versuchte, sich zwischen den vielen gut gelaunten Gästen zu entspannen und verabschiedete sich früh, um noch etwas Zeit vor seinem nächtlichen Spaziergang zu haben. Die beiden Gläser Wein, die er getrunken hatte, spürte er kaum.

Wieder zu Hause setzte er sich aufs Sofa, legte die Beine hoch und entspannte sich. Er plante den Abend. In einer großen Runde über den Nachbarort würde sein Weg zurück am Radweg entlang, die Stelle, die er heute schon einmal besucht hatte, kreuzen. So hatte er alle Möglichkeiten, die sich boten, ausgeschöpft.

Marc bereitete sich vor, als hätte er eine Verabredung. Er duschte, trug nach einer gründlichen Rasur sein bestes Rasierwasser auf und zog seine Lieblingsklamotten an.

Es war noch über eine halbe Stunde Zeit bis Mitternacht, und die Minuten zogen sich wie Stunden.

Immer wieder sah er aus dem Fenster und stellte sich vor, wie es sein würde, sie wieder zu sehen, ihren Blick zu spüren und vor allem ihren unglaublichen Duft zu riechen.

Kurz vor null Uhr schnappte er sich seine Lederjacke, griff entschlossen zum Türgriff und drückte ihn herunter.

Tiefschwarze Dunkelheit umfing ihn sofort, als er die Schwelle überschritt; nicht eine einzige Straßenlaterne brannte.

Nur an den Seiten waren einzelne, diffuse Lichter auszumachen. In der Ferne leuchtete eine blaue Reklametafel. Eigentlich war das gar nicht möglich, denn nachts war normalerweise die ganze Straße beleuchtet.

Marc kniff unsicher die Augen zusammen und trat hinaus.

Dort, wo sich normalerweise der Weg vom Pfarrhaus zur Straße befand, hatte sich alles verändert.

Unter seinen Füßen befand sich Kopfsteinpflaster. Rechts und links erkannte er die Silhouetten zweistöckiger Häuserfronten mit langen, vorhanglosen Fenstern.

Er merkte, wie sich sein Puls beschleunigte, und sah sich um, wollte zur Sicherheit nach der Klinke seiner Haustür greifen. Aber als er sich umdrehte, war sie verschwunden, so, als hätte es sie nie gegeben.

Er stand mitten auf der Straße in einer völlig fremden Stadt.

Die Luft war kühl und feucht; er fröstelte und war froh, eine Jacke mitgenommen zu haben.

Er hatte den Weg zurück in Marinas Welt gefunden, da war er sich sicher. Doch nun, nachdem er sein Ziel erreicht hatte, kroch die Angst in ihm hoch.

Diese Welt war so real!

Mach dich nicht verrückt! Wenn du sie treffen willst, muss es eben so sein, sagte er sich.

Als er ein paar Schritte auf den Schriftzug einer blauen Reklametafel zuging, staunte er, wie echt sich die Straße unter ihm anfühlte. Seine Schuhe erzeugten Geräusche auf dem Pflaster, und er musste mehreren Pfützen ausweichen, um keine nassen Füße zu bekommen.

Irre. Doch dann fragte er sich, ob er nun vielleicht in seiner eigenen Welt mitten auf der Hauptstraße von Niederod rumtorkelte und jeden Moment von einem durch die Nacht donnernden Laster überfahren werden konnte. Ein undefinierbares Gefühl der Angst machte sich in ihm breit.

Er sah sich um und versuchte, sich zu orientieren.

Irgendetwas an dieser Stadt kam ihm bekannt vor, er wusste nur nicht sofort, was es war. Er war schon einmal hier gewesen, das jedenfalls war sicher.

Es waren die Häuser mit den schmalen, hohen Fenstern und die Enge der Straßen, die ihm bekannt vorkamen. Auch die vielen Brücken, die er überquerte, als er weiter ging. Als er am Geländer einer dieser Brücken Fahrräder stehen sah, war er sich ziemlich sicher. Dies war Amsterdam! Oder wenn nicht, dann zumindest eine holländische Stadt. Kein Wunder, dass er davon träumte, Amsterdam war schon seit langem ein Punkt auf seiner persönlichen Wunschliste.

Er war schon einmal dort gewesen, vor Jahren. Nach dem Abi war er mit einer Gruppe Freunde hierher gefahren, um eine ganze Woche das Ende der Schulzeit zu feiern. Fast zwanzig Jahre war das nun her.

Einer von ihnen hatte schon am zweiten Abend eine Alkoholvergiftung und musste ins Krankenhaus. Marion, ein Mädchen, das er nur oberflächlich kannte, war auf einmal mit einem der Straßenkünstler verschwunden. Zwei Tage später tauchte sie wieder auf, als wäre nichts gewesen.

Marc hatte sich damals vorgenommen, die Stadt auf jeden Fall noch einmal zu besuchen. Doch es war nie dazu gekommen, ob es am Studium oder der Arbeit lag, wusste er nicht.

Er ging die menschenleere Straße weiter und nahm sich vor, sich Zeit zu nehmen, die Stadt auf sich wirken zu lassen. Manchmal blieb er stehen und konzentrierte sich.

Er wusste, dass er suchen musste. Am besten mit seiner Nase.

Doch da war keine Spur von Marinas Parfum, nicht mal eine Ahnung davon. Nun, wenn sie gefunden werden wollte, würde sie es schon schaffen, da war er sicher.

Die schmale, dunkle Straße wurde zu einem großen Platz. Marc sah endlich auch Menschen, die vor den Häusern unter Schirmen an beleuchteten Tischen saßen oder ihrer Wege gingen. Es lebte plötzlich überall in allen Ecken.

Er sah sich die Gesichter an und erkannte keines. Völlig fremde Menschen. Waren diese nur Ausgeburt seines Geistes?

Wie konnte er das Verweilen in Marinas Welt von der Realität unterscheiden? Waren es überhaupt zwei getrennte Welten, oder waren sie miteinander verschränkt?

Zwischen meiner und deiner Welt ohne Angst wandeln, kam ihm die Bemerkung Marinas wieder in den Sinn. Ginge er jetzt auf einen der Leute zu, zückte eine Waffe und tötete ihn, hätte dies keine Konsequenzen? Gab es Strafen? Eine Polizei oder ein Gefängnis?

Er hatte den Platz fast schon überquert, da fiel ihm etwas auf, und er blieb sofort stehen.

Direkt vor ihm war ein Hauseingang, vor dem ein Mann mit einem dicken, sorgfältig gestutzten Schnurrbart und einer blauen Uniform stand. Er trug eine Schirmmütze, und als sich ihre Blicke trafen, winkte er ihm mit einer behandschuhten Hand auffordernd zu.

Marc war zunächst unsicher, ob dieser feine Türsteher wirklich ihn meinte und nicht einen der anderen Passanten. Doch seine Gesten waren unmissverständlich, und wie sollte dieser Mann in Marinas Welt jemand anderes meinen als *ihn*? Vielleicht würde er erst in dem kurzen Moment unter den Rädern eines Lasters, der in seiner realen Welt auf ihn zugerast war, erkennen, ob es so war.

Marc spürte für einen Moment wieder die Angst, die sich einstellt, wenn sich der Boden unter den Füßen auflöst. So wie im Ballon. Aber er wollte Marina finden, nichts anderes war mehr wichtig, nicht einmal seine Angst.

Er ging also hinüber, langsam, leicht angespannt. "Was wollen Sie", fragte er den Mann, der ihn mit versteinerter Miene ansah.

Der Kerl räusperte sich. "Was ich will?", wiederholte er mit ausdruckslosem Blick. "Das wissen Sie doch ganz genau, hab ich recht?"

Jetzt kam doch etwas Bewegung in sein Gesicht, denn er hob eine Augenbraue. Er trat einen Schritt zur Seite und machte den Eingang frei, fast, als spräche er eine Einladung aus. "Sie können ja tun, was Sie wollen. Aber wenn Sie jetzt nicht mit mir kommen, werden Sie es bereuen."

"Bereuen? Das meinen Sie doch nicht im Ernst, oder? Bereuen?", wiederholte Marc noch einmal in ungläubigem Ton. Er ging einen Schritt zurück in Richtung der Mitte des Platzes, hob den Kopf und begann, sich mit ausgestreckten Armen zu drehen. "Ich kann hier tun, was ich will, sehen Sie! Da gibt es nichts zu bereuen!", rief er und lachte auf.

Ob die Leute, die das Café besuchten und auf dem Platz neben ihm auf Stühlen saßen, ihn sahen und was sie über ihn dachten, war ihm egal.

Und dass ihn sein Unterbewusstsein anscheinend in dieses Haus locken wollte, lag ja wohl auf der Hand. Marc erinnerte sich an sein Erlebnis auf der Wiese und daran, wie anziehend das Rauschen des Ballons in der Nacht auf ihn gewirkt hatte.

Dort war er in so etwas wie eine Falle getappt. Und so einfach wie damals wollte er es ihr nicht machen. Er blieb stehen und sah den Typen am Eingang herausfordernd an.

"Und?", fragte er. "Was kommt jetzt? Werden Sie handgreiflich?"

Als er den Kopf in den Nacken legte und noch einmal anfing sich zu drehen, sah er im Augenwinkel, wie sich einer der Gäste von den Stühlen des Cafés neben ihm erhob. Langsam kam er zu ihm herüber geschlendert.

Marc blieb leicht schwindelig stehen und zwinkerte dem Uniformierten an der Tür zu, der ihn verärgert ansah.

Dann drehte er sich um und sah sich den Typen, der zielstrebig näher kam, genauer an.

Ein Leichtgewicht, registrierte Marc sofort, klein und schwach. Etwa in seinem Alter, aber untrainiert. Eigentlich so, wie er auch. Nur dass er selbst von Natur aus stark und groß war, der andere nicht.

Marc grinste ihn an. Langsam, fand er, wurde es interessant.

Er stemmte die Hände in die Seiten und baute sich in aggressiver Pose vor dem Fremden auf, der in sommerlich weiße Hosen und ein blaues Shirt gekleidet war.

Der Typ trug ein dünnes, gemustertes Halstuch, das ihn wie ein Kurgast aussehen ließ. Lächerlich!

"Sie sind also der Freund des Bartmanns an der Tür und wollen mich jetzt sicher überreden, mit ihm dort hineinzugehen, ja?" Marc sah ihn mit gespielt erwartungsvollem Blick an. "Was gibt's denn Besonderes da drin? Ach, lassen Sie mich nachdenken. Ein tiefes Loch, in das ich falle? Oder ein Seil, an dem ich mich versehentlich erhänge? Irgendwas Scheußliches?"

Der Fremde sah ihn an, und sein überheblicher Blick wanderte forschend über Marcs Gesicht. "Setzen Sie sich doch zu uns", schlug er mit auffallend rauer Stimme vor und berührte Marc freundschaftlich am Arm. "Sie sehen doch, dass Sie die anderen Gäste an ihren Tischen stören."

Er hatte den Blick eines Verkäufers, der einen Hintergedanken hatte und ziemlich genau wusste, was er sagt.

Mit einladender Geste wies er auf einen anderen Mann, neben dem er gerade noch gesessen hatte, und einen freien Stuhl an ihrem Tisch. "Mein Name ist Piet. Mein Freund Erik würde sich freuen, Sie kennenzulernen, genau wie ich auch. Wir laden Sie zu einem Milchkaffee ein. Oder möchten Sie lieber einen Espresso?"

Ohne auf eine Antwort zu warten, drehte er sich um und ging zurück an den Tisch.

Marc folgte dem Fremden, und sie nahmen Platz. Erik, der einen gelangweilten, aber sehr gepflegten Eindruck machte, nickte ihm nur zu. Marc fiel auf, dass sein strahlend weißes Hemd tief geöffnet und fast durchsichtig war. Man konnte seine Brustbehaarung sehen.

Piets rechte Hand schnellte nach oben und er deutete ein Lächeln an. Dem Jungen, der an den Tischen bediente, gab er ein Zeichen und deutete auf die leere Espressotasse, die vor ihm stand. Dann sah er Marc an. "Freut mich, dass Sie sich so schnell entschlossen haben, unsere Einladung anzunehmen, stimmt´s Erik?"

Marc sah, wie der Behaarte mit seiner leeren Tasse spielte. Seine gepflegten Hände strichen immer wieder über das Porzellan. Es war unklar, ob er Piet überhaupt zugehört hatte.

"Wir sitzen hier öfters und schauen den Leuten hinterher", fing Piet ein Gespräch an. "Aber einen so auffälligen Gast wie Sie findet man wirklich selten."

"Und jetzt wollen Sie mich sicher gleich fragen, was ich hier suche, stimmt's?", sagte Marc und nahm der Bedienung, die den bestellten Espresso brachte, die Tasse aus der Hand. Er trank einen kleinen Schluck. Er schmeckte hervorragend.

Piet zuckte wie beiläufig mit den Schultern. "Und wenn?"

Marc stellte seine Tasse ab, beugte sich über den Tisch und sah Piet mit stechendem Blick an. "Dann sage ich: Was haben Sie beide hier verloren? Dies ist *meine* Veranstaltung! Und ich dachte eigentlich, ich suche mir die Leute, mit denen ich rede, selbst aus!"

"Ihre Veranstaltung?", wiederholte Piet mit großen Augen und sah zu Erik herüber, fast als erwarte er auch von ihm eine Reaktion. Dann streckte er sich in seinem Korbsessel und strich sich brüsk die Ärmel seines Hemds nach oben, sodass man einen Blick auf die durchtrainierten Muskeln seiner Arme hatte.

"Okay, dann sage ich *Ihnen* jetzt mal etwas." Sein Ton wurde deutlicher. "Ich bin dafür zuständig, dass in dieser Stadt alles gut läuft, dass keiner Probleme macht, wenn Sie wissen, was ich meine. Wir wollen doch alle auf dem Teppich bleiben, oder?" Er ballte die Fäuste, und an seinen Armen traten dunkle Adern hervor. Piets Blick bekam einen bedrohlichen Ausdruck. "Wenn es hier mal Schwierigkeiten gibt, bin ich da, so einfach ist das. Und dass Sie kein einfacher Gast sind, sieht man schon daran, dass ich Ihren Espresso zahle."

Marc hob instinktiv die Hände, fast als würde er bedroht werden. Was wollte dieser Clown eigentlich von ihm?

"Schon gut, ich verstehe. Ich möchte keine Schwierigkeiten!", sagte er und sah, dass der bisher so stumme Hemdmann neben ihm aufstand. Aber auch jetzt blieb er still, nickte nur in die Runde, hob zum Abschied kurz wortlos die Hand und entfernte sich durch die Stuhlreihen. Langsam schlenderte er über den Platz davon.

Piet entspannte sich wieder. "Nun, ich hätte wetten können, Sie suchen etwas. Genau so sehen Sie nämlich aus. Ein Mann, der auf der Suche ist."

Ja, das hatte er eigentlich ganz gut erfasst, Marc horchte auf. "Sie meinen, man sieht mir das an? Dass ich auf der Suche bin?"

Er musste lächeln, und ihm kam plötzlich ein Gedanke. Piet war wohl so etwas wie ein Tippgeber in diesem Spiel. Er hatte wahrscheinlich Hinweise, denen er nur folgen musste.

Er beugte sich vor, nahe an Piets Gesicht. "Es ist tatsächlich so, wie Sie es sagen. Ich suche eine Frau. Eine wunderbare sehr hübsche Frau. Sie hat mir sozusagen den Kopf verdreht, wenn Sie verstehen, was ich meine. Und wenn Sie mir nun helfen, sie zu finden, hat Ihr Auftauchen in meinem Traum auch noch so etwas wie einen Sinn."

Marc merkte, wie sich Piets Blick verfinsterte. "Kommen Sie schon, sagen Sie mir einfach, was Sie wollen", verlangte er. "Ich hab nicht den ganzen Tag Zeit für Typen wie Sie!"

Marc holte tief Luft und überlegte, wie er anfangen sollte. "Ehrlich gesagt weiß ich gar nicht, ob sie hier wohnt, in Ihrer wunderschönen Stadt."

Die letzten Worte sprach er betont bissig aus. "Sie heißt Marina, aber selbst wenn Sie sie kennen, ist es wahrscheinlich total kompliziert, sie zu treffen. Ich hab nämlich den Eindruck, diese Frau ist viel unterwegs und hält sich an den unmöglichsten Orten auf." Er hob die Augenbrauen. "Vielleicht ist sie gerade auf der Suche nach mir?"

Piets Gesicht wurde blass und seine Gesichtszüge hart wie Marmor, er hörte immer noch aufmerksam zu.

Einen Augenblick kam es Marc so vor, als hätte der Typ nicht verstanden, was er gerade gesagt hat. Dann spannte sich der Blick seines Gegenübers, wurde starr.

"Nein", sagte er, und Marc meinte, in seiner Stimme unterdrückte Wut herauszuhören, "und was ich Ihnen jetzt sage, ist auch gar nicht so schwer zu verstehen, deshalb versuche ich es." Er beugte sich vor, sodass Marc seinen Atem spürte, als er offenbarte: "Ich bin Marinas Mann."

Marc spürte, wie sein Gesicht rot anlief. Darüber, dass seine "Traumfrau" einen Mann haben könnte, hatte er noch gar nicht nachgedacht. Sie war doch nur eine Frau in seinem Traum, nichts weiter. Keine Ehefrau von irgendwem.

Piet erhob sich steif. Seine Gesichtsfarbe hatte schlagartig ins Rötliche gewechselt. "So, und Sie sind sicher, dass Sie keine Schwierigkeiten möchten?" Er langte über den Tisch, packte Marc am Arm und zog ihn mühelos hoch. "Dann werden Sie mich also auch, ohne dass ich Ihnen wehtun muss, begleiten."

Er griff Marc am Kragen seines Hemds und zog ihn, ohne auf die anderen Gäste zu achten, unsanft vom Tisch weg.

Vollkommen überrascht über die Kraft, die in diesem kleinen Mann steckte, stolperte Marc über ein Stuhlbein und versuchte, sich loszureißen. "Hey, beruhigen Sie sich doch", rief er und versuchte sich aus Piets Griff herauszuwinden. "Ich wusste nicht, dass sie verheiratet ist. Und außerdem ist gar nichts passiert!"

Piet ließ sich nicht beirren.

Er packte Marc jetzt auch mit der anderen Hand und riss ihn zurück auf den großen Platz, auf dem sie sich kennengelernt hatten. "Sie wussten es also nicht, ja?", presste er wütend hervor. "Sie sind natürlich hinter ihr her, Sie verdammtes Arschloch! In Zukunft halten Sie sich von ihr fern, habe ich mich klar genug ausgedrückt? Halten Sie sich an das, was Sie haben! Und glauben Sie mir, jeder andere Weg ist ein falscher!"

Er kochte vor Wut und rempelte Marc wie ein Schulkind an, bis der anfing, zu stolpern und fast in eine Tischgruppe fiel. Manche der Gäste sprangen erschrocken auf und zogen sich zurück.

Marcs Gedanken rasten. Die Dinge gerieten wieder außer Kontrolle, genau wie im Ballon. Schnell atmend versuchte er, Piet zu beruhigen. "Hören Sie doch auf, Sie wissen ja nicht mehr, was Sie tun!"

Er hob beschwichtigend die Hände und wollte damit seine Friedfertigkeit und Verhandlungsbereitschaft zeigen. Das war jedenfalls der Plan, als er sich offen und mit erhobenen Händen vor ihm aufstellte.

Aber Piet raste vor Wut.

Seine rechte, geballte Faust holte weit aus. Marc sah sie noch auf sich zukommen, dann krachte sie in sein Gesicht.

Er wurde auf das Pflaster geschleudert und spürte etwas in seinem Rücken knacken. Schmerz schoss durch seinen Kopf, das Gefühl einer Explosion in seinem Gehirn. Sein linkes Auge schwoll sofort an, er spürte Feuchtigkeit, die hinein rann.

Hilflose Panik breitete sich in ihm aus, und er hob, auf die Seite gekrümmt, automatisch, wie zum Schutz, abwehrend die Hände. Sie waren voller Blut, sah er, als er kurz die Augen öffnete. Dies konnte kein Traum sein, wurde ihm schlagartig bewusst. Nicht mit diesen Schmerzen.

Er sah sich nach Piet um und versuchte, kriechend einen der Tische zu erreichen, um unter ihm Schutz zu finden. "Lassen Sie uns doch reden, bitte!", keuchte er und griff ins Leere, als er nach einem Stuhl tastete. Alles verschwamm, und in seinem Rücken pochte es.

Marc hatte noch nie gekämpft, trotz seines starken Körpers und seiner Kraft. Weder als Junge noch später war er in eine Schlägerei verwickelt gewesen, aber als er einen brutalen Tritt in seine Seite spürte, war es ihm, als wolle dieser Typ nur eines. Ihn töten, und zwar so schnell es ging.

Dass er am Boden lag und keinen Widerstand leistete, reichte nicht, es ging um mehr. Es ging um sein Ende, nichts anderes. Er versuchte aufzustehen, aber seine Beine gehorchten nicht mehr. Als er probierte, das Auge, das nicht zugeschwollen war, zu öffnen, machte er sich innerlich schon mal bereit, bald zu sterben.

Piet war schon wieder über ihm. Er hob den Fuß, als wolle er Marc mit dem Absatz seines Schuhes einen Tritt ins Gesicht verpassen, einen letzten, alles entscheidenden. "Ich zeig dir jetzt mal, was in Zukunft passieren wird, wenn du an Marina denkst, du widerliche Schmeißfliege", knurrte er verächtlich. Dann trat er zu. Marc spürte den Schmerz zuerst am Kopf, dann an seiner Schulter. Einmal, zweimal und immer wieder.

Marc schrie auf, schmeckte sein eigenes Blut und riss, um sich zu schützen, die Hand hoch und packte Piets Bein. Er schloss die Hand fest um den Knöchel, umklammerte ihn und stieß ihn von sich weg.

„Verdammt!“, brüllte er und spürte, wie der Hass auf diesen Piet in ihm anwuchs. Das Gefühl wurde zu einer Welle, die ihn trug, ihm unbändige Kraft verlieh.

Piet stieß einen überraschten Ton aus, kippte weg, und etwas in seiner Nähe ging krachend in die Brüche. Klirrend fiel Geschirr zu Boden, und einige der Gäste schrien entsetzt auf.

Marc kämpfte sich stöhnend hoch und wankte grob in die Richtung, in der er Piet vermutete. Dieser Idiot hatte sein Leben bedroht, er stand zwischen ihm und Marina. Wenn er ihn jetzt nicht ausschaltete, war es nur noch eine Frage der Zeit, bis er versuchen würde, genau das mit ihm zu tun.

Marcs Verstand war jetzt hellwach und gleichzeitig nur noch auf eine einzige Sache ausgerichtet. Der Anblick des Menschen, der vor ihm lag, wirkte wie ein Verstärker. Marc hob den Kopf und machte sich bereit.

Schnaufend wie ein Tier näherte er sich Piets Körper. Dann ging er in die Hocke. Mit seinen Knien warf er sich auf ihn und hörte es knacken, als sein schwerer Körper durch Piets Rippen gebremst wurde. Er riss seine Arme hoch und schlug in das Gesicht unter ihm, bis die Fäuste an dem blutigen Matsch abrutschten. Schreiend wie ein Berserker nahm er Piets Kopf in den Schwitzkasten. Getrieben von Hass, Schmerz und Wahnsinn riss er ihn in seinen Armen herum.

Plötzlich Stille.

Marc wurde ruhig.

Befriedigt hob er den Blick. Über ihm nichts als Himmel. Sein Gesicht, geschwollen und pochend, eine einzige Wunde. Trotzdem fühlte er sich gut.

Marc schaute auf den leblosen Körper des anderen. Etwas Dunkles rann neben der Gestalt über den Boden. Eine Flüssigkeit, die sich einen gewundenen Weg zwischen den Kopfsteinen des Platzes suchte.

Er wandte sich um und sah Piets Beine, seltsam verdreht und leblos unter sich hervorragen.

Sein Puls begann, sich zu beschleunigen, als er von Piet herunterstieg. Er hatte gedacht, er würde niemals versuchen, jemanden zu verletzen, nicht mal um sich zu wehren. Aber so, wie es aussah, lag Piet am Boden und regte sich nicht mehr.

Mühsam versuchte er, unter Schmerzen einige Schritte zu gehen. Einer der Männer, die ihn inzwischen umringten, griff ihm stützend unter den Arm. Ihm wurde schwindelig, er spürte seine stechenden Nieren, und Schmerz kroch seinen Rücken hinunter. Der Fremde sah ihn lächelnd an und klopfte ihm, wie einem Freund, begeistert auf die Schulter. "Sie haben gewonnen. Glückwunsch!"

Marc starrte ihn verständnislos an. "Was? Wie meinen Sie das?", murmelte er und betastete vorsichtig sein geschwollenes, schmerzendes Gesicht.

Jemand kam, gab ihm ein feuchtes Handtuch und fing selbst an, ihn mit einem zweiten Tuch abzutupfen. "Das kriegen wir schon wieder hin, machen Sie sich keine Sorgen." Der Fremde sah sich Marcs Gesicht mit fachmännischem Blick an und versuchte, ihn zu den Stühlen zu schieben. "Wenn Sie es kühlen, haben Sie das in ein paar Stunden überstanden."

Marc riss sich los und drehte sich suchend um. "Was ist mit dem anderen? Das war doch Blut, da am Boden, oder? Wir müssen ..."

"Lassen Sie das jetzt mal sein", fuhr ihm sein Helfer dazwischen und schob ihn vom Platz weg.

Inzwischen hatte jemand eine Trage organisiert, und mehrere Männer halfen Marc, sich darauf zu legen. Als er lag, erfasste ihn Schwindel, der leblose Körper des anderen ging ihm nicht mehr aus dem Kopf.

Einer der Männer beugte sich über ihn, und Marc packte ihn am Hemd, riss daran. "Sagen Sie mir doch, was passiert ist! Das ist doch kein Spiel!", schrie er den Mann an und versuchte, nicht auf das immer stärker werdende Pochen in seinem Kopf zu achten.

"Ist er tot? Oder ..." Vor seinen Augen verschwamm alles zu einem bunten Schleier, und als er zwinkerte, liefen Tränen über seine Schläfen in sein Ohr. "Mein Gott, ich wollte das alles doch nicht! Bitte glauben Sie mir das! Ich bin Pfarrer!" Er merkte, dass sich seine Stimme in einen weinerlichen Singsang verwandelt hatte.

Jemand drückte ihm die Hand, und er schloss seine Augen. Ein Piepen drang in seinen Kopf. Immer schneller und lauter tönte es.

Die Falle

Bergstraße, 10. September

Man hatte ihm gesagt, er müsse dieses Wochenende arbeiten, kurzfristig überraschend. Einer der anderen sei krank geworden. Die Woche darauf habe er dafür frei.

Zuerst hatte Bennie versucht, sich herauszureden. Das Unabwendbare zu vermeiden. Immerhin war am Samstag ein Spiel seines Teams. Dann aber, als er merkte, dass sein Chef nicht darauf einging, sah er ein, dass er in den sauren Apfel beißen musste.

Jetzt saß er schon seit über zwei Stunden vor den Monitoren, vertrieb sich die Zeit mit Surfen, Handyspielen und Facebook und versuchte, nicht ständig auf seine Uhr zu sehen. Im Grunde hasste er diesen Job. Und das, obwohl er ihn noch nicht lange hatte. Es war diese ewige Langeweile, das Warten auf das Ende der Nacht.

Er hatte sich schon ein paar Mal überlegt, dass er, statt am Schreibtisch zu sitzen, ein paar Trainingsübungen auf dem Boden machen konnte. Merkte doch sowieso keiner, wenn er nicht ständig aufpasste.

Dieter, einer der Älteren, hatte ihm mal erzählt, dass vor zwei oder drei Jahren einer versucht hatte, auf dem Gelände einzubrechen. Beim Versuch, die Kette am Tor zu lösen, sei die Alarmanlage sofort losgegangen, und der Typ war geflüchtet, als der laute Signalton ertönte. Und das war anscheinend das Aufregendste überhaupt gewesen, denn als er ihn gefragt hatte, was sonst noch so passieren könne, hatte Dieter nur mit den Schultern gezuckt. War ja alles gut abgesichert: Also nichts.

Bennie legte sein Handy vor sich auf den Tisch und rieb sich die Augen. Zuviel davon machte müde und tat irgendwann im Nacken weh, das wusste er schon.

Also lehnte er sich im Stuhl zurück, legte seine Füße auf den Tisch und drehte seinen Kopf hin und her bis es knackte. Vielleicht sollte er den kleinen Fernseher anmachen, der am Ende des Schreibtischs stand.

Aber er wusste, dass um diese Zeit nur Gameshows und Krimis kamen, und die hasste er beide. Volksverdummung, behauptete sein Vater immer, und obwohl er selten einer Meinung mit ihm war, ahnte er, dass er zumindest damit richtig lag.

Bennie sah auf die vier Monitore, die flackernd und scheinbar starr immer dasselbe zeigten, und versuchte dem Drang, wieder auf die Uhr an der Wand zu sehen, zu widerstehen.

Er kannte diese Gebäudeansichten schon so gut, dass er sicher war, sie jemandem beschreiben zu können, der sie nie gesehen hatte.

Auf dem zweiten Bildschirm sah man die Westseite der Halle, hell und mit körnigem Hintergrund. Dort befanden sich die Fenster und dort war es am wahrscheinlichsten, dass sich etwas tat. Was natürlich nie passierte.

Doch als er aus Gewohnheit seinen Blick darüber schweifen ließ, sah er, dass da tatsächlich jemand über den Bildschirm rannte. Einfach so, ohne auf die Kameras zu achten und ohne dass sich der Alarm einschaltete.

„Scheiße!“ Bennie war sofort hellwach, bemerkte aber auch seine Nervosität. Er sprang auf die Beine und stieß das Glas, das auf dem Tisch stand, um. Wasser tropfte vom Rand des Schreibtischs auf den Boden.

Bennie beachtete es nicht.

In seinem Hirn fing das Notfallprogramm an zu arbeiten. Was in solch einem Fall zu tun war, hatte er gelernt. *Zentrale anrufen!*, rief er sich in Erinnerung. *Pfefferspray und Schlagstock mitnehmen! Auf Verstärkung warten!*

Bennie konnte sich nicht vom Bildschirm losreißen, als er mit seinen Händen die Sachen zusammensuchte, die eingespeicherte Nummer antippte und sah, dass der Typ an einem der Fenster stehengeblieben war.

Die schmalen Hände des Mannes begannen, die Kanten nach etwas abzusuchen. In der Hand hielt er eine Spraydose.

Was hat der Mistkerl damit vor? Würde er ihn angreifen? Bennie merkte, wie seine Beine anfingen zu zittern, als sich die Zentrale meldete. "Eine 310 auf Objekt 1245!", versuchte er möglichst emotionslos in das Mikrofon zu sprechen. Die Kollegen in der Zentrale würden nun alles Notwendige veranlassen.

In der Erwartung weiterer Anweisungen legte er sein Headset an. Der Hund fiel ihm ein.

Mit einem scharfen Befehl rief er Chekov zu sich und legte ihn an die Leine. Der Hund merkte sofort, dass etwas vor sich ging, und begann zu winseln. Tänzelnd wartete er auf Anweisungen.

Bennie versuchte, ihn zu beruhigen, und machte sich gleichzeitig ein Bild davon, was auf dem Gelände geschah. Das Headset knackte, und die Zentrale gab eine Anweisung. „Den Angreifer möglichst aufhalten oder stellen.“ Bennie stutzte. Das war sehr ungewöhnlich. Es reichte normalerweise, den Mann durch Präsenz zu verunsichern und ihn zur Flucht zu bringen.

Als sie aus dem Gebäude traten, fing Chekov sofort an zu bellen. Er zog an der Leine, und Bennie ließ ihn gewähren. Gemeinsam rannten sie um die nächste Ecke.

Schon beim Laufen sah er, dass das Gitter des Zauns an einer Stelle aufgeschnitten und auseinandergeschoben war. Deshalb hatte der Alarm nicht ausgelöst, schoss es Bennie durch den Kopf.

Er merkte, dass etwas mit dem Hund nicht stimmte.

Chekov hatte eine Schulung hinter sich. Er gehorchte aufs Wort und war in der Lage, eigene Impulse zu unterdrücken. Nun allerdings riss der Hund an der Leine, bellte zähnefletschend und zog ihn hechelnd hinter sich her.

Er sah den Fremden sofort, als sie um die Ecke kamen, vor Aufregung völlig außer Atem und der Hund hechelnd an der Leine zerrend.

Der großgewachsene Kerl mit dem Kapuzenshirt drehte sich erschrocken um, als er sah, dass das Gespann auf ihn zukam. Kurzentschlossen griff er nach seinem Werkzeug am Boden, dann standen sie sich gegenüber und Bennie sprach ihn mit unsicherer Stimme an. „Bleiben Sie ruhig, dann wird Ihnen auch nichts passieren!“, versuchte er den Mann einzuschüchtern und ihm gleichzeitig klarzumachen, dass er keine Chance hatte, aus der Sache wieder rauszukommen. „Ich werd´ sonst den Hund von der Leine lassen!“, setzte er noch hinterher.

Chekov knurrte und bellte aggressiv, als Bennie an sein Halsband fasste, um seine Worte zu unterstreichen.

Der Fremde, dessen Gesicht von einer Kapuze bedeckt war, hob langsam seine Hände und trat vom Fenster weg. Bennie sah nun seine ganze Gestalt, groß, durchtrainiert. Er trat langsam und vorsichtig rückwärts zum zerschnittenen Zaun zurück, in der Hand die Spraydose, die Bennie schon auf dem Monitor gesehen hatte.

Bennie fing an zu schwitzen. Er wusste, dass ihm eingebläut worden war, nicht den Helden zu spielen. Trotzdem wollte er ihn nicht gehen lassen. Nicht, nachdem sich der Mann so weit aufs Gelände vorgewagt hatte. "Stehenbleiben!", rief er deshalb noch einmal und hob seinen Schlagstock. Wer weiß, vielleicht wollte sich der Typ wehren. Trotz des Hundes, der schier wahnsinnig zu werden drohte.

Der Mann blieb unbeeindruckt, fummelte nur an der Dose herum und ging wieder einen Schritt in Richtung des Zauns.

Gut, wenn er es nicht anders wollte, beschloss Bennie, bückte sich, griff an Chekovs Halsband, um die Leine zu lösen, als er ein Zischen hörte. Leise und wie aus einem kaputten Luftballon.

Er sah auf, nahm kurz ein fremdartiges, schweres Parfüm wahr, als es ihm auch schon warm wurde.

Bennie zwinkerte. Seine Hand löste sich von Chekovs Halsband und gab dem Hund mehr Spielraum. Der bevorstehende Urlaub mit Silke kam ihm in den Sinn. Er roch das Meer, und ihr Duft, nach dem er so süchtig war, kroch in seine Nase.

Vor ihm kam Bewegung in den Mann. Blitzschnell drehte dieser sich, rannte auf den Zaun zu und versuchte, sich schnell durch das Loch in den Maschen zu zwängen.

Bennie sah einen Moment teilnahmslos zu und merkte nicht, wie sich sein Griff um die Leine des Hundes lockerte. *Fehler*, ging es ihm kurz durch den Kopf, und er fragte sich gleichzeitig, wer jetzt diesen Fehler begangen hatte, er oder der Fremde. Bennie schloss die Augen, schwankte. Er bekam nicht mit, wie sich der Hund vor ihm in rasender Wut auf den Flüchtenden stürzte.

Gewissensbisse

Niederod, 11. September

Locken, locken. Wachsen.
Dich bedecken, nach innen.

Als Marc seine Augen aufschlug, war es vorbei.

Das Licht im Zimmer war gedämpft und die Trage unter ihm verschwunden.

Er lag in seinem Bett und blinzelte ungläubig. Dann sah er sich um.

Dies war sein Schlafzimmer, und neben ihn piepte der Wecker, eindringlich und pausenlos. Er musste ihn schon seit Minuten ignoriert haben.

Mit einem Schlag auf die Taste brachte er ihn zum Schweigen, sackte in die Kissen zurück und holte tief Luft. Schon wieder ein Blackout. Und dieser schreckliche Kampf.

Marc rieb sich mit den Händen übers Gesicht. Er hatte jemanden umgebracht! Und für einen Traum waren die Bilder, die er jetzt noch in Erinnerung hatte, zu real.

Er schlug die Decke weg und setzte sich auf. Das musste aufhören, beschloss er. Je schneller, desto besser.

Der Wecker fiel ihm wieder ein. Verdammt, er musste zum Unterricht in die Schule. Für einen Augenblick sah er wieder Piets leblose Gestalt vor sich.

Ich habe niemanden getötet, redete er sich ein und merkte, wie sich die Erleichterung wie eine weiche Decke beruhigend um ihn schmiegte. *Es war wieder nur ein Traum.* Und auch wenn ihm dieser Kampf und alles, was damit zusammenhing, in diesem Moment noch real vorkam, hatte nichts davon stattgefunden. Es gab weder Piet noch Erik oder diese Stadt, die ausgesehen hatte wie Amsterdam und die doch nur in seiner Erinnerung existierte.

Er bemerkte, dass er nass geschwitzt war, schwang die Beine aus dem Bett und schlurfte ins Bad.

Als er aus der Dusche kam, warf er zunächst einen Blick in den Spiegel. Alles war normal, keine Schwellung, keine blauen Flecken. Nur sein linkes Auge sah irgendwie anders aus als gestern.

Marc ging näher an den Spiegel und sah, dass sich ein kleines Blutgerinnsel neben der Pupille gebildet hatte. Durchs Weiß des Auges zogen sich rote Verästelungen. Völlig normal, beruhigte er sich, nichts Ernstes. Er zog sich an, trank schnell einen Espresso und fuhr zur Schule.

Der Morgen zog sich, und er hatte Schwierigkeiten, sich auf den Schulstoff zu konzentrieren. Die Kinder waren heute besonders anstrengend, und die gewalttätige Auseinandersetzung mit Piet ging ihm immer wieder durch den Kopf.

Er wusste, man verarbeitet nachts im Traum seine Erlebnisse oder schwierige Situationen. Wahrscheinlich war diese surreale Schlägerei so etwas. Während des Kampfes mit Piet war er plötzlich in eine wilde Raserei aus Hass, Schmerz und Dominanz geraten. Ein Sturm, den dieser Piet nicht überlebt hatte.

Er hatte *gewonnen*, so hatte es einer der Passanten gesagt. Aber ging es nur ums Gewinnen? Hatte man automatisch gewonnen, wenn man überlebte und der andere starb? Was war dieser Gewinn? Dass er weiterleben durfte?

Als Pfarrer beschäftigte ihn das Thema Schuld natürlich sehr. Hatte er sich schuldig gemacht, allein dadurch, dass er Piets tödliche Tritte abwehrte und ihm in Folge den Tod brachte?

Ja, sicher, er hatte all das nur in einem Traum erlebt und war weit davon entfernt, einen Menschen auf dem Gewissen zu haben.

Trotzdem war die Erinnerung daran so, als hätte es tatsächlich stattgefunden. Eine Prüfung Gottes? Machte es für Gott einen Unterschied, ob man in Gedanken oder im Traum bereit war zu töten? War das Böse nur das, was man wirklich tat, oder konnte auch schon das, was man dachte, für ein allmächtiges Wesen böse sein?

Möglicherweise lebte er in solchen Träumen nur ein männliches Aggressionspotential aus, das er im Alltag nicht nutzte. Die Gedanken fraßen sich durch sein Gehirn wie ein Geschwür, und als Marc am Nachmittag endlich nach Hause kam, nahm er sich vor, dem Grübeln, so schnell es ging, ein Ende zu bereiten.

Er rief André an und verabredete sich in Gießen. In der Enge der Gemeinde war es unmöglich, sich zu entspannen. Es war Freitag, das Wochenende stand vor der Tür, und er musste endlich diese Träume vergessen, bevor er krank davon wurde.

Marc nahm sich vor, das Thema an diesem Abend nicht anzusprechen, und nach einigen Gläsern Bier gelang es ihm, Piets vermeintliches Schicksal zu verdrängen.

Es wurde ein feuchtfröhlicher Abend mit einem Zug durch eine Reihe seiner Lieblingskneipen in der Ludwigstraße, und als Marc in den frühen Morgenstunden seine Haustür aufschloss und über die Schwelle in die Dunkelheit trat, sehnte er sich schon nach Schlaf. Genauso sollte es sein, befand er. Müde und ohne Angst oder merkwürdige Vorahnungen ins Bett zu gehen und lange auszuschlafen. Die Aussicht darauf kam ihm vor wie das Paradies.

Doch als er den Flur des alten Pfarrhauses im Dunkeln betrat, merkte er sofort, dass etwas nicht stimmte. Ihm war, als hätte jemand während seiner Abwesenheit die Wohnung betreten.

Er konnte nicht genau sagen, was ihn stutzig gemacht hatte, vielleicht ein winziger Rest eines fremden Geruchs oder etwas, das seinen Platz verändert hatte oder fehlte.

Er wusste es nicht und begann, die Wohnung zu durchsuchen. Als er nichts fand und immer weitersuchte, stieg seine Überzeugung, dass etwas oder jemand in seinem Haus gewesen sein musste und sich sein Büro und auch sein Schlafzimmer angeschaut hatte.

Marc begann zu frieren und fühlte sich unbehaglich.

Er schaltete alle Lichter an, um die bedrohlich wirkende Düsternis im Pfarrhaus zu vertreiben. Er ging vor die Haustür und suchte auch dort nach Spuren.

Doch dort hörte er nur die sirrenden Geräusche der Insekten in einer sehr stillen Sommernacht in einem Vogelsberger Dorf.

Als er sich umdrehte und ins Haus zurückging, erstarrte er.

Die Fliesen, die hier sicher schon seit über hundert Jahren lagen, waren plötzlich verschwunden. Stattdessen versanken seine Füße in einem weichen, nachgiebigen Untergrund.

Er blieb stehen, verharrte in seiner Bewegung. Auch den letzten Traum hatte er durch diese Tür betreten, allerdings in die andere Richtung, nach draußen.

Doch als er an sich heruntersah, merkte er, dass er ja noch die Klinke der Haustür in seiner Hand hielt. Sie stellte anscheinend seine Verbindung zur Wirklichkeit her, und es war noch nicht zu spät.

Wenn er den Schritt im Flur des Pfarrhauses einfach wieder rückwärtsging und das Haus verließe, käme er wieder zur Straße, zurück ins reale Leben. Er könnte um Hilfe schreien.

Marc zögerte einen Moment. Er fühlte den falschen weichen Untergrund unter sich und die sichere Türklinke in seiner Hand. Dann ließ er los. Etwas zog an ihm, wie ein naher Abgrund.

Vorsichtig, in noch leicht unterdrückter Panik, stapfte er weiter und tastete unbewusst nach den Wänden des Flurs. Aber auch sie waren verschwunden. Die Panik ließ sich nicht mehr unterdrücken. Marc ging in die Hocke und strich mit den Händen über den Boden in der Hoffnung, wieder Kontakt zu etwas Realem zu bekommen.

Sand. Kühler, weicher Sand, so fein, wie an einem Strand. *Ja, ein Strand*, ging es ihm durch den Kopf, und er versuchte, mit zusammengekniffenen Augen etwas in der Dunkelheit zu erkennen.

Die Panik verflog. Vage Schemen wurden am Horizont sichtbar, Sterne über ihm und einzelne Lichtpunkte am Horizont. Das sanfte Rollen der Wellen und leise Musik. Sie hörte sich an wie ein schnelles Zupfen auf Saiteninstrumenten in einem wilden Rhythmus.

Ein Sänger setzte ein, und Marc merkte schnell, dass er kein Wort verstand. Der Gesang klang leicht arabisch, und als das Stück vorüber war, klatschte ein Publikum Beifall.

Marc ging einige Schritte, merkte aber schnell, dass er mit seinen Straßenschuhen Probleme bekam.

Als er sich hinsetzte, um sie auszuziehen, fiel sein Blick auf die ruhige Brandung des Meeres, die nur wenige Meter entfernt neben ihm war.

Eine salzige Brise blies ihm die Haare aus der Stirn. Er musste lächeln; er liebte das Meer.

Mit einem Mal fiel ihm auf, wie warm es geworden war. Die letzten Tage waren zwar noch sehr sommerlich gewesen, aber nachts wurde es schon empfindlich kühl. Als er aufstand, hinunterging und seine nackten Füße das Wasser der Wellen berührten, merkte er, wie warm es sich auf der Haut anfühlte.

Er begann, sich zu entspannen. Niemand griff ihn an, niemand verlangte Entscheidungen; es war einfach nur ein warmer Abend am Meer.

Langsam schlenderte er in die Richtung, aus der die Musik kam.

Der Gesang der Männer klang nach Urlaub im Süden und Sommer, und je mehr er davon hörte, desto mehr versuchte er, sie einem Land zuzuordnen. Griechisch entschied er. Oder täuschte er sich da? Man hörte Gitarren und Leute, die lachten und ausgelassen mitsangen.

Dies war anscheinend ein friedlicher Ort. Mit gut gelaunten Menschen. Trotzdem beschloss er, vorsichtig zu sein. Er würde mit niemandem reden. Nur zusehen, sonst nichts. Ganz unauffällig. Einen Kampf, wie im letzten Traum, beschloss er, würde es nicht wieder geben.

Allmählich kam er der Festveranstaltung näher, und endlich konnte er im gedämpften Licht einiger Laternen die Musiker und ihr Publikum, das auf Holzstühlen vor ihnen saß, sehen.

Die Gruppe der Künstler bestand aus etwa zehn Männern, die seltsam altertümlich gekleidet waren. Alle trugen Hüte oder Kappen, weiße Hemden und Hosenträger. Ihre schwarzen Halbschuhe passten nicht zu dem Sand des Strandes und machten für ihn den Eindruck, aus dem vergangenen Jahrhundert zu stammen.

Im Halbkreis stehend, mit lachenden Gesichtern, trieben sie ihr Publikum mit kleinen, scheinbar scherzhaften Zurufen zum Mitsingen an.

Alle Männer trugen Schnurrbart, und Marc fand, das passte ganz gut zu ihnen und ihrer altmodischen Kleidung.

Er war nun schon nahe genug, um sich auch unter den Zuhörern richtig umzusehen.

Marc fand es auffallend, dass es im Publikum fast nur Männer gab, die entweder ruhig und konzentriert auf den Stühlen saßen oder klatschend und tanzend vor den Musikern standen.

Die wenigen Frauen, die sich unter die begeisterten Zuhörer gemischt hatten, waren festlich gekleidet und auffallend geschminkt.

Keiner der Stühle war mehr frei, also stellte sich Marc an den Rand der Menge in ein möglichst dunkles Eck.

Das Lied war zu Ende, und begeistertes Klatschen und Rufe der Zuschauer waren zu hören. Marc sah, dass sich eine der Frauen umdrehte und ihn ansah.

Sie lächelte.

Er erkannte sie sofort.

Marina.

Sie sah umwerfend aus, viel hübscher noch als damals auf der Wiese. Ihr Gesicht strahlte im Schein der Fackeln, und ihr langes, schulterfreies, buntes Kleid schmiegte sich perfekt an ihren schmalen Körper.

Ohne Zögern stand sie auf, kam zu ihm herüber und nahm wie selbstverständlich seine Hand. Er roch sofort ihr Parfüm und merkte, wie sein Herz anfing, schneller zu schlagen.

Er wollte sie begrüßen, etwas sagen, aber sie legte sich den Zeigefinger auf die Lippen. Dann zog sie ihn mit zurück zu ihrem Stuhl, und er sah, dass neben ihr noch ein Platz frei war. Unsicher setzte er sich.

"Ich hab´ ihn dir frei gehalten", sagte sie gut gelaunt und schlug ihre langen nackten Beine übereinander. Damit er sie verstehen konnte, versuchte sie, laut genug zu sprechen. "Wie gefällt dir die Musik?"

Er nickte, ohne groß nachzudenken. "Gut. Sehr gut."

Marc musterte sie von der Seite. Marina sah so aus, wie er sie in Erinnerung hatte. Die langen braunen Haare lagen auf ihrer nackten Schulter, und sie lächelte.

"Ich liebe Griechenland", sagte sie, ohne den Sänger auf der Bühne, der gerade das nächste Lied anstimmte, aus den Augen zu lassen. Es war eine leise, fast traurige Ballade.

„Musik braucht keine Übersetzung“, versuchte er mit einem Zitat zu erwidern, das er zumindest so ähnlich in Erinnerung hatte, und er schaute dabei nachdenklich in Richtung des Sängers.

Sie wandte kurz den Kopf, sah ihn leicht amüsiert von der Seite an und warf ihm einen Blick zu, als hätte er etwas Dummes gesagt, antwortete aber nicht.

Einen Augenblick konzentrierte sie sich völlig auf die Musik. Marc betrachtete sie und bemerkte, wie ihre Augen glänzten.

"Ich habe schon gestern auf dich gewartet. Du wolltest mich doch wiedersehen, oder?", fragte sie, als sie ihn wieder ansah.

Marc merkte, wie ihm heiß wurde. Piet fiel ihm ein. Und sein Ende. "Ja, natürlich. Deshalb bin ja ich hier", bestätigte er und hoffte, nichts Falsches gesagt zu haben. "Ich wollte dich sehen."

Marina schaute, als wisse sie genau, was in ihm vorging. Sie lächelte. "Du hast gekämpft."

Er holte Luft und überlegte, was er sagen sollte. Gab er zu, Piet verletzt oder sogar getötet zu haben, würde sie ihn vielleicht zum Teufel schicken. Stritt er es ab, hatte das auch keinen Sinn, denn anscheinend wusste sie es auch so. Außerdem konnte man mit Logik in einem Traum sowieso nicht viel anfangen. "Ich wollte ihm nicht weh tun", gab er also zu. Kurz überlegte er noch ein *`Er hat angefangen´* nachzuschieben, fand dann aber, dass das nach Kindergarten klang.

Marina schüttelte den Kopf und verzog das Gesicht. "Es hat mir doch gefallen, dass du um mich gekämpft und gewonnen hast. Ich weiß, dass es seltsam klingen muss, aber das war wichtig. Deshalb bist du jetzt hier, und er wird niemals wieder auftauchen."

Marc horchte auf. Es war also wahr, er hatte ihn getötet. Wahrscheinlich. "Woher weißt du, dass er tot ist?", fragte er und hoffte, sie würde das Gegenteil behaupten, "und gilt so etwas überhaupt in einem Traum? Ich meine, ich habe ihn doch nicht wirklich getötet."

Sie sah ihn erstaunt an. "Doch, natürlich. Du hast es auf deine Art getan, und in meiner Welt ist er tot." Ihre Züge entspannten sich. "Aber das spielt keine Rolle mehr, jetzt da du da bist. Glaub mir, es wird alles gut."

Marc zog die Augenbrauen zusammen. Marinas Worte klangen rätselhaft. "Wir befinden uns in einem Traum. In *meinem* Traum, hab ich recht?", versuchte er Klarheit in seine Gedanken zu bringen.

Sie deutete ein Schulterzucken an und hob zweifelnd den Blick. "Meinst du, es ist wirklich dein Traum? Bestimmst du die Regeln oder bestimmt deine Umgebung, was geschieht? Das, was dein Traum ist, ist meine Realität."

Plötzlich legte sie ihre Hand auf seine. Ihre schmalen Finger spielten mit seinen, und sie sah von oben auf sie herab. "Sag ehrlich: Fühlt sich das wie ein Traum an?"

Er wusste es nicht.

Trotzdem schüttelte er den Kopf. Sie hob den Blick, sah ihm tief in die Augen und nahm auch seine andere Hand und hob sie beide auf ihren Schoß. Ihre Schenkel unter dem dünnen Stoff ihres Kleides fühlten sich unglaublich warm an. "Ich glaube nicht, dass dies ein Traum ist", bemerkte sie ernst. "Es fühlt sich viel zu gut an, findest du nicht? Heute Abend bin ich hierhergekommen, um dich zu treffen. Und seit du da bist, klopft mein Herz wie verrückt."

Als sich die weinerliche Stimme des Sängers an einer besonders gefühlvollen Stelle überschlug, spürte Marc, wie ihn eine Welle der Zuneigung mitriss. Er strich mit seinen Fingern über ihren Arm und berührte die kurzen, blonden Härchen darauf. "Wenn dies hier wahr ist, bin ich der glücklichste Mensch der Welt."

Sie lächelte wieder. "Dann lass uns jetzt gehen."

Als sie aufstand und ihn an der Hand wegführte, fragte er nicht, wohin, ließ sich einfach mitziehen.

Sie gingen zum Strand hinunter und spazierten am Wasser entlang, weg von der lauten Musik. Er legte, wie selbstverständlich, seinen Arm um ihre Schultern und merkte, wie sich der Wunsch ihn ihm regte, es möge für immer so bleiben.

Als die ersten kleinen Wellen ihre Füße berührten, löste sie sich, griff wieder nach seiner Hand und kickte mit den Fußspitzen spielerisch nach dem Wasser. Tropfen spritzten ihnen an die Beine bis zum Knie hoch, und Marina lachte auf. Er fand, sie klang wie ein kleines Mädchen.

Marc gingen viele Fragen durch den Kopf. "Woher kommst du?", fragte er deshalb und hoffte, durch seine Neugier nicht das zarte Band, das zwischen ihnen war, zu zerstören.

Aber sie lachte immer noch. "Dies hier ist mein Ursprung, deshalb möchte ich dir alles zeigen. Sieh mal hier!" Marina deutete auf das Mal, das er seit ihrer ersten Begegnung am Arm trug.

Langsam und gedankenverloren zog sie den Kreis mit den auseinanderlaufenden Kurven mit ihren Fingern nach. "Das ist unser Zeichen, du hast es bereits bemerkt", enthüllte sie und ließ ihn los. Marc hörte einen Anflug von Stolz in ihrer Stimme. Er sah sich die kleine Zeichnung an.

"Und was soll das sein?", fragte er.

"So etwas wie ein Symbol unserer Familie." Sie legte den Kopf schief und hob die Schultern. "Ein Erkennungszeichen zwischen meiner und deiner Welt. Alle Dinge, die dieses Zeichen tragen, gehören zusammen" Sie hob seinen Arm um ihre Schultern und schmiegte sich wieder enger an ihn.

„Aber wie kann ich selbst entscheiden, wann ich in meine und deine Welt gehen kann?“, flüsterte er ihr ins Ohr.

"Warum ist das so wichtig für dich?", murmelte sie in sein Shirt.

Er drückte sie an sich. "Na, ganz einfach, ich möchte dich wiederfinden, wenn dieser Traum zu Ende ist, dich in der Realität treffen. In *meiner* Realität. Und ich möchte dich besser kennenlernen. Nicht nur nachts. Ich will verstehen, wie so etwas möglich ist. Einen Menschen nur in seinen Träumen zu treffen."

Marina löste sich von ihm und warf ihm einen erstaunten Blick zu. "Das verstehe ich nicht!"

Marc hob die Schultern. "Was ist daran so schwer zu verstehen? Möchtest du nicht mit mir zusammen sein? Oder ist das nur ein Spiel für dich?" Er holte tief Luft und ließ die Arme hängen. "Wenn es so ist, dann sag es einfach."

Marina griff nach seinen Händen. "Sieh mich an", sie ging einen Schritt zurück und sah an sich herunter, "du hast mich bekommen, mehr gibt es nicht zu sagen, oder? Ist es nicht am wichtigsten, dass wir uns wohlfühlen miteinander, uns vereinen? Und dass wir uns immer wieder sehen können. Ich genieße deinen Schutz. Wenn du es willst, können wir auf ewig vereint werden, und danach wirst du lernen, dass unsere beiden Welten so stark miteinander verschränkt sein werden, wie du es zulässt. Aber auch ich muss mich vor unehrlichen Absichten schützen."

Sie kam wieder zu ihm, sah ihn mit ihren hübschen Augen an und drückte sich noch enger als vorher an ihn.

Sicher, überlegte Marc, *dagegen gibt es nichts zu sagen.* Aber die Sache so deutlich auf den Punkt zu bringen, war doch eher ungewöhnlich, oder? Immerhin kannte er Marina gerade mal ein paar Tage. Und dies war ihr zweites Treffen überhaupt.

Als er seine Fußspitze in den Sand grub und sich alles so unglaublich echt anfühlte, bekam er das Gefühl, die Situation überfordere ihn. Bei dem Versuch, die richtigen Worte zu finden, merkte er, wie schwer es ihm fiel. Erst recht, als er sah, mit welchem Blick Marina ihn nun ansah. Enttäuscht. Fast schon, als habe er sie zurückgewiesen.

"Du hast sicher recht", versuchte er sie zu beruhigen und streichelte, wie zur Versöhnung, über ihre schmalen Hände. Aber als sie nicht sofort darauf einging, merkte er, dass sie etwas anderes von ihm erwartete. Vielleicht ein klares Bekenntnis zu ihr. "Ich will dich!", setzte er deshalb noch einen drauf. "Mehr, als ich es sagen kann!" Sie besser kennenzulernen, konnte ja später noch nachgeholt werden, beschloss er. Wahrscheinlich stimmte es - was jetzt zählte, war der Augenblick.

Marina lächelte endlich wieder. Sie nahm seine Hand, zog ihn zu sich heran, schloss ihre Augen und wiegte ihren Kopf zur leisen Musik, die von der Festgesellschaft herüber- wehte. "Du willst sicher wissen, was ich mag. Was ich brauche." Das Wort *brauche* sagte sie mit entschiedenem Nachdruck.

Sie drehten sich tanzend miteinander, Marina mit geschlossenen Augen, den Kopf an seine Schulter gelehnt und er wie verzaubert von ihr. "Ich liebe die Sonne", flüsterte sie in sein Ohr. "Und den Schatten."

Mit den letzten Klängen des Liedes schob sich Marina mit ihrem Gesicht ganz nahe an seins, und er roch sie wieder. Sie war nahezu so groß wie er, und fast automatisch legte er sein Gesicht in ihr weiches Haar, vergrub es in ihm.

Es tat so gut, sie zu spüren, ihren weichen, weiblichen Körper so nahe zu fühlen; er entspannte sich, schloss die Augen und gab sich ganz diesem Gefühl hin.

Chekov

Die Wucht des Aufpralls ließ den Kapuzenmann zu Boden gehen. Wütend und laut knurrend verbiss sich Chekov im Arm des Fremden, der ihn sich schützend vor den Kopf hielt.

Bennies Augen öffneten sich, er sah einen Moment interessiert zu, fürchtete aber nur, dass die unangenehme Szene die flüchtigen Bilder, die er im Kopf hatte, stören könnten.

Die Schmerzensschreie des Mannes, dessen Stimme sich überschlug und höher wurde, empfand er als störend.

Wie durch einen Schleier sah Bennie, wie sich die Zähne des Tiers ins Fleisch des Mannes schlugen und Chekov den Kopf wild schüttelte, als er kurz vom Arm abließ, um sofort wieder nachzufassen.

Verdammt, was war hier los, wieso benahm sich der Hund so seltsam?

Plötzlich verschwand das schöne Gefühl. Bewegung kam in den Wachmann. "Aus! Aus!", brüllte er und stürzte zu dem rasenden Hund.

Bennie sah das viele Blut, versuchte, den Hund an der Leine zu packen, und bekam nun Angst um das Leben des Einbrechers.

Endlich hatte er es geschafft, seine Finger unter das Halsband zu schieben, und zog daran. "Ist ja gut!", versuchte er, den rasenden und noch immer bellenden Chekov zu beruhigen. "Ruhig! Verdammt"

Der Mann am Boden bewegte sich, ächzte auf, als er versuchte, sich zu drehen. Aufzustehen war sicher unmöglich, so verletzt, wie der war.

Eine Blutlache breitete sich unter ihm aus.

Bennie hielt noch das sich wild schüttelnde Tier fest, als sich die Zentrale übers Handy meldete. Er drehte sich weg und forderte einen Krankenwagen an. Der Fremde hatte sich inzwischen auf den Rücken gewälzt, die Kapuze tief ins Gesicht gezogen. Er bewegte sich nicht mehr.

Bennie hielt Abstand. Sich jetzt mit dem sich weiterhin wütend gebärdenden Chekov dem Mann zu nähern, wäre Wahnsinn.

"Sie warten jetzt hier, ich habe Hilfe angefordert", sagte er beruhigend, egal, ob der andere ihn verstand oder nicht. Doch was, wenn dieser Mann sofort Hilfe brauchte? Bis die anderen kamen, konnte es zu spät sein.

Bennie traf eine Entscheidung. "Ich leine kurz den Hund an, dann sind auch schon meine Kollegen da, in Ordnung?" Keine Antwort, nur leises Stöhnen. "Also bis gleich. Und machen Sie keinen Mist!", warnte er noch, bevor er den Schäferhund mit sich zog.

Am Eingang zum Lager band er ihn fest und rannte zurück an den Zaun. Chekov bellte ihm warnend nach.

Mit wild klopfendem Herzen und immer noch seinen Schlagstock in der Hand kam er zurück zum Hof. Auf dem Pflaster war verschmiertes Blut, eine Menge davon. Kein Mensch, kein Einbrecher.

Bennie sah auf, fluchte, als er hörte, wie vom Parkplatz ein Auto gestartet wurde. Er beeilte sich, rannte zurück zum Haupttor. Mit etwas Glück konnte er das Nummernschild erkennen.

Als er das große Tor aufschloss, sah er, wie ein Wagen mit quietschenden Reifen über die Straße jagte.

Ohne große Hoffnung, ihn einholen zu können, entschied er sich trotzdem zur Verfolgung zu Fuß. Und er hatte Glück. Das Fahrzeug des Einbrechers bremste plötzlich scharf ab. Er war noch nicht weit gekommen. In seiner Panik hatte der Flüchtende eine Verkehrsinsel gerammt und das Schild darauf erwischt.

Das Auto stellte sich quer.

Die Betonverankerung war aus der Erde gerissen, und aus dem Kühler des Wagens stieg Dampf auf. Bennie konnte es vielleicht mit einem Spurt schaffen. Nach etwa dreißig Metern bremste er ab.

Langsam näherte er sich dem Fahrzeug. Über sein Headset beschrieb er einem Kollegen in der Zentrale so ruhig er konnte, was passiert war, und versuchte, als er das Fahrzeug erreicht hatte, etwas im Inneren des Wagens zu erkennen. Der Fahrer war über seinem Lenkrad zusammengesunken. Mit Sicherheit brauchte dieser Mann Hilfe, musste aus dem Wagen geholt werden.

Bennie ging langsam näher heran. Die stabile Seitenlage fiel ihm ein, das hatte er vor der Führerscheinprüfung gelernt.

Er klopfte ans Fenster. Keine Reaktion.

Ohne nachzudenken, legte der Wachmann seine Hand an den Griff der Tür und zog daran. Mit einem Knacken schwang sie auf.

Bennie leuchtete mit seiner Taschenlampe ins Innere des Wagens, sah den Bewusstlosen.

Der Wachmann beugte sich ins Fahrzeug. "Hallo." Er berührte den Mann an seiner Schulter. In diesem Augenblick spürte er einen feuchten Luftzug, der wohl aus dem geöffneten Wagen kam.

Tröpfchen schlugen sich auf seinem Gesicht nieder. Es kribbelte in seiner Nase. Ein warmer Wind, der zuerst über seine Hand und dann seine Wangen strich. Er sah, wie Leben in den Mann kam und er seinen Kopf bewegte. Als er ihn drehte, konnte Bennie endlich sein Gesicht sehen. Er stutzte. Vor ihm saß eine junge, blendend schöne Frau. Sie hatte große, wunderschöne Augen und lächelte ihn an. "Ich ... ich", stotterte er und nahm unwillkürlich seine Hand von ihrer Schulter. Er ging einen Schritt zurück und merkte, wie er anfing zu schwanken.

Die Fremde sah ihn amüsiert an, zeigte lächelnd ihre Zähne und legte ihrerseits ihre schmale, helle Hand auf seine. "Schön, Sie zu treffen", vernahm er, und Bennie merkte, wie seine Beine einknickten.

Sie zu treffen. Sie zu treffen, ging es ihm immer wieder durch den Kopf, als er auf den Boden aufschlug.

Er hörte noch, wie der Motor gestartet wurde.

Symbiose

Er hätte ewig, oder zumindest die ganze Nacht durch, so mit ihr tanzen können, doch die Musik brach ab. Stille machte sich breit; einzig die leise Brandung der Wellen war zu hören.

Marina löste sich von ihm, hielt ihn aber an der Hand. "Ich hab eine Idee!", lockte sie und zog ihn näher zu den Wellen. Er sah das schwarze Wasser und ließ sich widerstrebend mitziehen. "Komm schon!", rief sie ungeduldig. "Wir haben doch nur diese Nacht!"

Meinte sie nur diese Nacht an diesem Strand oder die Tatsache, dass sie sich nie wiedersehen würden?

Marc lief einige Schritte mit, dann merkte er, wie der Stoff seiner Hose durch die Wellen immer nasser wurde.

Auch Marinas Kleid war schon bis zur Taille feucht und klebte an ihrer Haut; er konnte jede Kurve ihres Körpers sehen. Noch ein paar Schritte, die sie sich gegen die Wellen warfen, dann standen sie bis zum Hals im warmen Wasser.

Eng aneinander geschmiegt ließen sie sich von der Brandung hochtragen. Marc schmeckte Salzwasser, und als Marina ihn umarmte und küsste, war es ihm auch egal, als eine dunkle Welle über ihnen zusammenschlug. Ihr Kuss schmeckte herrlich und unwiderstehlich.

Marina sah ihn immer wieder mit großen Augen an. Sie hatte einen magischen Blick, der willenlos machte, kam es ihm in den Sinn.

Sie nahm seine Hand, führte sie tief ins Wasser und ließ sie auf ihrem Körper liegen.

Er strich über ihre Brust und den flachen Bauch und sah, wie sie sich mit geschlossenen Augen seinen Berührungen hingab.

Er hörte leise Laute, die sie ausstieß.

Seit Clara hatte er keine Frau mehr so nahe an sich herangelassen, und es überraschte ihn, dass er fast vergessen hatte, wie gut sich das anfühlte. Wenn er ehrlich war, konnte er alles, was er in der Zeit mit Clara erlebt hatte, vergessen, im Vergleich mit diesem Erlebnis.

Marina klammerte sich im fast schwerelosen Wasser fest an ihn, und anscheinend hatte auch sie entdeckt, dass sich seine Kleidung an entscheidender Stelle beulte.

Marc merkte, wie ihre Finger geschickt den Gürtel und den Knopf seiner Hose öffneten.

Marc schloss die Augen und gab sich völlig dem Gefühl hin, Marina anzufassen und von ihr angefasst zu werden. Als er ihren Rücken herunter strich, merkte er, dass ihr Kleid verschwunden war. Überrascht sah er auf und öffnete den Mund, um etwas zu sagen.

Marina sah ihm tief in die Augen. "Pst!", flüsterte sie und legte den Finger auf seine Lippen. Dann packte sie seine Schultern und umklammerte seine Hüfte mit ihren langen Beinen.

Marc spürte, wie sie sich immer enger an ihn drückte, und als er auch sie umarmte und die Augen schloss, hatte sie ihn schon in sich aufgenommen. Sein ganzer Unterkörper wurde scheinbar von vielen Händen gestreichelt und mit festem Griff gehalten. Fordernd und ohne eine andere Wahl.

Als er nach vielen lustvollen Wellen spürte, wie sie sich von ihm löste, öffnete er seine Augen und erwartete, auch sie entspannt und wie in Trance zu finden, aber Marinas Blick war wach und konzentriert. Nur ihr Lächeln war so hübsch und anziehend wie zuvor.

Er ließ es zu, dass sie sich wieder auf seinen Körper konzentrierte, und als er sah, dass sie nur einen Augenblick auch ihre Augen schloss, merkte er, dass auch sie es genoss.

Als sie sich von den Wellen wieder zum Strand tragen ließen, wusste Marc nicht, wie oft er in ihr gekommen war. *Unglaublich*, dachte er. *Bestimmt zigmal.* Dass so was überhaupt möglich war.

Doch im Grunde war das im Augenblick egal. In ihm wogte immer noch das Gefühl, etwas Unbeschreibliches erlebt zu haben. Und der Wunsch es immer wieder zu tun.

Sie ließen sich in den Sand fallen, und Marc merkte, dass er anfing zu frieren. *Kein Wunder, es ist Nacht und der Sand inzwischen kühler.*

Marina merkte wohl nichts davon. Sie lag neben ihm und sah aus, als schliefe sie fast. Als er sie im Mondlicht ansah, nackt und ausgestreckt, wunderte er sich wieder, wie er es geschafft hatte, ein solch hübsches Geschöpf in seinen Traum hineinzubekommen. Noch immer konnte er ihren süßen, weiblichen Duft riechen, nur nach dem Bad im Meer ein wenig schwächer.

Marc schob sich enger an ihren Körper, und sie öffnete die Augen.

"Du bist ja ganz kalt", flüsterte sie leise und schlang ihren Arm um seine breite Brust.

Er drückte sich in ihre weiche Armbeuge und genoss die Wärme ihrer Haut. *Unfassbar, wie warm sie ist*, dachte er und schob auch seine nackten, ausgekühlten Füße an ihre Waden.

Doch Marina setzte sich plötzlich im Sand auf. "Ich hab ein Haus hier, ganz in der Nähe. Dort könnten wir uns aufwärmen, bis zum Morgen." Sie sah ihn mit forschendem Blick von der Seite an und verzog ihren vollen Mund zu einem Lächeln. "Das heißt, natürlich nur, wenn du immer noch mehr von mir wissen möchtest."

Marc war sofort auf den Beinen und strich sich den Sand von den nassen Kleidern. Marinas Haus. Natürlich wollte er wissen, wie sie wohnte, was sie gerne tat, wie sie sich einrichtete. Eigentlich wollte er alles über diese unglaubliche Frau wissen.

Sie gingen weiter den Strand entlang und kamen zu einer kleinen Bucht, in der der Strand von niedrigen, harten Sträuchern bedeckt war.

Kleine helle Blüten wirkten wie Flocken, die man über sie ausgeschüttet hatte.

Durch das Feld der Sträucher führte ein sandiger Weg bis zu einer Treppe aus Holzbrettern, über die man zum Haus gelangte.

Marc pfiff anerkennend durch die Zähne, als er es sah. Es war riesig und hob sich dadurch, dass die hohen Holzwände mit strahlend weißer Farbe gestrichen waren, vom dunklen Nachthimmel ab.

"Dein Haus ist wunderschön. Da wohnst du ganz alleine?", fragte er und wunderte sich darüber, wie neu es aussah.

Marina hatte während des ganzen Weges nicht ein Wort verloren.

Doch als sie vor der zweiflügeligen Haustür standen, nickte sie. "Sicher, und mein Haus ist jetzt auch deins. Ich hoffe, du fühlst dich wohl bei uns." Sie machte eine einladende Geste. "Tritt ein und sei vorerst mein Gast. Du kannst duschen oder …", sie hob die Schultern, "was du willst. Ich muss erst noch was erledigen, dann bin ich bei dir."

Marc griff zur Klinke, öffnete die Tür, und er betrat den großen, gemütlichen Raum. Er spürte sofort die Wärme, die von einem Kamin, der in einer Ecke des Zimmers stand, ausging. Die Flammen flackerten über den Holzscheiten, als er sich auszog und nackt auf dem weichen Sofa davor ausstreckte.

Fast sofort umhüllte ihn eine lähmende Müdigkeit.

Auf dem Boden lagen weiße Wolldecken, und er zog sich eine davon aufs Sofa hoch und schloss die Augen.

So, genau so fühlt sich ein schönes Leben an.

Marc erwachte langsam, so langsam, dass ihm erst allmählich klar wurde, wo er sich befand.

Dass dies nicht das Pfarrhaus, sein eigenes Haus, sein konnte, war klar. Er war bei Marina, immer noch! Und das, obwohl er tief geschlafen hatte. Einzuschlafen bedeutete also nicht unbedingt, dass er zurückkehren musste. Zurück in seine eigene Wirklichkeit.

Marc fühlte, wie gut sich dies alles immer noch anfühlte. Marinas Haut, das weiche Sofa und vor allem diese intime Situation.

Sie lag schlafend neben ihm. Er musste lächeln, sah sich im Halbdunkel Marinas entspanntes Gesicht an und beobachtete, wie sich ihre nackte Schulter mit ihren gleichmäßigen Atemzügen hob und senkte.

Ohne es zu wollen, musste er wieder an Clara denken, kurz sah er ihr Gesicht vor sich.

Natürlich war sie seine große Liebe gewesen, und er hatte eine lange Zeit gebraucht, über sie hinwegzukommen. Doch niemals, in den fast zwei Jahren, die sie zusammen gewesen waren, hatte er ein vergleichbares Gefühl gehabt, nicht im Entferntesten. Dieses völlige Abtauchen in die Zuneigung zu einer Frau, das perfekte sich auflösen im Anderen. Und nun, nachdem er seine einst Geliebte seit Jahren nicht mehr gesehen hatte, wurde ihm bewusst, wie sehr er um sie getrauert und die vergangene Zeit mit ihr überschätzt hatte. Dies hier war besser, viel besser. Es war echt! Musste es sein!

Dass die Decke merkwürdig feucht an seinem Arm klebte, wurde ihm erst bewusst, als er sich bewegte. Er musste verschwitzt sein, klar, dies war ein Urlaubsland, und Marinas nackter Körper hatte dicht an seinem gelegen. Doch dies war richtige Nässe.

Dann spürte er, wie Marina sich, eingerollt in seinem Arm, kurz streckte, so, als würde sie bald aufwachen.

Sein Herz schlug einen Takt schneller, als sich ihr Körper, wie zufällig, an seinem rieb, und er schwitzte noch ein bisschen mehr. Er löste seinen Blick von ihr, sah sich um.

Hier war irgendwas anders. Anders als gestern Abend. Es war heiß. Fast unerträglich. Die Temperatur im Raum musste sich extrem erhöht haben.

Vorsichtig und langsam, um sie nicht zu wecken, löste er sich von Marinas Körper zog sich vorsichtig seine inzwischen getrocknete Kleidung an und setzte sich auf die Kante des Sofas. Tropfen rannen ihm die Stirn herunter über die Wangen.

Verdammte Hitze! Und dieser fast unerträgliche Durst!

Er sah sich nach einer Getränkeflasche oder einem Wasserhahn um. Irgendetwas, mit dem er seinen Durst stillen konnte. Doch hier gab es ja wohl nicht einmal ein Badezimmer. Die einzige Tür war die, durch die sie gekommen waren.

Karen fiel ihm ein. Wie immer, wenn er nicht mehr weiterwusste. Doch wie sollte er sie hier, in diesem Traum, erreichen. Er würde ihr so gerne von seinen Gefühlen hier in Marinas Welt berichten. Gab es einen Weg, Karen so zu erreichen, wie Marina es mit ihm geschafft hatte?

Marc schloss seine Augen und konzentrierte sich auf das Gesicht seiner Schwester. Kurz hatte er einmal das Gefühl, über ihr zu schweben, aber es gelang ihm nicht, sie auf sich aufmerksam zu machen.

Sie hatte einmal erzählt, sie habe das Gefühl, sie merke fast immer, wenn er an sie dachte. Und umgekehrt. Es konnte doch kein Zufall sein, wenn er sie genau dann anrief, wenn sie sich gerade mit ihm in Gedanken beschäftigte. "Wahrscheinlich irgendein Zwillingskram", hatte sie gemutmaßt.

Marcs Gedanken überschlugen sich. Er stellte sich Karens lächelnden Mund vor, ihre Augen und endlich ihre Hände.

Die Hände, fiel es ihm endlich ein, *natürlich, warum hab ich nicht früher daran gedacht!* Marc ließ seine Augen geschlossen, und sein Zeigefinger überkreuzte sich mit dem Mittelfinger. Er presste sie fest zusammen.

Teil 2
Karens Suche

Hilf mir!

Gießen, 30. September

Dr. Kammer hob bedauernd beide Hände und ließ sie in einer hilflosen Geste wieder sinken. "Tut mir leid", sagte er und deutete ein Kopfschütteln an. "Wir wissen natürlich nicht, was er denkt oder fühlt."

Er sah in Karens Gesicht und las wohl ihre Sorge darin. Deshalb versuchte er es mit seinem Standardsatz. "Aber eines können wir mit Sicherheit sagen, dass wir alles tun, damit er sich wohl fühlt. Er war unterkühlt, dehydriert und hat zwei Nächte draußen im Freien verbracht. Wir haben fast schon Herbst, das muss sein Körper erst mal verkraften. Nur gut, dass er überhaupt gefunden wurde."

Karens Augen suchten scheinbar nach einer Lösung den Boden ab. "Ich kann das nicht akzeptieren!" Sie sah auf. "Ich war Ende Januar mit ihm hier, und man hat von einer Depression gesprochen! Also nichts Ernstes!" Sie wies auf die geschlossene Tür, hinter der Marc an Kabeln und Monitoren in seinem Bett lag. "Ganze Nächte im Wald zu verbringen, das passt doch gar nicht zu ihm! Irgendwo im Wald. Sie müssen was übersehen haben. Irgendwas."

Ein verlegenes Lächeln umspielte den schmalen Mund des Arztes. Dann spitzte er seine Lippen. "Nun, wenn Sie glauben, wir haben etwas versäumt, kann ich Ihnen nochmal die Werte, die er damals im Blut hatte, zeigen. Sie waren völlig unauffällig und", er hob die Augenbrauen, "wenn Sie einen anderen Facharzt hinzuziehen möchten, bin ich gespannt, was der sagt. Ihr Bruder hat keine Drogen genommen, nur ein wenig Alkohol. Aber das kann unmöglich der Auslöser gewesen sein."

Als der Arzt gegangen war, ging Karen wieder in Marcs Zimmer und setzte sich an sein Bett. Sie holte tief Luft. Drei Tage war er nun schon hier. Und sie fanden nichts. Kein Herzproblem, keine Hinweise in seinem Blut. Es war einfach so, als habe er beschlossen zu schlafen. Und nichts konnte ihn wecken. Sie beugte sich über sein Gesicht. "Marc", flüsterte sie und nahm seine Hand. Sie begann zu weinen und wischte sich die Tränen weg. "Verdammt, jetzt hör endlich auf mit diesem Mist!"

Jemand kam herein, und als Karen den Kopf drehte, sah sie, dass André gerade die Tür hinter sich schloss. Er hatte angekündigt, sie abzuholen, und sie hatte ihm auf der Station eine Nachricht hinterlassen, wo sie zu finden war.

André sah sie an, und in seinem Gesicht spiegelten sich Mitleid und Bedauern.

Mit wenigen Schritten war er bei Karen und strich ihr tröstend über den Arm. "Du musst doch schon seit Stunden hier sitzen. Seit Tagen!" Seine Stimme war leise und beruhigend aber sie hörte auch eine andere versteckte Nachricht heraus. *Wie kannst du es nur so übertreiben?* Deshalb wunderte sie sich nicht, als er weiter sprach. "Du kannst ihm so nicht helfen. Nur Warten hat der Arzt gesagt, gestern schon. Und was soll das bringen, wenn du die Zeit, die dir neben der Arbeit bleibt, hier verbringst?"

Karen sah ihn an. Es störte sie, dass er nicht kapierte, dass sie durch Marcs Koma gar keine Lust hatte, etwas zu tun, und stattdessen lieber hier saß. "André, ich kann ihn nicht so liegen lassen. Wenn er aufwacht und ich bin nicht …"

André unterbrach sie, und Karen wünschte sich sofort, er würde leiser sprechen. "Quatsch, er merkt wahrscheinlich gar nicht, dass du da bist. Er schläft. Und hier wird alles Nötige getan, das weißt du doch. Von Fachleuten, die genau wissen, was zu tun ist. Wieso fällt es dir so schwer, ein bisschen Vertrauen zu haben?"

Karen wollte nicht antworten. Sie betrachtete Marcs Gesicht, suchte nach etwas, das Hoffnung machte. Eine kleine Veränderung, ein Zucken. Doch da war nichts. Es machte den Eindruck, als habe er beschlossen zu sterben. Leise, ohne ein weiteres Wort und in Raten. Ohne einen Hinweis woran. Sie warf André einen fordernden Blick zu. "Gib mir noch fünf Minuten, dann komm ich. Bitte!"

André überlegte einen Moment, holte tief Luft und ging zur Tür. "Ich warte draußen."

Karen ließ sich seine Worte durch den Kopf gehen. Auch wenn es so war, wie er sagte, konnte sie nicht anders. Hier zu sitzen und zu warten, war nicht sinnlos, höchstens für André. Marc war *ihr* Bruder, nicht seiner. Und auch wenn er mit ihm befreundet war, hatte André diese enge, innere Verbindung, die sie zueinander hatten, nie richtig verstehen können, das wusste sie. Heute mehr denn je.

Karen streichelte Marcs Handrücken, barg seine Finger in ihrer Hand. Innerlich nahm sie sich vor, für heute Abschied zu nehmen. Sie würde sich einen Tag Pause verschreiben und morgen nicht herkommen. Noch ein letztes Mal strich sie über Marcs Hand, dann stand sie auf und wollte gehen, als sie es plötzlich sah. Sofort beschleunige sich ihr Herzschlag.

Seine *Hand*. Für einen Moment hatte er das Zeichen gemacht. Es waren Augenblicke, ja, aber es war das Zeichen! Unverkennbar, sie hatte es erkannt! *Ihr Zeichen*!

Karen sah auf Marcs Finger, die jetzt wieder entspannt und unauffällig auf der Bettdecke lagen. Sie sprang auf die Beine, stolperte rückwärts, drehte sich um und riss die Tür zum Krankenhausflur auf. "André!", rief sie und rannte zu dem Stuhl im Gang, auf dem er saß, eine Zeitschrift in der Hand. "Er hat das Zeichen gemacht, ich hab´s genau gesehen!"

Er sah auf, erschrocken und verwirrt. "Welches Zeichen?" Sein Gesicht war eine einzige Frage.

Karen nahm seinen Arm und zerrte an ihm. "Ja, du weißt schon! Ich hab´s dir doch mal erzählt. Als wir Kinder waren! Komm schon!"

Als sie zurück im Zimmer waren, hatte sich nichts verändert. Karen stürzte sofort zum Bett und nahm Marcs Hand. "Er hat die beiden Finger aufeinandergelegt!", erzählte sie aufgeregt und zeigte André mit ihren eigenen Fingern, was sie meinte. "Hilfe! Das heißt Hilfe! Das hieß es immer schon bei uns!"

André sah sich Marcs Hand an und hob ratlos die Schultern. "Bewegt er sich? Oder haben sich seine Werte irgendwie verändert?", fragte er, aber man hörte schon am Ton seiner Stimme, dass er nicht an eine positive Antwort glaubte.

Karen wog weiter Marcs Hand in ihrer und wartete. Nach einigen Minuten ließ sie sie wieder auf die Bettdecke sinken. Enttäuscht sah sie André an. "Ich hab es sicher gesehen, ganz sicher!", sagte sie leise.

André nahm ihre Hand und umschloss sie mit seinen Händen. "Karen, wir gehen jetzt. Du bist total übermüdet, da kommt so was schon mal vor. Und morgen ist doch auch noch ein Tag."

Als sie durch die große Tür des Uniklinikums über den Vorplatz Richtung Parkhaus gingen, murmelte Karen ein Wort. "Übermorgen."

Ein sehr alter Brief

Niederod, 8. Oktober

Zeit, die nagt, und Leben aus allen Richtungen.
Schnelles Leben,
unsichtbar und langsames, sichtbares Leben,
ähnlich wie alles Wachsende, hoch und niedrig.

Am nächsten Tag stand Karen spät auf. Sie hatte den ganzen Abend bis tief in die Nacht gegrübelt und versucht sich vorzustellen, was in Marc vorging. Die Finger, die er als Hilferuf wie in ihrer Kindheit verschränkt hatte, gingen ihr nicht mehr aus dem Kopf.

André glaubte, sie habe sich geirrt, aber sie hatte mit eigenen Augen *gesehen*, wie er das geheime Zeichen formte.

Sie rief eine Bekannte an, die die Vertretung im Buchladen übernahm und die ihr, nachdem sie das mit Marc gehört hatte, sogar anbot, den Rest der Woche im Laden zu arbeiten.

Mit ihren Eltern vereinbarte sie, dass sie eine Zeitlang nicht im Krankenhaus auftauchen würde. Marcs Mutter war ohnehin fast jeden Tag vor Ort, und sie oder der behandelnde Arzt würden sich sofort melden, wenn sich an seinem Zustand etwas änderte.

Nach dem Frühstück nahm sie sich vor, ins Pfarrhaus zu fahren. Wenn sie etwas finden wollte, das ihr weiter half, dann dort.

Als sie die Tür des Pfarrhauses aufschloss, schob sie beim Öffnen einen Stapel Post vor dem Briefschlitz über den Fliesenboden. Sie hob die Umschläge auf und legte sie auf eine kleine Kommode.

Zielstrebig ging sie zu Marcs kleinem Büro. Hier arbeitete er und bewahrte auch alles auf, das ihm wichtig war.

Als sie sich an seinen Schreibtisch setzte, fielen ihr die leere Teetasse und der vertrocknete Teebeutel auf einer Untertasse auf. Marcs Hinterlassenschaften kamen ihr vor wie ein Hinweis auf seinen Verfall.

Karen versuchte, den Gedanken abzuschütteln, und begann, die Unterlagen auf dem Schreibtisch zu sichten. Doch außer Rechnungen und Anmeldungen fand sie nichts.

Dann, unter einer Zeitung, eine schriftliche Bitte Marcs, den Gärtner zu kündigen. Das Schreiben sah aus wie ein Beschwerdebrief.

Sie überflog die kleinen Vermerke, die in Marcs unordentlicher Handschrift kaum zu lesen waren, und schob den Zettel gereizt weg. Dass er die Pflege des Gartens selbst übernehmen wollte, fand sie ungewöhnlich und unpassend für Marc.

Vom Tisch ließ sie ihren Blick über den Boden streifen und blieb am Regal hängen. Hier musste dringend Staub gewischt werden.

Auf den meist alten Büchern hatte sich eine dünne Schicht gebildet. Überhaupt war es hier drinnen muffig und dunkel.

Karen stand auf, öffnete das Fenster und ging zum Regal.

Marcs Vorliebe für alte, geschichtliche Schinken hatte sie schon immer fasziniert. Er besaß Bücher über verschiedene Religionen, in denen Glaube und Wahrheit ausgiebig diskutiert wurden. Neben philosophischen Abhandlungen gab es ganze Buchreihen über Theologie und die Geschichte des Christentums.

Von draußen hatte sich ein Sonnenstrahl ins Zimmer verirrt, und Karen sah, wie sich massenhaft Staubteilchen in der Luft bewegten.

Unwillkürlich musste sie husten, und als sie sich die Hand vor den Mund hielt, sah sie eine fleckige Rötung auf der Handfläche. Es war nur ein ganz leichter Ausschlag, viel unscheinbarer als letzten Frühsommer, als sie neben einem Maisfeld spazieren gegangen war und sich ihre Allergie gegen einige Getreidearten meldete. Marc musste hier irgendwo getrocknete Blüten herumliegen haben, schätzte sie und suchte weiter.

Vor der Regalwand mit alten abgewetzten, rissigen Buchrücken lag ein Stapel neuer Bücher. Den Titeln nach beschäftigten sie sich hauptsächlich mit Botanik und Pflanzenzucht.

Eines lag aufgeschlagen auf einem Tischchen. Ein Buch zur Pflanzenbestimmung.

Karen nahm es in die Hand und blätterte darin. Ihr fiel sofort auf, dass sie keine der Pflanzen, die darin beschrieben wurden, kannte. Sie sah noch einmal auf den Einband und entdeckte den Untertitel: *Die Bestimmung exotischer Schönheiten.* Kein Wunder, stellte sie fest.

Sie klappte es wieder auf und schlug ein paar Seiten um, als sie Marcs Handschrift am Rand einer Seite erkannte. Auf kleinen Fotos waren die Samenkörner mancher Sträucher abgebildet, und Marc hatte mit einem Kugelschreiber Bemerkungen am Rand notiert.

Karen fand es merkwürdig, dass er sich neuerdings mit Pflanzen beschäftigte. Aber vielleicht war ihr das nur einfach noch nie aufgefallen.

Sie schob das Buch ins Regal und suchte weiter auf dem Schreibtisch nach Hinweisen. Als sie einen Stapel alter Papiere hochnahm, merkte sie, dass ganz unten, von den Papieren verdeckt, der Holzrahmen mit dem alten Foto, über das sie noch vor kurzem mit Marc gesprochen hatte, lag. Sie erinnerte sich daran, dass Pauls Sohn ihn Marc gegeben hatte.

Karen hob das Foto hoch und ließ es auf sich wirken. Sie sah sich die beiden Männer, die Arm in Arm stolz vor einem großen Möbelstück standen, genau an. Es musste vor vielen Jahren aufgenommen worden sein, so jung, wie ihr Großvater darauf aussah.

Auf einer der beiden Türen des großen Schranks im Hintergrund prangte ein verschlungenes Ornament, eine Schnitzerei.

Karen hoffte, dass vielleicht ein Datum auf der Rückseite des Fotos notiert worden war, und drehte den Rahmen um. Doch die alte, dunkelbraune Rückseite mit dem welligen Muster hatte nur ein paar Flecken und war an einer Stelle eingerissen.

Karen wollte es gerade auf den Schreibtisch zurücklegen, als ihr der kleine Karton auffiel, den Pauls Sohn Marc nach der Beerdigung zusammen mit dem Bild übergeben hatte. Sie öffnete ihn und sah die meist ziemlich vergilbten Zeichnungen und Pläne durch.

Gerade, als sie beschloss, dass dieser alte Kram uninteressant war, fiel ihr doch noch etwas Merkwürdiges auf.

Paul hatte seine Pläne immer mit sehr korrekten Buchstaben versehen. Sie wirkten wie gedruckt neben den gekritzelten Zahlen auf den Zeichnungen. Doch unter ihnen, ganz unten in der Schachtel, lag ein neuerer, aufgerissener Briefumschlag, aus dem sie die Kopien eines Fotos und eines deutlich älteren Dokuments zog.

Das kleine Foto zeigte eine hölzerne Kiste. Daneben war ein weiteres Foto, das die Schnitzereien, die darauf waren, im Detail zeigte. Im Text darunter suchte der Absender unter Angabe einer Email-Adresse alte, gebrauchte Möbelstücke mit den fotografierten Schnitzereien.

Karen legte die Fotos beiseite und nahm den Brief.

Er war in kleiner, ordentlich geschriebener altdeutscher Schrift verfasst und viel einfacher zu lesen als die oftmals in Antiqua hingekritzelten Dokumente, die sie im Rahmen ihrer Recherche über Wüstungen für Arne, ihren Chef, bearbeitete. Dahinter noch eine Notiz.

Karen legte die beiden dicht beschriebenen Zettel nebeneinander und begann zu lesen.

Amélie stand die Überschrift ganz oben in der ersten Zeile. Dazu das Datum *7.Oktober 1849.*

So, wie es aussah, beschrieb jemand in Tagebuchform seine ersten Eindrücke nach einem Umzug in einen Ort nahe der französischen Grenze. Die Landschaft wurde beschrieben, und schon mit den ersten Worten empfand Karen den Stil, in dem die Geschichte geschrieben war, als bezaubernd schön.

Gleichzeitig lag aber auch so etwas wie eine Melancholie, eine Trauer in den Worten. Aber gerade das machte den Charme des Textes aus.

Der Autor berichtete von einem *unsäglichen Erlebnis.* Als sie weiter las, merkte sie, wie sehr sie die Geschichte fesselte.

Von einem alten Pianisten war die Rede, einer Einladung in sein merkwürdiges Haus und von Apparaten, die er vorführte.

Karen stellte sich den Keller, der beschrieben wurde, vor. Düster und staubig. Sie empfand deutlich den Ekel, von dem die Rede war. Sie las weiter.

Neugier

Hausen, 7. Oktober 1849

...

Die nächsten beiden Tage vergingen, ohne dass mir über unseren Besuch bei Hans Jordan auch nur ein Gedanke in den Sinn kam. Auch Amélie hatte wohl kein Interesse an einer weitergehenden Bekanntschaft mit dem eigentümlichen Pianisten.

Doch am Abend des zweiten Tages, gerade als wir uns zu zweit noch auf einen späten Spaziergang ins Tal aufmachen wollten, bat sie mich, den Schlüssel zu Jordans Anwesen mitzunehmen.

"Ein Blick auf den Zustand des Hauses kann nicht schaden. Wenn er heimkehrt und alles in bester Ordnung findet, kann es auch keinen Grund für Klagen geben", begründete sie ihr Anliegen. Die Vorstellung an das marode Haus, das in jedem seiner Zimmer an die Merkwürdigkeit Jordans Verwandtschaft erinnerte, ließ mich erschauern.

Doch Amélie lachte nur und nannte meine Bedenken töricht. "Sieh es wie einen Museumsbesuch. Im Grunde ist es doch nichts anderes."

So kam es also, dass wir ein zweites Mal Jordans Domizil betraten, und ich war froh, dass der Hausherr nicht anwesend war.

Alles war so, wie wir es beim letzten Mal vorgefunden hatten, nur der Kamin war kalt und leer.

Ich hatte mich schon umgedreht in der Absicht, das Haus wieder zu verlassen, als ich sah, wie Amélie die Stufen, hinunter zum Keller, betrat.

"Was haben wir dort unten zu suchen?", rief ich ihr verzweifelt nach. Mir war noch der elende Geruch der alten Dinge in Erinnerung und Amélies Empfänglichkeit dafür. In mir wuchs wieder die Sorge, sie begebe sich zu tief in diese gekünstelte Welt.

Doch ich hörte schon, wie sich die Tür zu Jordans Kuriositätenkabinett, wie er es genannt hatte, öffnete.

"Amélie! Kein Mensch gibt uns das Recht, hier einzudringen!", rief ich und eilte, verärgert über ihre Eigenmächtigkeit, mit schnellen Schritten nach unten. Doch noch auf der letzten untersten Stufe im Treppenhaus, bevor ich das Zimmer betreten hatte, hörte ich einen entzückten Schrei.

"Da! Es ist geöffnet! Ich ahnte doch, dass es einen verborgenen Eingang gibt!"

Ich stürzte in den Raum.

Amélie kniete vor dem hölzernen Schrein, den sie einst in der Ecke entdeckt hatte, und hatte schon eine Hand hineingeschoben.

Ich eilte näher und sah nun auch die große Öffnung. Eine der Einlegeplatten war völlig verschwunden und hatte einen engen Durchlass freigegeben. Über der Öffnung blickte ich in das Ornament eines grinsenden Papageien.

Amélie wandte, noch auf den Knien, ihr Gesicht zu mir und sah mich wie berauscht an. Ich höre immer noch ihre letzten Worte, mit einer Verzückung gesprochen, die schon nicht mehr die ihre war.

"Wer solche Wunder erblickt hat, dem kann das Leben doch nichts mehr geben." Damit verschwand sie gänzlich durch die Öffnung, die im Grunde doch nicht mehr als ein Spalt war.

Ich versuchte noch, nach ihrem Kleid zu greifen, einen Blick in den Kasten zu erhaschen, doch sofort, ohne einen Laut, verschloss er sich und ward so unversehrt, wie ich ihn gekannt hatte.

Mit einem Mal war es still, totenstill. Ich erschauderte. So kniete ich vor diesem teuflischen Ding und rang mit mir. Gerade, als ich den Mund öffnete und nach meiner Frau rufen wollte, durchbrach ein hysterischer, gellender Schrei die Stille. Es war Amélie, die mit panischer Stimme in dieser Kiste offenbar entsetzliche Todesangst durchlitt.

Mir schwanden fast die Sinne vor Sorge um sie, und ich rüttelte an den Seiten des Schreins, versuchte an allen Seiten mit meinen Fingerspitzen einen noch so kleinen Spalt zu finden. "Amélie!", rief ich mit schon sich überschlagender Stimme, richtete mich auf und versuchte, eine Öffnung des Schreins zu erzwingen, indem ich wie ein Besessener darauf schlug.

Doch er blieb hart und unnachgiebig; das Holz verhielt sich wie Stahl.

Schon sah ich mich nach einem Werkzeug um, einem Hammer oder einer Zange, mit der ich dieses unsägliche Material hätte bezwingen können, da hörte ich wieder Amélies Stimme; sie schrie in namenloser Verzweiflung und trat, wie es sich anhörte, von innen gegen das Holz. "Nein, lass ab, du wahnsinniges Scheusal!" Amélies vom Kerker des Behältnisses gedämpfte Stimme formte noch Worte, die ich nicht begriff, die eher ein Gurgeln als menschliche Äußerungen waren. Bisweilen klang sie sogar, als spräche ein anderer in fremden Sprachen.

Dann folgte nur noch ein absonderliches Gestöhne, bis sie schließlich vollständig verstummte.

Ich stand wie betäubt in Verzweiflung vor diesem unheimlichen Ding, das meine Frau ohne ihr Wollen beherbergte und scheinbar auf unmenschlichste

Art folterte, und ich ahnte doch schon, wie hoffnungslos all meine Taten waren.

Da hörte ich ein Schnarren und Pumpen, wie von einer hydraulischen Maschine, und an einer Seite schwang eine der Platten zurück; mit fließender Bewegung schob sie sich nach innen und glitt zur Seite.

Ich kniete mich, wie betäubt, vor die Öffnung, griff, immer wieder unter Tränen den Namen meiner Frau murmelnd, hinein, tastete nach Amélie und fühlte schon bald ihren leblosen Körper, zusammengesunken am Holz der sonst scheinbar leeren Kiste.

Ich schob meinen Kopf näher, blickte ins undurchdringliche Dunkel.

Und dann, während ich Amélie mit viel Mühe herauszog, hörte ich einen letzten, schwachen Seufzer von ihr.

Der Schrein gab ihren Körper nur nach beharrlichem Zerren frei, und das tiefe Schwarz des Inneren öffnete sich wie der Stoff eines Mantels, als ich Amélie behutsam herauszog.

Ihr Gesicht war blass, der Atem flach, und ich weinte vor Glück, als ich der schwachen Gestalt, die endlich vor mir auf dem harten Boden des Kellerraums lag, den Puls fühlte und das schwache, aber regelmäßige Schlagen ihres Herzens erkannte.

Minuten später schlug sie auch die Augen auf, doch ihre Glieder hingen schlaff und kraftlos, während ihr Blick glasig an die Decke starrte; er suchte eine Ferne, die es in diesem Zimmer nicht gab.

Ich sah mich um, und eine Angst befiel mich. Eine Angst vor all diesen Geräten und ihren verborgenen Funktionen. So hob ich meine schwache Frau auf meine Arme und floh eilig, ohne einen Blick zurück, aus Jordans grauenhafter Herberge.

Amélie sprach nie wieder ein Wort.

Doch während der nächsten Tage und Wochen, die ich im Krankenhaus nicht von ihrer Seite wich, veränderte sie sich aufs furchtbarste und abscheulichste.

Ihr Körper erfuhr eine seltsame, medizinisch unerklärliche Metamorphose, die ihn schon Stunden, nachdem ich sie aus ihrem hölzernen Gefängnis gezogen hatte, rapide altern ließ. Ihre junge, bisher makellose Haut warf sich in tiefe Falten, und das lange und volle Haar verlor zuerst seinen Glanz und ging dann vollends aus. Die Ärzte vermuteten einen Grund in Amélies Verwandtschaft und versuchten unablässig ihr Schicksal zu ändern, doch alles war vergebens.

Als der Tod ihren Körper, diese abgemagerte, blasse Gestalt, endlich erlöste, lag eine Greisin, die alles Vertraute verloren hatte, vor mir.

Ich trauerte lange, bis zum heutigen Tage. Gleichzeitig wuchs, nachdem die Sorge um Amélie mit ihrem Tod von mir genommen war, der Wunsch in mir zu verstehen, was mit ihr passiert war. Der Gedanke daran, dass Amélies seltsamer Tod mit dem Gebrauch von Jordans Maschine zusammenhängen mochte, ließ mir keine Ruhe.

Kurze Zeit später fand ich mich an der Tür seines Anwesens wieder und läutete die Glocke. In meiner Hand hielt ich seinen Schlüssel, den ich als Vorwand benutzen wollte, obwohl er dessen Rückgabe niemals verlangt hatte. Doch fast so, als erwarte er Besuch, war sie nicht verschlossen; ein schmaler Spalt ließ einen Blick in den dunklen Flur zu. Vom Inneren des Hauses klangen leise die heiteren Töne von Liszts Liebestraum an mein Ohr.

Ich wartete eine angemessene Zeit, dann betrat ich das Haus und weiter sein Wohnzimmer.

Am Fenster, im Halbdunkel, saß Jordan am Flügel und spielte. Im Gegenlicht konnte ich seine Silhouette nur schemenhaft ausmachen.

Ganz in sein Musikstück vertieft, in gewohnt vollkommener Genialität und unglaublich schnellem Tempo genoss er offensichtlich das Stück. Seine Finger flogen nur so über die Tasten.

Langsam betrat ich das Zimmer und ging noch einige weitere Schritte, bis ich mir sicher sein konnte, dass er mich bemerkt haben musste.

Doch nun, da er mich vor sich sah, schlug er die Tasten noch viel lauter und härter an.

Als die letzten Töne verklungen waren, sah er auf und blickte mir entspannt ins Gesicht. Nach den Ereignissen der letzten Wochen erwartete ich, dass Jordan mir sein Beileid aussprechen oder sich doch zumindest nach meinem Befinden erkundigen würde.

Doch er sah mich nur sekundenlang an und ließ die Stille zwischen uns im Raume stehen. Nun war ich also sicher, dass er tatsächlich mich und niemand anderen erwartet hatte.

Sie suchen den Grund, nicht wahr?", hatte er seine Sprache wieder gefunden, und ich kann mich noch heute, Jahre später, an jedes einzelne Wort erinnern. "Den Grund für ihren Tod, ist es so?"

Als ich ihm nicht antwortete, sprach er weiter. "So manche Krankheit hat ihr eigenes, kleines Geheimnis. Und wir Anverwandte müssen uns damit abfinden, dass nicht alles in der Welt erklärbar ist. Die seltsamsten alten Mechanismen gehören schon seit Jahrhunderten wie symbiotisch verbunden zur Menschheit, und manche wollen gar nicht erklärbar gemacht werden, sie entziehen sich dem menschlichen Verstand, um weiter bestehen zu können. Mit Mitteln, die denkbar unmenschlich und unerbittlich zugleich sind."

Er stand auf und trat aus der Dunkelheit heraus ins helle Tageslicht.

Da erkannte ich mit Grauen, wie auch er sich verändert hatte.

Doch er war nicht wie Amélie auf ihrem Totenbette älter und greiser geworden.

Aus seinem Antlitz sprach eine jugendliche, fast schon knabenhafte Schönheit. Sein schmaler Mund wurde von kecken Grübchen umrahmt.

Jordan bemerkte meinen Schauder ohne Verwunderung und trat noch näher an mich heran. Sein Blick zuckte forschend über mein ganzes Gesicht, kalt, ohne Mitleid. "Kein Mensch lud sie ein, ihre gottverfluchte Neugier zu befriedigen. Sie tat es aus eigenem Willen und erfüllte so ihr Schicksal. Und wenn Sie also mich töten, so wird am Ende auch noch einmal ein letzter, verbliebener Teil von ihr zugrunde gehen."

So deutlich und unverhohlen er mir die schreckliche Wahrheit ins Gesicht geschleudert hatte, so wenig war ich fähig, darauf zu reagieren.

Ich starrte ihn nur an, und es war doch unmöglich, auch nur ein weiteres Wort zu sagen.

So drehte ich mich um und verließ sein Haus, zitternd und gedemütigt. Bis zur Dämmerung hatte ich alle Hilfsmittel, die vonnöten waren, zusammen.

Ich brachte meinen Sohn zu Bett, kehrte zu Jordans Anwesen zurück und vergewisserte mich, dass er im Hause war. Das war nicht schwer, da er noch immer beim Klavierspiel saß und ausgelassen seinen Triumph und seine Jugend feierte.

Die Musik hallte leicht und verspielt durch den Garten, drückte gleichsam eine tiefe Verbundenheit mit dem Leben aus.

Rund um das alte Gebäude legte ich nun einen Ring aus Feuer, welches ich durch Zugabe beschleunigender Hilfsmittel noch anfachte.

Und noch als die Flammen schon hoch an die Fenster schlugen, erkannte ich untrüglich unter dem Prasseln des Feuers den Anfang der Mondscheinsonate Beethovens.

Nun, da es also dem Dämon nicht mehr möglich war, seinem Ende zu entfliehen, genoss ich Jordans begnadete Interpretation des Stückes auf meine Weise.

Am Morgen war von dem teuflischen Nest, das Amélie das Leben geraubt hatte, nur noch ein Häufchen Asche und der Sockel aus unbehauenen Steinen übrig.

Einzig ein Kellergewölbe, vollgestopft mit altem verschmutztem Plunder blieb vom Feuer verschont.

Um sicherzugehen, dass mir keiner zuvorkam, stieg ich als Erster dort hinunter und suchte nach dem Hausherren. Immerhin bestand die Möglichkeit, dass er auf der Flucht vor den Flammen hier unten Schutz gefunden hatte.

Doch außer einigen uralten Weinflaschen und Dreck war nichts zu finden.

Als dann ein Handwerker mit seinen Lehrlingsjungen den Schutt und die verkohlten Balken des Hauses wegschaffte, hoffte ich auf eine Meldung, dass man Jordans Überreste gefunden hätte, doch es hieß, er sei verschollen.

So bleibt mir nur die Hoffnung, seine teuflische, uralte Gestalt habe sich der Asche des Hauses beigefügt, und die Zuversicht, dass er nicht an einem anderen Ort, einer Zecke gleich, auf die Ankunft oder das Vorbeistreichen eines Opfers wartet.

Bruder, ich versichere dir, dass ich all dies weder leichtfertig noch aus Bosheit getan habe, und lebe weiter in der Hoffnung, dass du mir vergibst.

Spurensuche

Niederod, 8. Oktober

Karen schluckte. Sie legte die Kopie des Briefes auf den Tisch und sah auf die leicht schräge Handschrift.

Sie schauderte.

Wer, um alles in der Welt, dachte sich eine solch grausame Geschichte aus? Oder hatte da wirklich jemand seine Erlebnisse aufgeschrieben? Seine unglaublichen Erlebnisse. Maschinen oder sonstige Behältnisse, die Menschen die Lebenskraft raubten, eine Krankheit, die diese Frau schnell sterben ließ. Die Geschichte konnte also nur eine Fantasie sein, nichts anderes.

Sie überlegte, sah sich wieder die Kopie des Fotos des Möbelstücks an, das dem Brief beigefügt war. Was sollte das? War dies die Kiste aus dem alten Brief?

Sie sah sich noch einmal die Detailaufnahme des Ornamentes an. Deutlich war ein Papagei zu erkennen, der lächelte. Ein unheimliches Lächeln.

Dann fiel es ihr ein.

Aufgeregt zog sie den Brief hervor, suchte im Text. Tatsächlich, auch dort war von einem grinsenden Papagei die Rede. Ihr Blick wanderte vom Text zum Foto und wieder zurück. Es passte. Ein Zufall?

Karen versuchte sich an den Ort zu erinnern, der in der Geschichte genannt wurde. Sie fand eine Stelle ganz am Anfang des Textes. Vom Wasgauer Land war die Rede. War das nicht irgendwo an der französischen Grenze? Gab es diese Kiste auf dem Foto tatsächlich? Was wollte Marc damit?

Karen war dabei, das Schreiben wieder an seinen Platz zurücklegen, als ihr die letzte, kleinere Notiz auf der Rückseite des Briefes auffiel. In Pauls gerader Handschrift war mit einem Kugelschreiber eine Art Aufzählung notiert.

Verbrennen
Zerstückeln
Zersägen
Ausgraben
Wurzeln zerstören

Um die Worte *Wurzeln zerstören* war ein dicker Kreis gemalt.

Daneben hatte er eine merkwürdige Zeichnung gemacht. Einen Kreis mit zwei versetzt gemalten Strichen.

Was konnte er damit wohl meinen? Ging es um die Zerstörung der Wurzeln einer Pflanze?

Sie ging zurück zum Schreibtisch und sah sich noch einmal die Unterlagen an.

Eine ausgedruckte Mail von Marc an die Firma *Plant Equipment* fiel ihr auf. In rüdem Ton beschwerte er sich über nachlässige Arbeit.

Sie sah sich das Datum an. Es stammte vom Frühjahr dieses Jahres.

Marc hatte sich niemals für den Pfarrgarten interessiert. Und einen Angestellten bei seinem Vorgesetzten anzuschwärzen, sah ihm auch nicht ähnlich. Dieser Brief an *Plant Equipment* musste einen anderen Grund haben. Einen ganz persönlichen.

Eigentlich war Karen das Stöbern im Leben ihres Bruders unangenehm. Doch Marc lag im Koma. Wollte sie ihm helfen, musste sie jeden Strohhalm ergreifen.

Sie suchte in dem Dokument nach dem Namen des Angestellten. *Alexander Moebus*, las sie.

Er arbeitete in einem Betrieb in Grünau, der Gewächshäuser baute, einige Kilometer weit entfernt.

Als sie die Homepage im Netz suchte, sah sie, dass er sogar der Geschäftsführer war. Moebus, kein Name, den Marc jemals in ihrer Gegenwart erwähnt hatte. Aber er war zumindest ein Anhaltspunkt. Und Karen hatte das unbestimmte Gefühl, bei ihm auf der richtigen Spur zu sein.

Sie machte sich ein paar Kopien. Als sie ihren Autoschlüssel vom Schreibtisch nahm, fiel ihr Blick noch einmal auf das alte Foto, das ihren Großvater und Paul zeigte.

Zwischen den Gesichtern der beiden Männer sahen sie Augen an. Die Augen eines bösen grinsenden Papageien, eingeschnitzt in ein Möbelstück.

Eine Verbündete

Grünau, 8. Oktober

Weg mit dir!
Schmerz, Wut.

Nachdem sie Marcs Pfarrhaus verlassen hatte, fuhr sie entlang der auslaufenden sanften Hügel des Vogelsbergs, vorbei an Wiesen, beschnittenen Maisfeldern und vom noch müden Herbstwind angetrieben Windkraftwerken, Richtung Grünau. Nach etwa einer Viertelstunde erreichte sie den Gärtnereibetrieb mit dem ungewöhnlichen Namen Plant Equipment, fuhr auf den großen Kundenparkplatz des Geländes, stieg aus und versuchte, jemanden zu finden, der ihr helfen konnte.

Das große Außengelände war nach Themen angeordnet, neben hohen Palmen mit mediterranen Pavillons gab es Naturgärten, in denen Gewächshäuser aus weiß gestrichenen Holzrahmen standen.

Wild wuchernde Büsche untermalten den Eindruck, in einem Biogarten zu stehen.

Das Konzept des Betriebs war einfach, hatte sie auf der Internetseite gelesen. Es wurde mit zwei finanziellen Standbeinen gearbeitet. Neben dem Vertrieb von wunderschönen Gewächshäusern, Ausrüstung für Gärtnereien und botanischen Gärten bot man auch an, größere Gärten in Schuss zu halten. Parks oder Privatgrundstücke. Oder auch Pfarrgärten.

Als sie eine ältere Frau mit Schürze, die eine der blühenden Stauden goss, nach einem Herrn Moebus fragte, schüttelte die nur bedauernd den Kopf. "Vielleicht kann ich Ihnen genauso gut helfen, unser Chef ist schon seit gut einer Woche nicht im Hause." Sie stemmte ihre Arme in die Hüften. "Oder ist es was Persönliches?"

Karen bemerkte plötzlich einen misstrauischen Zug in den Augen der Frau. "Nein, ich kannte ihn eigentlich nur flüchtig", behauptete sie schnell. "Er hat bei meinem Bruder den Garten in Ordnung gehalten."

Dass jemand wegen Marcs Brief möglicherweise in Schwierigkeiten gekommen war, war Karen irgendwie plötzlich unangenehm. Vielleicht hatte Marc im Ort verbreitet, dass man hier schlecht arbeite. Also erwähnte sie lieber nicht, dass sie vom Pfarrgarten sprach. "Könnten Sie mir vielleicht sagen, wo ich ihn jetzt finden kann oder wo er wohnt?", versuchte sie es weiter. "Ich müsste dringend mit ihm sprechen."

Karen sah, wie die Frau die Kanne wieder nahm und schwieg. Dachte sie nach?

Dann hob sie doch den Kopf. "Er ist schon länger außer Haus." Sie zuckte mit den Schultern. "Keine Ahnung, wann er wiederkommt. Aber der Betrieb geht natürlich weiter."

Karen merkte, wie sich ihr Herzschlag beschleunigte. Alexander Moebus war nicht zu sprechen, und Marc lag im Koma. Beide hatten einen Streit gehabt. Ein Zufall?

Die Frau zog nachdenklich die Stirn kraus. "Aber wenn Sie ihn gekannt haben, wissen Sie das sicher schon längst."

Karen schüttelte den Kopf.

Sie sah, wie die Frau sie neugierig musterte. "Was wollten Sie denn von ihm, wenn ich fragen darf? Wenn es um den Garten ihres Bruders geht, kann Ihnen sicher jemand anders helfen. Wir arbeiten hier im Team."

"Nein, ich denke, es ist eigentlich doch eher etwas Persönliches." Karen merkte selbst, wie seltsam ihr Auftritt erscheinen musste. "Könnte ich vielleicht jemanden aus der Geschäftsleitung sprechen?"

"Sicher. Kommen Sie." Die Frau ging schnell an Karen vorbei und öffnete eine Tür, die zum Verkaufsraum führte. Karen folgte ihr. Hinter dem Tresen befand sich ein großer, lichtdurchfluteter Raum, in dem eine brünette Frau an einem Schreibtisch saß. Karen sah, dass sie Unterlagen bearbeitete.

"Karen Lendy", stellte sie sich vor, als sie vor ihr stand, und es wurde ihr klar, dass die Frau sicher auf eine Erklärung wartete. "Ich würde gerne über Herrn Moebus reden. Ich weiß, dass er nicht da ist, aber es gibt da ein paar Dinge, die ich klären müsste." Sie gab ihr die Hand und nickte.

Die schlanke junge Frau, deren sommersprossiges Gesicht dezent geschminkt war, lehnte sich in ihrem Schreibtischstuhl zurück und sah Karen nachdenklich an. Ihre Lippen glänzten blutrot, und ihr Oberteil war hauteng. "Hatten wir schon mal miteinander zu tun?", fragte sie, und Karen meinte, einen schnippischen Unterton zu hören. "Ich denke, ich würde mich erinnern, wenn es so wäre."

Karen spürte sofort ein Misstrauen, das ihr entgegenschlug. Frauen, die in ihr eine Konkurrentin vermuteten, behandelten sie manchmal so.

"Nein" gab Karen zu und trat unsicher von einem Fuß auf den anderen. "Mein Bruder ist Kunde bei Ihnen. Herr Moebus hat seinen Garten betreut."

Das Gesicht der Frau entspannte sich. "Okay", sagte sie zögernd, und Karen hatte das Gefühl, sie überlege, was sie meinte, "und jetzt haben Sie Angst, wir würden uns nicht mehr darum kümmern, stimmt´s? Ich hab Sie aber in der Kartei, da brauchen Sie sich keine Gedanken zu machen. Wie war Ihr Name nochmal?"

Sie strich ihre langen Haare zurück, tippte auf ihre Tastatur und öffnete schon ein Programm, aber Karen hob die Hand und trat einen Schritt auf den Schreibtisch zu. "Nein, warten Sie. Es geht nicht um Gartenpflege oder so was."

Die Frau hob den Kopf. Ihr Blick war eine einzige Frage, er wurde wieder hart. "Sondern?"

"Mein Bruder, dem der Garten gehört. Er liegt im Koma. Und ich glaube, das hat möglicherweise etwas mit Ihrem Chef zu tun."

Die dunkel geschminkten Augen verengten, und kleine Fältchen zeigten sich. "Tut mir Leid für Sie. Aber das kann nicht sein. Unser Chef ist außer Haus. Seit mehr als zwei Wochen schon. Worum genau geht´s denn?“

"Also, das klingt jetzt sicher komisch für Sie." Karen merkte erst jetzt, auf welch tönernen Füßen ihr Verdacht stand. "Wenn Sie mir etwas Zeit geben, erkläre ich Ihnen, was ich meine."

Einen Augenblick lang überlegte die junge Frau, dann wies sie auf den Stuhl für Besucher vor ihrem Schreibtisch. "Dann setzen Sie sich doch. Ich mache uns einen Kaffee, und wir können die Sache besprechen." Sie ging kurz in den Nebenraum, um den Kaffee zu holen.

Als sich Karen setzte, fielen ihr die Gemälde, die hinter dem Schreibtisch an der Wand hingen, auf. Viele wirkten echt, obwohl klar war, dass es sich um Reproduktionen handeln musste. Es waren Stillleben mit leuchtenden Blumensträußen und Blättern. Daneben hingen großformatige Fotos. Neben professionellen Werbefotos von Wintergärten waren auf manchen der Bilder Pflanzen oder Blüten abgebildet. Einige zeigten große, prachtvolle Gärten, auf manchen lächelten einem Mitarbeiter entgegen.

"Ist er das? Ich meine, Herr Moebus?", fragte sie, als die Frau eine Tasse vor ihr auf den Tisch stellte.

Auf dem Foto, das sie meinte, stand ein Mann neben einem meterhohen Bambusbusch. Er war schlank und hatte ein sympathisches Lächeln.

Die Frau nickte. "Ja. Das ist eins seiner Lieblingsfotos." Sie seufzte. "Ich glaub, ich hab mich noch gar nicht richtig vorgestellt. Sanders. Aber nennen Sie mich bitte Tina."

Karen warf einen Blick durch die Glaswand in die riesige Außenanlage, die mit hohen Sträuchern bepflanzt war. Ein wahres Paradies. Als die Frau sich zu ihr setzte, lächelte sie zum ersten Mal. Aber es sah irgendwie nicht echt aus.

"Alex, äh, ich meine Herr Moebus liebt seinen Beruf, deshalb ist der Betrieb ganz erfolgreich. Und ich fotografiere viel in meiner Freizeit. Irgendwie passt das ganz gut zusammen, er plant und realisiert, und ich dokumentiere." Tinas Gesicht war der Stolz, den sie empfand, anzusehen. Sie hob ihren Kopf und beugte sich vor. "Also, wie kann ich Ihnen jetzt helfen?", fragte sie in unmissverständlich direktem Ton.

Karen überlegte. Die junge Frau musste glauben, sie sei verrückt, wenn sie ihr von ihren komischen Ahnungen erzählte. Trotzdem war genau dies wahrscheinlich die einzige Möglichkeit, etwas zu erfahren. Also musste sie es versuchen.

Diese Tina hing wohl sehr an ihrem Chef, und mit etwas Glück, konnte sie es schaffen, dass sie bei der Aufklärung dieses Rätsels mithalf.

"Marc, also mein Bruder, ist Pfarrer im Nachbarort", begann sie, "er hat nie etwas mit Pflanzen anfangen können. Hat ihn nie interessiert. Er war auch nie aufbrausend oder ein Nörgler oder sowas. Aber er muss mit Herrn Moebus Streit wegen des Pfarrgartens gehabt haben. Wegen der Sträucher und all dem. Jetzt höre ich, ihr Chef sei weg, und mein Bruder liegt im Koma."

Tina erwiderte zwar nichts, aber Karen merkte doch, dass es etwas geben musste, was sie aufwühlte. Die junge Frau strich sich immer wieder beiläufig mit dem Daumen über die Unterlippe und suchte mit dem Blick auf dem Tisch nach Worten. "Alex war schon öfters mal länger weg. Mal für ein paar Tage, mal für eine Woche", sagte sie plötzlich, und Karen meinte, sie sehe etwas in ihrem Blick. Etwas, das aussah, als ob ihr das Verhalten ihres Chefs peinlich sei. "Aber nie so lange und nie, ohne sich vorher abgemeldet zu haben. Plant Equipment läuft fantastisch. Alex' Idee, den Betrieb seines Vaters auf eine weitere Säule, den Export, zu stellen, war bombenrichtig. Das Geschäft boomt schon seit einiger Zeit. Aber Alex ist eben nicht der typische Geschäftsmann. Er braucht auch die Zeit für seine Pflanzen und sein Hobby, die Kunst. Das war sicher auch der Grund, warum er die Betreuung des Pfarrgartens persönlich übernommen hat." Sie seufzte. „Darunter leidet manchmal das Geschäft. Aber ..."

"Aber es hat sich etwas verändert?", versuchte Karen ihr zu helfen.

Tina wurde ernst. "Ja. Alex hatte seit letztem Herbst gesundheitliche Störungen, Schlafstörungen und sowas. Irgendwann musste er deswegen Tabletten nehmen. Dabei hatte er davor niemals großartig Probleme. Er wollte das Dach ausbauen und den Verkaufsraum umgestalten." Tina verstummte und sah mit feuchten Augen zum Fenster. "Jetzt denke ich, vielleicht kam er genau damit nicht klar."

Karen merkte, wie verletzlich die selbstbewusste Frau plötzlich wirkte. "Hat er irgendwas über den Streit mit Marc erzählt? Über seine Beschwerde bei der Kirche? Mein Bruder steht in Ihrer Kartei. Lendy, es ist die Pfarrei in Niederod."

Tina schüttelte den Kopf. "Nein. Ich denke aber trotzdem, dass da etwas war."

Karen horchte auf. "Wie meinen Sie das?"

"Ach, ich weiß gar nicht, warum ich Ihnen das alles erzähle! Das bringt doch nichts!"

"Bitte!", hakte Karen nach und beugte sich nach vorne. "Mir hilft alles, was Sie wissen, wirklich alles. Ich habe doch sonst keinen Anhaltspunkt. Nur diese merkwürdige Meinungsverschiedenheit mit Ihrem Chef."

Sie griff über den Tisch nach Tinas Hand. "Mein Bruder wurde bewusstlos gefunden. Im Wald. Er liegt jetzt seit Tagen im Koma." Sie sah Tina an und versuchte, in ihren Augen ein Zeichen des Verstehens zu finden. "Als ich ihn gestern besucht habe, gab er mir ein Zeichen", versuchte sie Tina zu locken.

Ein kurzes Aufflackern im Blick der jungen Frau. "Ein Zeichen? Was für ein Zeichen?"

"Ja, Marc gab mir ein Zeichen. Er verschränkte seine Finger", sie hob die Hand und zeigte es ihr. "So etwa." Karen lächelte verlegen. "Das ist ein vereinbartes Zeichen aus unserer Kindheit. Wie ein Hilferuf."

Karen sah, wie Tina die Schultern hängen ließ und den Kopf schief legte. "Ich hatte den Eindruck, Sie meinen etwas anderes. Alex hat manchmal ein seltsames Zeichen gemalt. Einmal, als ich es auf seiner Hand sah und ihn darauf ansprach, reagierte er sehr ausweichend. Es war so was mit Kreisen und Strichen. "

Bei Karen läuteten plötzlich alle Alarmglocken. "Warten Sie!", rief sie und öffnete ihre Tasche. Sie zog die alte Notiz, die sie vor

Stunden auf Marcs Schreibtisch gefunden hatte, heraus und legte sie vor Tina auf den Tisch. Die junge Frau wurde blass und nickte fast unmerklich. Ihr Atem ging schneller. "Genau das! Woher haben Sie das?", fragte sie und sah immer noch erschrocken auf das Blatt. "Und was bedeutet das daneben?" Sie deutete auf die Worte *Wurzeln zerstören*, die neben der Zeichnung standen und mit einem Kreis markiert waren.

"Es stimmt also", stellte Karen fest, und sie hatte das Gefühl, dass sich so etwas wie ein Kreis schließe. "Diese Zeichnung ist die Verbindung, die es zwischen den beiden gibt."

Tina wirkte nachdenklich. "Das ist doch aber … unmöglich", sagte sie. "Ich meine, was bedeutet das? Erklären Sie mir das!"

Karen hob die Schultern. Sie hatte plötzlich das Gefühl, Tina verdächtige sie, ihr etwas vorzuenthalten. "Ich weiß es nicht! Ehrlich! Aber wir könnten ja versuchen, es herauszufinden! Gemeinsam."

Karen sah, dass es im Kopf der jungen Frau arbeitete. Tina suchte wohl nach den richtigen Worten. "Er hat sich verändert, es fing vor ein paar Wochen an", stellte sie fest, und ihr Blick wanderte in zackigen Bahnen über den Tisch, scheinbar auf der Suche nach Anhaltspunkten, die halfen, sich zu erinnern. "Er schlief schlecht, erzählte von Albträumen und behauptete, ganze Nächte wach gelegen zu haben."

Karen hatte plötzlich das Gefühl, Tina wusste ganz genau, wie es ihr gegangen war. "Bei Marc war es ganz genauso“, erzählte sie deshalb.“ Wir dachten, wir schaffen das gemeinsam, waren sogar zusammen beim Arzt. Und ein bisschen später ging es ihm ja auch wieder besser. Nur wie früher wurde es nie wieder."

Tina nickte. "Es ging ja noch viel weiter. Alex wurde regelrecht euphorisch. Er grub mit dem Bagger das Gelände um und verbrachte sogar ganze Wochenenden hier im Betrieb. Wo er doch sonst auch schon nichts anderes getan hatte, als sich um Pflanzen zu kümmern. Kollegen haben erzählt, er hatte Pläne, hier alles zu verändern. Andere Häuser ins Sortiment zu nehmen, noch mehr Vertriebspartner im Ausland, total irre! Niemand hier denkt, das sei eine gute Idee."

Tina blickte wieder auf Karens kleine Notiz. Sie griff nach dem alten Papier und hielt es hoch, drehte es im Licht. "Woher haben Sie das?"

"Das Papier lag in einer Schachtel in Marcs Büro. Ein befreundeter Schreiner hat sie ihm vermacht.“ Karen sah Tina an. "Und es kann sein, dass diese Zeichnung mit dem Streit zusammenhängt, den mein Bruder mit Ihrem Chef hatte."

Sie sah, wie Tina ratlos das Papier in den Händen drehte und die Lippen zusammenpresste. Dann legte sie es zurück auf den Tisch. "Vielleicht liegt auch Alex genau wie ihr Bruder hilflos in irgendeinem Krankenhaus, nur kennt niemand kennt seine Identität.“

Einen Augenblick lang schwiegen sie, und beide dachten über die Bedeutung all dessen nach, was sie nun wussten. Dann sah Tina auf. "Ich will natürlich wissen, was mit Alex passiert ist. Und wenn mir Ihr Bruder dabei helfen kann, dann nur, wenn er wieder aufwacht. Dieses Geheimnis, das die beiden hatten ... ich weiß noch nicht, was es bedeutet und ob es überhaupt eine Rolle spielt." Sie sah Karen direkt und mit entschlossenem Blick in die Augen. "Also, wo fangen wir an?"

Karen merkte, wie sich Erleichterung in ihr breit machte. Tinas Bereitschaft, ihr zu helfen, war mehr, als sie ursprünglich gehofft hatte. "Beim Anfang würde ich sagen. Wann veränderte sich Ihr Chef? Und wie?"

"*Du*", bot Tina ihr an und hielt ihr symbolisch die Hand hin. "Wir arbeiten doch gemeinsam an diesem Rätsel. Tina. Ich heiße Tina." Sie gaben sich die Hände. „Ich denke, es war vor drei oder vier Wochen. Alex hat sich regelrecht zurückgezogen und war sehr aufbrausend und aggressiv, auch bei Kleinigkeiten."

Karen erinnerte sich an Marcs Depressionen. "Wir waren bei einem Arzt, aber eher, weil er depressiv war. Das war schon im Winter. In der Klinik, in der er jetzt liegt."

"Was ist mit dem Haus Ihres - also *deines* - Bruders? Dort hat der Streit zwischen ihm und Alex doch angefangen, oder?"

"Ich hab schon sein Büro durchsucht. Aber außer diesem Brief war dort nichts Interessantes zu finden."

"Und der Garten? Warst du auch schon dort?"

Natürlich, der Garten! Karen schnappte sich ihre Handtasche. "Komm!", drängte sie und stand auf.

Kurze Zeit später standen die beiden Frauen vor dem Pfarrhaus, und Karen kramte Marcs Schlüssel aus ihrer Tasche. "Wir suchen am besten das Gelände beim Haus ab", schlug sie Tina vor, die schon vor der Haustür stand. "Mit etwas Glück finden wir was Interessantes. Wenn du dann noch Zeit hast, können wir uns noch Marcs Wohnung vorknöpfen."

Karen steckte den Schlüssel in das Schloss der alten Haustür.

Als sie die ihn umdrehte und sich das Schloss mit einem Knacken öffnete, warf sie noch kurz einen Blick auf den Weg vor dem Haus. Dort stand jemand.

Die schmale, große Gestalt eines Mannes beugte sich über die Äste der Hecke. Der Mann hatte seine Hände zwischen die Zweige der Büsche des Nachbargartens vergraben, schob sie auseinander und versuchte offenbar von dort aus, einen Blick in Marcs Garten zu werfen.

Karen sah sich den Mann, der sich zwischen den Ästen der Hecke vornüber lehnte, genauer an. Über seine Schultern wellte sich eine blonde Mähne.

"Hey!", rief sie laut, "kann ich Ihnen helfen?" Schnell warf sie Tina einen Blick zu und bedeutete ihr, bei der offenen Tür zu warten. Sie lief ein paar Schritte zur Hecke hin, dem Fremden entgegen. Als er sie sah, zog er sofort seine Hände aus der Hecke und griff nach einem breitkrempigen Hut, den er, um seine Hände frei zu haben, zwischen seine Beine geklemmt hatte. Nervös wechselte er ihn von einer Hand in die andere. Mit wenigen Schritten war sie bei ihm.

"Suchen Sie etwas?", fragte sie, und als sie genauer hinsah, wurde ihr bewusst, dass sie diesen Mann schon einmal gesehen hatte. Auf Pauls Beerdigung. Er hatte etwas abseits stehend die Trauerzeremonie am Grab beobachtet.

Der Mann senkte angriffslustig den Kopf, legte seine hohe, braungebrannte Stirn in Falten und sah sie an. Dabei strich er mit seiner freien Hand die langen dunkelblonden Haare aus dem Gesicht. In seinen Augen blitzte es herausfordernd, und er presste seine Lippen zusammen, als störe ihn Karens Frage.

"Ich wollte zum Pfarrer", erklärte er mit einem wie beiläufig klingenden Tonfall. Karen fand, seine tiefe Stimme passte eigentlich nicht zu dem jungen Gesicht und dem Dreitagebart, der sein Kinn bedeckte. "Er ist nicht da, oder?"

Sie erinnerte sich an das unheimliche Gefühl, das sie bereits bei ihrer ersten Begegnung auf dem Friedhof gehabt hatte. Damals hatte sie es als unverschämt empfunden, dass er der Zeremonie am Grab, ohne dazuzugehören, versteckt beiwohnte und alles genau beobachtete.

Sein Alter war schlecht einzuschätzen, doch Karen war sich sicher, er war höchstens Mitte dreißig, ein paar Jahre älter als sie.

Sie nahm sich vor, ihn, trotz des ersten, düsteren Eindrucks, den er bei ihr hervorrief, nicht voreilig zu verurteilen. "Nein, er ist nicht da. Ich bin zwar nur seine Schwester, aber vielleicht kann ich Ihnen helfen. Kommen Sie aus der Gemeinde?"

Natürlich war klar, dass sie ihm damit etwas anbot, das sie nicht einhalten konnte, denn sie hatte keine Ahnung von Marcs Gemeindearbeit. Aber etwas riet ihr, dass es wichtig war herauszufinden, was dieser Mann von Marc wollte.

Er sah sie mit seinen grünblauen Augen an und machte ein bedauerndes Gesicht. "Nein danke, das ist sehr nett von Ihnen.

Aber ich muss persönlich mit ihm sprechen. Ich habe ihm eine Karte in den Briefkasten geworfen. Sagen Sie ihm, dass er mich anrufen soll."

Er nickte ihr zum Abschied zu, drehte sich um und ging ein paar Schritte. Im Gehen wandte er sich nochmal um, und ein Lächeln umspielte seine schmalen Lippen. "Und bitte entschuldigen Sie meine Neugier wegen des Blicks durch die Hecke", rief er noch. "Ich nahm an, ich finde ihn im Garten, und er hört mein Klingeln nicht."

Damit drehte er sich endgültig um und ging eilig davon.

Karen sah ihm nach und überlegte, welchen Grund sie gehabt hatte, dem Fremden Marcs Koma zu verheimlichen.

Mit wenigen Schritten war sie bei Tina, die noch vor der Haustür wartete.

"Was will dieser Typ hier?", murmelte sie mehr zu sich als zu Tina, als sie das Haus betraten. Auf dem Boden lag eine kleine Visitenkarte, die Karen aufhob. *Simon Lauter, Historiker,* las sie und sah sich die darunter stehende Adresse an. Der Ort war in Südhessen. Daneben stand die Nummer eines Handys. Karen fragte sich, was diesen Mann dazu trieb, mehr als drei Stunden zu fahren, um sich eine Beerdigung und Marcs Garten anzuschauen.

Sie drehte die Karte in ihren Händen und wollte sie gerade einstecken, als sie auf der Rückseite eine handschriftliche Notiz entdeckte. Mit Kuli hatte jemand mit schneller Schrift darauf geschrieben.

Ich weiß, wer Du bist!

Das klingt wie eine Drohung, fand Karen. Oder zumindest so, als bestehe eine Beziehung zwischen diesem Typen und Marc. Oder war es nur ein Spiel?

Kurzerhand steckte sie die Karte in ihre Tasche und beeilte sich, im Wohnzimmer die Tür zum Garten zu öffnen.

"So, da sind wir", sagte Karen und ging vor Tina ein paar Schritte über die Terrasse und die Wiese bis zu der schmalen Hecke, die den Pfarrgarten rundherum begrenzte.

Sie hob zweifelnd die Brauen und sah Tina an. "Na ja, sie haben sich gestritten, und das war's, oder? Was wir da in diesem Garten finden könnten, weiß ich nicht. Ich kenne Marc eigentlich nur so, dass er versucht, jedem Streit aus dem Weg zu gehen; er ist Pfarrer. Und er kannte deinen Chef, soweit ich weiß, nur von seiner Arbeit hier."

Sie liefen ziellos über das Gelände, bis Tina tief Luft holte und stehen blieb. "Ja, ein ganz schöner Garten. Sehr groß, ungewöhnlich für einen Pfarrgarten, nur ziemlich vernachlässigt, wenn du mich fragst. War wahrscheinlich zu viel Arbeit für deinen Bruder. Komisch, dass er gekündigt hat, ohne für Ersatz zu sorgen. Vielleicht sollten wir uns die Unterlagen genauer ansehen. Wegen der Kosten für die Pflege der Pflanzen oder so. Vielleicht fand er, alles verschlinge zu viel Geld."

Karen hörte nicht auf sie. Sie hatte plötzlich eine Idee. Ihr war das geöffnete Buch auf Marcs Schreibtisch eingefallen. Und wie komisch sie es gefunden hatte, dass er sowas las. Sie strich über die Blätter eines Apfelbaumes und drehte sich zu Tina um. "Was hat dein Chef überhaupt gemacht, wenn er hier war?"

Tina hob die Schultern. Dann sah sie sich um, als wolle sie sich ein Bild machen. "Keine Ahnung. Wahrscheinlich die Sträucher beschnitten. Und die Bäume. Wir mähen auch regelmäßig, wenn das im Vertrag steht. Das macht dann aber eher der Azubi. In der Regel macht Alex nur bei größeren Kunden den ersten Arbeitseinsatz im Frühjahr, um dann seine Mitarbeiter zu instruieren" Tina hatte einen herumliegenden Ast aufgehoben und warf ihn lustlos ins Gebüsch. Sie sah deprimiert aus. "Vielleicht war das mit dem Garten doch keine so gute Idee. Was genau sollten wir hier finden?"

"Ich weiß noch nicht genau. Aber mir war gerade etwas Wichtiges eingefallen, das uns weiterhelfen könnte. Warte einen Moment, bitte."

Karen lief zur Terrassentür.

Kurze Zeit später stand sie vor Marcs Bücherregal und schlug sein Buch über exotische Pflanzen auf. Schnell fand sie die mit einem gelben Zettel markierte Stelle, an der Marc sich Notizen am Seitenrand gemacht hatte.

Mit zusammengekniffenen Augen versuchte sie, seine Schrift zu entziffern. Doch außer ein paar Zahlen und dem Wort *Maserung* war es ihr unmöglich, weitere Wörter zu lesen oder zu ergänzen.

Karen nahm das Buch unter den Arm und ging zurück in den Garten. "Hier, sieh mal", sagte sie und hielt Tina das aufgeschlagene Buch hin. "Er hat sich Hinweise gemacht, Notizen, die aber nicht gut zu lesen sind.“

Tina sah ins Buch, scheiterte jedoch genau wie Karen am Versuch, Marcs Schrift zu lesen. Plötzlich zog sie die Brauen zusammen. "Schau mal hier." Sie deutete auf das Bild neben Marcs Gekritzel.

Es zeigte das Blatt einer Pflanze, die, laut der Beschreibung des Buches, in der Himalaya-Region wuchs.

Das Blatt war spitz und fleischig. Hellgrüne und dunkle rote Stellen wechselten sich darauf ab.

"Das ist ganz hübsch, oder?", sagte Karen. "Vielleicht war das ja die Pflanze, die er suchte. Oder er wollte dass …"

"Moment!", unterbrach sie Tina und strich mit dem Finger über Marcs Notizen. "Ich glaube das, was dort notiert ist, heißt *rotgemustert*. Meinte er nicht das Blatt, sondern eher das Muster darauf? Sieh mal hier!"

Karen drehte sich um. "Komm!" Sie gingen die hohen, alten Büsche entlang und sahen sich jedes Blatt an. "Hier gibt's keine roten Blätter", stellte Karen schnell fest. "Im Herbst vielleicht. Aber auch sonst kann ich dieses Muster hier nirgends sehen."

"Aber hier!", rief Tina von der gegenüberliegenden Seite des Gartens und bückte sich. "Sieh dir das an."

Sie hielt den Zweig einer Pflanze fest, den sie zu sich herab bog. Ihre Blätter stachen farblich etwas aus dem Arrangement heraus.

Tina sah sie erwartungsvoll an und vertrieb mit der freien Hand einige Insekten, die sie wild umschwirrten. Karen ging auf Tina zu, die ihr den Ast herunterbog.

Gezackte, filigrane Ränder. Über die fleischige Oberfläche zogen sich dunkle rote und helle Felder. Ein verschlungenes Muster.

Karen hörte das tiefe Brummen der unzähligen Insekten im Gebüsch.

Plötzlich fühlte sie, wie ihr Körper an verschiedenen Stellen zu jucken begann. Ameisen, schätzte sie und rieb sich die Stellen.

Als sie sich tiefer über das Blatt beugte, um es sich genauer ansehen zu können, musste sie plötzlich niesen.

Tina achtete nicht darauf, hob das Blatt an und drehte es am Ast. "Sieht aus wie ein Kunstwerk. Wunderschön."

Sie war im Begriff, es abzureißen, zerrte daran, aber Karen versuchte, sie mit einer schnellen Handbewegung davon abzuhalten. „Nicht, warte!“ Das unangenehme Sirren mehrerer Schnaken ließ sie mit den Händen um sich schlagen. "Ich hab gerade eine Idee", erklärte sie.

Sie lief schnell ins Haus und kam mit einer Plastiktüte zurück, die sie öffnete und die Öffnung Tina hinhielt. "Hier. Am besten brechen wir einen ganzen Ast ab und stecken ihn hier rein. Und versuche, es nicht zu berühren, ja? Nimm den Rand der Tüte."

Sie sah, wie Tina ihr einen verständnislosen Blick zuwarf.

"Ehrlich gesagt", begann Karen und überwand sich, "ich rede nicht gerne darüber, aber ich glaube, das wäre besser. Ich bin gegen verschiedene Pflanzen allergisch, und das Ding kann vielleicht

Allergien auslösen, oder es ist giftig." Sie musste an eine Ambrosiapflanze denken, die ihr schon einmal einen mehrtägig juckenden Hautausschlag verpasst hatte. „Außerdem wissen wir gar nicht, womit wir es zu tun haben."

Karen putzte sich ihre Nase, die plötzlich zu laufen begann, und musste trotzdem niesen.

Tina umschloss einen Ast mit der Tüte, nahm ihn, geschützt durch die Plastikhülle, in die Hand und riss ihn ab. "Autsch! Diese blöden Viecher!", rief sie und schüttelte plötzlich wild ihren Arm. "Ich glaube, die haben mich gebissen!" Sie strich sich mit der Hand einige Ameisen vom Arm und verschloss die Tüte, indem sie sie am oberen Rand zusammendrückte und darüber strich.

So, als ob sie damit einverstanden war, dass Karen ihre gemeinsame Untersuchung leite, legte sie ihr die Tüte mit dem Blatt in die Hand. Sie sah sich um. "Wo ist ein Wasserhahn?", fragte sie und drehte ihre Arme. "Wenn du meinst, sie könnte giftig sein, wasche ich mir lieber die Hände."

Während Tina sich wusch, hob Karen den eingetüteten Ast hoch und hielt ihn ins Sonnenlicht. "Es könnte passen", murmelte sie. In ihrer Nase kitzelte es immer noch, und die Haut juckte an verschiedenen Stellen. Zeit reinzugehen. Als Allergikerin hatte sie manchmal das Gefühl, die Natur zum Feind zu haben, erst recht, wenn diese Insekten dazu kamen.

Tina stand plötzlich neben ihr. "Wir brauchen eine Lupe oder so was."

Sie nickte. "Im Büro!"

Minuten später lag ein vom Ast abgetrenntes Blatt auf einem Stück weißen Papier, und Karen suchte die Oberfläche ab.

"Nach was suchen wir überhaupt?", fragte Tina und drehte die starke Lampe so, dass das Licht direkt auf das Blatt fiel.

"Ich weiß es, ehrlich gesagt, auch nicht", gestand Karen. Dies war ein normales Blatt, nichts Besonderes. Vielleicht hatten sie sich die Sache mit der Pflanze nur eingebildet und suchten umsonst.

Sie hob den Kopf und sah Tina an. "Vielleicht kannst du das Ding mitnehmen und bei euch im Betrieb fragen, ob jemand etwas mit der Pflanze anfangen kann. Oder ich versuche, im Netz was zu finden. Mir fällt da ein Freund ein, der uns helfen könnte."

Karen überlegte kurz, dann entschied sie sich dafür, Tina davon zu erzählen. "Er heißt Ullrich. Wir sind zusammen in einer Gruppe, die sich gegen Massentierhaltung und Tierversuche einsetzt."

Sie musste Tina nichts über die Einbrüche in den Ställen, den Labors und von den Filmen sagen, entschied sie schnell. "Er hat in Biologie promoviert. Irgendwas mit Botanik." Sie nahm sich vor, zuerst ihn zu fragen, bevor sie im Internet suchen würde.

Als Karen das Licht ausmachen wollte, drehte sie die Tüte mit dem Ast kurz herum.

Da fiel ihr etwas auf.

Schnell drehte sie die Lampe so, dass das Licht eher seitlich auf den Tisch fiel. "Moment! Warte mal", rief sie.

Die Unterseite eines Blatts war auf den ersten Blick unauffällig einfarbig. Doch unter dem schrägen Licht der Lampe ließ sich so etwas wie eine Struktur erahnen. Tina gab Karen die Lupe.

"Da! Ich wusste es! Dort!", rief Karen begeistert. Sie zeigte auf die rötlichen Muster. "Siehst du das? Es ist sehr klein."

Tina beugte sich über die Lupe und nickte kurz. "Das Zeichen", sagte sie leise. "Nicht so richtig deutlich, aber doch zu erkennen. Der Kreis und die Linien."

Karen nahm den Ast mit dem Blatt. "Wenn ich es Ullrich zeigen will, ist es vielleicht besser, wenn ich es mitnehme. Und du machst am besten noch ein Foto mit dem Handy für deine Kollegen. Wenn uns jemand sagen kann, was es mit der Pflanze auf sich hat, wissen wir schon mehr. Vielleicht hat Marc die Blätter geraucht. Oder gegessen, oder so was. Und das war ein Geheimnis der beiden Männer."

Ihr Handy klingelte, aber Karen ignorierte es. "Ich werde jetzt gehen", kündigte sie an.

Sie drückte Tinas Hand, und die beiden Frauen umarmten sich kurz.

Karen hatte irgendwie das Gefühl, dass diese Frau getrieben wurde, genau wie sie selbst. Zu einer Suche nach der Wahrheit. Tina lag viel an diesem Moebus, das war deutlich zu spüren.

Karen löste sich aus der Umarmung.

Tina nickte zum Abschied. "Bis morgen weiß ich vielleicht mehr über die Pflanze; ich schaue heute noch im Betrieb vorbei", versprach sie. "Danke Ihnen für alles!"

"Danke *dir!*", erinnerte sie Karen.

Tina lächelte. "Okay, *dir*. Ich denke, es war keine schlechte Idee, gemeinsam nach den beiden zu suchen. Ist ein gutes Gefühl, nicht nur zu warten, sondern etwas tun zu können."

Karen fühlte sich erleichtert. "Ach ja", fiel ihr noch ein. "Vielleicht ist den Angestellten in eurem Betrieb etwas an Alex´ Verhalten aufgefallen. Eine Veränderung oder er hat sich jemandem anvertraut."

Tina hob die Brauen. "Das hab ich schon gecheckt! Aber niemand scheint etwas zu wissen. Oder zumindest möchte keiner darüber sprechen."

Karen fiel auf, dass Tina nervös wurde. Die junge Frau strich sich unruhig übers Gesicht, und ihr Blick wich dem Karens aus. "Und sonst?", fragte sie deshalb nach. "Gab es da jemanden in seinem Leben? Eine Frau oder so? Hatte er eine Freundin?"

"Nein", sagte Tina sofort und schüttelte kurz den Kopf. Ein verlegenes Lächeln umspielte ihren Mund. "Seit ich ihn kenne, ist er Single. Ich bin allerdings erst seit etwa anderthalb Jahren im Betrieb beschäftigt. Und von seinen Freunden kenne ich nur einen Kunden, mit dem er sich gut versteht. Einen Therapeuten, alt und sehr nett. Ein ganz besonderer Mensch. Alex hat mich einmal mitgenommen, als er dort zu tun hatte. Er meinte, ich müsse ihn unbedingt kennenlernen. David ist sehr nett. Er sammelt alte Sachen und ist irgendwie … eigenartig, würde ich sagen."

Karen versuchte zu verstehen. Wieso nahm Alex als Besitzer des Betriebs eine Angestellte, die nur fürs Büro und die Abrechnungen zuständig war, mit zu einem Kunden? Sie wurde neugierig. "Erzähl doch mal!", forderte sie und überlegte gleichzeitig, welche Rolle Alex in Tinas Leben spielte. Das war wohl doch mehr als ein normales Angestelltenverhältnis. "Was war besonders an diesem Kunden?"

Tina hob in hilfloser Geste die Schultern. "Wir haben viel diskutiert in dieser Zeit, Alex und ich. Nicht nur über die Arbeit. Aber ohne Streit oder so, eher als Freunde."

Tina verstummte. Karen sah, wie sich ihre Züge verhärteten. "Alex hatte sich verändert, das hat hier jeder gespürt, nicht nur ich. Er erzählte immer wieder von seinen irren Träumen, und ich konnte es, ehrlich gesagt, nicht mehr hören, wenn er so ausflippte. Er hatte sich richtig in seine Phantasien hineingesteigert. Und als wir einmal nachmittags geredet haben, hat er von Dr. David Crohn erzählt, einem älteren, eigentlich im Ruhestand befindlichen Therapeuten. Alex bringt manchmal seinen Garten in Ordnung. Der Typ ist leicht gehbehindert, mit urigen Ringen an den Fingern und altmodischen Klamotten. Alex hat gesagt, sie seien schon lange befreundet. Wenn du ihn kennen würdest, könntest du auch verstehen, warum. David ist ein ganz besonderer Mensch."

Karen sagte nichts. Sie ahnte, dass Tina ihr ihre Zweifel ansah, denn die junge Frau fing an, nervös auf ihrem Stuhl herumzurutschen. Ihr Gesicht wirkte müde und abgespannt.

"Irgendwie hab ich das Gefühl, du witterst in allem etwas Merkwürdiges. Dabei ist er nur ein Freund, der ihm geholfen hat, wirklich! Und seit Alex verschwunden ist, ruft er ab und zu an, um sich nach ihm zu erkundigen. Fragt, wie es im Betrieb so läuft." Tina warf Karen einen unsicheren Blick zu. "Denkst du, es wäre eine gute Idee, mit ihm zu reden? Ich meine ... wenn wir wissen wollen, was passiert ist."

Karen zuckte mit den Schultern." *Dr. Crohn* sagst du? Wo wohnt er?"

"Er hatte früher einmal eine Praxis hier in Grünau. Und er hat ein Haus, etwas außerhalb, Richtung Kranau." Tina hob die Schultern, ihr Blick wurde misstrauisch. "Du glaubst jetzt aber nicht, dass er was mit Alexanders Verschwinden zu tun hat?", fragte sie, und Karen meinte, ihr Ton klinge leicht gekränkt.

Karen hob abwehrend die Hände. "Nein, natürlich nicht! Ich denke nur, mit dem Mann zu reden, wäre einen Versuch wert. Wenn die beiden schon so gut befreundet waren."

Als sie sah, wie Tina zweifelnd die Brauen hob, wurde ihr bewusst, wie absurd es für sie klingen musste, dass sie diesen Mann mit Moebus‘ Verschwinden in Zusammenhang brachte. Sie versuchte zu erklären, was in ihr vorging. "Ich weiß auch nicht, warum ich so misstrauisch bin. Aber ich denke, das liegt an diesem merkwürdigen Brief."

Tina warf Karen einen fragenden Blick zu. "Welcher Brief?"

"Bei den Unterlagen meines Bruders hab ich eine Kopie eines alten Briefs gefunden. Über einen Mann, der eine Frau mit merkwürdigen Mitteln in den Tod gelockt hat. Eine echt bizarre Geschichte." Sie seufzte. "Das hat mich wohl ziemlich durcheinander gebracht."

Einen Augenblick lang überlegte Tina. Dann sah sie Karen an. "Dieser Dr. Crohn bedeutet Alex sehr viel. Er interessiert sich, genau wie wir beide, für Alex‘ Verschwinden. Er hat angekündigt Freitag vorbeizukommen, um mit mir zu reden. Vielleicht kann er uns helfen."

Karen nickte wie zum Zeichen, dass sie verstanden hatte. Sie wusste, dass sie auf diese Art nicht weiterkommen würden. Denn aus irgendeinem Grund versuchte Tina, diesen Therapeuten von jeglichem Verdacht freizuhalten. War er wirklich solch eine einehmende Persönlichkeit oder steckte mehr dahinter? Vielleicht musste sie sich vor Tina in Acht nehmen!

"Vergiss meine dummen Fragen", forderte sie deshalb. "Also, wenn du willst, sehen wir uns diesen David mal an. Gemeinsam."

Tina war sichtlich erleichtert. "Übermorgen ist Freitag. Komm also einfach so um sieben vorbei. Dann lernst du ihn kennen, und wir werden sehen."

Im Institut

Gießen, 8.Oktober

Dreißig Minuten später klopfte Karen an die Tür im Institut. "Dr. Ullrich Himmels" stand auf dem schmalen Namensschild an der Wand daneben, und als sie nach einer Antwort eintrat, sah sie Ullrich an seinem völlig mit Zetteln und Büchern überladenen Schreibtisch sitzen.

Ein Lächeln glitt über sein Gesicht, als er sie sah. Dann schüttelte er ungläubig den Kopf. Er wirkte erfreut und gleichzeitig ehrlich erstaunt. "Karen! Schön, dass du mal vorbeikommst." Er erhob sich schwerfällig und gab ihr kurz zur Begrüßung die Hand! Doch bevor Karen etwas sagen konnte, machte er eine kurze, abwehrende Geste, sah auf seine Papiere und setzte sich wieder. "Entschuldige bitte, eine Mail, die ich noch dringend beantworten muss, bevor ich das Wichtigste vergesse. Bin gleich für dich da. Bitte setz dich doch so lange."

Er wies auf einen der Stühle, die vor seinem Tisch standen, und beugte sich, mit dem Stift kritzelnd, wieder über seine Unterlagen.

Es war, als wolle er ohne Unterbrechung und genau an der Stelle, an der er unterbrochen worden war, weiterarbeiten.

Karen kannte Ullrich schon seit vielen Jahren, doch trotz einer engen Freundschaft, die sie durch die Tierschutzgruppe verband, hatten sie sich seit längerem nicht gesehen.

Sie sah ihm zu, wie er auf einem Ausdruck mit einem Kugelschreiber Wörter durchstrich und Notizen am Rand des Papieres machte.

Vor seinem riesigen Regal an der Wand, das unordentlich mit Büchern vollgestopft war, wirkte er in diesem Chaos, das wahrscheinlich einem selbstgeschaffenen System folgte, als die ordnende Kraft. Auf einem kleinen Tisch, der am Fenster stand, lagen sein Jackett über einem Stapel Fachzeitschriften.

Minuten später legte er seinen Stift beiseite, tippte etwas in seinen Rechner, lehnte sich zurück und rückte mit einer Handbewegung seine Brille zurecht. "Karen", begann er, und sie sah, wie er tief aufatmete und es sich auf seinem Schreibtischstuhl bequem machte. "Was führt dich zu mir?"

Sie reichte ihm die kleine, durchsichtige Plastiktüte mit dem Ast, die sie schon aus ihrer Tasche gezogen hatte. "Diese Pflanze."

Ullrich griff sich die Tüte vorsichtig und verzog, während er sie vor seinem Gesicht drehte, seine Augen zu schmalen, forschenden Schlitzen. Dann tastete er, ohne seinen Blick davon zu lassen, nach einer Schublade, zog sie auf und brachte eine große Lupe zum Vorschein. Er hielt sie über das Blatt. "Die kommt nicht von hier", murmelte er, während die Lupe in Millimeterschritten über das Blatt wanderte. "Auch nicht aus Europa." Er hob den Kopf und sah sie an. "Woher hast du das? Wahrscheinlich aus einem botanischen Garten, schätze ich."

Karen schüttelte kurz den Kopf. "Sie wächst in Marcs Garten. Und ich denke, er hatte wegen dieser Pflanze einen Streit."

Himmels zuckte mit den Schultern. "Und?", fragte er, den Blick wieder auf das Blatt gerichtet. "Als Pfarrer muss er doch wahrscheinlich über solchen weltlichen Dingen stehen, oder?" Karen hörte den leichten Spott heraus, den Ullrich immer schon gerne an den Tag gelegt hatte, wenn er von Marc sprach.

"Also, dieser Typ, mit dem er gestritten hat, ist verschwunden. Spurlos. Das macht er zwar öfter, sagt eine seiner Angestellten, aber sie sucht nach ihm. Und Marc liegt im Koma."

Jetzt hob Ullrich den Kopf. Mit zusammengezogenen Augenbrauen sah er sie über den Schreibtisch hinweg an. "Koma? Dein Bruder Marc? Der Pfarrer?", wiederholte er mit zweifelndem Unterton. "Karen, das tut mir leid! Und was glaubst du jetzt? Dass diese Pflanze daran schuld ist?" Dabei wedelte er mit dem Beutelchen.

"Ja. Vielleicht. Man kann sie möglicherweise rauchen. Oder sonst irgendwie konsumieren. Gibt es Pflanzen, die ein Koma auslösen könnten?"

Ullrichs Blick senkte sich wieder auf das Blatt in seiner Hand. Er schüttelte fast unmerklich den Kopf. "Tja, wer hätte das gedacht? Ich denke, das kann ich für dich herausfinden. Ein oder zwei Tage, dann weiß ich Bescheid." Er sah wieder zu Karen hoch. "Mach dir keine Sorgen. Ich kann mir nicht vorstellen, dass so ein Koma lange anhält, wenn es von einer Pflanze kommt."

Karen rang sich ein Lächeln ab. "Danke! Ich muss jetzt gehen. Ich habe eine Verabredung mit meinen Eltern im Krankenhaus und bin schon ein bisschen spät. Zwei Tage sagst du? Okay, also Freitag. Da gehe ich noch einer anderen Spur nach, ich melde mich dann bei Dir"

"Spur, wieso Spur?" Ullrichs Mund verzog sich zu einem Grinsen. "Du glaubst also tatsächlich, dass sich dein braver Bruder einem ganz unchristlichen Rausch hingegeben hat. Interessant!"

Karen versuchte, zu lächeln. Dass Ullrich sich immer schon gerne über Marcs Beruf lustig gemacht hatte, ließ sich nicht ändern. "Ich weiß es nicht! Aber deshalb bin ich ja zu dir gekommen." Sie sah ihn verschwörerisch an, hob die Hand zum Abschied und saß zehn Minuten später im Auto. Bis zum Krankenhaus war es nicht weit.

Der Therapeut

Grünau, 10. Oktober

Am Freitagabend, etwa zur vereinbarten Zeit, stand Karen vor Tinas Tür und klingelte. Fast augenblicklich wurde sie geöffnet. Sie hatten den privaten Rahmen gewählt, um sich ungestört unterhalten zu können.

Die junge Frau stand ihr gegenüber im Flur, und Karen sah sofort, dass sie nicht allein war.

Der Mann hinter ihr füllte mit seinem Umfang fast den gesamten Türrahmen zum Wohnzimmer aus. Dies sollte also der geheimnisvolle Therapeut sein, den Tina so mochte?

Dass er ein Gewichtsproblem hatte, war augenscheinlich, denn beim Atmen hörte man ein ungewolltes Schnaufen.

Als sie die ersten Schritte hereinkam, hielt er ihr sofort seine rechte Hand hin. Mit der anderen stützte er sich auf einem Gehstock ab. Sein trotz seines Übergewichts faltiges und gerötetes Gesicht verzog sich zu einem schmunzelnden Lächeln.

"Sie sind also Karen", riet er mit angenehm brummender Stimme." Ich freue mich, Sie kennenzulernen, Frau Lendy."

Karen legte ihre Hand in seine große Pranke, und er drückte sie sanft.

In diesem Augenblick sprach etwas zu ihr. Keine Worte, keine Zeichen, es war ein Gefühl, das Karen einhüllte, wie eine wohlig warme Decke. Ein Gefühl der Vertrautheit.

Karen versuchte sich ihm zu entziehen, objektiv zu bleiben. Doch es war schwer.

Während der Fahrt hatte sie sich vorgenommen, bei dem Treffen nicht viel über sich selbst zu erzählen. Interessanter war ja zu erfahren, wie dieser Mann es geschafft hatte, Tina und ihren Chef so sehr für sich einzunehmen.

Doch als sie es sich im Wohnzimmer in den Rattansesseln bequem gemacht hatten und Dr. Crohn zu reden begann, wusste sie sofort, dass sie nicht herausfinden würde, was genau es war.

Denn trotz seiner Stimme, die warm und intelligent war, und seiner ganzen, locker wirkenden Erscheinung, die den Eindruck vermittelte, man habe das Glück, gerade einen ganz besonderen Menschen kennenzulernen, musste es noch etwas anderes, etwas Tieferes, geben. Etwas Unbekanntes, das in seinen Augen war.

"Ich hab heute noch nicht viel gegessen", lachte David und streckte seine Hand sofort aus, als Tina ein Tablett mit kleinen belegten Broten auf den Tisch stellte.

Ein kleines Stückchen Wurst fiel auf den Teppich.

Er achtete nicht darauf und schob das belegte Brot, das er sich genommen hatte, mit einem Biss in seinen Mund.

Kauend machte er sich daran, die Flasche Wein, die er mitgebracht hatte und die er aus einer Stofftasche zauberte, mit dem Öffner, den Tina ihm hinhielt, zu entkorken.

"Jetzt sag mal, Tina. Was gibt es Neues?", fragte er mit vollem Mund, während Tina den Wein in die Gläser einschenkte. "Vielleicht eine Nachricht oder eine Spur? Dass er dich nicht angerufen hat, ist klar, dann hättest du dich ja sofort gemeldet."

Seine Stimme klang tief und gepresst, und Karen ertappte sich dabei, wie sie sich vorstellte, dass er nachts vielleicht Probleme mit seiner Atmung hatte.

Tina schüttelte den Kopf. Sie warf Karen einen Seitenblick zu. "Aber *eine* Spur haben wir doch noch gefunden!"

Die Stimmung veränderte sich sofort.

Hatte David bisher einen entspannten und gelösten Eindruck gemacht, sah er Tina nun überrascht an. Sein Blick bekam eine gewisse Schärfe.

Doch schon einen Augenblick später hatte er sich wieder im Griff. Er lächelte. "Aber er hat sich nicht bei dir gemeldet, oder doch?"

Tina musste auch lächeln. Sie nickte in Karens Richtung. "Nein. Ihr Bruder ist die Spur. Alex scheint ihn zu kennen. Die beiden teilen irgendein merkwürdiges Geheimnis miteinander. Marc, der Bruder, liegt seit ein paar Tagen im Koma. Karen hatte die Idee, dass es vielleicht helfen würde, wenn wir mit dir reden."

David entspannte sich vollends. Er sah Karen mitfühlend an und sank tiefer in seinen Sessel. Sein Blick wurde weich wie Honig. "Ja, sicher", sagte er. "Natürlich helfe ich gerne, wenn Sie es wollen. Menschen im Koma sind für Angehörige eine furchtbare Belastung."

Karen fühlte, dass schon die wenigen Worte dieses Mannes ihr wieder etwas Hoffnung gaben. In seiner Stimme klang so viel echtes Mitgefühl mit, eine solche Überzeugung davon, das Richtige zu tun.

Er drehte den Kopf und sah wieder zu Tina herüber. "Aber du hast von einer Spur gesprochen. Was hat das mit Karen oder ihrem Bruder zu tun?"

"Also, er hatte einen Streit mit Alex. Wegen einer Pflanze."

Davids Augen verengten sich. Er dachte über irgendetwas angestrengt nach. Ein leichtes Husten. "Eine Pflanze, sagst du?", versuchte er sich zu vergewissern. "Ich verstehe nicht. Wie kann man einen Streit über so etwas wie eine Pflanze haben?"

"Ja", versuchte Karen zu erklären, "eine Pflanze, die in seinem Garten wächst."

"Wo? Ich meine, wo ist das? Also der Platz, an dem sie steht? Von welchem Garten redest du?"

Davids Frage kam wie ein Schuss, und seine Stimme klang nun gar nicht mehr weich. Sein Blick wechselte von einer Frau zur anderen.

Doch bevor Tina antworten konnte, hob Karen abwehrend die Hand. "Ich will einfach nur sagen, dass die beiden einen Streit hatten. Dass es dabei um Pflanzen ging, ist nicht unbedingt klar. Aber jetzt ist Alex weg, und mein Bruder liegt im Koma. Das mit der Pflanze war vielleicht nur ein dummer Zufall."

Karen sah, wie Tina ihr einen fragenden Blick zuwarf. Sie deutete ihr ein Kopfschütteln an. "Wir denken einfach, dass es einen Zusammenhang geben könnte. Zwischen dem Streit und Alex´ Verschwinden."

David nahm langsam sein Glas und trank einen langen Schluck. Er sah nachdenklich in das Weinglas.

Dann hob sich sein Blick, und er sah Tina an. "Ihr könntet recht haben. Aber ein Streit kann kein Koma auslösen, oder? Wenn es da etwas gibt, dann muss noch viel mehr passiert sein."

Er holte tief Luft und blies sie betont langsam durch die Nase heraus. Dann wandte er sich an Karen. "Sie haben Probleme, sagt Tina. Mit dem Zustand Ihres Bruders. Vielleicht möchten Sie mich morgen besuchen? Ich hatte eine Menge Fälle, die ähnlich waren. Wir könnten ungezwungen über alles reden."

Er sah zu Tina rüber. "Tina begleitet Sie sicher, wenn Sie möchten. Ich kann mir bis dahin Gedanken darüber machen, wie ich Ihnen helfen könnte."

Er möchte uns in sein Haus locken, schloss Karen instinktiv, und ihr fiel wieder der alte Brief ein, den sie in Marcs Büro gefunden hatte. Die Erzählung, in der dieser Dämon ein Paar in sein Haus eingeladen hatte.

Kurz stellte sie sich eine alte, geschnitzte Kiste vor, in der es so einfach war, sein Leben zu verlieren. Ein Schauer lief ihr über den Rücken. "Gerne", hörte sie sich sagen und konnte kaum glauben, dass sie den Mut hatte, zuzusagen. "Das heißt, wenn Tina mitkommt."

"Gut!" David stellte sein Glas mit Schwung auf dem Tisch ab. "Ich werde alles vorbereiten und erwarte euch also morgen. Vielleicht nachmittags."

Er hob fragend die Brauen. "Das passt doch, oder? Ich denke, je schneller wir Missverständnisse aus dem Weg geräumt haben, desto besser."

Seine Hand verschwand im Innenfach seiner Jacke, und er zog ein abgerissenes Stückchen Papier heraus. Darauf kritzelte er einige Worte mit einem Kugelschreiber. Lächelnd reichte er Karen den Papierfetzen. "Meine Nummer.

Er tippte auf die schwungvolle Schrift, die sich über das Papier zog. "Da steht alles, was man wissen muss."

Zu Hause, am späten Abend, ging Karen das Gespräch mit Tina noch einmal durch. Sie ahnte nun, warum dieser Mann und seine intelligente, angenehme Art es ihr so schwer machten, ihn zu verdächtigen etwas mit der Sache zu tun zu haben.

Ja, auf den ersten Blick wirkte David vertrauenswürdig. Ein dicker, alter Mann, dem sein langes, erfülltes Leben ins zerfurchte Gesicht geschrieben stand, der sicher gut zuhören konnte und viele Ratschläge parat hatte.

Dass er so alt und unansehnlich war, verstärkte diesen Eindruck nur, denn jedes Wort von ihm klang wissend und weise.

Karen wäre unter normalen Umständen niemals misstrauisch geworden. Dass sie es aber doch war, hatte einzig und allein mit dem Fund der alten Sachen in Marcs Büro zu tun.

Denn wenn sie nicht Stunden zuvor diesen schrecklichen Brief gelesen hätte, in dem geschildert wurde, wie eine Frau im Haus eines alten Mannes ihr Leben verloren hatte, hätte es auch sicher keinen Grund gegeben, diesem Mann zu misstrauen. Doch sie hatte es beim heutigen Treffen instinktiv vermieden, David von dem alten Brief zu erzählen.

Aber da war noch etwas anderes, das ihr an David aufgefallen war. Es waren seine Augen, nett und mitfühlend, die, wenn er sie ansah, eine Wärme hatten, die den meisten anderen Menschen fehlte. Und genau dies machte ihn zu einem perfekten Zuhörer für vertraute Gespräche.

David war auf den ersten Blick eine Verkörperung menschlicher Nähe. Und nur ein einziges Mal hatte sich das geändert. Als Tina anfing, von der Pflanze zu reden. Ihrem Verdacht, sie könnte etwas mit Alex zu tun haben.

Davids Blick, mit dem er Tina plötzlich angesehen hatte, fand sie merkwürdig.

Diesen gierigen, fast schon unstillbaren Hunger nach Informationen.

Könnte es sein, das Alex und David etwas mit psychedelischen Pflanzendrogen zu tun hatten? Es war nicht ungewöhnlich, dass sich gerade Psychologen mit solchen Themen beschäftigten. War Marc tatsächlich ein Opfer von Drogenexperimenten? Hatte er hier bei David Hilfe gesucht, wegen seiner Glaubensprobleme, seiner depressiven Zustände? Sein Verhalten in den letzten Monaten schloss das zumindest nicht aus.

Sie erinnerte sich noch, wie sie sofort das Gefühl bekommen hatte, das Gespräch laufe in eine völlig falsche Richtung und dass Tina ihren Verdacht mit der Pflanze vor David besser nicht erwähnt hätte. Und die Einladung, die der alte Mann daraufhin aussprach, konnte nur mit der Erwähnung dieser Pflanze zu tun haben, da war sie sich sicher.

Tina hatte ihr erzählt, dass David sein Privatleben vor andern abschirmte und es schon an ein Wunder grenzte, dass er Alex erlaubt hatte, ihn zu besuchen. Und nun sollten sie gleich beide vorbeikommen. Sonderbar. Sie nahm sich vor, ihn bei ihrem Treffen direkt zu fragen, ob er Marc kannte. Und außerdem wäre sie nicht unvorbereitet, falls die Sache schief ging.

Karen ging ins Bad und öffnete den Wandschrank. Sie nahm eine kleine Spraydose heraus und stellte sie aufs Waschbecken. Vor ein paar Monaten war sie mit einer Freundin im Urlaub gewesen und hatte das Pfefferspray für ihre Handtasche gekauft. Man wusste ja nie, was passieren konnte, wenn zwei Frauen alleine unterwegs waren.

Sie hatte es dort zwar nicht benutzt, aber es hatte sich trotzdem gut angefühlt, es dabeizuhaben. Außerdem würde sie zur Sicherheit André von Davids Einladung erzählen.

Ihr war zwar bewusst, dass auch der Mann dieser unglücklichen Frau in dem alten Brief ihr nicht mehr hatte helfen können, als seine Frau in die tödliche Falle getappt war. Doch wenn sie ehrlich war, kam ihr allein der Gedanke, dieser alte Mann könne ihr oder Tina etwas zuleide tun, absurd vor. Und dieser Brief erzählte ja nur eine Geschichte, deren Wahrheitsgehalt zweifelhaft war. Sie merkte, wie Amélies Schicksal in ihr einen Raum eingenommen hatte, der ihr gar nicht zustand. Sie musste sich davor hüten, durch ihn zu einem falschen Urteil zu kommen. Immerhin opferte der alte Mann seine Zeit, nur um ihnen zu helfen.

Dass sie nun bei ihrem Besuch Pfefferspray in ihrer Tasche hatte, empfand Karen im Grunde als Beleidigung seiner Person. Vorsorglich steckte sie es trotzdem ein.

Unterwegs im Wald

Grünau, 11. Oktober

Berühr mich! Und ich locke, locke, locke.

Wenigstens ein "Hi, ich freu mich, dich zu sehen!" hatte sie eigentlich erwartet, als Karen am nächsten Tag, so gegen 18 Uhr in Tinas Büro stand, um sie gegen Feierabend abzuholen.

Aber die junge Frau sah sie nur kurz an, nahm ihre Tasche und schloss die Tür hinter sich ab. Sie wirkte gehetzt und prüfte ständig im Spiegel ihr Aussehen, als sie in Karens Auto saßen.

"Ich kann nicht so lange bleiben", sagte Karen, als sie in die beschriebene Landstraße einbogen. "Ein Freund hat mich zum Essen eingeladen, und ich muss zeitig losfahren, wenn ich noch pünktlich sein will."

Karen meinte, einen verärgerten Zug um Tinas Mund zu sehen, und erwartete einen Kommentar. Doch Tina zog sich weiter konzentriert den Lippenstift nach. "Das Gespräch mit David wird also nicht lange dauern, schade", entgegnete sie endlich und packte ihre Schminksachen wieder in ihre Tasche.

Sie sah Karen vom Beifahrersitz aus an und Karen sah im Augenwinkel, dass Tina ihren Mund verärgert zusammengekniffen hatte.

„Dass er uns überhaupt zu sich einlädt, ist meiner Meinung nach schon so was wie ein Wunder." Tinas Hände lagen zu Fäusten geballt nebeneinander auf ihrem Schoß. "Wenn das alles stimmt, was ich über ihn weiß, ist er immer noch ein ziemlich gefragter Therapeut. Obwohl er so alt ist. Alex hat von Fällen erzählt, die total hoffnungslos waren. Keiner hatte mehr Lust, sich damit zu beschäftigen. Nur David hat es geschafft. Ein paar Prominente waren wohl auch dabei."

Karen warf ihr einen fragenden Blick zu. "Zum Beispiel?"

"Keine Ahnung, der hütet seine Schweigepflicht wie einen Schatz, auch Alex hat er davon nichts erzählt. Aber einer war ein Politiker, der seine Frau verloren hat. Sie starb an einer Krankheit, und der Typ hatte das Gefühl, nicht mehr ohne sie leben zu können. Er hatte schon an Selbstmord gedacht, alles geplant und so. Bis er bei David war. Der hat ihm geholfen. Oder diese Sache mit der Schauspielerin, die nirgends einen Platz zum Leben gefunden hat. Hat sich immer wieder aufgemacht, um woanders zu leben. Ständig auf der Reise, ohne jemals anzukommen ..."

"Bin ich noch richtig?", fragte Karen unsicher und unterbrach Tina. Sie versuchte auf dem Papier, das auf der Ablage lag, etwas zu erkennen. David hatte Tina einen Zettel geschickt, auf dem der Weg in groben Zügen beschrieben war, und das war gut, denn das Navi konnte mit der Adresse nichts anfangen und hatte mehrmals Aussetzer. Davids Haus lag offenbar etwas außerhalb aus ihrer Sicht vor Kranau.

"Ja, dort rechts, den Berg hoch. Da muss ein ziemlich langes Waldstück kommen. Da müssen wir durch. Dann ist es kürzer, als wenn wir über den Ort kommen."

Sie bogen ab und fuhren eine steile Straße hinauf. "Mein Gott, wo führt das denn hin?", fragte Karen und hoffte, ihnen würde auf diesem schmalen Weg kein anderes Auto entgegenkommen. Sie bekam ein unbehagliches Gefühl, als sie die Hauptstraße verließen und steil aufwärts in einen dichten Wald fuhren. Eigentlich befanden sie sich auf gar keiner Straße mehr, dies war eher ein besserer Pfad.

Karen dachte noch einmal über das bevorstehende Treffen nach. "Was, glaubst du, hat er vor? Was soll er schon über die Sache wissen? Und daran, dass Marc im Koma liegt, kann er auch nichts ändern."

Tina hob die Schultern. "Alex hat jedes Mal begeistert von seinen Besuchen gesprochen."

"Begeistert?", wiederholte Karen und merkte, wie sich eine unbestimmte Neugier in ihr ausbreitete. "Von seinen Methoden, oder was?"

Tina suchte nach den passenden Worten. "Na ja, begeistert eben. Dieser Mann kann mit Menschen umgehen. Alex hat erzählt, dass sie über vieles reden, wenn sie sich treffen. Über Sachen, die angeblich in ihm schlummern. Sozusagen verschüttet in seinem Unterbewusstsein. Über seinen Beruf, sein Leben und seine Träume."

"Und bei diesen Gesprächen waren sie immer alleine?"

Tina zuckte mit den Schultern. "Keine Ahnung, du stellst Fragen! Wollen solche Psycholeute nicht immer alleine mit einem reden?"

Karen hob zweifelnd die Brauen. "Ich weiß nicht, was besonders an diesem alten Mann sein soll", behauptete sie, versuchte aber, ihre Bemerkung wie beiläufig klingen zu lassen.

Prompt sah Tina sie ungläubig von der Seite an. "Jetzt komm schon! Sie waren gut befreundet, also versuchen wir einfach rauszukriegen, ob Alex von Drogen oder Streitigkeiten gesprochen hat, ja sogar ob David etwas mit deinem Bruder zu tun hatte. Und wenn das nicht klappt, kann er dir vielleicht helfen, mit Marcs Koma zurechtzukommen."

Karen war sich nicht sicher, ob sie das wollte. "Weißt du, welche Ausbildung er hat?", hakte sie nach, als sie vor dem Haus anhielten, das laut Beschreibung das Ziel war.

Tina schnallte sich ab und sah die zweifelnde Karen an. Sie stöhnte auf, riss ihre Tasche hoch. "Jetzt versuche, dich doch darauf einzulassen und nicht gleich rumzunörgeln", sagte sie. Karens Fragerei hatte sie offensichtlich verärgert. "David kann sicher keine Wunder vollbringen. Aber es tut doch gut, ihm alles zu erzählen. Außerdem darfst du nicht vergessen, warum wir vor allem hier sind, um herauszufinden, was passiert ist. Also verpatze mir das jetzt nicht, ja?"

Als sie über den schmalen Kiesweg zum Anwesen gingen, sah sich Karen das kleine, alte Haus genau an.

Es war viel unscheinbarer, als sie es sich vorgestellt hatte.

Die dunkle, ausgebleichte Holzfassade und der Standort am Waldrand ließen sie unwillkürlich an eine ehemalige Jagdhütte denken.

Als sie die Steinstufen hochstiegen und vor der Holztür mit dem Glasfenster standen, sah Karen, dass darüber ein breites Geweih angebracht war. *Wie passend!*, dachte sie. Sie erwartete einen massiven Metallklopfer, der beim Betätigen ein hohles Pochen verursacht hätte. Doch es gab nur einen kleinen Klingelknopf, den Tina drückte. Ein Gong ertönte, und nur wenige Augenblicke später war eine Bewegung hinter dem dunklen Glas zu erkennen. Als sich die Tür öffnete, stand ein junger Mann lächelnd vor ihnen, Karen schätzte ihn auf Mitte zwanzig. Sein schwarzes Haar war gelockt, und seine blauen Augen leuchteten.

Er trat sofort einen Schritt zur Seite, um sie hereinzulassen. Aus der Wohnung hinter ihm klang leise klassische Musik.

Karen war zunächst verunsichert. Waren sie etwa zu der falschen Adresse gefahren?

Der junge Mann zog die Tür noch ein Stück weiter auf, als er merkte, dass sie zögerten. "Kommen Sie doch einfach herein! David hat Sie schon angekündigt. Er verspätet sich etwas und hat mich gebeten, Sie schon mal reinzubitten." Er nickte ihnen auffordernd zu. Seine tiefe, sonore Stimme passte eigentlich gar nicht zu seinem jugendlichen Alter. Noch viel unpassender war allerdings, dass er sein lockiges Haar nach hinten gekämmt trug. Dadurch bekam sein Aussehen etwas Altmodisches, fand Karen. Sie war erleichtert darüber, am richtigen Ziel angekommen zu sein. Aber ihr Blick wanderte mit hochgezogenen Augenbrauen zu Tina, fast als erwarte sie eine Erklärung dafür, dass der Therapeut nicht anwesend war. Auch Tina wirkte sehr überrascht, ja fast entsetzt. Dann beruhigte sie sich augenblicklich und sah den jungen Mann nur wortlos an.

Beide Frauen betraten das Haus. Als sie in dem Flur standen, der durch seine verblasste Blümchentapete und eine Garderobe aus dunklem Holz sehr altmodisch wirkte, entdeckte Karen in einer Ecke eine Anzahl Gehstöcke, wie sie schon einen in Davids Hand gesehen hatte. Auf der Ablage der Garderobe lag ein lederner Hut.

Der junge Mann schloss die Tür hinter ihnen und schob sich vorbei. "Ich geh schon mal voraus. David ist mein Großvater, ich besuche ihn manchmal, wenn ich kann." Er drehte sich um und ging vor ihnen den Flur entlang, tiefer ins Haus. Dabei erzählte er, dass David offenbar vor zwei Stunden einen dringenden Anruf einer depressiven Patientin bekommen hatte, bei dem es offenbar um Selbstmord ging.

Als sie das Büro betraten, fiel Karen ein einfacher, hölzerner Sekretär auf, der an einigen Stellen schon kleinere Risse hatte. Darauf lag eine Leselupe, wie sie Menschen verwendeten, denen mit der Vergrößerung der Buchstaben durch eine Lesebrille nicht mehr zu helfen war. Daneben stand eine niedrige Anrichte mit einem Plattenspieler, aus dessen Boxen die Musik kam. Es war Rachmaninovs Klavierkonzert Nr. 2. Karen kannte es. Sie hörte es nicht oft, aber wenn, dann kroch ein Kribbeln ihr Rückgrat entlang. Ein wunderbares Stück.

Davids Enkel ging sofort zum Plattenteller und hob die Nadel von der Langspielplatte. "Entschuldigen Sie, nur einen Augenblick", sagte er, ohne sich umzudrehen. Die Klaviermusik verstummte, und die Stille, die sich zwischen ihnen breitmachte, wirkte fast schon unangenehm.

Er aber schien erleichtert. "So, jetzt ist es besser. Kommen Sie doch!" Er ging schnell durch einen weiteren halbrunden Durchgang in das nächste Zimmer, und Karen und Tina folgten ihm.

Dort gab es ein großes Fenster, das den Raum in ein unwirkliches Licht tauchte. Durch das Fenster und die gläserne Tür war eine Terrasse inmitten einer grünen Oase zu erkennen.

Sie standen nun vor einer Sitzgruppe aus dunklem Leder, die vor einem steinernen Kamin platziert war.

Der junge Mann baute sich vor ihnen auf. "Oh Entschuldigung, ich glaube, ich habe mich noch gar nicht richtig vorgestellt", sagte er und strich mit seinen Fingern über die schwarzen Haare. "Mein Name ist Luis."

Er hielt ihnen seine rechte Hand hin. "Angenehm!", sagte er, als er zuerst Karens und danach Tinas Hand ergriff. "Bitte setzen Sie sich doch!"

Die beiden Frauen nahmen auf dem dunklen Ledersofa Platz. Auf dem niedrigen Couchtisch vor ihnen lagen stapelweise Bücher, und Karen erkannte an den Überschriften, dass es sich um psychologische Fachbücher handelte.

"Wie gesagt ...", begann Luis, und Karen empfand die Situation, in der er einfach so dastand und sie vor ihm saßen, als unangenehm. "Es passiert manchmal, dass er bei einem wichtigen Termin aufgehalten wird. Man weiß nie, bei Depressiven geht es manchmal um Leben oder Tod, und mein Großvater nimmt das immer sehr ernst."

Karen sah auf ihre Uhr. Luis folgte ihrem Blick. Er machte sofort eine einladende Handbewegung zu den Büchern. "Machen Sie es sich doch gemütlich, Sie können lesen, während Sie warten. Und ich hole Ihnen etwas zu trinken". Er sah Karen mit ruhigem Blick an. "Kaffee oder Tee?"

Karen musste nicht lange überlegen. "Ein Kaffee wäre super, danke", sagte sie. Bequem zurückgelehnt ließ sie das Zimmer, das trotz der altmodischen Möbel freundlich und geschmackvoll aussah, auf sich wirken.

Tina störte offenbar nicht, dass David nicht da war. Sie konnte sich an Luis anscheinend nicht sattsehen. "Ja, ich nehme auch einen Kaffee, wenn´s keine Umstände macht", sagte sie und sah sich die Bücher auf dem Tisch an. Karen sah, wie ihre Pupillen unnatürlich schnell über die Überschriften zuckten, fast, als spiele sie ein Interesse daran nur vor und wollte sie sich Zeit zum Nachdenken verschaffen.

"Kommt sofort!" Luis verschwand im Flur und warf den beiden Frauen ein Lächeln über die Schulter zu.

Karen griff sich eines der Bücher, die Tina auseinander geschoben hatte. „Bewusstseinsstörungen“ stand auf seiner Vorderseite. David hatte sich also anscheinend schon auf ihr Gespräch vorbereitet.

Langsam, ohne richtig zu lesen, blätterte sie sich durch die Seiten. Hatte er geplant, dass sie auf ihn warten würden, und hatte die Bücher deshalb hier abgelegt? „Alles in Ordnung?“, fragte sie und sah Tina an.

Tina nickte nervös. „Natürlich. David verspätet sich sicher nur.“

„Wusstest Du von diesem Luis?“ hakte sie nach, aber Tina verneinte und Karen hatte den Eindruck, dass sie nicht ganz ehrlich war.

Fünf Minuten Stille in der beide vermieden sich direkt in die Augen zu schauen, dann servierte Luis den Kaffee. Er ließ sie dabei nicht aus den Augen. Dann blieb sein Blick an Tina hängen. "Sie kommen aus der Gegend?", wollte er wissen. Er stand immer noch vor ihnen und verschränkte seine Arme lässig vor der Brust. "David hat viele Patienten, oft auch von weiter her."

Tinas Nervosität steigerte sich. Sie lächelte gekünstelt. „Ich bin nicht als Patientin hier“. Sie fing an, unruhig auf dem Ledersofa hin und her zu rutschten. Karen merkte, dass Luis diese Antwort scheinbar in Zweifel zog, ja sich darüber regelrecht amüsierte. Spielte er mit ihnen?

"Nicht von weit weg, nein“, antwortete Tina. „Ich wohne vielleicht zwanzig Minuten entfernt von hier. Ich kenne David schon länger. Aus unserem Betrieb, wir kümmern uns manchmal um den Garten. Mein Chef war schon öfter hier, Herr Moebus, kann es sein, dass Sie ihn kennen?" Es schien, als spiele sie das Spiel mit.

Ohne darauf einzugehen, wechselten Luis Augen zu Karen herüber. "Und Sie, also sind Sie die Patientin?"

Karen hatte befürchtet, dass er sich ihr zuwenden würde, aber sie hatte nicht damit gerechnet, dass er gleich so offensichtlich unverschämt sein würde. Sie wurde nervös, räusperte sich, merkte, wie kratzig es sich anhörte, wenn sie sprach. "Oh, wir wurden zusammen hierher eingeladen. David wollte etwas mit uns besprechen. Eher eine private Sache. Es geht um meinen Bruder, Marc Lendy, er ist Pfarrer in Niederod." Karen hatte plötzlich die Eingebung gehabt Luis mit dem Namen von Marc zu konfrontieren, einfach um zu sehen, wie er darauf reagierte.

Aber Luis lächelte einfach nur, und Karen fand, er wirkte für sein jugendliches Alter zu selbstbewusst. In seinem Blick lag eine Spur Arroganz. "So genau möchte ich es besser gar nicht wissen", behauptete er und brachte Karen damit in Verlegenheit. Er setzte sich endlich auf einen der Stühle. Mit seinen Händen strich er über seine Jeans, und Karen kam es so vor, als wolle er seine Muskeln unter dem Stoff befühlen. "Es passiert wirklich nicht oft, dass David jemanden zu sich nach Hause einlädt. In der Regel macht er seine Termine in der Praxis eines Freundes. Da ist er ziemlich eigen, wenn ich das so sagen darf." Er gab einen resignierten Ton von sich. "Aber wir können uns ja unterhalten, während Sie warten. Da macht das Warten wenigstens einen Sinn." Bei seinen letzten Worten war der ironische Unterton in seiner Stimme nicht zu überhören.

Karen wollte eigentlich nicht weiter Statistin in Luis' Katz- und Maus-Spiel sein und die unangenehme Situation gerne beenden. "Wir können auch ein andermal wiederkommen, falls es gerade nicht passt", deutete sie an und sah, wie Luis sofort den Kopf schüttelte. "Nein, machen Sie sich keine Sorgen, da haben Sie mich falsch verstanden, Entschuldigung. Er hat mich extra herbestellt, um Sie zu empfangen. Weil er wusste, dass er sich möglicherweise verspäten könnte. Es war ihm also sehr wichtig. Es wäre schade, wenn Sie jetzt gehen würden, ohne mit ihm gesprochen zu haben."

Tina trank einen Schluck. Sie stellte ihre Tasse ab. "Sind Sie über Ihre Mutter oder Ihren Vater mit ihm verwandt?", fragte sie, als wolle sie krampfhaft eine Unterhaltung aufrechterhalten, weil ihr die Stille unangenehm war. Sie verzog ihren roten Mund zu einem gezwungen wirkenden Lächeln. "Also nur, wenn ich mal fragen darf."

"Über meine Mutter", antwortete Luis, und es war offenbar so, als mochte er nicht gerne über seine Verwandtschaftsverhältnisse reden.

Karen wunderte sich über Tinas unverhohlene Neugier und Luis Blick richtete sich wieder auf sie. "Sie trinken Ihren Kaffee nicht, der wird kalt", sagte er, wie um das Thema abzuschließen.

Karen hatte tatsächlich erst einen kleinen Schluck davon getrunken. Als sie wieder daran nippte, fand sie ihn sehr würzig und süß, obwohl sic gar keinen Zucker hineingetan hatte. Doch er wirkte wohl, denn sie fühlte sich tatsächlich besser. Sie schrieb es dem warmen Getränk und der gemütlichen Umgebung zu, mit den vielen Bücher an der Wand oder der Erwartung des Gesprächs mit David. "Danke, wirklich", sagte sie und schob sich noch ein Stück tiefer ins weiche, kühle Lederpolster. Ein angenehmes Gefühl von Geborgenheit zog ihr über die Schulter. Sie genoss die Situation plötzlich. "Der Kaffee schmeckt wunderbar. Ich hatte den ganzen Tag Kopfschmerzen und nun …" Karen fühlte sich tatsächlich zunehmend besser. Sie begann, sich mehr für die Umgebung zu interessieren. Da waren die Pflanzen. All diese tropischen aussehenden Gewächse konnte es hier, in dieser kühlen Gegend doch wohl kaum geben. Allein solche riesigen

Farne hatte sie noch niemals außerhalb eines Botanischen Gartens gesehen.

Direkt am Fenster, wahrscheinlich vom Balkon darüber überdacht, standen auf den steinernen Platten der Terrasse ein einzelner Stuhl und ein Tischchen. "Er wohnt ja herrlich, Ihr Großvater!", flüsterte Karen mehr zu sich selbst. Sie versuchte, genauer hinzusehen. Warum war ihr diese Wildnis auf der Terrasse nicht schon aufgefallen, während sie miteinander gesprochen hatten? Die wild gewachsenen Bäume und Sträucher kamen ihr wie ein Urwald vor. Vielleicht das ideale Versteck für eine Drogenplantage.

Luis folgte Karens Blick. "Ja, Sie haben recht. Man fühlt sich fast schon eingeschlossen von Pflanzen. Er liebt sie, deshalb hat ihm das Haus so gut gefallen, das er es unbedingt haben musste. Manchmal nennt er den Wald dahinter scherzhaft seinen riesigen Garten."

Luis ging zur Glastür und öffnete sie. "Eine richtige grüne Hölle." Er sah lächelnd hinaus, und Karen sah so etwas wie Stolz in seinen Augen. "Ich komm' manchmal für ein paar Tage in den Semesterferien her, nur wegen des Gartens, wenn ich ehrlich bin. Und wenn man hinters Haus geht, wird´s noch besser. Hinter den Bäumen", wies er unbestimmt aus dem Fenster, "ist noch ein kleiner, versteckter Teich. So hoch über dem Ort im Wald, glaubt wohl keiner, dass es da sowas gibt, denke ich. Aber er ist groß genug zum Baden. Der Weg führt ein Stück am Haus entlang. Wenn Sie wollen, können wir mal hingehen, es ist nicht weit."

Tina leerte sofort ihre Tasse und stand auf. "Ich finde, das ist eine gute Idee. Wenn es für dich okay ist?" Sie warf Karen einen vielsagenden Blick zu.

Karen löste sich aus dem weichen Sofa und folgte Luis auf die Terrasse. Wenn sie rausgingen, hätte sie die Möglichkeit, sich ein bisschen umsehen. Konnte es wirklich sein, dass dieser Moebus zusammen mit dem Psychologen hier eine Drogenplantage unterhielt? Welche Rolle spielte Marc dabei? War er Kunde oder Komplize? Sie blickte Tina möglichst neutral an und zuckte in Richtung Luis mit den Schultern. "Wir warten doch sowieso. Und das können wir genauso gut draußen. Aber wird David nicht nach uns suchen?"

"*No problem*", sagte Luis und nahm einen Stift von einem der Regale. "Ich lasse ihm einfach eine Notiz da. Und es ist wirklich nicht sehr weit, Sie werden sehen. Ihre Unterlagen, " sagte er und wies auf Karens Mappe, in der sie Kopien aus Marcs Krankenakte hatte, "die lassen Sie einfach auf dem Tisch liegen."

Der Weg hinter dem Haus war eher ein erdiger Trampelpfad. Karens Kopfschmerzen meldeten sich wieder, als sie die ersten Schritte machte. Sie wurden fast unerträglich, als sie zwischen den hohen Tannen plötzlich die glitzernde Wasseroberfläche sahen. Da war tatsächlich ein kleiner Teich, umsäumt von niedrigen Büschen und den hohen Tannen, märchenhaft und unwirklich. Am hinteren Ufer stand eine kleine Holzhütte, und es gab einen schmalen Steg. Es duftete unbeschreiblich gut: Der unentwegte Singsang der Vögel wurde untermalt von einem allgegenwärtigen aber leisen Hintergrundrauschen der nahen Autobahn. "Wahnsinn, wie der Wald hier riecht!", sagte sie noch und spürte plötzlich ein Kribbeln in ihrer Nase, fast als müsse sie niesen.

Die Abendsonne spiegelte sich im Wasser, und als Karen, geblendet vom Licht, ihre Augen zusammenkniff, merkte sie, wie ihr das Atmen schwerfiel. Sie hustete, hielt sich dabei die Hände vor den Mund und beugte sich vornüber. Etwas in ihrem Hals fühlte sich wie ein Fremdkörper an.

"Alles okay?", fragte Tina, die neben ihr ging. Sie suchte in ihrer Handtasche nach einem Papiertaschentuch und reichte es ihr.

Karen nahm es und hielt es sich vor ihre Nase. "Das ist wahrscheinlich meine Allergie", sagte sie gedämpft durch das Taschentuch. "Ich hab fast das ganze Frühjahr Schnupfen, das ist so bei mir."

Während sie sprach, fiel ihr ein, dass gerade der Herbst begonnen hatte; deshalb war es *überhaupt nicht* normal, dass sie jetzt noch allergisch auf Pollen reagierte.

Karen sah zum Wasser und versuchte durch einen Schleier von Tränen, etwas zu erkennen. Sie bildete sich kurz ein, einen dunklen Nebel über dem Teich zu sehen.

Stolpernd kamen sie gerade ans Ufer des kleinen Teichs, als sich Luis mit dem Handy in der Hand neben die beiden Frauen stellte. "Sorry, aber ich muss Sie enttäuschen", eröffnete er ihnen und hob die Schultern, als wäre es seine Schuld. "David hat mir gerade eine Mail geschickt. Er schafft es heute nicht zu Ihrem Treffen. Verschoben."

"Ernsthaft?" Tina sah Luis an, als hätte sie nicht richtig verstanden. Die Überraschung stand ihr ins Gesicht geschrieben.

Karen hustete. "Ist mir ganz recht", sagte sie verschnupft. "Ich glaube, es wäre sowieso besser, mich ins Bett zu legen." Sie drehte sich um und ging den Weg zurück zum Auto. Tränen liefen ihr über die Wangen.

Tina rief ihr etwas hinterher. "Ich mache einen anderen Termin mit ihm aus, ja? Normalerweise ist er nicht so, ehrlich." Sie war schnell neben ihr. "Das würde ich nicht aushalten, so eine Allergie!", sagte sie leise. "Soll ich vielleicht fahren?"

Karen schüttelte den Kopf. Als sie im Wagen saßen, fiel ihr ein, dass sie sich gar nicht von Luis verabschiedet hatten. Er war am Teich geblieben. "Nein, es geht schon. Ist schon besser." Sie genoss es tatsächlich, leichter atmen zu können.

"Deine Unterlagen! Die liegen noch im Wohnzimmer", erinnerte Tina.

Karen startete den Wagen. Um nichts in der Welt konnte sie sich vorstellen, wieder auszusteigen. Irgendetwas hatte diesen Allergieanfall ausgelöst. "Nein, komm. Ich will fahren. Die Mappe lasse ich hier. Er kann sie sich ja ansehen, wenn er will."

Das Dorf

Schnelle und langsame Bedrohungen,
nagen an der Substanz
und der Gewissheit auf Morgen.
Wehre mich, rufe und warte.

Die ersten Minuten der Fahrt sprach niemand ein Wort. Tina sah demonstrativ aus dem Seitenfenster, fast als wolle sie die Bäume zählen. Etwas arbeitete in ihr.

Karen sah, wie sie ihre Handtasche fest auf ihrem Schoß presste.

Anscheinend machte sie sich nun Vorwürfe, weil sie den Besuch bei David vorgeschlagen hatte, oder sie fragte sich, warum er nicht aufgetaucht war.

Auch Karen machte sich Gedanken. Wieso hatte sie dieser Psychologe eingeladen, wenn er gar nicht sicher war, dass er Zeit hatte? Er hatte ihre Handynummer, hätte er da nicht anrufen können? Ach und hatte er nicht gesagt, er habe kein Handy. Wie konnte er dann Luis eine Mail schicken?

Und dann war noch diese heftige allergische Reaktion. Es war wie in Marcs Garten gewesen.

Sie fühlte sich zwar besser, seit sie im Auto saßen, aber ihre Augen tränten immer noch, und sie wischte sich immer wieder mit dem Arm übers Gesicht.

Nach den ersten Biegungen auf dem Waldweg verschwand Davids Haus aus ihrem Blickfeld.

"Hey, du fährst zu schnell!", sagte Tina und verkrampfte sich in ihrem Sitz.

Karen wusste, dass sie recht hatte. Aber sie wollte so schnell wie möglich von diesem Ort verschwinden. Als sie Tina von der

Seite ansah, bekam sie den Eindruck, dass die Frau plötzlich viel älter wirkte. Irgendwie tantig und verschroben. Tinas Finger, die immer noch ihre Handtasche festhielten, und das übertrieben geschminkte Gesicht wirkten maskenhaft und unecht. Karen spürte, dass die Frau mit etwas rang, und sie beschloss, sie auf keinen Fall aus diesem Auto aussteigen zu lassen, bevor sie darüber geredet hatten.

"Ich bin sehr überrascht über Davids Verhalten, so kenne ich ihn gar nicht“, durchbrach Tina das Schweigen. Ihre Stimme klang zittrig, fast als hätte sie etwas Unfassbares erlebt oder als wäre in Erwartung eines schlimmen Ereignisses.

Karen antwortete nicht. Sie war in ihren Gedanken immer noch am Teich, bei dem plötzlichen allergischen Anfall und diesem Luis und versuchte dabei gleichzeitig das Auto über den engen, abschüssigen Waldweg zu manövrieren. Dieser merkwürdige Enkel, sein stolzer Blick, als sie zum Wasser gekommen waren. "Hast du gesehen, wie dicht bewachsen das Ufer war?", fragte Karen und schaute kurz zu Tina. "Dieser schwere Geruch!."

"Ja, das Grundstück ist sehr groß und es gibt viele exotische Pflanzen hier. Alex hat mir erzählt, dass David ein Liebhaber von sowas ist“, antwortete Tina. Sie klang, als hätte sie sich wieder gefasst. Oder, als ob sie so klingen wollte.

Karen schnupfte, angelte sich ein Taschentuch von der Ablage und hielt es sich vor die Nase. Sie fluchte leise. Irgendetwas stimmte nicht. Zu gerne hätte sie überprüft, ob auch David eine von Marcs merkwürdigen Pflanzen in seinem Garten hatte.

Vor ihnen teilte sich der Waldweg. Als ein paar hundert Meter vor ihr, ein geteerter Weg auftauchte, fragte sich Karen, ob das die Straße nach Kranau sein konnte. Sie wollte gerade Tina fragen, als plötzlich eine schnelle Bewegung zwischen den Bäumen ihre Aufmerksamkeit auf sich zog. Da war etwas, ein großes, dunkles Ding, das sich wie ein Nebel bewegte, und einen kleinen Hang herunter auf sie zukam. Es musste ein Tier sein. Ein Wildschwein?

Sie nahm vor Schreck sofort ihren Fuß vom Gas, versuchte durch die Bäume etwas zu erkennen und merkte, wie sich ihr Puls beschleunigte. "Hast du das gesehen?", flüsterte sie und hielt das Lenkrad so fest sie konnte.

Tina konnte nicht schnell genug antworten, der Nebel war plötzlich da, direkt auf dem Weg vor ihnen. Wie ein Tier, das sich angriffslustig und lauernd vor ihnen aufbaute.

Karen gab Vollgas und riss den Wagen in letzter Sekunde an dem vermeintlichen Hindernis vorbei. Sie sah am Rand des Weges einen kleinen Graben auf sie zukommen. Wie bei einer Abfahrt mit einem Schlitten hob der Wagen ein Stück vom Boden ab und setzte mit einem Ruck auf dem Waldboden auf. Es dauerte eine Ewigkeit bis sie zum Stehen kamen.Bäume rauschten an ihnen vorbei und Karen war überrascht, wie ruhig sie in Erwartung eines Zusammenstoßes war.

Keine der beiden Frauen hatte geschrien, so unvermittelt kam das Unglück auf sie zu; Karen hatte sich mit ausgestreckten Armen am Lenkrad festgehalten und Tina hilflos nach der Tür und ihrem Gurt gegriffen. Beide hatten fest damit gerechnet, dass sie diesen Unfall nicht unverletzt überstehen würden. Jetzt saßen sie schnell atmend in ihren Sitzen. Der Airbag hatte nicht ausgelöst.

"Was war das?", fand Karen stockend ihre Sprache wieder. Sie löste sich vom Lenkrad, fuhr sich mit den Händen durchs Haar und versuchte sich zu orientieren.

Tina sah sie scharf von der Seite an und schüttelte den Kopf. "Was soll schon gewesen sein? Du warst zu schnell! Hast du die Kurve nicht gesehen?" Ihr Ton war angsterfüllt, vorwurfsvoll. Sie stöhnte auf und befreite sich von ihrem Gurt. "Wir hätten tot sein können!"

"Der Nebel! Da war etwas auf der Straße, ich musste doch ausweichen!" Karen konnte sich nicht vorstellen, dass Tina diesen riesigen Schatten nicht gesehen hatte. Aber Tina sah sie nur verwirrt von der Seite an.

"Spinnst du? Das denkst du dir doch jetzt gerade aus!"

Karen schüttelte den Kopf. Es hatte keinen Sinn weiter zu reden. "Komm, wir sehen nach, was passiert ist. Du bist doch okay, oder?"

Tina gab einen ärgerlichen Ton von sich, murmelte etwas vor sich hin, und sie stiegen aus.

Der Wagen war mit seiner rechten vorderen Seite in den weichen Waldboden gesunken. Ein größerer Schaden war nicht zu entdecken. Hinter ihnen, Richtung Straße, trennte sie etwa dreißig Meter entfernt ein tiefer Graben von der Fahrbahn.

Karen hielt ihr Handy hoch und versuchte einen Empfang zu bekommen. Sie fluchte leise. "Aus diesem Loch kommen wir ohne Hilfe nicht mehr raus", stellte sie nüchtern fest. Sie ging um den Wagen herum. "Was ist mit deinem?", fragte sie und hielt wieder ihr Smartphone hoch.

Tina stöhnte wieder auf. "Ich kann´s nicht glauben! Da nimmst du mich *einmal* in deinem Auto mit und baust so einen Mist! Mein Handy hängt zu Hause am Strom!"

Sie betonte jedes Wort, holte tief Luft und bedeckte ihren Mund in einer entsetzten Geste mit der Hand. Karen hatte kurz das Gefühl, Tina stehe vor einem Nervenzusammenbruch. Aus diesem Grund vermied sie, Tina zu fragen, wieso sie nicht schon früher auf ihr vergessenes Handy hingewiesen hatte. Immerhin hätte es sein können, dass David sie kontaktiert hatte, während sie auf ihn warteten. Sie sah, wie die junge Frau theatralisch beide Hände hob. "Wir sind doch am Arsch, so wie´s aussieht!", brach es aus ihr heraus. Sie lehnte sich an den Wagen und vermied es, Karen anzusehen. Ihr Blick glitt über die Baumstämme.

Karen spürte, wie die Spannung in ihr langsam nachließ. Trotzdem wusste sie, dass ein normales Gespräch mit Tina wahrscheinlich nicht möglich war. Sie ging zu ihr rüber und legte beruhigend die Hand auf ihren Arm. "Hey, du kriegst dich mal wieder ein, und ich laufe die Straße zurück zum Haus und hole ich Hilfe. Und du setzt dich ins Auto und wartest, hörst du?" Tina sah kurz auf, aber Karen las nur Ärger im Blick der anderen. Egal, entschied sie. Sie würden sowieso bald zu Hause sein.

Mit einem großen Sprung überwand sie den Graben, um auf den Waldweg zu gelangen. Als sie sich noch einmal umdrehte, konnte sie Tina nicht mehr sehen. Karen hoffte, dass sie im Wagen auf ihre Rückkehr warten würde.

Die Dämmerung hatte eingesetzt, und es wurde kühler. Während sie lief, merkte sie, dass sich der Wald verändert hatte. Als sie an einer Abzweigung ankam, war sie unsicher, ob sie noch auf dem richtigen Weg war. Sie versuchte die aufkommende Panik zu unterdrücken, indem sie sich nach bekannten Punkten umsah. Vielleicht sollte sie doch wieder zu Tina zurückgehen, um gemeinsam Hilfe zu holen? Ihr wurde klar, dass sie nicht mehr genau wusste, ob sie auf dem richtigen Weg war. Plötzlich hatte sie das Gefühl, beobachtet zu werden. Konnte es sein, dass Tina ihr gefolgt war, oder dieser Luis?

Karen sah sich um. Tatsächlich entdeckte sie eine Gestalt, die sich rechts von ihr im Wald bewegteund manchmal hinter den Bäumen verschwand. Sie trug etwas Flackerndes, Leuchtendes in der Hand. Ihr Herz begann, wie wild zu schlagen. "Tina!", rief sie, so laut sie konnte, und verließ den Weg. Sie sprang über den flachen Graben, verließ den Weg und rannte quer durch den Wald in Richtung des Lichts. "Tina, ich bin hier!"

So, wie sie versuchte dem Licht näher zu kommen, näherte es sich auch ihr, und schnell standen sie voreinander. Es war nicht Tina, Karen wich zurück. Fast hätte sie geschrien. Vor ihr stand ein seltsam gekleideter Mann. Er trug eine altmodisch aussehende Laterne, in der eine Kerze brannte. Er hob sie hoch, vermutlich um ihr Gesicht besser sehen zu können. Karen hatte sofort das Gefühl, dass etwas mit diesem Mann nicht stimmte. Sein Blick hatte eher etwas von einer Kuh, als von einem Menschen. Sein breites, bärtiges Gesicht, das keine Regung erkennen ließ, die struppigen Haare und die Fellmütze, unter der sie herausragten, hatten etwas Unheimliches, ja Unwirkliches an sich.

Das Licht der Laterne, das ihn von unten beleuchtete, verstärkte seine unheimliche Ausstrahlung noch. Zwischen ihrem drängenden Gefühl, sofort wegzulaufen und dem Wunsch, Hilfe zu holen entbrannte ein innerer Kampf. War das alles noch real, oder stand sie gar unter Schock? Der Wunsch nach Hilfe siegte. "Ein Unfall, dort drüben!", brach es aus ihr heraus. Sie wies mit der Hand in Richtung des Weges hinter sich. "An der Straße. Wir sind mit dem Auto im Graben gelandet!"

Karens Stimme überschlug sich, und als der Fremde sich nicht weiter bewegte und ganz unbeeindruckt blieb, schrie sie ihn an. "Verstehen Sie mich überhaupt?"

Doch er stand nur wie angewurzelt vor ihr und sah sie an.

Karen konnte es nicht glauben, und nun packte sie die Angst.

Die Augen des Fremden musterten Karen unruhig. Fast so, als ob er eine schwierige Entscheidung treffen müsse.

Seine Gesichtszüge entspannten sich aber mit einem Mal. "Keine Angst", sagte er mit dumpfem Ton, und Karen sah im Laternenlicht, wie sich seine Hand hinter seinem Rücken vorschob. Sie glänzte speckig, war rau, und die dicken, rissigen Finger, die ihren Arm nun fast berührten, sahen aus, wie die Tatzen eines Tieres.

"Komm mit", murmelte er.

Karen spürte entsetzt, wie er sie mit seiner schwieligen Hand fest am Handgelenk packte, sich umdrehte und sie hinter sich herzog.

"Nein, halt", schrie sie, stemmte sich mit den Füßen im Waldboden ab und versuchte sich loszureißen. "Hören Sie auf! Was wollen Sie? Wir müssen doch zum Wagen!"

Sein Griff lockerte sich nicht. Seine Schritte blieben eilig. "Ins Dorf. Wir gehen ins Dorf. Zu Hermann."

Karen keuchte. Wie getrieben zog sie der Fremde erstaunlich sicher durch den Wald, während sie hinter ihm herstolperte. Sie zerrte und zog mit ganzer Kraft an seiner Hand, aber der Griff, mit dem er sie festhielt, blieb hart und unnachgiebig.

Schon nach einigen wenigen Schritten befanden sie sich auf einem zwar schmalen, aber scheinbar befestigten Weg. Durch die lichter werdenden Bäume sah Karen, dass es bis zum Waldrand nicht mehr weit war. Vielleicht konnte sie von dort aus erkennen, wo sie sich genau befanden. Als sie aus dem Wald traten, tauchten tatsächlich die Häuser am Rande einer Ortschaft auf. Das war nicht Kranau, sondern ein Ort, den sie nicht kannte, obwohl sie hier in der Gegend aufgewachsen war. Karens Anspannung löste sich, und sie war sich sicher, hier Hilfe zu finden. Der Fremde schien dies zu bemerken. Er ließ sie los und ging weiter Richtung Dorf. „Warten Sie, nicht so schnell", rief sie und folgte ihm.

Außerhalb des Waldes war es hell genug, so dass Karen zumindest von hinten genauer sehen konnte, wie der Kerl aussah. Sein sonstiges Äußeres passte zu dem groben Gesicht, seine faltige, schnittlose Hose hing wie ein Sack an seinen Beinen, der gewalkte Pullover, den er trug, war steif und abgetragen, und seine Schuhe starrten vor Schmutz.

Sie kamen an sehr kleinen, alten Fachwerkhäusern vorbei. Die Fassaden der Gebäude wirkten schlicht und farblos. Daneben oder dahinter waren sorgfältig und geometrisch Gemüsegärten angelegt, umrahmt von einfach gezimmerten Zäunen. Merkwürdig war, dass sich zwischen den Häusern, große, unbebaute Lücken befanden. Es war, als wären dort stehende Häuser einfach verschwunden. Das Dorf machte irgendwie einen unheimlichen Eindruck.

Karen wollte hier nur so lange wie nötig bleiben. "Wir müssen jemanden anrufen!", versuchte sie, ihrem Vordermann zuzurufen. Aber der achtete nicht auf sie, sondern ging einfach weiter.

Am Wegrand, vor einem der Häuser, standen zwei Frauen. Beide trugen schwarze Kopftücher, Schürzen und weite Röcke aus grobem Leinenstoff. Die Größere der beiden war deutlich jünger. Die ältere, deren weiße Haare aus dem Kopftuch herausragten, hielt einen Weidekorb unter dem Arm.

Mit zusammengekniffenem Mund musterten sie Karen von Kopf bis Fuß. *Vermutlich Flüchtlinge aus Osteuropa*, beschloss sie. Der starre Blick der Frauen und ihre Unbeweglichkeit ließen Karen davor zurückschrecken, sie anzusprechen. Trotzdem war sie zunächst erleichtert, auf weitere Menschen gestoßen zu sein.

Ohne ein Wort sahen sie Karen nach, bis sie um eine Häuserecke verschwunden waren.

Sie bogen in eine weitere schmale Straße ein, die eher ein Feldweg mit tiefen Löchern war, dann standen sie auf einem großen, mit Kopfsteinen befestigten Dorfplatz. Die Kirche in der Mitte des Platzes war nicht sehr groß, machte aber einen viel gepflegteren Eindruck, als die übrigen Gebäude. Ein kleiner Turm und schmale, hohe Fenster ließen den Eindruck entstehen, dass sich einstmals die Baumeister viel Mühe gegeben hatten. Auffällig war auch der frische Anstrich, der sich vom Rest der Gebäude abhob und deutlich machte, dass sich die Dorfbewohner zumindest bei diesem Bauwerk auch jetzt noch viel Mühe gaben. Unmittelbar neben der Kirche war ein alter Friedhof, der von Pflanzen überwuchert war.

Sie überquerten den Platz, und Karen wunderte sich darüber, dass es hier weder Schilder noch Straßennamen gab. Im Grunde fehlte einfach alles, was einen geregelten Straßenverkehr ausmachte. Vor allem die Autos.

Während sie sich umsah, versuchte sie dem seltsamen Fremden aus dem Wald von hinten etwas zuzurufen. "Bitte warten Sie! Ich muss jetzt unbedingt telefonieren, wirklich! Ist das hier ein Museumsdorf oder was?" Doch dies war keine Vergangenheit, wie in den Texten über Wüstungen, die sie gelesen hatte; hier lebten offensichtlich Menschen. Hatten sich hier Obdachlose angesiedelt?

Der Waldschrat reagierte nicht. Ohne auf ihre Frage zu achten, zog er sie wieder am Arm, bis sie vor einem größeren, zweistöckigen Fachwerkhaus standen.

An der einfachen, hölzernen Tür zog er sich seine Kappe vom Kopf und klopfte mit dem großen Vogelkopf aus Metall, der am Holz befestigt war, gegen die Tür.

Die Schläge hallten über den ganzen Platz. Im Inneren des Hauses hörte man eine Treppe knarren, dann klapperte ein Schlüsselbund, und die Tür öffnete sich langsam.

Der Mann, der ihnen auf der steinernen Türschwelle gegenüberstand, war ziemlich groß. Karen schätzte ihn auf ein Alter Mitte dreißig.

Er war nicht ganz so beleibt wie ihr Entführer aus dem Wald, aber seine Kleidung war genauso ungewöhnlich grob gewebt und einfach geschnitten. Seine kurzen, an der Stirn sorgfältig gekämmten, hellbraunen Haare glänzten, und das Kinn war glatt rasiert. Mit zusammengezogenen Augenbrauen und verständnislosem Blick sah er Karen an.

Der Unbekannte aus dem Wald grunzte einige unverständliche Worte, und der Mann trat näher und berührte Karens Pullover am Arm. Nachdenklich rieb er den Baumwollstoff zwischen seinen Fingern.

Dann sah er zunächst in ihr Gesicht, dann in das des Waldmanns. Seine Miene bekam einen ärgerlichen Ausdruck. "Konrad, was hast du getan? Warst du wieder im Wald? Ich habe dir doch gesagt, dass du dort nichts mehr zu suchen hast!"

Der Andere antwortete nicht. Er hielt den Blick nur schuldbewusst auf den Boden geheftet. Seine ganze Haltung drückte eine Mischung aus Scham und Unbehagen aus.

Karen nutzte die Gelegenheit. "Ein Unfall! Im Wald, mit dem Auto! Wir sind irgendwie in einen Graben gerutscht!", versuchte sie alles mit schnellen, knappen Worten zu erklären "Ich brauche einen Abschleppwagen."

Spätestens jetzt erwartete sie, dass der Hausherr sie hereinbat und natürlich seine Hilfe anbot.

Aber nichts geschah.

Genau wie gerade im Wald, sah Karen wieder nur in ratlose, angespannte Augen. Sie wurde ungeduldiger; es würde bald stockdunkel sein und unmöglich den Ort, an dem Tina wartete, zu finden. Die Zeit lief ihr davon. Also schob sie ihre rechte Hand vor. "Karen Lendy. Können Sie mir helfen? Bitte!"

Endlich kam Bewegung in den Mann. Er lockerte sich und holte Luft. "Ja, ja, natürlich." Doch statt ihr seine Hand zu geben oder sie doch endlich hereinzubitten, kam er zu ihnen vor die Tür. Mit einer schroffen Handbewegung schickte er Karens wortkargen Begleiter weg und zog die schwere Tür hinter sich zu. Der andere setzte seine Fellmütze wieder auf und trottete langsam davon.

Sie gingen wortlos ein Stück nebeneinander. Scheinbar ohne Ziel. Dann waren sie auch schon auf dem großen Dorfplatz.

"Kommen Sie, Karen Lendy, setzen Sie sich zu mir", forderte er sie auf. Seine Stimme war ruhig und angenehm, sein Gang fast andächtig. Er blieb bei einer der grün gestrichenen Holzbänke vor der Kirche stehen und nahm Platz.

"Ich bin Hermann Brauer." Er schien zu überlegen, wie er weitersprechen sollte. Dann sah er sie an. "Die Brauers leben schon lange in diesem Ort; einer meiner Ahnen hat ihn vor langem mitbegründet und aufgebaut. Ich war hier Gendarm, sozusagen die Polizei", er zog die Stirn in Falten und nickte dann. "Bin es immer noch. Wahrscheinlich hat dich Konrad deshalb zu mir gebracht."

Karen wog kurz ab, sich zu ihm zu setzen, blieb dann aber doch lieber stehen. Es kam ihr unpassend vor, sich auf einer behaglichen Bank auszuruhen, während Tina auf Hilfe wartete. Außerdem spürte sie, wie sich ihr Körper gegen etwas wehrte, einen inneren Kampf, der ihr, wenn er nicht aufhörte, angeschwollene Schleimhäute und sogar Atemnot bringen würde. Es war fast wie in Davids Garten. Ihr würde nicht viel Zeit bleiben. Nicht nur aus diesem Grund ärgerte sie der Anblick des Polizisten, der ruhig und fast andächtig dasaß. "Ich muss zurück zum Wagen. Da ist noch eine Freundin, die auf mich wartet", fing sie deshalb wieder an und sah sich um.

Hier, mitten in diesem kleinen Ort, musste es doch jemanden geben, der helfen konnte. Aber da war niemand. Kein Mensch war auf diesem Platz, der doch wahrscheinlich der Ortsmittelpunkt sein sollte. Und das am frühen Abend.

"Kann ich endlich mal telefonieren?", versuchte Karen es wieder. Sie schüttelte verständnislos den Kopf und fragte sich inzwischen, ob Brauer die Wahrheit sagte. Wer sonst sollte helfen können, wenn nicht die Polizei? Und dieser Mann verhielt sich gar nicht wie ein Polizist.

Karen sah sich Brauer, der mit verschlossenem Gesicht auf der Bank vor ihr saß, genauer an. Seine ganze Haltung drückte eine unglaubliche Ruhe aus, und er zeigte kein Anzeichen von Verständnis für ihre Lage. Seine Miene blieb wie eingefroren.

Sie baute sich vor ihm auf. "Also sind Sie jetzt Polizist oder nicht?", schnauzte sie ihn an und ging ein paar schnelle Schritte auf ihn zu. "Dann tun Sie endlich was! Wir müssen Hilfe holen, telefonieren. Hat denn niemand hier ein Auto?"

Langsam, fast unmerklich, schüttelte Brauer den Kopf. Seine Worte waren mehr geflüstert als gesprochen. "Du solltest nicht dorthin zurückgehen."

Karen musste schlucken. So, wie er es sagte und seine Worte betonte, klang es wie eine Drohung. Sie sah ihn verständnislos an. "Was sagen Sie da? Ich soll mein Auto im Wald stehen lassen? Das können Sie doch nicht ernsthaft meinen!" Ihre Stimme überschlug sich. "Sie sollten sich mal bewegen, jemanden anrufen oder sowas!" Sie schnaubte auf. "Da sitzt noch eine Frau drin, die auf Hilfe wartet, haben Sie das nicht kapiert?"

Doch Brauer bewegte sich immer noch nicht. Er sah auf und zwinkerte in die letzten Sonnenstrahlen, die über den Horizont krochen. Dann verschränkte er seine Arme über der Brust, machte ein entspanntes Gesicht und sah sie wieder an. "Aber es ist dir nicht mehr möglich, ihr zu helfen."

Karen fühlte sich, wie vor den Kopf geschlagen. "Warum sagen Sie sowas? Das ist doch irre!"

Er zögerte. "Vielleicht", wog er dann mit seiner weichen Stimme ab.

Karen begann aufgeregt auf und ab zu gehen und spürte, dass es ihr schwerer fiel, zu atmen. Die zögerliche Art dieses Mannes war unbegreiflich. Es war offensichtlich, dass jede Anstrengung, ihn zu motivieren, sinnlos war. Aber welche Option war Aufgeben? Lange würde sie es ohnehin hier nicht mehr aushalten. "Ich brauche ein Telefon", beharrte sie deshalb und betonte jedes Wort. "Hat hier denn niemand ein verdammtes Telefon?"

Brauer sah nur gleichgültig auf die Kopfsteine des Platzes; es hatte den Anschein, als zähle er die Reihen. Dann, ganz allmählich löste sich seine Regungslosigkeit, und er sah auf. "Keines der Dörfer hat so etwas", sagte er. "Da muss man wohl in die Stadt. Und dort wird niemand von uns hingehen."

Sie schnaubte empört auf. "Aber warum? Was ist das hier für ein Ort? Das ist doch nicht normal! Telefone gibt es überall. Oder wenigstens einen Computeranschluss! Und wo sind die ganzen Leute? Wohnt hier denn niemand?"

Karen lief ein Stück über den Platz, drehte sich dabei einmal um die eigene Achse, suchte nach einem Zeichen, das ihr erklärte, was hier los war. "Das ist doch kein *Dorf*, das ist ein Witz!"

Sie rannte zum nächsten Haus, das in direkter Nachbarschaft zur Kirche stand. Schnell stieg sie die ausgetretenen Stufen aus grauem Stein hinauf und klopfte an die Tür aus rissigem Holz, nachdem sie an der Hauswand keine Klingel gefunden hatte.

Sie klopfte noch einmal, fester, dann hämmerte sie mit beiden Fäusten, so hart sie konnte auf die zweiflüglige Tür; sie schepperte in den Angeln. "Hallo!", rief sie und drückte immer wieder die altmodische, quietschende Klinke.

Doch niemand öffnete. Völlig aufgelöst und den Tränen nahe ließ sie sich fallen und setzte sich auf die oberste der Steinstufen. Sie fühlte sich grenzenlos hilflos, schlug die Hände vors Gesicht und wischte sich über die Augen.

Als sie wieder aufsah, bewegte sich jemand langsam über den menschenleeren Platz. Es war Hermann Brauer.

Er kam herüber und stellte sich auf das alte Pflaster unter ihr vor das große Fachwerkhaus. Mit ernster und teilnahmsloser Miene sah er sie an. Seine Arme hingen hilflos an den Seiten herunter. "Du kannst euch beiden nicht mehr helfen!", wiederholte er leise, aber eindringlich, und Karen überkam auf einmal das schreckliche Gefühl, dass er damit richtig lag.

Brauer sah hoch zum ersten Stock des Hauses, und er nickte jemandem zu, wie zum Gruß.

Dann hörte Karen das Zuschlagen eines Fensters über sich.

Brauer sah sie wieder an. "Dort wohnt der alte Gustav. Er wird dir nicht öffnen", sagte er und schob seine Hände in seinen Hosenbund. "Gustav verlässt niemals sein Haus. Es ist eines der ältesten hier. Seine Familie bewohnt es seit Generationen."

Brauers Blick wanderte wieder über den Platz. Er legte den Kopf schief und lächelte fast. "Dies ist ein kleines Dorf. In den wenigen Häusern wohnen wir schon lange, so gut es geht. Uns hält die Gewohnheit hier. Einer kann sein Haus einfach nicht verlassen, ein anderer glaubt, sein Vater kommt bald zurück. Eine Frau, Hilde, sucht immer noch ihr Kind in den Straßen. Und Konrad, der dich gefunden hat, glaubt, er muss immer wieder in den Wald gehen. Viel zu weit weg vom Dorf."

Brauer drehte sich und blickte hinüber zu seinem eigenen Haus. "Und ich muss meine Arbeit tun. Die Anstellung als Polizist ist mein Leben; ich bleibe, bis ich hier nicht mehr gebraucht werde."

So entspannt, wie er dastand, schien er alle Zeit der Welt zu haben, eingefroren in einer Zeitblase, die wohl keine Dimension und keine Richtung kannte. Nur seine Arbeit. In Karens Augen sinnlos, weil er ihr nicht helfen konnte. Gleichzeitig fühlte er sich aber scheinbar doch verantwortlich, denn er verließ sie nicht; das war ihm wohl Hilfe genug.

Wut packte sie angesichts seiner falschen Worte. "Vielen Dank auch für Ihre Mühe", rief sie ihm zu und sprang schnell die Stufen herunter. "Wissen Sie, was Sie sind? Sie sind Herr Brauer, die seltsamste, unfähigste Karikatur eines Polizisten, die es gibt. Mehr nicht."

Karen ging schnell an ihm vorüber. Im Gehen drehte sie sich noch einmal nach ihm um. "Ach ja. Und auf Ihre Hilfe verzichte ich gerne."

Sie rannte schnell über den Platz und ging in Gedanken die Möglichkeiten, die sie jetzt noch hatte, durch. Hier gab es zwar bis jetzt nur verschrobene Idioten, aber vielleicht hatte sie doch irgendwo Glück und fand Hilfe.

Sie blickte sich um. Straßen, leere Grundstücke, dazwischen einzelne oder zusammenstehende Häuser. Brauer hatte gesagt, jedes der Häuser sei bewohnt. Also ging sie zum erstbesten, das vor ihr stand. Es war bei genauerer Betrachtung noch älter und verfallener als die anderen. Die mit dicken Vorhängen verhängten Fensterchen machten den Eindruck, als verschanzten sich auch dort seine Bewohner, wie hinter Schießscharten, aber Karen ließ sich nicht abschrecken.

Als sie näher kam, sah sie, dass die schmale Haustür aus grobem Holz nur angelehnt war. Ein Windhauch ließ sie immer wieder leicht auf und zu schwingen.

Herrmann Brauer war ihr anscheinend gefolgt, denn Karen hörte ihn hinter sich etwas Unverständliches rufen. Nur die Worte *Nicht* und *Heraus* waren undeutlich zu verstehen, und er rief in einem regelrechten Befehlston. Es klang fast so, als ob er sie vor diesem Haus warnen wollte.

Natürlich kannte er jedes der Häuser hier genau und wusste sicher auch, was sie in genau diesem erwarten würde. Vielleicht ein Telefon?

Karen beschloss, nicht auf ihn zu hören; durch seine Untätigkeit hatte er sich in ihren Augen als absolut inkompetent erwiesen.

Also drückte sie die angelehnte Haustür vorsichtig auf und trat ein.

Vor ihr war es tiefdunkel und kühl. Außer einem Stückchen Holzfußboden war nichts zu erkennen, und es roch erdig, fast wie auf einem Acker nach einem Regenguss.

Entschlossen ging sie noch zwei Schritte, stand dann einen Augenblick still und wartete darauf, dass sich ihre Augen langsam an die Lichtverhältnisse im Inneren des kleinen Häuschens gewöhnten. Karen wartete lange, aber es blieb stockdunkel.

"Hallo!", rief sie unsicher, hob instinktiv tastend ihre Hände hoch, während sie vorsichtig weiterging.

Mit kleinen Schritten hoffte sie auf eine Wand, einen Lichtschalter oder etwas Ähnliches zu stoßen, als plötzlich, mit einem lauten *Rumms*, die Tür hinter ihr zuschlug.

Karen wandte sich erschrocken um. Sie verlor fast augenblicklich die Orientierung. Angestrengt kniff sie die Augen zusammen und versuchte eines der kleinen Fenster, die sie von außen gesehen hatte, ausfindig zu machen. Sie mussten von innen zugenagelt sein, denn es drang tatsächlich nirgends auch nur der kleinste Lichtschein herein. Der Abwehrkampf ihres Körpers hatte inzwischen eine neue Dimension erreicht. Ihre Augen tränten, und das Jucken am ganzen Körper bereitete ihr deutliches Unwohlsein. Sie durfte nicht hier bleiben, keine Minute mehr.

Als sie wieder einen Schritt ging, merkte sie, dass der Boden unter ihr kein gewöhnlicher Holzfußboden mehr sein konnte. Er gab bei jedem ihrer Schritte merkwürdig weich nach.

Plötzlich hörte sie, wie sich etwas leise hinter ihr bewegte. Es war ein schleifendes Geräusch, dem der Aufprall eines schweren Gegenstandes folgte.

Karen schrie kurz auf und schlug um sich, stolperte und fiel nach vorne auf ihre Knie. Auf etwas Nasses, Schlammiges, breitete sich schnell auf ihrer Hose aus. Es kroch im Stoff immer höher. Als sie sich schnell wieder aufrichtete, merkte sie, wie ihre Beine vor Angst zitterten.

Karens Hände, mit denen sie sich beim Fall abgestützt hatte, waren bedeckt von einer schmierigen Masse.

Angewidert wischte sie sie an ihrer sowieso schon schmutzigen Hose ab.

Da krachte etwas hinter ihr laut auf Holz. Jemand schlug anscheinend hart mit der Faust gegen die Haustür.

Dann folgte wieder Stille.

Unvermittelt überkam sie panische Angst. Dabei war es weniger diese völlige Finsternis, die sich wie ein Tuch über sie gelegt hatte, als die schrecklichen Geräusche, die jetzt unmittelbar neben ihr zu hören waren.

Zuerst vorsichtige, leichte Schritte, dann ein Atmen, wie von einer, vor Kälte zitternden, Person.

Vorsichtig, um einen möglichst großen Abstand zwischen sich und dem Atmen zu bekommen, ging sie weiter, und es war, als laufe sie über eine hohe Wiese oder ein Feld, und manchmal strichen sogar etwas wie lange Halme über ihre Hände.

In diesem Haus gab es anscheinend auch keine Zwischenwände, denn sie war jetzt sicher schon viele Meter mit tastend suchenden Händen gegangen und hatte noch keinen Widerstand gefunden. War sie im Kreis gelaufen?

Da war ein leises Hecheln, schnell und fiebrig. Der Atem streifte ihren Hals, und ein Schauer lief ihr über den Rücken.

"Hallo, ist dort jemand", flüsterte sie und blieb stehen. Sie bekam tatsächlich eine Antwort. Es war ein Schluchzer, so leise und unterdrückt dahin gehaucht, dass sie kurz überlegte, ob er tatsächlich von einem menschlichen Wesen stammen konnte.

"Bitte!", versuchte Karen es wieder vorsichtig und merkte, wie ihre Stimme anfing zu zittern. "Ich wollte Sie nicht stören. Können Sie nicht Licht machen?"

Das Schluchzen wurde lauter. Es klang weiblich, irgendwie weich und hoch und ließ sie jäh zusammenzucken. Gleichzeitig hörte sie weiter entfernt ein Kratzen und Klopfen auf Holz. Vielleicht versuchte dort jemand, eine Tür zu öffnen.

"Hier! Ich bin hier!", rief sie und lief, so schnell sie konnte, in die Richtung, aus der die Geräusche kamen. Ihr war es inzwischen egal, ob sie mit einem Hindernis zusammenstoßen könnte.

"Mama!", rief plötzlich die Stimme eines Kindes, ganz nahe neben ihr.

So, wie es klang, musste es sehr klein sein und unendlich viel Angst haben. Ein weinerliches Schluchzen folgte.

Hier schien ein Mädchen nach seiner Mutter zu suchen.

Karen erfasste sofort Mitgefühl mit diesem hilflosen Kind und eine Ahnung, dass hier gerade etwas unglaublich Schreckliches passieren musste. Gleichzeitig kroch die Angst in ihr hoch, dieses Haus niemals wieder verlassen zu können.

Sie nahm all ihren Mut zusammen. "Hallo", sagte sie mit unsicherer Stimme und fing wieder an, die dunkle Umgebung abzutasten. "Kann ich dir helfen? Wo bist du?"

"Mama!", weinte es wieder mit bebender Stimme durch die Dunkelheit, diesmal mit drängenderem Ton. Ein herzzerreißendes Schluchzen durchbrach die Stille. Dann folge ein schriller, entsetzlicher Schrei.

Karen stolperte wieder blindlings los. So fand sie endlich doch eine der Wände des Gebäudes. Das zuerst unregelmäßige Klopfen war in ein lautes Hämmern übergegangen, und plötzlich zerriss ein heller, blendender Spalt ein paar Meter neben ihr das Dunkel. Dort drückte jemand mit viel Mühe eine klemmende Tür auf.

Karen schob sich durch den Spalt, durch den sich schon ein schmaler Streifen Licht auf dem Boden vor ihr abzeichnete.

Brauer stand vor ihr. Er sah an ihr herab und seine Augenbrauen waren verärgert zusammengezogen. "Was denkst du dir und gehst in dieses verdammte Haus? Warum hast du nicht auf mich gehört?", fragte er mit vorwurfsvollem Ton und zog die schwerfällige Tür wieder zu. Dabei achtete er darauf, dass sie nur leicht angelehnt blieb.

Karen atmete schnell und kämpfte gegen die Panik an.

Der Polizist baute sich vor ihr auf und sah sie immer noch anklagend an. "Da geht man nicht rein. Niemals."

Karen blinzelte in sein Gesicht. "Was, um Himmels willen, passiert da drinnen? Da ist doch ein kleines Mädchen, das braucht Hilfe!", rief sie und ging noch einige Schritte weiter von der Tür weg.

Brauer musste den Vorwurf in ihrem Blick bemerkt haben, sagte aber nichts. "Warum hilft niemand diesem Kind?", fragte sie wieder.

"Dies war Elsas Zuhause. Wir haben dort nichts verloren."

"Das Mädchen? Dieses weinende Mädchen? Es heißt Elsa?"

Brauer schüttelte den Kopf. "Nein. Das ist eine von Elsas Töchtern. Elsa selbst hat seit sehr langer Zeit das Haus nicht mehr betreten."

"Aber die Kleine braucht doch Hilfe. Sie ruft nach ihrer Mutter. Wo ist die?"

Wortlos sah Brauer sie an, und sie bemerkte zum ersten Mal in seinen Augen, wie er scheinbar mit sich kämpfte. "Das verstehst du nicht", sagte er. "Und das ist auch nicht deine Sache. Elsa ist eine gute Mutter. Sie liebt ihre Kinder über alles. Aber sie wird niemals wieder dieses Haus betreten." Er drehte sich um und gab Karen mit einem Kopfnicken zu verstehen, ihm zu folgen. "Komm einfach mit. Dann zeig' ich dir, was ich meine."

Während sie hinter ihm über die Wiese in den kleinen Garten ging, der auf der Rückseite des Gebäudes war, versuchte sich Karen vorzustellen, wie im Inneren dieses alten Hauses im Dunkeln ein kleines Mädchen hilflos nach seiner Mutter rief. Dabei fragte sie sich, warum es nicht wie sie durch die angelehnte Tür heraus kam. Wie konnte es sein, dass das nicht möglich war?

Hinter dem Haus, in der tiefen Dämmerung kaum zu erkennen, saß eine Frau auf einer Holzbank. Ob dies wohl Elsa war? Ein Blick Brauers deutete das jedenfalls an. Als sie näher kamen, sah Karen, dass die Frau noch nicht sehr alt war. Höchstens dreißig, aber ihr hübsches Gesicht sah traurig und müde aus. Der Glanz ihrer Augen war gebrochen. Dabei blinzelte sie hin und wieder, sah sich scheinbar das Gestrüpp am Weg an und schien in ihren Gedanken weder von Brauer noch von Karen Notiz zu nehmen.

Karen hatte noch nie jemanden gesehen, der so abwesend schien. Es war, als wäre das, was diese Frau einmal ausgemacht hatte, für immer verschwunden. Eine leere Hülle war übrig geblieben.

Der Polizist näherte sich langsam der Bank, blieb aber sofort stehen, als die in sich Versunkene den Kopf hob und ihm in die Augen sah. Etwas in ihrem Blick hielt ihn auf. Er nickte ihr fast unmerklich zu, und die Frau, die er Elsa genannt hatte, sah wieder zu Boden.

Brauer drehte sich zu Karen um und ging an ihr vorbei zurück zum Dorfplatz.

Karen folgte ihm, und als sie angekommen waren, begann er zu erzählen. "Das ist Elsa. Sie war in dieser furchtbaren Nacht, als alles zu Ende ging, drüben, auf dem Platz vor der Kirche. Und sie kam zu spät. Sie konnte nichts mehr für die ihre Kinder tun. Sie kamen elendig um. Sie selbst folgte ihnen nur einige Tage später. Anfangs hat sie noch versucht, das Haus zu betreten. Es ist ihr Haus, dort gehört sie hin. Aber als sie die Stimmen ihrer Kinder hörte, wusste sie, dass sie das nicht würde aushalten können. Kinder, denen sie doch nicht helfen konnte. Nun ist ihr Platz hinter dem Haus, auf dieser Bank im Garten, und auf diese Art fühlt sie sich ihnen nahe genug."

Karen fand das, was Brauer erzählte, kaum erträglich. Was ist das für ein Ort? War all dies nur ein Traum? Sie hatte jetzt genug. Dieser Mann würde ihr keine Hilfe sein. Sie wusste, wenn sie wirklich etwas erreichen wollte, musste sie dieses verfluchte Dorf mit seinen wahnsinnigen Bewohnern so schnell wie möglich verlassen.

Karen drehte sich um und lief über den Platz, den Weg zurück, den sie gekommen war. Kurz warf sie noch einen Blick zurück und sah Hermann Brauer, wie er ihr nachsah. Doch als sie nach zwei Abbiegungen wieder am Waldrand angekommen war und nur noch ein Haus zwischen ihr und den Bäumen stand, sah sie ihn wieder.

Der Polizist saß vor ihr auf einem umgestürzten Baum und schien sie schon seit Längerem zu erwarten.

"Du weißt nicht, was in diesem Wald auf dich wartet", sagte er. „Das erkenne ich daran, was du sagst. In der Volksschule habe ich gelernt, dass wir nach Wissen streben sollen, möglichst viel lernen. Dabei ist es bisweilen besser, nichts zu wissen. Du kannst alles verlieren, dich verlieren." In seinem Blick lag etwas Unversöhnliches. "Ich habe dir doch von all den Menschen erzählt, die von uns gegangen sind; selbst ihre Häuser sind nicht mehr da. Und es kam niemals einer wieder hierher zurück. Nie."

Karen begann zu verstehen. Dieser Mann wollte andeuten, dass diese Menschen und sogar er selbst, gar nicht existierten. Meinte er im Ernst, sie würde so einen Mist glauben?

Sie merkte, wie sich Angst vor diesem Brauer in ihr breit machte. Sie war sich plötzlich sicher, dass er sie hinhalten wollte, und wenn er Erfolg hatte, würde etwas Schreckliches geschehen.

Brauer hatte sich inzwischen langsam erhoben und war schon einige Schritte auf Karen zugegangen. Sein unbewegter Blick hatte einen melancholischen und dennoch harten Zug.

Sie stolperte rückwärts. Inzwischen hatten sich die körperlichen Symptome ihrer Allergie wieder etwas gebessert. „Sie werden mich nicht zurückhalten, auch wenn Sie Polizist sind!", rief sie. „Sie können mir folgen, das kann ich nicht verhindern. Aber ich gehe auf jeden Fall! "

Er war schon ganz nahe, und Karen fürchtete schon, er würde sie packen.

Sie wich ihm aus, machte einen Schritt zur Seite und lief schnell noch die letzten Meter bis zum Waldrand. Dann tauchte sie ins Dunkel der Äste und Blätter und rannte den schmalen Waldweg, den sie gekommen war, entlang. Kurz bevor sie die erste Biegung erreicht hatte, drehte sie sich im Laufen noch einmal um und sah, dass Brauer tatsächlich am Dorfrand stehengeblieben war.

Er stand dort in der Dämmerung und sah ihr nach, so still und unbeweglich, als hätte er vor, sich niemals wieder zu bewegen.

Karen rannte schnell weiter, tiefer in den Wald hinein. Sie musste versuchen, den Waldweg wiederzufinden, den Weg zu Davids Haus.

Aber der befestigte Weg endete unvermittelt und sie trat auf weiche Pflanzen und einen moosigen Untergrund. Das grüne Dickicht aus Gewächsen und abgestorbenem Holz, das sich vor ihr ausbreitete, nahm einen schimmernden Glanz an, und das Licht des aufgehenden Mondes, das sich spärlich durch die Äste einen Weg bahnte, gab der Umgebung eine unwirkliche Aura. Die Angst, nun völlig die Orientierung zu verlieren, gewann in Karen immer mehr Raum. Sie sah über sich die Baumkronen und versuchte, den Himmel zu entdecken, aber durch das dichte Blätterdach war das völlig unmöglich. Also beschloss sie, den Rand des Waldes zu suchen, das ständige Gefühl mit sich tragend, Brauer könnte hinter ihr sein und sie berühren. Zweige schlugen ihr gegen Arme Beine und Gesicht.

Einige Äste hatten sich an ihrem Arm verfangen. Wann war das passiert? Beim Entfernen riss sie sich an mehreren Stellen die Haut auf. Als sie schon längst die Hoffnung verloren hatte, diese Nacht noch aus dem Wald zu kommen, erkannte sie nicht weit vor sich das Licht einer starken Lampe.

Da war jemand, der offensichtlich suchend durch den Wald streifte. Der Mann trug einen orangefarbenen Anzug und winkte, als er Karen entdeckt hatte. "Ich hab jemanden gefunden!", rief er hinter sich und drehte sich wieder zu ihr um. "Ist das Ihr Wagen, da hinten im Graben?" Jemand musste den Unfall entdeckt haben!

Als sie näher kam, sah Karen, dass hinter den Mann noch jemand auftauchte. Es war Luis. Er stand etwas erhöht auf der Straße, die sie so lange gesucht hatte. Die Hände in seinen Taschen vergraben, sah er ihr entgegen, als sie zu ihm hochstieg. "Sie hatten Ihre Mappe vergessen", erklärte er ihr lächelnd, als sie vor ihm stand. "Als ich sie im Wohnzimmer entdeckt hab', habe ich mir den Autoschlüssel geschnappt und wollte Ihnen hinterherfahren. Da fand ich Ihren Wagen. Sie haben mir einen ganz schönen Schrecken eingejagt. Ich hab natürlich sofort den Abschleppwagen g..."

„Wo ist Tina“, unterbrach ihn Karen.

"Tina? Ehrlich gesagt ging ich davon aus, sie sei bei Ihnen. Beim Auto war sie jedenfalls nicht. Ich bin die Straße in beiden Richtungen abgefahren, und als Sie nirgends waren, hab ich mir gedacht, dass Sie vielleicht jemanden angerufen haben." Er sah sie an, als hätte er ein Problem. "Was wollten Sie denn dahinten im Wald?"

Karen wurde rot. Als hätte man sie beim Lügen erwischt. "Oh", sagte sie, "Ich meinte, ich hätte jemanden gesehen, der mir helfen könnte."

Ihr unheimliches Erlebnis mit dem Dorf verschwieg sie. Auch, wenn es Dinge gab, die sie nicht vergessen konnte.

Etwas hatte sie in Elsas Haus berührt. Und sie hatte das Gefühl, dass dieses sehr Fremdartige ihr sagen wollte: Halte dich fern von mir.

Karen versuchte, es zu verdrängen. Aber wo zum Teufel steckte Tina?

Ein Verdacht

Niederod, 12.Oktober

André sah Karen mit diesem Blick an, den sie gar nicht an ihm mochte. Aufmerksam. Zu aufmerksam.

Sie ertappte sich dabei, dass sie bei jedem ihrer Worte abwog, ob es falsch war, sie zu sagen.

Er legte seine Hände auf die Oberschenkel und nahm eine aufmerksame Haltung an, fast als hätte er Angst etwas zu verpassen.

Karen hatte es sich auf dem Sofa bequem gemacht und wünschte sich, er ginge bald wieder. Tatsächlich versuchte sie sich an das letzte Gespräch mit Tina, kurz bevor sie gegangen war, zu erinnern. Eigentlich hätte sie doch im Wald auf Karen warten müssen. Wieso war sie ohne jegliche Nachricht verschwunden? Nach dem Besuch bei Davids Enkel Luis hatte sich Tina in jeder Beziehung seltsam benommen. Karen gab es auf, und als André sich räusperte und versuchte ihren Blick einzufangen, sah sie ihn an. "Es geht mir gut!", versuchte sie ihn zu beruhigen und bereute zum hundertsten Mal, ihm von ihrem kleinen Unfall im Wald erzählt zu haben. Dass er sie ständig ansah, als sei sie sterbenskrank, störte sie. "Es ist ja nichts passiert!"

"Nichts?", wiederholte er und sah sie ungläubig an. "Du hättest dir das Genick brechen können! Und dein Auto ist jetzt total verdreckt, und kaum noch zu gebrauchen."

"Quatsch! Wir sind eher in den Graben gerollt als gefahren. Der Wagen steht unten vor der Tür, da ist alles okay, du hast ihn doch gesehen. Das bisschen Erde wird ihm schon nicht schaden."

André hob seine Brauen. "Du steigerst dich da in was rein! Merkst du das nicht?" Er schüttelte den Kopf und schnaufte auf. "Fährst zu einem Psychologen, der Marcs Bekannten kennt. Um wie viele Ecken denkst du eigentlich? Irre!"

Karen sah ihn an. "André …", begann sie in gereiztem Ton, lehnte sich zurück und schob ihre Hand vorsichtshalber unter den Kopf, unerreichbar für ihn. "Ich hab´s dir doch erklärt. Dieser Mann hatte Streit mit Marc und ist seit über einer Woche spurlos verschwunden. Da läuft was mit einer Pflanze, die Marc in seinem Garten angebaut hat. Und dieser verschwundene Alex hängt da mit drin. Vielleicht hat all das mit Drogen zu tun. Und dass ich mit seiner Angestellten Tina zu diesem Waldpsychologen gefahren bin, war nur sowas, wie ...", sie suchte nach Worten, "ja, so etwas wie die Chance, einen Zusammenhang zu finden. Eine Gemeinsamkeit, die die beiden vielleicht hatten.

André schnaubte entrüstet auf. "Das mit Marc und Drogen kannst du vergessen. Und was soll das mit dieser Tina?", fragte er, und sie merkte, dass er gerade eine Linie überschritt. Zwischen nachbarlicher Besorgnis und unangebrachter Neugier. Sie hatte das Gefühl, sich rechtfertigen zu müssen, obwohl er kein Recht dazu hatte, so etwas einzufordern. Trotzdem antwortete sie ihm.

„Die Frage ist eher, *wo* ist sie? Warum hat sich nicht beim Wagen auf mich gewartet? Ich habe nun schon ein paarmal erfolglos versucht, sie zu erreichen. Ich denke, sie liebt diesen Alex und versucht, ihn auf eigene Faust zu finden."

Karen setzte sich aufrecht hin und blickte André fest in die Augen. "Danke, dass du dir Sorgen machst!", sagte sie, versuchte einigermaßen sachlich zu klingen, merkte aber, wie es misslang. Ihr Umgang miteinander war mittlerweile auf einem Tiefpunkt angelangt, und Worte führten zu schnell zu Eskalationen. "Aber das reicht jetzt. Ich fahre weg, mit wem ich will!"

André sah sie mit einem Blick an, der seine Zweifel mehr als deutlich machte. Er sah das offensichtlich anders. "Mit dem Ergebnis, dass deine Schrottkiste jetzt noch ein bisschen schrottiger ist. Prima!"

"Ich fand es eigentlich sogar ganz spannend", sagte sie und musste fast lachen, als sie seinen skeptischen Blick sah.

"Spannend? *Wie*, spannend? Deine Fahrt durch den Graben?" Er verdrehte die Augen. "Um Gottes willen!"

Karen legte den Kopf schief und lächelte. "Nein, ich meine den Spaziergang durch den Wald." Über das unheimliche Dorf und ihre Ängste wollte sie mit André lieber nicht reden.

Sein Blick wurde weich, er schien selbst zu merken, dass er eine Grenze überschritten hatte. Er sah nach ihrer Hand, die er wahrscheinlich lieber drücken, als mit ihr streiten würde. Sein hilfloses Gesicht nervte sie. "Okay", sagte er, "du musst aber zugeben, dass du es etwas übertreibst. Es geht ja schon seit Wochen nur noch um Marc, eigentlich schon seit dem Winter. Was anderes gibt´s doch gar nicht mehr für dich!"

Er sah sie ernst und besorgt an. "Ich hab' ja kapiert, dass dich das alles beschäftigt und dass euer enges Verhältnis dir wahrscheinlich auch keine andere Wahl lässt. Aber wenn du selbst davon krank wirst, ist das nicht in Ordnung."

Karens Miene blieb trotzig. Sie wollte eigentlich etwas Gegenteiliges erwidern, einen Zusammenhang mit Marcs Koma und ihrem kleinen Unfall im Wald ausschließen, aber gleichzeitig wusste sie, dass Andrés Meinung darüber wahrscheinlich schon feststand. Und auf sinnlose Diskussionen hatte sie im Moment keine Lust. Sie musste nachdenken. Und zwar allein. Also setzte sie sich brav auf, schlug die Beine übereinander und lächelte ihn an. "Ich möchte nicht, dass du dich da einmischst, ja? Es geht mir prima."

André wollte das nicht akzeptieren. "Ich kann meine Wochenendtermine verschieben", schlug er vorsichtig vor, und sie hörte an seiner Stimme, wie unangenehm ihm das Thema sein musste.

Der Job war eines der wichtigsten Dinge in Andrés Leben, gleich nach den Autos. Dass er ihr anbot, hierzubleiben, war ihr fast unangenehm. Sie wollte nicht, dass er sich irgendwelche Hoffnungen machte.

Er lächelte sie an, aber sie merkte, wie er gleichzeitig mit sich rang. "Morgen und übermorgen. Ist zwar bisschen umständlich, aber ich sag' einfach alles ab, wenn du möchtest. Es gibt da einen Kollegen, der kann das genauso gut machen."

Sie schüttelte den Kopf, nahm das Glas Wasser und trank einen Schluck. Das Letzte, was sie sich wünschte, war, dass André das ganze Wochenende rund um die Uhr auf sie aufpasste. "Ich bin in Ordnung, das siehst du doch. Was bringt es, wenn du dich in deiner Wohnung langweilst, und gleichzeitig wirst du bei deinen Meetings gebraucht?"

Er erwiderte nichts, man sah ihm aber an, dass er nachgab. Dabei deutete er auf Karens Handy, das am Rand des Tisches lag. "Versprich mir aber, dass du einfach anrufst, wenn es ein Problem gibt. Sofort!" Er wechselte das Thema. „In ein paar Wochen ist Urlaubszeit. Dann werden wir sehen", sagte er, und sie hörte heraus, dass er damit wahrscheinlich noch nicht alles gesagt hatte. Sie hoffte, er hatte sie nicht noch einmal in seine Urlaubsgeschichten eingeplant. Das würde sie nicht aushalten. Trotzdem lächelte sie ihn an. "Ich denke, das Wochenende wird mir gut tun. Ich ruhe mich richtig aus und kuschle auf dem Sofa."

Als sie sah, wie sich auch Andrés Mund zu einem Lächeln verzog, wusste sie, dass sie gewonnen hatte. Er würde sie nun hoffentlich mit seinen Ratschlägen in Ruhe lassen. Zumindest eine Zeit lang. Also lehnte sie sich gemütlich ins Kissen zurück und schloss die Augen.

"Du bist müde. Stimmt's?", kam prompt die Frage von ihm.

Karen nickte. "Ein bisschen." Sie versuchte, ihrer Stimme ein Gähnen zu unterlegen.

André erhob sich vom Sessel, kam zu ihr herüber, und es sah aus, als wolle er ihr einen Kuss auf die Wange geben.

Kurz davor hielt er sich aber zurück und räusperte sich verlegen. "Na, dann lasse ich dich ausruhen. Wenn du mich brauchst, komm einfach rüber. Oder ruf mich an“, wiederholte er.

Sie sah ihm nach, als er zur Tür ging, und zwinkerte ihm zu, als er sich nochmal zu ihr umdrehte. Dann hörte sie, wie er leise die Wohnungstür hinter sich zuzog. Sie atmete auf, genoss die plötzliche Stille und zog sich die Decke um die Schultern. Als sie sich auf dem Sofa ausstreckte und die Augen schloss, gingen ihr die Erlebnisse aus dem Dorf durch den Kopf. Das, was geschehen war, konnte nicht real gewesen sein, und war eigentlich nur durch einen Schock nach dem Unfall zu erklären.

Sie setzte sich auf und versuchte, die Eindrücke zu verscheuchen. Langsam strich sie mit der Hand über die Stelle an ihrer Schulter, an der Brauer sie berührt hatte. Hatte André recht, wenn er davor warnte, sich zu sehr in absurde Nachforschungen zu verwickeln? Witterte sie bei Marc, nur aus der Hoffnung heraus im zu helfen, Verbindungen, die es gar nicht gab? Bildete sie sich nur ein, dass diese Tina eine Hilfe sein könnte, das Rätsel seiner Krankheit zu lösen?

Karen war nahe daran, aufzugeben. Sich sinnlosen Spinnereien hinzugeben, passte eigentlich nicht zu ihr. Sie beschloss, ein letztes Mal, Tina anzurufen. Nachdem sich aber wieder nur ihre Mailbox meldete, nahm sie sich vor, am kommenden Tag zuerst zum Betrieb, und wenn sie auch dort nicht aufgetaucht war, zur Polizei zu gehen. Auch wenn die Geschichte, die sie den Beamten zu erzählen hatte, sehr hergeholt klingen musste.

Am nächsten Tag war der Himmel grau und wolkenverhangen. Karen erwachte schon früh, sie hatte nicht richtig schlafen können und die halbe Nacht über das Erlebnis im Wald nachgedacht.

Sie schwang ihre Beine aus dem Bett, duschte und zog sich an.

Es war Wochenende. Genug Zeit, sich Gedanken zu machen. Über Marc. Und über eine Seite ihres Bruders, die sie anscheinend nicht kannte.

In der Küche aß sie schnell einen Toast und trank Kaffee. Dabei zerbrach sie sich wieder den Kopf darüber, was der Therapeut mit Alex´ Verschwinden oder Marcs Koma zu tun haben könnte. Und mit dem Allergieanfall, den sie bekommen hatte. Irgendwas musste passiert sein. Etwas, das diese Überreaktion ausgelöst hatte.

Karen überlegte und ging in Gedanken noch einmal den Besuch durch. Das alte Haus, der Teich und Davids Enkel Luis und seine außergewöhnliche Selbstsicherheit fielen ihr ein, die Art, wie er am Fenster gestanden hatte. Sie hatte Kaffee getrunken. Oder war es Tee? Hatte Luis ihnen etwas verabreicht? Das würde zumindest ihr Erlebnis im Wald erklären. Vielleicht gab es einen Zusammenhang mit der Pflanze und einer halluzinogenen Droge, und alles war doch kein Schockerlebnis nach einem Unfall? Dann waren Tina und sie in Gefahr, weil sie an etwas rührten, das unerkannt bleiben möchte.

Sie nahm ihr Handy und tippte eine Nummer ein. "Himmels!" klang es unfreundlich aus dem Telefon.

Karen wusste schon, dass Ullrich es nicht mochte, bei seiner Arbeit gestört zu werden, deshalb versuchte sie, sich kurz zu halten. "Hier ist Karen."

Sie hörte, wie er umständlich den Hörer von einer Hand in die andere wechselte.

"Oh, hallo Karen. Der Ast!", er räusperte sich, und Karen wusste, dass er wahrscheinlich nach Worten suchte, die sie verstehen würde, nach Begriffen, die ihr Wissen nicht überforderten. "Ein ganz außerordentliches Pflänzchen. Es stammt ganz sicher nicht aus Europa, vielleicht eher vom amerikanischen Kontinent oder Asien.“ Er klang plötzlich nicht mehr eilig oder verärgert, sondern hörte sich wacher und interessierter an.

„So, wie es aussieht, kann es sehr tiefe Temperaturen überstehen und sogar auf kargen Böden wachsen. Eine genaue Bestimmung war aber noch nicht möglich."

Karen war enttäuscht. "Okay", sagte sie zögerlich und ärgerte sich darüber, der Sache so viel Bedeutung zugemessen zu haben. "Dann ..."

„Hey!", unterbrach er sie. "Ist dir gar nicht klar, was das bedeutet? Diese Pflanze gibt es offiziell wahrscheinlich gar nicht. Immerhin habe ich hier Zugriff auf ein weltweites Netz zur Bestimmung von Pflanzen. Das wird manchmal sogar kriminologisch beim Vorhandensein kleinster Reste genutzt. Ich muss unbedingt wissen, woher du sie hast, mehr noch, ich muss sie unbedingt sehen. Wir machen gerade eine DNA-Sequenzierung, um die Verwandtschaftsverhältnisse genau zu bestimmen."

Er murmelte etwas in den Hörer, verlor scheinbar den Faden. "Aber das Interessanteste kommt noch. Sie verfügt über eine Fähigkeit, die mir in meinem wissenschaftlichen Leben bisher noch nicht untergekommen ist. Und ich hab schon eine Menge gesehen, das kannst du mir glauben!"

"Eine Fähigkeit?", wiederholte Karen ungläubig. "Was meinst du damit?"

"Kannst du einfach vorbeikommen?“, drängte er, ohne zu antworten. „Ich würde dir die Ergebnisse gern persönlich zeigen. Es ist wirklich so unglaublich, dass ich es zuerst für einen Fehler meinerseits gehalten habe."

Karen merkte an ihrem Puls, wie sich die Erregung in Ullrichs Stimme auf sie übertrug. "Jetzt gleich?", bot sie an.

Eine Stunde später saß sie in Ullrichs Büro und sah sich die Ausdrucke an, die er vor ihr auf seinem Schreibtisch ausbreitete.

"Sieh mal", erklärte er in einem Ton, der klang, als gäbe er eine Nachhilfestunde. Er zog umständlich ein Papier aus dem Stapel. "Dies sind die Werte, die ich gestern ermittelt habe. Deine Pflanze enthält Mitochondrien und ein Zellskelett. Die Vermehrung erfolgt sowohl ungeschlechtlich durch Sporen und Pollen und möglicherweise auch durch Bildung neuer Knollen, als auch geschlechtlich durch Mischung. Das will heißen, wenn diese Pflanze erst mal irgendwo Fuß gefasst hat, bekommst du sie schlecht wieder weg, da sie ein großes Spektrum an Vermehrungsmöglichkeiten besitzt. Die Größe der Sporen variiert ungewöhnlich heftig. Das geht bis in den Nanobereich rein und könnte heftige allergische Reaktionen zur Folge haben."

„Was glaubst du?", fragte Karen. „Sind die Sporen halluzinogen, können sie Krankheiten auslösen?"

Er spitzte nachdenklich den Mund. "Das könnte schon sein, da die Nanosporen über die Hautoberfläche direkt in den Blutkreislauf eindringen können."

Hoffnung keimte in Ihr auf. Vielleicht hatte sich Marc an der Pflanze, bei dem Versuch sie als Droge zu nutzen, vergiftet. Dann ließe sich jetzt vielleicht eine Möglichkeit finden, seinen Zustand in den Griff zu bekommen.

„Über die Wirkungen können wir aber im Moment nur spekulieren, weil der Ast, den du mitgebracht hast, nicht ausreicht, um weitergehende Aussagen zu machen. Was aber jetzt schon klar ist, ist die Tatsache, dass die Emission von Sporen alles übersteigt, was mir in dieser Hinsicht bisher begegnet ist. Merkwürdig ist auch die fraktale Struktur der Pollen, die sich immer wieder bis auf molekularer Ebene wiederholt."

Karen verstand nicht, was er meinte und sah ihn ungläubig an. "Fraktale Struktur? Wovon redest du?"

Ullrich verzog sein Gesicht, und man sah, wie er versuchte, die passenden Worte zu finden. "Ich meine, dass sich die Oberfläche in sich selbst immer wiederholt, auch wenn ich immer genauer hinsehe, sehe ich das Gleiche. Damit wird die wirksame Oberfläche enorm vergrößert und kann in verschiedenen Bereichen im Organismus Wirkungen hervorrufen."

„Und was hat das für einen Sinn Ullrich? Was willst du damit sagen?" Das alles klang merkwürdig, und Karen fragte sich, warum es den Streit um die Pflanze gegeben hatte. Kannte Marc die Wirkung?

„Sieh mal, praktisch alle Pflanzen haben im Laufe der Evolution sehr wirkungsvolle Mechanismen entwickelt, um sich vor Fressfeinden zu schützen. Das geht teilweise so weit, dass Tiere in ihrem Verhalten beeinflusst werden, indem sie deren Fressfeinde angreifen", erwiderte Ullrich.

Karen musste wieder an den Streit der beiden Männer denken. „Kann ein Mensch durch eine Pflanze beeinflusst werden?" Karen fragte sich, ob sich Marc absichtlich der Wirkung der Pflanze ausgesetzt hatte. Oder unabsichtlich.

„Das ist bisher nicht bekannt, aber durchaus vorstellbar. Immerhin wissen wir ja, dass Drogen und andere Stoffe menschliches Verhalten beeinflussen können. In der Regel ist das reparabel, wenn man diesen Stoffen nicht mehr ausgesetzt ist. Aber es gibt auch viele Fälle, bei denen es zu bleibenden Schäden auch nach dem Absetzen der Stoffe kommt, unter anderem in Form von Flashbacks. Die Wirkung der Droge hat sich hier förmlich in den Verstand eingebrannt."

Angst um Marc stieg in ihr auf. "Was denkst du?", fragte sie leise. "Kann man Marc überhaupt noch helfen?"

Ullrich zuckte mit den Schultern, und Karen ärgerte sich darüber, mit welcher Unbekümmertheit er darüber sprach. "Sieh es als Krankheit, mit der er sich angesteckt hat. Ein Gegenmittel wäre gut, aber dafür wissen wir noch zu wenig."

Karen hakte nach. „Bitte, was könnte Marc helfen? Es muss doch etwas geben!“

Ullrich sah sie ratlos an. Dann hob er die Brauen. "Du weißt doch, wo sie wächst?", fragte er, und es klang eher wie eine Feststellung. "Dann könnte ich mir das Gewächs mal ansehen. Das Gift - wenn man es so nennen möchte – konzentriert sich vor allem in den Samen und dem Holz, das sie bildet. Viel weniger in diesen Blättern", er deutete auf den kleinen, eingepackten Ast vor ihnen auf dem Tisch. "Deshalb rate ich dir - und gerade dir -, dich dieser Pflanze nur mit Handschuhen und in deinem Fall einem Mundschutz zu nähern.“

Karen kamen die Notizen auf dem kleinen Zettel, den sie im Bilderrahmen gefunden hatte wieder in den Sinn. *Zerstückeln* war das Wort, um das der Schreiber einen Kreis gezogen hatte. "Aber es gibt doch keine Garantie, oder? Ich meine, wenn ich sie zerstöre und Marc geht´s dadurch nicht besser, habe ich gar nichts mehr!"

Er schüttelte sofort nachdrücklich den Kopf. „Auf keinen Fall darfst du die Pflanze zerstören“, sagte er ernst. „Sag mir besser, wo ich sie finde, und ich werde sie mir anschauen und sehen, was ich noch herausfinden kann. Wir müssen davon ausgehen, dass diese Pflanze, wenn sie schon länger im Pfarrgarten wächst, ein größeres Areal einnimmt, als man auf den ersten Blick annehmen würde, sei es auch nur unterirdisch. Trotzdem denke ich", sagte er in vorsichtigem Ton und sah sie aufmerksam an, "du solltest dir nicht zu viele Hoffnungen machen, was Marcs Koma betrifft. Wenn überhaupt ein Zusammenhang besteht, ist es eher unwahrscheinlich, dass es ihm im Krankenhaus, kilometerweit von ihr weg, etwas ausmacht, wenn du diese Pflanze zerstörst oder sie wegwirfst. Ich müsste sie jedenfalls vorher unbedingt untersuchen, um noch mehr herauszufinden, wenn´s dir nichts ausmacht."

Aus Ullrichs Stimme war deutlich sein wissenschaftliches Interesse herauszuhören, aber auch die Furcht, Karen könne der Pflanze wegen ihres Verdachts etwas antun. "Vor allem ihre Wurzeln, die Samenkörner oder gar Knollen sind interessant. Auch wegen eines möglichen Gegenmittels. Vielleicht gibt es schon eins, das ich nur nicht kenne."

Karen fiel Davids Interesse ein, sein merkwürdiger Blick, damals, als Tina von Marcs Garten erzählt hatte. Und obwohl ihm diese Sache doch nicht annähernd so wichtig sein konnte wie Ullrich, der als Wissenschaftler natürlich neugierig war, hatte David ähnlich reagiert.

Sie schob schnell ihren Stuhl zur Seite und stand auf. "Außer dir gibt es noch jemanden, der mehr wissen möchte", sprach sie aus, was sie dachte. "Einen Psychologen. Als er von der Pflanze erfuhr, fand er die Idee, dass sie an Marcs Koma Schuld haben könnte, spannend. Und er wollte mehr erfahren!"

Ullrich schüttelte lächelnd den Kopf, so als wollte er Karen vor ihren absurden Gedanken schützen. "Jetzt fang mal nicht an, an Gespenster zu glauben. Ein Psychologe möchte ganz prinzipiell einen Zugang zu seinem Gesprächspartner bekommen, das weißt du doch. Und deshalb gibt er vor, ähnliche Interessen zu haben. Der will bestimmt was von dir, nichts von deinem Pflänzchen."

Karen leuchtete das ein. Trotzdem hatte sie das Gefühl, sich beeilen zu müssen. "Ich gehe jetzt. Danke dir auf jeden Fall schon mal", sagte sie, war schnell an der Tür und drehte sich noch einmal zu Ullrich um.

Sie hob zum Abschied ihre Hand und stürmte auf den Flur hinaus.

Auf dem Parkplatz, vor den grauen und ein bisschen wie Fremdkörper wirkenden Gebäuden der Gießener Naturwissenschaften, stieg sie in ihren Wagen und zog die kleine Visitenkarte aus ihrer Jeans. Hier musste sie suchen. Vorher würde noch Zeit bei Marc verbringen, nahm sie sich vor.

Zehn Minuten später stand sie vor seinem Bett. Es hatte sich nichts verändert. Karen hielt ein paar Stunden seine Hand und erinnerte sich an Szenen aus ihrer Kindheit. Danach sprach sie mit ihrer Mutter. Sie erzählte ihr nichts, von ihren Erlebnissen mit Tina, Louis und diesem David.

Später, am frühen Abend, verließ sie das Krankenhaus, ging zu ihrem Wagen und tippte die Adresse, die auf der Visitenkarte stand, in ihr Navi. Am Himmel zeichneten sich erste dicke graue Wolken ab. Regen kündigte sich an.

Sie würde auch David noch einmal besuchen, nur diesmal überraschend und schnell. Aber erst, nachdem sie bei diesem Lauter gewesen war.

Blutende Schnäbel

Auf dem Weg nach Südhessen, 14. Oktober

Ich nage dein Leben aus!

Die Fahrt ins Südhessische dauerte fast anderthalb Stunden. Es war bereits dunkel, als die Stimme des Navis bekanntgab, dass sie ihr Ziel erreicht hatte. Karen stellte den Wagen am Straßenrand ab. Unterwegs hatte sie versucht, Tina zu erreichen, aber sie ging nicht an ihr Handy. Auch ein Anruf in dem Betrieb, in dem sie arbeitete, führte zu keinem Erfolg.

Deshalb überredete sie einen von Tinas Kollegen, bei der Polizei anzurufen. Sich selbst dort zu melden, schloss sie aus. Sie hatte

Angst davor, dass jemand, sobald sie anfing, herumzuschnüffeln, irgendwelche Verbindungen zu ihren Einbrüchen, im Zusammenhang mit ihren Aktionen gegen Tierquäler, finden würde.

Karen parkte etwas abseits und sah sich um. Dies war keine richtige Wohngegend; hier standen eigentlich nur Häuser mit Flachdächern aus den 70ern, in denen sich Büros und einige Lagerräume befanden. Alte, mehrstöckige Betonklötze, bei denen die Stockwerke wie bei einer Pyramide von unten nach oben immer kleiner wurden, standen neben hässlichen, funktionalen grauen Hallen. Mit der Unterstützung der Straßenbeleuchtung waren einige Schilder mit Firmennamen gerade noch erkennbar.

Ausgerechnet das Haus, zu dem sie ihr Navi geführt hatte, besaß ein verwinkeltes Krüppelwalmdach mit Gauben und war deutlich älter. Durch die seitlichen heruntergezogenen Dachflächen, die dem Haus eine geduckte Gestalt verliehen, wirkte es, als hätte der Architekt dem Gebäude eine Mütze verpasst. Außerdem passten die, trotz Dunkelheit, gelblich erscheinende Fassade und die Holzfenster nicht zum Stil der nüchternen Betonbauten, von denen das Haus umgeben war. Das Grundstück war ungepflegt und überwuchert von Pflanzen. Es wirkte so, als wäre an diesem Ort im Vergleich zur Umgebung die Zeit stehen geblieben.

Sie hatte sich vorgenommen, diesen Historiker aufzusuchen, um ihn dann in ein Gespräch zu verwickeln. Über Marc oder sein Interesse an ihm. Sie wusste nicht, ob dieser Mann ihre Fragen bereitwillig beantworten würde, aber eine kleine Chance, hier etwas zu erfahren, gab es dennoch. Sie musste sich eingestehen, dass ihre Versuche durch Gespräche etwas Licht ins Dunkel zu bringen, bisher nicht sehr erfolgreich verlaufen waren. Der Besuch bei Luis kam ihr wieder in den Sinn. Vielleicht war es also besser, wenn sie verdeckt arbeitete, diesen Lauter, der wohl hier wohnte, beschattete. Aber wer garantierte, dass er in nächster Zeit bei dieser Adresse auftauchen würde? Und wie sollte sie die Zeit dafür aufbringen? Es war zwar Wochenende, aber ständig vor diesem Haus rumstehen, das wollte sie auch nicht. Eigentlich gab es nur einen Weg, auch wenn er eigentlich nicht in Ordnung war. Sie musste versuchen, dort reinzukommen. Ungesehen. Das Haus war unbeleuchtet. Vielleicht war er nicht zu Hause.

Das hier war zwar keiner der Ställe von Tierquälern, mit denen sie es normalerweise zu tun hatte, aber mit etwas Glück war es nicht viel schwerer, hier einzubrechen, als dort. Karen suchte in ihrer Tasche nach ihrem Handy, zog es heraus. Es gab eine Mobil- und eine Festnetznummer auf der kleinen Visitenkarte, die der Fremde ihr gegeben hatte. Sie wählte die Festnetznummer, aber niemand hob ab. Sie ließ es weiter klingeln und holte aus dem Handschuhfach ihre schwarze Sturmhaube, die sie schon oft für ihre Aktionen benutzt hatte. Als der Ruf unterbrochen wurde, schaute sie sich um, ob niemand in der Nähe war, stieg aus und ging geduckt von der Seite auf das Grundstück zu. Außerhalb des Sichtbereichs einer potentiellen Kamera. Sie wählte erneut und hörte es drinnen im Haus klingeln. Dann zog sie ihre Sturmhaube auf und versuchte über den Zaun auf das Grundstück zu kommen. Dort war sie von Büschen geschützt und konnte sich Richtung Eingang vorarbeiten. Es war keine Kamera zu sehen. Sie versuchte, das Schild auf der Klingel zu lesen. *S. Lauter, okay, ich hab dich.* Sie nahm einen Besen, der an der Hauswand lehnte, dann drückte sie auf den Klingelknopf. Aber auch nach einigen Minuten Wartezeit gab es keine Reaktion.

Gut, fand sie und sah sich den Eingangsbereich genauer an. Es war so, stellte sie beruhigt fest, wie sie es dem ersten Anschein nach vermutet hatte. An dem alten Haus waren nirgends Überwachungskameras angebracht.

Karen ging vorsichtig ums Gebäude herum und sah sich jedes der wenigen Fenster im Erdgeschoss an.

An einigen waren Gitter angebracht, die anderen fest verschlossen.

Karen begann schon zu überlegen, wie sie auf die irrwitzige Idee kommen konnte, dass es für sie einfach werden würde, hier einzusteigen, als sie auf der hinteren Seite des Hauses, neben einer wild wuchernden Hecke, ein Fenster sah. Es war nicht nur gitterlos, sondern anscheinend nur gekippt.

Genau hier, im Dunkel unter den tiefen Dachflächen, war also die ideale Stelle, die sie suchte. Dies war abgeschieden und das Fenster groß genug.

Karen reckte sich und versuchte hindurchzusehen, doch man konnte nichts erkennen, hinter der Glasfläche war es tiefdunkel.

Sie zog sich die Sturmhaube tiefer ins Gesicht und überprüfte die Stabilität der Fensterbank.

Diese machte einen guten Eindruck, stabil genug dafür, sie zu halten. Dort hinauf zu kommen, stellte sie sich allerdings nicht so einfach vor.

Mit einem Sprung versuchte sie sich hochzustemmen und schaffte es beim zweiten Mal, auf den breiten Fenstersims zu klettern. *Einbruch*, ging es ihr mit Herzklopfen durch den Kopf, und sie konnte selbst kaum glauben, was sie gerade tat. *Jetzt schrecke ich noch nicht einmal vor Einbruch zurück!*

Einen Augenblick half es ihr, sich Marc hilflos in seinem Bett im Krankenhaus vorzustellen. Mit diesem Gedanken wusste sie wieder genau, warum sie dies tat und dass es das Richtige war. Sie musste jeder Spur nachgehen, und dass dieser Mann sich merkwürdig verhalten hatte, reichte.

Sie zog ihr Handy aus der Tasche und leuchtete damit den Rahmen des Fensters ab. Dann schob sie einen stabilen Draht in den Schlitz und tastete den Rahmen von innen auf der Suche nach dem Hebel ab. Als sie ihn spürte, stülpte sie die Öse des Drahtes drüber, zog den Hebel auf, und das Fenster kippte ohne ein Geräusch oben aus dem Rahmen. Sie schob es mit geübtem Griff auf, legte das Handy mit dem Display nach unten aufs Fensterbrett, schob ihre Beine über den Rand ins Zimmer und horchte ins Dunkel. Schemen waren zu erkennen: harte Kanten, die zu Regalen oder Schränken gehören konnten. Weiter hinten der Umriss einer Tür.

Sie wartete einen Moment ab, doch als sie sicher war, kein Geräusch zu hören, glitt sie leise ins Zimmer, nahm ihr Handy und brachte das Fenster vorsichtig wieder in Position.

Das Handy als Taschenlampe vor sich haltend, versuchte sie sich zu orientieren. Dabei fluchte sie leise über die Tatsache, dass sie auf dessen schwaches Licht angewiesen war. An eine Taschenlampe zu denken, war ihr natürlich nicht eingefallen.

Karens erster Eindruck war der eines Archivs. Die Regale waren vollgestopft mit Aktenordnern und Zeitschriften, und auf dem Boden stapelten sich verstaubte Bücher.

Sie sah sich die Tür an, überlegte, wohin sie wohl führen mochte.

Mit klopfendem Herzen legte sie die Hand auf die Klinke und öffnete sie leise.

Dabei versuchte sie sich klarzumachen, was sie eigentlich erwartete. Diesen Berg an Akten und Papier durchzuarbeiten, war sinnlos, es würde Stunden, wenn nicht Tage, dauern.

Deshalb hoffte sie, in dem Raum hinter der Tür befände sich etwas, das ihr sofort ins Auge springen würde. Etwas, mit dem sie ihren leichtfertigen Einbruch vor sich selbst rechtfertigen konnte.

Das angrenzende Zimmer war sehr groß, ein Wohn- und Empfangsraum, der sehr geschmackvoll eingerichtet war. Man merkte, dass dieser Lauter ein Sammler war, denn der Raum war gefüllt mit verschiedenen Kunstgegenständen, neben Bildern und Skulpturen auch Installationen, die teilweise unvollständig schienen. Letzteres war ungewöhnlich. War Lauter selbst Künstler? Sie suchte einen Schreibtisch und fand ihn. Da lagen Papiere, die unordentlich auf dem Tisch verteilt waren. Rechnungen und Belege, nichts Außergewöhnliches. Karen schob sie enttäuscht zur Seite.

Kein Mensch konnte diesen Berg an Dingen in einer Nacht sichten, nicht einmal in zwei.

Schnell und mit fliegenden Bewegungen versuchte sie alles auf dem Schreibtisch wieder so anzuordnen, wie sie es aufgefunden hatte. Sie beschloss, dass es sinnlos war, weiterzusuchen. Sie sollte sich erstmal weiter im Haus umsehen.

Eine Tür schien von innen Richtung Garage zu führen, und es machte Sinn, bevor sie weitersuchte, sich einen möglichen Fluchtweg genauer anzusehen. Sie öffnete die Tür und schaute in den angrenzenden Raum. Es war tatsächlich eine Garage. Karen ging hinein und suchte einen Schalter für das Tor, um im Falle einer Entdeckung einen schnellen Abgang zu haben. Beim Ausleuchten des Raums mit dem Handy fiel ihr Blick auf einen großen Karton, der in einer der Ecken des Raumes stand. Das Licht hatte ihn zwar nur einen kurzen Augenblick gestreift, aber es war so, als habe sich dort etwas bewegt.

Fast eingekeilt zwischen den Wänden nahm der riesige Klotz einen Großteil des Raumes in der Garage ein. Ein Auto konnte hier nicht mehr parken. Was konnte so wichtig sein? Ein weiteres Kunstwerk? Es war die Größe, die Karen stutzig machte.

Ohne einen Gedanken daran, ob es schlau war, so zu handeln, stellte sie ihr Handy so auf ein neben ihr stehendes Regal ab, dass die Ecke einigermaßen ausgeleuchtet war, und ging hinüber.

Sie sah sich den Kubus von oben bis unten an. Ihr Verstand sagte ihr zwar, dass es sinnlos war, sich die Mühe zu machen, die Verpackung zu öffnen, ganz abgesehen von den Spuren, die sie mit der Aktion hinterlassen würde, doch Karen unterdrückte den Gedanken.

Sie registrierte vielmehr, dass sich ihr Puls, seit sie dieses Ding dort stehen gesehen hatte, beschleunigt hatte.

Die Verpackung sofort zu öffnen, erschien ihr nur logisch; nichts war plötzlich natürlicher.

Sie fühlte sich, als hätte sie mehrere koffeinhaltige Getränke hintereinander getrunken, und zog zitternd Marcs Hausschlüssel aus ihrer Hosentasche.

Vor Anstrengung keuchend, ritzte sie das braune Band an den vorstehenden Kanten auf, und endlich klappten die Laschen aus Pappe zur Seite.

Karen spürte, wie ihr T-Shirt verschwitzt und feucht an ihrem Oberkörper klebte.

Mit der gleichen Abgebrühtheit, die sie sonst während ihrer nächtlichen Einbrüche in Tierversuchslabors vorlegte, riss sie den Karton noch ein Stück tiefer ein, schnitt sich an den scharfen Kanten in die Hand und machte trotzdem mit rotfeuchten Fingern weiter.

Eine mögliche Entdeckung des Einbruchs war ihr egal. Lauters geheimnisvolle Auftritte auf dem Friedhof und vor dem Pfarrhaus waren ihr Grund genug, der Sache auf den Grund zu gehen. *Ich weiß, wer Du bist,* hatte er geschrieben. Eine Drohung. Er war zweifellos in die Sache verwickelt, und er war gefährlich.

Voller Vorfreude auf einen wichtigen Hinweis nahm sie schnell die letzten großen Verpackungsteile weg, und zum Vorschein kam ein harter, kantiger Gegenstand, der mit dicken, hellen Stoffbahnen aus Baumwolle verhüllt war.

Nun konnte es ihr nicht mehr schnell genug gehen. Sie schnappte sich ihr Handy vom Schreibtisch und hielt das Licht auf das Ding, das vor ihr stand. Das weiße Baumwolltuch leuchtete fast, als der Lichtstrahl des Handys darauf traf und Karen daran zerrte.

Als sich dann der Stoff schon an manchen Stellen lüftete, bemerkte sie einen süßlichen Geruch, der ihr schon vorher aufgefallen, den sie aber der Garage zugeschrieben hatte. Er erinnerte an Holzstäbchen, die man in ein Glas mit Duftöl stellte. Der Duft war anziehend frisch und kam eindeutig von der Kiste. Karen hielt ihr Gesicht näher an die unbedeckte Stelle. Als es in ihrer

Nase anfing zu kitzeln, überlegte sie kurz. *Staub*, fiel ihr ein. *Das ist wahrscheinlich uralter Staub, der hier herumfliegt.*

Sie hielt vorsichtshalber kurz die Luft an, packte den Stoff mit beiden Händen, riss ihn weg, und plötzlich stand der große, dunkelbraune Klotz vor ihr.

Es war ein hölzerner Schrein mit Brandspuren; an einigen Stellen war das Holz schwer beschädigt.

Die Sache mit dem Feuer passte, beschloss Karen. Im Haus des Pianisten hatte es ja auch gebrannt.

Sie packte das Grauen. Zu genau hatte der Verfasser des Briefes alles beschrieben: Schwarz mit abgeblätterter bunter Farbe.

Geh nicht so nahe heran, riet ihr eine Stimme im Unterbewusstsein und sie wusste, dass das Ding gefährlich war. Aber es war ja so, dass dieses Wissen sie schützen würde. Im Brief war ja beschrieben, was passieren konnte, wenn man etwas falsch machte.

Sie sah sich die dunklen Flächen genauer an, sog, ohne es zu wollen, wieder den Duft ein und leuchtete den Gegenstand ab.

Ihre Haut begann im Gesicht und an den Handflächen zu kribbeln.

Dann entdeckte sie abgestoßene Kanten, filigrane Muster und vorstehende Leisten. Karen entspannte sich, trotz der zu tränen beginnenden Augen, setzte sich auf den Boden und versuchte zu verstehen.

Was wollte dieser Mann mit einem solchen Schrein? Sammelte der Historiker Antiquitäten?

Und warum tauchte zuerst dieser verstörende Brief auf, und nun fand sie genauso ein Teil in seinem Haus?

Sie hob ihre Hand und zögerte.

Dann legte sie doch einen Finger auf die Fläche.

Zuerst traute sich Karen nicht, die feinen Schnitzarbeiten im Holz zu berühren; kleine Papageien, die sie mit starrenden Augen ansahen und Nüsse zwischen ihren Schnäbeln zerbissen. Zu deutlich war noch die düstere Erinnerung an Amélies Tod.

Gefahr! Pass auf!, riefen ihr alle Warnmechanismen im Gehirn zu, doch der Anblick des unheimlichen Kastens war zu unglaublich und einmalig, als dass etwas anderes wichtig sein konnte.

Nein, ging es ihr durch den Kopf. *Unsinn! Ich weiß, was ich mache, und kann tun, was ich will.* Fasziniert leuchtete Karen den Schrein mit dem Handy aus allen Richtungen ab und ließ ihre Hände immer wieder über die Flächen gleiten.

Nicht alles war gleich, merkte sie. Manchmal fühlte sich die Oberfläche merkwürdig weich und warm an, wenn auch an manchen Stellen narbig und aufgeraut.

Als sie an einer Seite nicht weiterkam, weil der alte Kasten viel zu eng an die Wand gestellt worden war, packte sie die Kanten mit den Händen und zog sie von der Wand weg.

Der faszinierende Duft verstärkte sich so plötzlich, dass Karen die Augen schloss und tief einatmete. Es war, als erzähle jemand von ihrer Kindheit, von warmer Milch mit Honig und dem Geruch frisch gewaschener Bettwäsche beim Einschlafen.

Sie öffnete ihre Augen, hielt ihr Handy hoch und leuchtete in den schmalen, dunklen Schlitz, der zwischen Schrein und Wand entstanden war. Dann presste sie ihre Wange an die Wand, schob die rechte Hand ins Dunkel und tastete über die bisher verborgene Fläche, bis sie auf etwas stieß. Ein Lächeln umspielte ihren Mund. Dort waren sie. Der endgültige Beweis. Die eingelegten Platten, die im Schriftstück als längliche Vertiefungen beschrieben worden waren.

Karen legte das Handy auf den Boden und zog mit aller Kraft die Kiste von der Wand weg. Auf dem Boden gab es ein quietschendes Geräusch, bis der Würfel endlich frei im Raum stand. Karen griff sofort wieder nach ihrem Handy, um begierig jede Einzelheit auf dem Holz abzuleuchten.

Die Kanten wiesen helle, beanspruchte Stellen auf.

Doch die Illusion des völlig geschlossenen Behälters ohne einen Eingang wirkte immer noch. Konnte es sein, dass sich das

Ding plötzlich öffnete und sie hineinlockte? Und wie stark wäre ihr Wille, sich zu widersetzten?

Natürlich war es dumm zu versuchen, so etwas herauszufinden. Es reichte doch vollkommen, dass sie diesen Schrein entdeckt hatte. Und dass er hier mit dieser Seite an die Wand gestellt worden war, hatte sicher auch seine Gründe. Karen beschloss, dass es das Beste war, jetzt zu gehen und ihn wieder zurückzuschieben.

Doch nach kurzem Zögern strich sie, ohne es zu wollen, wieder mit den Fingern über die hölzernen Flächen, nur um sicher zu sein, dass die Kiste, die vor ihr stand, Realität war.

Es musste ja auch einen verborgenen Mechanismus geben, der sie öffnete.

Wie war sie wohl innen gebaut, und befand sich etwas darin, das vielleicht alles, was passiert war, erklären würde?

Ihr Besitzer, dieser Mann, hatte vielleicht schon lange versucht, sie zu öffnen, und sie konnte jetzt zeigen, dass nur sie dazu in der Lage war. Karen beschloss aufzupassen. Aber die Öffnung zu finden, wäre doch phantastisch.

Sie begann mit dem Licht des Handys, auf dem Holz entlang der Kanten einen Vorsprung zu suchen.

Dabei versuchte sie es zu vermeiden, sich vorzustellen, wie ein Mensch sein Leben wegen der Neugier, die ihn angesichts einer solchen Kiste gepackt hatte, verlor.

Es schauderte sie, und gleichzeitig übte die Erkenntnis, dass der Schrein tödlich sein könnte, einen merkwürdigen Reiz auf sie aus. Sie stand hier vor einem möglichen Wunder, nichts anderem.

Trotz der Versuchung, sich alles genau anzusehen, analysierte sie ihre Situation. Sie war alleine in diesem fremden Haus, in das sie eingebrochen war, und hatte keine Zeit zu verlieren. Und dieser Schrein, der wahrscheinlich schon viel Leid über Menschen gebracht hatte, zog ihre Aufmerksamkeit immer deutlicher auf sich.

Karen spürte, wie sich die Umgebung veränderte. In ihrer Vorstellung wurde sie immer größer. Sie wuchs, während alles andere um sie herum an Schärfe und Bedeutung verlor.

Karen realisierte mit wachsender Sorge, dass sich etwas Fremdes in ihr Denken eingeschlichen hatte, das sie antrieb, den Eingang in dieses Geheimnis zu suchen. Sein dunkles Innerstes zu erkunden.

Ihr wurde schwindelig, ihre Augen brannten und tränten. Sie zwinkerte, als sie fühlte, wie ihr Tränen die Wange herunterliefen, und überlegte kurz, was sie hier eigentlich tat. Völlig verrückt! Dabei wusste sie doch, dass sie nicht anders konnte.

Zitternd hielt sie sich an der bemalten Holzwand fest, krallte sich förmlich ins Holz, genau an der Stelle, an der die Papageien sie anstarrten.

Sie spürte ihre Allergie und wusste, wie wichtig es war, sich so schnell wie möglich in Sicherheit zu bringen.

Das Atmen fiel ihr immer schwerer, sie hatte nicht mehr viel Zeit.

Sie hatte immer noch die Hand auf der rauen, geschnitzten Fläche, als ihr zwei unmerkliche Vertiefungen auffielen.

Als sie in eine der beiden drückte, rastete etwas ein.

Es klang wie ein Schnappen, ein metallisches Klingeln und ein durch eine Drehbewegung ausgelöstes Rumoren. Ein quälend laut knarrender Mechanismus, getrieben durch die Energie von Federn, lief nun unaufhaltbar ab.

Karen versuchte vergeblich zu ergründen, was im Inneren des Behältnisses geschah. Einen solchen Laut hatte sie noch nie gehört.

Da öffnete sich plötzlich ein Spalt und eine Wolke Staub blies heraus.

Ohne nachzudenken betrachtete sie die in der Luft schwebenden Partikel, sah sich die Bahnen an, die sie scheinbar schwerelos vor ihr beschrieben. Zuerst roch sie es, schwer, moschusartig, dann spürte sie es am ganzen Körper. Wie ein Heer Ameisen, das sich vom Hals abwärts über ihren Oberkörper bewegte, legte sich dieses kribbelnde Gefühl über sie.

Karen strich sich panisch über den Körper, versuchte etwas zu erkennen, dort, wo sich ihre Haut so merkwürdig anfühlte. Und tatsächlich begann sie sich zu röten, aufzuschwellen, zu verändern.

Sie erschrak und versuchte ihren Blick abzuwenden, von der Holzkiste und den unheimlichen Schnitzereien. Vielleicht half das gegen das Kribbeln.

Karen öffnete erschrocken ihren Mund und glaubte ihren Augen nicht.

Die Schnäbel der Papageien öffneten und schlossen sich. Blut rann aus ihnen und tropfte von den vorspringenden Holzkanten herunter auf den Boden.

Weit hinter sich hörte Karen ein Quietschen wie vom Öffnen einer Tür und hastige Schritte, die sich näherten.

Doch selbst, als sie schon einen bewegten Schatten neben sich im Zimmer wahrnahm, schaffte sie es nicht, ihre Aufmerksamkeit von dem glänzenden Fluss des Blutes und den leuchtend roten Tropfen auf dem Boden vor sich zu lösen.

Sie hob die Hand und strich mit dem Zeigefinger über die rote Linie, die aus dem geöffneten Schnabel floss, und beobachtete dabei, wie sie das Blut mit dem Finger über das Gesicht des Vogels verteilte.

Karen sah, wie erst der Kopf, dann die Augen des Tieres größer wurden und sich in ihnen ein weiterer Vogel abzeichnete. Wie eine Blase wuchs er an, und sie sah wieder im Auge dieses Vogels einen neuen.

Ihr wurde schwindelig, alles begann, sich zu drehen. Direkt vor ihr öffnete sich das Holz, und sie sah in eine weite Landschaft, die in helles Licht getaucht war. *Unglaublich.*

Es war nur ein Schritt, erkannte sie, und sie wäre dort.

Karen rieb sich den kribbelnden Arm und beschloss es zu versuchen.

Da packte sie plötzlich jemand grob an den Schultern. Hände griffen nach ihr! Sie zogen sie weg und zerstörten die Illusion der Bewegung auf dem Holz. Die in sich vervielfachten Vögel wurden wieder zu einem einzigen, erstarrten, und das Blut verschwand.

Karen kippte, ohne den Blick von dem hölzernen Kasten zu nehmen, rückwärts um und fing sich auf dem Boden mit den Armen ab. Ihre Hände klatschten laut auf, der Schwindel wurde heftiger, und die Wände drohten, auf sie hinunterzukippen, als sie einen erschrockenen Schrei ausstieß.

"Das ist ...", rief sie panisch und trat wild um sich. Ihr blieb die Luft weg, die Atemwege begannen, sich zu schließen. Karen ächzte auf, versuchte durchzuatmen.

Wie durch einen Nebel sah sie, wie vor ihr jemand das Tuch, das sie auf den Boden geworfen hatte, wieder über die Kiste legte. "Verdammt, was tun Sie?", hörte sie die tiefe, wütende Stimme eines Mannes neben sich.

Karen setzte sich auf, schlug die Hände vors Gesicht und sah in der Dunkelheit des Nichts deutlich die rote Linie des Blutes, feucht und leuchtend.

Der Schwindel ließ ein wenig nach. Sie versuchte Luft zu holen und öffnete ihre Augen.

Noch nie hatte sie etwas Vergleichbares gefühlt. Benebelt, euphorisch und gleichzeitig unendlich schwach.

Langsam ließ sie sich flach auf den Boden gleiten, rollte sich auf die Seite, zog ihre Beine an und versuchte sich so klein wie möglich zu machen.

Der Mann, der gerade noch neben der verhüllten Kiste gestanden hatte, schaltete die helle Deckenbeleuchtung an, und Karen musste blinzeln. Seine Silhouette zeichnete sich riesig vor dem Licht der Lampe ab.

Er ging vor ihr in die Hocke, beugte sich über sie und sah ihr forschend ins Gesicht. Seine langen Haare lagen auf seinen Schultern und die offene, dunkle Jacke strich mit ihren Rändern über den Boden. Ein Ende des schwarzen Schals, der um seinen Hals hing, baumelte in der Luft.

„Wer sind Sie?“, fragte er in strengem Ton und riss ihr die Maske ab. „Aha, die Schwester des Pfarrers!“ Er schüttelte den Kopf. „Sie müssten doch am besten wissen, wie dumm das ist, oder?", sagte er, und sie nahm wahr, wie er wieder aufstand und zusätzlich eine schwere, braune Decke aus einem der Regale zog und über den viereckigen Klotz warf.

"Sie ist zwar nicht mehr das, was sie mal war, aber ungefährlich ist sie dadurch noch lange nicht. Zumindest als Mausefalle hat sie noch getaugt, auch wenn ich all ihre Mechanismen noch nicht enträtselt habe.“

Karen versuchte sich aufzusetzen und merkte, dass sich der Boden unter ihr immer noch zu bewegen schien. Ihr wurde übel. Tastend suchte sie nach etwas, an dem sie ihre Hände abwischen konnte. Das Blut musste weg!

Sie sah immer wieder auf ihre geröteten Handflächen und bildete sich ein, dass etwas von dem roten Saft nun für immer an ihrem Körper kleben könnte. Der Gedanke daran wurde fast unerträglich, und sie rieb ihre Hände in hektischen Bewegungen an den Beinen ihrer Jeans ab.

Der Mann lachte mit tiefer Stimme auf. "Jetzt erzähl´ mir nicht, du wärst von dem Ding überrascht worden!"

Er ging ein paar Schritte und sah Karen interessiert zu, wie sie vergeblich versuchte aufzustehen. Der Schwindel nahm wieder zu.

"Du dachtest, keiner passt hier auf, stimmt's?" Er lachte wieder auf. "Ich wusste, dass ihr einen weiteren Anlauf nehmen würdet, das Ding zu finden. Deshalb war das Fenster nur gekippt. Sollte für jemanden, der in einem Lager einbrechen kann, kein Problem sein.“ Er schaute sie leicht amüsiert an. "Allerdings hatte ich deinen werten Herrn Bruder erwartet. Ich hab nämlich noch eine Rechnung mit ihm offen."

Karen sah, wie er die Jacke abstreifte und sie weg legte.

Er beugte sich vom Stuhl zu ihr nach vorne, strich sich seine Haare aus der Stirn und stützte sich dann mit den Ellbogen auf seinen Knien ab. "Wie wäre es, wenn wir das Teufelsding mal wieder ausprobieren?", fragte er leise und lächelte sie an. Doch seine Augen hatten einen arroganten Ausdruck bekommen. Das Lächeln war wie Hohn.

Dann stand er mit einem Ruck auf. Sie sah ihn plötzlich riesig neben sich stehen. Er ging wieder in die Hocke, nahm ihr Kinn in seine Hand und bog ihren Kopf so zu sich, dass sich ihre Gesichter fast berührten. "Sag schon, wo ist er?", forderte er sie auf, und sie sah, wie sich beim Sprechen seine Lippen übergroß bewegten. Die stechenden Augen darüber bohrten sich förmlich in ihre.

Karen ahnte, wen er meinte. "Wer?", fragte sie trotzdem und merkte, wie zittrig ihre Stimme klang. Sie wand ihren Kopf, bis er ihr Kinn losließ, die Hand wegnahm und sich wieder vor ihr aufrichtete.

"Dein Bruder, wer sonst? Ich habe etwas mit ihm vor, das weißt du doch! Ihr wisst es beide."

Sie schüttelte den Kopf und konnte den Schwindel nicht unterdrücken. Als sie zu ihm aufsah, nickte er. Seine Augen waren voll von Wut und Erregung. Er atmete schnell.

"Er ist mir was schuldig!", rief er und wandte sich ab.

Karen lief es kalt den Rücken herunter. In ihrem Kopf verhakten sich Zahnräder ineinander; sie konnte nicht mehr denken.

Der Mann lief unruhig auf und ab. "Sag schon, hat er dich geschickt? Sollst du … ach was auch immer!" Die letzten Worte unterstrich er mit einer wegwerfenden Handbewegung, und er blieb vor ihr stehen.

Er sah mit verachtendem Blick auf sie herunter. "Du wirst mir gar nichts erzählen, stimmt's? Aber das ist jetzt auch egal. Du gehst zu ihm und sagst, dass ich auf ihn warte. Auf ihn, sonst niemanden."

Karen versuchte, aufzustehen. Sie merkte, wie ihre Knie immer wieder einknickten, und sah, dass er ihr unbeeindruckt mit einem Grinsen zusah, wie sie sich abmühte. "Ganz vergessen, was das Schätzchen noch kann?"

Sein Grinsen gefror. "Ich möchte deinen Bruder hier haben", forderte er. "Sobald wie möglich! Und dann werden wir sehen, was passiert. Und falls er mich beseitigen will, sag ihm, dass ich vorgesorgt habe. Dann kommt alles heraus! Ich bin nämlich nicht alleine."

Karen hatte es endlich geschafft, trotz dieser Schwäche, die sie im Körper fühlte, aufzustehen. In was war Marc da verwickelt? Dieser Typ hörte sich an, als mache er keine Scherze.

Er sah sie mit unbewegter Miene an. Seine Augen wurden schmal. Dann hob er sein Kinn. "Und jetzt raus hier, bevor ich meinen Plan ändere und dich doch noch in die verfluchte Kiste sperre!"

Sie spürte jeden Herzschlag in ihren Fingern, Blut drückte sich wie in Wellen von innen gegen die Adern. Jeder Schritt, jede Bewegung, selbst das Atmen, wurde schwer. Sie rang förmlich nach Luft. Fühlte sich so Ersticken an?

Sie ging ein paar unsichere Schritte auf die halb geöffnete Tür zu, durch die er gekommen sein musste.

Je schneller ich hier weg bin, umso besser. Sie bemühte sich, die Bewegungen ihrer Hand zu koordinieren. Dieser Typ war imstande, sie kurz vor dem Ausgang doch noch festzuhalten. Und so, wie er von der Kiste sprach, wusste er ganz genau, zu was sie zu gebrauchen war.

Die Hand fest um die Klinke der Tür gefasst, versuchte sie sich festzuhalten.

Da legte sich ein dunkles, schwereloses Tuch über sie.

Als ihre Beine versagten, glitt ihr die Türklinke aus der Hand, und sie merkte noch, wie die Wand neben ihr scheinbar schwankte und umkippte. Dann schlug sie hart auf dem Boden auf.

Den Schmerz in ihrer Schulter spürte sie nicht mehr.

Ein Höllentrip

S*alz!*

Karen befeuchtete mit der Zunge ihre Oberlippe und schmeckte die salzige Feuchtigkeit. Immer wieder floss diese auf ihre Lippen und sie leckte darüber. Da war ein Glas, das ihr an den Mund gehalten wurde.

Schlafen, sie wollte nur noch schlafen!

"Kommen Sie schon!", drängte eine dunkle Stimme an ihr Ohr. Jemand strich ihr über die Wange, bis es kitzelte, und sie drehte ihren Kopf weg. "Hallo!" Die Stimme wurde fordernder. "Wach auf!"

Karen zwinkerte. Alles war unscharf, und furchtbar hell. Als ob jemand ihre Gedanken lesen könne, wurde das grelle Licht abgedunkelt. Das Gesicht über ihr nahm Formen an. Es beugte sich tiefer über sie.

Der Fremde schoss es ihr durch den Kopf.

Sie schloss wieder die Augen, glitt hinüber in einen oberflächlichen Schlaf und spürte gleichzeitig, wie jemand sie an den Schultern packte.

Sie wurde hochgehoben, und es wurde auf umständliche Art versucht, sie in eine sitzende Position zu bringen. "Jetzt kommen Sie schon!", forderte er dicht neben ihr. "Augen auf!"

Etwas Kaltes, Nasses wurde in ihr Gesicht gepresst, benetzte ihre Lippen, und sie schmeckte wieder Salz.

Als sie endlich die Augen öffnete, sah sie ihn im Halbdunkel. Er hielt ihr ein Glas mit einer durchsichtigen Flüssigkeit hin und nickte ihr aufmunternd zu. Sie schloss wieder ihre Augen.

"Hey", rief er und schüttelte sie leicht. "Jetzt trink schon! Das hilft gegen das Einschlafen! Los!" Die Hand vor ihrem Mund streifte ihre Wange. "Dein Körper braucht das jetzt", sagte der Mann vor ihr leise.

Etwas berührte ihre Lippen, und sie spürte wieder, wie salziges Wasser in ihren Mund rann, aber auch über ihren Hals bis in ihren Ausschnitt. Angeekelt verzog sie ihr Gesicht und versuchte sich wegzudrehen.

Sie hielt sich eine Hand vor den Mund, um das salzige Wasser abzuwehren. Ein Klirren wie zerbrochenes Glas. Ein Brummen. "Verdammt, Sie sind ja störrisch wie ein Esel!"

Sie spürte wieder den nassen Lappen an ihren Lippen, und jemand presste ihn fest in ihren Mund. Karen hustete und öffnete ihre Augen einen kleinen Spalt weit. "Was ...", murmelte sie und schloss sie wieder.

Sie wurde an den Schultern gepackt und in eine weiche, warme Fläche gebettet. Arme umfingen sie. "So", hörte sie die brummige Stimme jetzt hinter sich. Jemand strich über ihr Gesicht, ihre Haut, und manchmal tätschelte er ihre Wange. "Ich bin hier nicht für Notfälle vorbereitet. Also tun Sie mir den Gefallen und reden mit mir! Wenn Sie reden, werden Sie nicht einschlafen, hören Sie?"

Ihre Arme und der Kopf wurden immer schwerer, und als sie gerade das Gefühl bekam, in eine weiche Wolke zu sinken, traf ein eiskalter Wasserstrahl ihr Gesicht. Entsetzt riss sie ihre Augen auf und stieß einen Schrei auf.

Vor ihr stand der angebliche Historiker, den sie vor Marcs Tür gesehen hatte. Er hielt einen leeren, tropfenden Eimer in der Hand. Doch bevor sie etwas sagen konnte, hatte er sich umgedreht und ging davon.

"Nur nicht wieder schlafen!", hörte sie den Mann dumpf entfernt rufen, und kurze Zeit später stand er wieder vor ihr und hielt den Eimer, schwer schleppend, in seinen Armen. Sie wusste sofort, was das bedeutete.

"Nein! Stopp!", schrie sie und hob abwehrend die Hand. Sie stieß sich mit ihren Füßen vom Boden ab und rutschte über den nassen, glatten Boden, bis ihre Schulter die Wand berührte und sie nicht weiter kam.

"Nein!", schrie sie wieder und wand sich vor Angst. "Kein kaltes Wasser, bitte!"

Er sah sie lächelnd an und stellte nach kurzem Zögern den vollen Eimer neben sich auf dem Boden ab. "Na also. Das muss nicht sein, wenn Sie mir versprechen, dass Sie nicht wieder unvernünftig sind." In seinem Gesicht meinte Karen, einen Anflug von Erleichterung zu sehen.

Sie beruhigte sich wieder, doch als er vor ihr in die Hocke ging und sie mit kritischem Blick ansah, begann sie wieder zu zittern.

Er gab ihr seine Hand. "Kommen Sie", forderte er sie zum Aufstehen auf. "Wenn Sie trockene Sachen anhaben, müssen wir etwas besorgen"

Karen ließ sich von ihm hochziehen, und sofort, als sie stand, fing der Raum wieder an, sich zu drehen.

"Sehen Sie, sagte eine dumpfe Stimme neben ihr, "es ist noch nicht ausgestanden. Wenn Sie jetzt einschlafen, kann das böse enden."

Er stützte sie mit seinem Arm, bis sie im Bad waren, das sich am Ende des Flurs befand. Sie schwankte, und als sie die hellen Fliesen des Badezimmers betrat, merkte Karen, wie sich ein schwarzer Schleier über ihre Augen legte. In ihren Ohren summte es dumpf.

Er kam zu ihr herüber und hielt einen Stapel Kleidungsstücke in den Händen, den er neben sie legte. "Das ziehen Sie jetzt an", beschloss er. "So nass könnten Sie sich draußen den Tod holen."

Er sah genau zu, wie sie versuchte sich zu setzen, und es schien ihn zu beruhigen, dass sie es schaffte. Er erhob sich und ging einige Schritte zur Tür.

"Ich lasse Sie mal einen Augenblick alleine", kündigte er an. "Nicht lange, nur ein paar Minuten, damit Sie sich umziehen können. Wenn noch irgendwas ist und Sie denken, dass etwas nicht in Ordnung ist oder sonst was, rufen Sie."

Karen nickte und sah sich das Kleiderbündel, das er neben ihr auf die Fliesen gelegt hatte, an. Ein Pullover und ein T-Shirt, beides in Schwarz.

Mit dem Rücken an die Wand gelehnt, streifte sie ihre nasse Bluse und die Unterwäsche ab und zog sich die neuen Sachen über ihre vom Wasser ausgekühlte Haut. Sie roch Weichspüler.

Es waren höchstens zwei Minuten vergangen, als sie ein Klopfen am Türrahmen hörte. "Alles in Ordnung, Sie können reinkommen!", rief sie und strich sich mit der Hand übers Gesicht. Als er vor ihr stand und sein Blick sie streifte, kam sie sich trotz der Kleidung nackt vor.

Er stand nur da und machte ein nachdenkliches Gesicht.

Vielleicht ging es ihm darum, sie doch noch in diese Kiste zu sperren. *Wahrscheinlich*, kam ihr der Gedanke, ist aber jetzt noch nicht der richtige Zeitpunkt für meinen Tod. Oder er muss noch Vorkehrungen treffen, damit er das Potential dieses Höllendings richtig für sich nutzen konnte.

"Was wollen Sie? Ich fühle mich gut. Sie könnten mich also jetzt gehen lassen, oder?", fragte sie vorsichtig und versuchte gleichzeitig entschlossen auszusehen. Ohne zu kämpfen oder nach Hilfe zu schreien, würde sie sich nicht überwältigen lassen, das musste ihm doch klar sein, oder? "Sperren Sie mich jetzt ein und warten, bis ich reif für Ihre Kiste bin, oder so was Ähnliches?"

Sie wartete auf seine Antwort, doch seine Miene war wie erstarrt. Er hatte offensichtlich vor, sich nicht in die Karten sehen zu lassen.

Einige Sekunden lang schien er nachzudenken, und sein Mund wurde immer grimmiger. Dann holte er tief Luft und entspannte sich. "Sie waren dumm", stellte er in nüchternem Ton fest. "Sehr dumm, wenn Sie´s genau wissen wollen."

Mit einigen Schritten war er bei ihr, packte ihren Arm, und sie merkte, dass er versuchte, sie auf ihre Beine zu stellen.

Es klappte ganz gut, sie konnte sogar wieder gehen. Er sah ihr in die Augen. "Es sei denn, Sie wussten nicht, was Sie da gerade tun. Und das kann ich nicht glauben, nachdem Sie derart von diesem verfluchten Ding gesprochen haben."

Als sie das Haus verließen und Karen, gestützt von ihm, vorsichtig erste Schritte auf die Straße machte, sah sie, dass er einen alten Geländewagen aufschloss. Die frische Luft belebte sie nicht, sondern wirkte eher wie ein Narkosemittel auf sie.

Sie begann zu schwanken und hatte ein Gefühl, als wären ihre Beine wie aus Gummi. Ihr Kopf tat weh.

Als sie stehen blieb, war er schnell wieder an ihrer Seite und legte seinen Arm um sie. "Sehen Sie", sagte er und setzte sie vorsichtig auf den Beifahrersitz seines Wagens. "Gar nichts ist okay, Sie brauchen noch Energie und später natürlich viel Zeit zum Schlafen. Ich werde auf Sie aufpassen."

Er blickte auf die Straße, ließ den Motor an, und Karen dachte an ihr eigenes Auto, das sie in der Nähe geparkt hatte.

Automatisch tastete sie nach ihrem Autoschlüssel. Dabei fiel ihr wieder ein, dass ihre Jacke mit dem Schlüssel in seinem Büro lag. Wenn er sie jetzt wegbrachte, war sie ihm also völlig ausgeliefert. "Mein Wagen steht gleich dort um die Ecke", sagte sie schnell und legte schon ihre Hand auf den Hebel der Tür um sie zu öffnen. Doch er fuhr an und bog, ohne ein weiteres Wort, mit quietschenden Reifen in die nächste Straße ein.

"Wenn ich Sie selbst fahren lasse", sagte er, ohne den Blick von der schwach beleuchteten Straße zu lassen, "werden Sie nicht als

Ganzes zu Hause ankommen." Sie spürte ihren Kopf schmerzhaft pochen und wusste, dass er recht hatte.

Sie fuhren ein paar Minuten, als er in einer belebten Straße an einer Drogerie, die spät noch geöffnet hatte, den Wagen anhielt. Ohne sie anzusehen, öffnete er seine Tür. "Sie bleiben hier sitzen."

Als er ausstieg und zum Eingang des Ladens auf die andere Straßenseite ging, fühlte sie sich plötzlich unwohl. Was, wenn sie gerade jetzt wieder einschlief oder ohnmächtig wurde? Oder, wenn er nicht zurückkam und sie, ohne dass es jemand merkte, starb? War dies nicht die allerletzte Möglichkeit, zu fliehen?

Karen versuchte gegen die übermächtige Müdigkeit anzukämpfen, hob ihre Hand und umklammerte den Griff der Tür. So fest sie konnte, drückte sie den Hebel nach unten.

Mit einem leisen Geräusch öffnete sie sich und schwang einen Spalt breit auf.

Nicht weit entfernt hörte man Autos über den Asphalt fahren.

Karen hob ein Bein, doch gerade, als sie versuchen wollte, es aus dem Wagen zu strecken, stand er auch schon an der Fahrertür und öffnete sie. Er warf einen Blick in den Wagen auf ihre geöffnete Tür und ließ sich, ohne ein Wort, auf seinen Sitz fallen. Die gefüllte Plastiktüte in seiner Hand warf er nach hinten auf den Rücksitz. Dann schüttelte er den Kopf, als sei sie ein unvernünftiges Kind, und sah sie an. "Ja, los schon! Probieren Sie es ruhig!", sagte er mit Nachdruck und legte demonstrativ seine Hände auf das Lenkrad. "Ich kann Ihnen sogar helfen, wenn Sie möchten."

Karen hob jetzt beide Füße aus dem Auto, stellte sie auf den Asphalt, hielt sich am Rahmen des Wagens fest und versuchte aufzustehen. Doch ihren Beinen fehlte die Kraft; sie gaben bei der geringsten Belastung nach. Außer Atem und mit klopfendem Herzen ließ sie sich wieder in ihren Sitz zurückfallen und zog die Beine mit Mühe wieder in den Wagen hinein.

"Was ist mit mir los?", fragte sie, als sie wieder Atem bekam. Tränen traten ihr in die Augen. "Das kann doch unmöglich von dieser Kiste kommen! Sie müssen mir etwas gegeben haben!"

Er lachte grimmig auf und sah sie an, als sie mit dem Kopf schüttelte. "Das wollen Sie mir doch nicht erzählen. Ich hab Sie gesehen. Wie Sie das Holz angestarrt haben. Und jetzt wollen Sie mich glauben machen, dass Sie nicht wüssten, was dieses Ding kann."

Karen erwiderte nichts. Ja, es stimmte, sie war tatsächlich auf der Suche gewesen. Nach etwas, das ihr helfen würde, diesen Mann einzuordnen. In einfache Kategorien wie Gut und Böse. Seine Rolle in Marcs Geschichte zu erfahren. Und jetzt saß er neben ihr und brachte sie an einen unbekannten Ort. Ohne dass sie wusste, auf welcher Seite er stand.

"Die Wahrheit ist, dass ich im Moment der Einzige bin, der Ihnen helfen kann. Deshalb war ich in diesem Laden da drüben und hab ein paar Sachen besorgt."

Als sie nichts antwortete, sah er zu ihr herüber, und sein Blick war bissig. "Machen Sie diese verdammte Tür jetzt selbst wieder zu, oder muss ich das für Sie tun?"

Karen bewegte sich nicht. Ihre Müdigkeit war einer beklemmenden Realität gewichen: wenn sie noch eine letzte Chance hatte, diesem Albtraum zu entkommen, dann jetzt.

"Warum sollte ich mit Ihnen kommen?", fragte sie also und ließ ihre Tür demonstrativ offen. Sie sah aus dem Augenwinkel, dass er sie immer noch ansah. "Wenn ich Sie richtig verstehe, wäre ich in Ihrem Büro fast gestorben."

Er schnaufte empört auf. "Wer hat Sie eingeladen, bei mir einzubrechen? Ich ganz sicher nicht!"

Karen funkelte ihn böse an. "Das offene Fenster im Haus war eine Falle, das haben Sie selbst gesagt!"

"Ja. Und da Sie hineingetappt sind, haben Sie sich selbst enttarnt, als das, was Sie sind. Oder etwa nicht?"

"Was wollen Sie damit sagen?", versuchte sie zu fragen, und sie hatte plötzlich das Gefühl, brüllen zu müssen, um von ihm verstanden zu werden.

Sie sah, dass er sich abwandte, vor sich auf die Straße sah und seine Hände lässig aufs Lenkrad legte. "Dass Sie dazugehören! Sie und ihr feiner Freund!" Er sah sie wieder an. "Sie sollten versuchen, nicht so viel zu sprechen und sich ihre Kraft aufzusparen."

Einen Augenblick sagte niemand etwas. Dann öffnete er seine Tür, kam um den Wagen herum und schloss ihre mit Schwung.

Als er wieder neben ihr saß, sah sie, dass er mit sich kämpfte. "Ich muss verrückt sein, dich zu retten, du …" Er fand kein Wort für das, was in ihm vorging. Sie hörte, wie er tief Luft holte. "Aber ich denke, er wird kommen und dich holen. Bald."

Karen versuchte, zu verstehen. "Du willst doch meinen Bruder“, lallte sie. In dieser plötzlichen und elementaren Nähe kam es ihr albern vor, ihren Entführer zu siezen. "Du meinst, mit mir hast du einen Köder!"

Er sah sie an und sagte nichts. Doch es war klar, dass sie mit ihrer Vermutung ins Schwarze getroffen hatte.

Karen schloss ihre Augen. Das Brummen, die Bewegung des Wagens und die Dunkelheit um sie herum wirkten auf sie, als wol le man sie in den Schlaf wiegen.

"Hey!", rief er und griff nach ihrem Arm. Er schüttelte sie, bis sie erschrocken ihre Augen wieder öffnete. "Wach bleiben! Es ist jetzt nicht mehr weit."

Er schob ihr eine Getränkedose in die Hand, und sie fror, als sie das eiskalte Metall anfasste. In ihrem Kopf hämmerte ein schneidender Schmerz, als sie ihn bewegte, um sich das Etikett anzusehen. Ein Energydrink.

"Los, mach sie schon auf!", fuhr er sie an, startete den Wagen.

Sie fuhren durch eine Ortschaft. Helle Lichter, Reklametafeln und Ampeln. Die nächste war rot.

Er brachte den Wagen abrupt zum Stehen, riss ihr die Dose wieder aus der Hand, zog am Verschluss, bis es zischte. Kalte Flüssigkeit schwappte auf ihre Jeans. "Jetzt trink schon!", forderte er sie auf und ließ den Blick nicht von ihr, bis sie einen Schluck im Mund hatte.

Karen spürte, wie die süße Flüssigkeit kalt in ihren Magen floss. Doch als sich der Wagen wieder in Bewegung setzte, fielen ihr die Augen zu. Er reagierte, indem er den Wagen wieder stoppte.

Dann, als sich schon wirre Traumbilder vor ihrem geistigen Auge bildeten, nahm sie jemand an den Armen, barg ihren Kopf an seiner Schulter und hob sie aus dem Wagen.

Die Dose fiel ihr aus der Hand. Sie wusste nicht, ob es Nacht oder Tag war oder wohin sie getragen wurde.

Doch als sie auf eine weiche Unterlage gelegt wurde und ein gleißend helles Licht in ihr Gesicht schien, kniff sie unwillkürlich ihre Augen zusammen und hob schützend die Hand vors Gesicht.

"Mein Gott, Simon!", hörte sie eine fremde Stimme wie durch einen Schleier. Das Licht wurde weggedreht. "Wenn sie stirbt, …"

"Verdammt, jetzt red´ keinen Mist und hilf mir lieber!"

Viele Hände rissen an ihren Kleidern, zogen ihr die Schuhe aus und schoben ihr ein Kissen unter ihren Kopf. Jemand fühlte ihren Puls.

"So", sagte eine tiefe Stimme mit ironischem Unterton ganz nah an Karens Ohr. "Ich hab´ hier was für dich." Jemand kniff ihr in den Arm, bis es so wehtat, dass sie ihre Augen leicht öffnete. "Siehst du, es geht doch."

In der Dunkelheit ihrer geschlossenen Augen tauchten plötzlich kleine, bunte Perlen auf, die leuchtend über eine schräge Holzplatte einem Abgrund entgegenrollten.

Karen wusste, dass es wichtig war, sie auf ihrem Weg ins Nichts aufzuhalten, um zu verhindern, dass die Kugeln verloren gingen. Aber als sie nach ihnen griff, ohne sie zu erreichen, wuchsen sie.

Durch irgendetwas wurden sie aufgeblasen. Und während diese Bälle immer größer und praller wurden, veränderte sich der Weg, den sie zum Abgrund hatten. Er beschrieb eine Schleife, wie bei einem Bumerang, dann rollten sie zurück auf Karen zu.

Sie begriff, dass sie inzwischen viel kleiner war, als diese zu riesigen Kugeln angewachsenen Bälle. Sie musste fliehen, wollte sie verhindern, dass eine von ihnen sie zerquetschte. Entsetzt sah Karen, dass die große, gebogene Oberfläche eine dieser Blasen sie wie ein Hochhaus überragte. Als sie den Druck einer Berührung spürte und rückwärts taumelte, trat sie ins Leere.

Erschrocken riss sie die Arme im Fall hoch und schrie. Sie spürte einen Arm und einen weichen Körper, der sie festhielt, und hörte eine Stimme, die etwas rief.

"Verdammt, sie driftet weg! Henry, hilf mir! Beeil dich! Hol kaltes Wasser, das hat funktioniert!"

Dann ging alles schnell.

Ein eiskaltes feuchtes Tuch strich ihr übers Gesicht, und sie öffnete ihre Augen, zaghaft und vorsichtig.

Sie wusste nicht, wo sie war und wem das faltige Männergesicht mit den dichten, gelockten, weißen Haaren und den auffälligen buschigen Augenbrauen gehörte. Etwas Lebendiges in den Augen darunter sah sie sorgenvoll an, und als das Gesicht sie ansprach, sah sie, wie sich ein weißer Bart bewegte. "Ja Mädchen, gut. Du schaffst das schon."

Der Blick des Mannes richtete sich auf etwas, das sich hinter ihr befand. "Sie schafft es doch, oder?", flüsterte er, und sie verstand den Sinn seiner Worte nicht. Karen fiel der unsichere Klang seiner leisen, brüchigen Stimme auf.

"Beruhig dich, Henry", sagte jemand hinter ihr, und sie schloss wieder ihre Augen. "Das Wichtigste ist, dass wir sie nicht hinlegen, dann hat sie eine Chance. Vergiss nicht das kalte Wasser, sonst schläft sie wieder ein."

"Es klappt doch schon gut!", kommentierte die tiefe Stimme des alten Mannes mit offensichtlich übertriebenem Optimismus. Sie näherte sich ihrem Ohr. "Hören Sie mich?"

Jemand strich über ihre Wange. Dann ein Murmeln und wieder die Stimme. "Simon, wir müssen uns was überlegen", raunte er.

"Ich bring sie nicht ins Krankenhaus, vergiss es!", kam eine Antwort zurück. So, wie es klang, hörte es sich an, als gäbe es keinen anderen Weg als genau diesen.

Karen wollte weg. Sie musste schlafen, dringend. Mit den Armen schlug sie um sich und versuchte sich von dem Körper, der sie umfing, abzustoßen. "Lass mich!", sagte sie und ahnte nicht, dass sie in Wirklichkeit nur ein undeutliches Gemurmel von sich gab.

Jemand schob ihr Eiswürfel in den Nacken, und sie spürte, wie alles zu einem eisigen Fluss zerschmolz und ihren Rücken hinunterrutschte. Sie hatte offenbar hohes Fieber.

„Du musst nur mithelfen." Sie spürte, wie ihre Hand immer wieder gedrückt wurde. "Verstehst du mich? Dann zeig es mir!"

Sie ließ sich seine Worte durch den Kopf gehen, versuchte sie nicht gleich wieder zu vergessen. Für einen kurzen Augenblick hatte sie diesen süßlichen Duft, an den sie sich sofort erinnerte, in der Nase. Es roch unvergleichlich, frisch und gleichzeitig aufregend. Karen musste lächeln. Nichts in ihrem Leben hatte sie jemals so begeistert wie dieser perfekte Geruch!

Karens Kopf sank nach vorne. Während sie ihn auf der Schulter des Fremden barg und die Augen schloss, merkte sie nicht, wie er sie immer wieder schüttelte und anbrüllte.

Die Bedrohung

Niederod

Tanzen vor Schmerz,
Wut und Trauer und wehren gegen Angst.
Wildes Tanzen und warten, warten,
er kommt, riechen und tanzen,
Er kommt und nimmt die Angst.
Er riecht die Angst und hilft. Hilf mir! schnell!

Die Wohnung war kalt und André drehte fröstelnd am Heizkörper.

Er warf seinen Koffer achtlos auf den Boden, legte die Laptoptasche auf den Tisch und war schon wieder zurück im Treppenhaus.

Er räusperte sich, strich sich seinen Anzug glatt und klingelte an der gegenüberliegenden Haustür.

"Bist du da? Karen?", rief er, als niemand öffnete.

Er bückte sich und legte sein Ohr ans Holz der Tür. "Karen?", versuchte er es ein letztes Mal, dann schob er eine Hand in seine Hosentasche und zog einen Schlüssel heraus. Gut, dass sie ihm den gegeben hatte.

"Ich komm jetzt rein, okay?", warnte er vorsichtshalber und schloss ihre Haustür auf.

Mit den Schuhen schob er die ungeöffnete Post, die auf dem Boden verteilt war, beiseite und ging durch die ganze Wohnung. Langsam wurde ihm klar, dass es keinen Sinn hatte, weiter nach ihr zu suchen.

Als er in die Küche kam, stand dort noch eine Tasse mit einem eingetrockneten Kaffeerest darin.

André ließ sich auf einen Küchenstuhl fallen und überlegte. Seit Stunden versuchte er Karen telefonisch zu erreichen, hatte ihr Mails geschickt und angekündigt, dass er bald da sein würde. Sie hatte kein einziges Mal geantwortet.

Er hatte auch schon im Krankenhaus auf Marcs Station angerufen und nachgefragt, ob sie dort jemand gesehen hatte, aber ohne Erfolg. Es war, als habe sie sich in Luft aufgelöst. Wenigstens war ihre Abwesenheit ein Zeichen dafür, dass es ihr wahrscheinlich gut ging.

Müde zog er sein Jackett aus, hängte es über einen Stuhl und holte sich ein Bier aus ihrem Kühlschrank.

Dann suchte er nach dem Telefon, ohne genau zu wissen, was er damit sollte.

Als er es auf dem Sofa fand, sah er, dass darunter ein Zettel lag. *Ullrich*, stand neben einer hastig hingekritzelten Nummer. *Der Tierversuchsgegner*, folgerte er schnell und tippte wie automatisch auf die Zahlen. Eifersucht kroch in ihm hoch. Was lief eigentlich mit diesem Typ?

Jemand ging nach dem zweiten Klingelton dran. "Karen?", hörte er ihn ins Telefon rufen. Offensichtlich hatte er ihre Nummer erkannt. "Endlich! Was …".

André fiel ihm ins Wort. "Nein, Augenblick! Ich bin nicht Karen! Ich bin ein Freund und in ihrer Wohnung. Ich entschuldige mich dafür, dass es schon spät ist, aber ich dachte, sie wüssten, wo sie ist. Sie antwortet auf keine Nachricht und ist auch sonst nirgends erreichbar. Beim Telefon lag ein Zettel mit Ihrer Nummer."

André holte entnervt Luft. Karen hatte schon einmal beiläufig von diesem Biologen erzählt. Das war an sich kein Problem, aber durch die Zeit, die sie mit der Gruppe verbrachte, war ihm dieser Ullrich schon von vornherein unsympathisch. Der Zettel mit seiner Nummer lag ja wohl nicht ohne Grund direkt neben Karens

Telefon. "Bei Ihnen ist sie ja offensichtlich auch nicht. Hat sie irgendwas gesagt?", rief er, als er schon befürchtete, der Tierschutzmann würde auflegen. "Darüber, was sie vorhat, oder so?"

Ullrich antwortete nicht, er schien nachzudenken. "Nein, ich hab keine Ahnung! Wir hatten uns schon gestern eigentlich in Marcs Garten verabredet, aber sie war nicht da. Deshalb hab ich fast eine halbe Stunde nach der Pflanze gesucht."

André blies ärgerlich ins Telefon. "Was für eine Pflanze, wovon reden Sie?", sagte er, "die ganze Sache läuft wohl etwas aus dem Ruder!" Er stöhnte entnervt auf. "Karen jagt manchmal Gespenster, das ist so ihre Art! Sie müssten das doch wissen, wenn Sie zusammen in dieser Gruppe sind. Seit Marc im Krankenhaus ist, bildet sie sich Sachen ein. Zeichen, die er mit den Fingern formt oder komische Zusammenhänge." André brüllte fast. "Jetzt sagen Sie mir am besten alles, verstehen Sie?" Er zischte wütend ins Telefon, und es klang, als spräche er mit sich selbst. "Eine *Pflanze*, ich fasse es nicht! Tiere reichen jetzt wohl nicht mehr. Ich hoffe, Karen ist da nicht in irgend so eine Drogensache reingeraten."

Andre bemühte sich inzwischen, seine Worte wie eine Drohung klingen zu lassen. Insgeheim sah er in Ullrich einen Nebenbuhler und hatte noch nie was für die Aktionen der Tierversuchsgegner übrig gehabt. „Wissen Sie, ich glaube, Drogen sind das Letzte, was Karen jetzt braucht!"

Ullrich spürte wohl, in welcher Verfassung André war. Deshalb gab er sich wortkarg, erzählte nur davon, dass der Ast, den Karen ihm gebracht hatte, nicht ganz ungefährlich war. "Nach allem, was ich rausgefunden habe, sollte man da vorsichtig sein."

André merkte, dass das Gespräch in die falsche Richtung lief. Dieser Ullrich wusste nicht, wo Karen war, das stand wohl fest. Aber dass sie jetzt einer Pflanze aus Marcs Garten nachjagte, war ungeheuerlich.

Aber ihm kam ein Gedanke. "Wie kann ich mir das Gewächs denn vorstellen?", fragte er und versuchte ehrlich interessiert zu klingen.

Ullrich antwortete nicht sofort. Dass dieser Mann plötzlich mehr über die Pflanze erfahren wollte, war seltsam, vor allem, nachdem er sich zunächst so aufgeregt hatte. "Warum fragen Sie?", fragte er deshalb misstrauisch.

"Oh, ich denke gerade darüber nach, ob sie mir etwas davon erzählt hat, deshalb. Ich will ihr doch helfen, genau wie Sie."

Ullrich überlegte kurz, dann räusperte er sich. "Sie ist hüfthoch, hat rötliche, marmorierte Blätter und ist, wie gesagt, nicht ganz ungefährlich."

André hatte genug erfahren. Ohne ein weiteres Wort beendete er das Gespräch, warf das Telefon aufs Sofa und lief unschlüssig im Zimmer umher. "Verdammt!", presste er wütend hervor und schnappte sich in der Küche sein Jackett. Im Treppenhaus zog er es über.

Es war schon dunkel, kalt, und es regnete, als das Auto kurze Zeit später vor dem alten Haus parkte.

André hatte bei Karen vergeblich nach dem Schlüssel fürs Pfarrhaus gesucht und war auf die Idee gekommen, dass sie hier sein könnte. Es sah ihr ähnlich, dass sie im Haus alles vorbereitete, für den Fall, dass Marc aufwachte und zurückkäme. Oder, dass sie vorübergehend hier wohnte, nur um sich ihm nahe zu fühlen.

Doch als er vor dem Haus stand, war alles dunkel, und auch sein wiederholtes Läuten an der Tür blieb unbeachtet.

Also drängte er sich durch die Zweige der Hecke in den Garten und fluchte, als ein Ast ihm die Hand zerkratzte.

Immer noch schimpfend leuchtete er mit seinem Handy den Boden ab und ärgerte sich.

Natürlich hätte er diesen Ullrich fragen können. Nach dem genauen Ort, an dem die Pflanze wuchs. Doch nun war es zu spät.

Und nochmal dort anzurufen, hatte er keine Lust. Allerdings musste er schon an Wunder glauben, wenn er meinte, er würde das Gewächs in dieser Dunkelheit auf Anhieb finden.

Außerdem war ihm auch noch nicht ganz klar, was er überhaupt damit vorhatte.

Beim Telefongespräch vor ein paar Minuten war ihm kurz der Gedanke gekommen, die Pflanze kurzerhand beiseite zu schaffen. Auszugraben, wegzuwerfen oder sie niederzutreten.

Und nun, im Garten, wurde er sich immer sicherer, dass es genauso das Beste war. Seine Wut über Karens Starrköpfigkeit, wenn es um ihren Bruder ging, hatte sich während des Telefongesprächs mit diesem Ullrich ins Unermessliche gesteigert. Er hatte beschlossen, Karens Spinnereien nicht länger zuzusehen. Es musste etwas geschehen, zu ihrem eigenen Schutz.

André ging die Reihen der Sträucher ab und versuchte sich vorzustellen, nach was er eigentlich suchte. *Eine hüfthohe Pflanze, marmorierte, rötliche Blätter,* war alles, was dieser Ullrich gesagt hatte.

Er leuchtete das Gras auf dem Boden vor sich ab und zertrat vorsorglich alles, was ihm groß genug und verdächtig vorkam. Er hatte jetzt eigentlich anderes im Kopf, als im Dunkeln Blätter nach Muster abzusuchen. Stattdessen musste er ständig an Karen denken. Und an die Probleme, die er mit ihr hatte.

Als er sie vor fast einem Jahr kennengelernt und sich in sie verliebte hatte, war ihm aufgefallen, wie innig Karens Verhältnis zu ihrem Zwillingsbruder war. Dass das nichts Besonderes war, hatte er schon öfters gehört. Es musste auch kein Problem sein, wenn er dadurch und durch die Freundschaft mit Marc die Chance hatte, ihr näher zu kommen.

Doch Karen bemutterte ihren Bruder viel zu extrem und sorgte sich mehr um ihn, als er es selbst jemals erwarten konnte. Wenn er es denn jemals schaffen würde, sie von sich zu überzeugen.

Sein Werben hatte bisher jedenfalls nicht den Erfolg, den er sich erhofft hatte. Und es wurde immer schwerer.

Seit Marc diese merkwürdigen Zustände hatte und unentwegt von seinen Träumen und Ängsten sprach, war auch Karen nicht mehr dieselbe. Marc zog sie in seine Fantasiewelt regelrecht mit hinein. Absurde Träume von Frauen, kein Wunder bei dem Beruf, den er sich ausgesucht hatte.

André hatte es mit Gesprächen versucht; sowohl mit ihr als auch mit Marc. Aber beide blockten ab, wenn er davon anfing. Ohnmächtig hatte er sich vorgenommen, Karens Wünsche, die Sache allein zu regeln, zu akzeptieren.

Als Marc aber ins Koma fiel und sie dann prompt mit ihrem Wagen in einen Graben gefahren war, leuchteten bei ihm alle Warnlampen.

Er rechnete sich inzwischen eine hohe Wahrscheinlichkeit aus, dass Karen bereit war, ihrem Bruder sogar ins Koma zu folgen, um bei ihm zu sein. Mit dem Auto auf gerader Strecke in den Graben zu fahren, wertete er als ein erstes Zeichen dafür.

André trat gerade lustlos gegen den Stamm eines Busches, als er merkte, dass er mit dem anderen Fuß in einem schlammigen Erdloch stecken geblieben war.

Er stolperte, versuchte unsicher tastend einen Fall zu verhindern, doch das Handy fiel ihm aus der Hand, und er stürzte.

Das Gerät verschwand in der schwarzen Dunkelheit zwischen den Ästen eines Strauchs, und sein Knie wurde beim Fall auf den feuchten Boden sofort nass. Kälte breitete sich schnell über das gesamte Hosenbein aus.

Fluchend zog er umständlich den Fuß mit dem mit Schlamm überzogenen Schuh aus dem Matsch und begann, die feuchte Erde am Gras abzustreifen. Seine teuersten Slipper, noch ganz neu. Und ob die Reinigung es schaffen würde, den Anzug wieder in Ordnung zu bringen, stand auch noch in den Sternen.

Ohne das Licht des Handys war es stockdunkel, und André hatte gerade noch gesehen, dass das teure Ding ausgegangen war, als es zwischen den Ästen verschwand. Er bückte sich trotzdem und tastete den Grasboden ab.

Als er sich hinkniete, stieß er laute Verwünschungen aus, als er auch an seinem anderen Knie die Feuchtigkeit spürte.

Gerade, als er sich eingestehen musste, dass es ohne Licht keinen Sinn hatte, weiterzusuchen, berührten seine Finger das Gehäuse des Handys.

Er tastete den Boden ab, zog es umständlich aus dem Gebüsch und schaltete die Lampe wieder an. Mit zusammengekniffenen Augen leuchtete er das hohe Gras vor sich ab und sah plötzlich ein paar Meter weiter einige seltsame technische Gerätschaften, die in den Boden gesteckt waren.

Um ein größeres Areal war ein Absperrband gezogen.

André wusste sofort, dass er gefunden hatte, was er suchte, dass das verfluchte Ding genau hier stehen musste, nirgends sonst! Der Biologe hatte also versucht, irgendwelche Experimente mit der Pflanze zu machen, während er auf Karen gewartet hatte.

André bückte sich, um sich das Gewächs genauer anzusehen. Es sah schon besonders aus, mit dickem, glattem Stamm und gemusterten Blättern.

Aber warum hatte er es nicht schon vorher in Marcs Garten gesehen? Schließlich war er oft genug diesen Weg entlang gegangen. So unscheinbar war diese Pflanze mit diesen festen, knotigen Dingern und dieser merkwürdigen Farbe nicht.

Wahrscheinlich, weil sie so hässlich war und weil ihn diese Pflanzen sowieso gar nicht interessierten, entschied er und holte mit dem Fuß zum Tritt aus. Mit viel Schwung schaffte er es, den Stamm tief unten an der Stelle, an der er aus der Erde wuchs, zu erwischen. Tropfen lösten sich durch die plötzliche Erschütterung und durchnässten ihn vollends.

André schwankte kurz, richtete das Licht des Handys wieder auf das Gewächs und war enttäuscht.

Es erwies sich als recht widerstandsfähig, denn wie ein Stock aus Plastik hatte sich der Stamm der Pflanze wieder zurück in die Senkrechte bewegt. Er hob wieder seinen Fuß. "Verdammtes Mistding!", entfuhr es ihm, und er trat wieder und wieder auf sie ein.

Endlich blieb sie flach liegen, mit zerknickten Blättern. Ein Teil der Wurzeln hatte sich aus dem Boden gelöst. Er hatte es anscheinend geschafft!

Doch wer sicherte ihm zu, dass dieses Unding auch tot war? Widerwillig bückte er sich und packte alles, was er von ihr greifen konnte, mit beiden Händen. Dann stemmte er sich ab und zog fest daran.

Er brauchte drei Versuche, bis die Wurzeln endgültig abrissen, dann hörte er ein Knacken. Sie baumelte in seiner Hand. Angeekelt warf er die Pflanze vor sich auf die Wiese und wischte sich die Hände an seiner sowieso schon unrettbar verdreckten Hose ab.

Melancholischer Rückblick

Energie, die fließt - speichern,
für dich.
Anziehung, Aufgabe.
Wir.

Mit schweren Schritten ging er zum Eingang des Hauses.

Schon während der Fahrt im Taxi hatte er sich überlegt, wie er vorgehen wollte, welche Antworten er parat haben musste, falls dieser Typ mit der Wohnung auf die Idee kam, dumme Fragen zu stellen. Vermieter waren so schwierig, so neugierig und gleichzeitig doch so berechenbar.

Trotzdem musste seine Rolle perfekt sein, wie immer.

Er liebte es, in Rollen zu schlüpfen. Auf diese hatte ihn der Taxifahrer gebracht, ja regelrecht darauf gestoßen. „Da haben Sie sich aber eine gute Gegend ausgesucht", hatte er mit einer verrauchten Stimme gesagt, als er ihm erzählt hatte, warum er hier unterwegs war, und der Mann hatte das noch nicht einmal ironisch gemeint.

Dieses Viertel war tatsächlich eines der schönsten Ecken der Stadt, nicht weit zum Stadtkern und mit dem Bus nur einige Minuten zum Bahnhof.

Als er ausgestiegen war und auf das Haus zuging, fiel ihm wieder der Fahrer des Taxis ein. Der hatte aufgehorcht, als er ihm die Adresse genannt hatte. „Ich muss sagen, Sie haben Glück, an so eine Wohnung gekommen zu sein. Hier wird nämlich nur an Gutbetuchte vermietet." Der Mann verzog das Gesicht, als hätte er auf etwas Saures gebissen. "Na ja, wahrscheinlich bisschen teuer, aber Sie können sich das ja sicher leisten. Hatten Sie einen Makler, der für Sie gearbeitet hat?"

Gutbetucht, das war das Wort, das ihm bei dem Gespräch hängen geblieben war. Eine Rolle, die er perfekt beherrschte. Sie war zwar nach der langen Zeit in dem kleinen Ort ein bisschen eingerostet, aber es gibt Dinge, die verlernt man nicht.

Nun stand er vor der hohen Holztür des sorgfältig restaurierten Steinhauses im Biedermeierstil und suchte den Klingelknopf mit dem Namen, den er genannt bekommen hatte.

Der Summer ertönte sofort, als er ihn drückte. Im ersten Stock hatte man ihm gesagt, und als er dort den langen Flur entlang ging, sah er ein Stück weiter schon die geöffnete Tür und den älteren Herren, der ihn lächelnd erwartete.

„Schön, dass Sie´s gefunden haben", sagte er und streckte ihm seine Hand hin. „War nicht so schwer zu finden, hoffe ich."

Er sah sich den Mann an, den Anzug in dem er steckte, den dünnen Mantel darüber und das teure Hemd. Ja, so etwa hatte er ihn sich vorgestellt, den Anwalt, der ihm auf dem Sprung in die

Mittagspause seine teure Wohnung zeigen wollte. Wahrscheinlich hatte er im Büro Bescheid gesagt, dass es heute ein bisschen länger dauern könnte.

Mit festem Druck schüttelte er ihm die Hand, lächelte unverbindlich und sah sich sofort um. „Nein, das war einfach, aber danke für die Frage“, sagte er, ohne den Anwalt anzusehen. „Das sieht ja schon ganz gut aus, die Fliesen und der Stuck.“ Er strich über den Schleiflack auf der geöffneten Tür zur großzügigen Küche, auf die er einen kurzen Blick warf. „Find ich gut, wirklich. Gefällt mir."

Der Anwalt ging um ihn herum und sah ihn auffordernd an, ihm ins nächste Zimmer zu folgen. Sie betraten einen großen, hellen Raum. „Das ist das großzügige Wohnzimmer und dahinter ein sehr schönes Arbeitszimmer.“

Der Anzugmann lachte gekünstelt auf. „Sozusagen der wichtigste Raum.“ Er hatte sich bei ihrem ersten Treffen als Ghostwriter eines bekannten Autors ausgegeben und es genossen zu sehen, wie einfach Menschen zu beeindrucken waren.

Er reagierte nicht auf die Anspielung, bückte sich, fuhr mit der Hand über das Parkett und nickte, als er sich wieder aufrichtete. „Ich würde zwar erst Anfang des Monats einziehen, aber ich brauche die Wohnung schon ein bisschen früher, wenn´s recht ist.“

Mit einer schnellen Bewegung zog er sein Handy aus der Innentasche seines Jacketts und drückte einige Knöpfe. Ein verärgerter Zug glitt über sein Gesicht. „Ach entschuldigen Sie", fragte er, ohne aufzusehen, "kann ich ein paar Minuten allein sein, ich muss kurz etwas erledigen? Dann kann ich mich wieder um Sie kümmern.“

Er ließ dem Anwalt keine Zeit zum Antworten, drehte sich um und ging einige Schritte zum Fenster. Unter sich sah er Spaziergänger durch den Park schlendern.

Natürlich würde dieser Typ seine eigenmächtige Geste entschuldigen, da war er sicher. Der Anwalt war schon verschwunden, als er sich nach ihm umdrehte. Wahrscheinlich wartete er in einem der vier anderen Zimmer begierig darauf, dass er sich Zeit für ihn nahm. Eine Wohnung dieser Klasse war auch für ihn nicht einfach zu vermieten.

Er setzte sich auf die Holzbank an einem der Erkerfenster und sah auf die Straße hinaus.

Nun gut, um die Wohnung brauchte er sich keine Gedanken mehr zu machen. Er würde sich wohlfühlen, in diesem Jahr, das er benötigte, um sich neu zu orientieren. Spuren zu verwischen, eine neue Identität aufzubauen, einen Platz für seine Geliebte und ihre Kinder zu finden. Nach vielen Jahren musste er sich also wieder mit dem Leben in einer Stadt anfreunden, und diese hatte die richtige Größe, je anonymer desto besser.

Er drückte auf seinem Handy herum und öffnete ein Dokument. Ein Foto füllte den Bildschirm aus, eine lächelnde Frau. Mit ihren langen hellroten Haaren und den Grübchen, die sie hatte, war sie durchaus hübsch, musste er zugeben. Sommersprossen zogen sich wie kleine Sternbilder über ihr Gesicht. Lendy stand darunter. Einige Daten zu ihrer Person, Qualifikationen und Kontaktadresse.

Er verzog seine Augen zu schmalen Schlitzen und presste seinen Mund zusammen. Sie war ein Problem, ein viel Größeres, als er zuerst gedacht hatte. Eine Schnüfflerin, die ihre Nase viel zu tief in sein Leben stecken wollte.

Er hatte sich erkundigt, entdeckt, dass sie nicht nur die harmlose Buchhändlerin war, die sie vorgab zu sein. Mit irgendwelchen anderen brach sie nachts in Ställe ein, um Tiere, die schlecht gehalten wurden, zu fotografieren oder Filme von ihnen zu drehen. Er lachte kurz auf. Die würde er, wenn sie erstmal Blut geleckt hatte, nicht mehr so einfach loswerden.

Er würde handeln müssen. Wenn es noch nicht zu spät war. Doch war das Unglück wirklich noch aufzuhalten?

"Ist alles in Ordnung?", hörte er den Anwalt aus der Küche über den Flur rufen. Entsetzlich, wie scharf der auf seine Unterschrift war.

"Ja, natürlich!", rief er zurück und steckte sein Handy in die Tasche seines Jacketts. "Ich nehme den Vertrag mit, und wir schicken ihn morgen unterschrieben an Ihre Adresse, ja? Wenn das für Sie akzeptabel ist?"

Langsam tauchte der Kopf des Anwalts an der Tür auf. "Sicher, das ist doch kein Problem." Er hielt das Schriftstück schon in seiner Hand, hatte es beim Warten wahrscheinlich nervös hin und her gedreht.

Er zog dem aufdringlichen Anwalt den Vertrag aus der Hand, faltete ihn und klemmte sich das Papier unter den Arm. "Also schönen Tag noch! Sie hören dann von mir."

Ohne ein Händeschütteln öffnete er sich die Tür zum Treppenhaus und stieg die Stufen zur Straße hinunter.

Draußen sah er sich um.

Die Sonne schien, und es war noch viel zu früh, um ins Hotel zurückzufahren. Der Park gegenüber hatte ihm schon gefallen, als er ihn vom Fenster aus gesehen hatte. Alte Stileichen, wunderschön. Ihr Anblick hatte etwas in ihm ausgelöst. Eine Sehnsucht, die gestillt werden wollte.

Er überquerte die Straße und machte es sich auf einer der Bänke, die am Weg standen, bequem. Spaziergänger schlenderten an ihm vorüber, aber das störte nicht. Im Gegenteil, das machte die Sache leichter. Es musste ja etwas geben, das ihn in die Wirklichkeit zurückholen würde, etwas, an dem er sich festhalten konnte, wenn er sich klarmachen wollte, dass er hier war.

Er lehnte sich entspannt zurück, schloss die Augen und suchte in seinen Gedanken einen Ort seiner Vergangenheit. Dorthin zog es ihn im letzten Jahr öfter, das lag wahrscheinlich an seinem Alter. Zumindest in seinen Gedanken wollte er zurück. Dorthin, wo alles begonnen hatte. Sein Atem wurde ruhig, sein Herzschlag langsamer. Anfangs waren da Berge.

Es waren immer zuerst die Berge, die er sah, wenn er sich zurückdachte. Majestätisch riesig und mit Hängen, die im weißen Schnee das Sonnenlicht widerspiegelten.

Damals, vor fast dreihundert Jahren, hatte er nicht gewusst, wovor genau er stand, dem Dach der Welt, wie man heute sagte. Wie auch? Niemand hätte zu dieser Zeit ahnen können, wie besonders dieser Platz war. Langsam entspannte er sich. Die Geräusche des Parks nahm er nur noch als rauschenden Hintergrund wahr. So war es gut, so fiel es ihm leicht, sich zurückzudenken.

Er war schon in vielen Ländern gewesen, hatte in vielen Epochen gelebt. Aber an den Beginn der Zeit, inmitten der Berge, erinnerte er sich am liebsten. Er wusste, diese Zeit war die schönste seines langen Lebens. Und das galt wahrscheinlich auch für seine Zukunft. Manchmal, wenn er in der Erinnerung zurückreiste, da kam es vor, dass er es bereute, nicht dort geblieben zu sein. Alles wäre so viel einfacher gewesen.

Er verscheuchte den Gedanken, ehe er zu stark wurde. Es hatte keinen Sinn, getroffene Entscheidungen in Frage zu stellen, nicht nach so vielen Jahren.

Also blieb ihm nur die Erinnerung. Ein Gefühl blitzte in ihm auf, und er bekam Herzklopfen. So wie jedes Mal, wenn er es zuließ, dass sein Bewusstsein Raum und Zeit überwand.

Er sah auf seine Hände und erinnerte sich an den Augenblick, als das schmale Pflänzchen, zum ersten Mal darin lag. Wie ein Baby hatte es sich in die Zwischenräume seiner Finger gekrümmt. Ein Baby, das er beschützen wollte. Sofort, ohne nachzudenken. Dies war das erste, wirklich intensive Gefühl seines Lebens gewesen, hatte er später erkannt. Mit nichts vergleichbar, weder vorher, noch danach. Und er wollte es sich bewahren, solange er konnte.

Er atmete befreit auf, fühlte sich wie neugeboren. Manchmal, stellte er wehmütig fest, brauchte es eine kleine gedankliche Flucht in die Vergangenheit, um die Wirklichkeit ertragen zu können. Gerade in den Zeiten eines Ortswechsels. Er musste nur aufpassen, den Absprung zurück in das Hier und Jetzt zu schaffen.

Und während er sich kurz die Vorstellung erlaubte, mit seinen Fingern über die raue Oberfläche der dunkelgrünen Blätter zu streichen, kam es ihm vor, als atme er ihren köstlichen Duft ein.

Dabei bildete er sich, ohne es zu wollen, ein, die fremdartig klingende Sprache der Mönche zu hören. Ihre Gebete, die sie ohne Unterlass eintönig herunterbeteten. Wie in Trance. Da waren der helle, klare Ton der Klangschalen, wenn sie angeschlagen wurden, und das donnernde Brummen des riesigen Gongs. Damals hatte er all das in den heiligen Zeremonien erlebt, war dabei gewesen, mittendrin. Wieder ging ihm dieser Gedanke durch den Kopf, *die wichtigste Zeit meines Lebens.*

Er beschloss, sich nicht mehr gegen das Erinnern zu wehren. Nur kurz und dann lange Zeit nicht mehr.

Fast zwei Jahre. So lange war er damals auf seinen Wanderungen im Himalaya unterwegs gewesen.

Er hieß damals Friedrich, sein erster und wirklicher Name. Sein Vater hatte ihn ausgesucht, wurde ihm erzählt, als Oberhaupt einer adligen preußischen Familie.

Friedrich war nicht der Sohn, den sich dieser korrekte und tugendreiche Mann vorgestellt hatte. Trotzdem hatte Friedrich es schwer gehabt, ihn davon zu überzeugen, dass er nicht die militärische Laufbahn eines Offiziers anstrebte. Es war die Botanik, die ihn begeisterte.

Sein Vater gab nicht auf. Dabei waren die Methoden, die er anwandte, um seinen Sohn auf die richtige Spur zu bringen, brutal und unmenschlich. So nannte man das heute, damals hielt er das, was ihm sein Vater antat, für väterliche Liebe.

Er wurde eingesperrt, bestraft und sein jugendlicher Körper musste aushalten, was man sich ausdachte, um ihn zu biegen.

Doch schließlich gab sein Vater auf. Friedrich hatte das Gefühl, der alte Mann, den er nur in seiner Uniform kannte, atme auf, als sein Sohn das Schiff bestieg, das ihn tausende Kilometer weit weg von ihm und seiner Familie bringen sollte.

Asien hatte er immer wieder gefordert. Er wollte sie mit eigenen Augen sehen, die fremdartigen Landschaften, Tiere, Pflanzen und die Wunder, von denen erzählt wurden.

Als er dann Monate später das Schiff verließ, geschwächt durch Seekrankheit und Heimweh, nahm er sich vor, eine Heimreise nur mit einer Menge gesammelten Wissens anzutreten. Man sollte zu Hause stolz auf ihn sein.

Immer, wenn ihn jemand auf seiner Wanderschaft fragte, was ihn, einen Europäer, in die Einsamkeit der Berge trieb, hatte Friedrich dieselbe Antwort parat. Er wollte die unentdeckten Flecken auf der Landkarte erforschen. Deshalb grub er Pflanzen aus und trocknete sie, sammelte Insekten, von denen er in seinen Mappen Zeichnungen anfertigte, und machte Notizen über das Land, seine Bewohner, ihre Rituale.

Friedrich wurde bei seinen Wanderungen oft in Klöstern aufgenommen. Einen Augenblick lang zog ein Lächeln über seinen Mund. Er erinnerte sich daran, was er über Frauen und Mönche gedacht hatte, damals in diesen männlichen Wohngemeinschaften. Es gab so etwas wie Frauen einfach nicht in dieser Welt des Gebets und Askese, sie waren nicht existent. Ja, das glaubte er damals.

Die Gastfreundlichkeit der Menschen hier war so selbstverständlich, wie er es niemals vorher erlebt hatte. Und in diesen Klöstern, die sich meist in abgelegenen Gegenden befanden, fühlte er sich besonders wohl. Für die Dauer seines Aufenthaltes dort half Friedrich bei allen Arbeiten und konnte dafür auch die Aufzeichnungen der Mönche nutzen.

Er hatte sich schnell an den Anblick der Gebetsmühlen, die hier unablässig von den singenden Mönchen gedreht wurden, gewöhnt. An vielen Straßenecken waren sie aufgebaut, damit sie jeder drehen konnte. Er musste lächeln. *Ach ja, das Karma.*

Gwoha, einer der älteren Mönche, würde ihm immer in Erinnerung bleiben. Mit seinen strahlend weißen Haaren und einem für Friedrich unschätzbaren, biblisch scheinenden Alter war er der Ehrwürdigste seines Klosters. Er sprach ein gebrochenes Englisch, deshalb hatte er sich schnell mit dem alten Mann angefreundet. In den weisen und meist auch humorvollen Bemerkungen, die für Gwoha anscheinend die Welt bedeuteten, und seinen lebhaften Geschichten fand auch er sich wieder.

Friedrich hatte im Laufe der Zeit gelernt, wie unterschiedlich die Mönche trotz ihrer scheinbaren Ähnlichkeit waren. Da gab es die Verbissenen, die ihre Gebete sprachen, als ginge es darum, einen Rekord aufzustellen.

Daneben waren andere, die gleichmütig und gelangweilt ihre Arbeit taten und sich dabei nahezu unsichtbar machten. Und dann gab es noch die Sorte, die eigentlich nur *einen* Gesichtsausdruck kannte. Den des freundlichen und gutmütigen Mannes.

Gwoha dagegen passte in kein Schema. Er war zwar stets guter Dinge und nahm das Beten sehr genau. Doch vor allem seine Ausgeglichenheit machte ihn zu etwas Besonderem.

Und so war es auch Gwoha, der ihn darüber aufklärte, dass sich das Karma beim Drehen der Mühlen und dem Aufsagen der heiligen Texte, die darauf standen, stetig verbesserte. Zumindest für den, der sie drehte. „Damit steigt die Wahrscheinlichkeit, als Mensch wiedergeboren zu werden“, erklärte er mit einem Lächeln und der brüchigen Stimme, die manche Männer nun mal irgendwann bekommen. „Für mich, in meinem Alter, gewinnt das mit jedem Tag, den ich erleben darf, mehr an Bedeutung.“ Seitdem wusste Friedrich, warum der Alte ohne seine sich immer drehende Gebetsmühle in der Hand niemals anzutreffen war.

Gwohas Gang war schleppend, und sein Augenlicht war so eingeschränkt, dass er Mühe hatte, während Unterhaltungen seinem Gegenüber in die Augen zu sehen.

Immer wieder schloss er sie, und wenn er sie dann öffnete, sah es aus, als müsse er sich vor Anstrengung quälen, es zu tun. Außerdem hatte er eine schlecht heilende Wunde an seinem rechten Arm. Man erzählte, Gwoha habe sie sich vor langer Zeit durch eine Ungeschicklichkeit an einem der Zäune zugezogen.

Ein dicker Verband bedeckte die Stelle, und als Friedrich einmal die Gelegenheit hatte, beim Erneuern der Salbe die Verletzung zu betrachten, erschrak er.

Der zentimeterlange Riss reichte bis tief ins Fleisch, und die Wundränder waren entzündet und rot. Die Schmerzen, die der alte Mönch zu ertragen hatte, mussten furchtbar sein.

Trotzdem schien er von all´ dem unbeeindruckt und er zuckte nicht einmal, als einer seiner Brüder ihm die Salbe auftrug. Als Gwoha Friedrichs mitfühlenden Blick bemerkte, hob er seine gesunde Hand, legte sie auf seinen Arm und schüttelte nur gleichmütig den Kopf. Seine Augen blickten ernst und entspannt. „Du musst kein Mitleid mit mir haben", sagte er mit seiner ruhigen, Stimme. „Es ist nur eine Frage der Selbstbeherrschung und der Geduld. Ich werde bald bei den Gesunden sein. Dann ist hier", er wies auf den verletzten Arm, „nur noch eine Narbe zu sehen, die mich an eine meiner Dummheiten erinnert".

Eine von Gwohas vielen Anspielungen auf den Tod dachte Friedrich damals, und ihm kam seine eigene Jugend wie ein Geschenk vor.

Friedrich wurde in den vielen Klöstern Zeuge verschiedener Prozessionen. Nach und nach kannte er die Tänze und Gebete und auch den eintönigen Singsang, der sie begleitete.

Manchmal gerieten die Mönche damit regelrecht in einen tranceähnlichen Zustand.

Und nun, als wieder eine Feier, „Das Fest der Wiedergeburt“, vorbereitet wurde, dachte Friedrich deshalb an eine der üblichen Gebetszusammenkünfte, doch als er die Vorbereitungen beobachtete, wunderte er sich.

Der Innenhof wurde mit Blumen geschmückt, und überall herrschte eine nervöse und gleichzeitig angespannte Atmosphäre. Am Abend hallten laute, rhythmische Schläge eines Gongs zum Kloster, und Friedrich sah, dass am Rand des Platzes festlich gekleidete Mönche an einem langen Tisch saßen.

Die große leere Fläche vor ihnen füllte sich langsam mit Menschen aus dem Dorf, und Friedrich sah im Schein der Feuer und Fackeln, die entzündet wurden, in gespannte Gesichter. Es wurden Trommeln geschlagen, Gebete gesungen, und einige der Mönche bliesen die langen Dung-Chen-Trompeten. Friedrich stellte sich zwischen die Zuschauer und ließ die Atmosphäre auf sich wirken.

Als die Trompeten immer lauter wurden, sah er, wie sich hinter dem Gebäude, am Rand der Wiese, Mönche versammelten. Sie begannen, eine Mauer abzutragen. Man hatte Friedrich gesagt, dass dieser, vom Klostergelände abgegrenzte Bereich, als nicht betretbar galt.

Auf dem Gelände von Klöstern gab es oft verbotene Areale. Es war normal, dass diese Gebiete, die meist etwas mit der Geschichte des Hauses oder Erzählungen zu tun hatten, respektiert werden mussten.

Als Gast hatte sich Friedrich natürlich erst recht an die Einhaltung dieser Regeln zu halten. Er hatte auch nie den Wunsch verspürt, sie zu brechen. Auch wenn die Mauer, die sehr hoch war und an deren Rand die Mönche Blumen niederlegten, seine Neugier erregte. Heute jedoch hatte man einige der Felsbrocken weggenommen und einen breiten Zugang ins Innere des hohen Mauerkreises geschaffen. Durch die Dunkelheit konnte man nicht weit hineinsehen.

Als die Leute aus dem Dorf vorsichtig näher an die geöffnete Stelle herantraten, beschloss auch er sich anzusehen, was dort geschah. Viele Ältere sprachen leise und mit vorgehaltener Hand miteinander, den Blick auf die verbotene Stelle gerichtet, die dunkel und geheimnisvoll aussah.

Die Mönche achteten darauf, dass niemand näher herantrat. Im Schein einer Fackel erkannte Friedrich, dass im Inneren des Mauerkreises etwas auf dem kargen Erdboden liegen musste.

Er sah, wie eine rechteckige Platte von Mönchen aus dem Kreis der Arbeiter hochgehoben und herübergebracht wurde. Sie war aus Holz und im Schein des Feuers entdeckte er kleine Schnitzereien, die die vorstehenden Ränder verzierten. Gemalte Papageien schmiegten sich darauf eng aneinander und trotzten dem Feuer eines Drachens.

Die Platte wurde weggebracht, und Friedrich fiel auf, mit welch vorsichtigen Blicken und wie aufgeregt sich die Zuschauer näherten. Ihre Mienen spiegelten eine Mischung aus Freude und ängstlicher Erwartung wider.

Er bemerkte einen süßlichen Duft, der plötzlich den Platz überströmte, und spürte, wie ihn die Neugier der Zuschauer ansteckte.

Es war die Atmosphäre, die ihn packte, ein Warten auf ein Ereignis, das hier sicher nicht oft stattfinden würde.

Friedrich sah das an den Gesichtern der anderen, und der Wunsch, kein Detail einer einzigartigen Zeremonie zu verpassen, überkam ihn.

Doch als er sich neben Gwoha gesellte, der auf einen Stock gestützt am Rande der Gesellschaft stand, sprang einer der jüngeren Mönche aus der Menge heraus.

Er packte ihn am Arm.

Es war eine bestimmende, unabwendbare Geste, die Friedrich zeigen sollte, dass er als Fremder hier nichts verloren hatte.

Als Gast hatte er sich natürlich den Regeln des Klosters zu fügen. Doch ohne nachzudenken, widersetzte sich alles in ihm gegen die Maßregelung durch den Mönch, der Friedrich inzwischen mit einem Schwall Wörter überschüttete und an ihm zerrte. Plötzlich erklangen Worte. Es war Gwoha, der mit seiner brüchigen Stimme etwas murmelte. Friedrich sah, dass der Alte ihn und den Mönch streng anblickte.

Gwoha verstummte.

Doch der junge Mönch, der ihn immer noch gepackt hielt, schien dennoch zu verstehen. Widerwillig und mit wütend zusammengepressten Lippen ließ er Friedrichs Arm los, und als Friedrich Gwoha dankbar zunickte, war das Gesicht des Alten verschlossen. Es war, als meditiere er mit geschlossenen Augen in tiefer Inbrunst. Friedrich fiel sofort auf, dass sich etwas an dem Alten verändert hatte.

Und als er an ihm heruntersah, bemerkte er es. Er hielt seine Gebetsmühle nicht in seiner Hand! Stattdessen hatte er ein einzelnes grünes Blatt zwischen seinen Fingern zusammengepresst. Es glänzte fleischig und war an seinen gezackten Rändern eingerissen, sodass weißer Saft feucht herausquoll. Gwoha holte tief Luft, und Friedrich spürte, dass er einen inneren Kampf führte.

Behutsam legte er eine Hand auf den Arm des Alten. „Geht es dir gut?“, flüsterte er leise und wartete auf eine Antwort. Doch Gwoha schwieg.

Laute Rufe tönten plötzlich vom Platz herüber.

Friedrich sah, dass ein maskierter Tänzer mit wehenden Kleidern um das größte Feuer tanzte und immer wieder laut mit den Flammen zu reden schien.

Einige der Zuschauer begannen wild zu gestikulieren, fast als wollten sie Teil einer Zeremonie sein, die vorhersehbar war.

Fragend warf Friedrich Gwoha einen Blick zu, doch der Mönch nahm keine Notiz von ihm. Er war völlig in seiner Meditation versunken.

Die Tür zum Kloster öffnete sich.

Ein weiterer Mönch, der eine Maske trug und an dessen Kleidern bunte Bänder befestigt waren, mischte sich unter die Zuschauer. Dass er noch sehr jung sein musste, sah man an seinen wilden Bewegungen und den hohen Sprüngen, die er machte.

Die anderen Mönche wichen scheinbar erschrocken zurück und versuchten spielerisch dem Tänzer auszuweichen. Die aus Holz geschnitzte Maske, die auf seinen Schultern ruhte, hatte weit aufgerissene Augen, die jeden, der sie ansah, durchdringend anstarrten.

Als die Trommeln der Mönche lauter und durchdringender wurden, stieß der Tänzer einen Stock, den er in einer Hand trug, immer wieder in eines der Feuer. Funken flogen auf. Mit seiner glühenden Spitze beschrieb er beim Tanzen Kreise im Dunkel.

Dann ging er einige große, entschlossene Schritte zum Rand des Platzes, nahe der verbotenen Zone. Er näherte sich der geöffneten Mauer, und Friedrich hörte leises Gemurmel in der Menge, als er davor stehen blieb.

Friedrich war an das helle Orangerot der Mönchsgewänder gewöhnt. Er überlegte kurz, ob er diesen jungen Mann aus dem Kloster kennen sollte, doch die Maske verdeckte das Gesicht vollständig.

Der Tänzer kniete nieder und verharrte endlich in einer ruhigen, fast schon demütigen Geste. Er atmete schnell, und daran, dass sich sein Brustkorb zitternd hob und senkte, meinte Friedrich eine Erregung zu erkennen, die anstieg, als sich auch die Trommler näherten. Als sie den jungen Mönch erreicht hatten, hielten sie inne. Auch die Gesänge verstummten, es wurde totenstill.

Der junge Mann hielt immer noch den Kopf tief gesenkt, als ihm einer der umstehenden Mönche seinen glühenden Stock abnahm. Er strich damit immer wieder über die nackten Arme des Mannes, sodass die Härchen darauf angesengt wurden.

Friedrich zog unsicher die Brauen zusammen. „Was passiert dort?“, murmelte er mehr zu sich selbst.

Er sah im Augenwinkel, wie Gwoha kurz aufstöhnte, um dann wieder in seinen Meditationen zu versinken.

Inzwischen hatte sich eine Gruppe Mönche in weiten, leuchtend roten Umhängen genähert. Die rauchenden Duftstäbchen, die jeder von ihnen in einer Hand hielt, steckten sie in die Erde.

Danach reihten sie sich neben dem jungen Mönch auf, der aufstand. Er hob den Kopf und nahm endlich seine Maske ab. Vorsichtig legte er sie auf den Boden und stand mit abwesendem Blick vor der Menge. Friedrich erkannte ihn sofort.

„Lobsang!“, entfuhr es ihm unwillkürlich, und einer der Zuschauer vor ihm drehte sich zu ihm um und warf ihm einen abschätzigen Blick zu. Friedrich versuchte, die Spannung, die ihn gepackt hatte, unter Kontrolle zu bringen.

Lobsang war der jüngste der Mönche. Seine Zukunft in diesem Kloster war zwar schon seit seiner Kindheit beschlossen, doch er wohnte erst seit einigen Wochen hier.

Der Junge war beinahe ständig mit Gwoha zusammen, versorgte den Alten mit allem, was er brauchte, und war Friedrich wegen seiner selbstlosen Hilfsbereitschaft aufgefallen. Nun kniete er neben den andächtig blickenden Älteren, und es war, als ergebe er sich seinem Schicksal.

Lobsang schloss seine Augen, hob die Arme seitlich hoch und streckte die offenen Handflächen wie Schalen in die Luft. Sein Körper glich nun einem Kreuz. In dieser Geste erstarrte er, und das Trommeln setzte wieder ein, nur ganz langsam und leise. In Lobsangs Körper kam Bewegung, er drehte sich um und ging einige Schritte.

Das Innere des Mauerkreises war sein Ziel, und Friedrich spürte, wie sich sein Puls beschleunigte. Lobsangs Rolle im Kloster war die eines noch Unwissenden, eines Lernenden, wenn man die Erfahrung der älteren Mönche betrachtete. Doch in diesem

Schauspiel schien er die Hauptrolle zu spielen. Was hatte er nur vor?

Als sich die Zuschauermenge vor der geöffneten Mauer zusammendrängte, musste Friedrich einen Impuls unterdrücken, hinzurennen, um näher am Geschehen zu sein. Er kam sich vor wie ein Kind, wollte genau sehen, was passierte.

Kurz warf er einen letzten Blick auf Gwoha, der immer mehr in seiner Meditation versank. Dann aber drängte er sich an den Menschen vorbei, um dem Steinkreis näher zu kommen. Keiner hielt ihn auf oder wunderte sich über den jungen Europäer, den seine Neugier übermannt hatte.

Alle starrten nur auf Lobsang, der nun endlich durch die Maueröffnung ins Innere des Kreises getreten war.

Ohne auf die Menge zu achten, schob sich Friedrich an den Zuschauern vorbei, bis er neben einem älteren Mann stehenblieb. Als er sich an ihm vorbei schob, warf ihm der Mann verärgerte Blicke zu. Näher würde er nicht kommen, das wusste er jetzt.

Als Lobsang in der Dunkelheit kaum noch zu sehen war, wurden die Trommelschläge wieder lauter, zunächst nur langsam und vorsichtig, dann mächtig und donnernd. Friedrich hörte, wie sich die tiefen Dung-Chen-Trompeten in den Rhythmus der Trommeln einfügten.

Lobsang nahm vorsichtig eine der Fackeln aus der Hand einer der Mönche und Friedrich sah im Lichtschein wieder kurz das Gesicht des Jungen. Mit halbgeschlossenen Augen bewegte er sich wie im Schlaf. Er atmete tief und schnell, sein Brustkorb hob und senkte sich.

Zögernd ging er noch einige Schritte tiefer ins Innere des Steinkreises und blieb stehen. Es war, als warte er auf etwas, von dem vielleicht nur er wusste, was es war.

Friedrich merkte, wie seine Nerven sich spannten. Die Schläge der Trommeln wurden schneller, als er sah, wie sich einige der Arbeiter wieder näherten. Sie hielten die große Holzplatte, und als sie die Platte mit ihrer Kante neben der Mauer abstellten und festhielten, bewegte sich auch Lobsang wieder.

Er ging an den Männern vorbei, und Friedrich sah, wie sich das Licht der Fackel im Inneren des Kreises von ihnen entfernte. Lobsang war einige Meter weit ins Innere des Kreises gegangen, als er endlich seine Fackel auf den Boden legte. Jetzt sah Friedrich im Feuerschein ein großes rechteckiges Loch im Boden. An einem seiner Ränder, an denen das Erdreich sorgfältig in einer Linie abgetragen worden war, ragte eine Leiter aus grobgezimmertem Holz heraus.

Mit einem letzten Blick aus dem Kreis heraus schien sich der Junge zu verabschieden und betrat die Leiter, Schritt für Schritt nach unten. Es dauerte nur Sekunden, dann war er völlig verschwunden. Die Trommeln verstummten, der Trompetenschall verklang.

Als die Männer die Leiter entfernten und die Platte auf das Loch legten, kam es Friedrich vor, als wäre er gerade Zeuge eines Zaubertricks geworden. Er erwartete Lobsang in einem der nächsten Augenblicke an einem der Feuer zu entdecken, lachend und mit erhobenen Armen. Befreit aus diesem einsamen Loch.

Als sich die Zuschauermenge langsam auflöste und einige der Arbeiter die Steine des Kreises wieder aufschichteten, wurde ihm bewusst, dass das nicht passierten würde.

Er sah nach Gwoha, wollte ihn fragen, wo Lobsang war, konnte ihn aber nirgends finden. Er sah den Alten niemals wieder. Auch Lobsang blieb verschwunden.

Das Wunder ereignete sich Tage später, als Friedrich mit den anderen bei einer der Mahlzeiten saß. Ein neuer Mönch war der Gemeinschaft beigetreten. Er war jung und sein dichtes schwarzes Haar war viel zu lang für einen der Mönche, fand Friedrich, als er ihm vorgestellt wurde.

Der Neue war freundlich, gesprächig und übernahm Arbeiten, ohne dass man ihm erklären musste, was er zu tun hatte. Als Friedrich ihn vor dem Kloster mit einem Eimer Wasser in jeder Hand antraf, nahm er ihm einen davon ab und half beim Tragen. Sie stellten ihre Eimer vor dem Eingang ab.

Während Friedrich sich streckte und zu dem Neuen hinüber sah, fiel ihm die lange Narbe am Arm des Anderen auf. Dort musste einmal eine tiefe Verletzung gewesen sein. Der Mönch sah ihn lachend an. "Ein Missgeschick an einem der Zäune", erklärte er und schob sich den Ärmel darüber. "Alle Fehler sind nur ein Lehrstück, an dem wir wachsen, nicht wahr?" Und Friedrich sah, wie der Mönch eine alte Gebetsmühle aus seinen weiten Rockschößen zog.

Er ahnte damals nicht, was dort, an diesem verbotenen, zugemauerten Ort passiert war. Aber er wusste, dass zwischen den beiden Männern, dem einen alt und Weise, und dem anderen, jung und abenteuerlustig, etwas stattgefunden haben musste. Und es war wahrscheinlich, dass Lobsangs Schicksal, dort unter der Holzplatte, die man auf das Loch gelegt hatte, sicher kein gutes war.

Dieser Platz mit der Mauer darum zog ihn an. Jeden Tag, sobald er sich unbeobachtet fühlte, schlich er zu ihr hinüber und suchte einen Blick durch die Spalten zwischen den Steinen. Er versuchte zu sehen, was sich auf dem großen Platz dahinter befand. Aber die Mauer war dicht verschlossen.

Als er in einer der darauf folgenden Nächte wach und grübelnd auf seiner Strohmatte lag, sich herumwälzte und versuchte dahinterzukommen, welches Geheimnis sich hinter all dem verbergen konnte, kam ihm ein Gedanke.

Der Mönch, der plötzlich im Kloster aufgetaucht war, hatte eine unverkennbare Ähnlichkeit mit Gwoha, schien aber deutlich jünger zu sein. Es war, als habe er den Platz des Alten angenommen, als der verschwunden war. Eine Frage schlich sich immer wieder in seine Gedanken. Was war während der geheimnisvollen Zeremonie geschehen?

Als er am nächsten Tag die Mauer besuchte, sah er, dass die Positionen der nicht fest vermauerten Steine verändert worden waren. Man hatte also die Mauer wieder geöffnet, diesmal in aller Stille und ohne Zuschauer. Er musste herausfinden, was geschehen war.

Friedrich wartete, bis es dunkel war und er sich sicher sein konnte, dass im Kloster alle schliefen. Dann schlich er nach draußen durch die Dunkelheit am Kloster entlang zum großen Platz und zur Mauer. Es war Vollmond, und so fand er schnell die Stelle, die während der Zeremonie geöffnet worden war. Er wusste, dass es leicht sein würde, die Steine wegzuräumen und den Durchgang zu öffnen. Aber die Möglichkeit, so nahe am Kloster unentdeckt zu bleiben, war sehr gering. Der volle Mond beleuchte gerade diese Stelle besonders hell.

Er rang mit sich und seiner Neugier. Das Geschehene war ungeheuerlich und musste aufgeklärt werden. Trotzdem war unvorstellbar, was passieren würde, wenn man ihn hier nachts erwischte. Was hätte er zu seiner Entschuldigung vorzubringen?

Außerdem versuchte sich ständig, eine Erkenntnis in den Vordergrund zu drängen. Die, dass es falsch war, seine Gastgeber derart zu hintergehen. Niemand durfte so tief sinken, kein Mensch, auch kein Forscher. Was würden sie mit ihm tun?

Aber tief in ihm verankert war etwas, stärker als jeder Anstand. Ein Trieb, den er nicht mehr kontrollieren konnte. Dieser Drang entsprang einem Bereich seines Gehirns, der uralt und unveränderlich war, egal wie Menschen sich durch die Evolution entwickeln würden.

Er wusste, dass er fühlen und sehen musste, was sich hinter dieser Mauer verbarg. Dort, wo vielleicht der Tod lauerte.

Friedrich umrundete mit klopfendem Herzen den Steinkreis. Er musste ein großes Gebiet umschließen, denn es dauerte lange, bis er auf der anderen, vom Kloster weggewandten Seite des Kreises stand. Man sah, dass in den Fugen Moos wuchs; es breitete sich nahezu über die gesamte Seite aus.

Als Friedrich an den Steinquadern hochblickte, kam es ihm vor dem hellen Nachthimmel kurz vor, als stände er neben einem Turm, den er besteigen wolle. Erst jetzt bemerkte er, dass die Mauer oben ein wenig enger wurde und sich kaum merklich nach innen neigte. Dadurch war es für ihn von außen zwar leichter, sie zu erklettern. Aber es war nicht mehr möglich, von innen wieder herauszukommen. Er wäre in einer Falle.

Er ignorierte seine Bedenken. Vorsichtig setzte er seine Fußspitzen in die engen Zwischenräume zwischen den Steinen, griff in kleine Vertiefungen im Mauerwerk und zog sich daran hoch.

Als er fast schon den obersten Stein erreicht hatte, bewegte ein leichter Wind sein Haar. Dort unten, im fahlen Licht in der Mitte des großen Platzes, erkannte er die Grube, deren Tiefe er von hier oben nicht abschätzen konnte. Darin hatte man Lobsang während der Zeremonie eingeschlossen. Jetzt war sie leer.

Die Holzplatte, die darauf gelegt worden war und die vermutlich verhindern sollte, dass Lobsang floh, war verschwunden.

Friedrich lief ein kalter Schauer über den Rücken, als er sich vorstellte, wie sich der junge Mönch in diesem Loch gefühlt haben musste. Lebendig begraben. Tagelang.

Der Boden um sie herum war karg und steinig. Hier hatten nur Moose und Flechten eine Chance zu wachsen. An einer Stelle jedoch, gleich neben der Grube, sah er einen Teppich aus Blättern. Dicht und fleischig glänzten sie im Licht des Mondes. Nun, beschloss er, war es Zeit, sich alles genauer anzusehen. Er ließ sich vorsichtig an der Mauer herunter, sprang zuletzt auf den steinigen Boden und ging langsam zur Mitte hin.

Als er sich kurz zur Mauer umdrehte, sah er, dass sie mit ihrer Wölbung einer Kuppel ähnelte. Von außen nicht erkennbar, so bemerkte man hier drinnen doch die nach innen geneigte Rundung. Keine Falle, sondern *ein beschützendes Nest*, ging es ihm durch den Kopf.

Langsam näherte er sich dem Platz mit dem Pflanzenteppich, immer darauf bedacht, nicht eines der kleinen Blätter zu zertreten.

Dann plötzlich roch er es, und er erinnerte sich sofort daran, es schon beim Abstieg von der Mauer bemerkt zu haben. Es war dieser merkwürdige Geruch, leicht würzig wie eine Meeresbrise und gleichzeitig blumig duftend. Er würde ihn sein ganzes Leben lang nicht mehr vergessen.

Oben auf der Mauer war er verwaschen und nur als eine Ahnung wahrnehmbar gewesen, hier unten aber, mitten unter den Pflanzen, war er dicht und fast greifbar. Mit jedem Einatmen wuchs etwas in ihm. Der Drang, diese kleinen, dicht nebeneinander gewachsenen Lebewesen zu beschützen. Sie anzufassen und über ihre glatten, gewölbten Blätter zu streichen.

Friedrich kniete sich nieder und versuchte im spärlichen Licht des vollen Mondes die Silhouette jeder einzelnen Pflanze auszumachen. Dass das keinen Sinn machte, wurde ihm sofort bewusst. Etwas dagegen tun konnte er nicht. Heute wusste er, dass sie ihn damals längst ausgesucht hatte, ihn lockte. Er *musste* sie suchen. *Diese eine*, die zu ihm gehörte. Es war wie ein stummer Befehl, der sich in seinem Gehirn manifestiert hatte.

Also tastete er, auf der Erde herumrutschend, verzweifelt auf der Suche nach ihr über die Blätter.

Er konzentrierte sich, versuchte, Unterschiede auf den Flächen zu erkennen, und merkte gar nicht, wie nahe er dabei dem Rand der Grube gekommen war.

Friedrich senkte seinen Kopf tiefer über das dunkle Blattwerk. Er war gerade tief über den Teppich der Pflanzen gebeugt, als sein rechtes Bein plötzlich ins Nichts rutschte. Mit einem Aufschrei und mit den Armen um sich schlagend rutschte er über die erdige Kante. Kurz versuchte er, mit seinen Fingern Halt an den erdigen Wänden zu bekommen.

Aber als er merkte, dass nichts wehtat, und er den Oberkörper hob, sah er, dass die Grube, in der er lag, höchstens hüfttief war.

Friedrich legte sich kurz flach auf den Boden und holte tief Luft. Sich bei dieser Höhe etwas zu brechen war fast unmöglich, erkannte er erleichtert und setzte sich auf.

Da sah er, dass sich etwas über ihm bewegte. Ein großer, dunkler Schatten von einem riesigen Vogel oder vielleicht einem Menschen. Er war kurz da und sofort wieder weg.

Friedrichs Herz schlug hart und schnell gegen seine Brust. War es möglich, dass ihm einer der Mönche über die Mauer gefolgt war? Ihm wurde heiß, und Schamesröte schoss ihm ins Gesicht, als er sich vorstellte, von einem der Brüder innerhalb der verbotenen Mauer erwischt zu werden.

Also rollte er sich, so leise es ging, auf die Seite, rutschte auf seine Knie und hob den Kopf.

Vorsichtig warf er einen Blick über den Rand der Grube. Nichts, nur durch das Mondlicht beschienene Erde und ein schwerer Duft, der nie verwehen sollte.

Am Rand der Mauer war ein Schatten zu erahnen. Dort, stellte er sich sofort vor, konnte sich alles Mögliche im Dunkeln versteckt haben. Das Grauen packte ihn, begann ihn zu lähmen. Doch der Wunsch, jetzt endlich alles aufzuklären, nahm schnell wieder überhand.

Er beobachtete weiter, und alles blieb ruhig. Als er das Gefühl hatte, lange genug gewartet zu haben, stemmte sich Friedrich mit seinen Händen auf dem Rand ab und zog sich langsam aus dem Schacht hoch.

Vor den Blättern kniend überlegte er, was er tun konnte. Musste er wirklich Angst vor einer Strafe haben? Er hatte noch in keinem der Klöster, die ihm Herberge und Unterkunft gewesen waren, erlebt, dass jemand für eine Verfehlung bestraft wurde. Aber die Entweihung eines Heiligtums, die Aufklärung eines Mordes war doch etwas Besonderes.

Da löste sich eine Gestalt aus dem Schatten und schlug zielstrebig den Weg zu ihm ein.

Als Friedrich im schwachen Licht des Mondes bald den Umriss eines Menschen erkannte, schwand seine Hoffnung, alles bliebe unentdeckt. Wahrscheinlich einer der Mönche, überlegte er und er erwartete, noch in dieser Nacht das Kloster verlassen zu müssen.

Mit wehendem Umhang und schnellen Schritten kam der Mann näher und stand bald mit verschränkten Armen vor ihm. Der weite Umhang, der ihn umhüllte, reichte bis zum Boden und eine Kapuze bedeckte das Gesicht. Er sah von oben auf ihn herunter.

Friedrich schluckte. Er rutschte auf seinen Knien herum, versuchte zum Stehen zu kommen, stützte sich dabei auf dem Boden ab.

Daran, dass seine Hand einen größeren herumliegenden Stein umschloss, mit dem er zuschlagen konnte, merkte er, wie sehr er sich in die Enge getrieben fühlte. War er bereit, für sein Geheimnis zu töten?

" Ich ... ", presste er verzweifelt das erste Wort einer Bitte um Verzeihung heraus, als der andere schnell seine linke Hand hob. Sie zeigte unmissverständlich, dass er zu schweigen hatte.

"Komm!", wies er ihn an.

Der Fremde wartete, bis er vor ihm stand, und sein Umhang blähte sich im Wind, als sich sein Gesicht Friedrichs Ohr näherte. "Schweig! Sag jetzt kein Wort", raunte er leise, legte seine Hand auf Friedrichs Arm und drückte ihn, um seinen Worten Nachdruck zu verleihen.

Die Wärme der Berührung wanderte durch den Stoff des Ärmels, und Friedrich hatte kurz das Gefühl, seine Haut müsse verbrennen. Der Stein fiel aus seiner Hand, landete ohne ein Geräusch im Beet der Pflanzen.

"Du musstest herkommen, das weiß ich genau, wie du auch." Die Worte standen zwischen ihnen, wie eine Brücke, die sie verbinden sollte. "Wenn wir gerufen werden, bleibt keine Wahl. Wir können nur folgen."

Friedrich merkte, wie sich der Griff lockerte. Der Fremde sah nun auf das Feld der Pflanzen zu ihren Füßen. Er zeigte darauf. "Du musst sie suchen. Jetzt! Verliere keine Zeit!"

Friedrich sah sich die nahezu identischen Blätter an und verstand nicht. "Suchen?", wiederholte er leise und versuchte unter der Kapuze, die der Fremde über seinen Kopf gezogen hatte, einen Blick auf ihn zu erhaschen.

Der Mann drehte sich weg und zog den Stoff enger um seine Schultern. Er gab ein Zeichen, sich zu bücken, und als sie sich beide tief über das Feld der Pflanzen gebeugt hatten, nahm er Friedrichs Hand am Gelenk und führte sie so zwischen die Stängel. Jedes einzelne Blatt wurde nur kurz berührt, wie beiläufig wurde über die glatten, im Mondlicht glänzenden Oberflächen gestrichen.

Dabei war auffällig, dass der Fremde selbst jeden Kontakt mit den Blättern vermied. Friedrich wurde warm.

Er begann zu schwitzen. Würde er das hier überleben? Dann merkte er, dass sich die glatten Blätter unter seinen Fingerkuppen plötzlich anders anfühlten. Fast so wie menschliche Haut.

Ein feuchter Film hatte sich zwischen seinen Fingern und einer der wächsernen Flächen gebildet. Friedrich merkte, wie er anfing, die Berührung zu genießen. Er musste an seine Mutter denken. An ihre warme Brust und daran, wie wohl er sich in ihren Armen gefühlt hatte. Er hatte plötzlich Sehnsucht nach ihr. Nach seiner Heimat, sogar nach seinem harten Vater.

Friedrich stöhnte auf, sank auf seine Knie und versuchte den Arm des Fremden abzuschütteln, wie eine lästige Fliege.

Alles war ihm plötzlich gleichgültig. Dieser Platz, dass er entdeckt worden war und wie seine Zukunft aussehen würde. Nur noch das Gefühl, das durch seine Sinne wogte, war wichtig. Jede

Berührung seiner Finger auf den Blättern wurde zu einer Liebkosung, er genoss es, die lebendige Haut zu streicheln.

Ein Gift? Würde er hier enden wie Lobsang? Wie durch einen Schleier merkte er, dass sich der Mann neben ihm aufrichtete. "Geh weg. Jetzt!", sagte er leise, aber mit hartem Ton.

Friedrich spürte, wie er wieder am Arm gepackt wurde, und Schwindel überkam ihn, als er taumelnd einen Schritt weg vom Feld der Pflanzen gezogen wurde.

Schwer atmend sank er auf den Boden und verbarg das Gesicht in seinen Händen. "Ich hätte niemals hierher kommen sollen", jammerte er wie ein Kind in die Kuhle, die seine Finger bildeten, und schluchzte auf. "Niemals!"

"Sei still!", zischte der andere, und als Friedrich den Kopf aus seinen Händen nahm, sah er ihn mit etwas zwischen den Blättern herumstochern. Er hörte leise Gebetsgesänge, eintönig und murmelnd. Dann drehte sich der Fremde um und hielt etwas in seinen Händen. "Komm, es ist Zeit!", sagte er, und Friedrich war, als spräche seine Mutter zu ihm.

Er stand auf, mit nassem Gesicht, verzweifelt und ohne Hoffnung. "Es war falsch", sagte er immer noch unter Tränen und merkte kaum, wie ihn der Fremde vor sich herschob, bis sie zu einer Öffnung in der Mauer kamen. "Mein Vater!", schluchzte er. "Er hat recht gehabt!"

Er sah auf und entdeckte, dass jemand dort, wo man Tage zuvor die Mauer für die Zeremonie geöffnet hatte, einige der Steine zur Seite geräumt hatte. Nicht so groß wie an dem Abend, aber ausreichend dafür, dass ein Mensch hindurchpasste. So also war der Fremde in den Kreis gelangt.

Seine Schulter wurde gepackt, und er merkte, wie etwas in die Beuge seiner Arme gepresst wurde. Im Schatten der Mauer sah er nicht, was es war, aber als er es anfasste, fühlte es sich wie grob gewebter Stoff an. Etwas war darin eingepackt, weich und doch mit Sehnen oder festeren Enden.

"Ihr müsst jetzt gehen", sagte der Mann, und Friedrich glaubte, einen sanften Unterton herauszuhören.

Sie schlüpften gebückt durch das Loch in der Mauer, und als der Fremde einen der schweren Steine anhob, um den Zugang hinter ihnen zu verschließen, sah er kurz das Gesicht des jungen Mannes im Licht des Mondes. Es war der Neue, der gekommen war, als Gwoha verschwand.

Er kam zu ihm herüber und schob endlich seine Kapuze nach hinten. Friedrich sah in seine jungen und gleichzeitig weisen Augen. "Sie gehört jetzt zu dir", sagte der Mönch und nahm ihn an beiden Schultern, um ihn an sich zu drücken, wie ein Vater, der sich verabschiedet. "Du weißt, dass ich immer dein Freund sein werde, ein alter und ein junger Freund. Alles in einem. Dabei ist das Alter nicht wichtig. Nur unsere Freundschaft."

Der Mönch löste sich von Friedrich und sah herunter auf den Leinensack. Dann sagte er Worte, die Friedrich nie vergessen würde. "Das Metag Zon braucht dich noch wie ein Kind. Und wenn du ihr alles gibst, wird sie dich glücklich machen."

Als sie zum Kloster gingen, hob der Mönch die Hand. "Dort kannst du nie wieder hinein."

Dann zeigte er auf Friedrichs Tasche, die am Brunnen stand und die er, seit er auf seiner Wanderschaft war, immer bei sich hatte. "Geh jetzt! Du hast jetzt sechzig Tage, um sie zu pflanzen. Und kehre nie wieder zurück an diesen Ort."

Heulend vor Glück und Angst wanderte der junge Europäer durchs Dunkel der Nacht. Dabei presste er sie an sich wie ein Baby, das er beschützen musste.

Die Flucht, der Weg zurück, die Krankheit und Depression folgten. Sein Leben war mehr als einmal in Gefahr.

Jahrzehnte später begann ein Briefwechsel mit Gwoha und damit dem Mönch, der er nach seiner Verjüngung geworden war. Durch die Briefe des Mönchs durfte er endlich erfahren, dass Lobsangs Schicksal ein gutes Ende gefunden hatte.

Der junge Mönch, der nach langer Zeit der Prüfung als der beste für seine Aufgabe auserwählt worden war, hatte die Zeremonie gut überstanden. Nach Wochen der Pflege im Kloster war er wohlbehalten erwacht.

Das alles war jetzt schon lange Geschichte, zu lange her, um länger darin zu verweilen. Viel wichtiger war nun, ihre einzigartige Existenz zu verheimlichen, zu verschleiern, um immer wieder unerkannt neu aufzuerstehen.

Nur war sie in den letzten fünfzig Jahren immer schwieriger und riskanter geworden, die Erschaffung einer neuen Identität. Und die Nachstellungen der rothaarigen Frau wurden damit zu einer realen Bedrohung.

Das Wissen um das Geschenk der Langlebigkeit musste gewahrt werden. Wurde alles bekannt, waren er und seine Geliebte bedroht.

Deshalb galt es jetzt zu handeln.

Smiley

Niederod

Du musst bestrafen!
Hilf mir!
Schnell!

André schüttelte die Blätter von seinen Händen und bückte sich, um die Erde angeekelt am feuchten Gras abzuwischen.

Er überlegte. Wenn er das blöde Gewächs hier liegen ließ, war es möglich, dass es jemand nahm und wieder einpflanzte. Wahrscheinlich Karen, so verwirrt, wie sie im Moment war. Am besten entsorgte er diesen Dreck also sofort. In der eigenen Mülltonne, nicht hier, wo sie die Pflanze finden konnte, wenn sie auf die Idee kam, nach ihr zu suchen.

Er packte das Ding an einem der dünneren Äste und nahm es hoch. Dabei merkte er, dass er sich beim Ausreißen an einem der Zweige geschnitten haben musste, der Ringfinger brannte in einer Hautfalte wie Feuer. Er fluchte, als ihm einfiel, wie gefährlich Dreck in Wunden sein konnte.

Im Halbdunkel stolperte er durch den nächtlichen Garten zurück zu seinem Auto, die Pflanze neben sich her schwenkend. Damit sie ihn beim Gehen nicht am Bein berührte, hatte er seinen Arm ausgestreckt.

Im Schein der Straßenlaterne legte er sie auf den Asphalt, öffnete die Beifahrertür des Jeeps und nahm eine leere Plastiktüte, die er vorsorglich auf den Sitz gelegt hatte, heraus. Schnell stopfte er das erdige Ding hinein, öffnete die Heckklappe und warf die volle Tüte hinein.

Er schüttelte noch einmal verärgert seine Hände, obwohl er wusste, dass er die Erde daran so nicht loswerden würde. Ohne Wasser war da nichts zu machen.

Schnell stieg er ein und wischte sich notdürftig die Hände mit einem Papiertaschentuch ab, bevor er das Lenkrad anfasste. Er würde das zuhause erledigen, mit Seife und warmem Wasser.

Dann zog er sein Handy aus der Tasche und wählte Karens Nummer. Als niemand dran ging, legte er auf und drückte auf einen der anderen Einträge.

Es dauerte einen Augenblick, bis sich eine Männerstimme meldete. "Ich hab sie ausgerissen", begann André das Telefonat, ohne seinen Namen zu nennen. Er versuchte, seiner Stimme einen entschlossenen Klang zu geben.

"Sie haben sie ..."

"Genau", unterbrach er den anderen. "Das Mistding macht jetzt keinen Ärger mehr. Und wenn Karen danach fragt, sagen Sie ihr, ich habe sie weggeworfen. Das Letzte, was sie gerade braucht, ist so ein Scheiß."

André schnaufte auf. Er wechselte das Handy in die andere Hand und langte wieder nach den Taschentüchern auf dem Beifahrersitz. Auf seinem Schoß holte er ein weiteres Tuch aus der Packung und drückte es auf die erdig feuchte Stelle am Knie.

"Aber warum?", klang Ullrichs Stimme entsetzt aus dem Telefon. "Das war doch wohl nicht nötig!"

"Weil jetzt Schluss ist mit diesem Quatsch! Sie macht sich doch total fertig wegen Marc. Sie fängt schon an, Gespenster zu sehen, das muss Ihnen doch auch aufgefallen sein!“ André brüllte fast ins Handy.

Irgendwas roch muffig, merkte er. Er liebte den neuen Geruch seines Autos, und dieser erdige Mief widerte ihn an. André verzog das Gesicht und drückte auf den elektrischen Fensterheber. Leise surrend glitt die Scheibe herunter.

"Sich wegen dieses Grünzeugs Gedanken zu machen ist doch wohl das Letzte!"

"Hätten Sie das nicht Karen entscheiden lassen können?", hörte er Ullrichs bedauernde Stimme aus dem Handy.

Hatte er gerade so etwas wie einen Vorwurf aus der Stimme dieses Blödmanns gehört? Unglaublich! Er merkte, dass er so nicht weiter kam. Mit diesem Mann zu reden, war anscheinend reine Zeitverschwendung. "Was auch immer", sagte er ungeduldig und ließ den Motor an. "Wenn sie sich bei Ihnen meldet, verlasse ich mich darauf, dass Sie mich anrufen, in Ordnung? Wahrscheinlich ist sie schon längst zu Hause."

Ullrich ahnte wohl, dass er auflegen wollte. "Warten Sie!", rief er, um ihm zuvorzukommen. "Egal, was Sie denken, Sie sollten Karen selbst entscheiden lassen, was sie tut. Sie geht nicht nur dieser Pflanzensache nach, sondern wollte vor allem Marc helfen. Den Zusammenhang erkennen."

André lachte laut auf. "Das kann doch nicht Ihr Ernst sein! Dass dieser Hokuspokus mit Pflanzen und überkreuzten Fingern etwas bringt! Wo leben wir denn, im Urwald bei Schamanen und Gurus?"

Er schob sich tiefer in den Sitz des Autos. "Jetzt hören Sie mir mal genau zu! Sie werden Karen in Zukunft weder mit Blättern noch mit Ratschlägen belästigen. Das braucht kein Mensch und schon gar nicht Karen, haben Sie verstanden? Sie fängt wegen Marc an, zu spinnen. Weil sie glaubt, sie kann sonst was tun, und denkt, sie ist besser darin als alle Ärzte der Welt."

Er schnallte sich an und legte auf, warf das Handy in die Ablage und fuhr los.

Als er einen letzten Blick auf das Pfarrhaus warf, stellte er sich vor, wie Karen im Garten vor dem Loch im Rasen stehen würde. Wenn sie dann Ärger machte, würde er sie zur Rede stellen und ihr erzählen, wie idiotisch es war, sich um eine Pflanze zu kümmern, statt um ihr eigenes Leben. Und er würde ihr sagen, dass sie aufhören musste, sich wegen Marc verrückt zu machen. Nein, sie *beide* verrückt zu machen, sich selbst und ihn gleich mit.

Als er auf der Landstraße im Dunkeln an dem kleinen, langgezogenen Teich vorbeikam, begann es zu regnen. Er ging in Gedanken immer noch das geplante Gespräch mit Karen durch. Er würde an ihre Vernunft appellieren, ihren gesunden Menschenverstand. Wenn er ihr erzählen würde, wie schön eine Zukunft für sie beide sein konnte, gemeinsam und glücklich, verstand sie vielleicht. Sie war doch kein Kind mehr und musste einsehen, dass es bei sowas wie Marcs Fall nur die Möglichkeit gab abzuwarten. Den Ärzten alles zu überlassen, die wussten schließlich am besten, was zu tun war.

Als André einen Blick auf den Teich warf, fiel ihm auf, dass die Regentropfen keine Ringe auf der Wasseroberfläche hinterließen. Der See blieb seltsam glatt und unberührt.

Er war einmal mit Karen am Ufer spazieren gegangen, und sie hatte das Gewässer albernerweise als magisch bezeichnet, typisch Karen. Sie spielte darauf an, dass sich auf dem Wasser die Wolken des hellblauen Himmels wie Gespenster spiegelten und im Sommer darüber Schwärme von Insekten tanzten.

"Na Hauptsache, sie lassen uns in Ruhe!", hatte er damals scherzhaft darauf geantwortet und gemerkt, dass Karen es nicht lustig fand.

Nun sah er, von den wenigen Laternen rund um den Teich beleuchtet, dass der Wasserspiegel so hoch war, wie er es noch nie zuvor erlebt hatte.

Das Wasser war an manchen Stellen über die Ufer getreten und sammelte sich auf dem schmalen Gehweg, auf dem man den Teich umrunden konnte.

André sah wieder auf die Straße und wollte gerade abbiegen, als ihm ein rot blinkendes Licht auf der Konsole hinter dem Lenkrad entgegenleuchtete.

Der Jeep war erst letzte Woche beim Händler angekommen, und als André ihn überglücklich dort abgeholt hatte, war ihm die Zeit zu schade gewesen, sich erst einmal mit all den Funktionen, die dieses wundervolle Auto hatte, zu beschäftigen. Fahren wollte er, es kennenlernen, es lieben und nichts anderes. So war es immer, wenn er ein neues Auto in Empfang nahm - auf den Kick des Neuen kam es an. Der Tank war voll und die Türen geschlossen, also war alles in Ordnung.

Und genau deshalb ergab dieses rote Licht keinen Sinn!

André ließ das Auto am dunklen Straßenrand ausrollen, setzte den Blinker und sah sich, als er stand, die kleine Lampe genauer an.

Ungeduldig klopfte er pochend mit dem Finger darauf und erkannte ein kleines Symbol, das ihn lächelnd anschaute. Ein Smiley. "Was zum Teufel ...", entfuhr es ihm, und er zog die Augenbrauen ungläubig zusammen.

Er wusste natürlich, dass es in diesem Erste-Klasse-Auto massenhaft Knöpfe gab, doch nie hätte André eine solch billige Geschmacklosigkeit erwartet. *Einen Smiley!*

Kopfschüttelnd zückte er sein Handy und tippte auf den Tasten herum, doch das Display blieb schwarz.

Er fluchte, warf es in die gepolsterte Ablage im Mittelsteg und holte Luft. Schweiß brach ihm aus. So etwas durfte einfach nicht passieren, dafür hatte dieser Jeep zu viel gekostet!

Er kramte im Handschuhfach nach der Beschreibung, die er dort vermutete, und fand stattdessen nur einen Katalog des Autohändlers. André stöhnte auf. *Müll!* Wütend warf er ihn auf den Beifahrersitz. Dieses verdammte leuchtende und lachende Gesicht auf dem roten Knöpfchen, das immer heller wurde, nervte!

Nun gut, wenn es lachte, ist wahrscheinlich alles in bester Ordnung, beschloss er und drehte den Schlüssel, um den Motor wieder anzulassen.

Doch die Scheinwerfer zuckten nur kurz auf, dann wurde wieder alles dunkel. André spürte, wie Wut in ihm hochkroch. Es war Nacht, es war kalt. Und er hatte null Bock auf einen Spaziergang, auch wenn er es eigentlich nicht weit nach Hause hatte.

Er sah wieder auf dieses rote Licht und glaubte für einen Augenblick, seinen Augen nicht trauen zu können.

Es war weiter gewachsen und war nun mindestens doppelt so groß wie vorhin. Und der Mund des Smileys, der vorher gelächelt hatte, war nun traurig verzogen.

André wollte gerade versuchen, einen beliebigen Knopf, der sich direkt neben der Leuchte befand, zu drücken, als neben ihm das Fenster summend herunterfuhr.

Kühle Abendluft strömte in den Innenraum.

Die Elektronik war anscheinend völlig im Arsch! Und das bei einem nagelneuen Auto!

Er beschloss, die anderen Funktionen zu checken, und zog an den Hebeln, die rundherum vom Lenkrad abstanden.

Doch als er den Scheibenwischer anschaltete, knackte es. Es war ein Geräusch, das Eis machte, wenn man einen Teich im Winter betrat, und vor ihm bewegte sich die Windschutzscheibe. Sie lockerte sich und schlitterte über den Kühler weg. In Sekundenschnelle und mit einem schreienden Geräusch glitt sie über die Motorhaube des Jeeps und zerbrach krachend auf dem Asphalt vor dem Auto.

Einer der Wischer schwang direkt vor ihm in das Loch, das die Scheibe hinterlassen hatte, auf die Ablage. Ein kratzendes Quietschen erklang, und André schreckte zurück, als der lange Wischer sein Gesicht knapp verfehlte.

"Wow", schrie er überrascht, und seine Stimme überschlug sich. Schützend hielt er sich die Hände vors Gesicht, als der Wischer wieder zurückschwang und Wassertröpfchen in sein Gesicht verspritzte.

Neben dem Lenkrad wuchs das rote Lämpchen an. Das Gesicht, das ihn riesig ansah, glich inzwischen einer hämisch grinsenden Fratze.

Dies war der Augenblick, als André bewusst wurde, dass hier Dinge passierten, die unmöglich sein konnten, und trotz der Kälte traten ihm Schweißtropfen auf die Stirn. Sein Herzschlag beschleunigte sich.

Die defekten Funktionen des Autos wurden augenblicklich unwichtig, und er strich sich übers Gesicht. Er befühlte seine Beine, rieb die Fingerspitzen aneinander und bildete sich ein, ein taubes Gefühl darin zu spüren. Panik machte sich in ihm breit.

"Verdammt!", ächzte er und zerrte an seinem Gurt, der dadurch aber nur noch enger wurde. André griff zum Verschluss an seiner rechten Seite und versuchte, das enge Ding zu öffnen. Er musste es loswerden! Doch die Taste, die den Gurt normalerweise entriegelte, war spurlos verschwunden.

"Ich ...", stöhnte er und riss fester an dem Band des Gurtes. Dann wurde ihm bewusst, dass er versuchen musste, sich zu beruhigen. Dass Panik das Letzte war, was half. *Ganz ruhig*, ging ihm ein Gedanke durch den Kopf, und er hoffe, es hinzukriegen, die Situation trotz seiner aufsteigenden Angst unter Kontrolle zu bekommen.

Langsam, fast zeitlupenhaft, strich er an seiner Seite mit der Hand den Gurt hinunter und tastete gründlich alles ab. Als er fast schon wieder aufgeben wollte, berührte sein Daumen einen kleinen Knopf und er drückte ihn.

Sofort öffnete sich der Mechanismus und er bekam wieder freien Atem. Schnell warf er den Gurt von sich, entriegelte die Tür und öffnete sie. Die tiefschwarze Nacht verschluckte ihn, als er ausstieg und schwankend die Straße entlang lief.

In der Ferne sah er kleine Lichter, und als er den Jeep schon weit hinter sich gelassen hatte, fiel ihm ein, dass er vergessen hatte, die Warnblinkanlage einzuschalten.

Außerdem war der Jeep unverschlossen und hatte keine Windschutzscheibe mehr.

Fast wäre er noch einmal zurückgegangen, aber irgendwas warnte ihn. Er hatte wochenlang nur von diesem Auto geträumt und kaum erwarten können, es endlich zu besitzen. Aber nun machte sich Angst in ihm breit, sobald er nur daran dachte, sich wieder hineinzusetzen.

André orientierte sich beim Gehen an den Lichtern der Ortschaft vor ihm, und außer den Geräuschen, die seine Schuhe auf dem Asphalt machten, war es still.

Langsam beruhigte er sich wieder. Wenn er in einer halben Stunde den Ort erreicht hatte, musste er nur bei der Werkstatt anrufen, und jemand würde sich sofort um den Jeep kümmern.

Er dachte wieder an das funktionsuntüchtige Auto und was alles schief gegangen war und ärgerte sich. In seiner Vorstellung sprach er schon mit diesem verblödeten Verkäufer und warf ihm die schlimmsten Beleidigungen an den Kopf, als er plötzlich merkte, dass er nicht mehr alleine war. Hinter ihm war jemand, man konnte die Schritte auf der nassen Straße genau hören.

André blieb stehen und drehte sich um.

Da war ein Mann hinter ihm, der zwar nur langsam ging, aber trotzdem schnell näher kam.

Er musste Riesenschritte machen, denn es dauerte keine halbe Minute, bis der Fremde ihn eingeholt hatte und neben ihm stand.

Dabei war er trotz des Tempos, das er drauf gehabt haben musste, kein bisschen außer Atem, und in seinem glatt rasierten Gesicht wirkte sein Lächeln wie betoniert. "Herr Abel!", sagte er enthusiastisch und neigte den Kopf. Sein Blick hatte etwas Kindliches. "Ich hatte das Gefühl, Sie laufen vor mir weg!"

André kniff die Augen zusammen und musterte ihn. Er kannte diesen Typen, er erinnerte sich sogar an sein Outfit: Cordjackett, Jeans und ein lässiges Halstuch in Karo. *Herr* ... Jetzt fiel es ihm wieder ein, *Lambert vom Autohaus in ... wo war das noch gewesen?*

"Ähm, Sie wissen ...?", begann er unsicher und sah, wie sich das Lächeln des Händlers noch verbreiterte.

"Ja. Wir bieten Service, wenn *Sie* ihn brauchen! Und wir sorgen dafür, dass Ihr Auto läuft, wenn es das soll! Da können Sie sich ganz auf uns verlassen!"

Jetzt musste auch André lächeln. Erleichterung machte sich in ihm breit, trotz der abgedroschenen, nichtssagenden Worte des Verkäufers.

Er drehte sich um und deutete vage die Straße entlang. "Dahinten. Er steht dahinten. Vielleicht ein oder zwei Kilometer."

André überlegte rasch, ob er diesen Autofritzen vorhin angerufen oder nur geträumt hatte, dass das Handy gar nicht aufgeladen war. Hatte das Auto den Schaden vielleicht sogar selbst gemeldet? *Sowas soll heute ja schon möglich sein.* Aber eigentlich war ja nur wichtig, dass man sich jetzt um ihn kümmerte.

Er sah sich nach einem Auto, das dem Händler gehören konnte, um, aber die Straße war leer.

André zuckte verlegen mit den Schultern. "Sie werden es kaum glauben, aber meine Windschutzscheibe ist rausgefallen. Einfach so. Da war so ein kleiner Button", er zeigte die Abmessungen mit den Fingern, "der hat ständig geleuchtet."

"Ja, wir haben eine große Auswahl an Ersatzfahrzeugen! Nur neunundfünfzig Euro pro Tag mit siebzig Freikilometern!"

André nickte automatisch und spürte, wie sich Verunsicherung ihn ihm breit machte. Dieser Lambert stand vor ihm wie eine Pappfigur. Unbeweglich und irgendwie leblos. Selbst sein dämliches Lächeln sah aus wie eingebrannt.

"Dann kommt jetzt ein Abschleppwagen?“, versuchte André dem Verkäufer auf die Sprünge zu helfen. Er suchte in seiner Jeans und zog den Schlüssel aus der Tasche. Klimpernd hielt er ihn dem anderen vors Gesicht.

Doch Lambert bewegte sich nicht. Er legte nur wieder seinen Lächelkopf schief und zwinkerte. "Wir konzentrieren all unser Denken darauf, Ihnen erstklassige Qualität zu bieten!"

Lambert hob den Arm und berührte André freundschaftlich an der Schulter. "Herzlichen Dank!"

Eine kaum wahrnehmbare Berührung, die wohl eher symbolisch gemeint war.

Dann erstarb sein Lächeln, und die Züge des Mannes entspannten sich. Seine Augen bekamen etwas Müdes, Abgeklärtes. "Sie wissen wahrscheinlich gar nicht, wie ätzend es ist, Arschlöcher wie Sie zu bedienen. Möchtegern-Draufgänger." Sein Mund verhärtete sich, und er sprach leise. "Wenn etwas nicht so läuft, wie Sie es wollen, freuen Sie sich drauf, an mir alles rauszulassen. Mich anzublaffen! Glaubst du, ich Idiot merke das nicht?" Er senkte den Kopf und sah André an, als würde er ihn hassen.

André schluckte und merkte, wie schleichend Angst ihn zu lähmen begann.

Er versuchte, die unangenehme Situation zu überspielen, und hob beschwichtigend die Hände. "Kommen Sie, es ist schon spät.

Tut mir leid, wenn ich Sie aus Ihrem Feierabend geholt habe. Wir könnten den Wagen abschleppen und ein Bier trinken gehen. O-der Sie schicken einen von diesen Abschleppdiensten. Ich warte dann hier."

André trat instinktiv zwei Schritte zur Seite.

Doch in Lamberts Augen flackerte plötzlich etwas auf; er atmete schnell und er konzentrierte sich. Im Körper des Mannes schienen Kräfte zu arbeiten, die ihn dazu brachten, sich wild zu schütteln.

André beschloss nun, dass es genug war. Etwas in ihm riet dringend dazu zu fliehen. Zu rennen, so schnell er konnte. Um sich zu orientieren, sah er kurz zu den Lichtern des Ortes und registrierte dabei, wie sich der Verkäufer vor ihm aufbaute. Immer näher kam sein Gesicht, bis sein süßlicher Atem zu riechen und in den Augen des Mannes der Wahnsinn zu sehen war.

André hob abwehrend die Arme. "Ich ..."

"Schluss jetzt!", brüllte Lambert, und André fühlte, wie kleine Spucketröpfchen in sein Gesicht regneten. "Halts Maul!"

André wich zurück und sah kurz eine Faust hervorschnellen.

Der Schlag betäubte augenblicklich sein Gehör, und er spürte, wie seine linke Gesichtshälfte anschwoll. "Bitte!", sagte er weinerlich und sah im Augenwinkel, wie der andere wieder ausholte.

Doch Lambert schien ihn nicht zu hören. "Wir legen den allerhöchsten Wert auf geschulte und qualifizierte Mitarbeiter", schrie er, und ein weiterer Schlag traf Andrés Backe.

Seine Lippe platzte auf.

"Und wir bieten erstklassige Beratung!"

André wimmerte und versuchte, sich wegzudrehen, aber Lambert packte ihn am Arm und schleuderte ihn mit scheinbar unmenschlicher Kraft zu Boden.

Als Andrés Kopf auf den Asphalt prallte, nahm er ein Knacken wahr, gedämpft wie durch Watte. Dann verlor er das Bewusstsein.

Der Servicemitarbeiter stand vor dem leblosen Körper, breitbeinig, beide Hände zu Fäusten geballt. Er sah ernst auf den Mann am Boden herab. Dann drehte er sich um, lief das kurze Stück zum Jeep zurück und ging um den Wagen herum.

Mit einem Griff hatte er die verbeulte Heckklappe hochgezogen, langte in den Kofferraum und hob vorsichtig die Plastiktüte heraus. Zufriedenheit breitete sich auf seinem Gesicht aus.

Der Unbekannte

Südhessen, 14. Oktober

Schmerz.
Zerbrechen.

Als Karen versuchte, ihre Augen zu öffnen, kamen ihr die Lider vor wie mit Blei ausgegossen. Sie schlossen sich immer wieder, und sie musste darum kämpfen, bei Bewusstsein zu bleiben.

Sie bemerkte das gedämpfte und verschwommene Licht einer Lampe.

Als sie versuchte einen Arm zu heben und scheiterte, gab sie auf. Ein traumloser, dunkler Schlaf zog sie wieder ins Nichts. Schlaf.

Eine unbestimmte Zeit später erwachte sie.

Es war dunkel, und nur so etwas wie eine kaum geöffnete Tür, weit entfernt, mit einem leuchtenden, länglichen Ausschnitt war zu erkennen.

Unter ihr musste sich eine weiche Unterlage befinden, und bis auf den Türausschnitt war alles finster. Eine leichte Decke lag auf ihr. Ein Bett. Wahrscheinlich.

Sie holte tief Atem, strich mit den Händen über ihren Bauch, das Gesicht und die Haare. Langsam kam ihr Kreislauf wieder in Gang.

Jemand lag neben ihr, atmete leise und ruhig, nur wenige Zentimeter von ihr entfernt. Gleichmäßiges Ein-und Ausatmen. Panik überkam sie, ihr Herz schlug schneller.

Als sie vorsichtig ihren Kopf drehte und versuchte im Dunkeln den Umriss des Körpers neben ihr zu erkennen, merkte sie, wie sie anfing zu zittern.

Vorsichtig schob sie sich ein Stückchen weg, dem Rand des Betts näher.

Noch schlief der Fremde neben ihr, und sie konnte versuchen zu fliehen, ohne bemerkt zu werden.

Als sie ihr linkes Bein unter der Decke hervorzog und versuchte, sich so leise wie möglich aufzurichten, setzte das Atmen neben ihr aus. Nichts! Kein Atmen und kein Geräusch.

Karens Gedanken rasten. Schnell wegrennen! Oder doch versuchen, sich so leise wie möglich wegzuschleichen?

Jemand hustete, ganz nahe. Ein Mann. Dieser Lauter wahrscheinlich!

Er würde sie festhalten oder versuchen, sie weiter auszufragen. Er war der Besitzer des Schreins, der Amélie getötet hatte. Und er wusste genau, was er damit tun konnte. Hatte er nicht damit gedroht, sie einzusperren und zu warten, was passieren würde?

Er bewegte sich neben ihr, vorsichtig und kaum merklich, dann aber schneller. Ein gedämpftes Licht flammte auf. Sie sah ihn neben sich liegen, den Kopf mit dem Arm abgestützt.

"Alles okay? ", fragte er leise, und Karen kam es vor, als studiere er sie.

"Fast vierundzwanzig Stunden Schlaf!", gab er in einem spöttischen Ton von sich und strich sich die langen Haare aus dem Gesicht. Dann sank sein Kopf wieder ins Kissen.

"Wenn man das überhaupt Schlafen nennen kann." Lauter sprach leise, und es hörte sich für sie an, als redete er mit sich selbst. Angestrengt und müde. In Karens Kopf rasten die Gedanken.

"Ich ... ich muss mal", sagte sie und merkte, wie sie rot wurde. Lauter setzte sich sofort auf.

"Klar. Wundert mich nicht." Er erhob sich, ging um das Bett herum und stand vor ihr. Sie blickte auf sein völlig zerknittertes weißes T-Shirt und seine nackten Beine. "Das viele Wasser, klar", begann auch er sich jetzt zu erinnern. "Kommen Sie", sagte er und hielt ihr beide Hände hin, um ihr beim Aufstehen zu helfen.

Etwas in Karen weigerte sich, ihn zu berühren. "Ich würde es gerne selbst versuchen, wenn ich darf", sagte sie, doch er blieb weiter stehen. Er streckte sich nur und ließ die Hände sinken. Dann hob er die Schultern. "Schon okay. Klar." Endlich trat er einen Schritt zurück, und Karen kam es vor, als wolle er sich nicht zu weit von ihr entfernen.

"Vorsichtig, ja?", versicherte er sich, als sie ihre Beine aus dem Bett schwang. Er stand da, und sie wusste, dass er aufpasste.

Karen konzentrierte sich.

Als sie sich über die Kante des Bettes schob, erwartete sie eine Schwindelattacke, aber sie spürte nur in ihren Wangen, dass sie wärmer wurden, wie ihr Blut anfing zu zirkulieren.

Kurz ließ sie ihren Blick durch das halbdunkle Zimmer streifen und bemerkte einen vollgestellten Tisch, der neben dem Bett stand. Gläser, teilweise mit Flüssigkeiten gefüllt, gestapelt, zerknüllte Papiere, das reinste Chaos. Das beleuchtete Display eines Blutdruckmessgeräts, das daneben lag, zeigte die Uhrzeit. Wenn sie stimmte, war es kurz nach zwanzig Uhr.

Lauter tat, als hätte er ihren Blick nicht bemerkt; er sah sie nur weiter an. "Ich denke, ich muss mich entschuldigen", sagte er, ohne dass sich sein Gesichtsausdruck veränderte. Seiner Stimme war anzuhören, wie schwer es ihm fallen musste, so etwas zu sagen. "Sie waren eine falsche Spur, wahrscheinlich alles an Ihnen. Auch Ihr Bruder. Wirklich, ich ...", er hielt ihr wieder seine Hände hin.

Karen nahm sie, ohne seine weiteren Worte abzuwarten, und ließ sich hochziehen, bis sie aufrecht stand. Er stützte sie am Arm. Immer noch kein Schwindel.

Sie zog ihre Hände langsam aus seinen, entwand sich seinen Griff und ging, den Blick auf den Boden gerichtet, ein paar Schritte.

"Wohin? Ich meine, wo ist die Toilette?", fragte sie, als sie ziemlich sicher war, den Weg auch alleine zu schaffen.

Lauter trat zur Seite und öffnete eine Tür.

Ein Flur. Ohne Möbel. Nur voller herumliegender Sachen.

Ein paar ungelenke Bleistiftzeichnungen, die in Rahmen an der Wand hingen. Darauf immer wieder das gleiche Motiv. Eine Frau, die den Zeichner anlächelt. Nur in Schemen, ohne großartige Versuche, den Zeichnungen Tiefe zu geben.

Er ging voraus und deutete auf den ersten Raum auf der rechten Seite. "Im Regal ist eine Packung Zahnbürsten. Und wenn Sie mir einen Gefallen tun wollen, lassen Sie die Tür unverschlossen", sagte er und beobachtete sie weiter, als sie vorsichtig an ihm vorbeiging. "Nur zur Vorsicht."

Die Einrichtung des Bads war unspektakulär. Nicht schmutzig. Eigentlich sah es aus, als wohne hier niemand. Leere Medikamentenschachteln, offene Tuben und ein Haufen Wäsche in einer Ecke.

Nachdem sie einen Stapel saubere Handtücher entdeckt und endlich die Toilette benutzt hatte, überlegte sie.

Sie konnte versuchen, so schnell wie möglich zur Tür zu kommen und auf die Straße rennen. Er würde ihr vielleicht folgen, aber sie hätte eine Chance, im zu entkommen.

Aber wollte sie nicht wissen, was dieser Typ bei Marc wollte? War sie nicht genau deshalb bei ihm eingebrochen?

Nein, beschloss sie. So schnell aufzugeben, passte gar nicht zu ihr.

Sie zog sie sich aus, drehte die Dusche an und ließ sich das warme Wasser über den Körper laufen. Während sie sich einschäumte, stellte sie sich vor, letzte Spuren des alten Holzes der Kiste von sich abzuwaschen.

Der Anblick der Papageien ging ihr nicht aus dem Kopf. Blutige Schnäbel und stechend blickende Augen. Sie hatte sich das nur eingebildet, keine Frage. Und dieser Typ da drüben wusste, dass sie sich mit diesem Ding in Gefahr bringen würde, und hatte sie trotzdem in diese Falle gelockt. Etwas in ihr riet dazu, sich vor ihm in Acht zu nehmen.

Eine gefühlte Ewigkeit später stand sie frisch geduscht, in ein großes Handtuch gewickelt, vor Lauter. Er hatte sich inzwischen eine Jeans angezogen, saß am Fenster und hielt einen Stapel Papiere in der Hand.

Als sie eintrat, blickte er auf, und sie sah einen Stift in seiner Hand. "Wie gesagt, es tut mir leid", sagte er wieder und deutete auf einige Kleider, die auf dem Bett lagen, Jeans und ein Sweatshirt. "Die sind wahrscheinlich zu groß, aber ..."

"Was wollen Sie von mir?", unterbrach ihn Karen und gab sich keine Mühe, nett zu klingen. "Niemand hat Sie gebeten, mich in ihr Bett zu legen. Ich werde jetzt gehen, und wenn Sie mich festhalten, werde ich die Polizei rufen!"

Lauter seufzte, schüttelte den Kopf und legte den Stift auf den Tisch. Er streckte sich auf dem Stuhl aus. "Machen Sie, was Sie wollen, mir egal. Ich hab Ihnen geholfen, mehr nicht! Sie konnten nicht mehr richtig denken und wären vielleicht an Kreislaufversagen gestorben, wenn ich Sie nicht hierher gebracht hätte! Also ... bitte."

Mit einer Geste wies er noch einmal auf die Kleidungsstücke, die auf dem Bett lagen. "Ihre eigenen Klamotten sind verseucht. Ich hab sie in die Waschmaschine getan."

Karen merkte, wie sie sich beruhigte. Sie zog die Jeans aus dem Stapel und hob sie hoch. "Sie hätten Hilfe holen können. Oder in ein Krankenhaus fahren, die sind dazu da, Menschen zu helfen", sagte sie und merkte selbst, wie unfreundlich sie klingen musste, während sie sich die Hose an die Taille hielt. Mit einem Gürtel würde es gehen, beschloss sie.

Lauter schüttelte den Kopf. "Vergiss es. Keinem von denen traue ich zu, dass sie begreifen, womit sie es hier zu tun haben." Er musterte sie verärgert.

Sie setzte sich auf die Kante des Bettes und erwiderte seinen Blick. "Es ist noch keine zwei Tage her."

Er sah sie verständnislos an. "Wovon reden Sie?"

"Ich hatte einen kleinen Unfall. Wegen meiner Allergie, mitten im Wald. Und nun kippe ich um, nur weil ich etwas Staub aus Ihrer Kiste einatme." Karen legte die Hose hin und griff nach dem Sweatshirt. Lauters Blick störte sie. Erst recht, wenn sie sich umziehen wollte. "Können Sie sich umdrehen?" Er verstand. Als er aufgestanden war und mit dem Rücken zu ihr vor dem Fenster stand, zog sie sich die Sachen über. Das feuchte Handtuch warf sie auf den Boden.

"Was ist passiert?"

"Sie meinen den Unfall?"

Er nickte. "Yep."

"Ich weiß nicht. Das kam ganz plötzlich." Karen fiel wieder Tina und das Erlebnis in dem düsteren Dorf ein. "Ist mir noch nie passiert, einfach so." Sie ging um Lauter herum, bis sie voreinander standen und er sie ansah. Seine Augen sahen an ihr herunter.

"Wo war das?", wollte er wissen.

Karen zuckte mit den Schultern. "Am Waldrand bei Kranau, ganz in der Nähe meines Wohnorts. Der Ort war nichts Besonderes. Dort wohnt ein Psychologe. Eine Bekannte, die ihren Chef sucht, kennt ihn. Und dieser Typ, also ihr Chef, hat bei meinem Bruder gearbeitet. Sie haben ihn doch gesucht, oder?"

Als er nichts erwiderte, hatte sie kurz das Gefühl, er hätte sie nicht richtig verstanden. "Sie wissen schon", erklärte sie deshalb übertrieben deutlich. "Mein Bruder, den Sie unbedingt besuchen wollten. Ich sollte ihm doch eine Nachricht geben. Darauf stand, dass Sie jetzt wüssten, wer er ist. So war es doch, oder? Das sollte ich ihm von Ihnen ausrichten, dass Sie nun wissen, wie sie ihn kriegen können."

Lauter senkte den Blick, und für einen Augenblick hatte Karen das Gefühl, er trage einen Konflikt aus. Einen Konflikt mit sich selbst. "Das war ein blödes Missverständnis", sagte er angespannt. "Sie waren scharf auf die Kiste. Deshalb hielt ich Sie für seine Komplizin, das ist doch nur logisch, oder?"

"Komplizin? Sie spinnen wohl! *Ich* habe *keine* Kiste, die Menschen umbringt. Die steht in *Ihrem* Büro, stimmt´s?"

Lauter erstarrte. Sein Blick schien sie plötzlich zu durchbohren. "Woher wissen Sie das? Ich meine ... was sie kann?"

Karen hatte plötzlich das Gefühl, sich verteidigen zu müssen. "Es gibt einen Brief. Aber das ist meine Sache. Woher wissen *Sie* es?", gab sie zurück. "Und warum besitzen Sie dieses Ding überhaupt?"

Er antwortete nicht. Stattdessen stellte er eine Gegenfrage. "Was ist mit Ihrem Bruder? Wo ist er?"

"Er hat gesundheitliche Probleme. Seit Wochen schon."

Ein müdes Lächeln umspielte Lauters Mund. "Und er hatte natürlich keinen Unfall im herkömmlichen Sinne, lieg ich da richtig?"

Lauters Fragen waren verwirrend. "Es ist nicht klar, woran es liegt." Karen fiel ihre Auseinandersetzung in den Büroräumen ein. "Sie hatten doch irgendeinen Verdacht gegen ihn, obwohl er krank ist. Und auch gegen mich! Und ich möchte wissen, ob Sie etwas damit zu tun haben, dass mein Bruder inzwischen im Koma liegt!"

Er ging nicht darauf ein. "Was genau ist da passiert? In diesem Wald?" Karen wich unwillkürlich zurück und sah ihn zweifelnd an. "Vergessen Sie´s! Bevor Sie mir nicht erklärt haben, was Sie mit all dem zu tun haben, brauche ich Ihnen gar nichts zu erzählen! Ich möchte diese ganze Sache endlich verstehen!"

Lauter holte tief Luft, schob seinen Stuhl vor und setzte sich. Er schien auf dem Boden nach einer Entscheidung zu suchen. "Gut", sagte er und sah sie entschlossen an, "haben Sie Hunger?"

Sie überlegte. "Ich weiß nicht, ja, vielleicht schon. Aber wie können Sie jetzt ans Essen denken?"

Er sprang auf, hielt ihr seine Hand hin und nickte. "Ein Stück die Straße runter gibt es einen Italiener. Ich hab seit fast 24 Stunden nichts gegessen, und wenn ich Ihnen meine Geschichte erzählen soll, dann müssen Sie mich dorthin begleiten. Kommen Sie."

Karen sah missbilligend an ihren weiten Kleidern herunter und Lauter lächelte. Es war das erste Mal, dass sie ihn so entspannt sah. "Ist schon okay, wie Sie aussehen, dort kennt Sie niemand." Er schob sie sanft zur Tür und nahm im Vorbeigehen seine Jacke vom Stuhl.

Zehn Minuten später saßen sie in einem Lokal. Es war ein kleines Restaurant, und außer einem anderen Paar, das etwas entfernt saß, und einigen Gästen an der Theke waren sie allein. Daran, wie der Ober Lauter begrüßte, erkannte Karen, dass er schon oft hier gewesen sein musste. Sie ließ es zu, dass er für sie bestellte, und kurz darauf standen zwei Gläser Wasser vor ihnen.

"Wenn Sie etwas anderes trinken wollen, sagen Sie´s!", sagte Lauter und nippte an seinem Glas.

Karen schüttelte den Kopf, lehnte sich zurück und versuchte sich zu entspannen. "Wer war dieser alte Mann, der gestern Abend bei Ihnen war?"

"Henry? Er ist ein Verwandter, der mir hilft. Nichts weiter. Wir wohnen seit ein paar Wochen zwangsläufig zusammen in dieser Wohnung."

"Und warum besitzen Sie dieses furchtbare Ding? Ich meine, das muss doch einen Grund haben."

Er schloss für einen Augenblick die Augen, dann stützte er seine Arme auf den Tisch und sah sie forschend an. Seine hellblauen Augen durchdrangen sie förmlich. "Sie lassen nicht locker, stimmt´s?"

Es reizte sie, ihn zu herauszufordern. "Ein Schrein, in dem man sein Leben verlieren kann. Abartig, oder?"

Er wurde ernst. "Also sagen Sie schon, woher wissen Sie das?"

Sie warf ihm einen triumphierenden Blick zu. "Von diesem Brief, ich hab´s Ihnen doch schon gesagt! Darin ist das alles genau beschrieben. Und so, wie es aussieht, habe ich gestern wohl Glück gehabt, mit dem Leben davon gekommen zu sein."

Er legte abwägend den Kopf schief. "Die Kiste, die Sie bei mir gesehen haben, ist eigentlich nicht mehr gefährlich. Zumindest nicht lebensgefährlich. Bis gestern jedenfalls."

Er hob die Brauen und sah sie an. "Ich hab schon viele Versuche damit gemacht. Sie sind die Erste, die so heftig reagiert hat. Es gab höchstens mal ein paar Kopfschmerzen oder grippeähnliche Wirkungen. Manifestationen."

Er legte die Hand um sein Glas und ließ die klare Flüssigkeit darin kreisen. "Ich hab sie bei einem Antiquitätenhändler in Frankreich gekauft. Zuerst war ich mir nicht sicher, ob das Ding ein Original ist. Solche Schnäbel wurden vielleicht auf viele Truhen geschnitzt."

Er trank einen Schluck, schob das Glas von sich und betrachtete den Schatten, den das Glas auf den Tisch warf. "Aber dieses Ding funktioniert. Wer sich ihm längere Zeit nähert und den Staub einatmet, bekommt Halluzinationen. Mehr wusste ich nicht. Bisher."

Als das Essen kam, merkte Karen erst, wie hungrig sie war. Sie verschlang das getoastete Brot und die Nudeln, als hätte sie tagelang nichts gegessen.

Zwischen ihnen stand ein riesiger Salat, von dem sich beide bedienten. Sie schob ihm die Streifen gekochten Schinkens auf seine Tellerseite.

"Diese Papageien", sagte sie, als Lauter noch eine Flasche Wasser bestellte. "Sie haben sich bewegt. Wie kommt sowas?"

Er schüttelte den Kopf. "Keine Ahnung. Das Holz ist wahrscheinlich mit einer Substanz behandelt. Ich hab den Staub zu einer Analyse gegeben. Schon vor vielen Jahren. Damals konnte man ihn aber nichts Bekanntem zuordnen."

Er sah auf, und einen Augenblick glaubte sie, in seinen Augen Neugier aufblitzen zu sehen. "Aber Sie haben doch von einem Brief erzählt. Er kommt von mir. Ich habe ihn diesem Schreiner und vielen anderen geschickt. Nur jemand, der weiß, worum es darin geht, würde diesem Brief eine Bedeutung zuschreiben."

Karen überlegte gerade, ob sie davon erzählen sollte, woher sie den Brief hatte, als in Lauters Hosentasche ein Handy klingelte. Er zog es heraus, hörte einen Augenblick zu und sprach brummend ein paar Worte. Dann drückte er eine Taste und legte es auf den Tisch. "Das war Henry." Er lächelte. "Sie wissen schon, der alte Kerl von letzter Nacht. Er wollte wissen, wie es Ihnen geht."

Karens Erinnerung erschien ihr wie eine unwirkliche Vision. Sie nickte. "Wie alt ist er?"

"Henry?" Lauter begann zu rechnen. "Er ist mein Onkel, zwei Jahre jünger als meine Mutter, also einundsiebzig. Sie hätten ihn mal heute Nacht sehen sollen, er hatte Angst, dass Sie sterben."

"Weiß er von der Kiste?"

"Natürlich." Lauters Stimme bekam einen weichen Klang. "Ich kann mich auf ihn verlassen. Und er auf mich. Es gibt Dinge im Leben, die sind ganz einfach. Dieser Brief", erinnerte er sie. "Also, wie kommt es, dass ausgerechnet Sie ihn haben? Von diesem Schreiner? Was hat er dazu gesagt?"

Karen schob ihren leeren Teller an den Rand des Tisches. "Ich fand ihn, als ich im Arbeitszimmer meines Bruders nach Hinweisen gesucht habe. Marcs Krankheit hat keine normale Ursache, davon bin ich überzeugt. Deshalb musste ich das tun. Der Brief lag auf seinem Schreibtisch. Zusammen mit alten Sachen von Paul."

Lauter sah sie aufmerksam an. "Ich war auch auf dieser Beerdigung", sagte er.

"Ich weiß. Sie waren nicht zu übersehen. Aber irgendwie hatte ich das Gefühl, sie kannten ihn gar nicht."

Lauter war in seinen Gedanken immer noch woanders. "Dann haben Sie den Brief bei Ihrem Bruder gefunden. Nachdem Sie versucht haben herauszufinden, was mit ihm los ist. Das erklärt Einiges."

"Eigentlich ist das doch gar kein Brief", begann sie zögernd. "Eher ein Bericht oder sowas. Was haben Sie damit zu tun? Warum schicken Sie dem alten Paul sowas?"

Lauter griff nach seinem Handy und steckte es ein. Karen hatte das Gefühl, er kämpfe mit sich. "Ich weiß immer noch nicht, ob ich Ihnen vertrauen kann", eröffnete er ihr ganz unvermittelt. "Es hängt viel davon ab, dass ich keinen Fehler mache."

Karen schluckte. Sie spürte förmlich das Misstrauen, das ihr von diesem Mann entgegenschlug. "Ich will jetzt wissen, was los ist! Sonst erzähle ich gar nichts mehr von Marc!"

Lauter holte tief Luft. "Ich habe diesen Brief in einem Archiv gefunden. Es war die Beschreibung der Kiste und diese Schnäbel der Papageien in dem Muster, die mich auf seine Spur gebracht haben. Pauls Familie hat vermutlich etwas damit zu tun. Und zwar schon seit Generationen. Um ihn herauszufordern, hab ich ihm eine Kopie geschickt."

Lauter sah sie an. „Ich bin sicher, Ihr Bruder hat sich auf etwas ziemlich Gefährliches eingelassen." Dieses Geständnis kam so unvermittelt, dass Karen ihn nur sprachlos anstarrte.

Simon schlug mit seiner Hand entschieden auf den Tisch. "Dieser Paul war eine Spur. Eine heiße Spur."

"Aber Paul ..., er war ein ganz normaler Schreiner, nichts Besonderes. Was soll er mit dieser Kiste zu tun haben? Er kann sie nicht mal gebaut haben, so alt, wie sie angeblich ist. Ich verstehe das alles nicht!"

Lauter hob seine Brauen. „Ich hatte Ihnen doch erzählt, dass die Analyse des Staubs aus den Resten im Holz kein Ergebnis gebracht hatte. Das war vor Jahren. Dieser Biologe von damals hat mich aber vor ein paar Wochen angerufen und hatte Neuigkeiten. Einer seiner Kollegen beschäftigt sich mit Feinstaub. Mit der Verteilung, die mit einem seit 2005 bestehenden Netz aus Messgeräten gemessen wird. Er hat die Daten analysiert und eine Spur von Pflanzensporen gefunden. Und zwar auch solche, die ich ihm nach einem Anschlag auf mich zur Verfügung gestellt habe. Die Messstationen, die positive Ergebnisse lieferten, standen an der französischen Grenze und auch irgendwo in Mittelhessen in einem Radius von 25 Kilometern um Niederod.

Karen atmete schneller. Sie hatte kurz das Gefühl, dass dieser Typ ein Phantom jagte. "Sie trauen niemandem, stimmt´s?", fragte sie in gepresstem Ton. "Was hat Sie auf Marc gebracht? Ausgerechnet auf ihn? Sie kennen ihn doch gar nicht!"

Simon schüttelte den Kopf. „Nein, natürlich nicht. Aber er hätte jemand sein können, den ich suche. Ich hatte diesem Unbekannten schon vor fast einem Jahr eine Falle gestellt.“ Er schüttelte verärgert den Kopf. „Es war genial und hätte fast geklappt!“

Seine Augen bekamen einen begeisterten Ausdruck, und er beugte sich vor. „Es war so, dass ich, nachdem ich wusste, dass es Pflanzensporen in dieser Gegend gab, alle Antiquitätenhändler und Schreiner der Region angeschrieben hatte. Mit einem Foto der Kiste und einer E-Mail-Adresse. Zunächst passierte lange Zeit nichts. Deshalb habe ich einige, die mir verdächtig vorkamen, besucht, auch den Schreiner, den ich aber nur noch bei seiner Beerdigung traf und so von der Liste der Verdächtigen streichen konnte. Zu Unrecht wie sich später rausstellte.

Aber vor etwa drei Wochen bekam ich eine Antwort. Wieso sie so lange auf sich warten ließ, war mir unklar. Da ich für jeden Brief eine eigene durchnummerierte E-Mail Adresse verwendete, wusste ich, dass es sich um eine Antwort auf genau diesen Brief handelte, den ich an den Schreiner Paul gesendet habe. Doch der war, wie ich mich ja etwa ein Jahr vorher überzeugt hatte, bereits tot. Er musste also einen Komplizen haben."

Lauter machte an dieser Stelle einen etwas ratlosen Eindruck, und Karen konnte jetzt verstehen, dass es ihm mehr als seltsam vorkommen musste, dass sie mit dem Schreiben an den Schreiner in der Hand auf die Suche nach der Kiste gegangen war. Was also hatte Marc damit zu tun?

Simon Lauter erzählte weiter, nachdem er gemerkt hatte, dass er wieder ihre Aufmerksamkeit hatte. „Wir machten per E-Mail einen Treffpunkt aus, aber ich wartete umsonst. Niemand tauchte auf. Ich hatte natürlich den Verdacht, dass man mich trotzdem beobachtete, und fuhr zu einem Lagerhaus, zu dem ich ihn locken wollte. Dort hatte ich eine Box gemietet. Und tatsächlich verfolgte mich ein Wagen. Natürlich musste ich ihn irgendwie in Sicherheit wiegen. Deshalb ging ich rein, wartete einen Augenblick in meiner Box, um danach wieder mit meinem Wagen wegzufahren. Aber nur in die nächste Straße. Kurze Zeit später hat tatsächlich jemand versucht, ins Lagerhaus einzudringen."

Er lachte auf. „Offenbar wirkte der Fremde besonders anziehend auf einen Wachhund. Er hat ihn schwer verletzt. Das Ganze war sehr mysteriös, weil solche trainierten Hunde in der Regel sehr diszipliniert reagieren. Der Wachhabende behauptete sogar, er hätte zuerst einen Mann und dann eine Frau am Steuer gesehen. Ich hab den Wagen des Verletzten verfolgt und seine Spur auf dem Autobahnring um Gießen verloren.“ Er sah sie an, als hätte er einen Trumpf auf den Tisch gelegt. „Und nun sitze ich jemandem gegenüber, der den Schreiner kennt und den Brief gelesen hat“

Karen hob den Blick. "Wie lange spionieren Sie uns schon aus?", fragte sie wütend und sah ihn mit böse funkelnden Augen an.

„Ausspionieren? Keineswegs“, sagte er ebenso böse blickend. „Ich habe nur *fairerweise*“, er betonte das Wort und sah sie mit ironischem Blick an, „begonnen alle Anwesenden zu überprüfen. Am verdächtigsten erschien mir aber ein mit dem Schreiner befreundetes Geschwisterpaar. Der Bruder ist Pfarrer, wohnt auf einem alten Anwesen, und ich hatte bei einem heimlichen Besuch auf seinem Grundstück eine flüchtige Vision, die vermutlich durch Sporen ausgelöst wurde.“

Karen war überrascht und auch beeindruckt darüber, wie die Hartnäckigkeit Simons ihn bis zu diesem Punkt gebracht hatte. Denn er lag zumindest, was die Pflanze betraf, absolut richtig. Sie stand auf.

"Ich würde sagen, Sie kommen jetzt mit mir. Ich hab gerade beschlossen, *Ihnen* etwas zu zeigen. Einen Hinweis darauf, wie sich eine Ihrer Spuren gerade so entwickelt. Bitte, es ist mir wichtig. Ich kann auch mit meinem Auto fahren, wenn Sie nicht wollen." Karen wartete, bis er einen Schein aus der Tasche gezogen hatte, um zu bezahlen.

Er warf sich wortlos seine Jacke über, und sie gingen. In seinem Auto sprach er kein Wort. Schweigend und verschlossen lenkte er das Fahrzeug nach Karens Anweisung zurück ins mittelhessische Gießen, bis sie nach etwa einer Stunde auf dem Parkplatz des Universitätsklinikums standen.

Er sah sie ernst von der Seite an. Seine Miene wirkte versteinert. Dann entspannten sich seine Gesichtszüge. "Tut mir leid, dass der Abend so … na ja, so schief gelaufen ist", räumte er ein. "Aber manchmal fällt es mir schwer, über Dinge zu reden, die mein Leben kompliziert machen."

Er sah zu dem riesigen Gebäudekomplex vor ihnen. "Wollen Sie wirklich da rein?" Er verzog den Mund missbilligend. "Ich versuche, diese Totmacher zu vermeiden."

Karen schätzte, er spielte auf schlechte Erfahrungen mit Krankenhäusern an. "Aber es ist wichtig, dass wir dort hineingehen."

Er nickte, und es war schwer, auf dem schlecht beleuchteten Parkplatz seine Stimmung einzuschätzen. "Kommen Sie", sagte sie und öffnete ihre Tür. Ein Lichtstrahl fiel auf sein Gesicht, und sie sah, dass seine Augen sie fragend musterten. Sie traten durch die breite Eingangstür in das Krankenhaus, und Karen führte ihn in den dritten Stock.

Sie hätte diesen Weg im Schlaf gefunden. Und wie jedes Mal, wenn sie ihn ging, stellte sie sich vor, Marc säße wach und gutgelaunt vor ihr im Bett, ein Kissen im Nacken, ein Buch in der Hand, lächelnd. Doch als sie vor dem Bett standen und sie das gewohnte Piepen der Geräte im Hintergrund hörte, verflog wie immer jede Hoffnung. Sie setzte sich auf den gepolsterten Stuhl, der neben dem Bett stand, und nahm Marcs Hand.

"Er hat versucht, Kontakt mit mir aufzunehmen", sagte sie, ohne aufzublicken, und streichelte über die bläulichen Äderchen auf Marcs Handrücken. "Mit seinen Fingern. Ein Zeichen, das wir beide kennen." Sie machte es vor und sah zu Lauter hinüber. "Kann so etwas möglich sein?"

Lauter trat näher ans Bett und ließ seinen Blick über Marcs blasse Gestalt wandern. Er setzte sich auf den anderen Stuhl. "Wie lange ist er schon in diesem Zustand?", murmelte er mit ruhiger Stimme, ohne aufzusehen.

"Es sind schon fast drei Wochen", sagte Karen. Sie hatte Mühe, ihre Gefühle unter Kontrolle zu halten, merkte, dass sie fahrig und nervös wurde. "Schauen Sie nach, er hat keine Hundebisse oder sowas. Trotzdem seltsam, das Koma von Marc, der Einbruch im Warenlager und das Verschwinden des Chefs von Plant Equipment. Kein Zufall? Es hängt alles mit dieser Pflanze zusammen, oder?"

Er sah auf. "Er hat sie wahrscheinlich ausgesät, sie dabei angefasst. Dann hat sie die Kontrolle übernommen, das ist vermutlich der Weg, den sie geht." Er sah sich wieder Marcs Gesicht an. „Sagen wir mal so, ich kann mir durchaus vorstellen, wie es Ihrem Bruder gerade geht, okay? Und die Pflanze suche ich schon seit fast fünfzehn Jahren."

Sie schüttelte den Kopf und drehte sich zum Monitor, damit er ihre feuchten Augen nicht sehen konnte. "Ich weiß, wo sie wächst, ich hab sie gefunden. Hinten, im Garten des Pfarrhauses." Karen schluckte und nahm wieder Marcs Hand. „Wenn Sie so viel über sie wissen, dann können Sie mir vielleicht auch sagen, ob …", sie holte, tief Luft, versuchte, nicht in Tränen auszubrechen. „Ob es etwas gibt ... ich meine, ein Gegenmittel oder vielleicht eine Behandlung?"

Lauter ließ sich Zeit mit seiner Antwort.

Er nahm Marcs andere Hand, sah sich die leblosen Finger an. "Wie gut kann er kämpfen? Ich meine mit Worten, nicht mit den Fäusten. Dass er stark ist, sieht man ja." Sein Blick war wieder auf Marcs Finger gerichtet. "Er hat kräftige Hände. Wie ein Handwerker. Trotzdem hat er sich wohl aufs Argumentieren verlegt." Lauter blinzelte nachdenklich. "Pfarrer", murmelte er und legte den Kopf schief.

Karen fiel auf, wie vorsichtig Lauter Marcs Hand hielt. Er wog sie regelrecht in seiner, als wolle er sie dazu bringen, ihm ein Geheimnis zu erzählen. Dann legte er sie zurück auf die Decke und sah wieder in das blasse Gesicht. Er schien etwas in Marcs Zügen zu suchen. "Wissen Sie, es ist so: Wenn diese Pflanze jemanden gepackt hat, und ich meine *richtig* gepackt, sodass er nicht mehr weiß, was richtig und was falsch ist," er sah wieder auf Marcs Gesicht, "dann kann es passieren, dass er sich in der Geschichte, die sie ihm auftischt, zu sehr verstrickt. Bei Kopfmenschen besteht diese Gefahr wahrscheinlich eher."

Lauter hob den Kopf und sah sie an. "Er ist ein Denker? Ein Mensch, der gerne grübelt?" Aus seinem Mund klang diese Frage mehr wie eine Feststellung.

Karen versuchte, ahnungslos auszusehen. "Ich weiß nicht", antwortete sie. Natürlich wusste sie, worauf er anspielte. Und sie konnte nicht anders, als sich Marc vorzustellen, wie er schon als Kind dasaß, den Kopf nachdenklich in die Hände gestützt.

Plötzlich fühlte sie sich wie eine Verräterin, bei dem Gedanken, über Marc zu reden, als wäre er gar nicht hier. Fast so, als läge er nicht vor ihnen auf diesem Krankenbett.

Lauter bemerkte ihr Zögern. "Ich hab´ das Gefühl, Sie möchten nicht darüber sprechen." Als sie nicht antwortete, entspannten sich seine Züge, und er sah zu Boden. "Um ehrlich zu sein, kann ich Ihnen nicht sagen, was passieren wird. Vielleicht spielt es eine Rolle, wie Ihr Bruder so tickt. Wie leicht er sich verlieben kann. Und was das in ihm auslöst."

"Verlieben? Wie meinen Sie das?"

Lauter schob seinen Stuhl herum, sodass er nun direkt vor ihr saß. Nur Marcs Bett trennte sie. Sie sah, wie er seine Hände in den Schoß legte. "Sie haben ja anscheinend gar keine Ahnung", sagte er, und in seiner Stimme klang ehrliche Verwunderung mit. "Ich weiß zwar nicht, wie genau er mit ihr in Berührung gekommen ist. Aber es steht für mich fest, dass er da ganz tief drin steckt. Dass aus Ihrem nachdenklichen Pfarrer etwas ganz anderes geworden ist."

"Aber ...", Karen suchte nach Worten, "das klingt, als ob er irgendwelche Mittel genommen hätte!"

Lauter schien nachzudenken. „Vielleicht. Jedenfalls hat es etwas mit der Pflanze zu tun."

Karen hatte eine Idee. "Ein Gift, das über die Haut wirkt." Ullrichs Worte fielen ihr ein, sie behielt das aber für sich. „Sie denken also, die Kiste infiziert Menschen. Mit Sporen dieser Pflanze“. Sich Marc vorzustellen, wie er diese Pflanze in seinem Garten pflegte, empfand sie als schwierig.

Als Lauter seinen Kopf schüttelte, sah sie, wie sich eine lange, hellblonde Strähne löste. "Nein, ich denke, so funktioniert das nicht." Er strich sich die Haare aus dem Gesicht. "Nicht ohne einen direktem Kontakt mit ihr."

"Aber warum? Was hat das alles für einen Sinn?" Vom Flur vor dem Zimmer war lautes Lachen zu hören. Krankenschwestern oder Patientinnen, die miteinander scherzten. Karen hatte das Gefühl, sie lachten über sie. Lauter strich sich müde übers Gesicht. "Kann man hier irgendwo einen Kaffee trinken?" Er sah zur Tür, hob dann verlegen die Brauen. "Krankenzimmer sind ... wie soll ich sagen, keine angenehmen Plätze für eine Unterhaltung."

"Es gibt eine Cafeteria. Unten beim Empfang."

Sie sah, wie er ein bedauerndes Gesicht machte. "Wie gesagt, ich fühle mich nicht besonders wohl in diesen Läden."

Karen überlegte. Irgendwie fand sie es komisch, dass ihr plötzlich nicht mehr einfiel, wie sie hierhergekommen waren. Konnte man sowas so schnell vergessen? "Dann gehen wir runter zu meinem Auto. Oder steht das noch bei Ihnen?", fiel ihr ein. "Wir könnten es holen und zu mir fahren. Es sind doch nur ein paar Kilometer von hier, oder?" Sie hoffte, dass er ihre plötzliche Vergesslichkeit nicht bemerkte.

Er nickte, scheinbar einverstanden mit ihrem Vorschlag, und warf einen letzten Blick auf Marc. Dann stand er auf. "Klingt gut. Aber ich lasse Sie noch nicht fahren. Brauchen Sie das Auto unbedingt? Dann frage ich Henry. Er bringt es Ihnen her."

"Nein! Schon gut! Ich kann fahren." Sie stand ebenfalls auf und nahm von Marc Abschied, indem sie ihm noch einmal über die Hand strich.

Als sie wieder in Lauters Auto saßen und die Straße zurückfuhren, sah sie mit einem Seitenblick, dass er offenbar mit sich kämpfte. Seine Bewegungen wirkten hastig, und er fluchte über einen BMW, der langsam vor ihnen herfuhr.

Wenn sie ehrlich war, wollte sie selbst eigentlich im Moment nur alleine sein. Sich ausruhen und schlafen. "Oder Sie setzen mich einfach zu Hause ab", sagte sie, "wenn Ihnen das nichts ausmacht. Ich rufe Sie an, und wir machen einen Termin aus, an dem ich mein Auto abholen kann. Dann reden wir."

Er knurrte etwas, setzte den Blinker und hielt rechts am Straßenrand. In seinen Augen war ein innerer Kampf zu erkennen.

"Sie verstehen immer noch nicht!", sagte er und legte seine Hände beschwörend aufs Lenkrad. "Es dauert noch, bis Sie wieder in Ordnung sind, glauben Sie mir. Für mich sind Sie noch krankgeschrieben. Oder sowas Ähnliches. Also lassen Sie sich die Zeit. Die Sporen sind noch in Ihrem Körper, auch wenn Sie es gerade nicht fühlen."

Karen merkte, wie sich ein unangenehmes Gefühl in ihr breitmachte. Sie war sich plötzlich sicher, etwas Metallisches in ihrem Mund zu schmecken. "Sporen?", wiederholte sie.

"Wenn Sie´s genau wissen wollen, sollten Sie die nächsten Stunden gar nicht alleine bleiben, egal wo. Sowas kann Tage dauern, bis alles wieder normal ist." Er sah sich um. "Vielleicht wollen Sie zurück ins Krankenhaus, dann fahre ich Sie. Aber ich habe meine Zweifel, dass die sich dort besonders gut damit auskennen."

"Karen hob ihre Hand." Warten Sie! Sie haben doch von Sporen gesprochen. Heißt das, ich ende vielleicht so wie Marc. Ich ..."

"Nein, vergessen Sie´ s", unterbrach er sie, und sie hörte den Ernst aus dem Ton seiner Stimme. "Was Ihnen passieren kann, ist viel schlimmer als das mit Ihrem Bruder, fürchte ich. Mit etwas

Pech wachen Sie morgen gar nicht mehr auf. Vermutlich ist Ihre Überempfindlichkeit schuld.“

Karen musste schlucken. Sie merkte, wie sich ihr Puls beschleunigte. Gleichzeitig ärgerte sie sich über Lauters Worte. Er übertrieb doch maßlos. "Natürlich wache ich morgen wieder auf!", sagte sie eindringlicher, als sie wollte. "Sie reden doch Unsinn! Es geht mir gut!"

Er sah sie kurz von der Seite an. "Ach ja? Und weshalb sind Sie dann müde? Sie haben gerade erst fast 24 Stunden geschlafen, erinnern Sie sich? Am Stück!"

Karen überlegte. Es blieb dabei: Er übertrieb. Aber trotz allem konnte sie sich tatsächlich nicht daran erinnern, jemals so müde gewesen zu sein. Einen klaren Gedanken zu fassen, erschien ihr unmöglich.

Sie schloss ihre Augen, ließ ihren Kopf an die Lehne des Sitzes zurückfallen und musste sofort gegen den Schlaf ankämpfen. "Also meinetwegen", murmelte sie. "Wenn du dich dann besser fühlst." Sie merkte, dass sich die Worte in ihrem Mund zogen wie Kaugummi.

"Keine Angst", sagte er leise. "Ich denke, ich weiß genau, was man tun muss, wenn man diese Dinger eingeatmet hat, du hast es doch letzte Nacht erlebt." Es klang, als wüsste er alles über sie. Und als sie ihm zuhörte, hatte sie kurz das Gefühl, Marc spräche mit ihr. Ein schönes Gefühl.

"Und es war meine Kiste", sagte er leise, eher zu sich selbst. "Also bin ich auch verantwortlich dafür, dass du das überlebst. So einfach ist das. Entspann dich einfach. Das sind Nachwirkungen, die noch dauern können. Vielleicht Tage."

Seine Worte nahmen in Karens Hirn Formen an, wurden eckig, dann rund, dann pulsierten sie in ihrem Kopf.

"Du trinkst noch ein Glas Wasser, dann legst du dich hin." Sie stellte sich das kühle Wasser vor, wie es ihr die Kehle hinabrann.

Dann verschwamm alles in einem traumlosen Schlaf.

Im Labor

Gießen, 14. Oktober

Nein", murmelte Ullrich und fingerte unruhig an seiner Brille herum. Er schüttelte den Kopf und zwinkerte. Sein Nacken tat ihm weh, und die Kopfschmerzen, die ihn seit dem Morgen quälten, wurden auch nicht besser. Seit Stunden hatte er auf die Ergebnisse der Messungen gewartet, und nun kam so ein Mist heraus.

Er überlegte, wo ihm der Fehler unterlaufen sein konnte. Verunreinigungen. Vielleicht ein kaputtes Instrument. Ärgerlich, dass er nun alles noch einmal starten musste. „Oder …", entschlüpfte ihm der Ausdruck eines Zweifels, und er zog kurzentschlossen die Papiere vom Tisch.

Auf dem Weg zu Lawrences´ Räumen ging ihm durch den Kopf, wie er noch gestern über die Ideen des jüngeren Kollegen gelacht hatte. Über die unmöglichen Schlüsse, die der Amerikaner gezogen hatte.

Steve Lawrence, der junge amerikanische Wissenschaftler aus New Mexico, hatte schnell erkannt, welches Potential in Karens unbekannter Pflanze steckte. In den gerade mal zwei Wochen, die er hier als Gast in Ullrichs Arbeitsgruppe war, hatte er ein paar merkwürdige Phänomene in Zusammenhang mit Karens Pflanze entdeckt. Seitdem arbeiteten sie beide fieberhaft an der Analyse.

Während sich der junge Amerikaner hauptsächlich mit der Mikrobiologie beschäftigte, versuchte Ullrich das Verhalten der Pflanze zu erkunden.

„*Hi*", rief Lawrence, als er das kleine Labor betrat, und Ullrich hielt ihm wortlos den Stapel Papiere hin.

„Okay, Steve. Jetzt erklär mir das mal. Wie konntest du wissen …"

Lawrence kam ihm schlendernd mit strahlendem Lächeln entgegen. Er strich sich das lange, dunkle Haar, das er von seiner indianischen Mutter geerbt hatte, hinters Ohr.

„Menschliche DNA", nahm er Ullrich die letzten Worte aus dem Mund, und ein Lächeln breitete sich auf seinem Gesicht aus. „Also doch!" Er sah sich die Dokumente an, und Ullrich deutete sofort auf die Ergebnisse der Genanalyse.

„Ja, DNA", sagte er verstimmt. „Genau, wie du gesagt hast. Menschlich. Sieh dir das an, das ist doch unglaublich! Uns muss ein Fehler passiert sein." Ullrichs Gesicht spiegelte eine Mischung aus Frustration und Scham.

Lawrence vertiefte sich in die Zahlen und Werte auf den Papieren, dann blickte er mit triumphierendem Blick auf. *„Amazing!* Und ich glaube, da ist kein Fehler, *no!*"

Ullrich hatte sich mittlerweile an Steves Sprünge zwischen dem Amerikanischen und dem Deutschen gewöhnt. Im gewissen Sinne gefiel ihm das, weil es ihn an Rock'n'roll-Sendungen mit Rik De Lisle bei Radiobob erinnerte. Er schnaufte auf. „Das kann einfach nicht sein. Wie soll das funktionieren? Mit welchem Sinn?"

Lawrence drehte einen Stift spielerisch zwischen den Fingern. „Sie kombinierte die DNA mit *herself*, mit sich. Vielleicht t*o attract*, um Beute anzulocken. Das ausgesuchte Opfer an sich zu binden. *Look here!* " Lawrence fuhr zur Verdeutlichung mit der Kappe des Stifts über die Zahlen. "Es sind nur Stücke. Kleine *sequences*. Also Sequenzen. Es ist ein *fact*, dass Menschen auf *human* DNA-Bruchstücke unbewusst reagieren*, the Jacobson Organ* in der Nase schaut, ob die Chemie stimmt." Er hob vielsagend die Brauen. „Vielleicht kann die Pflanze damit Menschen in ihrer Umgebung manipulieren."

Er drehte sich zu einem Stapel Papiere, der neben ihnen auf seinem Schreibtisch lag. Schnell schob er die obersten Blätter weg, und Ullrich sah auf dem freigelegten Ausdruck die kleinen Punkte. Er erkannte die Messwerte aus Marcs Garten.

„Diese Werte für *GLV*“, erklärte Lawrence, „zeigen ein weiteres Rätsel. Die *concentration* der ***G**reen **L**eaves **V**olatile*, Aerosolen in sehr unterschiedlicher Mischung und Sporen ist *extremly* hoch. Erinnere dich an den Angriff auf die Pflanze im Pfarrgarten. Das war *extraordinary* hoch *concentration* von *GLV* kurz vor Stopp der Daten.“ Der Amerikaner tippte auf die Kurven auf dem Papier.

Ja, es war so, musste sich Ullrich eingestehen.

Seine Beobachtungen hatten ergeben, dass die Pflanze es schaffte, all ihre Fressfeinde abzustoßen. Kaum ein Insekt hatte sich an sie herangetraut. Und als sie eines der Blätter im Labor genauer angesehen hatten, war ihnen bereits zu Beginn die hohe Konzentration der flüchtigen chemischen Verbindungen aufgefallen, die das Blatt absondern konnte, um Feinde zu warnen.

„Trotzdem!“, warf er ein und merkte, wie wichtig es ihm war, Lawrences‘ Erklärungen zu widerlegen. „Es gibt für sie doch gar keinen Weg, menschliche DNA zu integrieren. Glaub mir, es muss ein Messfehler sein!“

Wie um ihm recht zu geben, erwiderte der junge Mann nichts. Man sah an Lawrences‘ Augen, wie sehr er sich anstrengte, einen Weg zu finden.

Dann hcllte sich scin Blick plötzlich auf. „Was ist aus den *moves*, den Bewegungen geworden? Hast du was Neues?“

Ullrich ging schnell um den Tisch herum und tippte auf der Tastatur seines Macs. Die Aufnahme der Pflanzenbewegungen, die sie im Pfarrgarten mit der Zeitraffer-Kamera aufgenommen hatten, wurde abgespielt. „Da, siehst du es? Die unterbrochene Circumnutation!“, sagte Ullrich und sah Lawrence an, als auch er auf den Bildschirm starrte.

Das Phänomen der Circumnutation, das Darwin einst entdeckt hatte, sagte, dass eine Pflanze nicht nur dem Tagesverlauf der Sonne folgte. Sie führte zusätzlich, etwa im Stundentakt, zittrige Spiralbewegungen durch.

Dies war auch auf den Zeitrafferaufnahmen zu erkennen, doch es gab seltsame Ruckler.

Als sich Ullrich das Video daraufhin mehrmals genauer mit geringerer Geschwindigkeit angesehen hatte, stellte er fest, dass die Pflanze all ihre Stängel und Blätter plötzlich sprunghaft dauerhaft in bestimmte Richtungen neigte. Nach kurzer Zeit ging es dann weiter mit der tanzenden Bewegung.

Lawrence hatte es mit Ullrich besprochen, und auch ihm war das zunächst unerklärlich. Doch als sie in den Aufnahmen sahen, dass sich aus den jeweiligen Richtungen manchmal ein Tier genähert hatte, wurde der Grund klar. Sollte die Pflanze direkt auf die Annäherung eines Tiers oder Menschen reagieren, wäre das allein eine Sensation.

Allerdings gab es neben den plötzlichen ruckartigen Ausrichtungen auch regelmäßige Ausrichtungen in zwei feste Ebenen, nach Norden und Nordosten, etwa im Viertelstundentakt. Ullrich hatte die Idee, die Daten mit einer Karte der Umgebung zu kombinieren. Zunächst war nichts Auffälliges zu erkennen. „Richtung allein genügt nicht, nimm die Wetterdaten dazu“, riet ihm Lawrence. Ullrich wusste, was er meinte. Wenn die Pflanze etwas roch, dann über chemische Stoffe, die durch den Wind transportiert wurden.

„Schau hier“, rief Ullrich plötzlich aufgeregt und zeigte auf die Karte. Folgte man den lokalen Windströmungen im Pfarrgarten der vergangenen Tage, so lagen diese tatsächlich in einer der ermittelten Richtungen. Der Wind schwang dann in einem Bogen drei Kilometer weiter durch ein ausgedehntes Waldgebiet.

Ullrich deutete aufgeregt auf ein dunkelgrünes Feld auf der Karte. „Ungefähr dort haben sie Marc gefunden. In diesem kleinen Waldstück.“

Er blickte zu Lawrence und erkannte das Feuer in den Augen des anderen.

Er zog ein Fazit: „Was für ein Rätsel! Diese Pflanze kann anscheinend menschliche DNA Bruchstücke mit ihren Sporen verbreiten und sie scheint über größere Entfernungen mit ihresgleichen zu kommunizieren. Das ist die Spur, die noch gefehlt hat.

Der Amerikaner verzog seinen Mund zu einem Lächeln und klappte seinen Laptop zusammen. "Dann *let´s go*, aber gleich."

Als sie eine halbe Stunde später durch das Waldstück gingen, erinnerte sich Ullrich daran, was Karen ihm unter Tränen erzählt hatte. Marc hatte mitten auf dem Weg gelegen, zusammengerollt, als wäre der Boden sein Bett. Es sah so aus, als hätte er sich unter das Wurzelwerk eines Baumes geschoben. Die Helfer meinten, das wäre wohl ganz unbewusst passiert, er wollte sich so vor der Kälte der herbstlichen Nacht schützen.

Später, im Krankenhaus, fand man an den Armen, den Beinen und seinem Bauch Abschürfungen, die alle eine eigentümlich längliche Form hatten, maß dem aber keine besondere Bedeutung bei.

Als sie die Stelle erreicht hatten, die Karen ihm angegeben hatte, stellte Lawrence die mobile Gas- und Feinstaubmessanlage ab, und Ullrich sah sich um.

„Dort", sagte er und wies auf die langen, schmalen Rinnen, die aussahen, als hätte ein Fahrzeug der Waldarbeiter sie im Boden hinterlassen. „In diesem Graben lag er."

Lawrence kniete sich sofort auf den Boden und nahm mehrere Proben der Wurzeln, die aus dem Erdreich hingen. Mit einem Skalpell schnitt er kleine Spitzen ab.

Ullrich lief ein kalter Schauer über den Rücken, als sie vor der langen erdigen Mulde standen und er sich die Szene vorstellte. Ein bewusstloser, halb nackter Mensch zwischen den Bäumen, bedeckt von Wurzeln und welken Blättern.

Fakt war, dass Marc diese ganz besondere Pflanze in seinem Garten hatte. Und genau hierher hatten ihre tanzenden Bewegungen gewiesen. Es musste einen Zusammenhang geben.

„Wir suchen am besten auch die Umgebung ab", sagte er, als Lawrence mit dünnen Handschuhen begann, die Stelle zu untersuchen. Beide nahmen Proben von der Erde und sahen sich die Pflanzen an.

Ullrich machte Fotos. Hier wuchsen vor allem Farne und Büsche. Aber von dieser ganz besonderen Pflanze war keine Spur zu finden.

„*Naught!*", murmelte Lawrence leise vor sich hin. „Da ist nichts! Alles normal." Er hob den Kopf und sah sich um. Die Enttäuschung stand ihm ins Gesicht geschrieben. „Sie ist nicht hier."

„Vielleicht hat sie einer der Helfer zertreten", mutmaßte Ullrich und richtete sich auf. Aber auch auf dem Boden rings um die Fundstelle war nichts zu sehen. Es kitzelte an seinem Bein, stach, brannte.

Ullrich zog sich das Hosenbein hoch und wischte sich ärgerlich einige besonders dicke Waldameisen von der Haut.

Lawrence war einige Schritte weiter gegangen und schlug plötzlich wild um sich.

Bremsen, diese verdammten Viecher waren schwer abzuschütteln, und die Einstiche würden wahrscheinlich noch tagelang jucken.

Ullrich folgte Lawrence, und das laut anschwellende Brummen von Fliegen und Bienenschwärmen machte die Suche nach der Pflanze fast unmöglich. Mittlerweile schlugen beide um sich, um die Insekten mit der flachen Hand zu vertreiben.

Es wurde nicht besser; offenbar war hier irgendwo eine Wasserstelle, in der sich die Viecher im vergangenen Sommer vermehrt hatten. Nur der Tatsache, dass es in diesem Jahr einen langen warmen Herbst gab, war geschuldet, dass es jetzt, Anfang Oktober überhaupt noch so viele Insekten gab.

Das Brummen und Surren schwoll an, und Ullrich hatte Probleme, Lawrence zu verstehen, als der ihm etwas zurief.

Er verstand nur das Wort "Abwehr" und "GLV" und wusste plötzlich, was gemeint war. Lawrence vermutete eine Abwehrreaktion der Pflanze. Wenn es stimmte, was sie herausgefunden hatten, hatte sie sich Hilfe geholt. Unter den anderen Bewohnern des Waldes. Sie mussten ihr also schon sehr nahe sein.

Lawrence stand vor einem Baum, als er sich nach Ullrich umdrehte. „Du kannst aufhören zu suchen, ich hab sie", rief er, und Ullrich sah, wie der Amerikaner seinen Mund zu einem breiten Lächeln verzog.

„Sie ist riesig, a *monster*! Fast sieben Meter hoch. Wir hätten sie gleich sehen müssen, aber sieh dir die Farbe an. *In front of this tree*, sie ist unsichtbar!"

Ullrich konnte sich wegen der angreifenden Bremsen nur schwer konzentrieren, aber es stimmte. Diese Pflanze war unbestritten die gleiche wie die, die sie im Pfarrgarten untersucht hatten. Aber statt einer rötlichen Färbung war diese eher braun, genauso wie der Stamm des Baumes, vor der sie wuchs.

„Wenn die Wurzeln, drüben im Graben, von ihr stammen, sind das bestimmt um die fünfundzwanzig Meter Abstand zu ihr", sagte er und bog mit seiner behandschuhten Hand ein Blatt um.

„Und schau, dieser Baum hat die gleichen Blätter und ist verwandt, offenbar nur ein Ausläufer einer größeren Ansammlung, der bis in diesen Fichtenwald dort hineinreicht."

Ullrich sah, dass die Äste des Baumes teilweise in den Boden wuchsen und sich an dieses Stellen anscheinend wieder neue Bäume aus dem Boden erhoben. Sie hatten buchstäblich den Wald vor lauter Bäumen nicht gesehen.

Ein etwa ein Hektar großes Areal aus verschieden zusammenhängenden Teilen ein und derselben Pflanze. Nach allem, was sie nun schon über die Pflanze wussten, ein Albtraum.

Ein süßlicher Duft umgab das Gewächs. Ullrich spürte eine Bewegung in seinen Haaren, zuerst zögerlich und fein, dann immer deutlicher.

Er beugte seinen Kopf und versuchte mit seinen Händen alles abzuschütteln. Es waren Ameisen, die von den Blättern des Baumes auf sie herabgefallen waren.

„Wir müssen einen Schutzanzug anziehen, um das *equipment* aufzubauen“, schrie Lawrence, um das Brummen zu übertönen. Er kratzte sich am Arm und zerschlug fluchend eine weitere Bremse. „Die reagiert *very heavy.*“

Das aggressive Summen der Insekten waberte teilweise im Infraschallbereich und erzeugte Angst. Der Wunsch wegzulaufen, wurde fast übermächtig.

Sie hörten nun auch lautes Knacken von Ästen und Grunzlaute. Tief und immer deutlicher.

Lawrence legte gerade einen Schalter am Messgerät um, als er plötzlich aufschrie.

Ullrich traute seinen Augen nicht. Er stolperte rückwärts, suchte mit seinen Händen Halt.

Ein riesiger, zentnerschwerer Keiler stand vor ihnen. Eingehüllt von einer Wolke aus Bremsen. Er schien aus dem Nichts aufgetaucht zu sein und hatte seinen Kopf angriffslustig gesenkt. Aufgeregt schnaufend machte er einen Schritt auf sie zu, drehte den Kopf und knurrte angriffslustig.

„Gehen wir!“, flüsterte Lawrence Ullrich zu, ohne das Tier aus den Augen zu lassen. Nach den Bremsen, die sich in Scharen auf sein Gesicht setzten, schlug er nicht mehr.

Ullrich verstand kein Wort, konnte sich aber denken, was dem Amerikaner durch den Kopf ging, sein Herz schlug bis zum Hals.

Langsam, fast wie in Zeitlupe, ging er Schritt für Schritt rückwärts und versuchte, nicht auf dem unebenen Boden zu stolpern.

Es gab eine Hoffnung, die ihn fieberhaft nachdenken ließ. Die, dass der Eber sie gehen lassen würde. Ohne Kampf und ohne Blutvergießen.

Ullrich sah, dass auch Lawrence sich immer mehr von der Pflanze entfernte. Doch der junge Amerikaner hatte nicht so viel

Glück wie er. Als er an den Zweigen eines Farns hängen blieb, verlor er das Gleichgewicht und stürzte mit den Armen rudernd zu Boden.

Er schrie auf, und wie nach einem Startschuss setzte sich das Tier sofort in Bewegung. Schnell und scharrend arbeiteten sich die Beine des Wildschweins durch den Boden; welke Blätter wurden in die Luft gewirbelt.

Lawrence sah das Tier kommen, rollte sich instinktiv zur Seite und hatte seine Arme schützend über den Kopf geschlungen, das Unausweichliche erwartend.

Ullrich fühlte, wie ihn so etwas wie eine Schockstarre betäubte.

Er sah das Drama, das sich vor ihm abspielte, musste handeln und fühlte sich gleichzeitig hilflos, wie ein Kind.

Vorausschauend sah er seinen Kollegen schon unter dem riesigen Körper des Ebers verschwunden, leblos zwischen den spitzen Zähnen des Tieres.

Es blieb nicht viel Zeit zum Nachdenken, das zumindest realisierte er.

Verzweifelt hob er seine Arme „Ho, ho!“, brüllte er, ohne groß nachzudenken, und wedelte mit den Händen herum.

Er ging auf die beiden zu, und tatsächlich blieb das Wildschwein stehen, drehte seinen Kopf und sah ihn mit ausdruckslosem Blick an. Seine Augen fixierten Ullrichs, und die glänzende Schnauze zuckte nervös in alle Richtungen.

Einen Augenblick schien der Eber zu überlegen, verlagerte sein Gewicht von einer auf die andere Seite, dann schnaubte er auf und rannte Ullrich mit gesenktem Kopf entgegen.

Dem Wissenschaftler blieb nicht viel Zeit. Er wandte sich um und rannte, beschrieb beim Laufen Kurven, versuchte möglichst viel Raum zwischen sich und seinem Verfolger zu bekommen.

Als er sich völlig außer Atem umdrehte, um einen Blick auf seinen Verfolger zu werfen, war das Schwein verschwunden. Wie vom Erdboden verschluckt.

Ein paar Meter weiter sah er Lawrence auf sich zuhumpeln.

Der Amerikaner lächelte, ließ sich aber, als er Ullrich erreicht hatte, erschöpft auf den Waldboden fallen. „*A great hunt,* eine Jagd“, stieß er schnaufend aus und kicherte. Er hielt sich sein Knie „Du warst die *prey*, die Beute.“

Gedankenaustausch

Südhessen, 15. Oktober

Karen wachte von einer Berührung auf. Ein nackter Fuß schob sich unter der Decke, die auf ihr lag, an ihren. Sie schlug die Augen auf und versuchte sich zu orientieren.

Direkt an ihrem Körper lag ein anderer; er roch angenehm nach Mann.

Simon schoss es ihr durch den Kopf, und sie merkte, wie sich sein entspannter Körper im Schlaf bewegte.

Als sie realisierte, was das bedeutete, richtete sie sich hektisch auf, errötete und wurde wütend auf diesen Lauter, in dessen Bett sie nun schon die zweite Nacht verbracht hatte. Diesmal direkt neben ihm.

Es war schon hell, und in der gleißenden Sonne, die durchs Fenster schien, konnte man in der Luft kaum sichtbare Staubkörnchen schweben sehen. In der Ferne hörte sie ein Flugzeug, das hoch am Himmel seine Bahn zog.

In Lauters Arbeitszimmer, das anscheinend gleichzeitig sein Schlafzimmer war, herrschte das gewohnte Chaos.

Auf dem Schreibtisch, der am Fenster stand, stapelten sich Bücher und Unterlagen. Der kleine Tisch, vor dem zwei Stühle standen, lag voller Verbindungskabel für Computer und andere Geräte. Auf dem Boden lagen Kleidungsstücke und seine schwere Lederjacke verstreut.

Als sich Karen in ihre Haare fasste, merkte sie, dass sie hoffnungslos verknotet waren.

Sie hatte noch das weite schwarze Shirt, das sie vor einer gefühlten Ewigkeit angezogen hatte, an. Also hatte er sie nicht entkleidet, als er sie hier hinlegte. Zumindest nicht völlig.

Sie versuchte sich an den vergangenen Tag zu erinnern, daran, wie sie in dieses Bett gekommen war. Doch da war nichts außer einer Gedächtnislücke.

Dass sie gemeinsam in Marcs Krankenzimmer gewesen waren, wusste sie noch. Der Rest war bruchstückhaft und fügte sich nur langsam zusammen.

Auch an die Fahrt in seinem Auto konnte sie sich erinnern. Sie wusste allerdings nicht mehr, wieso sie mit Simon zurückgefahren war. Zumindest war ihr Auto noch hier. Am besten fuhr sie jetzt gleich wieder nach Hause.

Sie sah sich um und merkte, dass auch Simon begann, wach zu werden. Er bewegte sich und rückte von ihr ab.

"Tut mir leid", sagte er noch völlig übermüdet.

Als er sich streckte, fiel ihm sein langes Haar aus dem Gesicht. "Aber du warst so ... instabil. Das ist, glaube ich, das passende Wort. Instabil. Ich konnte dich so nicht bei dir abladen und hoffen, du erlebst den nächsten Morgen noch. Außerdem kannte ich deine Adresse nicht."

"Aber mussten wir deshalb gleich im selben Bett schlafen?", fragte Karen und merkte, dass sie nicht so empört klang, wie sie wollte. "Ich meine, es ist zwar groß genug aber ... na ja, trotzdem", setzte sie deshalb nach.

"Ja, sicher", gab Simon zu. "Aber es gibt genau drei Gründe dafür, deshalb ging es nicht anders. Erstens musste ich dich genau im Auge behalten, deine Atmung überwachen. Ich schlafe erst seit ein oder zwei Stunden. Und zweitens ist dies mein Bett. Du kannst froh sein, dass ich es schon zwei Nächte mit dir teile. Drittens gibt es nur dieses eine Bett in meiner Wohnung, wo sonst sollte ich also schlafen?"

Simon schob sich ein Kissen in den Rücken und setzte sich auf. Er musterte sie. Plötzlich verzog sich sein Mund zu einem trotzigen Lächeln. "Komm schon, so schlimm war es nicht, finde ich."

Karen schwang ihre Beine aus dem Bett und setzte sich auf die Kante.

Dabei stieß sie ungewollt mit der Hand an Simons Arm.

Schnell zog sie sie zurück und stand auf. "Ich geh ins Bad", versuchte sie von der Berührung abzulenken, doch Simon hob die Hand und sprang aus dem Bett.

"Stop!", rief er und stand mit wenigen Schritten neben der Tür.

Er trug nichts außer einer kurzen Hose. "Im Bad liegen noch Sachen, die muss ich erst wegräumen", er zuckte mit den Schultern, "ich denke, da könnten noch Sporen dran sein, und da du so heftig reagierst, warte einen Augenblick."

Sie glaubte ihm nicht.

Er öffnete die Tür und verschwand im Flur. Karen folgte ihm und blieb vor der Tür stehen.

An einem breiten Haken an der Wand hing der Pullover. Daneben ihre Jeans und die Jacke.

Als sie die Jacke schüttelte, hörte sie in der Tasche ihren Autoschlüssel klimpern.

Sie schnappte sich die Kleidungsstücke und zog sie an. Das Handy beulte die Tasche der Jeans aus. Sie zog es heraus und sah, dass der Akku leer war. Natürlich, war ja klar!

Sporen?, fiel ihr das Wort, das er benutzt hatte, wieder ein, *meinte er aus der Kiste?*

"Wieso Sporen?", rief sie also und hörte, wie er eilig etwas in Tüten packte.

Karen erinnerte sich an das, was Ullrich gesagt hatte. Begannen sich die Dinge nun zusammenfügen?

Dann stand er vor ihr, sah sie kurz an und öffnete einen der Schränke, um Wäsche herauszuholen. "Meine Sachen sind zu stark kontaminiert. Zumindest für dich." Er zog eine verknotete Tüte in den Flur. "Ich werde sie Henry zum Waschen geben."

"Wie spät ist es?", fragte sie, als Lauter an ihr vorbei zum Schreibtisch ging. "Mein Handy ist leer."

"Kurz nach zehn." Er kam zu ihr herüber und las die Kleider vom Boden auf. Sie landeten mit einem gezielten Wurf im Flur. "Ich muss mich für die Unordnung entschuldigen. Gestern Abend, als ich dich ins Bett verfrachtet habe, hatte ich nicht mehr genug Zeit alles aufzuräumen. Außerdem musste ich etwas Wichtiges erledigen. Henry hat währenddessen auf dich aufgepasst."

Er setzte sich auf den anderen der beiden Stühle, und Karen sah in seinem Gesicht, dass er kurz davor war, ihr etwas zu sagen. Sie warf ihm einen fragenden Blick zu, und er hob die Schultern. "Okay, ich hab sie endgültig verbrannt."

Karen sah ihn verwirrt an. "Verbrannt?"

"Die Kiste. In Asche verwandelt. Es war dumm von mir zu glauben, sie sei harmlos, nur weil sie alt ist. Reicht wohl, nur ein paar Krümel unter dem Fingernagel zu haben, dann hat man Visionen. Jedenfalls, wenn man so empfindlich ist wie du."

Er warf einen Blick zur Tür. "Du gehst am besten erst mal nicht ins Bad. Die Klamotten, die ich dort ausgezogen habe, habe ich in Tüten gestopft, aber wer weiß. Vielleicht liegt noch was rum. Wahrscheinlich bist du überempfindlich oder sowas. Ich hab Henry angerufen, er holt meine Sachen nachher ab und bringt sie in den Waschsalon."

Karen ahnte, dass er von den Sporen, wie er sie genannt hatte, sprach. Sie lehnte sich zurück, versuchte den Zusammenhang zu begreifen. "Ich verstehe nicht ganz. Ich meine, wie das alles funktioniert! Sporen, Samen und diese Kiste."

Er sah sie an. Legte seinen Kopf nachdenklich schief. "Für dich ist eigentlich das Wichtigste, dass du versuchst, dich von diesen verdammten Dingern fernzuhalten, so empfindlich, wie du bist." Er wollte sich schon umdrehen, sah sie aber trotzdem noch einmal an. "Und dass es deinem Bruder langsam besser geht, habe ich schon gesagt. Er kommt vielleicht bald alleine raus aus dieser Geschichte. Also entspann dich."

Karen warf ihm einen trotzigen Blick zu. Es war ihr egal, dass er sie für ängstlich hielt. "Wenn du nichts dagegen hast", sagte sie heftiger, als sie eigentlich gewollt hatte, "möchte ich mir mein eigenes Bild machen. Ich bin nicht bei dir eingebrochen, um jetzt genauso dumm wie vorher nach Hause zu fahren."

Lauter stand auf und hielt ihr in einer auffordernden Geste die Hand hin. "Na gut, wir gehen frühstücken und reden." Karen legte ihre Hand in seine, ließ sich vom Stuhl hochziehen, und er ließ sie los, als sie vor ihm stand. "Jacke?", fragte er knapp, als sie im Flur standen, aber sie schüttelte den Kopf. Kurz darauf saßen sie in einem gemütlichen kleinen Café, das nur eine Straße entfernt war.

Lauter sah zu dem kleinen Mann, der hinter der niedrigen Theke Gläser abtrocknete, hob zwei Finger, und der Glasmann nickte. Man sah, dass sich die beiden kannten.

"Das geht mit der Bedienung ziemlich schnell hier", erklärte Lauter, während er sich den Stuhl an den Tisch zu schob. "Nicks Frühstück wird dir gefallen. Was machst du, wenn du nicht gerade Männer jagst, von denen du glaubst, sie könnten deinem Bruder schaden?", fragte er, und Karen meinte, einen Anflug von Ironie zu hören.

Sie sah auf die Tischdecke und überlegte. "Du wunderst dich, stimmt´s?"

Er nickte. "Ich kenne keine Frau, die sich trauen würde, in ein fremdes Büro einzusteigen, aber man lernt ja nie aus." Sie las die Frage in seinem Blick, die Aufforderung zu einer Erklärung.

Karen hasste es, darüber zu reden. Sie wollte nicht so sein wie die, die missionarisch versuchten, andere zu überzeugen. So wie viele der anderen in der Initiative. "Ich bin in einer Aktionsgruppe. Da lernt man mutig zu sein", gab sie widerwillig zu. "Zwangsläufig."

Als Lauter sie immer noch fragend ansah, holte sie tief Luft und verzog den Mund. "Wir filmen Tiere, okay? Eingesperrte Tiere in Ställen. Wir veröffentlichen das im Netz. Also machen wir das, was keiner sehen will, für alle sichtbar. Da wird man nicht freiwillig reingelassen, also brechen wir nachts ein."

Erinnerungen gingen ihr durch den Kopf. An Nächte in der Kälte, Gestank und Tod. Sie sah ihn an. "Müssen wir darüber reden?"

Lauter sah sie nur an, und Karen meinte, einen verwunderten Ausdruck in seinem Blick zu bemerken. Wahrscheinlich hatte er Schwierigkeiten, sich vorzustellen, dass sie wirklich so etwas tat. Dünn und schwach, wie sie war. Eine hübsche Buchhändlerin. Aber das hier? War das nicht eine Nummer zu groß? Jetzt sollte er wissen, dass sie mehr drauf hatte.

Als der Kaffee und die Brötchen gebracht wurden, hielt es Karen nicht mehr aus. "Okay, jetzt bist du dran, ich höre!", sagte sie, nahm sich ein Croissant und sah ihn gespannt an, während sie hineinbiss.

Lauter trank einen Schluck heißen Kaffee und überlegte einen Moment, wo er anfangen sollte. "Ich suche ein Phantom, das ist alles", sagte er endlich und sah sie an, als ob er erwartete, dass sie ihn für verrückt hielt. "So etwas wie einen Geist. Nur dass dieser Geist tödlich sein kann." Er stellte die Tasse ab. "Ich hab ihn kennengelernt und weiß, wie er ist. Und zu was er fähig ist."

Karen musste an Marc denken. "Sie ... du hast also auch versucht Pflanzen anzubauen? Sporen zu gewinnen, für deine Kiste?"

Simon hob die Arme. "Nein, Gott bewahre! Damit wäre ich völlig überfordert."

Sein Blick wurde weich, und er schien plötzlich mit sich zu kämpfen.

Karen hatte das Gefühl, er wich ihr aus, überlegte, wie er es ihr erklären sollte.

Wie um die Situation zu überspielen, nahm er eines der Brötchen und riss ein Stückchen heraus. Stopfte es sich in den Mund. "Die Wahrheit ist, dass ich die Pflanzen, von denen die Pollen stammen, schon einmal vor Jahren gesehen habe", sagte er kauend. Er strich Butter auf die weiße Krume und biss ab.

Dann legte er das Messer zur Seite und sah auf. "Ich war noch sehr jung, keine zwanzig. Ein Typ hat sie mir gezeigt. Aber ich wusste nicht, was sie anrichten können."

Karen wirkte nachdenklich. „Wenn ich ehrlich bin, denke ich, dass manche Teile der Geschichten erfunden sind oder sie beruhen auf einer falschen Wahrnehmung dessen, was wirklich geschah." Sie hob die Schultern. „Die schnelle Alterung und der verjüngte Pianist?"

Simon biss wieder von seinem Brötchen ab und legte es zurück auf den Teller. Er sah sie an, als ob er auf etwas lauerte. "Vielleicht", sagte er kurz angebunden, „aber wie kam es zu dieser falschen Wahrnehmung?"

Karen hatte ihr Misstrauen noch nicht ganz abgelegt. Dieser Simon war ein auffälliger Typ. Er hatte eine lässige Art, ausgeleierte, verwaschene und trotzdem teure Kleidung. Das alles passte eigentlich ganz gut zu ihm, machte ihn sympathisch. Das hieß aber nicht, dass sie ihm vertrauen musste. Sie beschloss, sich auf ihren gesunden Menschenverstand zu verlassen. "Also für mich klingt zum Beispiel das mit der Verjüngung wie Fantasy. Wie kann sich jemand eine so absurde Geschichte ausdenken?", fragte sie.

Simon hob erstaunt die Brauen und schmunzelte. "Vielleicht Erfindung. Vielleicht auch nicht. Zumindest hat mir der Antiquitätenhändler, von dem ich die Kiste habe, eine ähnliche Geschichte erzählt. Nämlich dass sie aus der Asservatenkammer der Polizei stamme und mit einem Fall von Brandstiftung zu tun hat. Eine junge Frau und ein älterer Mann starben. Der Brandstifter wurde angeklagt und starb in einer Nervenheilanstalt. Die Frau war an einer bis dahin unbekannten Krankheit, einem beschleunigten Alterungsprozess gestorben. Von dem Typen hatte ich auch einen alten Zeitungsbericht, der Teile der Geschichte historisch bestätigte.“

Simon fuhr sich in einer nervösen Geste mit der Hand durch sein Haar. Er warf einen Blick hinter sich zur Eingangstür, als wolle er sich versichern, dass dort niemand stand, der sie belauschte. "Ich hatte einmal eine ziemlich ..., sagen wir mal wilde Zeit. Das ist jetzt schon Jahre her. In Paris. Ich arbeitete an meiner Karriere als Konzeptkünstler." Er sah sie an und merkte anscheinend sofort, dass sie mit diesem Begriff nichts anfangen konnte. "Konzeptkunst, das heißt, man ordnet Dinge oder Fotografien oder was auch immer auf eine bestimmte Art und Weise an. Bis man zufrieden ist."

Er sah sie erwartungsvoll an, und sie nickte zwar, aber ihr Blick drückte das Gegenteil aus.

Er holte Luft. "Man arbeitet mit einer *Message*, die man loswerden möchte." Simons Hände hoben sich in erklärenden Gesten. "Nimm zum Beispiel ausgestopfte Walflossen gegen Walfang oder rauchende Schornsteine, die Fotos von Babys anschwärzen. Verstehst du?" Er machte eine wegwerfende Bewegung. "Da gibt es tausende, die sowas machen. Ich hatte damals genug Geld, um drei oder vier Monate ein kleines Zimmer in Paris zu mieten. Dort, mitten in der Stadt, sollten dann die Einfälle wie Blitze bei mir einschlagen."

"Paris? Aber braucht man nicht eine Menge Platz um ...?", versuchte Karen seinen Gedanken zu folgen.

Er verzog den Mund. "Nein, eigentlich nicht. Zuerst einmal geht es nur um die Idee. Das Realisieren ist dann der zweite Schritt. Dafür muss kein Mensch nach Paris fahren. Es ist nicht mal wichtig, dass du alles alleine machst."

Lauter nahm die Kanne und schenkte sich Kaffee nach. "Es lief gut in Paris. Sehr gut. Aber das mit den Ideen ..." Verlegen hob er die Schultern, sah zu Boden. "Paris ist keine Stadt für Langeweile, man genießt die Dinge, die einfach so passieren. Jeden Tag. Ich war knapp über zwanzig, viel unterwegs. Mit anderen oder alleine. Egal, also ich hing damals viel in Bars rum, traf Leute. Freunde."

Lauter folgte mit seinem Blick dem Löffel, mit dem er in seinem Kaffee rührte. "Und dann, eines Abends, als ich frustriert und zugedröhnt in meiner Stammkneipe gelandet war, sah ich ihn an der Theke sitzen. Er nannte sich Pascal, kannte Freunde von Freunden und kam mir fast so alt wie meine Eltern vor. Bei einem Pastis, den er mir ausgab, erzählte er von seinem Leben mit der Kunst." Simon schüttelte kaum merklich den Kopf. "Ich war damals so dumm! Ich glaubte alles, was er erzählte."

Er betrachtete konzentriert die Maserung des Tischs, und Karen merkte an der Anspannung, die sich in seinen Zügen widerspiegelte, wie sehr er scheinbar mit sich und seinen Erinnerungen kämpfte.

"Er hatte geniale Ideen, kostspielig und beeindruckend, konnte Zusammenhänge finden, die irre waren. Also ging ich mit ihm, als er anbot, mir alles zu zeigen. Alles, an was er so arbeitete und welche Projekte er schon auf den Weg gebracht hatte. Einfach so, ohne einen Gedanken."

Simon sah auf. "Er war einfach phantastisch! Er wusste alles. Über den gesamten Kunstbetrieb und jede verdammte Chance, die sich dort bot."

Er schob den Teller mit dem halb gegessenen Brötchen von sich, winkte dem Kellner und deutete auf die leere Wasserflasche auf dem Tisch, um eine weitere zu bestellen.

"Sein sogenanntes Atelier war riesig." Er lachte und es klang bitter. "So etwa, wie du dir das wahrscheinlich vorhin vorgestellt hast, als ich von Objektkunst gesprochen habe. Er hatte ein gesamtes Stockwerk für sich, riesige Zimmer. Überall standen alte Sachen oder halbfertige Objekte herum. In einem der Räume hatte er kopflose Schaufensterpuppen, denen er tierische Füße verpasst hatte, gestapelt. Und im Zimmer neben seiner Küche, die voller uraltem Kram war, stand ein Klavier, mit Bilderrahmen, die draufstanden."

Karen musste unwillkürlich an den alten Brief denken. An Amélie, den weißen Flügel und Beethovens Mondscheinsonate. Simon lächelte, und sie hatte das Gefühl, er wusste genau, was ihr gerade durch den Kopf ging. "Sind wir mal ehrlich, ich war direkt in der Höhle des Löwen angekommen. Und er wollte meinen Kopf, nichts anderes."

Mit einem Seufzer hob er sein Glas Wasser und hielt es sich an den Mund. Er trank aber nicht, sondern stellte es wieder ab. "Ich war natürlich beeindruckt. Von seiner Wohnung und all den Dingen. Und als er mich in diesem Raum geführt hat und ich seine Sammlung gesehen hab, gab es keinen Zweifel mehr daran, dass er etwas von der Sache versteht."

"Eine Sammlung?", fragte Karen.

Simon nickte, aber sein Lächeln passte nicht zu dem schmerzlichen Ausdruck in seinen Augen. "Das Zimmer war eher so etwas wie ein Museum, ganz anders als die chaotische Wohnung mit den halbfertigen Sachen. Fast, als wäre die nur eine Kulisse, hinter der er sein wahres Leben versteckt. Ein großer Salon mit Chaiselongue und Sessel. Altmodisch. Mit dicken Teppichen und total aufgeräumt. Dort hab ich auch die Papageienschnitzereien zum ersten Mal gesehen, an den Schubladen der alten Kommoden, die überall herumstanden. An den Wänden hingen Schwarzweißfotos und an dem riesigen Fenster standen die Kisten."

Simon machte eine Pause, schien zu versuchen, sich die Szene in Erinnerung rufen zu wollen. "Er hatte sie in einem genauen Schema angeordnet, voller kleiner Pflanzen in verschiedenen Größen. In einem Regal hatte er allen möglichen Kram, den man dafür braucht." Er hob die Brauen. "Erde, Werkzeug und sowas. Was Pflanzen eben brauchen. Es waren Pflanzen, die er in einem extra kühlen Raum hatte. Sie waren in einem Muster angeordnet. Einem Oktagon.“

"Du hast sie also gesehen?", fragte Karen und versuchte, ihm zu folgen. Unruhe macht sich in ihr breit. "Wenn sie so waren, wie die in Marcs Garten, hatten sie dieses Muster. Mit Kreisen und Strichen."

Er machte ein unsicheres Gesicht. "Kann sein. Weiß nicht. Aber eines weiß ich noch ganz genau. Dieser Raum war kalt. Eiskalt."

"Aber was meinst du mit Schema?" Obwohl Simon alles sehr genau geschildert hatte, fiel es ihr schwer, sich vorzustellen, wie man Pflanzen in einem Schema anordnete.

"Ja. Es hatte was mit den Größen zu tun. Oder mit einer Rangfolge? Das Ganze sah aus wie ein lebendes Kunstwerk. Mit kleinen Leitern dazwischen und Nischen, in denen man sehr nahe bei diesen Pflanzen sitzen konnte. Aber als ich ihn nach dem Sinn gefragt hab, hat er nur gelächelt, so, als wäre das sein großes Geheimnis."

Karen spürte, wie Simons Erzählung sie packte. "Und dann hat er dir eine Kiste gezeigt. Dich darin eingeschlossen", stellte sie tonlos fest, als ob sie es genau wüsste. "Mit den Pflanzen. Um sich zu verjüngen."

Simon lächelte, aber sein Mund hatte einen sarkastischen Ausdruck. "Nein, Quatsch. Es war keine Kiste. Es war das ganze Zimmer, der Duft darin, die Pflanzen und diese verrückten Visionen. Und ich war die ganze Nacht darin. Freiwillig."

Karen wartete auf eine Erklärung. Einen Grund, den er nennen würde. Für dieses *freiwillig*.

Aber Simon sah sie nur an. So, als überlegte er, wie er etwas erklären sollte, für das es eigentlich keine Erklärung gab. "Er hat sie mir gezeigt", sagte er endlich, "einzeln, jede für sich. Wusste sogar, wie sie miteinander verwandt waren. Es kam mir vor, wie der Fetisch eines alten Mannes, sich um diese Pflanzen zu kümmern. Aber als wir ungefähr bei der Hälfte dieser Dinger waren, ...", Simon atmete langsam und stoßweise durch die Nase. "Da wurde mir schwindlig." Er schüttelte den Kopf. "Ich hab sie gerochen. Diesen schweren, erdigen Duft. Und dann hatte ich sowas wie einen Filmriss. Ich bin in einem der Parks aufgewacht. Nicht weit von seiner Wohnung. Halbtot. Polizisten haben mich aufgelesen und später zurück nach Deutschland geschickt. Dort hat es fast ein ganzes Jahr gedauert, bis ich wieder der Alte war."

Karen zog die Brauen zusammen und sah Simon ungläubig an. "Du warst ein Opfer. So wie Amélie", stellte sie in leisem Ton fest.

„Vielleicht. Wenn das stimmt, wollte der Typ meinen Tod um sich zu verjüngen. Aber ich habe überlebt. Und wo ist meine Erinnerung daran, was genau er gemacht hat? Und weshalb hat er mich ausgewählt?“

"Und warum musste sie sterben? Ich meine, Menschen überleben das anscheinend doch, oder?", fragte Karen und hatte schon beim Stellen der Frage das Gefühl, es wäre besser gewesen, sie hätte das anders formuliert. "Ich meine, auch du hast ihn kennengelernt, genau wie diese Frau, und überlebt, obwohl du ihm so nahe warst."

In einer hilflosen Geste hob Simon seine Hände und ließ sie auf die Tischplatte fallen. "Ich weiß es nicht! Ihre Neugier war ihr Verderben, das war´s. Möglich, dass es ein Unfall war und dieser Typ ihren Tod gar nicht gewollt hat. Sicher ist für mich aber, dass er sammelt. Er sammelt Energien oder sowas, die er für seinen Körper nutzt, egal, ob dabei Leute sterben oder nicht."

Die heiße Schokolade, die Karen bestellt hatte, wurde serviert, und sie nippte vorsichtig daran. "Vielleicht lag es auch an der Kiste, in der Amélie war", sagte sie. "Sie war möglicherweise nicht gut genug konstruiert, hatte einen Fehler, oder die Dosis an Pollen war zu hoch."

Sie rührte nachdenklich mit dem Löffel in ihrer Tasse. "Ich hab jedenfalls Probleme bekommen, als ich mich ihr näherte. Ich hab eine Allergie. Aber dass ich schlecht atmen kann, kenne ich nicht."

Simon hob den Kopf. Er sah sie an, als wolle er einen Gedanken verfolgen. "Wie oft kommt sowas vor. Dass du eine Allergie bekommst?"

"Normalerweise im Frühjahr. Jedes Frühjahr, wenn du´s genau wissen willst. Wenn die entsprechenden Pflanzen blühen."

Simon machte ein unschlüssiges Gesicht. „Vielleicht ist nicht jeder für die Prozedur geeignet. Auf der anderen Seite scheint mir diese Langlebigkeit etwas zu sein, das man mit allen Mitteln geheim halten muss. Erst recht wenn sie auf Kosten der Gesundheit anderer geht. Wer das Geheimnis kennt, muss sterben."

"Oder er ist wählerisch." Karen überlegte. "Er könnte sich doch getäuscht haben, als er dich ausgesucht hat, und musste es dann noch rechtzeitig korrigieren. Amélie dagegen starb vielleicht nur, weil sie nicht geeignet war."

"Nein", sagte Simon, und es klang, als wäre er sicher. "Pascal wollte mich. Man konnte das in seinen Augen sehen."

Karen sah ihn an. "Warum suchst du ihn?", fragte sie geradeheraus. "Ich meine, was treibt dich an? Es ist so viel Zeit vergangen."

Simon sah sie an, als ob er ihre Frage nicht richtig verstanden hätte. "Warum?" Er schnaufte empört. "Machst du Scherze? Der Typ bringt Leute um, oder wenigstens fast. Und wer weiß, wie viele er noch dazu gebracht hat, da mitzumachen!"

Er verstummte, lehnte sich zurück, lässig die Arme hinter dem Kopf verschränkt und scheinbar das Muster auf der Tapete studierend. Er war in seinen Gedanken anscheinend immer noch tief in seiner Vergangenheit in Paris.

"Du hast überlebt. Und das zählt, oder? Er lebt vielleicht gar nicht mehr", sagte Karen, und Simon sah sie an. Ein bitterer Zug umspielte sein Gesicht, und Karen glaubte für einen Augenblick, darin so etwas wie Sehnsucht zu entdecken.

"Er lebt, das kannst du mir glauben", sagte er. "Dieser verdammte Kerl hat mich tief in meiner Seele gepackt. Und dann hat er ein Stückchen davon rausgerissen und für sich behalten und mich mein Leben lang damit beschäftigt."

Er presste seine Lippen aufeinander. "Es hat lange gedauert. Fast ein ganzes Jahr. Dann hab ich gemerkt, dass ich zurück muss. Die Sache klären." Er zuckte mit den Achseln. "Manchmal braucht man ein bisschen, bis man begreift, dass etwas nicht so weiter geht, ich bin jedenfalls fast durchgedreht."

Er entspannte sich und sah der Bedienung zu, wie sie den Tisch abräumte. Als sie gegangen war, sprach er weiter.

"Natürlich habe ich nach ihm gesucht. Zuerst in Paris, in diesem Haus, in dem er gewohnt hat. Aber er war längst verschwunden. Mit all den Dingen, die er dort gehortet hatte. Auch sein Name war niemandem bekannt. Es war, als hatte er nur die Erinnerung an etwas undefinierbares Schreckliches, an eine Sehnsucht und ein mit Staub übersätes Appartement zurückgelassen. Tatsächlich gehörte dieser Staub zu einer unbekannten Pflanze, oder sollte ich besser Lebensform sagen? Das bestätigte mir ein Botaniker. Aber weder diese Information, noch das Ornament mit den Papageien war dann zunächst hilfreich. Aber als Historiker habe ich gelernt, mit mühevoller Kleinarbeit neue Puzzleteile zu finden und sie zu einem Ganzen zusammenzusetzen. Und es dauerte Jahre. Ich hatte inzwischen ein Studium abgeschlossen und war durch einen Zufall auf die Kiste und den Brief über die Suche nach dem Ornament gestoßen. Und wie schon gesagt, all die Personen, die in diesem Brief beschrieben werden, haben existiert. Der zum Witwer gewordene Lehrer, das alte Haus, Amélie und ihr Tod im Krankenhaus.“

Er sah sie an, als müsste sie das begreifen. „Es gab dann Hinweise aus den Feinstaubmessnetzen, darauf, dass die Pflanze mittlerweile im Wasgau, bei euch in Niederod und auch in einigen Vororten von Paris wächst. Das Wirken dieses Mannes reichte über mehr als hundertfünfzig Jahre. Dabei frage ich mich, ob sich dahinter immer die gleiche Person verbirgt, oder gab es so etwas wie eine Organisation?"

Karen fand Simons Beschreibungen merkwürdig. "So wie du das sagst, klingt das für mich wie die Beschreibung einer Sekte, die sich um die Existenz einer Pflanze dreht. Eine Sekte, die es schon seit Jahrhunderten gibt."

Als Simon sie auffordernd ansah, schüttelte Karen ihren Kopf. „Was soll mein Bruder mit all dem zu tun haben? Wenn das, was du sagst, stimmt, suchst du doch einen uralten Mann, oder nicht?"

Simon hob die Hand. Er sah entschlossen aus. "Okay, ich kann dir sagen, was ich denke. Aber ich mache mir keine Illusionen darüber, dass du mir glaubst." Er strich sich durchs Haar und schien seine nächsten Worte zu überdenken. Seine Stimme bekam einen entschlossenen Unterton. "Es ist immer der gleiche Mann, keine Sekte oder sowas. Und ich denke, er hat mich nicht angelogen. Er kann sich mit Hilfe dieser Pflanze immer wieder verjüngen. Und sieht danach jedes Mal anders aus."

"Verjüngen, du denkst das also wirklich!"

Simon sah sie triumphierend an. "Ich wusste es!", rief er. "Du glaubst mir nicht! Weil ich es zuerst selbst nicht glauben konnte! Du musst mich für verrückt halten! Aber es gibt nur diese eine Erklärung! Nichts anderes macht Sinn."

Simon sah auf, und Karen bemerkte einen bitteren Zug in seinem Blick. "Ob du´s glaubst oder nicht, du bist einer der wenigen Menschen, denen ich diese Geschichte erzählt habe. Bei niemand anders, außer bei Henry, hätte ich mir vorstellen können, dass sie geglaubt wird. Nach meiner Rückkehr aus Paris fraß ich das alles in mich rein, die ganze Geschichte. Für meine Freunde war ich einer dieser Künstlertypen, die sich ihr Leben mit Drogen versaut haben. Alle glaubten, ich hätte mich dort mit irgendeiner Krankheit angesteckt oder mir das Hirn verkokst. Henry war in dieser Zeit der Einzige, der an mich geglaubt hat. Mit der Zeit habe ich mich damit abgefunden, diesen Pascal nicht mehr zu finden, aber vergessen konnte ich die Sache nie."

"Und du meinst, ausgerechnet durch mich oder Marc gibt es einen Weg? Du denkst, wir hatten mit ihm zu tun, ohne zu wissen, wer er ist? Aber wenn er sich ständig verändert, könnte das doch jeder sein, oder?"

Simon antwortete nicht, aber Karen las in seinem Gesicht die Antwort. Sie entdeckte in seinen Augen wieder eine Spur Misstrauen. Misstrauen, das wahrscheinlich tief in Simon wurzelte.

Karen versuchte, ihn aus der Deckung zu locken. "Du kannst niemandem mehr vertrauen, stimmt´s? Dabei kenne ich keinen Menschen, der auch nur im Entferntesten Ähnlichkeit mit diesem Mann hat! Keinen, der zu so einer Gemeinheit fähig wäre", sagte sie nachdrücklich. "Warum suchst du bei uns? Wir sind Opfer wie du, sieh dir Marc doch an! Dieser Mann kann sich überall verstecken!"

Er schien abzuwägen, was er sagte, hob die Brauen. "Ich denke, ich bin sehr nahe an ihm dran. Durch dich und", er holte tief Luft und sah sie nachdrücklich an, "ja, auch durch deinen Bruder. Es tut mir leid, aber ihr beiden seid im Moment meine einzige Spur."

Ein Mann trat an ihren Tisch, nahm sich einen Stuhl und setzte sich. Er war sicher schon fast siebzig, hatte kurze, graue Haare, und Karen wusste schon, bevor er sich vorstellte, wer er war.

"Henry", sagte er wie zur Bestätigung und gab ihr seine Hand. Er hatte eine tiefe, raue Stimme und sah sich Karens Gesicht so intensiv an, als wolle er es sich ganz genau einprägen. "Ich bin Simons Onkel." Als sie ihre Hand in seine legte und er fest zupackte, merkte sie, welche Kraft in diesem Mann steckte. Sein Auftreten und vor allem seine ruhige Art gefielen ihr.

Simon seufzte, begann sich offenbar zu entspannen. Langsam schob er seinen Teller von sich. "Ich hab ihr schon von dir erzählt. Kaffee?"

Henry ließ Karen nicht aus den Augen, inspizierte sie wie ein Gemälde, in dem er etwas suchte. Er nickte abschließend und sah sich dann doch kurz um. Karen versuchte, sich an ihren ersten Abend bei Simon zu erinnern, an ihr erstes Zusammentreffen mit Henry, Simons Onkel. Aber außer Erinnerungsfetzen, die sie in ihrem Gedächtnis fand, eine Panik in dem Klang dieser rauen Stimme war da nichts. Nur schwarze Leere.

"Simons Mutter ist meine Schwester", sagte Henry, scheinbar um sie aufzuklären. Er nahm sich die Tasse Kaffee, die ihm Simon hingestellt hatte, und trank einen Schluck. "Du hast verdammtes Glück gehabt, Mädchen", stellte er fest. "Hast auch wieder Farbe gekriegt. Vor zwei Tagen, na ja, da warst du weiß wie eine Wand. Mit dieser Kiste und allem, was dazugehört, ist nicht zu spaßen, aber das wusstest du ja vielleicht auch schon."

Simon legte eine Hand auf Henrys Arm, und der Alte sah ihn an. Karen bemerkte, wie sich Simons Blick kurz veränderte. Es sah aus, als gebe er Henry ein Zeichen. Ein beruhigendes Zwinkern. *Sie ist okay. Ein Opfer. Sie und wahrscheinlich auch ihr Bruder.*

Henry wandte sich wieder Karen zu. "Sie hatten also auch mit diesem Teufel in Menschengestalt zu tun", stellte er in nüchternem Ton fest. Er hob den Kopf, legte ihn schief und sah sie an. Seine Lippen verzogen sich zu einem abwertenden Ausdruck. "Wie hat Sie der Mistkerl angelockt? Neugier? Oder haben Sie ihm geholfen, sein verdammtes Grünzeug mit anzupflanzen?"

"Es ist ihr Bruder", sagte Simon, bevor Karen antworten konnte, und Henry zog nachdenklich die Brauen zusammen, während er ihm zuhörte. "Sie glaubt, er war mit einer der Pflanzen in Kontakt und liegt deshalb im Krankenhaus. Angeschlossen an Geräte und Beatmung. Im Koma." Simon hob die Hände in einer hilflosen Geste. "Liebe."

Henry nickte. Er holte tief Luft. "Das ist das verdammt Gefährliche bei der Sache. Die Dinger saugen einen in diesen Strudel, und man kann nicht mehr weg. Wie in einer fleischfressenden Pflanze. Dann wird man entweder als Futter oder Versorger verwertet."

Er räusperte sich, schien mit sich zu kämpfen. "Als Simon damals wieder zu Hause aufgetaucht ist, zurück aus Paris. Vollgepumpt mit Drogen", Henry hob scheinbar sprachlos die Schultern, "jedenfalls meinten wir das damals. Niemand hat ihm geglaubt, kein Mensch. Ich war der Einzige."

Karen sah eine Mischung aus Stolz und Freundschaft in Henrys Augen, als er zu Simon herüber sah. "Warum?", fragte sie. "Ich meine, warum haben Sie ihm eine Chance gegeben, wenn es sonst niemand tat?"

Henry zuckte mit den Schultern, legte abwägend den Kopf schief. "Die Wahrheit ist: Ich war selbst am Ende. Damals, als das, was von meinem Neffen noch übrig war und bei mir vor der Tür stand so etwas wie ein Rettungsanker für mich. Ich war kurz davor mich umzubringen, denke jetzt noch ab und zu darüber nach. Sylvie, meine geliebte Frau, war ein paar Wochen zuvor gestorben, und es gab keinen Grund für mich, alleine so weiterzumachen. Da kam Simon gerade recht."

Karen sah, wie sehr der alte Mann mit sich kämpfte. Simon berührte ihn vorsichtig am Arm. "Hey", sagte er leise. "Ist schon in Ordnung."

Henry hatte sich schnell gefangen. Er strich sich übers Gesicht und entspannte sich. "Als Simon anfing, zu suchen, in Archiven und an Orten, von denen ich nicht mal wusste, dass es sie gibt, war klar, dass ich ihm helfen musste. Und als er diese alte Kiste angeschleppt hat, wusste ich auch, von welchem Duft er immer gesprochen hat. Ich werde ihn nie vergessen."

"Duft ... ich habe ihn auch gerochen. Ganz frisch und angenehm", sagte Karen.

"Damit fängt es an", sagte Simon und beugte sich vor. "Mit diesem Geruch nach ...", er schüttelte hilflos den Kopf, "nach irgendwas Perfektem. Danach bist du verloren."

"Aber du hast es doch auch geschafft", sagte Karen, als wäre diese Tatsache eine Ungerechtigkeit. "Nicht so, wie du wolltest, aber du lebst. Und Marc ...", sie verstummte.

"Hat sich zu tief vorgewagt", vervollständigte Simon den Satz. "In die herrliche Welt der Lockstoffe." Er hob die Schultern. "Da kann er nur allein wieder rauskommen. Oder mit ihrer Hilfe."

"Ihrer?", fragte Karen. "Du redest über diese Pflanze, als wäre sie ein Mensch."

"Für deinen Bruder ist sie das wahrscheinlich auch. Es ist eine fast reale Phantasie, die Marc gerade durchlebt." Simon überlegte, wie er es beschreiben sollte, ohne zu viel von sich selbst zu verraten. "Es ist schwer, sich dagegen zu wehren, glaub mir. Und solange ich den Züchter nicht finde, kann ich ihm nicht helfen."

"Dann versuch zu beschreiben, wie er aussieht", schlug sie vor. "Er muss ja ein bestimmtes Alter haben. Oder eine Augenfarbe oder sowas. Vielleicht fällt mir jemand ein."

Simon lächelte bitter. "Der Typ schlüpft in Rollen wie ein Schauspieler und verändert seinen Namen. Außerdem scheint sein Aussehen keinen Regeln zu unterliegen."

Er verzog seinen Mund, als würde er auf etwas Bitteres beißen. "Ich weiß nur eines ganz sicher. Er ist sehr intelligent und hat die Fähigkeit, Sympathie in anderen zu wecken."

Karen versuchte zu verstehen. "Wie kann er sein Aussehen verändern? Schminkt er sich? Trägt er Perücken? Das lässt sich doch überprüfen!"

"Nein!" Henrys Stimme klang hart. "Du kapierst es immer noch nicht. Er hat in dem, was er tut, das große Los gezogen. Jedes Mal, wenn er die Energie eines anderen in sich aufnimmt, verändert sich sein Alter, er wird jünger. Aber er holt sich nicht nur auf irgendeine Art und Weise die Lebensenergie des Menschen, sondern kopiert gewissermaßen auch einen kleinen Teil von ihm. Dadurch ist er schwer wiederzuerkennen."

Karen fiel noch etwas ein. "Und du meinst, er lebt in einer Art Symbiose mit dieser Pflanze?"

Simon nickte. "Ja. Aber wie eng diese Lebensgemeinschaft zwischen den beiden ist, kann ich dir nicht sagen. Und ob es sich nur um ein einziges Exemplar handelt, ist genauso unklar. Nur dass er nicht ohne sie leben kann, steht für mich fest. Vielleicht hat er eine ganze Wohnung, die er mit Pflanzen vollgestellt hat. Oder er züchtet sie in verschiedenen Formen."

„Dann müsste das eine Wohnung sein, wie bei einem Therapeuten, den ich kürzlich besucht hatte“, sagte Karen unvermittelt.

„Ein Therapeut?“, unterbrach sie Simon. Er sah sie interessiert an.

„Ja, eine merkwürdige Geschichte“, antwortete Karen zögernd und suchte offensichtlich nach Worten, die Erlebnisse zusammenzufassen. „Er hatte mich eingeladen, um über Marc zu reden. Als er von einer Pflanze in Marcs Garten gehört hatte, war er so merkwürdig. Und ich hatte ja diesen Brief gelesen, du weißt schon.“ Sie hob die Schultern. „Ich weiß nicht, er kam mir nicht wie der große Unbekannte vor.“

„Wie alt war er?"

Karen schüttelte den Kopf. "Er war gar nicht zu Hause. Sein Enkel hat die Tür geöffnet. Aber ich hab ihn am Abend davor gesehen, bei Tina. Er ist alt. Rentner oder so. Und ziemlich kräftig gebaut. Übergewichtig."

Simon sah aus, als würde er genau nachdenken. "Du würdest mir helfen, wenn du mir genau aufschreibst, wo das war", sagte er und gab Karen einen Stift.

Sie notierte ihm die Adresse auf einer Serviette und lehnte sich zurück.

Karen fiel plötzlich ihr Handy ein. Sie zog es aus ihrer Jackentasche. "Ich denke, ich muss mich mal wieder in der Welt melden", sagte sie entschuldigend und hob das Telefon hoch. "Es ist leer. Deshalb bin ich schon seit zwei Tagen für niemanden mehr erreichbar. Wahrscheinlich suchen sie mich."

"Ist doch kein Problem. Ich hab ein Kabel im Auto. Vielleicht passt es." Karen gab Lauter ihr Handy und er überprüfte den Anschluss. Er nickte. "Komm, wir müssen sowieso fahren."

Simon bezahlte, sie verabschiedeten sich von Henry. Auf dem Weg zum Auto sah Simon sie von der Seite an. „Durch meine Falle haben wir jetzt eine E-Mail-Adresse des Unbekannten. Damit können wir ihn zwar nicht unbedingt finden, aber wir könnten mit ihm kommunizieren."

Karen machte ein weniger überzeugtes Gesicht. „Na ja", sagte sie. „Wenn er sich bedroht fühlt, wird er entsprechend vorsichtig gewesen sein. Du hast vielleicht einen hohen Preis für die E-Mail-Adresse gezahlt", meinte Karen und sah ihn ernst an. „Wenn das wirklich der Mörder von Amélie war und er dich als Pascal kennengelernt hat, dann kann er im Café neben dir gestanden haben, ohne dass du ihn erkannt hast. Er dich aber schon." Sie sah an seinem Blick, dass sie ihn tatsächlich nachdenklich gemacht hatte. „Du hast ihm jetzt allen Grund gegeben, sauer zu sein, oder?", setzte sie nach.

Karen merkte, wie sich eine diffuse Angst in ihr breitmachte. Vielleicht waren sie nun selbst zu Gejagten geworden. Sie musste an Marc denken, der hilflos im Krankenhaus lag.

Alles hat seinen Preis!

Marinas Welt

Tu was! Für mich - uns. Wasser! Erde!

Seit der Vereinigung mit Marina waren viele Wochen vergangen, wie im Rausch. Wochen, in denen Marc Marina so nah war, wie keinem Menschen zuvor.

Als sie sah, dass er zu ihr herüberschaute, lächelte sie. "Es gefällt dir bei mir", sagte sie, und es klang wie eine Feststellung.

Er merkte, dass er bisher mit Marina in einem immerwährenden schönen Augenblick gefangen war. Doch etwas begann sich zu verändern. Es war heiß geworden und Marcs Hemd war nicht nur einfach feucht. Es fühlte sich an, als sei es von innen mit einer klebenden Flüssigkeit benetzt. Wieso schwitzte er so stark?

Er blickte an sich hinab bis zum Bund. Dieses Hemd war nicht sein eigenes, wurde ihm schlagartig bewusst. Zumindest die Farbe war ihm fremd.

Hellbrauner Stoff. In einer ganz unnatürlichen Marmorierung. Genau wie die dünne Hose, die er plötzlich trug. Dabei hatte er doch nie braune Kleidung gemocht oder besessen.

Als er seine Hand hob, sah er, dass auch die Haut seines Arms, der aus dem Stoff hervorlugte, diese braune Farbe hatte. Nicht ganz so kräftig wie das Hemd, aber das Braun zog sich über die Hand, als hätte sie jemand mit dünner Farbe angemalt. Man sah die Adern unter dem Farbton dunkel durchschimmern.

Er schüttelte verwirrt den Kopf. Seit wann war das so? Und warum bloß?

Vorsichtig strich er mit dem Finger über den Stoff. Er fühlte sich hart an. Wie gestärkt.

Sein Finger glitt tiefer den Ärmel hinunter, dann berührte er seinen eigenen Handrücken und erschrak. Dort, wo eigentlich weiche Haut sein sollte, spürte er hartes, gegerbtes Leder. Rissig, scheinbar uralt und unempfindlich.

Mit klopfendem Herzen tastete Marc immer wieder darüber und versuchte wenigstens ein kleines Stückchen Haut zu ertasten, das sich menschlich anfühlte. Aber als er seine Hand hob und sie direkt vor seine Augen hielt, sah er, was mit ihr los war. Sie sah aus, wie mit altem, faltigem Leder bedeckt. Falten im Leder. Wo hatte er das schon einmal gesehen?

Er hob den Arm näher an sein Gesicht und sah genauer hin. Seine alte Tasche fiel ihm ein. Die, in der er seine Unterlagen mitnahm, wenn er unterwegs war! Die sah genauso aus!

Er hielt den Arm ins Licht und sah sich die tiefen Gräben an, die sich in der Haut gebildet hatten. Es war, als gehöre diese Hand gar nicht zu ihm, und als er die Finger einzeln bewegen wollte, waren sie so steif, als wären sie in Plastik eingepackt.

Marc wurde übel, und er begann, schneller zu atmen. Panik stieg in ihm auf.

Obwohl er es nicht wollte, musste er an Marina denken. An ihre Haut, die viel weicher war als jede andere, die er jemals berührt hatte. Selbst die eines Babys erschien ihm rau dagegen.

Marina war Südländerin, das wusste er seit letztem Abend. Aber wäre dann nicht eine gebräunte Haut normal?

Marc sah wieder seine rechte Hand an und versuchte zu verstehen, was da mit ihm passierte.

Im Augenwinkel sah er, wie sich Marina neben ihm aufsetzte. Ihr Blick war rätselhaft abwesend, und sie trug wieder das Kleid, das sie an dem Abend, als sie sich das erste Mal geliebt hatten, einfach dem Meer überlassen hatte. Auch sie schien verwirrt. Etwas Schlimmes schien sich anzukündigen.

Schlechte Nachrichten

Südhessen

Am Auto angekommen, lud Karen ihr Handy auf und überprüfte die Nachrichten, die sie verpasst hatte.

Während Simon den Wagen auf die Fahrbahn steuerte und plötzlich merkwürdig schweigsam geworden war, sah sie, dass Ullrich vor kurzem mehrfach versucht hatte, sie anzurufen. Beim letzten Mal hatte er auf ihre Mailbox gesprochen, sie hörte seine aufgeregte Stimme im Hörer, als sie die Nachricht abhörte.

"Karen, ich bitte dich, ruf, so schnell es geht, zurück! Du musst heute Nachmittag in die Stadt kommen, ich will dich bei dem Kolloquium eines Freundes dabei haben."

Er machte eine Pause, und sie hörte Papierrascheln. Dann nannte er die Adresse. "Es ist wichtig, sehr wichtig, vor allem für dich. Diese Pflanze ..." Die Ansage unterbrach mit einem Piepton.

Karen nahm sich vor, ihn so schnell wie möglich zurückzurufen, und öffnete eine weitere Nachricht.

Auch Tina hatte sich gemeldet. *Alex ist wieder zurück*, war ihre kurze Nachricht.

Sie würden eine Menge Gespräche führen müssen, wenn sie wieder zu Hause war.

Es gab noch eine SMS von Dany, Andrés Exfrau. Sie kannten sich flüchtig und hatten, als André neben ihr eingezogen war, ihre Handynummern ausgetauscht. Es kam zwar ab und zu vor, dass sich Dany bei ihr meldete, weil sie André nicht erreichen konnte, aber nur sehr selten.

Die Nachricht hatte keinen Betreff, und Karen fand das komisch. Doch noch, bevor sie darüber nachdenken konnte, las sie, und ihre Gedanken spielten verrückt. Da standen nur wenige, nüchterne Zeilen, aber sie merkte, dass sie zitterte, als sie das

Handy vor sich auf die Beine legte. "Das kann nicht wahr sein", sagte sie leise, und Tränen liefen ihr über die Wangen.

Simon sah sie von der Seite an. "Was ist?", fragte er so, als ob er ein Recht habe, es zu erfahren. Sie hörte ihn wie durch einen Nebel. Erst als er ihr wieder einen fragenden Blick zuwarf, merkte Karen, dass sie immer noch auf ihr Handy starrte. "Alles in Ordnung?", fragte er vorsichtig und hielt den Wagen am Straßenrand an. Er machte den Motor aus.

Karen konnte nicht sofort antworten. Stattdessen zeigte sie auf das Display. Simon verstand nicht. "Was ist los?"

Karen wischte sich mit dem Handrücken über das Gesicht, und das Schlucken tat weh. "Da steht, dass einer meiner Freunde verunglückt ist. Gestern, am frühen Abend", schluchzte sie. "Das ist eine SMS von einer Bekannten."

Simon schnallte sich ab und drehte sich ganz zu ihr um. Er kam ihr ganz nahe. "Dein Freund?", fragte er vorsichtig genug, um nicht aufdringlich zu klingen.

Karen schüttelte den Kopf. "Nein. Einfach ein Freund. Aber ...", sie schluchzte wieder auf, "dort steht, er war sofort tot. André hatte sich gerade ein neues Auto gekauft. Er ...", sie schüttelte den Kopf und musste ohne es zu wollen lächeln. "Er war vernarrt in Autos. Aber dass er einmal in einem stirbt ..."

Einen Augenblick sagte niemand etwas. Karen merkte, wie sich ihre Aufregung wieder legte. Sie sah Simon mit verheulten Augen an.

"Wusste er von der Pflanze? Hast du mit ihm darüber gesprochen?" Simons Frage kam schnell, und Karen fiel sofort auf, wie unpassend sie in dieser Situation war. Sie öffnete ihren Mund und schüttelte den Kopf.

"Nein, natürlich nicht!", brauste sie auf. "André ist ein Freund, er ist mein Nachbar!" Sie sah Simon verärgert an. "Und er ist einfach nur verunglückt, nichts weiter!" Der Schock nach der Nachricht verwandelte sich in Wut. "Du scheinst überall Gespenster zu sehen, ist dir das eigentlich klar?"

Simon murmelte etwas, das wie eine Entschuldigung klang, und wich ihrem Blick aus. Stattdessen sah er konzentriert auf die Straße, schnallte sich an und scherte den Wagen wieder in den Straßenverkehr ein. Karen sah, dass es in ihm arbeitete; seine Wangenmuskeln spannten sich.

"Du hast wahrscheinlich recht", entschied er und bremste vor einer roten Ampel. "Ich beschäftige mich schon viel zu lange mit diesem Mist. Wahrscheinlich drehe ich irgendwann durch. Wir sind gleich bei deinem Auto. Dann kannst du gehen, und ich lasse dich in Ruhe. Versprochen."

Der Abschied war kurz, und als Karen ihren Wagen auf die Straße lenkte, sah sie im Rückspiegel, dass Simon noch auf dem Weg stand und ihr nachsah.

Kurz nachdem sie auf die Autobahn gefahren war, merkte sie, dass er mit seinem Kabel auch sein Handy in ihrem Wagen liegengelassen hatte. Einen Augenblick lang überlegte sie umzudrehen, dann fuhr sie einfach weiter. Er würde sich schon wieder melden. Und irgendwie war sie gerade einfach nur froh, diesen Verrückten los zu sein.

Problemlösungsstrategien

Grünau, 15. Oktober

Wasser,
Quelle von Allem.
Wir - uns.

Er saß auf einem weichen Sessel, mitten im Raum, mitten unter ihnen. Über sich das riesige Glasdach mit dem Sternenhimmel, auf dem Tischchen neben dem Sessel die kleine Lampe, die nur ein gedämpftes Licht abgab. Dabei konnte man nicht von Sitzen reden, eher von Entspannen, ausgestreckt, den Kopf auf die weiche Rückenlehne gelegt. Der dicke Mantel um seine Schultern wirkte wie eine Decke.

Mit geschlossenen Augen atmete er ihren Duft ein, holte sich seine Ration Energie und Liebe für den nächsten Tag. Aber er musste erst noch nachdenken. Jetzt und hier. Lösungen finden. Und sie dabei genießen. Das half dabei, einen klaren Kopf zu bekommen.

Er lächelte, atmete tief ein und aus. Seit er das Spray besaß, war er zwar unabhängig, musste nicht mehr so oft bei ihr sein, um sie zu riechen. Aber der natürliche, unverfälschte Duft, frisch aus ihren Blättern war doch etwas anderes.

Es gab eine Zeit, erinnerte er sich, da hatte er viel nachgedacht. Darüber, was passiert wäre, hätte er damals abgelehnt. Als er vor der Entscheidung stand. Nachdem er die Verbindung eingegangen war.

Langsam schlich sich ein Lächeln auf seine Lippen. Er hätte nicht verzichtet, niemals. Und auch er, der Sucher, war wieder da. Um sie zu treffen. Abzulehnen wäre also gar nicht möglich gewesen. Nicht, wenn man sie einmal in sich gespürt, sie gefühlt hatte.

Dieser Simon wurde gefährlich. Er hatte ihn dazu gebracht, Dinge zu tun, die er nicht sorgfältig planen konnte. Deshalb verfluchte er ihn jetzt noch. Der Mann war schlau, natürlich war er das, er musste es ja sein. Und er selbst war so unvorsichtig gewesen. Hatte die Falle nicht bemerkt.

Dieses verdammte Viech hatte ihn überrascht. Den Versuch, in das Lager einzudringen, um an die Kiste zu kommen vereitelt. Es hatte ihm böse Verletzungen zugefügt, und er wusste, dass es ernst war; viel zu ernst für lange Versuche. Die Wunden am Arm und seinem Bein in einem Krankenhaus behandeln zu lassen, war ausgeschlossen. Jemand wie er, der sich schon mehrere Male hatte regenerieren lassen, konnte sich dort nicht blicken lassen.

Also war ihm nur ein Weg geblieben. Die vorzeitige Wiedergewinnung seines Leibs. Mit allen Schmerzen und Verwicklungen, die dazugehörten.

Er hatte es einmal beschrieben, wie eine schlimme Krankheit, die man überlebte, obwohl man gleichzeitig starb. Verbrannte, erstickte und verging. Es waren unvorstellbare Qualen, durch die man durch musste. Die man ertragen musste, im Versteck, nicht allein und doch einsam.

In diesen Wochen war er hilflos. Ein Kind. Er lachte auf. Noch nicht mal das. Ein Haufen verlorener Zellen.

Wäre er nur eine kurze Zeit später dazu fähig gewesen, hätte er sie nicht beschützen können. Vor dem brutalen Mord, den der Arsch vorhatte.

Die hübsche Rothaarige steckte dahinter, das wusste er genau. Und sie würde es noch büßen, wenn alles vorbei war.

Er schloss seine Augen und sah wieder ihr schönes Gesicht. Die Augen seiner Geliebten, sprühend vor Leben. Die zarte Haut ihrer immer geschminkten Lippen. Und ihre Stimme. Sie war so warm und anziehend. Er atmete, ließ die Luft stöhnend wieder frei.

Es wurde Zeit ins Hotel zurückzugehen. Diese Nacht würde er sie treffen. Irgendwo an einem schönen Ort auf dieser Welt.

Langsam öffnete er seine Augen, setzte sich gerade hin.

In die zärtlichen Gefühle mischte sich die Wut darüber, was ihr fast passiert war. Und Wut auf die Lendy Zwillinge, die in seinem Leben wie blinde Elefanten herumtrampelten und alles ruinieren wollten.

Als er wieder zu ihr herüber sah, fühlte er sich besser. Er war jetzt ganz sicher, dass es ihr gut ging, er hatte alles dafür getan, dass es so war.

Einige ihrer dünnen Äste waren nicht mehr zu retten gewesen, und er hatte sie vorsichtig mit seiner Schere entfernt, die verletzten Stellen mit Salbe bestrichen. Auch der leichte Knick im Stamm würde ganz sicher heilen. Hier, zwischen ihren Schwestern, würde sie sich gut erholen.

Trotzdem. So etwas durfte nicht wieder passieren. Kein Mensch hatte das Recht, einem seiner Kinder etwas anzutun, nicht solange er da war und sie beschützen konnte. Und dass er das tat, dafür sorgten sie schon mit ihren Blättern, ihrem Wurzelnetzwerk, ihren Sporen und sonstigen chemischen Cocktails, mit denen sie Alarm auslösen und ihn benachrichtigen konnten.

Er verzog seinen Mund, als ihm wieder einfiel, was sich dieser Idiot erlaubt hatte, was er ihr angetan hatte! Lange war er nicht solch einem Geruch ausgesetzt worden. Dem Tode nahe. Der Anblick, den er ertragen musste, als er sie aus dem Kofferraum nahm. Er war erbärmlich, er zerbrach ihm das Herz. Mit seinen eigenen Händen hatte er dafür sorgen müssen, dass dieser Kerl nie wieder fähig sein würde, so etwas zu tun. Er lächelte, hob seine Arme hoch und sah sie sich im Halbdunkel an. Männerhände, jung und stark.

Langsam ballte er sie zur Faust. Jeder, der es wagen würde, ihnen zu nahe zu kommen, würde sie zu spüren bekommen, hatte er geschworen.

Er entspannte sich wieder. Die Rothaarige fiel ihm wieder ein. Sie würde nicht aufgeben. Schnüffelte herum und stellte Fragen. Und Fragen, die gestellt wurden, waren immer schon ein Anzeichen dafür gewesen, dass etwas nicht stimmte. Sie waren der Stoff, der ihm gefährlich werden konnte. Noch vor dem Umzug würde sie verschwinden, nahm er sich vor. Leise und unauffällig. So, wie er es konnte, perfekt.

Er erhob sich aus dem Sessel und schaltete die Lampe aus. Das Licht, das der Mond durch das Glasdach warf, reichte, um zur Tür zu kommen, und es wurde ihm jetzt trotz des dicken Mantels langsam zu kalt. Als er den Raum verlassen hatte, zog er ihn aus und hängte ihn an den Haken.

Simon wird dies alles gefallen. Sogar die Kälte wird er lieben. Er war genau so, perfekt. Das hatte er gleich erkannt. Hart, mit Muskeln, ein Beschützer. Genau richtig. Diese Frau würde verschwinden, und Simon hatte dann den Kopf frei.

Als er langsam den schmalen Weg zu seinem Auto ging, stellte er sich vor, dass sie ein immer größer werdendes Netzwerk aus Hegern bilden würden, die sie auf der ganzen Welt verbreiteten. In Gewächshäusern von Plant Equipment.

Die Rothaarige würde ihn nicht daran hindern.

Dieser Mensch bin ich!

Marinas Welt

Er antwortete nicht auf Marinas Frage, hob stattdessen seine Hand hoch genug, damit sie sehen konnte, wovon er sprach. "Was ist das? Sieh dir das an!"

Sie lächelte immer noch. "Das ist nichts Schlimmes, glaub mir. Es ist weg, sobald du wieder ..." Sie schien nach Worten zu suchen. "Sobald du nicht mehr bei mir bist. Ganz einfach."

Marina kam zu ihm herüber und nahm seine widerlichen Hände in ihre hübschen. Er fühlte sich furchtbar, als er sah, wie sie darüber streichelte, und er ihre Berührung durch die dicke Haut kaum wahrnehmen konnte.

Sie sah ihn an, und es machte ihn fertig, wie unbekümmert sie weiter seine ledrige Hand hielt. "Ich brauche dich", sagte sie mit eindringlichem und irgendwie schmeichelndem Ton, "und ich brauche deine Liebe. Verstehst du?"

Ja, er verstand. Aber warum musste sie das so sehr betonen? Mit zusammengezogenen Augenbrauen sah er sie verständnislos an. "Natürlich!", sagte er und nahm sie unbeholfen in den Arm.

Sie schmiegte sich so fest an den harten Stoff seines Hemds, als wolle sie mit ihm verschmelzen.

Marc merkte, wie der Stoff dabei an seiner Schulter rieb. "Ich verstehe gar nicht, wie du daran zweifeln kannst. *Natürlich* bin ich für dich da, immer! Es ist nur ...", er sah wieder auf seinen Arm und holte tief Atem, "das hier ist furchtbar, ich will das nicht!"

Marina löste sich von ihm, um ihn ansehen zu können. "Es liegt an dir", erklärte sie unumwunden. "Dies ist nicht dein Ort. Und wenn du zu lange hier bleibst, wirst du alles zerstören. Alles, was ich bin. Alles, was möglich ist. Jeder hat seine Aufgabe. Sein Schicksal, das er erfüllen muss."

Marc schüttelte den Kopf. "Schicksal! Was redest du von Schicksal?" Er rückte ein Stück von ihr ab. "Dies ist so etwas wie ein Besuch, oder? Ich besuche dich in unserem Traum." Er hob hilflos die Schultern. "Ich weiß, dass es wie ein Wunder ist, dass das so funktioniert. Du in diesem Land und ich auf einer Reise durch ... durch ich weiß nicht was. Aber das tut es doch trotzdem, oder? Funktionieren. Nur das da", er hob wieder seinen Arm, "das ist Mist. Also, was läuft falsch dabei? Normalerweise wache ich doch von alleine auf, wenn es Zeit ist zu gehen, oder?"

Er stöhnte ungeduldig auf, als sie wortlos nickte. "Eigentlich ist es doch gut, dass es diesmal anders ist. Ich möchte mich nicht von dir trennen", beharrte er. "Noch nicht!"

"Es ist nicht für lange. Ein paar Wochen oder nur Tage. Aber wenn du deinen Teil der Abmachung nicht erfüllst ... "

"Was dann?", unterbrach er sie und warf ihr einen scharfen Blick zu. "Wird mein ganzer Körper zu diesem Albtraum, wenn ich bei dir bleibe?" Er schüttelte verständnislos den Kopf.

Marina sah ihn nur an. "Ja, vielleicht. Aber eines ist ganz sicher." Ihre Augen füllten sich mit Tränen. "Ich werde dann sterben."

Marc öffnete den Mund und schloss ihn wieder. Dann zog er sie an sich und nahm ihr Kinn mit seiner entstellten Hand, zog sie näher an sich heran. "Das wird nicht passieren!", flüsterte er und küsste sie. Tränen stiegen in ihm auf. "Ich werde schlafen, wenn es das ist, was ich tun muss. Und wenn ich aufwache, liege ich in meinem Bett. Alleine. Du sagst mir jetzt, was ich tun muss, um die Abmachung zu erfüllen, und ich werde es tun!"

Marina senkte ihren Kopf, legte ihre Arme um seine Schultern und zog ihn an sich heran. "Wir müssen uns nahe sein. Viel näher, als du dir vorstellen kannst."

Marc spürte, wie sie ihre Hand um seinen Kopf legte und ihn zu sich zog. Da merkte er, dass er sie nicht nur spürte. Er roch sie auch. Diesen natürlichen, schweren Duft, schöner, als er es jemals gerochen hatte.

Er schloss die Augen und sog ihn gierig auf. Tausend Worte fielen ihm plötzlich ein. Frisch, kühl, gesund, neu. Dazu sah er Bilder von Urwäldern, frisch aufgeworfener Erde und Wolken. Das letzte Bild blieb in seinem Bewusstsein hängen, Marinas schönes Gesicht.

Sie löste sich von ihm. "Ich kann dir das nicht mehr oft geben", sagte sie, als sie sich zurücklehnte, und Marc überlegte, was sie damit meinte. Vielleicht war die Anzahl ihrer Treffen begrenzt.

Als er in ihr Gesicht sah, bemerkte er, wie müde sie war. Außerdem waren ihre Bewegungen langsam und wirkten mühsam, ihr Lächeln sah aus wie ein Versuch, es zu tun.

Die Veränderung kam zu plötzlich. Gerade eben, kurz, nachdem er sie im Arm hatte und ihren wahnsinnig intensiven Duft gerochen hatte. "Komm", sagte sie und streckte sich auf der weichen Fläche aus.

Sie lag dort wie eine Tote, mit geschlossenen Augen und flach atmend.

Marc legte sich dazu, und Marina drückte sich an seine Seite.

Er begann zu schwitzen.

Was, wenn sie starb, jetzt, direkt neben ihm. Es war sein Traum, und sie verschwand vielleicht, weil er etwas falsch machte. Der Gedanke erschien ihm unerträglich.

Er sah sich wieder seine lederne Hand an, als er über ihr Haar strich. "Sag mir, was ich tun muss, damit alles wieder so ist, wie es sein soll", schlug er vor und hoffte, Marina wüsste so etwas wie einen Notausgang aus dieser Situation. Er versuchte, trotz seiner Panik, leise zu sprechen. "Du bist hier zu Hause. Da müsstest du doch auch wissen, was ich tun muss."

Wahrscheinlich war es einfach nur unnatürlich, dass er so lange in Marinas Welt blieb, überlegte er. Also musste er versuchen aufzuwachen. "Hilft es, wenn ich versuche nochmal zu schlafen?", fragte er also, auch wenn er wusste, dass er jetzt viel zu aufgeregt war, um das zu schaffen.

Sie zwinkerte, ließ ihre Augen aber geschlossen und leckte sich über ihre Lippen. Marc sah trockene Risse darauf. Sie bewegten sich scheinbar mal hier-, mal dorthin.

Das leuchtende Rot ihres Mundes war einem matten Beige gewichen, und sie klang gar nicht mehr wie die verliebte Frau, die sie am Abend zuvor am Strand gewesen war. Marc hatte jetzt eher das Gefühl, sie lese ihm aus einer Bedienungsanleitung vor.

"Du suchst jetzt Hilfe", stellte sie mit rauer Stimme fest, ihre Augen immer noch fest geschlossen. "Es ist also wichtig, dass du das Richtige tust, verstanden?"

Eine kleine Pause lang atmete sie konzentriert ein und aus. Dann hörte er wieder ihre brüchige Stimme, und als sie ihre Augen öffnete, sah sie mit gedankenverlorenem Blick ins Leere. "Ich weiß nicht alles. Aber für mich kann ich sagen, dass du versuchen musst, alles wieder in Ordnung zu bringen. Nicht alles ist in mir oder in dir und kann von alleine gut werden. Jemand versucht unser Glück zu zerstören."

„Was sagst du da? Wer sollte das sein? Piet?“, Marc wurde wütend und sein Körper spannte sich in Erwartung einer weiteren Auseinandersetzung.

Sie wandte ihren Kopf und sah ihm ins Gesicht. Ihr Blick war müde. "Nein nicht Piet, aber jemand der von nichts weiß und der voller Wut ist. Jemand aus deiner Welt. Ohne Warnung.“

Marc verstand nicht. Was konnte er tun? Er musste diese Welt verlassen, aber etwas hielt ihn hier gefangen. Er hatte seine Welt, mit der er so gehadert hatte, immer mehr für Marina aufgegeben. Jetzt konnte er nicht mehr zurück. „Hilf mir zurückzugehen“, flehte er sie an. Aber es funktionierte wohl nicht.

„Nur wenn du meine und deine Welt verschränkst, kannst du mir auch in deiner Welt helfen.“ Sie gab sich Mühe zu lächeln. Nur ihr Mund schaffte es, ihr Blick blieb kalt. Sie kniff ihre Augen zusammen und öffnete sie wieder, Tränen liefen über ihr Gesicht. "Hilf mir bitte. Ich werde immer schwächer", sagte sie, legte sich ihre Hand auf ihren Arm. Die zarte Haut schlug Falten, als sie darüber strich.

Marc wich zurück. "Was passiert da?", rief er entgeistert. "Mein Gott!", flüsterte er und versuchte zu verhindern, dass Marina das Entsetzen in seiner Stimme bemerkte. Es hatte sich ungewollt in ihm ausgebreitet, und Marc wusste, dass hier gerade Dinge passierten, gegen die er hilflos war.

Als sie nicht antwortete, beugte er sich, ohne sie zu berühren, über Ihr Gesicht und hatte für einen Augenblick das seltsame Gefühl, sie nicht mehr richtig sehen zu können.

Marina atmete schwach. "Etwas Schlimmes ist passiert. Ich muss Dich verlassen", flüsterte sie, ohne ihn anzusehen, und Marc fühlte Ihre Angst, die auf ihn übergriff.

"Marina", versuchte er sie auf sich aufmerksam zu machen. Dann schrie er ihren Namen. „Marina!“. Tränen liefen ihm über die Wangen, als er versuchte, sie in den Arm zu nehmen, und merkte, dass er sie fast schon nicht mehr spüren konnte. Ihr Gesicht verschwamm immer mehr. "Kleines!"

Sie verschwand, wie eine Wolke, die sich unter der sengenden Sonne am Himmel auflöste. Die Hand, die er hielt, hatte sich wie ein flüchtiger Gedanke aufgelöst.

"Nein!", brüllte er, wandte sich um, suchte den Raum nach ihr ab, entdeckte aber weder sie, noch einen letzten Hauch ihres Duftes. Verzweifelt schluchzte er auf, strich mit der Hand über die Stelle auf dem Sofa, an der sie gelegen hatte. Der letzte Moment ihrer Präsenz war verweht. Er konnte ihn nicht halten und würde für das, was von seinem Leben blieb, keine Freude mehr empfinden können.

Der Verzweiflung folgte die Ernüchterung. Er war allein. Seine Schwester fiel ihm ein. "Karen", flüsterte er zunächst leise in der sinnlosen Hoffnung, dass sie sich irgendwo im Haus befand. *Wer weiß, wenn Marina einfach so verschwinden konnte. Vielleicht gab es einen Weg zurück?*

Aber nichts passierte. "Karen!", versuchte er es lauter, und seine Stimme hallte von den Wänden wider. Er ächzte, hustete und begann wieder verzweifelt über die lederartige Haut an seiner Hand zu reiben. "Karen, *bitte*! Hilf mir! Bitte!"

Sie antwortete nicht. Wahrscheinlich musste er warten. So lange, bis sie kam, ihn weckte. Sie würde ihm helfen, das wusste er. Er hatte doch nur sie.

Er sah sich um. Der Kamin, in dem nachts noch ein helles Feuer gelodert hatte, war inzwischen aus. Und durch die großen Fenster fiel nur ein diffuses Mondlicht. Ab und zu blitzte es im schwarzen Himmel.

Da war plötzlich ein Brocken in seiner Brust, der schmerzte, als würde er dort gerade wachsen, immer größer werden. Marc bekam Panik.

Er versuchte tief Luft zu holen, sich frei zu atmen, aber der Atem schaffte es einfach nicht tief genug bis in seine Lungen. Als er keuchend ausatmete, entwich ihm ein seltsam quietschendes Geräusch. Noch einmal nahm er all seine Kraft zusammen und beschloss, diesmal seinen Brustkorb endlich voller Luft zu pumpen, aber es stockte in ihm, und er brach den Versuch hustend ab. Wie automatisch hielt er sich die braune Hand vor den Mund und keuchte hinein.

Ich muss hier weg, schoss es ihm durch den Kopf. So schnell wie möglich! Er sah sich ein letztes Mal nach Marina um und erinnerte sich daran, wie sie schlafend und entspannt auf dem Sofa gelegen hatte. Aber ihr Schlaf konnte genauso gut ein Tod gewesen sein, das wusste er.

Marc überlegte, an was er sich erinnern konnte. Wie er hier hergekommen war.

Denk nach, befahl er sich und merkte, wie sich kleine Schweißperlen auf seiner Stirn bildeten. Was passiert hier? Und warum wird meine Haut immer dunkler und gefühlloser?

Wenn Marina einfach verschwinden konnte, war es möglich, dass das auch ihm passierte? Oder mit ihrem Haus?

Er hielt sich seine Hand vors Gesicht, sah auf das Zeichen, seine entstellten Finger, und versuchte sich klarzumachen, dass all das existierte. Schwarze Striche auf dunkler Haut.

Er entspannte sich, und seine Finger schoben sich auseinander. *Gib nicht auf!* versuchte er sich Mut zu machen. Er rannte dorthin, wo sich zuvor die Tür befunden hatte. Marc sah sich um.

Der Eingang, durch den sie gekommen waren, war verschwunden. Dort befand sich nun nur eine glatte, helle Wand. Nichts deutete darauf hin, dass sich hier jemals eine Tür befunden hatte; es war, als hätte sie nie existiert. Er war in Marinas Welt gefangen und hatte das schlimme Gefühl, dass er sie nie wieder verlassen würde.

Er nahm sich wegen der einsetzenden Panik vor, alles genauer anzusehen. Er versuchte sich zu entspannen, um wieder einen klaren Kopf zu bekommen. Dies war Marinas Haus, machte er sich klar, und es war genauso, wie er es am Abend betreten hatte. Heller Holzfußboden, verputzte Wände und der große Kamin mit dem langen Sofa davor.

Eine kleine Stehlampe erhellte den großen Raum aus der Ecke, ein Regal mit Büchern. Weiter hinten, jenseits des spärlichen Lichts, schien sich an der Wand auf der gegenüberliegenden Seite des Zimmers ein dunkler Schatten zu befinden.

In der linken Zimmerecke, fast am Boden, zeichnete sich so etwas wie ein kleines Rechteck ab. Ein Ausgang, redete er sich ein und rannte los.

Aber schon kurz vor der Wand sah er, dass dieses Rechteck nur aufgemalt war. Dünne Leisten, die wie aufgeklebt aussahen, sollten wohl so etwas wie einen Durchgang suggerieren. Grenzenlose Wut packte ihn. "Verdammt, es reicht!", brüllte er in den Raum. Tränen der Niederlage stiegen in ihm auf. "Ich kann nicht mehr!" Jetzt weinte er hemmungslos.

Als keine Tränen mehr kamen, beruhigte er sich, und Ruhe legte sich auf ihn. "Marina!", flüsterte er jetzt nur noch und schloss seine Augen. Vielleicht konnte sie ihn von irgendwo im Haus hören. "Lass mich raus! Bitte!"

Es kam keine Antwort. Nur Stille. Marc ließ sich an der Wand auf den Boden sinken und barg seinen Kopf in den Händen. Hier drinnen sah alles aus wie in einem Werbeprospekt. Und wenn an dieser Wand ein Rechteck war, musste es auch einen Grund haben.

Marc drehte sich wieder und fuhr mit den Fingern über die breiten Leisten. Mit den Fingerkuppen berührte er das Holz und bildete sich ein, dass sich etwas bewegte, wenn er mit der flachen Hand an die Wand drückte.

Tatsächlich öffnete sich ein kleiner Spalt, und als Marc fester gegen die Wand drückte, schwang etwas wie eine Tür auf.

Er wusste nicht, was sich hinter dieser kleinen Tür verbarg, doch wenn dies ein Ausgang ins Freie oder, noch viel besser, das Ende dieses Traumes war, war er gerettet.

Er beschloss, wenn er hier herauskäme, nur noch zu rennen. Egal wohin und egal ob mit oder ohne Marina.

Durch den schmalen Schlitz, der sich schnell abzeichnete, konnte er die Schwärze einer Dunkelheit sehen, die tiefer war, als man sie unter freiem Himmel vermuten würde. Doch wohin würde er gelangen, wenn nicht nach draußen?

Langsam machte sich eine Ahnung in ihm breit. Eine Ahnung, dass dort, hinter dieser Tür vielleicht etwas Schlimmeres lauern könnte als eine Gefangenschaft in Marinas Haus. Wollte er die Wahrheit wissen, musste er handeln.

Entschlossen gab er der Tür einen festen Schubs und kniff sofort die Augen zusammen, um dahinter, in dieser tiefen Dunkelheit vielleicht doch noch etwas sehen zu können. Aber dort war nichts. Nicht mal die Andeutung eines Ausgangs. Nur unendliche Schwärze. Er spürte Enttäuschung, und Verzweiflung packte ihn.

Dann fiel im etwas ein. Vielleicht ist dort nur die Realität, die auf mich wartet, hoffte er. Ich schlafe wahrscheinlich! Deshalb kann ich nichts sehen.

Marcs Puls begann zu rasen. Dies war das Ungewisse, aber wohin sonst sollte er wollen, wenn nicht hier durch? Wieder kam ihm Pauls Warnung in den Sinn. *Gehe nicht hinein!*

Tastend und auf Knien überquerte er den harten Rahmen der Tür und verließ damit Marinas Raum. Hastig und mit beiden Händen nach beiden Seiten rudernd versuchte er aufzustehen und schwankte einen Augenblick im Dunkeln.

Nach vorne, motivierte er sich immer wieder und machte kleine Schritte ins Dunkel. *Egal was kommt, ich muss dorthin! Weg von diesem verfluchten Raum.* Dass sich vor ihm plötzlich ein Abgrund auftun könnte, war ihm inzwischen völlig egal. Dann sah er vor sich weit entfernt einen schwach erhellten Punkt, der immer größer wurde, als er sich darauf zu bewegte.

Marc musste lächeln. Mit ausgestreckten Händen lief er darauf zu. Als er sah, dass dieser Punkt eine eckige Form bekam und heller wurde, erkannte er, dass dort anscheinend wieder ein Durchgang war. Da war ein Fenster, klein, mit einer marmorierten Sichtschutzfolie beklebt.

Marc kam schnell immer näher und konnte nun den hellen Strahl einer Lichtquelle, die dahinter als gelber Punkt auszumachen war, erkennen.

Das Wichtigste war, dass er durch das Licht den Boden, auf dem er rannte, sehen konnte. Eine glatte, schwarze Fläche, glänzend und wie poliert.

Er sah zur Seite, aber dieser schwarze Raum schien keine Dimensionen zu haben. Viel zu schnell versuchte er, näher zum Licht zu kommen und näherte sich dem Fenster deshalb, mehr stolpernd als laufend. Und mit jedem Schritt, den er dem Fenster näher kam, verstärkte sich der Ton eines Piepens. Rhythmisch wie ein Herzschlag und doch künstlich wie aus einer Maschine. Als er endlich vor dem Fenster stand, sah er, dass es zu einer weißen Tür gehörte.

Mit seinen Händen strich er dort, wo normalerweise ein Türgriff sein musste, über den Plastikrahmen und berührte eine längliche Vertiefung aus Metall. *Eine Schiebetür,* erkannte er.

Rollend und fast geräuschlos glitt sie zur Seite, und Marc stand vor einem hell erleuchteten, kleinen Zimmer. Künstliches Licht und weiße, schmucklose Wände, war der erste Eindruck, den er bekam. Dann der Monitor, der zackige Kurven zeigte und der immer wieder Pieplaute erzeugte.

Marc bemerkte das große Bett, das an der Wand stand, erst, als er im Gewirr der vielen Kabel ein menschliches Gesicht entdeckte.

Er ging langsam einige Schritte in den Raum. Dort lag ein Mann, angeschlossen an Apparate und Schläuche. Er hatte seine Augen geschlossen und war reglos der Tortur der Nadeln und Schläuche ausgeliefert.

Marc liefen Schweißtropfen von der Stirn. Sie kitzelten ihn an der Wange. Das da vor ihm war ein Vorstadium, wurde ihm klar. Ein Vorstadium zum Tod. Nichts bewegte sich, nur die hellen Lichtpunkte auf dem Monitor, die auf und ab sprangen.

Ein Schrei formte sich in ihm, wollte heraus, doch da sah er plötzlich eine Hand auf der Decke des Bettes. Marc schluckte. Er sah, wie sich an ihr aus dem Nichts ein Arm entwickelte, ein Körper und endlich ein ganzer Mensch zu sehen war.

Der Mann machte sich an etwas zu schaffen. Hob etwas hoch und hielt es sich vor die Augen.

Eine Spritze, erkannte Marc. Ihr Inhalt wurde gerade in einen der Infusionsbeutel gespritzt. Er begann zu ahnen, was hier passierte. Der Mensch, der dort lag, würde nicht mehr lange leben.

Marc ahnte nun, wovor er sich gefürchtet hatte und weshalb er lieber in Marinas Welt geblieben wäre. Er wollte sich aufbäumen, doch er spürte seine Arme und Beine nicht. Sie waren nicht unter seiner Kontrolle, er war gelähmt. Auch seine Stimme konnte den Schrei nicht formen, der in ihm wuchs. Seine Knie gaben nach, und als er einen letzten Gedanken hatte, knickten sie weg, und er schlug hart auf dem Boden auf.

Ich, wurde ihm klar, bevor er das Bewusstsein verlor. *Dieser Mensch dort bin ich!*

Das Kolloquium

Karen hätte Ullrich fast verpasst. Als sie ihren Wagen beim Institut abstellte, sah sie ihn schon unruhig vor der Tür stehen, und als sie ausstieg, starrte er sie vorwurfsvoll an. Er hatte im Gesicht und an den Armen mehrere rot geschwollene Stellen.

Sie sah in fragend an, aber er winkte ab.

"Ich erzähl´s dir nachher, du kommst spät! Komm!" Er drehte sich um und erzählte ihr, worum es ging, während sie sich beeilten. "Wir müssen sofort in Raum C 250. Kennst du Professor Steve Lawrence vom *Santa Fe Institute?* Ein junger und ziemlich vielversprechender Botaniker. Ist das nächste halbe Jahr hier." Er versuchte, seinen Schritt zu beschleunigen. "Ach, natürlich nicht, woher auch. Tut mir leid! Wir kommen sicher zu spät!"

Ullrich zog sie am Arm, und sie hetzten durch einige schlecht beleuchtete Gänge. Abgelegtes Papier und ausgemustertes Mobiliar standen an den Wänden herum.

Nach ein paar Minuten erreichten sie den Vorlesungssaal.

Als sie vor der Tür standen, sah er sie kurz an. Karen hatte Ullrich noch nie so gesehen, aufgewühlt mit konzentriertem Blick. "Pass gut auf", sagte er mit verschwörerischem Ton und legte schon seine Hand auf den Griff der Schwingtür. "Er hält da drinnen einen Vortrag über ungewöhnliche Pflanzen. Hör dir das jetzt an, danach müssen wir reden, in Ordnung?"

Karen schaute Ullrich gequält an. "Ich muss eigentlich ...", doch Ullrich packte sie am Arm. Er sah sie mit eindringlichem Blick an.

"Nach dem Vortrag geht dir ein Licht auf, das verspreche ich dir!" Er drückte die Tür auf, und Karen stand in einem riesigen, kinoähnlichen Raum mit versetzten Stuhlreihen. Der Professor hatte gerade angefangen zu sprechen, und sie drängten sich unter den Blicken der Zuhörer als Letzte in die hinteren Reihen. Das Licht wurde gedimmt.

"Exciting Plants" las Karen an der beleuchteten Tafel ganz vorne. Sie stellte sich auf einen englischen Vortrag ein, von dem sie wahrscheinlich nur die Hälfte verstehen würde.

Dem jungen Dozenten aus Santa Fe, der vor ihnen auf der Bühne stand, sah man seine indianische Herkunft genau an. Sein braungebranntes Gesicht, die hohen Wangenknochen und das lange, zurückgebundene Haar ließen keinen Zweifel.

Karen bemerkte eine Schleife mit eingearbeitetem Türkis, die er sich ans Revers gesteckt hatte, und das Lederband mit Federn, das um seinen Hals lag.

Sein etwas verwaschener amerikanisch gefärbter Akzent, gesprochen mit tiefer Stimme, hallte aus den Lautsprechern, als er sich vorstellte.

Karen fand ihn sofort sympathisch, als sie merkte, wie sehr er sich bemühte, gebrochenes Deutsch zu sprechen.

Er stützte sich beim Gehen auf eine Krücke und hatte, genau wie Ullrich, Schwellungen im Gesicht. Der leicht verzerrte Ausdruck auf seinen Lippen machte deutlich, dass er sich diese Schmerzen wahrscheinlich erst kürzlich zugezogen hatte.

"Der Mensch als überlegene Gattung!", begann er und hielt sich das Mikro so nahe vor den Mund, bis die Anlage übersteuerte. Auf ein Zeichen eines Mitarbeiters korrigierte er den Abstand.

"In *the last years,* diese Vorstellung hat sich mehr und mehr als haltlos erwiesen! *You know,* nicht nur die Kräfte der Natur sind denen des Menschen überlegen. Auch einzelne Tiere und Pflanzen besitzen besondere Fähigkeiten. Da sind nicht nur Schimpansen, die über ein photographisches Gedächtnis verfügen und bei bestimmten Rechenaufgaben *can be faster,* als ein Mensch."

Karen merkte, wie sich ihr Interesse steigerte, und als Ullrich etwas sagen wollte, bat sie ihn mit einer Handbewegung, damit zu warten.

Die Stille im Raum zeigte, dass es den anderen Zuhörern wohl ähnlich ging. Der junge Professor ging langsam zu seinem Laptop.

Er hatte es auf einem der kleinen Tische stehen, und das Foto einer Pflanze wurde an die Tafel geworfen. Sie hatte kleine Blätter und an ihren dicken Ästen riesige Dornen.

"Dies ist *an Acacia,* eine Akazie", ergänzte er die deutsche Übersetzung. "Sie hat wunderbare *thorns,* Dornen, *very effective.* Gegen Fressfeinde, ja, *really.* Aber kleine *insects,* sie kommen auch ganz gut mit ihnen aus, sehen Sie?"

Auf dem nächsten Bild waren Insekten zu sehen, die trotz der Dornen an Blättern saßen und saugten. "Dafür hat diese *plant* eine ganz *special* Strategie. Sie locken Freunde an, die werden *attracted,* angezogen. Sehen Sie hier."

Das Foto, das nun gezeigt wurde, führte zu einem leisen Raunen in den Sitzen der Zuhörer. Eine ganze Straße von Ameisen hatte sich formiert, um die Eindringlinge zu bekämpfen. Die Raupen wurden von ihnen gebissen, und man sah, wie Käfer nach einer Attacke vom Ast fielen.

"*Very effective*, ja?", fragte Lawrence lächelnd und zeigte das nächste Bild. "Aber warum sind diese *ants*, die Ameisen so nett zu ihr? *Look*!"

Man sah eine Großaufnahme der Dornen. Winzige Löcher dienten als Zugang für die Ameisen, und das Foto eines aufgeschnittenen Dornes lüftete das ganze Geheimnis. Die Ameisen hatten einige ihrer Larven hineingelegt.

Professor Lawrence hob das Mikro an seinen Mund. Er ging einige Schritte auf die Stuhlreihen zu. "*Incredible, I know.* Und diese Pflanze, *she gives* der Ameise Futter dazu. Sie hat kleine Päckchen mit *food*, Nahrung für sie an den Blättern, Nektar. *That´s symbiosis between plants and ants.*"

Er lachte auf. "Sehr süß, werden Sie sagen. Aber nein!" Bedauernd schüttelte er seinen Kopf. "Schlechte Karten für die Ameisen. Sie trinken den *sweet* Nektar und wow", er hob die Hände, "können sie nichts mehr anderes essen. Sie werden *Junkies* davon. *No way to leave*, ihr Körper kann gar keine andere Nahrung mehr verdauen. Das Enzym dazu fehlt! Weg, *forever*!"

Er lacht wieder auf. "Symbiosis ist hier niemals *benefit.* Die Pflanze ist *never* Freund. Nur *egoist, that´s all. Egoists* in ihrer evolutionären Nische."

Lawrence ging im Halbdunkel zu seinem Laptop und drückte wieder einige der Tasten. "*But*", verfiel er wieder kurz ins Englische, "wie kann die Pflanze kommunizieren? Wie kann sie sprechen?"

Auf der Wand erschien eine Reihe chemischer Verbindungen. Er zeigte auf ein Element. "Sie kann eine Vielzahl *complex* Substanzen produzieren und über ihre Blätter in die Luft geben. So erreicht sie ihre Partner."

Der Professor kam wieder zurück zum Publikum und legte nachdenklich seinen Kopf schief. "Es ist nicht immer *symbiosis*. Manchmal, es ist ein brutaler Krieg. *Horrible*."

Hinter ihm öffnete sich das Bild einer Schnecke, die seltsam auffällige Augen hatte. "Sie ist krank. Mit einem Parasit, der sie nur zum Transport benutzt. Da", hob er den Arm und zeigte auf das Foto eines Vogels, das neben dem der Schnecke eingeblendet wurde. "*This is the objekt. Look*, sehen Sie, wo sich die Schnecke befindet? Hoch oben auf einem Grashalm."

Lawrence schüttelte den Kopf. "*No good idea*, kein Platz zum Leben für sie. Der Vogel wird sie fressen und den Parasiten gleich mit. *This parasite* hat es mit Chemie geschafft, sie dorthin zu bekommen, auf diesen Grashalm. Gegen ihren eigenen Willen!"

Karen merkte, wie sie anfing, sich zu ekeln. Sie versuchte zu vermeiden, auf das Foto der infizierten Schnecke zu sehen. Marc hatten Bilder dieser Art in seine Glaubenszweifel gestürzt. Wie würde es weitergehen, wenn er wieder da war?

Karens Gedanken schweiften ab, und sie hatte den Faden verloren. Jetzt den Anschluss wieder zu finden, war nicht so einfach.

Lawrence baute sich vor seinem Mikrophon auf, und man sah, wie sehr er es scheinbar genoss zu provozieren. Er hob den Kopf und stellte eine provokante Frage. Nämlich die, in welchem Ausmaß es vorstellbar wäre, dass auch menschliches Verhalten durch andere Arten beeinflusst werden könnte. "*Why not?*", rief er und hob die Schultern.

Er stellte auf einleuchtende Weise klar, was schon lange bekannt war. Dass Menschen auf Düfte und Drogen reagierten. „Sie betäubten sich bewusst mit Alkohol und Stoffen. Außerdem verbreiteten sie zahlreiche Pflanzen auf der ganzen Erde und tragen dadurch zu deren Vermehrung bei. Auch Schweine und Kühe", erläuterte Lawrence, „sind offenbar eine durchaus erfolgreiche Symbiose mit den Menschen eingegangen und hätten unter normalen Umständen nicht diese Populationszahlen. Ja, *we eat them*, sie sind unser Futter. Aber ohne uns wären da nur ganz wenige, *or not?* An was messen wir den Erfolg der Evolution?"

Karen fielen Katzen und Hunde ein. Sie hatten in Menschen anscheinend den idealen Symbiosepartner gefunden und wurden noch nicht einmal von ihnen gegessen.

Ein Klagelaut, der an das Schreien eines Babys oder Kindes erinnerte, brachte Menschen dazu, alles stehen und liegen zu lassen, um sie zu füttern.

"Menschen, die krank sind, suchen oftmals Gesellschaft." Lawrence sah lächelnd ins Publikum. "Stimmt das? Manchmal, *we think so!* Im Bus oder bei der Arbeit. Sie versuchen dir nahe zu sein, Sie stecken dich damit an. Macht das ihre Krankheit? Werden sie beeinflusst? Pflanzen haben Pollen", er versuchte, mit Daumen und Zeigefinger ihre Winzigkeit anzudeuten. "Die sind *nanoparticle*, Nanoteilchen, und sie sind überall. Manche sind *allergic*. Für diese Leute, sie sind Feinde. Kein *allergic Mensch* geht in die Natur, wenn sie in der Luft sind."

Karen nickte automatisch. Jedes Jahr ab Mai sah sie täglich die Messwerte für *ihre* Pollen im Internet nach. Und das schon so lange, wie moderne Messtechnik für Feinstaub Pflanzensporen nachweisen konnte. Davids Waldgrundstück fiel ihr ein. Dort hatte sie Allergieprobleme außerhalb der Zeit, die sie für normal erachtete.

Lawrence schaltete seinen Laptop ab und stellte sich direkt vor sein Publikum. "Wie intelligent können Pflanzen sein? Stellen wir uns eine von ihnen vor, die all das vereint, was uns heute an Fähigkeiten bekannt ist. Das ist die Vorstellung, die interessant ist. Wie könnte die Krone der Schöpfung der Pflanzen aussehen? *That´s the question!*"

Die Zuschauer hatten gebannt zugehört und begannen nun zu klatschen. Aber obwohl es so aussah, war Lawrence noch nicht fertig.

Er begann, eine hypothetische Pflanze an der Tafel zu skizzieren. Sie war in der Lage, mit Aerosolen in beliebiger Zusammensetzung Pflanzen, Tiere und Menschen in der Umgebung zu beeinflussen. So konnte sie mit ihresgleichen über ein Netzwerk aus Wurzeln und über Luftströmungen kommunizieren.

Am Ende suchte sie sich einen menschlichen Symbionten, der sie beschützte und pflegte.

Vielleicht ging sie mit ihm eine Verbindung ein, spekulierte Professor Lawrence, aber was war der Preis, den die Pflanze dafür an den menschlichen Symbionten zahlte? Vielleicht angenehme Gefühle, erzeugt durch Halluzinogene oder heilende Substanzen?

Als Lawrence zur Verdeutlichung die gezackten Blätter an die Tafel zeichnete, fiel Karen für einen Augenblick auf, wie ähnlich sie der Pflanze in Marcs Garten sah.

Als sie nach dem Vortrag draußen vor dem Gebäude standen, war sie nachdenklich.

"Er hat gerade alles Wesentliche gesagt!", sagte Ullrich.

Sie nickte zwar, überlegte aber gleichzeitig, was er mit *alles* meinen konnte.

Mittlerweile war Lawrence zu ihnen gestoßen, stellte sich vor und begrüßte Karen herzlich. „Ein tolles Geschenk haben sie uns gemacht. *But also dangerous.*“ Dabei verzog er seinen Mund und humpelte ein Stückchen näher. „Ich bin Ullrich sehr dankbar, dass er mich in *the project* mit aufgenommen hat.“

Karen nickte ihm freundlich zu. Als sie zu dritt in der Cafeteria saßen, berichtete sie von ihren Erlebnissen mit Simon.

„Dann müssen wir davon ausgehen, dass der Unbekannte, von dem dein neuer Bekannter erzählt hat, hier in der Gegend sein Unwesen treibt", bemerkte Lawrence. Das ist gefährlich.“

Ullrich erzählte von ihren neuen Erkenntnissen und der Pflanze, die sie an dem Ort gefunden hatten, an dem Marc mindestens zwei Tage gelegen hatte.

"Also stimmt es wirklich?“, fragte sie und wusste eigentlich schon die Antwort. „Ich musste während des Vortrags ständig an Marc denken." Sie sah an Ullrich hoch. "Er hat Kontakt zu solch einer Pflanze gehabt, oder?"

Ullrich machte ein Gesicht, als müsse er Karen eine schlechte Nachricht überbringen. „Schlimmer noch“, gab er zu. „Wir müssen davon ausgehen, dass die Pflanze vermutlich über ihre Wurzeln DNA von Marc aufgenommen hat.“ Er warf Lawrence einen Blick zu. „Steve hat eine Analyse der Sporen gemacht und menschliche DNA gefunden.“

„Aber wie soll das möglich sein, wie kommt die Pflanze an seine DNA?“, fragte Karen ungläubig und sah Steve an.

Lawrence nickte aufgeregt. „Es waren viele abgerissene Wurzeln an der Stelle, an der Marc gefunden wurde. Mit *extremly formed* Haustorien, Organe zum *fixing, you know*? Zum Festhalten. Sehr *unique*, besonders!“

Karen sah ihn an. „Haustorien?“, wiederholte sie ungläubig.

Ullrich drehte sich zu ihnen. „Ja“, sagte er und legte die Stirn in Falten. „Was Steve sagen will, ist, dass da regelrechte Saugnäpfe an den Luftwurzeln sind. Die Pflanze kann damit über die Haut in Marcs Gefäßsystem eingedrungen sein. So ähnlich wie bei der Teufelswurz, die sich mit solchen Dingern durch die Transportgefäße der Tomate ihre Energie holt."

"Teufelswurz?", wiederholte Karen. Sie fühlte sich völlig überfordert von Steves wissenschaftlicher Beschreibung. "Ist das ihr Name?"

„Nein, sie hat keinen Namen. Immer noch völlig unbekannt. Aber wir würden sie gerne Aphrodita Simula nennen, also eine Pflanze die aphrodisierende Stoffe zur Täuschung einsetzt! Klingt wahrscheinlich komisch für dich, aber die Pflanze hat sich wohl auf diese Weise für ihn interessant gemacht. Ihn angelockt. Über Duftstoffe, so wie Pheromone, die ihn unbewusst beeinflussen. Wäre interessant zu wissen, ob Frauen und Männer unterschiedlich reagieren.“

Karen ließ sich das Gesagte durch den Kopf gehen. Sie erzählte Steve von Brauer, der ihr nicht gerade wie ein Liebhaber erschienen war. „Entsetzlich! Er ist also gelähmt von dieser teuflischen Pflanze, oder was?“

Ullrichs Blick war ausweichend. "Das können wir noch nicht genau sagen. Aber ich arbeite schon seit einer Woche mit Lawrence zusammen. Wir hatten, hoffentlich mit deiner Erlaubnis, einige Messapparaturen bei der Pflanze in Marcs Garten angebracht. Und es ist überraschend, was wir herausgefunden hatten, bevor dort alles zerstört wurde."

Karen erschrak. Sie dachte an Simons Bericht von der Falle, die er dem Unbekannten gestellt hatte. „Eure Geräte sind zerstört worden?“, fragte sie, und in ihrer Vorstellung sah sie teure Apparate, die jetzt unbrauchbar waren.

„Nein“, beruhigte sie Ullrich. „Die sind alle noch in Ordnung, mach dir keinen Kopf. Nur die Pflanze.“ Er sah sie bedauernd an. „Die wurde fast komplett aus der Erde gerissen. Steckten nur noch ein paar Wurzeln drin. Aber ehrlich gesagt, brauchen wir sie gar nicht mehr unbedingt. Wir haben weitere Pflanzen gefunden. Im Wald, dort wo Marc gelegen hat. Eine größere Plantage aus Pflanzen und vermutlich sehr gefährlich, wenn sie sich bedroht fühlen.

Karen sah ihn erschrocken und ungeduldig an. „Es gibt noch mehr? Du meinst, er hat sie dort gesucht?“ Karen schüttelte den Kopf. „Du meinst das wirklich ernst, oder?“

Man konnte Ullrich, trotz des traurigen Hintergrundes, ansehen, wie stolz er auf seinen Fund war. „Sicher. Sie ist nach bisherigen Ergebnissen in der Lage, Psychopharmaka und hoch Allergene, aber auch halluzinogene Stoffe in hohen Konzentrationen, sogenannte GLVs, zu produzieren. Wirklich unglaubliche Mengen, wenn du mich fragst. Aber warum sie das tut", er hob die Schultern, "das wissen wir noch nicht vollständig. In jedem Fall um Feinde abzuschrecken und gleichzeitig um Freunde zu gewinnen, die sich um sie kümmern. Das mit den Visionen wissen wir von dir. Aber offenbar können sie auch über große Entfernungen miteinander kommunizieren. Zwischen dem Pfarrhaus und der Stelle im Wald liegen etwa drei Kilometer. Auch dafür werden hohe Konzentrationen benötigt, damit der Stoff am Ende nicht zu verdünnt ankommt. Und so, wie es aussieht, kann die Pflanze heftige Abwehrreaktionen in ihrer Umwelt hervorrufen."

„Sogar *eine wilde Swein* hat uns attackiert", warf Lawrence ein, und trotz des sachlichen Themas, sah er kurz aus, als berichte er von einem Besuch auf dem Jahrmarkt.

„Ganz abgesehen, von *die insects*. Hätte uns fast das Leben gekostet. Ullrich war …", Lawrence zögerte. Dann lächelte er, als hätte er ein passendes Wort gefunden, „ein Held." Ullrich schaute verlegen zu Boden.

Lawrence schob sich vor. "*Of course!* Wir glauben nun, das funktioniert, Pflanze und Intelligenz! *Amazing!*"

Ullrich hob seine Hand, wie um Lawrences Enthusiasmus zu stoppen. „Sagen wir es mal so", begann er. „Wir glauben, es ist nie nur die Pflanze. Eher ein symbiotisches Mischwesen aus Pflanze und Mensch. Das wäre zweifellos in der Lage, sehr intelligent zu handeln und die Umwelt zu beeinflussen. Ähnlich wie das Internet, das die Menschen, einbettet und ihre Intelligenz benutzt, um emergente Verhaltensweisen, also solche, die es vorher so weder bei Mensch noch Computern gab, zu entwickeln. Und sie besitzt in jedem Fall auch, unabhängig davon, eine rein pflanzliche Intelligenz im Sinne der Pflanzenneurobiologie."

Er lächelte, als er Karens zweifelnden Blick sah. „Wir haben hier einen ersten wirklichen Beweis dafür. Diese Pflanze weiß, was Leiden ist. Und sie kann das auch anderen Lebewesen mit Absicht zufügen. Allerdings müssen wir vorsichtig sein“, schränkte er ein, “wenn wir im Laufe einer Evolution erworbene Eigenschaften, die auf eine Situation zweckgerichtet reagieren, als Intelligenz der jeweiligen Lebensform interpretieren."

Karen musste an Hans Jordans seltsame Veränderungen und Simons Behauptung, der Unbekannte könne sich verjüngen, denken. „Könnte es sein, dass der Lohn für die Beschützerrolle eine Verjüngung des Symbionten ist?“

Beide Forscher schauten Karen entgeistert an, und sie erzählte ihnen von Amélies Geschichte und Simons Beobachtungen.

Ullrich war offensichtlich amüsiert. Er schmunzelte darüber, dass Karen einem uralten Brief Beachtung schenken wollte. „Nein, das ist keine vorstellbare Option“, entschied er und schüttelte seinen Kopf.

Lawrence dagegen wog die Idee scheinbar ab, blieb aber skeptisch. „Ich kann mir auch nicht vorstellen, wie das funktionieren soll“, gab er zu, ging in Gedanken dem Hinweis trotzdem weiter nach.

Einen Augenblick später hatte er offenbar eine Idee. „Wir haben Viruspartikel mit der genetischen Information von Marc in den Sporen der Pflanze entdeckt. Nehmt mal an, die Sporen zerbrechen in kleine Trümmer, und die verhalten sich wie Viren, die eine Zelle nicht zerstören, aber ihren genetischen Code verändern könnten, vielleicht wieder auf einen alten Stand zurückstellen, also Gentaxis oder Vektoren zum restoren. Das wäre eine sensationelle Möglichkeit.“

Ullrich grinste zuerst über Lawrence‘ Vorschlag, begann dann aber zu rechnen. „Für einen kompletten Restore aller Zellen eines Menschen bräuchte man mehrere Gramm Virussubstanz, als Aerosol oder gespritzt. Der Vorgang müsste in einem engen geschlossenen Raum vor sich gehen, damit sich die wertvolle Substanz nicht zum Großteil verflüchtigt. Oder man würde eine noch größere Menge essen oder sie sich spritzen.“

Karen verstand nicht genau, was sie meinten, aber ihr fiel unweigerlich der Schrein des Pianisten ein. Hatte er sich in der Kiste einem Verjüngungsprozess unterzogen? War Amélie von den unbekannten, virenartigen Partikeln Jordans befallen worden und tödlich erkrankt? Das waren eine Menge Spekulationen. Beunruhigender fand sie, dass jemand die Pflanze in Marcs Garten herausgerissen und mitgenommen hatte. Sie waren also nicht mehr alleine. War Simons Unbekannter nun auch hinter ihnen her?

Karen versuchte, das Geschehene zu verstehen. „Also, wenn ich das richtig verstehe, ist sie jetzt weg. Oder sind da noch irgendwelche Spuren?“

„Jede Menge“, antwortete Ullrich. „Als wir die Verwüstungen entdeckt haben, konnten wir dich erstmal nicht erreichen.“ Er druckste herum. „Aber ich kann mir vorstellen, wer das gewesen war.“ Als ihn Karen mit großen Augen ansah, holte er tief Luft. „Ja, ich glaube, es war ein Freund von dir, ein komischer Kauz, der mich ziemlich wütend angerufen hat. Hat ins Telefon gebrüllt. Nimm dich in Acht vor dem, der ist echt aggressiv.“

André, schoss es Karen durch den Kopf. *Das kann nur er gewesen sein. Also doch!* Simons Frage, gestern auf dem Parkplatz, stand plötzlich wie eine Anklage zwischen ihnen. *Weiß er von der Pflanze?* hatte er gefragt. Und sie war sauer geworden. Obwohl er damit wahrscheinlich richtig lag. Ihr wurde mulmig. Musste André sterben, weil man ihn verwechselt hatte?

Karen legte ihre Hand auf Ullrichs Arm. „Entschuldige bitte, wenn ich euch jetzt verlasse.“ André war mit seinem Auto verunglückt, hatte Dany geschrieben. Also musste sie an dieser Stelle anfangen, nach Antworten zu suchen. „Ich muss mir etwas anschauen und melde mich.“

Schnell machte sie sich auf den Weg zum Parkplatz.

Ullrich sah ihr verdutzt nach. "Egal, was du tust, halt dich von der Pflanze fern, sie könnte zu einer heftigen Reaktion bei dir führen", rief er. "Und denk an Steves‘ Worte, sie kann versuchen dich zu beeinflussen!"

Als sie zum Abschied noch einmal ihre Hand hob, sah Lawrence Ullrich an. „Wohin mag wohl die zweite Richtung führen, in die Marcs Pflanze sich orientiert hat?“

Spurensuche

Niederod

Während der Autofahrt zu ihrer Wohnung kreisten Karens Gedanken um den Vortrag. Und um André.

Eigentlich war sein Unfalltod keine Überraschung, wenn man bedachte, wie sehr er schnelle Autos liebte. Trotzdem hatte Karen, wenn sie mit ihm unterwegs war, niemals das Gefühl gehabt, er sei ein leichtsinniger Fahrer. Im Gegenteil, trotz der Unmengen PS, die seine Autos hatten, hielt er nichts vom schnellen Fahren.

Simons unpassende Frage nach der Pflanze fiel ihr wieder ein. Jeder andere an seiner Stelle hätte betroffen reagiert. Er jedoch schien völlig in seiner Jagd nach diesem Franzosen aufzugehen.

Kurz bevor sie zur Einfahrt in ihre Straße kam, bog sie kurzentschlossen in Richtung Pfarrhaus ab, und als der Ort schon einige Kilometer hinter ihr lag, sah sie den See. Eine schnurgerade Straße führte an seinem Ufer entlang.

Genau hier war es passiert, hatte Dany in ihrer SMS geschrieben. André musste die Kontrolle über seinen nagelneuen Jeep verloren haben.

Karen fuhr langsam an dem schmalen Fußweg entlang bis zu einer Haltebucht für Fahrzeuge. Dort hielt sie den Wagen an und machte den Motor aus. Sie stieg aus dem Auto und ging ans Ufer.

Die Wasseroberfläche kräuselte sich, als ein Entenpaar den See durchschwamm.

Karen stöhnte auf. Wie sinnlos war dieser Tod? Sie sah sich um. Dabei gab es hier doch nichts Außergewöhnliches. Keine enge Straße, keine Kurve, nichts! Hier auf gerader Strecke die Kontrolle zu verlieren?

Bei einem bedächtigen Fahrer wie André wäre das nur vorstellbar, wenn er abgelenkt gewesen wäre. Sie hatte mit ihm über die Pflanze gesprochen. *Wusste er vielleicht doch mehr,* ging ihr durch den Kopf, und sie merkte, dass sie sich schon wieder dieselbe Frage wie Simon stellte.

Verärgert schüttelte sie den Kopf. Unsinn. Aber vielleicht hatte sie etwas gesagt, das André mitbekommen hatte. Was genau war in Marcs Garten passiert? Sie war sich plötzlich nicht mehr sicher. Oder hatte Marc ihm gegenüber Andeutungen gemacht? Ungewollt formierten sich plötzlich in ihrem Kopf ganze Kaskaden an Selbstvorwürfen.

Wieso hat er sich nicht aus meinem Leben rausgehalten! Ich bin im Moment anscheinend lebensgefährlich!

Sie parkte den Wagen an Marcs Grundstück und betrat den Garten.

Dort sah sie, dass die Pflanze weitgehend ausgerissen war. Blätter, Erde und Äste lagen herum, als hätte sich jemand in einer Orgie von Gewalt an der Pflanze zu schaffen gemacht.

Das Wurzelwerk befand sich teilweise noch in der Erde, und es gab noch zwei Messinstrumente, die von Ullrich und Laurence stammen mussten. Rote und grüne Lichter blinkten, vermutlich übertrugen sie Daten in das Labor. Um ein Areal von zwei mal zwei Metern war ein rotweißes Trassierband gespannt. Unter einem Busch rechts neben der Pflanze lag ein gelber Notizzettel, den sie sofort aufhob.

Eine Nummer war darauf notiert, und Karen erkannte jetzt den Zettel. Sie erschrak. Sie hatte darauf Ullrichs Nummer geschrieben und neben ihr Telefon gelegt, das wusste sie noch genau. Jemand war in ihrer Wohnung gewesen, hatte diesen Zettel mitgenommen und hier verloren. Wer war hinter ihr her?

Karen ging zum Wagen zurück und stieg ein.

Eigentlich zog es sie nach Hause.

Aber die Vorstellung, dass jemand in ihrer Wohnung gewesen war, schreckte sie ab. Als sie den Motor startete, beschloss sie also, sich eine Sache vorher noch genauer anzusehen.

Kurze Zeit später fuhr sie auf den Hof des Autohauses.

Es war Mittagszeit, der Himmel war wolkenverhangen, und es begann zu nieseln.

Karen erinnerte sich, dass André ihr die Werkstatt einmal gezeigt hatte, als sie daran vorbeigefahren waren. Das war zu der Zeit gewesen, als er sich noch nicht ganz sicher war, ob er genau diese Marke oder eine andere kaufen wollte.

Karen hatte sich damals geweigert, ihm dabei zu helfen, sich zwischen diesen Benzinschleudern umzusehen.

Sie parkte ihren Wagen und ging an einigen Jeeps in meist dunkler Farbe vorbei. Sie standen zum Verkauf aufgereiht in Richtung Straße. Kleine Wassertröpfchen standen wie Farbpunkte auf dem Lack der Autos.

Hier hatte André sein Schmuckstück, wie er es genannt hatte, gekauft. *Brillantschwarz* hatte er ihr stolz erzählt, und als er ihr den Prospekt auf Glanzpapier gezeigt hatte, hatte sie nicht anders gekonnt, als die Augen entnervt zum Himmel zu rollen.

Karen sah sich um und ging durch die Glastür des hellen Gebäudes in den riesigen Ausstellungsraum.

Sofort löste sich einer der Männer, die sie an einer Theke stehen sah, und kam schlendernd auf sie zu. Er trug ein lässig geschnittenes Sakko aus Cord, und sein Lächeln wirkte aufgesetzt und künstlich. Es gefror, als Karen den Grund für ihren Besuch nannte.

"Ja", sagte er und sah sich unauffällig um. Er schluckte heftig und stemmte seine Hände in die Seiten. "Das tut uns leid, und wir waren auch alle recht ... nun, geschockt, wenn ich das sagen darf." Man konnte sehen, dass ihm das Gespräch unangenehm war.

Karen sah kurz zu den hinteren Räumen. Dann spähte sie durch die Fenster auf den Hof. "Wurde der Wagen von Ihnen abgeschleppt?", fragte sie in beiläufigem Ton und sah dem Mann wieder in die Augen. "Ich meine, nach dem Unfall."

"Ja, äh, natürlich. Die Polizei schickt einen Experten, der wird ab morgen versuchen herauszufinden, was genau passiert ist." Sie registrierte, dass er, während er von Andrés Wagen sprach, kurz einen Blick auf das Gelände hinter Karen warf. "Also, ob Herr Abel einfach die Kontrolle über sein Fahrzeug verloren hat oder ..."

"Ob die Technik im Auto vielleicht schuld war?", vervollständigte Karen den Satz.

"Ja, genau." Er lächelte wieder unverbindlich. "Obwohl das sehr unwahrscheinlich ist. Der Wagen ist erst zwei oder drei Wochen alt." Er hüstelte. "*War* erst so alt. Da ist es sehr unwahrscheinlich, dass da was kaputt war."

Karen nickte. "Ich danke Ihnen. Dann wünsche ich Ihnen noch einen schönen Tag."

Sie drehte sich um und verließ die Verkaufshalle. Scheinbar interessiert an den Gebrauchtwagen vor dem Haus schlenderte sie zwischen den Jeeps, bis sie neben der Halle stand.

Ein kleiner Innenhof stand voller älterer Autos; einige waren Unfallwagen.

Etwas abseits, an einer der Wände in eine Ecke geschoben, entdeckte sie Andrés Jeep.

Als sie näher heranging, musste sie sich erschrocken die Hand vor den Mund halten; sie war fassungslos. Von Andrés ganzem Stolz, den er gepflegt und geliebt hatte, war nicht mehr viel übrig. Sie trat näher an den völlig mit steiniger Erde und Grasspuren verdreckten Jeep und sah, dass das Dach an einer Seite unförmig eingedrückt war. Lack war abgesplittert. Zwei der Seitenscheiben waren zersprungen, sodass Glasscherben herausstanden, und die Fahrertür hatte man entfernt, vermutlich um ihn aus seinem Auto zu schneiden.

Schritt für Schritt näherte sie sich dem Wagen und ging um ihn herum. Eines der Rücklichter hing grotesk wie ein kaputtes Auge an einem Kabel aus seiner Halterung.

Karen sah die verbeulte Klappe des Kofferraums; sie gab den Innenraum wie ein gähnender Mund frei. Sie entdeckte eine schwarze Masse, die den Boden krümelig bedeckte. Dazwischen lagen einige verwelkte Blätter.

Asche

Ich! höre mich! träume mich!

Diese Frau war erstaunlich, ging es ihm wieder durch den Kopf, er hatte dauernd daran denken müssen. So schwach und zerbrechlich sie wirkte, kämpfte sie doch wie eine Löwin um das Leben ihres Bruders und brachte sich selbst dabei in Gefahr.

Henry kehrte die Asche und die letzten verkohlten Holzstücke der Kiste zusammen und setzte sich auf die schmale Mauer des menschenleeren Hofs.

Er dachte wieder an das Gesicht dieser Frau, als Simon sie vor Tagen halbtot vor ihm auf den Boden gelegt hatte. Bleich und blutleer wie eine Leiche, verwirrt und nicht richtig ansprechbar.

Der Junge war bei ihrem Anblick völlig durch den Wind gewesen, verzweifelt und hilflos wie ein Kind. Seit er die Kommode vor Jahren mitgebracht hatte, hatte er ihn nicht mehr so aufgeregt gesehen. Nur dass es damals seine Freude über den Fund der alten Kiste war.

Und nun sollte sie der Grund dafür sein, dass wieder eine unschuldige Frau ihr Leben verlor.

Es war von Anfang an nicht sicher gewesen, dass Karen die Sache überleben würde. Trotz Salz und Wasser. Aber als er sah, dass sich Simon zu ihr ans Bett gesetzt hatte und sie nicht aus den Augen ließ, war ihm klar, dass sie alles versucht hatten.

Zwei Nächte. Diese Zeit dauerte es mindestens, bis man es völlig überstanden hatte. Das hatten sie jetzt gelernt.

Doch um welchen Preis.

Das verdammte Ding war immer noch gefährlich, auch Jahre, nachdem sie für ihre brutalen Zwecke benutzt worden war.

Simons Mail heute früh war deshalb nicht überraschend gewesen. Er kannte den Jungen seit seiner Geburt und liebte ihn wie sein eigenes Kind. Simon war so empfindsam, wie er es selbst in seinem Alter gewesen war, er war ihm ähnlicher als seiner eigenen Mutter. Deshalb war es nur logisch, dass er sich so entschieden hatte.

Die Verbrennung der Kiste bedeutete jedoch vielleicht noch etwas anderes, ahnte Henry.

Erklärte Simon seine Suche nach diesem geheimnisvollen Unbekannten damit für beendet? Gab er auf?

Es war vermessen gewesen, zu glauben, man wäre schlau genug, ihn zu finden. Er war schlauer. Und seine Skrupellosigkeit grenzenlos.

Der Unbekannte hatte sich so perfekt an seine kranke Welt angepasst, dass es sinnlos war, ihn finden zu wollen. Dieser Typ war ihnen immer mindestens einen Schritt voraus.

Oder machte er sich nur Vorwürfe wegen der Sache mit Karen? Er mochte sie offenbar, mehr als er sich im Moment eingestand. Simon war ein sehr gefühlvoller Mensch. Aber würde er für die junge Frau seine Suche aufgeben? Er ahnte, dass einige intensive Gespräche mit seinem Schützling anstanden.

Henry nahm die große Mülltüte, die auf der Mauer lag, und schüttelte sie aus, um sie zu öffnen. Als er aufstand und sich gerade bücken wollte, um mit einer kleinen Schaufel die Kohlereste aufzunehmen, sah er im Augenwinkel, dass sich etwas neben ihm bewegte.

Er sah erschrocken auf und musterte die seltsame Gestalt, die sich langsam und scheinbar neugierig über den Kohlehaufen beugte. Die zerschlissenen, fleckigen Jeans und der viel zu dicke Pullover, den er trug, verliehen ihm das Aussehen eines Bettlers oder eines Landstreichers. Sein Gesicht wurde von den langen, strähnig am Kopf hängenden Haaren verdeckt, die aus einer wollenen Mütze quollen.

Er hob seinen Fuß mit den klobigen Stiefeln, um damit in der Asche zu kratzen. "Gut gemacht, da ist nichts mehr übrig geblieben", sagte er mit einem schleppenden Akzent und ging in die Hocke, um sich die verkohlten Reste genauer ansehen zu können.

"Ja, sicher!", sagte Henry und lächelte. "Ist auch gut so!"

Der Fremde streckte den Arm aus, legte seine flache Hand auf die Asche und strich vorsichtig darüber. Nicht in Kreisen, sondern in Linien. "Nicht mal ein Nagel oder sowas", stellte er leise fest, als würde er etwas suchen. "Das muss gebrannt haben wie Zunder."

Henry schüttelte kaum merklich den Kopf und zog die Brauen ungläubig zusammen. Wer machte sich freiwillig an einem Haufen Asche seine Hände schmutzig? Was suchte er dort? Da war nichts Wertvolles oder Essbares, das von Interesse sein könnte. War der seltsame Typ betrunken?

Der Fremde strich weiter über den schwarzen Staub und hob die Hand, um sie sich anzusehen. "Sieh mal", sagte er und hielt sie Henry hin. "Genau so sehen sie immer aus. Am Ende."

Henry merkte, wie er von einer Sekunde zur anderen hellwach wurde.

Er schluckte und versuchte, seine Aufregung unter Kontrolle zu bekommen. "Was wollen Sie?", fragte er und wusste, dass der andere seiner Stimme die Unsicherheit anhörte. Er fing an zu zittern.

Langsam, als hätte er alle Zeit der Welt, richtete sich der Mann auf und sah ihn an. Mit Augen, die Intelligenz, Verachtung und Ruhe ausstrahlten. Er holte tief Luft und blies sie durch die Nase aus. "Mich verabschieden. Von ihr", er wies mit lässiger Geste auf die Asche, "und von euch beiden."

Henry nahm sich die Zeit, das Gesicht des Phantoms, das sie schon so lange suchten, genauer anzusehen.

Dieser Mann war jung, fast jugendlich. Und makellos hübsch. Seine Augen waren voller Neugier und Energie, das glattrasierte Kinn hatte ein Grübchen, und er hatte seine Lippen zu einem Lächeln verzogen.

"Wusstest du, dass er so sein will wie ich? Dass er mich nur deshalb sucht?" Der Fremde hob die Brauen. "Aber wahrscheinlich ahnt er auch, dass es noch zu früh ist. Er muss erst reifen. Seinen Geist vorbereiten. Auf die Aufgabe." Mit schief gelegtem Kopf sah er Henry an, und ein herablassendes Lächeln umspielte seinen Mund. "Lieb, wie du dich um ihn gekümmert hast. Ohne zu wissen, was ihn antreibt. Ohne zu ahnen, wie sehr er dich narrt."

Henry merkte, wie ihm die Knie weich wurden. "Sei still!" Er warf dem Dämon die Worte vor die Füße. Aber er wusste, dass er nicht so stark aussah, wie er wollte. Er versuchte, mit der Hand an der Mauer Halt zu finden. "Unnatürlich! Das alles ist unnatürlich!"

"Du weißt, was ich tun werde", sagte der junge Mann und kam langsam näher, "was ich tun *muss*!"

Er stand nun direkt vor Henry. "Das war es doch, was ihr wolltet. Mich kennenlernen. Und nun", sagte er und hob fragend die Brauen, "hast du Angst vor mir?"

Er wartete einen Augenblick scheinbar auf eine Antwort, dann wurde sein Blick weich. Er holte tief Luft und atmete so geräuschvoll aus, als habe er etwas Anstrengendes vollbracht. "Ich liebe das Leben, sicher mehr als so manch anderer. Deshalb darf man mich doch nicht verachten, findest du nicht auch? Und dass du jetzt hier stehst und ausgerechnet für ihn diese Arbeit tust, ist verrückt, glaub mir!"

Als Henry nicht antwortete, hob der andere seine Hand und berührte ihn an der Wange. Langsam strich er über Henrys Haut, legte seinen Finger auf Henrys Lippen. "Es ist noch nicht lange her, ein paar Episoden in meinen Maßstäben, um genau zu sein. Da habe ich ihm die Ewigkeit angeboten, weißt du das? Er sollte ein Partner werden. Aber er war zu schwach, das weiß ich jetzt."

Er sah Henry bedauernd an. "Ist dir egal, dass er dir das niemals erzählt hat?"

Henrys Augen wurden zu schmalen Schlitzen. "Nein, du Teufel!", zischte er und presste sich immer enger an die Mauer.

Mit der Hand fegte er die Finger aus seinem Gesicht und schüttelte sich. "Ist mir egal, ob ich sterbe, das tun wir alle irgendwann! Aber du wirst verflucht sein. Ein lebender Toter!"

Er griff nach der Schaufel, die er neben sich abgelegt hatte, und wollte diesem Monster mit aller Kraft den Schädel einschlagen, als er seinen Augen nicht trauen konnte.

Dort, wo sie eigentlich hätte liegen müssen, wand sich eine Schlange. Sie hatte Arme und kletterte mit ihren länglichen Händen übers Mauerwerk. Henry wich zurück und sah, wie sich die Schlange mit ihrer langen Zunge übers Gesicht leckte. *Das ist nicht real!*, rief ihm sein Verstand zu, und gleichzeitig konnte er nicht glauben, dass es möglich war, solche Visionen zu erzeugen.

Henry sah ins Gesicht des Mannes, der sich vor ihm streckte; er zog die Schultern hoch, als wolle er sie lockern, eine Verspannung lösen. "Du kannst es nicht verhindern, alter Mann", sagte er mit fester Stimme. "Es geschieht, ob du es willst oder nicht. Wenn ich dir einen Rat geben darf: Genieß es!"

Schnell atmend versuchte Henry, die aufsteigende Panik in seiner Brust unter Kontrolle zu bekommen.

Er beugte sich vornüber, schloss die Augen und kämpfte gegen die Tränen, die er aufsteigen spürte. "Du freust dich zu früh", flüsterte er und spürte gleichzeitig, wie ihm etwas Nasses über die Hand lief. Unwillkürlich hob er den Kopf, um hinzusehen. Ein dünnes rotes Rinnsal, das sich kitzelnd an seinem Arm einen Weg suchte, tropfte auf den Boden. *Blut! Er will mich mit dem Anblick von Blut einschüchtern. Meines Blutes!*

Henry nahm sich vor, standhaft zu bleiben. Er wusste, dass nichts von all dem, was er sah, echt war, so war es mit der Kiste, und so arbeitete dieser Mistkerl. "Wie kannst du nur so leben!", presste er hervor und griff, ohne den Blick von seinem Arm zu nehmen, zur Schaufel, die zweifellos noch dort liegen musste, wo er sie vermutete. Das Blech des Werkzeugs war an manchen Stellen scharfkantig wic cin Messer, das wusste er genau.

Die Schlange war eine Täuschung, nichts von dem, was dieser Mensch ihm vorgaukelte, war echt. Diese Schaufel dagegen schon. Erleichterung stieg in ihm auf, als er den harten Griff in seiner Hand fühlte und tatsächlich die Schaufel erkannte.

Meine Waffe!, triumphierte er in Gedanken. In seiner Vorstellung schlug er sie ins grinsende Gesicht des Bastards.

Er wandte seinen Kopf und wollte schon weit ausholen, als er den Wind spürte. Ein Hauch, warm und dicht. Dunkler Nebel, der ihm sofort jegliche Sicht nahm.

Der Kerl hatte ihm etwas ins Gesicht geblasen, Staub oder Sand.

Hustend hob er die Hände und schlug sich in Panik selbst mit dem Knauf der Schaufel an die Stirn, als er den Dreck abwehren wollte.

Er ließ sie fallen, rang nach Atem und spürte eine warme Hand an seiner Wange. Sie rieb ihn ein, verteilte etwas auf der Haut, streichelte ihn fast zärtlich. Ächzend und mit blinden, brennenden Augen schlug er um sich, aber die Hand war schon weg.

"Du hast nicht gewusst, wie schön es sein kann, stimmt´s?", hörte Henry den Mann nah neben seinem Ohr flüstern.

Henry spürte, wie sich seine Luftröhre verengte.

Er hustete, versuchte, sich die Augen frei zu reiben, und drückte sich, um nicht das Gleichgewicht zu verlieren, an die Mauer.

Dann sah er sie plötzlich.

Sie tauchte auf, wie aus einem dunklen Nebel, mit kurzem Rock und T-Shirt. So, wie er sie gekannt hatte.

Er wurde ganz ruhig. Staunte.

Seine Augen brannten nicht mehr, es war auch nicht mehr wichtig, wo er war oder was geschah. Er wollte in diesem Augenblick nur sie, es war doch schon so lange her.

In seine Gedanken wuchsen Erinnerungen, an Sylvies Stimme, an ihre Augen und ihren lächelnden Mund, wie er sich beim Küssen angefühlt hatte. Ihren Geschmack. Ihr Körper wurde immer realer, sie bekam scharfe Konturen, und ihr hübsches Gesicht wirkte wie von einem hellen Licht angestrahlt. Sie griff sich in ihre dichten Locken.

Henry hustete trocken. Alles in ihm schien sich aneinander zu reiben, heiß zu werden. Aber er achtete nicht darauf. Solange sie da war, war alles gut.

Sylvie ging einen letzten Schritt auf ihn zu, dann stand sie vor ihm.

Ihr schmaler Arm streckte sich und umschloss seine Schultern, barg ihn an ihrer Brust. Warm und duftend fühlte sich ihr Körper an, als er sich an sie presste. "So lange, Süße", murmelte er und genoss ihre Berührungen. "Ich liebe dich." Dann schloss er seine Augen und wartete darauf, dass die Welt aufhörte zu existieren.

Er stand noch einen Augenblick da, genoss lächelnd den friedlichen Ausdruck im Gesicht des Alten. Dann ließ er den leblosen Körper des Mannes aus seinen Armen zu Boden gleiten und sah sich um. Die Muskeln seines Kiefers verhärteten sich.

Nachricht vom Unbekannten

Niederod

Als Karen die Tür zu ihrer Wohnung öffnete, versuchte sie sofort Tina zu erreichen. Alex war wieder zurück, hatte sie per SMS geschrieben, er war also endlich wieder da. Weshalb Tina nicht wie verabredet im Auto geblieben war, beantwortete dies nicht. Alles Dinge, die sie mit Tina klären wollte. Doch sie meldete sich immer noch nicht.

Karen versuchte, sich noch einmal an Tinas Worte zu erinnern. Sie hatte von einem Zeichen gesprochen, das sich Alex auf seine Hand gemalt hatte. Das Zeichen, das auch auf dem Brief, den sie gefunden hatte, zu sehen war. Alex war dann bei David, dem Psychologen, gewesen und danach nie wieder aufgetaucht.

Dieser David blieb ein Rätsel. Zuerst hatte er sie eingeladen, dann war er gar nicht zuhause gewesen. Dabei hatte er dieses unglaubliche Interesse an Marcs Pflanze gezeigt. Ungewollt musste Karen wieder an Simon denken. An die Geschichte mit diesem mysteriösen unbekannten Mann in Paris. Sie schüttelte den Kopf. Da stimmte doch irgendwas nicht. Welchen Grund konnte er haben, sein Leben lang nach diesem Typen zu suchen? Niemand war so verrückt. Es sei denn, es gab noch etwas anderes, das er nicht vergessen konnte.

Sie ließ sich noch einmal Simons unwirkliche Beschreibung des Mannes, den er als Pascal beschrieben hatte, durch den Kopf gehen.

Undefinierbares Alter und Aussehen. Intelligent. Vertrauen erweckend. Schauspielerisches Talent. Sie musste sich eingestehen, dass das alles ziemlich vage klang. Die meisten Menschen konnten sich verstellen, wenn es wichtig war. Und jemand, der so lange Zeit hatte, es zu üben, sicher noch besser.

Was passiert war, seit sie versucht hatte, etwas über die Hintergründe von Marcs Koma herauszufinden, war unglaublich. Neben einer aggressiven Pflanze, die es eigentlich gar nicht geben dürfte, einem toten Freund und zwei heftigen allergischen Schocks, begleitet von extrem realen Träumen, hatte sie Simon kennengelernt. Einen Mann, der scheinbar genauso wie sie auf der Suche nach Antworten war.

Außerdem war jemand in ihre Wohnung eingedrungen, und nun erfuhr sie, dass Tina wieder aufgetaucht war. Aber es war egal, wie sie sich wand. Alles deutete auf eine Person hin. Alex Moebus, der bisher verschollene Chef von Tina - Chef oder mehr als das - war wieder da. Nur er wusste, was mit Marc im Pfarrgarten gelaufen war. Und genau deshalb war nicht daran zu denken, sich jetzt auszuruhen.

Karen beschloss, sich auf einen Besuch bei Alex vorzubereiten, alle Unterlagen zusammenzupacken und sich die Fragen, die sie ihm stellen wollte, genau zu überlegen. Vielleicht war Tina im Betrieb, das würde einiges erklären.

Sie verließ die Wohnung, und als sie im Auto saß, entdecke sie Simons Handy auf dem Beifahrersitz. Stimmt, er hatte es ja vergessen, als er ihr das Kabel gab!

Auf dem Display hatte sich eine Nachricht geöffnet: „Ich weiß, wer Du bist. Such nicht weiter, denn ich warte auf dich." Als Karen die Adresse, die darunter stand, las, hatte sie es plötzlich sehr eilig.

Angebot in Paris

Südhessen

Komme! Verlier dich! Für immer!

Simon ließ seine Gedanken fließen, Er suchte nach Hinweisen. Dinge, die er vielleicht übersehen hatte. Zu dicht war das Geflecht um Karen und ihren Bruder, da übersah man schnell etwas. Irgendwo, davon war er überzeugt. Und wenn er nur gut genug darüber nachdachte, wo die Zeichen waren, würde er sie auch finden.

Er war noch nicht zurückgefahren, saß in einem Café, hielt eine Tasse Darjeeling in beiden Händen und ging in Gedanken noch einmal jeden Aspekt ihrer Gespräche durch. Aus der Erinnerung versuchte er die Beziehungen, die sich daraus ergaben, zu verstehen.

Heißer Dampf stieg über der Tasse auf; er blies ihn sanft weg.

Die Aussprache mit Karen wirkte noch in ihm nach; sie hatte ihn wieder zurückgebracht, nach Paris.

Er redete nicht gerne über diese Zeit, schon gar nicht, wenn er dabei lügen musste. Aber wie hätte er ihr erzählen können, was damals wirklich passiert war? Sie hätte es nicht verstanden. Nicht, ohne *ihn* kennengelernt zu haben, diesen tiefgründigen Mann, seine scheinbare Liebenswürdigkeit, seine Intelligenz und die Art, wie er Worte benutzte, jeden zu blenden, der ihm nützlich sein konnte.

Erinnerungsfetzen zogen in seinen Gedanken an ihm vorüber, mit Träumen, die er damals hatte, vom Leben, das er sich als Zwanzigjähriger erträumt hatte.

Es sah die Stadt, diesen wilden, bunten Ort mit seinen Schnörkeln und den Cafés auf den Straßen. In Paris hatte er sich wohlgefühlt, wochenlang, vielleicht waren es Monate, wer konnte das heute noch sagen.

Aber es war sein letzter Tag, an dem er ihn traf. Auf einer der vielen Brücken über die Seine. Er war nicht benebelt von Alkohol, wie er erzählt hatte. Nein, er war bei klarem Verstand, als es passierte.

Mit einem Blick hatte ihn Pascal, wie er sich nannte, aus der Menge der Menschen herausgefischt und angesprochen.

Er zeichnete dort auf der Brücke vorbeigehende Menschen, die er mit seinen Bildern, die er ausstellte, beeindruckte.

Als Simon ihm eine Weile zusah und der alte Mann seine Sachen zusammenpackte, schlenderten sie gemeinsam durch die Stadt.

Pascal kannte viele Geschichten über die Menschen, die hier lebten. Er verlor sich in Beschreibungen einzelner Kunstwerke in den Museen und behauptete, auch etwas von Objektkunst zu verstehen.

Als sich der Nachmittag dem Ende neigte, lud er ihn ein, den Abend bei ihm zu beenden. Er behauptete, an verschiedenen Objekten zu arbeiten, und bat ihn, sich alles anzusehen.

An dieser Stelle der Geschichte, musste sich Simon eingestehen, hatte er Karen nicht alles erzählt. Dieser Abend in der, für einen alten Straßenkünstler viel zu großen Pariser Wohnung, hatte alles verändert.

Pascal zeigte ihm sein Appartement. All seine Projekte. Absurde Collagen und gesammelter Schrott. Zwischen Müll lagen leere Dosen und Abfall.

Manchmal war es Simon vorgekommen, als scherzte dieser Typ. Oder, dass er offensichtlich verwirrter war, als er zunächst angenommen hatte. Irgendwann hatte er gehen wollen, zurück in sein kleines Zimmer im sechsten Stock in einer verwinkelten Gasse im sechsten Arrondissement.

Aber Pascal hielt ihn zurück, bat, noch einen Augenblick zu bleiben. "Lass uns einen letzten Schluck trinken, dann gehst du", schlug er vor. Die Enttäuschung war ihm deutlich anzusehen, Simon wusste damals nur noch nicht genau worüber.

Simon hielt kurz die Luft an, kämpfte mit sich.

Sollte er sich dazu zwingen, wieder daran zu denken? An diesen scheußlichen Abend, die alten Dinge, die herumlagen, und den Geschmack von saurem Wein, den Pascal ihm angeboten hatte. An das meckernde Lachen des Alten, als sie zusammen das Zimmer betraten? Er musste sich überwinden, wenn er einen Hinweis finden wollte, versuchen, sich an Details zu erinnern.

Pascals verdreckte Wohnung materialisierte sich in seiner Erinnerung.

Simon sah sich auf dem staubigen Sofa sitzen und sich die Unzahl alter Armbanduhren ansehen, die auf einem Tischchen neben ihnen sorgfältig aufgereiht lagen.

Daneben alte geschnitzte Schränkchen, über die er später Paul ausfindig gemacht hatte. Der Typ hatte darin fast alles gesammelt, was alt und verschroben war. Verrostet und schmutzig.

Pascal begann zu erzählen, garniert mit Redewendungen in fremden Sprachen, lachte über seine eigenen Geschichten.

Dann, ganz plötzlich und unerwartet, veränderte sich etwas im Blick des Alten.

Er redete von einer Verlängerung des Lebens und einer Lebensaufgabe, die er ihm bieten könne, zusammen mit der Erfahrung der perfekten Muse für die Weiterentwicklung seiner Künste. Das Antlitz der wahren Göttin der Schönheit, die er erblicken könne, wenn er ihm folge.

Pascal schien sehr schnell gemerkt zu haben, wie wenig der junge Deutsche von all dem glaubte.

Und als Simon dann wirklich gehen wolle, offenbarte ihm Pascal, wie sehr er einen Freund suche. Jemanden, der all das auch teilen wollte.

Er zeigte ihm alte Fotos, erzählte von seiner Zeit in Frankreich und dann, endlich, zeigte er ihm den Raum mit den Pflanzen.

Simon erschauderte, als er an die Kälte und die sorgfältig aufgereihten Töpfe dachte. Und an den Augenblick, als die Tür geöffnet wurde.

Die eisige Kälte, die in den Flur fiel. Es war um ihn geschehen, fast augenblicklich.

Er hatte lange versucht, herauszufinden, was es war. Heute wusste er, es war der Duft, die Pollen und Sporen der Pflanze, der ihn betört hatten. Nicht das Arrangement der alten Dinge oder die unglaubliche Geschichte, die ihm der Alte erzählt hatte. Nein, es war dieser unvergleichlich betörende Duft, der ihn, wenn er ehrlich war, bis heute verfolgte und an den er fast täglich denken musste.

Was würde er darum geben, das Antlitz der Göttin, von der Pascal gesprochen hatte, noch einmal zu erblicken? Er hatte Angst vor der Antwort auf diese Frage.

Auch Karen hatte von der Pflanze gesprochen. Aber sie wusste nichts von ihrem Duft, dieser Sucht, der man verfiel. Im Gegenteil, sie war auf eine bestimmte Art unempfänglich für die Verlockungen, empfand sie sogar als abstoßend.

Die Visionen, die sie hatte, wirkten bedrohlich, eher eine Abwehrreaktion als ein Ausdruck der Verlockung.

Sie war unschuldig, ahnungslos, davon war er inzwischen überzeugt. Nur die Suche nach Antworten für ihren Bruder trieb sie an, nichts anderes.

Die beiden Geschwister spielten unterschiedliche Rollen in Pascals Geschichte, das war Simon klar. Trotzdem wurde er das

Gefühl nicht los, dass es eine Verbindung geben musste. Eine Verbindung zwischen ihr und diesem Teufel, dem er damals in Paris begegnet war.

Wahrscheinlich über die Pflanze. Ihre Allergie! Möglicherweise war die Überempfindlichkeit, die sie hatte, einer der Schlüssel, der fehlte, um alles zu verstehen.

Er schüttelte den Kopf und stellte sich wieder die Frage, die ihn beschäftigte, seit er Karen kannte. Wie hatte sie so heftig auf die verseuchte Kiste reagieren können, wenn die doch so alt war?

Andererseits hieße das aber vielleicht auch, überlegte er, dass sie möglicherweise schon bei diesem Therapeuten in Kontakt mit Sporen gekommen war. Immerhin hatte sie schon dort eine Art allergischen Anfall gehabt.

Simon überlegte. Karen hatte von dem Wald, in dem der Typ wohnte, erzählt.

Er konnte diesen Lebensraum mit enormem Potential für Pflanzen förmlich vor sich sehen, als er sich die Situation vorstellte.

Für den Alten musste es dort ein Leichtes gewesen sein, sie mit den Sporen seiner Geliebten zu konfrontieren. Wenn er wusste, dass Karen nach dem Grund für Marcs Koma suchte, genügte das möglicherweise schon dafür, sie abzuschrecken.

Simon stellte die leere Teetasse auf den Tisch, ging hinein und schlug sein Notizbuch auf. Die Serviette lag darin und er sah sich die Adresse an.

Einsam Unsterblich

Kranau

Als er kurze Zeit später seinen Wagen startete, ging er im Kopf noch einmal die Zusammenhänge durch.

Dieser sogenannte Therapeut war alt. Und wenn er der war, den Simon in ihm vermutete, brauchte sein alter Körper bald einen möglichst jungen Menschen, den er in seine Gewalt bringen musste.

Mit Hilfe der Pflanze würde er sich genügend Energie verschaffen, um das Alter zu vertreiben.

Und um einen Wirt zu finden, war der Beruf des Therapeuten ideal.

Karen hatte vom Enkel des Mannes erzählt. Viel wahrscheinlicher war jedoch, dass sie ihn selbst als verjüngten Mann erlebt hatte. Es musste ihm wichtig gewesen sein, seine Spuren zu vertuschen und Karen aus dem Weg zu räumen. Deshalb die Konfrontation mit den Sporen. Und dann ihr Unfall im Wald. Alles passte zusammen. Scheinbar.

Simon verließ die Autobahn und fuhr über die Landstraße. Als er an der Abfahrt Richtung Niederod vorbeifuhr, überlegte er kurz, Karen zu besuchen. Der Streit war unnötig, und irgendwie war es ihm wichtig, mit ihr ein gutes Verhältnis zu haben. Aber er fuhr vorbei. Richtung Kranau. Es fehlte ihm der Mut, jetzt bei ihr anzuklopfen.

Am Ziel angelangt, bog er in eine schmale, steile Straße ab und erreichte den Kiesweg, der zum Haus führte.

Kurz bevor der Wald zu Ende war, parkte er den Wagen am rechten Fahrbahnrand und stieg aus. Ein Konzert unterschiedlichster Vogelstimmen empfing ihn. Simon drückte die Tür des Wagens leise zu und sah sich um.

Durch die Äste der dicht stehenden Bäume hindurch sah er sich das alte Anwesen an. Dies war wohl eher eine Jagdhütte als ein Wohnhaus.

Direkt davor parkte ein alter Peugeot, wahrscheinlich der Wagen des Typen, sonst wirkte alles ruhig und verlassen.

Langsam umrundete er im Schutz der Bäume das Haus und stand bald auf einem steinigen Weg, der scheinbar in den Wald führte. Der Weg zum Teich, von dem Karen erzählt hatte? Nach einem flüchtigen Blick ins Dickicht ging er langsam zum Haus zurück und stand kurze Zeit später vor der mächtigen Eingangstür aus Eichenholz. Er betätigte die Klingel.

Es dauerte lange, dann sah er durchs Milchglas in der Tür, wie sich jemand näherte.

Sie wurde geöffnet und ein alter, viel zu dicker Mann stand vor ihm. Dem warmen Wetter entsprechend war er mit kurzen, altmodischen Stoffhosen und einem leichten Hemd bekleidet. Seine speckigen Beine waren weiß und von blauen Äderchen durchzogen.

Simon räusperte sich und nickte. "Entschuldigen Sie", begann er vorsichtig und lächelte, "ich suche einen Freund, der hier in der Nähe wohnen muss. Seit Stunden laufe ich hier am Berg herum und sehe mir jedes Haus an. Vielleicht kennen Sie ihn?"

In Gedanken schloss er die Möglichkeit aus, dass Karen bei ihrem Besuch einem verjüngten Therapeuten begegnet war. Dieser Mann war alt, da gab es keinen Zweifel.

Der Therapeut sah Simon nachdenklich an, als müsse er sich seine Worte gründlich durch den Kopf gehen lassen. Sprachlos und nachdenklich. Dann hob er ratlos die Brauen. "Nun", sagte er, "ich muss gestehen, ich kenne nicht alle meine Nachbarn. Aber wenn Sie mir seinen Namen nennen würden, denke ich, wäre das hilfreich."

Simons Mund verzog sich bedauernd. "Sorry, aber ich weiß ihn leider nicht."

Die Augen des Therapeuten verengten sich, und er sah Simon mit wachem Blick an. "Sie wissen nicht, wie Ihr Freund heißt? Sehr ungewöhnlich! Wie soll ich Ihnen da helfen?" Ein Augenblick der Stille verging, dann trat der Alte zur Seite und machte eine einladende Geste. "Aber wissen Sie was, ich lade Sie zu einer Tasse Ingwertee ein, und Sie versuchen mir zu beschreiben, was Sie genau suchen."

Simon ging an ihm vorbei durch den Flur ins Wohnzimmer, und als er in den Raum trat, hörte er, dass leise Klaviermusik im Zimmer nebenan abgespielt wurde.

Sie klang melancholisch und traurig, und Simon fand, sie passe irgendwie zu dem grünen Panorama, das man durch die großen Fenster sehen konnte.

Der Garten war wunderschön angelegt. Große Kübel mit blühenden Blumen standen rund um eine Terrasse. Nur an einem der Sträucher hingen einige welke Blätter herunter. "Ich hoffe, ich störe Sie nicht gerade bei etwas Wichtigem", sagte er und wartete, bis ihm der alte Mann gefolgt war.

"Nein nein, was soll ein alter Mann wie ich Wichtiges zu tun haben? Setzen Sie sich nur!" Der Therapeut ließ sich umständlich auf einen Sessel fallen, man konnte sehen, wie anstrengend jede Bewegung für ihn war.

"Sie haben es schön, besonders dort draußen!", sagte Simon mit einem Blick in den Garten. "Das bedeutet sicher viel Arbeit. Die Pflanzen und das ganze Haus."

"Ja, das ist wahr", gab der Alte zu und sah lächelnd aus dem riesigen Fenster. "Aber der Anblick entschädigt mich für die Mühe. Die Arbeit ist Erholung für mich. Das ganze Grünzeug und der Wald dahinter. Wissen Sie, ich habe so viel Zeit mit Menschen verbracht, da tut es gut, wenn Lebewesen so still sind wie diese Geschöpfe da draußen. Sie haben zwar unterschiedliche Bedürfnisse und mögen es, je nach Sorte, lieber warm oder kalt, aber man muss nicht reden und braucht nicht zuzuhören. Und wenn ich meine Arbeit manchmal vermisse, geben mir diese Pflanzen das Gefühl, nicht alleine zu sein. Nur die Anstrengung, sie jeden Winter ins Haus zu holen, wird mir manchmal zu viel. Möchten Sie etwas trinken?", fragte er und entspannte sich, als Simon, der gegenüber Platz nahm, den Kopf schüttelte.

Der alte Mann räkelte sich in seinen breiten Sessel und hob gespannt den Kopf. "So, jetzt erzählen Sie mir, was Sie suchen. Und vor allem, warum Sie nicht wissen, wie Ihr Freund heißt. Das hat mich neugierig gemacht."

Simon merkte plötzlich, wie sich eine heftige Nervosität in ihm ausbreitete. Er wischte sich die immer feuchter werdenden Hände an seiner Jeans ab.

Vorhin, als er im Café Tee getrunken hatte, war ihm durch den Kopf gegangen, was dafür sprach, dass genau dieser Mann das Monster sein konnte, das er suchte. Es passte nahezu alles, hatte er entschieden, die Lage am Wald, das alte Haus, sein sympathischer alter Bewohner. Außerdem hatte Karen, die empfindlich gegen Sporen der Pflanze war, sehr deutlich reagiert, als sie hier gewesen war. Dieser Mann war eine seiner heißesten Spuren seit langem. Also hatte er sich vorgenommen, ihn zu suchen, zu hetzen, mit Worten in die Enge zu treiben und unschädlich zu machen.

Doch nun, auf dem Sofa dem Alten gegenüber sitzend, fand er nicht die Worte, es zu tun.

"Mein Name ist David", unterbrach der Mann seine Gedanken, und Simon sah zu ihm auf. "Ich weiß, ich bin ziemlich neugierig, das hat auch meine Frau immer gesagt, aber ich merke, wie wichtig Ihnen diese Begegnung mit Ihrem Freund ist. Deshalb seien Sie mir nicht böse, wenn ich mich derart aufdränge. Es ist sozusagen eine Berufskrankheit, den Dingen auf den Grund zu gehen. Und das hört wahrscheinlich nie auf, solange ich lebe."

Simon räusperte sich und hob hilflos die Schultern. "Es ist so, ...", begann er unbeholfen, "dass ich ihn schon lange suche. Sehr lange, um genau zu sein. Viele Jahre."

Er sah auf und blickte direkt in Davids Gesicht. Da fiel ihm der Blick des alten Mannes auf, dieser aufmerksame, forschende Blick. Seine Augen versuchten ihn regelrecht zu studieren, zu analysieren und alles, was ihn ausmachte, an ihm abzulesen. Simon bekam eine Gänsehaut. "Sie sind so etwas wie ein Psychologe, hab ich recht?", fragte er, ohne nachzudenken.

Ein Lächeln glitt über das Gesicht des Alten. "Ja, natürlich. Das heißt, ich war es einmal. Aber es verhält sich bei mir so, dass ich meine alten Gewohnheiten nicht einfach ablegen kann. Und wenn man etwas mit Haut und Haaren ist, aus seinem Inneren heraus, dann ist man es ein Leben lang." David hob seine Teetasse zum Mund, trank einen Schluck und stellte sie zurück auf den Tisch. "Sagen Sie, dieser Freund, den Sie suchen ... Was verbindet Sie mit ihm?"

"Verbindet?", wiederholte Simon. Er merkte die plötzliche Spannung, die aufkam. Dieser Typ spielte mit ihm wie eine Katze mit einer Maus. "Ich weiß nicht, was uns verbindet. Ich denke, es ist unsere gemeinsame Vergangenheit in Paris."

Davids Brauen schnellten nach oben. "Paris? Er ist also Franzose?"

Simon deutete ein Kopfschütteln an. "Ehrlich gesagt weiß ich das nicht. Mein Freund ist mal ein Franzose, mal ein Deutscher und im Moment vielleicht etwas ganz anderes."

David streckte sich in seinem riesigen Sessel. Er schien sich zu amüsieren. "Ha, das klingt wie ein Chamäleon. Ja, es gibt Menschen, die sind so. Aber einfach sind sie nicht, das kann ich Ihnen versichern."

"Nein, er ist nicht einfach, im Gegenteil. Er ist ein Dieb. Er stiehlt anderen Menschen Lebenszeit."

Einen Augenblick sagte niemand etwas. An Davids Miene konnte man sehen, dass er über etwas nachgrübelte. Seine Lippen zogen sich zu einem Strich zusammen. "Das klingt nicht nett. Und nicht nach einem Freund, wenn ich das sagen darf. Wie macht er das, Lebenszeit stehlen? "

"Welche Möglichkeiten gibt es denn, was glauben Sie?"

"Oh, es gibt viele, mehr, als Sie sich vorstellen können. Schauen Sie, ein Mensch hat nur eine bestimmte Anzahl an Jahren, Tagen oder auch Stunden in seinem Leben. Sie sinnvoll zu nutzen, fällt den meisten schwer. Und, auch wenn das jetzt unglaublich für Sie klingt, der größte Räuber von Lebenszeit ist man selbst. Man sucht Zerstreuung, vergeudet seine Zeit mit sinnlosen Dingen oder lässt sich von anderen Personen ein Leben aufdrängen, das man gar nicht leben will, wenn man ehrlich ist." David sah ihn wieder aufmerksam an. "Mir ist allerdings nicht klar, weshalb Sie einen solchen Mann als Freund bezeichnen."

Simon merkte, wie er in die Enge getrieben wurde. Er versuchte, entschlossen auszusehen. "Sie haben recht, eigentlich ist er kein Freund." Er sah, wie David gespannt zu ihm herüber sah. "Er ist, wenn ich ehrlich bin, das genaue Gegenteil."

Der Alte sah ihn interessiert an. "Und er hat Ihnen nicht nur Ihre Zeit gestohlen, stimmt´s? Sie sind schon lange auf der Suche nach ihm. Obwohl Sie wissen, dass Sie Ihre Zeit nicht mehr zurückbekommen werden."

"Er hat viele bestohlen. Mindestens ein Mensch hat dabei sein Leben verloren. Eine unschuldige Frau."

"Dann wollen Sie also Rache, das ist es. Rache wird von starken Emotionen angetrieben, meist nicht rational." David holte tief Luft und sah Simon mit einem mitfühlenden Blick an. "Rachsucht kann sehr krank machen."

Simons Blick wurde ernst. Es kam ihm vor, als verhöhne ihn dieser alte Mann. "Es ist keine Rache. Ich möchte anderen ersparen, was ich erlebt habe, das ist alles."

"Woher wissen Sie, dass Ihr Feind, denn wenn wir ehrlich sind, passt dieses Wort sicher besser als der Begriff Freund, andere schädigen will?"

Simon überlegte. Entweder tat David unschuldig, oder er war es wirklich. Wenn nicht, spielte er seine Rolle sehr gut. Denn spätestens nach dieser Anspielung hätte er wissen müssen, was Simon von ihm wollte. "Er muss es tun, sonst stirbt er", sagte er deshalb und sah den Alten scharf an. Im Gesicht des Therapeuten spiegelte sich unverhohlenes Interesse.

"Sie sagen, er stirbt sonst. Damit sprechen Sie eine der elementarsten Ängste des Menschen an, den Tod. Aber jeder stirbt irgendwann, das verdrängen die meisten. Auch Ihr sogenannter Freund wird das nicht ändern können."

Simon war sich nun fast sicher - David wollte, dass alles auf den Tisch kam. Gut, das konnte er haben. "Was, wenn er den Tod verhindern kann? Unendlich", sagte er deshalb und beobachtete jede Veränderung im Gesicht des anderen.

David sagte nichts. Er wirkte unschlüssig, bedachte Simon aber mit einem spöttischen Blick. "Sie reden von der Unsterblichkeit!" Er klang, als fiele es ihm plötzlich schwer, sein Gegenüber ernst zu nehmen. "Kein wünschenswerter Zustand, wenn Sie mich fragen. Kein Mensch sollte ein Interesse daran haben, ihn zu erreichen. Denn Unsterblichkeit bedeutet ein mühsames Anpassen oder ein Verzicht auf all die Veränderungen, die das menschliche Leben so mit sich bringt. Können Ihre Eltern mit Smartphones und Computer umgehen? Den meisten älteren Menschen fällt es heute schwer, mit den Veränderungen mitzuhalten. Innerhalb einer Generation werden sie in vielen Bereichen wieder zu Analphabeten bezüglich bestimmter Technologien. All das wäre ein Problem, wäre man unsterblich. Außerdem gäbe es kein Alter, keinen Ruhestand und keine Vorbereitung auf den Tod, als natürlichen Abschluss des Lebens. Wissen Sie was? Unsterblichkeit wäre furchtbar langweilig, glauben Sie mir. Man verliert zwar die

Angst vor dem Ende des Lebens, doch was ist mit der Angst vor einem Unfall oder unendlich langem Siechtum in einem modernen Altersheim? Wird diese nicht umso stärker im Falle einer Unsterblichkeit? Der unvermeidbare Tod wird durch den vermeidbaren abgelöst. Und je länger man lebt, desto größer ist die Chance, ihn zu erleiden. Keine guten Aussichten. Man sollte besser das Wenige, das man hat, schätzen, also erzählen Sie mir nicht solche Geschichten.“

Simon gab sich unbeeindruckt. "Aber genauso ist es!"

David rückte seinen Sessel umständlich vom Tisch ab und stand auf. Mit ausdruckslosem Gesicht verschränkte er seine Arme vor der Brust und hob den Kopf. "Mein Herr, so wie das aussieht, vergeuden *Sie* gerade *meine* wertvolle Zeit!", stellte er unumwunden fest. "Sie haben sicher Verständnis, wenn ich Sie jetzt bitten möchte zu gehen!"

Als Simon nicht sofort reagierte, trat er einen Schritt auf ihn zu und sah auf ihn herunter. "Bitte!", betonte er nachdrücklich.

Im Flur, kurz vor der Haustür drehte sich Simon noch einmal um und sah in das verhärtete Gesicht des Therapeuten. "Sie haben vor kurzem jemanden zu sich eingeladen, eine Freundin von mir", sagte er und suchte gespannt nach einer Reaktion im Gesicht des Alten. "Sie hat Sie aber nicht getroffen und hatte auf dem Rückweg einen Unfall in dem Waldstück zur Hauptstraße. Wissen Sie etwas davon?"

David blickte kurz zu Boden und wirkte nachdenklich. Dann sah er auf. Er hatte seine Stirn misstrauisch in Falten gelegt. "Natürlich. Diese dumme Geschichte mit Tina. Sie sucht Herrn Moebus, ihren Chef. Ich kenne ihn. Er hat mir draußen im Garten geholfen, man kann sich auf ihn verlassen. Und diese andere Frau war Ihre Freundin?"

Simon nickte. "Sie war nur kurz hier. Was, denken Sie, ist da hinter Ihrem Haus passiert?"

Der Therapeut hob die Schultern und sah Simon unfreundlich an. "Ich war gar nicht da, hatte einen Notfall, um den ich mich kümmern musste", sagte er in unfreundlichem Ton, "also fragen Sie am besten Ihre Freundin!"

Er trat einen Schritt auf Simon zu, schob sich in dem engen Flur an ihm vorbei und öffnete die Haustür. "Wenn Sie jetzt bitte gehen würden. Ich möchte gerne wieder alleine sein!"

Kurze Zeit darauf saß Simon in seinem Wagen und fuhr die enge Straße zurück in den Ort. In einer Kurve hielt er an einer freien Stelle an und ließ sich das Gespräch noch einmal durch den Kopf gehen.

Dieser Mann hatte ein Alter, in dem er sicher auf der Suche nach Opfern sein für seinen Verjüngungsprozess sein würde, und er lebte abseits des Ortes. Auch sein Faible für Pflanzen war unübersehbar.

Doch es gab gravierende Dinge, die nicht passten. Dazu gehörte vor allem, dass er keine Ähnlichkeit mit Pascal hatte. Diesem verschrobenen Typen, den er in Paris kennengelernt hatte. Weder vom Aussehen noch von seiner Art her.

Dieser Gärtner, von dem Karen gesprochen hatte, war schon seit Wochen verschwunden. Wäre er ein Opfer dieses Mannes geworden, hätte er heute mit einem jungen Mann gesprochen. Außerdem klang sein Plädoyer für das Altern absolut glaubwürdig.

Dieser Therapeut, beschloss er, war zwar eine Spur, die er im Auge behalten sollte, jedoch keine heiße.

Eine Bemerkung Jordans brachte ihn auf einen Gedanken. Nämlich die, dass Pflanzen immer die klimatischen Verhältnisse brauchten, die in ihrer Heimat herrschten.

In Gedanken ging er noch einmal zurück nach Paris. Zu dem Abend, an dem Pascal ihn in seine Wohnung gelockt hatte. Er hatte die Pflanzen gerochen, hatte ihre festen fleischigen Blätter gesehen. Und er hatte die Kälte, die in dem Zimmer herrschte, gespürt. Nirgends in der Wohnung des Mannes war es kalt gewesen. Nur in diesem verdammten Zimmer, in dem er seine Pflanzen stehen hatte.

Simon rieb sich die Schläfen. Ein dumpfer Schmerz breitete sich darin aus. Trotzdem versuchte er, die Gedanken in seinem Kopf wie ein Puzzle zusammenzusetzen.

Was, wenn die Pflanze normalerweise in kälteren Regionen wuchs? In einer warmen Umgebung würde sie sich dann wahrscheinlich nicht optimal entwickeln oder in bestimmten Entwicklungsschritten gehemmt sein.

Gab es nicht Pflanzen, die erst durch eine Kältebehandlung zum Keimen gebracht wurden? Er schnaubte verächtlich. Was brachte diese Erkenntnis? Nichts! Zeitverschwendung! Selbst wenn er wüsste, in welcher Region der Erde diese Pflanze normalerweise wuchs, hätte er doch keine Chance, den Menschen dazu zu finden. Es sei denn ...

Simon stellte sich den perfekten Ort vor. Kein Gewächshaus, das die Wärme der Sonne noch verstärken würde. Es müsste irgendwie anders sein, kälter. Außerdem mussten das Grundstück und dieses Haus, wenn David richtig vermutete, alt sein. Denn Unsterblichkeit verhindert Veränderungen, hatte er gesagt.

Das klang nach altem Muff, altmodischer Bauweise und Jugendstil.

Simon dachte an den Garten aus dem Brief. Vollkommen überwuchert von Sträuchern und alten Bäumen.

Genau solch einen Garten mit einem alten Haus musste er suchen, das wurde ihm immer klarer. Damals, als das Dokument entstanden war, war solch ein altes, verwahrlostes Anwesen wahrscheinlich nicht weiter auffällig gewesen.

Aber heute achtete doch jeder darauf, dass das Grundstück in Ordnung gehalten wurde. Simon überlegte, dass er einen Gärtner beauftragen würde, hätte er einen solch arbeitsintensiven Garten.

Genau, wie es der Therapeut getan hatte. Und es gab, seines Wissens nach, nur einen einzigen in der näheren Umgebung.

Erste konkrete Spur

Gießen

Ullrich, sieh mal!", rief Karen und legte ihm außer Atem das Handy in die Hand. Schnell warf sie ihre Unterlagen auf den Schreibtisch und sah den Wissenschaftler auffordernd an. „Das Handy gehört Simon Lauter, einem Typen, der seit Jahren auf der Suche nach einem Unbekannten ist, der von Amélie und den Pflanzen weiß. Er hatte schon E-Mail Kontakt zu ihm. Marcs geheimnisvolle Krankheit und die Kiste könnten in einem Zusammenhang stehen. Außerdem ist bei Plant Equipment der seit Wochen verschwundene Besitzer Alexander Moebus wieder aufgetaucht. Hat mir diese Tina gemailt, von der ich euch erzählt hatte."

Sie zeigte noch einmal auf die Nachricht auf Simons Handy. „Und hier steht die gleiche Adresse in Grünau! Simon soll dorthin gelockt werden. Eindeutig eine Falle"

Sie hatte versucht, Simon zu erreichen. Doch bei ihm zuhause meldete sich niemand. Wo war er? Ihn ohne Handy zu erreichen, war unmöglich.

Ullrich sah sie nur wortlos an, aber Lawrence nickte. „Natürlich! Ein Gärtnerbetrieb! Dort gibt es alles, was zur Pflege einer exotischen Pflanze notwendig ist! *Exciting!*"

„Wartet mal!" Ullrich führte ein paar Operationen auf seinem Laptop durch, dann drehte er ihn auf dem Tisch zu ihnen um.

„Bingo", sagte er mit triumphierendem Blick. „Die zweite Blickrichtung der Pflanzen führt genau zu diesem Betrieb. Es gibt offenbar auch ein Kommunikationsnetz zwischen dem Pfarrhaus, dieser Gärtnerei und der Stelle im Wald, an der Marc gefunden wurde. Ich denke, da müssen wir wirklich hin."

„*But*, dort wird es ´ne Menge *plants* geben", bemerkte Lawrence skeptisch und sah sich die Karte genauer an. „Und *I´m sure*, auch mindestens noch einen Menschen, der dir gefährlich werden kann." Er schüttelte den Kopf. „*Not alone*, ich werde dich begleiten."

Karen warf einen aussagekräftigen Blick auf Lawrence‘ Bein, aber er winkte nur ab.

„Schon okay", versicherte er lächelnd.

Ullrich und Lawrence hatten einige Analysen am Laufen, die nicht unterbrochen werden durften. Ullrich erklärte sich bereit, die Untersuchungen alleine fortzuführen und sich später Marcs Blut genauer anzusehen. Nach schwierigen Gesprächen mit den Verantwortlichen im Krankenhaus hatte er die Chance, eine Blutprobe von Marc zu bekommen, das wollte er jetzt nicht gefährden.

Er schlug vor, die Polizei zu verständigen, wenn sie sich nicht in Intervallen von jeweils dreißig Minuten mit dem Handy bei ihm meldeten. Außerdem bestand er darauf, dass sie die Schutzanzüge aus dem Bakterienlabor mitnahmen.

„Das ist zu auffällig!", warf Karen ein.

Ullrich stieß ärgerlich ein paar Worte aus. Ihm war die gesamte Aktion offenbar zu gefährlich; er selbst wäre nie auf die Idee gekommen, persönlich dorthin zu fahren.

„Gut" gab er endlich nach. „Dann tragt die Anzüge nur auf dem Körper. Unter der Kleidung. Dazu nimmt Karen eine Sturmhaube, eine Schutzbrille und auch ein paar der Werkzeuge mit, die sie bei Ihren Einbrüchen in die Versuchslabors verwendet."

Nachdem alles vorbereitet war und Karen beiden noch ihre Erlebnisse mit Simon erzählt hatte, fuhren Lawrence und Karen los.

Kurze Zeit später hielten sie auf dem Parkplatz des Betriebs.

Als Karen ausstieg, standen nur zwei Autos gleich beim Eingang, und ihr fiel ihr auf, dass keiner der Mitarbeiter zu sehen war. Allerdings schloss der Laden in einer guten Stunde.

Sie gingen ins Gebäude, und Karen steuerte sofort Tinas Büro an. Ohne zu klopfen, traten sie ein und sahen im Halbdunkel eine Person an Tinas Schreibtisch sitzen. Nur eine kleine Lampe beleuchtete ihre Silhouette.

Der junge Mann saß da, tief über Papiere gebeugt und sah überrascht auf, als Karen und Lawrence deutlich verunsichert ein paar Schritte ins Zimmer traten. Dann verzog sich sein Mund zu einem breiten Lächeln. Ein angenehmes, gewinnendes Lächeln, das Karen sofort wiedererkannte, sie hatte es schon im Haus im Wald als außergewöhnlich befunden.

Sie sah ihn verwirrt an. „Ich …“, brachte sie heraus und sah, wie er sich langsam vom Stuhl erhob. „Ich hab Tina hier erwartet! Aber …“

„Schön Sie wiederzusehen, Karen“, unterbrach sie Luis. Er ging einige Schritte um den Tisch herum und stand vor ihr. Sie sah, wie er die Hände lässig in die Hosentaschen steckte und gekünstelt lächelte. Seine Augen wanderten neugierig über ihr Gesicht. „Mir wurde gesagt, sie sei hier.“

Karen war sprachlos. Die Tatsache, dass Davids Enkel, auf Tina wartend, einfach an ihrem Schreibtisch Platz genommen hatte und die herumliegenden Papiere las, fand sie ausgesprochen unverschämt.

Sie wich seinem Blick aus. „Na dann muss sie ja in der Nähe sein“, sagte sie und deutete auf Steve. „Das ist mein Kollege Steve Lawrence. Er ist Biologe aus Santa Fe und zu Besuch an der Uni Gießen.

Luis musterte den ihm zunickenden Lawrence kurz, und sein Blick blieb an seinen Krücken hängen.

Karen meinte, für einen Augenblick ein kurzes Aufzucken seiner Lider zu bemerken.

„Ich nehme an, Sie wollen sich nicht die Gewächshäuser ansehen", folgerte Luis, und seine Augen blitzten auf. Obwohl er ruhig und bewegungslos vor ihnen stand, spürte Karen eine Spannung, die von ihm ausging.

„Richtig", sagte Karen für Lawrence. Sie wollte sich die Initiative nicht mehr aus der Hand nehmen lassen. "Ich hatte eigentlich vor, mit Tina zu reden. Ich habe seit unserem Unfall nichts mehr von ihr gehört. Sie auch nicht, oder?"

Luis antwortete nicht, er schien nachzudenken. Karen sah sich um, und ihr Blick fiel auf ein Foto. Der Besitzer von Plant Equipment, Alex Moebus. Sie hatte es schon beim ersten Besuch bei Tina hinter dem Schreibtisch an der Wand hängen gesehen. Das Bild hatte zweifelsohne eine gewisse Ähnlichkeit mit Luis. Aber der war deutlich jünger, als der Mann auf dem Bild.

Der verjüngte Jordan in dem alten Brief und Simons Theorien fielen ihr wieder ein. Schon bei ihrem ersten Zusammentreffen bei David hatte sie einen Zusammenhang vermutet.

Luis schüttelte endlich den Kopf. „Nein, ich denke nicht. Mein Großvater hat erwähnt, dass Herr Moebus wieder zurück ist. Und da ich heute in Grünau war, dachte ich, es wäre schön, mal bei ihm vorbeizuschauen. Ein Mitarbeiter hat mich gebeten, hier zu warten."

Eine Lüge, Karen wusste es, noch während Luis sprach.

Der junge Mann sah sie erwartungsvoll an. Ahnte er, dass sie ihm nicht glaubte? Was, wenn Luis derjenige war, der Simon hierher locken wollte?

Oder sollte auch er in die Falle gelockt werden? Was war zu tun?

Sie musste hoffen, dass sich Lawrence ebenfalls seine Gedanken gemacht hatte und jetzt richtig reagierte.

Sollte Luis hinter all dem stecken, waren sie beide spätestens dann in Gefahr, wenn er merkte, dass sie das Spiel durchschaut hatten.

Sie mussten also beide so lange wie möglich mitspielen.

„Wie lange warten Sie schon auf Tina?“, fragte sie, Arglosigkeit vortäuschend.

„Schon eine viertel Stunde“, sagte Luis, „und langsam werde ich ungeduldig. Vielleicht schauen wir mal draußen nach“.

Karen nickte und hoffte dabei, dass es sicher ungefährlicher wäre, wenn sie das Gebäude verließen. Vielleicht tauchte jemand auf und sie könnten sich bei einer günstigen Gelegenheit einfach ins Auto setzen und davonstehlen. Luis drehte sich um und ging an ihnen vorbei und dann voran nach draußen.

Die Sonne stand schon tief, es wurde kühler, und ein paar hohe Laternen tauchten das Gelände mit den Pavillons in ein helles Licht. „Wir könnten sie suchen, bevor hier alles dichtgemacht wird“, schlug Luis vor.

Sie gingen also ein Stück über die Wege, bis sie schließlich vor dem Zaun standen, der das Gelände begrenzte.

Jenseits sah man in Richtung eines sanft bewaldeten Hügels in südlicher Richtung einige Gebäude.

Dort gab es Gewächshäuser und Außenanlagen, die ein wenig abseits standen, aber auch zum Betriebsgelände gehören mussten.

Durch die Bäume des Waldes hindurch, auf der Kuppe des Hügels, schimmerte ein schwaches Licht aus einem Haus, das sich, bedeckt durch die Bäume, schwer beschreiben ließ. „Ob das auch noch zum Betrieb gehört“, dachte Luis scheinbar laut nach. „Mein Großvater hat mir mal erzählt, dass am Hügel beim alten Friedhof früher mal eine Kirche gestanden hat.“

Er ging auf eine Tür im Zaun zu. „Es muss etwa dort gewesen sein.“ Luis zeigte mit dem Finger Richtung Hügel hoch. „Er sagte auch, dass er mit … äh … Frau Sanders schon darüber gesprochen hat. Sie hat ihm erzählt, dass der Betrieb dort noch ein paar

Gebäude hat. Wäre vielleicht interessant, sich dort mal um zusehen. Mit etwas Glück finden wir sie dort."

Karen sah zu Lawrence herüber und ahnte, dass sie nun eine Entscheidung treffen mussten. Folgten sie Luis, waren sie ihm mehr oder weniger ausgeliefert. Andererseits waren sie zu zweit.

Luis wartete nicht auf eine Antwort, setzte sich in Bewegung und hatte schnell einen kleinen Vorsprung.

Ein befestigter Weg führte an alten verlassenen Gebäuden einer ehemaligen Gärtnerei vorbei den Hügel hinauf.

Als sie fast oben waren, sahen sie ein großes mit Basaltsteinen gemauertes, zweistöckiges Gebäude mit Aufbau aus Holz und Glas. Das Glasdach war hell erleuchtet und wirkte einladend.

Eine umgebaute Kirche, dachte Lawrence, dem der Aufstieg aufgrund seiner Verletzung einige Schmerzen bereitet hatte. Er ließ sich schnaufend auf einem umgestürzten Baumstamm fallen. „Eine *beautiful old* Gewächshaus".

Karen ahnte, was er meinte. Das Gebäude mit seinen gotischen Elementen hatte tatsächlich etwas Anziehendes. Auf sie machte das riesige Gebäude mit den steinernen Säulen allerdings eher einen unheimlichen, pompösen Eindruck. Das gläserne Dach, in dem sie von hier unten durch die Fenster großgewachsene Pflanzen sehen konnte, wirkte vor dem dunklen Hintergrund des einsetzenden Abends wie eine Aussichtsplattform, durch die jemand nach allen Richtungen Ausschau hielt. Wahrscheinlich angezogen durch das Licht, zogen Schwärme laut schreiender schwarzer Vögel in ständig wechselnden Formationen darüber hinweg.

Sie sah nach Luis, der schon nahe beim gotisch wirkenden Eingang war, und tastete instinktiv nach der Maske unter dem Kragen ihres Pullovers. Sie jetzt schon aufzusetzen, wäre zu auffällig, beschloss sie nach kurzem Nachdenken und hielt sich zurück.

Dass sie hier Tina fanden, war zwar eine Möglichkeit. Aber Luis sah diesem Moebus so ähnlich, dass dies sicher kein Zufall sein konnte.

Karen begann zu schwitzen. Die Tatsache, dass sie sich hatten mitreißen lassen, ihn in diesen abgelegenen Teil des Geländes zu begleiten, war wahrscheinlich die größte Dummheit, die sie hatten begehen können. Karen überlegte, mit Lawrence umzukehren.

Luis hatte mittlerweile das Gebäude umrundet und winkte ihnen zu, ihm zu folgen. „Da ist die Tür“, sagte er.

Als sie ihm folgten, ließ er sich unauffällig zurückfallen, so dass Karen und Lawrence vor ihm die Stahltür erreichten.

Sie stand einen Spalt offen, und man sah, dass im Gebäude Licht war.

Karen zögerte einen Augenblick. Immerhin betraten sie unbefugt fremdes Eigentum. Und noch dazu ein Haus, das schon von außen einen düsteren Eindruck machte. Aber wenn sie erfahren wollten, was sich hier abspielte, musste man eben Risiken eingehen. Außerdem würde Ullrich sie suchen, wenn sie sich nicht mehr meldeten.

Also überwand sie sich, schob die Tür auf, und sie betraten einen spärlich beleuchteten Gang.

Alles war sorgfältig gestrichen und die Wände verputzt. Befremdlich wirkte allerdings, dass der Gang sehr niedrig war und wie ein Tunnel halbrunde Decken hatte. Sein Ende lag im Dunkeln.

Sie gingen einige Schritte, bis sie vor einer halb geöffneten Tür standen.

Luis sah sie an, ging zur Seite und ließ Karen den Vortritt „Was jetzt?“, fragte er.

Karen ging an ihm vorbei, drehte sie sich kurz um und sah fragend in Lawrence‘ Gesicht. Sie las Ungewissheit und Zweifel darin, dann aber nickte er. Also zückte sie ihr Handy ging langsam durch die Tür. Lawrence folgte ihr.

In diesem Raum war es dunkel, kalt und feucht. Der Untergrund war schmutzig und voller Erde. Dies konnte nicht mehr als ein Abstellraum sein. „Gehen wir lieber wieder, kommt", schlug Karen vor und hielt ihr Handy hoch, um besser sehen zu können.

Doch gerade, als sie sich wieder umdrehen wollte, hörte sie Luis' belustigt klingende Stimme hinter ihnen. „Ich hab leider gerade wenig Zeit für euch, aber es wird sich jemand um euch kümmern, versprochen."

Die Tür schlug krachend hinter ihnen zu, sie waren eingesperrt.

Panik brach aus, Karen schrie auf, hob orientierungslos die Hände. „Steve, was macht dieser …" Ihr Handy glitt ihr aus der Hand und fiel herunter. Es landete geräuschlos auf etwas Weichem. Neben sich hörte sie, wie Lawrence fluchend über etwas stolperte. „Wo sind wir?", rief sie ins Dunkel.

„Roots! Damn it!" Lawrence rutschte auf Knien über den Boden und suchte seine Krücke.

Sie tasteten sich durch den riesigen Raum, und Karen merkte, dass sie überall am Boden auf weiche und harte Hindernisse stießen. Dazwischen Erde.

Als sie eine der Wurzeln mit der Hand anfasste, spürte sie kleine Haare und Schorf daran.

Von der Decke tropfte es, und als die den Kopf hob, berührte etwas ihr Haar. Dann plötzlich hörten sie das Zischen. Erst leise, dann immer stärker. Etwas wurde in den Raum eingeleitet. Gas oder, schlimmer noch, Sporen?

Teil 3
Aphrodita Simula

Die alte Kirche

Grünau

Kurzentschlossen schlug Simon den Weg zum Betrieb ein, eine schmale Nebenstraße.

Karen hatte ihm erzählt, dass man sich hier um Gärten kümmerte, und es konnte nichts schaden, dort nach einem entsprechenden Anwesen mit altem Garten zu fragen. Außerdem schien ja etwas mit diesem Moebus, dem Besitzer des Betriebs, nicht zu stimmen.

Er nahm sich vor, nach ihm zu suchen.

Es war noch knapp eine Stunde Zeit, dann würde der Laden schließen.

Nach einer halben Stunde erreichte er das Betriebsgelände, parkte den Wagen auf den Kundenparkplätzen vor dem Hof.

Er war überrascht, auch Karens Wagen hier parken zu sehen. Vermutlich besuchte sie Tina. Er fragte sich, ob es schlau war, das Gespräch der beiden zu stören.

Er merkte, wie der Gedanke an sie eine schöne Farbe auf seine düstere Leinwand malte, doch schnell verdrängte er diesen Gedanken. Er musste erst ein paar Antworten finden.

Vor den riesigen Gewächshäusern ging er an großen Palmen vorbei, die neben dem sorgsam verlegten Pflaster standen.

Er ging um die schönen, mit teuren Gartenmöbeln vollgestellten Glaspavillons herum und machte sich auf die Suche nach einem der Angestellten.

Als Simon auf den Verkaufsraum im größten Gebäude zusteuerte, merkte er sofort, dass etwas nicht stimmte.

Es waren nicht nur die Spuren des süßlich-schweren Dufts, der plötzlich in der Luft hing. Da war noch etwas anderes, Unglaubliches.

Simon blieb stehen, wie ein Tier auf der Jagd nahm er Witterung auf. Die Stimme, die er jahrelang nicht mehr gehört hatte, aber nie hatte vergessen können. Sie war mit einem Mal wieder da und hatte den gleichen verlockenden Klang von damals.

Suche mich, hörte er in einem flehenden Klang. Bitte, du musst mich suchen!

Er sah sich erschrocken um. Aber es war niemand zu sehen.

Simon spürte, wie sich Schweißtropfen auf seiner Stirn bildeten.

So viele Jahre hatte er gehofft, überall gesucht.

Er ging zurück, raus auf den Parkplatz und versuchte, seine Sinne auf die Stimme zu konzentrieren. Und hier wurde sie tatsächlich deutlicher.

Als er an einem Zaun, der das Gelände begrenzte, angelangt war, verstummte sie plötzlich. Als er einen Blick durch die Maschen warf, sah er die Frau.

Sie stand etwa zweihundert Meter weit entfernt am Fuße eines deutlich ansteigenden Hügels. Das weiße Kleid, in das sie gehüllt war, hob sich von der beginnenden Dunkelheit der späten Dämmerungsphase ab. Wie ein Mantel lagen die langen schwarzen Haare um ihre Schultern, und er wusste, dass sie zu ihm herübersah.

Dann entfernte sie sich in Richtung des Hügels, langsam, ohne Eile.

Ohne sie aus den Augen zu lassen, stieg Simon über den Zaun. Folgte der in weiß gehüllten Erscheinung.

Er brauchte sich nicht zu beeilen, er wusste, dass sie auf ihn warten würde, dass sie nur seinetwegen hier war.

Es ging vorbei an den schattenhaften Konturen älterer, scheinbar ungenutzter Gewächshäuser und anderen kleineren Gebäuden.

Er sah, wie die Gestalt dazwischen verschwand. Durch die zersplitterten oder scheibenlosen Fenster der Glashäuser sah man, dass sich darin die Natur hemmungslos ausgebreitet hatte. In der einsetzenden Nacht wirkten das Gestrüpp und die Farne wie abschreckende Dämonen. Schatten von Wolken huschten über die alten Wände.

Er wurde unvorsichtig, warnte ihn eine innere Kontrollinstanz. Doch er spürte auch, dass er nicht anders konnte, als ihr zu folgen. Seine Sinne waren darauf ausgerichtet, ihr nahe zu sein.

Er wusste plötzlich, was es war, das er nicht hatte vergessen können und nach dem er sich so sehnte. Vorfreude, ja Gier breitete sich in ihm aus. Aus dem Gehen wurde ein Rennen über den Weg in den Wald hinein zum Hügel hoch.

Je tiefer er in den Wald eindrang, desto intensiver roch er den süßlichen Duft.

Stopp!, warnte ihn wieder sein Unterbewusstsein. *Ganz langsam!* Dies war keine Neugier mehr. Auch kein Hass auf einen Unbekannten, der ihn antrieb weiterzugehen, sondern eine selbstzerstörende Sucht!

In Simon wuchs die Erkenntnis, dass er nichts Dümmeres tun konnte, als ihr nachzugeben. Doch gleichzeitig hörte er sie rufen, so verführerisch, wie nie zuvor. *Simon*, rief sie. Ihre Stimme schien zu jauchzen vor Vorfreude auf ihn. *Du bist ganz nahe, ich warte!*

Simon sah das gesamte Ausmaß des Gebäudes erst, als er den Wald durchquert hatte und auf der Kuppe des Hügels stand. Es bestand aus schwarzen, dunklen, zu Quadern gehauenen Basaltsteinen und lag versteckt, teilweise in die andere Seite der Anhöhe hineingebaut. Deshalb hatte man von der Straße aus nur das Dach des Gebäudes, eine Konstruktion aus Holz und Glas, gesehen.

Zwischen ihm und einem Gelände rechts vorbei an dem Gebäude gab es eine Fläche mit Stelen übersät, die er beim näheren Hinsehen als Grabsteine aus dem 17. Jahrhundert identifizierte. Wie lockere Zähne, schief und halb vergraben, steckten sie immer noch in Reihen in der Erde.

An einer Stelle schien es wohl vor sehr langer Zeit eine Senkung gegeben zu haben. Die Grabsteine folgten noch einer zu erahnenden Verwerfung im Gelände, und es sah aus, als würden sie von etwas unter die Erde gezogen.

Simon verließ den im Dämmerlicht unheimlich wirkenden Ort und bemerkte, als er den Hügel Richtung Gebäude hinabstieg, sofort die seltsame, längliche Form des Anwesens, ähnlich einer Kirche. Auch die geschwungenen Steinverzierungen im dunklen Mauerwerk erinnerten daran.

Etwas, das der Kirchturm hätte sein können, war auf etwa Dachhöhe abgetrennt, oder besser abgerissen, denn es sah aus, als wären dort die Wunden des Eingriffs noch nicht wieder verheilt.

Die hohen Fenster, alt und dunkel, glichen, als er näher kam, den Augen eines Raubtiers, die ihn beobachteten.

Ein Aggregat rauschte in großer Lautstärke und blies Luft aus geöffneten Lamellen. Eine Klimaanlage, schätzte Simon und ging weiter in Richtung einer schweren, zweiflügligen Eingangstür aus Eisen, eingepasst in einen gotischen Rahmen aus Stein.

Der Blütenduft hatte an Intensität gewonnen, und Simon bekam fast das Gefühl, Schwaden davon im Licht des aufgehenden Mondes sehen zu können. Wie schwerer Nebel lag er auf der Wiese.

Auch das Gras schien hier ganz besonders zu sein. Ein leichtes Glitzern bedeckte die Halme.

Unwillkürlich bückte er sich und strich darüber; es kitzelte an den Handflächen, und Wellen eines schwach leuchtenden Staubes stiegen auf. Als Simon sie mit dem Blick bis zum Himmel verfolgte, fragte er sich, was von all dem, das er sah oder hörte, wohl real war.

Die blutrote Farbe des Sonnenuntergangs war dem milchigen Licht des Mondes auf eine Art gewichen, wie er es noch nie vorher gesehen hatte. Das Verschwinden der Farben war jedoch nicht das Interessanteste. Es waren die unzähligen Sterne, die sich am Himmel über ihm aufreihten.

Dahinter lauerte eine tiefe Dunkelheit. Es kam ihm vor, als wäre hier das Tor zu einer anderen Welt.

Weit weg von allem, fühlte Simon sich jetzt als der einsamste Mensch im Universum. Egal, was nun existierte und was nicht, er musste weiter. In die alte Kirche hinein. *Sie* finden. Oder zumindest ihren Ursprung.

Als er zur Tür kam und fast schon seine Hand auf den breiten Knauf aus Messing legen wollte, hielt er inne. Was, wenn *der Unbekannte* auf der anderen Seite war? Der Mann, den er seit Jahren suchte. Wenn er dort auf ihn wartete, lauernd? Verändert, voller Hass.

Simons Gedanken überschlugen sich, Schweiß brach ihm aus.

Natürlich war es dumm, einfach wie ein Freund oder geladener Gast dort hineinzuplatzen. Aber sie hatte ihn schließlich hierher geführt, war das nicht Einladung genug? Und egal, was sich hinter dieser Tür verbarg, es wollte ihn sehen. Jetzt sofort.

Ohne Zögern griff er den Knauf und drückte ihn herunter. Die Tür schwang auf, und Simon stand in einem spärlich beleuchteten Gang. Tunnelartig wölbte sich die aus Beton gegossene Decke über ihm, und er konnte das Ende des Gangs vor sich nicht sehen.

Ein leises Surren fiel ihm auf und dass es hier, im Inneren des Gebäudes, deutlich kühler als draußen war.

Langsam ging er weiter und hörte, wie die schwere Außentür hinter ihm zufiel. Nach wenigen weiteren Schritten sah er eine von oben beleuchtete Wendeltreppe. Als er näher kam, sah er sie auf der ersten Stufe, im Begriff die Treppe hinaufzusteigen.

„Warte“, rief er. Sie drehte ihren Kopf und lächelte ihn an. *Ich wusste, du würdest mich finden,* flüsterte sie.

Ein wohliges Gefühl durchfuhr ihn bei jedem Wort. Ihre Stimme brachte ihn um den Verstand. Er ging langsam und unsicher auf sie zu.

Sie hielt einen Moment inne, als wolle sie auf ihn warten. Doch ihr Lächeln wurde frech, als plane sie einen Streich, kurz bevor er sie erreicht hatte. Sie drehte sich um und lief die Treppe hinauf. Schnell und ohne zurückzublicken.

Simon folgte ihr. Am kalten, feuchten Handlauf merkte er, wie gesättigt und kühl die Luft war.

Schnell hatte er die nächste Ebene erreicht. Er sah im Halbdunkel Gänge, die nach rechts und links abgingen. Vereinzelt waren Türen zu erkennen.

Im mittleren Teil des Stockwerks gab es ein paar Fenster in eine Art Atrium. Simon erkannte ein diffuses Leuchten vor schwarzem Hintergrund, das von dichten weißen Strängen ausging. Es war, als drückten sich die Wurzeln einer riesigen Pflanze neugierig an das Glas der Fenster und beobachteten ihn. Doch keine Spur von ihr.

Ein Schatten, der von etwas über ihm geworfen wurde, erschreckte ihn. Als er hochblickte, sah er sie gerade noch, wie sie die Treppe ins Stockwerk über ihm verließ.

Er folgte ihr und erreichte einen winzigen Vorraum.

Anders als unten gab es hier keine Gänge. Nur zwei Schritte weiter stellte sich ihm eine Metalltür entgegen. Durch ein Sichtfenster drang helles Licht.

Simon ging zielstrebig darauf zu und schob sie auf.

Plötzlich stand er im Innenraum eines riesigen Gewächshauses. Durch die großen, in die Dachkonstruktion eingelassenen Glasfenster konnte er das Abendrot der bereits untergegangenen Sonne sehen. Die Luft war für ein Gewächshaus ungewöhnlich kalt, also war dies eher ein Kühlhaus? Kühl, wie in Pascals Wohnung in Paris, ging ihm ein Gedanke durch den Kopf.

Er hörte plötzlich dumpfe klopfende Geräusche, die anscheinend vom Stockwerk unter ihm kamen. Doch gerade, als er sich umdrehen und zurück zur Treppe gehen wollte, berührte ihn unerwartet eine Hand an der Schulter.

Er fuhr erschrocken herum.

Der fremde, junge Mann, der vor ihm stand, lachte spöttisch auf. "Ha! Damit hast du nicht gerechnet, was?"

Simon sah ihn nur sprachlos an. Er versuchte, das Gesicht des Mannes vor ihm einzuordnen. Jung, sehr gut aussehend, intelligenter Blick. Aber nein, er kannte ihn nicht. Trotzdem war er sicher, es gab eine Beziehung zu dem viel älteren Pascal, den er in Paris getroffen hatte.

"Du bist sehr hartnäckig, aber das gefällt mir“, sagte der Unbekannte und musterte ihn mit spöttischem, fast schon arrogantem Blick. Dann drehte er sich um und ging langsam durch den Raum. Ein breiter Rücken und helle Kleidung, leichter, schlendernder Gang.

Ein paar Schritte weiter blieb er stehen und wandte sich ihm erneut zu. „Komm, sie ist hier“, lockte er mit einschmeichelnder Stimme und nickte in das Pflanzendickicht des Gewächshauses hinein. „Du sehnst dich schon lange nach einem Wiedersehen, oder? Sie wartet seit Paris auf dich. *Nur* auf dich, niemand anderen. Ich habe für sie einen idealen Lebensraum geschaffen, du wirst beeindruckt sein!“

Inzwischen war der Mann ein Stück weiter über einen schmalen Pfad gegangen, der sich durch die hohen Pflanzen schlang. Simon sah,

wie er wie beiläufig mit seinen Händen zärtlich über die Blätter der Pflanzen entlang des Weges streichelte. „Was wissen Sie über Paris und was haben Sie mit Pascal zu tun?“, rief er ihm nach.

Der Mann war jetzt in der Mitte des Raumes bei einer Sitzgruppe angelangt und wartete nun auf ihn.

Die Pflanzen wuchsen hier dicht wie tief in einem Dschungel, und Simon sah, dass einzelne riesige Exemplare meterhoch zum Glasdach reichten.

„Bitte nimm doch Platz“, lud ihn der andere ein. „Entschuldige, dass ich mich noch nicht vorgestellt habe. Mein Name ist Alexander Moebus, ich bin der Besitzer von Plant Equipment“, enthüllte er etwas spitzbübisch, so als wollte er ihn zum Mitwisser eines großen Geheimnisses machen.

„Sie haben meine Frage nicht beantwortet“, antwortete Simon, blieb beim *Sie* und machte keine Anstalten, sich zu setzen.

Moebus wirkte nun etwas belustigt. „Nun setz dich erstmal. Das ist nicht so einfach, wie du glaubst“, offenbarte er bestimmend.

Simon hatte das unbestimmte Gefühl, in eine Falle getappt zu sein. Offenbar hatte ihn der Fremde erwartet und spielte jetzt sein Spiel mit ihm. Er fragte ja nicht mal nach seinem Namen. Zögernd setzte er sich und begann fieberhaft, darüber nachzudenken, wie er hier wieder rauskommen könnte.

Moebus blieb stehen und sah ihm von oben herab direkt in die Augen. „Weißt du, wir sind in vielen Dingen so leicht beeinflussbar wie arglose, kleine Insekten, die über Düfte und Farben angelockt werden. Dabei vergessen wir, welche Gefahr dort lauern kann.“

Plötzlich hörte Simon wieder die merkwürdigen klopfenden Geräusche von unten. Auch Moebus hörte sie und wirkte einen Moment so, als habe er etwas erkannt, oder war es nur die Verärgerung über die Störung. „Oder bist du nicht wegen ihr hier? Ihr sucht *mich*, oder?", fragte er.

Er griff nach etwas, das auf dem Pflaster, versteckt zwischen den Gewächsen, stand, ein kleines, schmales Ding aus Metall.

Kurz verzog sich sein Mund zu einem Lächeln. "Niemand betritt einfach mein Anwesen ohne Erlaubnis. Kein Mensch und *ihr* schon gar nicht!"

Er stand jetzt so nahe, dass Simon sein jungenhaftes Gesicht genau sehen konnte. Simon überlegte. Wen meinte Moebus mit *ihr*? Karen? War sie nicht auch auf der Suche nach diesem Phantom? Er beschloss, vorsichtig zu sein und ihm nicht davon zu erzählen, dass er sie kannte. Stattdessen versuchte er, ihn davon abzulenken.

"Du bist älter, als du aussiehst", bemerkte er in provozierendem Ton. Vielleicht konnte er ihn mit Angriff aus der Ruhe bringen. "Viel älter!"

Der Fremde schwieg für einen Moment.

Simon sah das faltenlose, jugendliche Gesicht des Mannes. Die Augen strahlten, und das dunkle Haar war nach hinten gekämmt. Ohne Zweifel ein beneidenswerter junger Mann. Nur wenn man genau hinsah, entdeckte man dieses uralte Wissen in seinen Augen.

"Also du warst Pascal?", fragte er etwas unsicher und hatte das Gefühl, sich mit dieser Frage lächerlich zu machen. Es war unvorstellbar, dass der ältere Mann aus Paris sich so verändert haben konnte. Und doch war es wohl so.

Die Frage war absurd, und der andere lachte, wie erwartet, auf. „Dass ich Alt und Jung gleichzeitig bin, findest du unglaublich und sicherlich anziehend. Für mich dagegen ist es völlig normal." Er studierte interessiert Simons Gesicht. "Du hast dich, trotz der verstrichenen Zeit, kaum verändert, siehst immer noch gut aus, seit dem letzten Mal, als wir uns gesehen haben. Ein wenig älter, trotzdem, für dich ist alles noch möglich."

Simon zog die Stirn in Falten. "Du hast es wohl gerne jung", erwiderte er. "Je jünger, desto besser", versuchte er ihn wieder zu provozieren.

Das Lächeln in den Mundwinkeln des anderen verschwand. "Ja, da hast du sicher recht, aber nicht so, wie du vielleicht denkst." Mit versteinertem Blick sah er ihn an, als wolle er etwas Kompliziertes auf einfache Art und Weise ausdrücken. „Die Regeneration kann weiter in die Jugend zurückreichen, wenn sich die Pflanze in der Zwischenzeit mit einem Jüngeren vereint und dabei dessen genetischen Informationen mit meinen vermischt. Eine Endlichkeit des Lebens gibt es für mich nicht mehr. Keinen Tod, keine Trauer. Das Gleiche hättest du schon in Paris haben können, als du für eine der Schwestern ausgewählt wurdest. Ich hatte vor, eine neue Plantage in der Stadt der Liebe zu begründen.

"Ausgewählt! Du hast mich also ausgewählt", wiederholte Simon. Er ahnte natürlich, wie es gemeint war, aber er spürte, je länger dieser Mann redete, desto mehr Zeit hatte er, einen Fluchtplan zu schmieden. Er sah sich die Wände an, suchte nach Ausgängen. "Wie konntest du sicher sein, ich würde das wollen? Ich glaube, es war ganz anders! Du wolltest meine Lebensenergie, um dich am Leben zu erhalten!“

Jetzt war es raus. Simon hatte eigentlich nicht vorgehabt, so weit zu gehen und die Karten auf den Tisch zu legen. Aber nun saß er mit hochrotem Kopf da und sah Moebus vorwurfsvoll an. Es wurde ihm klar, wenn er zu viel wusste, würde dieser Wahnsinnige ihn nicht mehr gehen lassen. Und auch Karen würde sterben, wenn er herausfand, dass sie bereits Informationen über ihn ausgetauscht hatten.

Wie zur Bestätigung bekam das Gesicht des verjüngten Pascal einen verärgerten Beigeschmack. "Stell dich nicht dümmer, als du bist", verlangte er, und Simon sah wieder das kleine Ding aus Metall in seiner Hand. "Es gibt keine Lebensenergie, jedenfalls nicht so, wie du es denkst. Jeder Mensch hat durch Nahrung Energie im Überfluss. Das Problem ist die Information, dein genetischer Code, der mit dem Alter an Qualität verliert. Die Pflanze ist in der Lage, deine Information zu speichern und sie später an dich zurückzugeben. Die Verjüngung geschieht dann wie eine Krankheit, ein schmerzhafter Prozess, an dessen Ende Abschnitte deiner Gene durch ältere, optimierte Backups ersetzt werden, eine Art *Reset* und *Update* zugleich. Aber das hat auch ihren Preis. Eine nicht mehr auflösbare Symbiose zwischen dir und der Pflanze, ihrem Avatar, der dir in Form einer ungewöhnlich schönen Frau erscheint. Du musst sie mit all deinen Möglichkeiten beschützen. Jeder, der sie in sich hinein lässt, verfällt ihnen. Das ist wie ein Naturgesetz. Ich habe es damals gespürt und du auch, sonst wärst du jetzt nicht hier. Doch du warst feige. Wolltest dich dem Natürlichen widersetzten."

Simon wusste, dass es stimmte, dass er dieser überirdischen Erscheinung einer Frau verfallen war. Seit Paris schon.

Auch wenn er sie dort nur flüchtig gesehen und ihre Stimme nur für Sekunden gehört hatte. Seine angebliche Suche nach dem Unbekannten war im Grunde immer nur die Suche nach ihr gewesen. Er spürte, wie sich jede Faser nach ihr sehnte. Und trotz des Wissens über die Wahrheit war es praktisch unmöglich, sich dieser Vorstellung zu widersetzen.

Er war wie ein Süchtiger, der eine alte Frau überfallen hatte, um mit ihren Ersparnissen einen weiteren Trip zu finanzieren. Er wusste, wie schlimm und falsch das war, konnte aber nicht mehr damit aufhören, gab sich seinen Sehnsüchten hin.

Moebus schien seinen inneren Kampf zu bemerken. Er legte den Kopf schief und sah ihn mit triumphierendem Blick an. "Simon, der Auserwählte", sagte er betont und zog eine Augenbraue hoch. Leise begann er, eine Melodie zu summen, und nun erkannte Simon, was er in seiner Hand hielt. Es war eine Spraydose. Moebus sprühte ihm damit etwas ins Gesicht.

Ein leichter Schauer lief ihm über den Rücken, als er wieder ihre wunderschöne Stimme hörte. *Ich möchte dich sehen, endlich wieder sehen! Ich bin hier!* Simon wandte seinen Kopf hektisch hin und her und suchte sie. Dann merkte er, dass sich die Umgebung veränderte.

Er war nun plötzlich an einem Strand, und sie stand vor ihm und sah ihn erwartungsvoll an. Es war hell, früh am Morgen, ein leichter Nebel, der gerade verflog. Er beschloss, dass es jetzt Zeit war. Er wollte sie in den Arm nehmen, als Moebus' Stimme das Bild in seinem Kopf verfälschte:

"Es könnte so einfach sein, Simon, du siehst es doch. Wir werden Freunde sein, gute Freunde. Für eine lange Zeit. Glaub mir, das Leben in Symbiose ist so leicht, wenn du einen Partner hast. Du suchst dir eine schöne Gegend, siedelst dich mit ihr an und lebst dein Leben." Simon drehte sich um, und der Strand und das Innere des Gewächshauses vermischten sich zu einer neuen Landschaft. Alex wandte sich den Pflanzen zu und deutete unbestimmt in den Raum. "Sie, oder sagen wir ein Teil von ihr, ist hier zwischen ihren Schwestern.“

Simon spürte wieder den feuchten Nebel auf seinem Gesicht, und er hatte das Gefühl, er verstehe jetzt erst den Plan, den das Leben für ihn bereithielt. Er senkte seinen Blick in das Meer der Blätter und wusste, dass all das, was ihm gerade erzählt wurde, der Wahrheit entsprach. Es musste so sein, es war so *logisch.*

"Überleg mal“, erklärte Moebus und kam näher. „Hier werden Gewächshäuser hergestellt, der beste Platz, den ich für meine Züchtungen finden konnte. Du hast noch keine Ahnung davon, wie man dabei vorgeht, aber idealer geht es kaum. Außer, man brächte sie zurück ins Berggebiet des Himalaya."

Sein Blick wurde weich, er sah zum Glasdach des Kalthauses hoch. "Aber ich denke, nicht einmal dort hätten sie es so gut wie hier. Sie kommen aus einer kalten Gegend. Deshalb ist es in diesem Land nicht so einfach, ihren Bedürfnissen gerecht zu werden. Sie wachsen zwar auch hier, sogar besser. Aber bestimmte Bedingungen, wie Paarungsbereitschaft, lassen sich nur durch eine wochenlange Kälteperiode aktivieren. Licht, Sauerstoff und gleichzeitig Kälte, das ist schwierig. Und sie brauchen Platz für ihre starken Wurzeln.“

Simon bemerkte einen Anflug von Stolz auf dem Gesicht des anderen, als er sich wieder seine Pflanzen ansah. „Keine von ihnen ist so weit entwickelt wie sie“.

Er deutete dabei in den Raum und drehte sich, fast tänzelnd, um seine Achse. „Ihre Schwestern, die es noch an anderen Stellen gibt, stehen eine Evolutionsstufe unter ihr.“ Er sah wieder zu Simon. „Ich hatte bis vor einiger Zeit diesen Schreiner hier, Paul. Schon seine Vorfahren haben viel für die Pflanzen getan. Er hat mir beim Bau des Hauses geholfen, meine Objekte ausgetüftelt. Er dachte, ich wüsste nicht, dass er dabei selbst mit den Pflanzen und Samenkörnern herumexperimentierte.“

Er zückte ein Foto und hielt es Simon vors Gesicht. Eine Aufnahme der verzierten Leiste mit den Papageien „Du kennst ihn, hast ihm geschrieben. Du wolltest ihn in die Falle locken. Ich habe deinen Brief an ihn im Haus des Pfarrers gefunden.“

Simon begann zu schwitzen. Offenbar hatte sich dieser Mann bereits in Karen und Marcs Leben eingemischt, als diese noch nichts von einer Bedrohung geahnt hatten.

Moebus fuhr fort. „Fast wäre ich selbst in deine Falle getappt, als mich der Hund in dem Lagerhaus ziemlich übel zugerichtet hat.“

Er wirkte für einen kurzen Moment leicht verärgert. „Ich müsste dir böse sein, doch schau, die Regeneration hat mich nur noch weiter verjüngt und optimiert, auch wenn der Prozess schmerzhaft war. Du wirst es selbst herausfinden.“

Die Stimme des Mannes wurde wieder freundlicher, sein Blick bekam etwas Geheimnisvolles „Es sind immer acht", murmelte er. "Wusstest du das? Acht ist die stabilste Zahl, die es für sie gibt."

Er lachte auf. "Ja, man kann tatsächlich von so etwas wie Stabilität bei ihnen reden. Acht Samen, acht Pflanzen, acht Schwestern, eine Achtfaltigkeit, die sich als besonders widerstandsfähige Konstruktion erwiesen hat. Ob dies das Ergebnis einer natürlichen Evolution oder tatsächlich jahrhundertelanger Züchtung ist, weiß ich nicht. Aber auch in der Chemie und der Physik hat sich diese Zahl als Anker der Stabilität erwiesen. Denke an die äußere Hülle der Atome und die Kräfte in den Kernen. Und nicht zu vergessen, die acht Unsterblichen der chinesischen Mythologie. Sterbliche Menschen, die sich, wie ich, ihre Unsterblichkeit durch harte Arbeit erworben haben."

Er stöhnte auf und machte ein bedauerndes Gesicht. „Zu dumm, dass dieser Schreiner sein Erbe diesem Pfarrer schenkte. Das hat die Sache kompliziert gemacht. Damit hat er eine Abmachung gebrochen, die schon seit Generationen zwischen seiner Familie und uns besteht", sagte er, und seine Stimme klang tief enttäuscht. „Paul ist mir immer mit Misstrauen begegnet, und das, obwohl ich ihn und seine Familie schon so lange kenne, seit sie aus dem Wasgauer Land hierher, an den Rand des Vogelsbergs, gezogen sind. Ein begnadeter Handwerker, ja. Doch für ihre Pflege braucht es nicht nur Kraft oder Geschick, sondern die Bereitschaft SIE anzunehmen, sie vor alles andere zu stellen. Die ungebändigte Leidenschaft und den Mut, mit ihr durch alle Mühen und Bedrohungen die Unsterblichkeit zu erreichen. Weder er noch dieser bedauernswerte Gottesmann waren geeignet."

„Wie viele Menschen hast du schon auf dem Gewissen?", fragte ihn Simon verbittert und bereute sofort seine Frage. Er hatte das Gefühl, vom Blick des anderen durchbohrt zu werden. Er las hemmungslose Gier in seinen Augen.

"Ich werde dir helfen müssen, das Leben mit ihr zu lernen, und dann wirst du verstehen", offenbarte Moebus, ohne auf seine Frage zu antworten. „Genau deshalb habe ich dich ausgesucht, denn keiner könnte sie so lieben wie du. Schon in Paris habe ich es gemerkt."

Er wandte sich um und betrachtete eine besonders große Pflanze mit fleischigen Blättern in der Mitte des Raums. Es war ein herausgehobener Platz, und wenn die Sonne am Himmel stand, würde sie hier vor allen anderen bevorzugt sein. "Wir haben uns hier lange sehr wohl gefühlt; alles könnte so weitergehen.“

Er sah ihn nun an. „Mit uns beiden." Sein Blick wurde fordernd, und Simon las die Erwartung, die darin lag. "Wusstest du, dass ich mich seit Generationen immer wieder selbst beerbt habe?"

Er wartete nicht auf eine Antwort. "Als alter Mann hab ich einem jungen Verwandten den Betrieb vermacht. Und als ich dann wiederkam, verjüngt und schön, war alles ganz einfach."

Seine Miene verhärtete sich. "Es war eine unbeschwerte Zeit. Doch die Identität zu wechseln, ist heute schwerer geworden, und ich muss uns vor den Gefahren der Entdeckung schützen. Ich habe vor, das Vertriebsnetz der Firma zu nutzen, um sie in weiteren Regionen der Welt anzusiedeln. Ein Versteck in der globalisierten Welt. Das werde ich alleine nicht schaffen.“

Simon war klar, dass er an einem Wendepunkt seines Lebens stand. Was ihm dieser Moebus anbot, war so etwas wie die Unsterblichkeit. Doch dazu musste er Überzeugungen aufgeben und vielleicht, wie das Beispiel Moebus zeigte, bereit sein, wenn nötig, über Leichen gehen. Die Aufgabe, eine intelligente Pflanze in dieser Welt zu beschützen, bestand nicht nur darin, ein paar Schnecken und Mäuse zu vertreiben.

Simon sah auf einmal, dass der Blick des anderen ein Objekt am Boden fixierte. Etwas, von dem er wollte, dass auch er es genau sah.

Die Erkenntnis traf ihn wie ein Schlag. Dort lag ein Mensch am Boden. Ein Frauenkörper, leblos auf der Erde ausgestreckt und in einem Kokon aus Wurzeln eingewickelt.

Eine Hand ragte darunter hervor, bedeckt von länglichen Krusten.

Simon meinte, Sommersprossen auf der hellen Haut und an einer Stelle lange rötliche Haare zu erkennen. "Wer ist das?", fragte er unsicher und wusste gleichzeitig, dass er die Antwort nicht aushalten würde.

Vorwürfe

Schon als Karen und Steve losfuhren, machte sich Ullrich Vorwürfe. Die Entscheidung, zu der Adresse aus der E-Mail zu fahren, war seiner Meinung nach zu schnell gefallen. Dass er beide dann auch noch alleine gehen ließ, machte die Sache nicht besser.

Ullrich grübelte über die Pflanze. Jemand benutzte sie und gefährdete damit die Menschen. Und die Tatsache, dass hinter all dem jemand stand, der auch vor Mord nicht zurückscheute, machte ihm Angst.

Kurz überlegte er, ihnen zu folgen, nach Grünau zu fahren, um die beiden zu unterstützen. Dann verwarf er den Gedanken. Er musste die Möglichkeit offen halten, die Polizei einzuschalten.

Ullrich entschloss sich, auf den ersten Anruf zu warten und zunächst im Krankenhaus die Blutprobe von Marc zu holen. In der Ratlosigkeit über seinen Zustand hatten die Ärzte dort zugestimmt, ihm eine Probe zu geben. Als er jedoch vor dem Haupteingang der Uniklinik stand, war die erste halbe Stunde bereits verstrichen, und er hatte keinen Anruf bekommen.

Verärgert brummend zückte er sein Handy und versuchte selbst anzurufen. Lawrence‘ Anrufbeantworter wies ihn ab. Er wartete noch weitere zehn Minuten, dann wählte er die Nummer der Polizei.

Überzeugungskraft

Sie wurde lästig!", kam Moebus‘ Antwort schnell. Sein Ton war plötzlich hart und kompromisslos.

Er traf Simon wie ein Peitschenhieb. Es lag Arroganz und Abscheu in ihm.

"Sie hätte sich nicht in Dinge einmischen dürfen, die sie nichts angingen."

Mit drei Schritten war er bei ihr und sah verärgert auf sie herunter. "Aber mach dir keine Gedanken. Ein Teil ihrer genetischen Information wurde schon gespeichert. Bei meiner nächsten Regeneration werde ich ihn in mir aufnehmen und sie in meinen Körper integrieren.“

Ohne den Blick von dem Körper am Boden zu nehmen, hob er den Arm in Simons Richtung und drückte wieder den Auslöser der Spraydose in seiner Hand.

Simon kniff fest die Augen zusammen. Er fühlte den feuchten Nebel kommen und spürte, wie in seinem Kopf ein Feuerwerk an Empfindungen explodierte und seinen Hass auf diesen Mann wegen Karen überstrahlte.

Die Manifestation der Pflanze in Form einer überirdisch schönen Frau begann, ihn abermals zu verführen.

Gleichzeitig aber drängte sich das Bild von Karen, die nur wenige Meter von ihm am Boden lag, wieder in sein Bewusstsein. Es war, als kämpften beide wie Rivalinnen miteinander um seine Aufmerksamkeit. Als beanspruchten beide Frauen seinen Schutz.

Sie ist tot, sagte ihm sein Verstand. Sie wird verwesen, zu Erde werden, einem Teil der vergänglichen Welt. Dann wird es so sein, als hätte sie nie existiert. Es war ihr Fehler, hierher zu kommen, keiner hat sie gebeten, es zu tun.

Er begann zu zittern, und das nicht nur wegen der Kälte.

"Vergiss alles, was dich in deiner alten Welt festhält", riet der Mann, den er als Pascal kannte und der nun seinen Arm sanft um ihn legte. "Nichts ist es wert, dass du dein Herz daran hängst. Nichts, außer euch beiden, nur du und sie! Das zählt, sonst nichts. Ihr zwei seid der Kern von allem, was kommen wird."

Er liest in meinem Verstand, drängte sich Simon plötzlich der Gedanke auf, und er verfluchte diesen selbstgefälligen Typen dafür. *Er sieht meinen Kampf!* Tränen traten ihm in die Augen, und er spürte, wie sie ihm übers Gesicht liefen. Simon krümmte sich und gab einen unterdrückten Laut von sich.

Der andere ging um ihn herum, beobachtete ihn, schien ganz nahe in seinem Gesicht lesen zu wollen. Er zog ihn an sich heran und legte seinen Kopf an seine Brust "Du bist nicht allein damit", sagte er leise, fast flüsternd. "Wir sind bei dir. Sieh mal, ich hab das alles auch schon am eigenen Leib erfahren. Der Abschied von der alten Welt ist für immer, deshalb tut es ein bisschen weh."

Simon hörte kaum zu. Alles in ihm war dabei, sich neu zu ordnen. Seine Werte, seine Wünsche und seine Gedanken schrien förmlich danach, neu überdacht zu werden, das Alte abzustreifen, wie eine faltige, vertrocknete Haut.

Die schöne Fremde und Moebus verschwammen vor ihm, und es blieb ein Angebot nach Vereinigung im Raum stehen, dem er sich nicht entziehen konnte. Erregung und der Drang, dem Locken nachzugeben, packten ihn.

Er versuchte, ruhiger zu werden, einen klaren Gedanken zu fassen, sich auf Karen zu konzentrieren, ihr Gesicht und die Gefühle, die er für sie empfand. Gefühle, die er sich erst jetzt eingestand. Gefühle, von denen er nicht wusste, ob Karen sie auch so empfunden hätte. Karen war echt, lebendig oder tot. Wahrer als alle Stimmen dieser Welt, sagte er sich.

Doch die Hand, die seine hielt, und das, was der andere sagte, machten es schwer, gegen all die Versuchungen zu kämpfen. "Asien", murmelte er deshalb mit geschlossenen Augen und hoffte, damit den Monolog des Mannes in eine andere Richtung lenken zu können. Der Name des Kontinents war in seinem Bewusstsein hängen geblieben. "Warum ...", er verstummte.

Einen Augenblick war Ruhe. Dann hörte Simon wieder die ruhige Stimme des Mannes neben sich. "Asien, dort hat es begonnen. Ende des 18. Jahrhunderts. Im Himalaya, unweit der Grenze von Bhutan nach Tibet. Mönche haben sie dort gezüchtet." Er lachte auf. „Es gab eine lange Tradition der Optimierung ihrer besonderen Eigenschaften. Am Anfang waren Insekten und kleine Nager ihre Beschützer und Helfer."

Er nickte, wie zur Bestätigung seiner eigenen Worte. „Und sie wurde damals von einem Forscher heimlich auf dem Seeweg nach Europa gebracht. Erst hier habe ich ihr wahres Potential entdeckt und weiterentwickelt. Aber das Wichtigste ist, dass alles ein Geheimnis bleiben muss, denn die Menschheit würde niemals akzeptieren, dass Unsterbliche unter ihnen wandeln."

Simon atmete schwer. Sein Kopf war voller Gedanken und widersprüchlichen Impulsen, die ihn zwingen wollten, ihm zu folgen. Auch wenn er die Worte nicht richtig verstand, wirkte die Stimmung der Erzählung wie ein wiegender Singsang. Sie ließ ihn verschnaufen und sich auf den Kampf in seinem Inneren konzentrieren. Den Kampf zwischen der Entscheidung, ein Mensch zu bleiben oder den anderen Weg zu gehen. Mit ihr und ihm. "Du hast dich hier versteckt und perfekt getarnt", versuchte er es stockend weiter.

Er sah, wie der Mann vor ihm den Kopf hob, stolz und kämpferisch. "Natürlich, das war ganz einfach, wenn man alles über Anzucht und Pflege weiß. Angestellte sind gekommen und gegangen, sie sind gestorben und wurden vergessen. Und nie hat jemand gemerkt, dass der Besitzer immer derselbe ist. Und als ich ein wenig abseits mit Paul diese alte Kirche zum Kalthaus umbaute", fügte er hinzu, "hat sich niemand gewundert. Sie kannten ja alle meine Leidenschaft fürs Züchten. Da war dieses Gebäude für

Exemplare aus kälteren Regionen nur schlüssig. Ich gab die Anweisung, mich hier in Ruhe zu lassen, und entließ jeden, der es wagte, sich in der Nähe herumzutreiben. Selbst als ich vor ein paar Wochen wegen dieser schlimmen Hundebisse zur Regeneration verschwinden musste, hat sich niemand an das Haus herangetraut.“

Erneut kochte wohl durch seine Erinnerung an das Ereignis am Lager Wut in ihm hoch. „Ich kann in kein Krankenhaus gehen, schon eine einfache Blutprobe könnte mich verraten. Also habe mich regenerieren lassen. Das war überraschend und unvorbereitet und hat einiges durcheinandergebracht.“ Seine Wut war schnell wieder verflogen, und er blickte Simon fast gutgelaunt an „Immerhin hat dich deine Falle zu mir gebracht, und deshalb verzeihe ich dir.“

Verwirrt vom schnellen Stimmungswechsel dieses Mannes versuchte Simon weiter, dem Drang der süßen Verlockungen zu widerstehen. „Wie viele Menschen haben ihr Leben verloren, damit du dieses Leben führen kannst?“, schrie er ihm in einem Versuch des Aufbäumens entgegen.

Der andere folgte seinem Blick und hob bedauernd die Schultern. Ein misstrauischer Zug legte sich auf sein Gesicht. “Du bist dir immer noch nicht sicher, ist es so?"

Er ging ein Stück, dann schaute zu der Gestalt am Boden. "Mach dir keine Gedanken, sie spielen keine Rolle, haben nie eine gespielt. Sie war nur ein Mensch, der zu neugierig war, mehr nicht. Ich hab sie sogar gemocht. Eine starke Frau. Aber wir dürfen es nicht zulassen, dass andere eine zu große Rolle in unserem Leben spielen. Nicht, wenn wir die Aufgabe haben, uns um *diese Pflanzen* zu kümmern. Ihre Existenz muss ein Geheimnis bleiben und auch unseres. Und wer dieses nicht beherzigt, muss sterben."

Sein harter Blick wurde wieder weich, und ein Lächeln umspielte sein Gesicht. Er drückte Simons Arm, bis er ihn ansah. "Die Nähe mit ihnen ist unvergleichlich schön."

Wie zur Bestätigung hörte Simon die Stimme seiner imaginären Geliebten, die seine Worte wiederholten. *Unvergleichlich schön* vernahm er sie mit weichem Klang.

Er wusste, dass er niemals vor ihr und auch nie wieder nach ihr eine solch lockende, weibliche Stimme hören würde. Doch sein Verstand hielt dagegen. Er behauptete, dass alles, was er hörte, reine Fantasie sein *musste*. Dagegen war Karen, die in der Ecke des Raumes lag, echt. Echt und tot.

Der Mann, der vor ihm stand und ihn mit seinen schönen, jungen Augen fixierte, sprach weiter.

Er erzählte von Reisen, Vergnügungen und ihrer beider Leben in Symbiose mit der Pflanze. Er beschrieb die Einzigartigkeit, die sie auszeichnete, und Simon konnte sich vorstellen, wie es werden würde, mit dem Schlüssel zur Unsterblichkeit zu leben. Ein Geschenk, für das er dankbar sein konnte. Ein heftiges Glücksgefühl durchströmte ihn wie ein Fluss aus Lebenssaft. "Ja", hauchte er, und nun war er es, der nach der Hand des anderen fasste, sie fest drückte. "Ich verstehe, was du meinst!"

Und es war genau so, er verstand.

Er erkannte plötzlich alle Mechanismen, die ineinander griffen, wenn die Symbiose entstand. Ganz natürlich, logisch und gewollt. Simon spürte, wie unzerstörbar die Bindung zwischen diesem Mann und seiner Geliebten war, und ahnte, dass der Tod einer der beiden auch den Tod des anderen bedeuten würde. Und jetzt gerade versuchte *seine eigene* Liebe, das lose Band, das sie um ihn geschlungen hatte, fester zu knüpfen, ihn enger an sich zu ziehen. Ihre schönen Worte drangen tief in ihn hinein.

Ein Arm legte sich um seine Schultern, und er kam Alex nahe; er roch seinen Schweiß. Ahnte die tiefe Nähe, die sie beide umgab. Simon spürte Tränen aufsteigen. Er weinte an der Schulter des anderen.

„Hier“, tröstete ihn Alex, und Simon merkte, wie er seine Hand nahm und auf die Erde am Boden neben sich legte. Alex wühlte kurz mit seinen Fingern darin, dann hob er eine Wurzel heraus. „Sie will dich“, erklärte er leise und einfühlsam. „Nur dich!“ Er strich zunächst vorsichtig über die lange, weiße Lebensader, dann legte er sie auf Simons Handrücken. Ein warmes vertrautes Gefühl zog seinen Arm hoch, breitete sich im ganzen Körper aus. Ein Urzustand, der nie ein Ende haben durfte.

Simon bekam plötzlich keine Luft mehr, er begann zu röcheln. Er musste an Marc denken. Würde er genauso enden wie er? Gefangen im Koma, in berauschenden Träumen? Nein, hier heraus kam er nur mit vollem Bewusstsein oder tot.

"Wehr dich nicht!", riet der andere und nestelte an Simons Shirt herum, versuchte den Kragen zu weiten. Kurz überzog Eiseskälte Simons Hals, und er fröstelte, dann war das Gefühl wieder vorbei. "Übergib dich der anderen Welt, es ist ganz einfach!"

Simon spürte nichts mehr. Keinen Atem und auch keinen Körper, in dem er sich befinden musste. "Es ist so eng", brachte er hervor und wand sich. "Was passiert hier?" Er stöhnte auf.

Der andere lachte. Leise und verhalten.

Dann stand er auf und sah von oben auf ihn herunter. "Keine Angst, es dauert nicht lange ", prophezeite er, drückte einen Knopf, und plötzlich begann eine Maschine, surrend anzuspringen.

Über ihnen sprühte feiner Nebel aus einer Bewässerungsanlage, die sich über die Glasdecke des gesamten Kalthauses zog. Simon fühlte Feuchtigkeit, die auf ihn heruntersank. Es war, als würde ein Regen aus goldenen Tröpfchen auf ihn niedergehen, und er stellte sich vor, in einem gemütlichen Bett zu liegen. Nach einem Tag harter Arbeit

"Wahrscheinlich wirst du dich später nicht mehr an diesen Moment erinnern ", erklärte eine Stimme neben ihm.

Wieder begann sich die Welt zu verschieben, und aus dem Inneren des Gewächshauses formten sich ein Strand und das Meer. Leuchtend blauer Himmel.

Dort stand sie in ihrem weißen Kleid. Ein Windstoß wirbelte den Stoff an ihren Beinen hoch, und sie versuchte, ihn mit ihrer schmalen Hand zu bändigen. Ein Trugbild, versuchte er, sich klarzumachen. Du bist in diesem verfluchten Haus! Bei ihm!

"Du tust das alles nur wegen dieser Pflanze?", fragte er leise in die Richtung, in der er den anderen vermutete, und versuchte, etwas von der Wirklichkeit, die ihn umgeben musste, zu erkennen. Etwas, das ihn beruhigen konnte, ihm versicherte, dass alles, was gerade passierte, wenigstens halbwegs in Ordnung war. Das Meer und der Strand verschwanden, und er schaute direkt auf die Beine der leblosen Frau. Er stellte sich Karens Gesicht vor. Ihre toten Augen.

Simon musste an sein Gespräch mit David, dem Psychologen, denken. An das, was dieser alte Mann über Unsterblichkeit und die Angst vor dem vermeidbaren Tod gesagt hatte.

Waren die gespielte Selbstsicherheit und der offensichtliche Wahnsinn von Alexander Moebus, der auch vor Mord nicht zurückschreckte, nur ein Ausdruck dieser Angst? Wie wollte sich der potentiell Unsterbliche gegen alle vermeidbaren Bedrohungen seines Lebens absichern?

Je länger er lebte, desto wahrscheinlicher wurden sie.

Simon mochte sich nicht vorstellen, was passieren würde, wenn er diesem Verrückten einen Korb gab.

Er rutschte, so leise es ging, auf die Knie und erhob sich vorsichtig, bis er auf seinen Beinen stand.

Das leise, sehnsüchtige Seufzen in seinem Bewusstsein war inzwischen fast nicht mehr zu hören. Der Schmerz und die Gedanken an Karens Ende, die Trauer und die immer stärker werdende Wut überschatteten jegliches Denken und Fühlen, und einen Augenblick lang spürte er regelrecht, wie der Einfluss der Pflanze schwächer wurde. Er hatte etwas gefunden.

Er wartete, bis sich Moebus abwandte, und streckte langsam seine Hand aus, richtete sich auf und griff ohne ein Geräusch nach einem Spaten, der neben den Beeten lag. Dabei versuchte er, seinen verrücktspielenden Puls unter Kontrolle zu bringen. Vorsichtig, mit Blick auf Alex' Rücken, setzte er lautlos einen Schritt vor den anderen.

Aber gerade, als er endlich nahe genug bei ihm stand, ausholte und zuschlagen wollte, drehte sich Moebus um. Als hätte er geahnt, was passieren würde. Ein kalter stechender Blick traf Simon.

Routiniert und blitzschnell wich Alex dem Schlag aus, packte Simon an der Schulter und entwand ihm mit einer schnellen Bewegung den Spaten.

"Du verdammter Idiot!", zischte er.

Er warf ihm den Spaten vor die Füße. Sein Körper schien zu wachsen. Ein harter Schlag traf ihn ins Gesicht, und Alex stieß ihn voller Wut zu Boden. Blitzende Stiche zuckten durch Simons Körper, und etwas knackte, als er mit der Schulter auf einer Kante des Spatens am Boden aufschlug.

Der Schützling

Auf dem Weg nach Hause gingen ihm tausend Gedanken durch den Kopf.

Als er Alexander damals, viele einsame Jahre nach dem Ereignis mit Amélie, kennenlernte, hatte er sich unendlich allein gefühlt. Und verzweifelt. Er hatte vor seiner vierten Verjüngung gestanden und ernsthaft überlegt, sie nicht durchzuführen. Er wollte sterben, sehnte den Tod förmlich herbei.

Der junge Mann war ein Rumtreiber, ein Lebenskünstler. Er versuchte nach dem Krieg mit Frankreich, alles zu Geld zu machen, verkaufte die unmöglichsten Dinge.

Alexander hatte ihr Zusammentreffen immer als Schicksal gesehen. Behauptete, dass es so kommen musste.

Als er den jungen Mann dann bei sich aufnahm, war schnell klar, dass er wie gemacht war, für ein Leben mit einer von ihnen. Er verliebte sich sofort in einen seiner Schützlinge, lernte alles über sie.

Doch die Vereinigung hatte Alexander verändert. Er war zwar immer noch voller Ideen und Esprit, und er erkannte neue Potentiale der Pflanze. Aber er entwickelte einen fast krankhaften Ehrgeiz.

Wie ein Besessener studierte er Biologie, später Anfang des 20ten Jahrhunderts auch Genetik und in den Sechzigern auch die Anfänge der Mikrobiologie, um die Pflanze gezielt zu verändern, ihre Möglichkeiten zu erweitern.

Eine neue Variante entstand, und Alexander behauptete, sie stehe eine Stufe über der Mutterpflanze. Ziel war, die Annäherung an das menschliche Denken.

Das Geheimnis der Unsterblichkeit faszinierte ihn. Es reichte ihm nicht, sein Leben als persönliches Glück zu begreifen und das Geheimnis zu wahren.

Alexander suchte Wege, um mit Hilfe der Pflanze Menschen zu beherrschen und zu manipulieren. Zuletzt beabsichtigte er sogar den internationalen Export und Verkauf der Unsterblichkeit an Milliardäre.

Sie hatten sich darüber gestritten und auseinandergelebt. Bis dann dieser Historiker anfing herumzuschnüffeln.

Natürlich auch wegen Alexander, der ihn in Paris versucht hatte, zu begeistern. Einmal angelockt stellte dieser Mann Alex eine Falle in dem Lagerhaus. Und als er verletzt, mit Bissen und halbtot, bei ihm aufgetaucht war, blieb ihm doch nichts anderes übrig, als ihn zu pflegen. Ihm die Kraft seiner Pflanze schon vor seiner Zeit zu geben.

David zog seine Stirn in Falten. Er hatte danach versucht, auf ihn einzuwirken, ihn zu bremsen. Doch es hatte keinen Sinn gehabt, ihn immer wieder auf die eigene Entwicklung seiner Kraft und Energie hinzuweisen. Ihm vorzuleben, dass man in Bescheidenheit die Gabe genießen konnte.

Wie die meisten Menschen hatte er letztendlich doch seinen Begierden nachgegeben.

Nun mussten Menschen sterben, und jahrzehntelang gehütete Sicherheiten wurden aufs Spiel gesetzt. Nichts war mehr berechenbar. Alles war möglich. Eine denkbar schlechte Situation für alle, denn Pflanzen brauchen unbedingt Beständigkeit.

Gefahr!

Simon rollte sich stöhnend auf den Rücken, wollte Luft holen, doch bevor er wusste, was geschah, spürte er kalte Hände an seinem Hals.

Sie schlossen sich wie ein Schraubstock um ihn. „Du machst alles kaputt!“, schrie Alex dicht an seinem Ohr und drückte immer fester zu.

Simon sah sein hasserfülltes Gesicht über sich schweben. Simons unverletzter Arm schlug auf Alex´ Rücken, suchte überall auf dem Boden fieberhaft nach etwas Hartem, irgendeiner Waffe. Als er merkte, dass er nicht mehr atmen konnte, schlug er wild um sich.

Er traf sein Gesicht, riss an seinen Haaren und versuchte, sein Gesicht zu zerkratzen.

Wieder traf ihn seine Faust. Für einen Moment war nur noch Schmerz. Als er wieder etwas denken konnte, sah er Moebus über sich stehend.

"Du wirst jetzt ganz schnell vernünftig werden, hörst du?", brüllte ihn Alex an, und er hörte seine Stimme wie durch Watte.

Simon versuchte sich schwerfällig zu drehen, wurde aber von starken Armen auf dem eiskalten Boden festgehalten. Durch kleine Schlitze, zu denen er es schaffte, seine Augen zu öffnen, sah er ihn über sich.

"Du hast keine Wahl", zischte sein Angreifer bedrohlich. "Sie hat dich längst ausgesucht, und du bist jetzt am Ort deiner Bestimmung. Stell dich deiner Aufgabe, wie ein Mann!" Sein verzerrtes Gesicht sah aus, wie eine wütende Fratze.

Trotz der Schmerzen und des dumpfen Gefühls in seinem Kopf versuchte Simon, über die Worte nachzudenken. Klar war allein, dass dieser Mann ihn töten würde. Und er hatte nur eine Chance, es zu verhindern. Indem er sich fallenließ, den Verlockungen nachgab und lebte. Weiterer Widerstand wäre der sichere Tod.

Aber gegen jede Vernunft und mit dem Mut des Verlierers beschloss etwas in ihm, nicht nachzugeben. "Scheiß auf dich!", flüsterte er, und kleine feuchte Bläschen zerplatzten an seinen Mundwinkeln. "Auf dich und auf all deine Pflanzen!"

Er hob die Arme zum Schutz vor dem nächsten Schlag vors Gesicht und wünschte sich nur, dass schnell alles vorbei sein würde, als er den Schatten bemerkte.

Eine lautlose, dunkle Silhouette, die sich hinter Alex zwischen den Pflanzen bewegte.

Begann er wieder zu phantasieren?

Vor ihm brachte sich sein Peiniger in Stellung. "Du hast nicht mehr viel Zeit. Und wenn du nicht zum Freund bestimmt bist, dann eben zum Feind. Gehen lassen kann ich dich diesmal nicht", beschloss er mit gleichgültigem Ton.

Er verzog seinen Mund zu einem Lächeln. "Wenn man sie bedroht, kann sie sehr unangenehm werden."

Trotz des lässigen Tonfalls in seiner Stimme konnte Simon die Enttäuschung in dem jungen Gesicht erkennen. Er hielt ein Plastikklebeband in den Händen und schlang es um Simons Arme, die er ihm grob nach vorne riss.

Dann band er seine Beine zusammen. Mit schmalen Augen und schief gelegtem Kopf lächelte er ihn an.

Simon zerrte an den Bändern, konnte aber seine Finger kaum noch bewegen. Er spürte sie nicht mehr.

Alex ging zur Tür und sah noch einmal zurück. "Ich muss mich um meine Gäste kümmern und wünsch dir einen schönen Tod", rief er ihm zu. Simon sah, wie er durch die Tür ging, und hörte, wie er sie von außen verriegelte.

Plötzlich Stille.

Nur das monotone Rauschen des Kälteaggregates war zu hören.

Mit der Hoffnung eines Verzweifelten versuchte er vergeblich mit aller Kraft, das Klebeband an seinen Armen zu lösen. Es schnitt ihm schmerzend in die Haut.

Der rechte Arm war durch die Schmerzen an der Schulter nicht zu belasten.

Zitternd und vor Anstrengung schnaufend gab er es auf.

Er überlegte, ob draußen jemand seine Hilfeschreie hören würde, als sich eine Hand vorsichtig auf seine Schulter legte.

Simon fuhr erschrocken herum. "Was ...", entfuhr es ihm. Neben ihn kniete eine zierliche Gestalt in einer dunklen Jacke. Teile eines weißen Schutzanzuges ragten darunter hervor. Das Gesicht war mit einer Sturmhaube bedeckt. Ein zusätzlicher Mundschutz lag über der Haube.

Dann erkannte er hinter einer Art Schutzbrille hübsche Augen, Karens Augen. Sie zog die weite Jacke enger an sich.

„Es ist verdammt kalt hier! Er wartet sicher draußen", flüsterte sie kaum wahrnehmbar durch den Mundschutz. Simon merkte, wie ihre Finger zitternd anfingen, eine Stelle am Klebeband zu suchen, an der sie es lösen konnte.

Er musste an den Frauenkörper denken, den er in einer Ecke liegen gesehen hatte. Die leblose Hand. "Ich befürchtete, du bist ...", keuchte er.

"Die Tote", ergänzte sie und schloss kurz ihre Lider. Sie redete wie unter Anstrengungen, hustete. "Tina", presste sie hervor. „Als wir von ihm als Luis, alias Alex, in Davids Haus empfangen wurden, war sie sehr überrascht. Sie hat ihn erkannt und gedeckt und später sicher unangenehme Fragen gestellt. Wahrscheinlich musste sie deshalb sterben."

Endlich hatte sie es geschafft, seine Hände zu befreien, und er löste selbst schnell mit klammen Fingern die Bänder an seinen Füßen. Neben ihm sah sich Karen um. Sie hustete. „Er hat uns eingesperrt", sagte sie.

Beim Aufstehen meldete sich wieder seine schmerzende Schulter. Im Grunde war er froh darüber, denn bei Schmerz hatten die Visionen kaum eine Chance. Das hoffte er zumindest.

Er riss sich zusammen und sah zu Karen. "Er ist sicher bald wieder hier, um nachzuschauen", flüsterte er und sah zur Tür hinüber. "Wir müssen hier weg! Wenn er dich sieht, bist du verloren. Genau wie ich."

Karen schüttelte den Kopf. "Ich bin nicht alleine. Steve holt Hilfe." Sie hob die Hand und hielt ihm ein Werkzeug hin.

Er nahm es und sah sie fragend an. „Das ist ein E-Pick, ein Universalgerät zum Öffnen von Türen", enthüllte sie und lächelte ihn an.

Wie hatte sie ihn gefunden, und wer zum Teufel war Steve? Er hatte viele Fragen und spürte einen in dieser Situation völlig unangebrachten Anflug von Eifersucht. Sie hatten nur noch wenig Zeit und mussten hier raus, sonst waren sie beide verloren, würden vielleicht erfrieren, während sie sich an einem warmen Strand wähnten.

Und auch wenn sie entkamen, waren sie vermutlich mit irgendwas infiziert und würden wie Amélie grausam sterben. Bis zum Ausgang galt es zwei massive Stahltüren und Alex zu überwinden, der irgendwo lauerte und seinen Tod vorbereitete. Er musste ihn aus der Reserve locken.

Simon überlegte, wie der Türöffner von Karen funktionieren konnte. Nach einigen Versuchen gab er auf und reichte ihn ihr. Sie steckte das Werkzeug ins Schloss und drückte auf einen Knopf. Ein Surren und tatsächlich öffnete sich nach einigem Probieren das Schloss. Doch obwohl es knackte, konnten sie die Tür nicht aufziehen. Moebus hatte die Tür von außen mit einem weiteren Sperr-Riegel gesichert.

Simon rüttelte an der Tür, in der Hoffnung, jemand würde ihn hören. Als er aufgab, war es wieder still, und er hörte nur das Zischen der Düsen, die ein Gas in den Raum leiteten, sicher nichts Gutes.

Simon suchte an den Wänden nach Vertiefungen, doch da war nichts, er fluchte. Da fiel ihm etwas ein. Wenn er es schaffte, die Klimaanlage außer Betrieb zu setzen oder das Dach zu öffnen, hatten sie eine Chance. Er sah, dass Karen, inzwischen an eine Wand gelehnt, neben ihm stand. Sie zitterte zwar vor Kälte, war aber offenbar sonst in Ordnung. Als sie ihn ansah, versuchte sie zu lächeln.

Für einen Augenblick erkannte er eine Frau, die über ihr zu schweben schien, dann verschwand die Vision so überraschend, wie sie gekommen war. Verdammte Halluzinationen!

Simon suchte die Wand ab und fand einen in den oberen Teil des Daches ragenden Klimaschacht. Wenn er seine Arme ausstreckte, schätzte er, konnte er ein Gitter erreichen. Er ging näher heran und hörte am Rauschen eines starken Motors, dass er richtig gedacht hatte.

Simon warf einen Blick auf die Gänge zwischen den Beeten und entdeckte ein Regal mit Gartengeräten. Er nahm eine der Hacken, schob einen ihrer Zinken in das Gitter und versuchte, es abzulösen. Nach einigen Fehlversuchen schaffte er es, und die Abdeckung sprang an einer der Ecken aus der Halterung. Jetzt schob er den Stiel der Hacke als Hebel darunter und löste das Gitter. Scheppernd fiel es herunter. Simon sah erschrocken zur

Tür, aber alles blieb ruhig. Er begann, trotz der Kälte zu schwitzen.

Er holte mit der Hacke in der Hand aus, zielte kurz und schleuderte sie in die Öffnung. Der Gegenstand rutschte scheppernd den Schacht hinunter. Das Rauschen des Motors der Anlage verwandelte sich. Knirschende und scheppernde Geräusche.

Simon drehte sich um und nahm sich weitere kleine Werkzeuge aus dem Regal und warf sie in den Schacht, am Ende sogar den Spaten. Das Knirschen schwoll an und kam dann zum Stillstand. Er atmete auf. Er hatte es geschafft, die Umwälzanlage zu blockieren. Augenblicke später drang Rauch aus dem Schacht, und es roch nach verschmorten Kabeln. Simon ging ein paar Schritte zurück und hörte, wie etwas in der Tiefe mit einem lauten Schlag zerriss. Nach einer Weile brummte es in dem Schacht und Flammen züngelten aus der Öffnung.

Plötzlich ging das Licht aus. Offenbar hatte es einen Kurzschluss gegeben. Das brachte ihn auf eine riskante Idee. Er zückte ein Feuerzeug und entzündete einige getrocknete Äste mit Papiersäcken und etwas trockenem Schilfgras. Alex hatte hier mehr zu verlieren als er, beschloss er. Flammen schlugen hoch, und gleich würde die Sprinkleranlage anspringen. Simon hoffte es jedenfalls, sonst würde das Feuer auf andere Bereiche der Anlage übergreifen und auch sie in Gefahr bringen.

Karen wollte ihn daran hindern, aber er erklärte, was er plante „Gleich werden die Pflanzen reagieren." Sie signalisierte ihm, dass sie verstand, und versteckte sich in der Nähe der Tür.

Simon behielt recht. Es gab Geräusche an der Tür, und plötzlich sprang sie auf. Alex kam mit wutverzerrtem Gesicht auf ihn zu. Karen nahm er gar nicht wahr. Seine Hände waren zu Fäusten geballt, und er sah Simon hasserfüllt an. „Du verdammter Idiot, was hast du getan", schrie er und rannte los, um sich auf ihn zu stürzten.

Doch sein Blick wandte sich plötzlich ab und wurde von den Beeten mit den Pflanzen angezogen. Er kam abrupt zum Stehen. "Ja, ich weiß!", rief er ihnen zu, und seine Augen bewegten sich wild. Er rieb sich hilflos das Gesicht. "Ich weiß doch!"

Er wandte sich um, rannte zu einem der Wasseranschlüsse, die an jeder Wand angebracht waren, und drehte ihn mit hektischen Bewegungen auf. Doch statt eines Wasserstrahls lief nur ein kleines Rinnsal Wasser aus der Leitung. Alex packte einen der Metalleimer, die dort bereitstanden, und warf ihn wütend von sich. Er landete, eine Schneise schlagend, auf den Beeten.

Moebus sah wieder zu Simon, und sein Blick war der eines Verzweifelten. "Hilf mir, verdammt nochmal!", bettelte er. "Eine von ihnen gehört doch zu dir!"

Simon hörte nicht auf ihn. Er versuchte, in all der Hektik einen freien Kopf zu bekommen. *Karen*! Er sah, dass sie schon an der Tür war. Sie wartete ungeduldig auf ihn. Hinter ihm fauchte es, und das Glasdach verschwand über ihnen hinter einer Wolke aus dunklem Rauch. Er rannte zur Tür, hörte aber neben dem Zischen des Brands noch etwas anderes. Es war ein Summen, laut und von überall her kommend. Insekten! Es schien plötzlich von ihnen nur so zu wimmeln. Simon warf einen letzten Blick hoch, zum riesigen Dach, und sah die Schwärme. Dazwischen vereinzelt Vögel, die von außen, offenbar verwirrt vom Rauch, gegen das Glas prallten.

Er riss Karen mit sich zur Tür, stieß sie auf und stockte. Die Treppe war verschwunden. Stattdessen schauten sie in einen Abgrund.

Der Einsatzleiter

Lawrence rannte. Das heißt, er probierte zu rennen, stolperte aber mehr, als dass er lief. Wegen der Krücke kam er immer wieder mit den Beinen aus dem Takt.

Er drehte sich um und sah noch einmal zurück zum hell erleuchteten Dach des dunklen großen Hauses, das gerade so hinter dem Hügel aus der Landschaft ragte.

Flammen! Es brannte dort! Er fluchte, schlug vor Wut mit seiner Krücke an die Wand des Gebäudes und sah sich um.

Karen war jetzt ganz allein dort. Mit diesem Monster. Aber was hätte er tun sollen?

Als sie gemerkt hatten, dass ein Gas durch die schmalen Schlitze in der Wand eingeleitet wurde, hatten sie mit Brille und Kapuze die Schutzanzüge unter der Kleidung vervollständigt. Mit ihnen würden sie länger durchhalten, auch wenn sie das Ende nur verzögerten.

Dann hielt Karen plötzlich dieses Ding in der Hand, das aussah wie ein Schraubenzieher, der elektrisch angetrieben wurde. Sie hatte Lawrence kurz angelächelt und die Stahltür geöffnet.

„*Come on!*“, hatte er gerufen, als sie wieder im Gang standen und er die Außentür öffnete. „*I'll call Ullrich!*“

Aber Karen hatte nur den Kopf geschüttelt und ihn zur Tür gestoßen. „Geh alleine!“ Sie sah die Treppe hinauf. „Simon“, erklärte sie. „Ich muss ihm helfen, bevor es zu spät ist. Hol Ullrich, die Polizei oder wen auch immer. Bring einfach Hilfe mit!“

Ohne auf eine Antwort zu warten, hatte sie die Stufen nach oben genommen. Lawrence sah ihr zunächst unschlüssig nach, lief dann aber, so schnell er konnte, Richtung Straße.

Er zückte sein Handy und sah endlich die Zeichen für einen Empfang. Fahrig drückte er Ullrichs Nummer und rechnete sich in Gedanken aus, wie lange sie sich nicht mehr bei ihm gemeldet hatten. Es musste fast eine Stunde gewesen sein.

Ullrich meldete sich mit heiserer Stimme. „Wo seid ihr, verdammt?“, brach es aus ihm heraus. „Die Polizei steht auf dem Parkplatz bei eurem Auto und kann euch nicht finden. Vom Personal des Betriebs wusste auch niemand Bescheid!“

Lawrence schnaufte auf. „Dieser *damned* Luis oder besser Moebus hat uns angegriffen. Ich bin gleich unten.“

Er beschleunigte seine Schritte und lief direkt in Richtung Blaulicht, dorthin, wo der Parkplatz sein musste.

Ein paar Minuten später standen alle auf dem der Hof des Betriebs, und Lawrence suchte den Einsatzleiter der Polizei, der ihn ernst ansah.

„Berg!“, stellte der sich knapp vor und streckte Lawrence die Hand hin. „Dann erzählen Sie mal, was hier los ist!“

Lawrence war erleichtert. Er erklärte in holprigem Deutsch rasch das Nötige, um die verantwortlichen Polizeibeamten auf den aktuellen Stand zu bringen. Dabei deutete er in Richtung des Pyramidendaches, das entfernt hinter der Wiese nur als unheimlich leuchtendes Objekt der Nacht zu erkennen war.

Berg war nicht gerade überzeugt von Lawrence‘ Geschichte, die von halbintelligenten Pflanzen und bösen Gärtnern handelte. Doch als er in Richtung Gebäude blickte, sah er unter dem Glasdach helle und dunkle Schatten tanzen.

Es war nicht schwer, sich vorzustellen, dass darin ein Feuer wütete.

Dunkle Wolken verdeckten zeitweise das leuchtende Objekt, und wenn man genau hinsah und zuhörte, konnte man im Licht der Lampen einen Schwarm hunderter Vögel und noch mehr kleinerer Lebewesen erkennen. In fließenden Wellen zuckten sie über den nächtlichen Himmel.

Da Menschenleben in Gefahr waren, wartete Berg zunächst auf die bereits verständigte Feuerwehr. Das Heulen der Sirenen war gerade über dem Ort verebbt und wurde kurze Zeit später durch die sich nähernden Geräusche der Feuerwehrfahrzeuge ersetzt.

Nach Klärung einiger Fragen und der drängenden Bitte von Lawrence, nicht zu warten, setzte sich ein Trupp, angeführt von dem sich mit schmerzverzerrtem Gesicht vorwärtsschleppenden Lawrence und dem ihn stützenden Berg, in Bewegung. Mit starken Taschenlampen beleuchteten sie den Weg.

Als sie näher kamen, entdeckten sie eine schmale Rauchsäule, die über dem Gebäude aus einem geöffneten Fenster aufstieg.

Lawrence berichtete von Alex und ihrem Ausbruch aus der Kammer. „Sie war verrückt, dort drinzubleiben!“, beharrte er immer wieder, als er auf Karen zu sprechen kam. „Vielleicht … ist sie schon tot!“

Kurz bevor sie das Gebäude erreicht hatten, fingen einige der Polizisten an zu fluchen, sie schlugen nach etwas, das sich scheinbar von oben durch die Luft näherte. Insektenschwärme und Motten, die in Scharen um das Gebäude schwirrten, setzten sich, offenbar angezogen durch das Licht, auf jede Stelle, die keine Kleidung bedeckte.

„Abwehrreaktionen der Pflanzen“, versuchte Lawrence dem ungläubig schauenden Einsatzleiter zu erklären und schlug nach den Insekten. „Sie holen sich Hilfe! Und das ist nur der Anfang“, prophezeite er.

Aus der Wiese um sie herum starrten sie leuchtende Augenpaare größerer Tiere an. Unheimlich und unberechenbar. Sie wurden durch das Licht des Gebäudes und der Taschenlampen angestrahlt. Bösartiges Knurren sollte sie offenbar davor warnen, sich dem Gebäude weiter zu nähern.

Einer der Polizisten zückte seine Waffe, als ein Hund plötzlich aus der Dunkelheit heraus zähnefletschend näher kam.

Einsatzleiter Berg hob warnend die Hand. „Stopp“, verkündete er, hob seine eigene Waffe und gab einen Schuss in die Luft ab.

Lawrence zuckte vor Schreck zusammen und sah, wie die Augenpaare kurz verschwanden.

Berg versuchte, ihn zu beruhigen. „Wir müssen hierbleiben, bis die Feuerwehr und ein Tierarzt da sind, es geht nicht anders. Wir brauchen erst die richtige Ausrüstung, um diese tollwütigen Tiere ruhig zu stellen!"

Lawrence wusste, dass sie nicht so lange warten durften. „Was?", rief er und sah, wie ihn Berg misstrauisch ansah. „Das kann doch nicht Ihr Ernst sein!"

Er riss sich los, als der Beamte ihm vorsorglich den Arm um die Schultern legte. „Sie braucht Hilfe!", schrie er, schlug nach der Hand des Mannes und griff nach der Stablampe, die an Bergs Gürtel hing. „Gib mir diese *fucking* Lampe! Ich hab eine Ausrüstung und kann das auch alleine!"

„Hey!", warnte Berg und holte tief Luft. „Wenn Sie´s nicht abwarten können, lasse ich Sie wieder zurückbringen. Sie bringen uns alle in Gefahr, merken Sie das nicht?" Neben dem Knurren und dem Summen der Insekten hörten sie bald schrille Laute und wildes Gekrächze.

Lawrence hob den Kopf und sah zum schwarzen Himmel über ihnen auf. Er ahnte, was kommen würde. „Achtung, sucht Deckung, schnell!", rief er, riss sich los und schlug schützend die Hände über seinem Kopf zusammen.

Berg schüttelte überrascht den Kopf, duckte sich dann aber tatsächlich. Trotz der Gefahr suchten seine Augen den nachtschwarzen Himmel ab.

Es wurde plötzlich ganz ruhig und dann hörte Lawrence das Schlagen unzähliger Flügel über sich. Die Vögel bremsten ihren Fall und stießen auf ihn und die Beamten nieder. „Schützt eure Augen!", rief er.

Einige der Polizisten schrien auf und rissen ihre Hände hoch. Wild um sich schlagend wich Lawrence den hackenden Schnäbeln aus, die immer wieder versuchten, seinen Kopf und vor allem seine Augen zu treffen. Schnell zog er seine Kapuze hoch und setzte die Brille wieder auf.

Lawrence vergaß die Schmerzen am Bein und versuchte, zum Gebäude zu kommen.

Einer der Polizisten riss in Panik seine Pistole aus dem Gürtel und rannte, wild um sich schießend, den Hügel hinunter, zurück zum Parkplatz. Die Vögel scherten sich nicht darum und hingen mittlerweile in dichten Trauben an ihm.

Auch die anderen Polizisten flüchteten jetzt heillos den Hügel hinunter, und Lawrence nutzte die Ablenkung, um relativ unversehrt das Gebäude zu erreichen. Als er die Tür aufriss und hinter sich schloss, verstummten die Schreie. Fassungslos und mit hämmerndem Herz klammerte er sich an den kalten Griff.

Abstieg

Der Abstieg war eine Herausforderung. So sehr Karen klar war, dass das Fehlen der Treppe nur eine Illusion sein konnte, so schwer fiel es ihr doch, diesen Umstand zu ignorieren. Sogar die Augen einfach zu schließen, brachte nichts, da die Illusion offenbar tief in ihr Innerstes eingepflanzt wurde.

Simon gab ihr Halt, indem er sie die ersten Stufen an der Hand hielt und ihr das Vertrauen gab, sie abzufangen, falls sie in die Tiefe stürzen würde. Nach zwei Stufen gewann sie an Sicherheit und wagte die Dritte allein. Nach der vierten Stufe war die Illusion verschwunden, und sie konnte problemlos nach unten gehen.

„Ich kann kaum etwas sehen!“, rief sie, als sie zu Simon nach oben sah. Durch die Brille und den Schutzanzug war sie zwar einigermaßen vor wütenden Insektenschwärmen und Sporen geschützt, aber ihre Augen brannten höllisch.

Simon dagegen fluchte. Ein paar der Insekten waren durch die Tür geschlüpft, bevor er sie zuschlug und verriegelte. Jetzt griffen sie ihn an.

Er warf einen Blick durch ein kleines Fenster in der Tür zum Gewächshaus, doch vom Feuer war kaum noch etwas zu sehen. Alex würde bald alles unter Kontrolle haben.

Simon versuchte, durchs Fenster ihn in dem Durcheinander auszumachen. Es konnte nicht schaden zu wissen, was er tat, bevor sie das Haus verließen, redete er sich ein. Kurz dachte stellte er sich vor, wie Karen unten auf ihn wartete.

Dann wanderte sein Blick wieder in den Raum unter dem Glasdach. Obwohl das Feuer noch nicht vollständig gelöscht war, blieb Alex verschwunden.

Simon streckte sich, versuchte, sein Sichtfeld etwas zu verbreitern.

Da sah er hinter einer Reihe brennender Säcke, die an einer Wand standen, einen Jungen.

Er stand an die Wand gepresst und war von Flammen eingeschlossen. Seine Hände schützend vors Gesicht haltend, konnte Simon nur seinen Mund sehen. Weit geöffnet, wie schreiend, in Todesangst.

Simon eilte zurück zur ersten Treppenstufe.

Er beugte sich zu Karen hinunter. „Geh vor! Wir treffen uns unten!“, rief er, ohne auf eine Antwort zu warten.

Er schob widerstrebend den Riegel auf. Pascal, Alex Moebus oder wie immer er nun hieß, durfte nicht noch einmal entkommen.

Eine Ankündigung

Lawrence musste sich eingestehen, dass ihm die Sache über den Kopf wuchs.

Zeit seines Lebens hatte ihm die Wissenschaft geholfen, seine Ängste zu besiegen. Sie hatte die dumpfen und unbestimmten Gefühle der Angst in die Freude über die Erkenntnis darüber verwandelt, dass alles halb so wild war. Aus Angst wurde Furcht. Diese konnte er dann mit gewonnenem Wissen überwinden. Er hatte sich bisher immer außenstehend gesehen, forschend, betrachtend.

Nun wurde er zum zweiten Mal auf direkte Art in das Geschehen hineingezogen.

Er knipste mit fahrigen Bewegungen die Taschenlampe an und versuchte, einen Überblick von seiner Umgebung zu gewinnen.

Als er von oben Karens Schreie hörte, atmete er zuerst erleichtert auf. Sie lebte also noch! Doch der panische Klang ihrer Stimme und die Kampfgeräusche im Hintergrund verhießen allerdings nichts Gutes. Alles klang verwaschen wie durch eine Röhre, und Lawrence hörte im Hintergrund ein Zischen, wie von einer Maschine. Die Zeit schien sich um ihn zu drehen.

Er begann, mit der Lampe nach der Treppe zu suchen, fand sie aber nicht. Überall hing der typisch süßliche Geruch der Pflanze in der Luft. Sie setzte ihre Aerosole und Sporen angesichts der Bedrohung in großen Mengen frei.

Lawrence ging weiter, und als der Lichtkegel der Taschenlampe die Wände erfasste, erkannte er verwitterten Beton. Am Boden davor lagen Scherben, und es war nass und modrig. Er drehte sich und sah im Strahl der Lampe seinen Namen in schnell an die Wand geschriebener roter Schrift. Daneben ein Kreuz mit dem heutigen Datum.

Lawrence schluckte, hielt die Lampe weg von der Inschrift. Er versuchte sich einzureden, dass ihm die Einbildung einen Streich spielen musste. Er wollte nach Karen schreien, es ging nicht.

Vor ihm tauchten die ersten Stufen der Treppe auf. Lähmende Angst beherrschte ihn. Als er weiter auf die Treppe zuging, begann seine Brust zu schmerzen. Lawrence stöhnte auf. Er bekam keine Luft mehr und sackte zu Boden. Seine Brust verengte sich.

Über sich hörte er Karen vor Angst laut schreien, und ein dumpfer lauter Schlag folgte. Angst stieg in ihm auf. Die Angst, dass er keine Erklärungen für all dies finden würde, wurde übermächtig. Sein Puls raste, er drückte sich an die Wand, rutschte mit dem Rücken daran herunter und machte sich so klein er konnte, in der Hoffnung alles könne so an ihm vorbeigehen.

Die Panik wollte ihm das Herz zerreißen. Wieder schwoll ein tiefes Brummen bis in den Infraschallbereich hinein an, lauter als er es jemals gehört hatte. Lawrence hielt sich vergeblich seine Ohren zu, als seine eigenen Angstschreie durch den Gang hallten.

Ein letzter Versuch

Wald bei Kranau

Breitbeinig, ein halbleeres Glas Wasser in der Hand und mit müdem Blick saß er auf den hölzernen Terrassendielen.

Das Atmen fiel ihm schwer, wie immer in dieser Jahreszeit. Er seufzte.

Natürlich traf auch ihn Schuld. Am Tod dieser jungen Frau, damals vor fast zweihundert Jahren. Amélie. Die Sache hatte ihm leidgetan. Es hätte wenig Sinn gemacht, ihrem Ehemann, der bereits dem Wahnsinn verfallen, in seinem Haus aufgetaucht war, die Wahrheit zu erzählen. Eine Wahrheit, die auch einem normalen Menschen unglaublich erschienen wäre.

Er hatte damals nur Mensch sein wollen. Leben wie alle anderen. Mit Freunden und einem halbwegs normalen Leben.

All die Dinge, die er damals in seinem Keller gesammelt hatte, sollten helfen, ihre Neugier an ihm zu wecken. Dass Amélie ungewollt die Kiste benutzte, hatte er doch nicht ahnen können. Den Ort, im Herz der Pflanze, der ihm damals zum Rückzug für den Verjüngungsprozess diente.

Viren, Genetik und Vererbung, was wusste er damals schon davon? Nichts.

Vor über hundertfünfzig Jahren hatte sich sein Zeitgenosse Charles Darwin noch nicht an die Öffentlichkeit gewandt. So wurde der Stoff, der ihn verjüngen sollte, für Amélie eine todbringende Krankheit.

Nach ihrem Tod, dem Brand des Hauses und seiner Flucht durch die Gänge im Keller, hatte er sich zurückgezogen. Er verkroch sich förmlich. Versuchte nur mit ihr, den Resten, die er aus ihren Wurzeln hatte gewinnen können, und einigen der Kinder, die im nahen Wald wuchsen, glücklich zu werden. Ein normales Leben war nur noch als Täuschung möglich.

Doch nun, da Alexander diesen Irrweg ging, musste er eingreifen. Über das Netz der Wurzeln im Boden sah er den Kampf, den sein Schützling gegen die Menschen und sich selbst führte.

Er sah diesen Wahnsinn, den er immer noch versuchte voranzutreiben.

Langsam erhob er sich und schlenderte den schmalen Weg zum Versteck. Einmal noch würde er sich hergeben. Versuchen, zu steuern. Zu retten, was zu retten möglich war.

Zunächst hatte er direkt in die Firma nach Grünau fahren wollen, doch das war ihm zu riskant. Man kannte ihn dort, würde Fragen stellen.

Also beschloss er, über einen Ableger mit den Schwestern zu kommunizieren. Das war etwas mühsam, aber sicherer.

Er schrieb Alex eine Mail und legte sich in das Bett aus Wurzeln im Garten.

Was er dann erfuhr, zwang ihn zu einer sofortigen Entscheidung.

Zeit und Raum

Karen wartete ungeduldig, den Blick hoch nach oben gerichtet. Hatte sie das richtig verstanden, er hatte gerufen, dass sie vorgehen solle? Was suchte er dort oben noch?

Sie beschloss zu warten, doch die Minuten vergingen. „Simon!“, rief sie in das schwach erleuchtete Loch in der Decke über ihr. Helle Schatten tanzten an den Wänden des Treppenhauses. Die Stahltür verbarg sich hinter einer Wand aus Rauch. Keine Antwort.

Als sie sich umsah, bemerkte sie ein diffuses Leuchten, das sich aus den Öffnungen in der Wand in das Stockwerk ergoss.

Es wurde offenbar nicht durch irgendeine Technik gespeist, es sein denn, dieser Technik ging in wenigen Sekunden der Strom aus. Es sah eher aus als käme das Leuchten aus einer extrem schwachen und diffusen natürlichen Quelle. Von Meerestieren, Glühwürmchen oder Algen hatte sie so etwas gehört.

Karen zückte ihr Handy, leuchtete in den Gang. Er zweigte in beide Richtungen ab, immer wieder von Türen unterbrochen.

Die Wände waren verdreckt, braune Schlieren, die in Bodennähe als Tropfen glänzend feucht herunterliefen, heizten ihre Phantasie an. Sie verzog angeekelt den Mund.

Zur Mitte des Stockwerks gab es auf dieser Seite keine sichtbaren Zugänge. Dies war so etwas wie ein sehr großer Block, der in sich abgeschlossen war.

Karen ging vorsichtig einige Schritte den Gang entlang. Sie versuchte, herumliegenden Glassplittern und aufgeweichten Stellen auszuweichen.

Sie überlegte gerade, ob sie versuchen sollte, eine dieser Türen zu öffnen, als sie ein Geräusch aufschrecken ließ. Es klang wie das Flattern eines Vogels oder das Herabfallen eines Stapels Papiere. Erschrocken drehte sie sich um. Vor ihr, nur ein paar Schritte entfernt, stand ein Mensch. Eine Frau. Still, bewegungslos und groß.

Karen wich zurück und tastete, ohne den Blick von der Frau zu lassen, nach der Wand, um Halt zu finden. „Was …“, stieß sie erschrocken aus und stolperte. Sie fing sich wieder. Der Anblick dieser Dame, denn nichts anderes war sie, verschlug ihr die Sprache. Den Kopf hoch erhoben, einen kleinen Hut auf dem eingerollt aufgesteckten Haar und die Taille eng eingeschnürt, so stand sie vor Karen. Das dunkle, samtartige Kleid fiel in keinen Falten über die Hüften und reichte bis zum Boden. Dort ragten schmale, Schuhe darunter hervor. Im engen Ausschnitt schmiegte sich ein Spitzenkragen an ihren Hals.

Karen sah sie an. Wartete auf einen Hinweis, der ihr helfen würde, diese Maskerade zu verstehen. Doch die Frau wandte nur kurz ihren Kopf und sah sie ruhig und ausdruckslos an. Karen hatte trotz oder gerade wegen ihrer Aufmachung das Gefühl, diese Frau zu kennen. Sie hatte sie zwar nie gesehen, doch die Vorstellung, die sie von ihr hatte, entsprach exakt dieser Erscheinung. Wenn sie ihr Gefühl nicht täuschte, fand hier gerade etwas Unglaubliches statt. Karen spürte, dass Dimensionen wie Zeit und Raum keinem Gesetz mehr folgten, sondern in diesem Augenblick eine eigene Welt schufen.

Die Fremde senkte ihren Kopf, und es schlich sich tatsächlich ein Lächeln auf ihren Mund. Ihr Arm hob sich, und ihr Finger deutete in den Gang, aus dem sie gekommen war. „Wenn du dich und deine Freunde retten willst, gehe dorthin“, forderte sie mit weicher, tiefer Stimme. „Sofort!“

Karen lief ein Schauer über den Rücken. Sie merkte, wie ihr Blutdruck fiel und ihr Kopf zu schmerzen begann. In ihren Ohren surrte es. „Wer bist du, und was erwartet mich dort?“, überwand sie sich zu antworten.

„Ein Auge“, kam sofort die Antwort, und die Frau drehte sich um und entfernte sich langsam im Gang. Ihre schmalen Schuhe schienen den verdreckten Boden unter ihr kaum zu berühren.

Karen musste sich entscheiden. Hörte sie auf ihr Gefühl, würde sie wahrscheinlich die Chance zu entkommen für immer vertun. Vertraute sie aber dieser Frau, fand sie vielleicht einen Weg, sich und Simon zu retten.

Sie warf einen letzten Blick in den Schacht über sich. Noch immer keine Spur von Simon. Dann folgte sie unsicher und mit gebührendem Abstand der Frau, die im Gang vor ihr verschwand. Einer Eingebung folgend, rief sie der Gestalt eine Frage nach: „Amélie?“

Das Trugbild

Simon betrat vorsichtig den Raum, auf einen plötzlichen Angriff von Alex gefasst. Der Anblick des Jungen machte ihn nervös und trieb ihn zum Handeln. Auch wenn er an einen Trick glaubte, konnte er sich dem Zwang zu helfen nicht entziehen.

Er suchte einen Feuerlöscher und fand einen an einem der Pfeiler der Kuppel hängend. Wollte er diesen Jungen retten, musste jetzt alles ganz schnell gehen.

Simon riss den Sicherungsstift von der Kappe des Feuerlöschers, drückte den Hebel und zielte mit dem Löschstrahl direkt ins Feuer vor dem Jungen.

Mit einem Zischen legte sich der Schaum über die Säcke, das Feuer erstarb.

Simon sah den verbrannten, schwarzen Torf glimmen und suchte nach dem Jungen.

Es musste sich verkrochen haben, denn nur sein dunkler Haarschopf war hinter dem Qualm, der an der Wand hochstieg, zu erkennen.

Als er sich bückte, um sicherzustellen, dass das Kind noch lebte, sah er, wie sich der kleine Kopf hob. Hasserfüllte Augen sahen ihn an, der Mund verzog sich zu einem Grinsen.

Simon wich zurück. Dieser Junge war eine Täuschung, nicht existent!

Karen fiel ihm wieder ein. War sie schon draußen? Mit dem Gefühl, wertvolle Zeit verloren zu haben, stolperte er rückwärts über Kabel und rutschte mit seinen Schuhen auf dem versprühten Löschschaum über den Boden.

Jemand war hinter ihm, packte seine Schultern, hielt ihn fest. Ein Griff wie im Schraubstock.

Er wurde mit aller Kraft zu Boden geschleudert. Die Schmerzen in seiner verletzten Schulter nahmen ihm den Atem, er stöhnte auf. Im Fallen sah er ihn dastehen. Mächtig, mit angriffslustiger Haltung. Alex!

Sein Gesicht war von Ruß verschmiert, seine Kleider angesengt, und er hielt ein Messer in der Hand. Die Klinge blitzte im Schein der Flammen, die sich am Boden ins Holz fraßen.

“Was willst du noch?“, schrie er und trat bedrohlich noch einen Schritt auf ihn zu.

Er strich sich mit fahrigen Bewegungen durchs Haar. „Du solltest doch sterben!“

Er trat mit dem Fuß gegen einen Eimer und baute sich vor Simon auf. Das Messer hob sich, und Simon sah den Wahnsinn in Alex‘ wütendem Blick. Er wollte zweifellos zustechen.

Wieder fiel ihm die Unterhaltung mit dem Therapeuten ein. „Du hast etwas übersehen“, enthüllte er mit ruhiger Stimme.

Die Angst vor dem vermeidbaren Ende ließ Alex für einen Moment in seiner Bewegung erstarren. „Was soll ich übersehen haben?“, fragte er mit der Andeutung eines Lächelns, in das sich leichte Verunsicherung gemischt hatte.

„Karen lebt! Du hast mich belogen! Sie konnte sich befreien. Sie und der Biologe wissen, dass ich hier bin.“ Simon schüttelte den Kopf. „Du wirst uns nicht alle töten können. Es muss einen anderen Weg geben.“

Alex atmete schnell. Kurz war er überrascht.

Er senkte das Messer. „Steh auf!“, befahl er mit tonloser Stimme. Als Simon sich langsam aufrichtete, stieß er einen ungeduldigen Laut aus. „Los! Beeil dich!“ Er deutete in den Raum und nickte. „Dahin, geh da rüber!“

Als sich Simon umdrehte, sah er die Flammen. In Alex arbeitete es.

Das Feuer hatte eine schwarze, verbrannte Spur auf dem Boden hinterlassen und scheinbar eines der Holzregale erfasst. Alex stieß ihn vor sich her, bis er direkt davor stand und die Hitze fast unerträglich wurde.

Simon hob abwehrend den Arm. Wollte er Rache und überlegte, ihn zu verbrennen?

Als Alex wieder das Messer hob, merkte Simon, wie seine Knie weich wurden. „Warte!“, rief er und schüttelte den Kopf. Die Schmerzen in der Schulter lösten sich in Nichts auf, das Messer vor seinem Gesicht wurde riesig. „Wir löschen zusammen! Ich will sie retten, genau wie du!" Simon sah zu den schaumüberzogenen Säcken mit Torf. „Du hast es doch selbst gesehen!"

Alex lachte auf, sein Gesicht bekam einen mitleidigen Ausdruck. „Nein!", stellte er mit kalter Stimme fest. „Ich kann Dir nicht mehr vertrauen. Du bist nur einem Trugbild gefolgt, das sie dir in ihrer Not eingepflanzt hat! Aber keine Angst, ich werde dir nichts tun, sondern es ihr überlassen." Er legte den Kopf schief und lächelte. „Mich kannst du vielleicht überreden, aber Pflanzen können bei Bedrohungen sehr emotionslos reagieren."

Er boxte gegen Simons Schulter, und ein Meer aus Schmerzen schlug über ihm zusammen. Taumelnd stolperte er in die Flammen und spürte die Hitze, als seine Kleidung Feuer fing.

Er schrie auf, als der Boden unter ihm einfach verschwand und er ins Nichts trat.

Unter dem Hügel

Karen hob ihre Taschenlampe, leuchtete in den Gang und sah, wie die Fremde zielstrebig in eine Richtung ging. Offenbar hatte sie es eilig, an einen bestimmten Ort zu kommen.

Karen folgte ihr, auch ohne eine Antwort auf die Frage nach ihrem Namen. Sie wusste ohne eine Bestätigung, dass die Gestalt nur Amélie sein konnte.

Die Unglückliche sah genauso aus, wie sie sich die Frau vorgestellt hatte, mit altmodischem Kleid und dem schmalen Gesicht. Selbst der melancholische Ausdruck in ihren Augen passte zu ihr.

Schon nach wenigen Schritten in dem Gang spürte Karen, dass etwas von der Decke auf ihr Haar tropfte.

Angeekelt richtete sie den Lichtkegel der Lampe nach oben.

Sie sah, dass die gesamte Decke mit feuchtem Schimmel bedeckt war und sich Teile des Putzes von der Decke lösten. Dunkle

Schlieren zogen sich über den weißen Putz. Auch der Boden war feucht und an manchen Stellen mit einer grünlichen Schicht bedeckt.

Karen ließ den Strahl ihrer Lampe über die Wände gleiten.

Sie sah, dass auf der linken Seite, dort, wo es wenige Türen gab, in regelmäßigen Abständen Gitter in die Wand eingelassen waren.

Sie hielt die Lampe nahe an die engen Stäbe und sah weiße, fadenförmige Wurzeln, die von innen an die Gitter gepresst wurden.

Manche davon schienen sich wie Schlangen zu bewegen. Wo es besonders dunkel war, sah sie, dass die Fäden das schwache diffuse Licht produzierten, das sie bereits beim ersten Betreten des Stockwerks wahrgenommen hatte.

Amélie blieb abrupt stehen. Waren sie am Ziel angekommen?

Karen sah, wie sich die Frau dicht an die Wand stellte, einen Augenblick verharrte, ihre Hand auf etwas legte und sie erwartungsvoll ansah.

Karen ging auf sie zu und sah eine Kante, auf der Amélies Finger lagen. Dahinter ein Vorsprung, eine Vertiefung. „Leg Deine Hand auf meine", forderte sie Karen auf.

Sie scheute davor zurück, legte dann aber doch ihre Hand auf Amélies kalte. Kurz widerstand sie dem Gefühl, sie wieder zurückzuziehen und drückte fest zu.

Etwas bewegte sich.

Die Frau trat zur Seite, und jetzt sah Karen, dass sich eine Tür geöffnet hatte.

Sie sah auch den entschlossenen Ausdruck in Amélies Blick. „Ich existiere in dieser Form nur durch dich", sagte die Frau, „Deshalb können wir nur gemeinsam etwas bewirken."

Hinter der Tür leuchtete es, schwach und von einer nicht erklärbaren Farbe.

Karen ging näher heran, entdeckte dahinter einen Gang, halbrund wie ein Stollen. Wurzeln, die einen Weg dort hereingefunden hatten und nun von der Decke hingen, glänzten feucht. Von ihnen musste dieses unwirkliche Licht ausgehen.

Karen überlegte. Diese Seite des Hauses war dem Hügel zugewandt, und sie waren schon viel weiter gegangen, als die Dimensionen des Hauses es zuließen. Also musste dies der Eingang in einen Bereich sein, der unter dem Hügel lag.

Amélie drehte sich um und verschwand hinter dem Eingang.

Karen folgte ihr und gelangte in einen Stollen. Breiteren Abschnitten folgten Verengungen, um dann wieder weiter zu werden, fast wie das Innere eines Darms.

Karen überlegte, ob es wirklich klug war, ihr zu folgen.

Da sah sie, wie die Gestalt ein Stück weiter in einer Biegung verschwand. Sie biss sich auf die Lippe. Verlor sie die Frau, hatte sie nichts mehr. Keinen Hinweis und keine Verbündete. Also setzte sie sich in Bewegung.

Als sie an die Biegung kam, hinter der Amélie verschwunden war, hörte sie ein Rauschen, wie von einem weit entfernten Wasserfall, stetig und ohne Pause.

Auf dem Boden kreuzten ab und zu rissige Rohre den Weg. Da Wasser aus ihnen rann, wurde der Weg glitschig. Karen ging vorsichtig weiter. Das Rauschen des Wassers und die strömende kalte Luft erzeugten ein unheimliches Geräusch.

Sie kam zu einer Tür.

Einen kurzen Augenblick lang fürchtete sie, sie sei verschlossen. Doch als sie ihre Hand dagegen drückte, merkte sie, dass sie nachgab.

Bei ihrem ersten Schritt aus dem halbdunklen Gang in das Licht kniff sie unwillkürlich geblendet ihre Augen zusammen.

Sie sah sich um, gespannt und auf alles gefasst.

Dieser hohe Raum war angelegt wie ein kleiner, runder Palast. Ein Gewölbe mit bemalter Decke.

Steinsäulen trugen die gebogenen Hölzer über ihr und bildeten kleine Nischen. Er maß etwa sechs auf sechs Meter. Das Licht einiger elektrischer Leuchten schuf eine geheimnisvolle Atmosphäre.

Sie ging ein Stück, blieb dann aber vor den Säulen stehen.

Jede von ihnen sah anders aus, in ihrer Form und auch der Breite. Über ihr wurden sie von Wurzeln umschlossen.

Karen ging näher heran. Das merkwürdige Muster, mit dem sie verziert waren, fiel ihr auf, gerade und gebogene Zeichen.

Sie bückte sich, um alles näher ansehen zu können.

Da waren Buchstaben, Namen, eingemeißelt in die Oberfläche. Darunter Zahlen, Daten. 1769. Alte Grabsteine! Zweckentfremdet, sorgfältig aufgesetzt zu Säulen!

Karen wich erschrocken zurück. Sie konnte nicht anders, als die Gebilde angewidert anzustarren. Sie befanden sich direkt unter dem alten Friedhof.

Ein Schauer lief über ihren Rücken, und ihr wurde schwindlig. Ein unbekannter Baumeister hatte die Grabsteine als Baumaterial verwendet.

Der Drang, diesen Ort sofort zu verlassen, wurde übermächtig.

Die Tische in der Mitte des Raums fielen ihr auf. Sie waren im Quadrat auf den Fußboden aufgestellt worden. Darauf standen Dinge, merkwürdig und ohne dass man sofort erkannte, wofür man sie gebrauchen konnte.

Karen ging langsam näher heran und sah sich das erste an.

Altmodisch, ging ihr sofort durch den Kopf, als sie die verrosteten Gelenke an den Metallstangen sah, und irgendwie sinnlos. An den Enden der Stangen waren Schläuche in kleine Halterungen geschoben.

Sie ging weiter und bekam das Gefühl, schon einmal hier gewesen zu sein.

Auf dem nächsten Tisch war ein Apparat aus Metall abgestellt, und sie las auf der Vorderseite in einer altmodischen Schrift ein Wort. HÖCHSTWAHRSCHEINLICH.

Sie legte ihren Zeigefinger auf das Glas davor, und ein Schauer lief ihr über den Rücken.

Als Karen weiterging und vor der Holzkiste mit Verzierungen stand, wunderte sie sich nicht.

Dies war Jordans Keller, und in diesem Schrein, der wie beiläufig dort vor ihr thronte, wurde Amélie vor vielen Jahren die Lebenskraft gestohlen.

Karen registrierte eine Bewegung, und sie fuhr erschrocken herum, als das blasse Gesicht der Frau aus einer dunklen Ecke auftauchte. Ihr Blick war weich und ruhig, als sie mit ihrer hellen Hand zärtlich über das alte Holz strich. „Geh hinein", hauchte sie, fast ohne die Lippen zu bewegen. „Sie wird dein Auge sein."

Karen stolperte einige Schritte zurück. „Nein!", presste sie heraus und sah nach der Tür, durch die sie gekommen war. „Nein!", wiederholte sie.

Als die Frau wieder sprach, war es, als veränderten die Wände des Raums den Klang ihrer Stimme. „Es gibt für dich nur den Weg des Vertrauens. Oder du erlebst das Ende!"

Sicher, dies alles war so unwirklich wie auch bizarr. Aber es war sicherlich dieses Wort, das Karen für einen Augenblick in die Wirklichkeit zurückholte. Ende.

Sie erschrak. Hatte sie sich doch in ihr getäuscht? Würde Amélie sie jetzt töten? Wieso gab es hier zwei Kräfte, die offenbar gegeneinander arbeiteten?

Karen sog die Luft tief ein, stieß einen schnellen Atemzug aus und kniete sich auf den Erdboden. Ihr Herz pochte hart gegen die Brust. Dies war vielleicht die letzte Chance, die sich ihr bot, Marc zu helfen. Wenn aber Alexander Moebus hier eine Falle für sie vorbereitet hatte, war alles zu Ende.

Der Schrein war schon geöffnet, Karen sah an der oberen Kante eine Schiene, die als Führung für die verschobene Holzwand diente.

Sie versuchte, den ansteigenden Puls zu ignorieren. “Für Marc“, sagte sie bestimmt und steckte ihren Kopf in die Öffnung.

Als sie ganz drinnen war, schloss sich hinter ihr lautlos der Zugang. Verblüfft schrie sie auf, fühlte die Enge des Raumes, als ihre Hände nach der Öffnung tasteten.

Es war dunkel, tiefschwarz. Karen atmete schnell, strich über die Wände und spürte Verästelungen unter ihren Knien. Mit ihren Händen fühlte sie ineinander verschlungene Wurzeln, die wie ein Nest auf dem Boden ausgebreitet waren.

Karen legte sich flach darauf und schloss ihre Augen, als sich die Wurzeln wie nackte Arme langsam um sie schlangen.

Plötzlich war da etwas Fremdes, Körperliches. Etwas lud sie ein. Es schmiegte sich an, umschloss sie und nahm sie mit.

Das Grab

Mit den Armen Halt suchend rutschte Simon abwärts. Über sich hörte er Alex rufen. „Jetzt landest du auf Tinas Platz!“

Der Aufprall war sanft, fast weich.

Simon stöhnte auf, schlug nach dem Feuer auf seiner Kleidung und riss sich den versengten Stoff vom Körper.

Als etwas Staubiges an die verbrannte Haut seiner Beine kam, ließ der Schmerz sofort nach. „Verdammt!“, murmelte er, als eine harte Kante gegen seinen Arm stieß. Tastend versuchte er, sich aufzusetzen und im Dunkeln etwas zu erkennen.

Unter ihm waren dünne Äste, dazwischen kühle Erde. Er wollte aufstehen, aber als er über seine Beine tastete, merkte er, wie schwer ihm jede Bewegung fiel. Es roch feucht und modrig, und ihm wurde klar, dass er in einer Grube lag. Ein Grab?

Er schlug in Panik um sich, rutschte tiefer und merkte, wie die Äste unter ihm in Bewegung gerieten. Langsam aber stetig passten sie sich seinem Körper an.

Simon hatte das Gefühl, als versuchten sie, sich um seine Beine zu wickeln. Er wollte gleichzeitig schreien, rufen und treten, merkte aber, dass nichts ging.

Neben ihm knisterte es, etwas kitzelte seine Handflächen. *Wurzeln! Das sind Wurzeln!,* dachte er mit klopfendem Herzen und merkte, wie sie sich langsam drehend um seine Arme wickelten. Der Stoff seines Shirts wurde bewegt, die winzigen Fäden suchten einen Weg zu seiner Haut, drangen ohne Widerstand in sie ein.

Simon begann zu schwitzen. Er spürte Stiche wie von Insekten, fast, als wolle ihn eine Armee winziger Biester aussaugen. *Nein!,* schrie jede Faser in ihm, und er versuchte vergeblich, seine Arme wegzureißen, sich zu drehen, zu entziehen. Nichts schien mehr zu helfen!

Er atmete flach, hatte nicht mehr die Kraft, seine Augen zu schließen, als er spürte, dass sie über seine Lider krochen. Ein filigraner Kokon, der ihn wie Spinnweben umschloss, wurde immer dichter, fester und widerstandsfähiger.

Über ihm bewegte sich etwas, ein Lichtstrahl berührte ihn, erhellte etwas das Dunkel.

Ein Gesicht schob sich in den rechteckigen Ausschnitt. Eine Frau, die ihn hierher geführt hatte und die seinen Beschützerinstinkt geweckt hatte. Mitleidig sah sie auf ihn herunter. Ein wunderschönes Gesicht. Die noch namenlose Gestalt sah auf ihn herab und hatte Tränen in den Augen.

Er bekam keine Luft mehr, keuchte.

Sie warf eine Blume zum Abschied auf ihn herab, dann verschwand sie aus seinem Gesichtsfeld.

Er versuchte noch einmal, nach Karen zu rufen, aber seine Stimme gehorchte noch immer nicht. Er verlor das Bewusstsein.

Ein phantastisches Auge

Karen konnte die Wurzeln unter sich spüren, hatte aber trotzdem das Gefühl, auf einer weichen Decke zu liegen.

Sie beruhigte sich langsam, nachdem sie die heftigen Symptome vermisste, die sie beim letzten Kontakt in Simons Kiste fast getötet hätten.

Und nun? Eine Kraft, die das Leben innerhalb kürzester Zeit raubte, schien hier nicht zu existieren. Im Gegenteil, Karen merkte, als sie sich niedergelegt hatte, dass sich eine Ruhe und Zuversicht auf sie legte.

Sie schloss ihre Augen, gab sich ganz den sanften, schaukelnden Berührungen der Wurzeln hin.

Aus der Schwärze ihres Bewusstseins tauchte plötzlich einer der Gänge des Gebäudes auf. Karen kannte ihn, sie war gerade Amélie darin gefolgt.

Jetzt blickte sie jedoch in die andere Richtung zur Treppe hin. Das Bild des Gangs verschwamm, veränderte sich.

Ihr Blick wurde auf eine besondere Art und Weise unscharf, nicht räumlich, eher in der Zeit. Es war, als blätterten viele Bilder übereinander, und Karen konnte sich erst nach einiger Zeit orientieren, indem sie die Informationsflut, die direkt in ihr Gehirn traf, aktiv beschränkte und eine Auswahl traf.

Jetzt sah sie das Haus von außen, so, als würde sie auf der Wiese davor stehen.

Es war dunkel, und in den Lichtern der Taschenlampen der Beamten formierte sich ein riesiger Schwarm Vögel. Er flog gerade einen Angriff auf zwei Polizisten, die laut schreiend um sich schlugen. Karen wunderte sich nicht. Ihnen bei ihrem Kampf zusehen zu können, erschien ihr ganz natürlich. Sie versuchte, sich zu konzentrieren, sie wollte nicht gehen, nicht ohne Simon.

Amélies Stimme drängte sich vor. *Suche Alex!*

Karen versuchte, ganz groß auszuholen, um zu sehen, wie weit das Auge sehen konnte, raus aus Grünau. Aber je weiter sie ging, desto unschärfer wurden die Bilder. Sie waren nun räumlich und zeitlich unscharf.

Also beschloss sie, zurückzukehren. Noch einmal wurde alles undeutlich. Als sich Karens Blick klärte, war sie wieder oben unter der Pflanzenkuppel.

Das Feuer war weitgehend gelöscht, nur kleine Glutnester rauchten. Auch das Glasdach war wieder sichtbar, denn Alex hatte es an einigen Stellen geöffnet, um den Rauch aus dem Haus zu lassen.

Karen nahm sich vor, erst nach Simon zu suchen. Mit Herzklopfen dachte sie an die Möglichkeit, dass er die Flucht aus dem obersten Stockwerk nicht geschafft haben könnte, dass er neben Tinas Leiche lag.

Dann bemerkte sie Alexander Moebus, der die Treppe, die noch kurz zuvor verschwunden zu sein schien, heruntereilte. Sie sah gerade noch seinen Rücken, als sich Amélies Stimme wieder einschaltete. *Sieh dir genau an, was er tut!* riet sie eindringlich. *Konzentrier dich und verlier ihn nicht!*

Karen versuchte es.

Mit aller Kraft stellte sie sich vor, ihm zu folgen, und befand sich unvermittelt ein Stockwerk tiefer bei Alex. Sie sah, wie er sich einer der vielen Türen näherte. Seine Finger betätigten ein Zahlenschloss. Eine vierstellige Nummer, 8804. Karen merkte sich die Zahl, als das Schloss mit einem Knacken aufsprang.

Der Raum sah aus wie eine Steuerzentrale und ein Labor gleichzeitig. Der Monitor eines Rechners flimmerte.

Karen sah, wie sich schnell verschiedene Programme öffneten.

Alex tippte etwas ein und verschwand, nachdem er die Tür wieder geschlossen hatte.

Vaterfigur

Es war plötzlich still. Sehr still.

Die Schläge über ihm waren verklungen, und die Polizei hatte sich zurückgezogen.

Lawrence sah sich um, drückte sich aber immer noch in die Ecke, in der er sich versteckt hatte. Er hatte schreckliche Kopfschmerzen, und sein Bein tat weh. Wie sicher war es überhaupt, dass Karen noch am Leben war?

Unschlüssig kam er auf die Füße, ging schleppend einige Schritte auf die Wendeltreppe zu. Es roch verbrannt.

Er wusste, wenn er Karen finden wollte, musste er ins nächste Stockwerk. Doch was hatte er, um sich zu verteidigen? Seine Krücken hatte er draußen auf der Flucht vor den Tieren verloren, und was hätten sie auch schon genutzt?

Lawrence suchte in seinen Taschen, zog ein Seziermesser hervor. Natürlich wusste er, dass er damit keine Chance haben würde, sich gegen aufgebrachte Tiere oder diesen verrückten Luis zu wehren. Aber es vermittelte so etwas wie Sicherheit, das Messer in der Hand zu halten, auch wenn sie vor Angst zitterte.

Als er zögernd die Treppe hochstieg, bewegte sich etwas am Rand der obersten Stufe. Beobachtete ihn jemand von dort? Trieb sich Luis dort oben herum oder sogar etwas, das er trotz aller Wissenschaft nicht verstehen konnte?

Er ging die nächste Stufe hoch in die Dunkelheit und merkte, wie etwas unter seinen Schuhen knackte. Es hörte sich an, als würde ein dünnes Stück Glas zerbrechen.

Lawrence zuckte zusammen, horchte auf jemanden, der oberhalb der Treppe auf ihn wartete. Schließlich, noch eine Stufe höher, meinte er, einen Schatten bemerkt zu haben, oben, am Ende der Treppe.

Ihm fiel wieder die Ankündigung ein, die er unten an der Wand gelesen hatte. Die, die seinen Tod prophezeit hatte. Wie würde er sterben? Und was würden die, die ihn fanden, denken?

Mit der nächsten Stufe hatte er fast die halbe Höhe ins mittlere Stockwerk erreicht. Er hörte eine Stimme. Hart und rau. Die Stimme eines Mannes. „Stevie! Komm zu mir! Beeil dich!"

Nein, das kann nicht sein! Nicht hier und nicht jetzt!

Er kannte diese Stimme, hatte sie Millionen Mal gehört! Vorwürfe drangen in seinen Kopf, verdrängte und weggeschlossene Worte.

Einen kurzen Augenblick lang sah er den Sarg. Überdachte noch einmal die Entscheidung, die er damals getroffen hatte. Nicht bis zum Grab zu gehen. Ihm diesen Gefallen nicht zu tun. Egal, wie sehr er mit seiner Krankheit bis zu seinem Tod gelitten hatte.

Lawrence versuchte, seine Angst zu überwinden, sich auf Karen zu konzentrieren. Er musste sie finden, egal, was sich ihm in den Weg stellte!

Dann roch er etwas. Es war in der Luft! Verbrannt und doch irgendwie vertraut.

Ein dumpfer Tritt, als ob ein Mensch schwerfällig von oben auf die Treppe trat.

Nein, komm nicht runter! Seine Angst schwoll wieder an und erzeugte den Wunsch, einfach wegzurennen.

Aber Lawrence schob sich eine Stufe höher, voller Angst und mit gezücktem Messer.

Er musste wissen, was da so unglaublich roch, so sehr nach seiner Kindheit. Und er hatte gleichzeitig Angst davor, diesen Menschen zu sehen, der dort oben auf ihn wartete.

Zwei weitere dumpfe Tritte, und die Gestalt wurde jetzt sichtbar, näherte sich langsam, seltsam schwankend.

Das Licht reichte aus, um den breitkrempigen Hut zu sehen, der zu der Gestalt gehörte, die sich zwei Stufen über ihm aus dem Dunkel löste. Er war es tatsächlich, so groß und selbstsicher, wie er ihn in Erinnerung hatte. Die Zigarette, die ihm mitten im Gesicht steckte, glimmte auf, als er einen Zug nahm.

Unwillkürlich hob Lawrence das Messer und ließ es doch wieder sinken. *Dieser würzige Geruch!*, ging es ihm durch den Kopf, und er konnte nicht aufhören, diesen Mann anzusehen.

Doch all das, was ihm früher vertraut gewesen war, der Mann und sein Geruch, waren nun der blanke Horror.

Lawrence wusste, um nach oben zu kommen, musste er an ihm vorbei, und die Angst, dass er wieder anfing zu sprechen, wurde fast übermächtig.

Der große Mann schaute abschätzend von oben auf ihn herunter, er baute sich vor ihm auf, streckte sich und stemmte seine Hände in die Hüften. Seine heruntergebrannte Zigarette schnippte er ihm achtlos vor die Füße.

Als sie eine Leuchtspur hinter sich ziehend nach unten fiel, konnte Lawrence nicht anders, als ihr nachzusehen, bis sie im Nichts verschwand. Schwindel überkam ihn.

Sein Vater war tot, lange schon. Sie hatten sich zum Schluss nicht viel zu sagen gehabt und wenn doch, dann im Streit. Es ging immer irgendwie darum, dass er der Meinung war, dass er, Steve Lawrence, seinen Ansprüchen nicht genügte.

Die rasselnde Stimme über ihm ließ Lawrences Kopf hochschnellen. „Warum hast du Feigling dich vor meiner Beerdigung gedrückt? *Fucking bastard*!“

Lawrence spürte, wie sich eine Leere in seinem Gehirn ausbreitete. „Dad!“, flüsterte er ungläubig und sah, wie der Mann vor ihm seinen breiten Schädel schief hielt. Er schob seinen Hut hoch in die Stirn, kratzte sich am Kopf und kam zwei weitere Stufen zu ihm herunter.

Lawrence fühlte sich wie betäubt. Ein Schleier aus Tränen vernebelte seine Sicht.

Er streckte seine Hand aus und war kurz davor, diesen Dad, der nun vor ihm stand, zu berühren. Fast, als wolle er sich versichern, dass er nicht da war. Nicht da sein *konnte*.

Doch was würde passieren, wenn er nicht einfach durch ihn hindurchgreifen konnte, sondern tatsächlich einen Menschen berührte? Er hatte plötzlich Angst davor, dass ihm wissenschaftlich unerklärliche Dinge real erscheinen könnten und damit seiner auf Erkenntnis beruhenden Sicherheit den Boden entziehen würden. Er zwang sich, seinen Blick abzuwenden und richtete den Strahl seiner Lampe bewusst zur Seite. Mit klammem Gefühl stieg er die letzten Stufen hoch. Die Sekunden, die er benötigte, dehnten sich endlos.

Noch eine Stufe! Kurz roch er noch einmal intensiv den Rauch, dann war er oben. *Nur nicht umdrehen*, dachte er, als er endlich den Gang erreichte.

„Wann kann ich endlich *dein* verdammtes Grab besuchen, Steve?“, hörte er einen bellenden Ruf unter sich. Ein krachendes Husten folgte. „Ich pisse darauf!“

Eine unerwartete Rückkehr

Karen konzentrierte sich. Nachdem sie Alex gefolgt war und den kleinen Raum verlassen hatte, wollte sie seine Spur auf keinen Fall verlieren. Dabei hoffte sie, Simon zu finden.

Tatsächlich sah sie nun, wie er die Tür zum obersten Stockwerk öffnete und sich umsah.

Hier brannte es nur noch an wenigen Stellen. Offenbar hatte Moebus durch seine Aktion am Rechner den Strom wieder eingeschaltet und einen Teil der Sprinkleranlage in Betrieb gesetzt.

Die wenigen Flammen, die noch zu sehen waren, löschte er rasch mit einem Feuerlöscher. Nun füllte sich der Raum mit beißendem Qualm.

Karen sah sich um, suchte das Gewächshaus ab, langsam und Stück für Stück. Die Pflanzen waren etwa zu einem guten Viertel verbrannt oder schwer beschädigt.

Ihr Blick streifte Teile des Holzbodens. Manches war hier so verbrannt, dass man nicht erkennen konnte, was die verkohlten Stücke darauf einmal gewesen waren. Von Simon keine Spur.

Sie wollte gerade aufgeben und überlegte, wie sie in ihren Körper zurückkehren könnte, als etwas ihre Aufmerksamkeit erregte. Kurz warf sie einen prüfenden Blick auf Alex, der, über Reste seiner Pflanzen gebeugt, scheinbar mit sich selbst sprach, und näherte sich ihm.

Er fluchte und trat gegen ein angekohltes Stück Holz. Es rutschte ein Stück über den Boden und fiel in ein Loch, das aussah, als hätte der Boden darum in Flammen gestanden. Die verbrannten Kanten waren herausgebrochen, und man konnte in das Stockwerk darunter sehen. Alex schaute in die Tiefe und schüttelte den Kopf.

Karen folgte seinem Blick und kroch im Geiste durch das Loch, als sie plötzlich etwas sah. Bewegungen, gleichförmig und langsam.

Unter ihr bewegte sich der Arm eines Menschen. Oder wurde vielmehr bewegt, von Bündeln dicker Wurzeln, die ihn hoben und wieder senkten. Der menschliche Körperteil wirkte gespenstisch leblos.

Sie kam näher, versuchte, genauer hinzusehen, und entdeckte, dass der Körper in ein filigranes Netz dünner, fadenähnlicher Wurzeln eingewoben war.

Das Bett aus Erde und Wurzeln, in dem sich der tote Körper befand, war nichts anderes als ein Grab. Simons Grab.

Karen schreckte zurück, alles verschwand. Ein Schrei suchte nach einem Weg, wurde absorbiert.

Hilfe, schrie sie in Gedanken und versuchte, sich zu bewegen.

Doch nur ihr Geist war dazu fähig. Sie selbst lag ja, wie in Trance, auf diesem Bett aus Wurzeln, das Amélie ihr gezeigt hatte und die sie plötzlich neben sich spürte.

Ohne es zu wollen, war sie zurückgekehrt, und sah ihren eigenen Körper regungslos vor sich liegen.

Dann änderte sich plötzlich etwas.

Es war, als liefe eine Gestalt einen langen Gang entlang, und sie konnte mit ihren Augen sehen, wie sie auf eine Tür zuging, sie öffnete.

Durch sie sehend, betrat sie einen erleuchteten Raum, sah altmodische Kisten und Maschinen und erschrak, als sie erkannte, was das bedeutete. Dieser Fremde musste hier sein, ganz in ihrer Nähe.

Die Gestalt bewegte sich unsicher und suchte mit Blicken den Raum ab. Schließlich blieb sie stehen, schwer atmend. Es war der Atem eines Mannes. Und er hatte gefunden, was er suchte.

Karen versuchte, sich zu lösen, an sich selbst herunterzusehen. So hoffte sie, mehr über diesen Mann, der keine zwei Meter entfernt vor ihr stehen musste, erfahren zu können.

Zuerst fiel ihr Blick auf schwarze, mit Erde verschmutzte Männerschuhe. Dann zwang sie sich hochzusehen, über eine Anzughose und das Jackett zu einer Krawatte.

Businesskleidung. Allerdings musste diesem Mann vor kurzem einiges passiert sein. Der Stoff war zerrissen, und an der Jacke hingen abgerissene Blätter. Er stank! Und er hatte sein Augenmerk jetzt nur noch auf eines gerichtet. Die Kiste. *Ihre* Kiste.

Langsam ging er davor in die Hocke, suchte mit seinem Blick nach einem Mechanismus. Seine Augen tasteten die Holzflächen ab, und seine Hand glitt prüfend über das Holz.

Karen versuchte, in ihren Körper zurückzukommen, begann zu zittern und um sich zu schlagen. Sie hatte das Gefühl, keine Luft mehr zu bekommen, und schrie wie eine Besessene, ohne dass ein Laut über ihre Lippen kam, fast als wäre sie unter Wasser.

Doch sie gab nicht auf. Egal wie, sie musste zurück in ihren Körper schlüpfen und verschwinden. Schnell genug, um nicht von diesem Mann gefunden zu werden.

Sie schaffte es endlich, eine Hand zu heben, dann erstarrte sie. Wenn sie versuchte, ruhig zu bleiben, gab er vielleicht auf.

Da plötzlich zerplatzten ihre Hoffnungen. Die Holzwand glitt ohne einen Laut zur Seite. Durch die Augen des anderen sah sie sich selbst auf dem Wurzelbett liegen, hilflos, schlafend.

Der massige Körper des Fremden schob sich durch die enge Öffnung. Er schnaufte auf. „Karen, was tust du hier, verdammt nochmal?“

Bewegung kam in sie, endlich! Wie eine Ertrinkende holte sie schnappend Luft, riss ihre Augen auf und schlug mit ihren Armen.

Einen kurzen Moment lang sah sie sein Gesicht, diesen gierigen Blick, den blutverschmierten Mund. *André!*

Sein rechtes Auge war unförmig zugeschwollen, ein tiefer Riss verlief quer über seine Wange, und seine Oberlippe wies einen breiten Spalt auf. Andrés Blut tropfte ihr ins Gesicht.

Sie spannte ihre Unterarme an und versuchte, sich wegzuschieben.

Doch schnell war seine Hand bei ihr, berührte sanft ihre Wangen. “Karen“, gurgelte er, „sag schon, wieso bist du hier?“ Beim Reden wuchsen durchsichtige Flüssigkeitsblasen an seinem entstellten Mund, und er spuckte Blutströpfchen. „Ich hatte dich doch gewarnt. Verdammt, jetzt geht alles den Bach runter!“

Er streichelt ihre Wange, und sie drehte ihren Kopf weg. Dabei sah sie das Messer. Er hielt es fest in seiner Hand.

„Pass auf, wir werden hier zusammenbleiben, und es ist Schluss mit deinen Eskapaden. Du und ich, wir werden uns verstehen, ist das klar?“ Sein Ton wechselte ständig zwischen sanft und zornig.

Er legte das Messer auf ihre Brust, strich mit der Spitze durch den Stoff. Karen sah ihn nun aus beiden Perspektiven und wunderte sich nicht darüber, wie das sein konnte.

“Denk nicht mehr an Marc, er ist Vergangenheit. Jetzt werde ich dich beschützen!“

Karen versuchte, zu schreien. War es das Entsetzen über Andrés Worte, die nichts anderes als Marcs Tod bedeuten konnten, oder die Erwartung dessen, was dieser Mann mit ihr vorhatte.

Sie schaffte es nicht, brachte kein Wort heraus. Dieses Monster log, um sie zu schwächen, beschloss sie. Wütend und schreiend über ihre Bewegungslosigkeit, schlug sie um sich, ohne sich zu bewegen.

André beugte sein Gesicht über ihres. Sie sah seine toten, glasigen Augen. Das linke Ohr war gespalten.

Er küsste sie, und ihre Augen weiteten sich vor Entsetzen. „Vertraue mir, es gibt nur diesen einen Weg zu mir“, flüsterte er.

Dann nahm er das Messer, hob es an und holte aus.

Wer manipuliert wen?

Lawrence humpelte den halbdunklen Gang entlang und versuchte, sich ein Bild von der Lage zu machen.

Karen konnte auf diesem oder dem oberen Stockwerk sein, keine Ahnung. Aber er wollte im Moment keine der Treppen benutzen, nicht nach dem Erlebnis mit seinem Vater.

Er beschloss, zunächst alle Türen durchzuprobieren. So viele waren es nicht, er würde sie schnell gefunden haben.

Doch als er in den Gang blickte, kam es ihm vor, als habe sich dieser verlängert. Wie zwischen zwei Spiegeln, die zusammengeklappt wurden, dehnte sich der Raum aus.

Im Kern des Gebäudes, gegenüber den Türen, war überall hinter Sichtfenstern Wurzelwerk zu sehen, das in der Dunkelheit leicht fluoreszierte. Es erinnerte ihn an ein Bild von Neuronen und Synapsen in einem Gehirn. Sich entladende Energie bei der Arbeit.

Dieser Luis, angeblich der Enkel des Therapeuten aus Karens Schilderungen, war offenbar ein anderer, als er vorgab. Nachdem er sie eingesperrt hatte, war klar, dass er hier in der Gärtnerei eine zwielichtige Rolle spielte und sicher nicht auf Besuch bei seinem Großvater in Kranau war. Vermutlich war er der vermisste Alexander Moebus. Aber was sollte das Versteckspiel mit Identitäten? Hatte er mit der Pflanze experimentiert und ein Monster erschaffen? Offenbar war er selbst ein Teil davon geworden. Wer hier wen steuerte, war Lawrence unklar. Nur dass diese Symbiose fatale Folgen für andere hatte, war nicht zu leugnen.

Dieses Wesen aus Mensch und Pflanze gaukelte Menschen etwas vor und manipulierte sie damit. Vermutlich hatte es auch keine Hemmungen zu töten.

Ein Schrei riss ihn aus seinen Überlegungen heraus, er konnte nur von Karen stammen. Verzweifelt und wie unter Schmerzen ausgestoßen, hallte es durch den Gang.

Schnell schätzte er Richtung und Entfernung ab und lief los.

Eine Minute später hörte er einen zweiten Schrei.

Physische Gewalt

Karen öffnete ihren Mund, entsetzt und in Todesangst. Plötzlich konnte sie schreien und tat dies, so laut sie konnte. „André!", rief sie. „Nein, du bist tot!"

Er zögerte kurz, und Karen nutzte den Augenblick sofort.

Sie rollte vom Pflanzenbett herunter und versuchte, auf dem rutschigen Boden Halt zu finden. „Tot!", wiederholte sie, wie um ihn daran zu erinnern, dass er nicht hier sein konnte. Daran, dass sein Körper nicht mehr existierte.

André hob den Kopf, sah sie hasserfüllt an. Seine Bewegungen waren holzig und ungelenk. „Wieso kannst du mir nicht ein einziges Mal vertrauen, ist das so schwer?", schrie er. „Ich hab langsam die Schnauze voll von deinen Spielchen!"

Er richtete sich schwankend auf, wälzte sich schwerfällig über die Wurzeln auf ihre Seite, griff nach ihr.

Karen war noch viel zu benommen, um ihm auszuweichen, der Überraschungseffekt war vorüber.

Seine Hand packte zu, riss ihren Arm weg, und Karen spürte, wie er sie mit unbändiger Kraft an sich zog und sein Gesicht ihres berührte. „Ich werde Dir jetzt zeigen, wie das geht!", schnaufte er und schleuderte sie zu Boden.

Karen fiel weich, die Wurzeln federten ihren Sturz ab. Sie sah nach André, der jetzt mit seinem Fuß ausholte, und spürte eine Sekunde später den Tritt an ihrer Wange. „Du verdammte Hure treibst es mit jedem und glaubst, mit mir spielen zu können?"

Er trat wieder und traf diesmal ihre Hüfte. Ihre Umhängetasche dämpfte die Wucht ab. Trotzdem schrie sie laut auf und hob die Hände. Sie musste versuchen, ihn zu beruhigen.

„André, lass uns reden", rief sie. Ihr Herz wollte vor Aufregung zerspringen. „Marc ist nicht tot", sie begann zu weinen, „das sind keine Spielchen!"

Er sah sie an und nestelte am Reißverschluss seiner Hose. „Keine Spielchen? Zeig mir jetzt, was du für mich empfindest. Dann werden wir ja sehen.“

Er bückte sich, schob sich auf sie und drückte sie mit seinem Körpergewicht nach unten. Karen begann zu röcheln. Schnaufend versuchte sie, ihre Arme unter ihm herauszuziehen.

Insektenhammer

Lawrence spürte, wie sich die Härchen an seinen Armen aufstellten „Karen!“, brüllte er.

Beim Versuch, sich zu beeilen, kam er ins Stolpern, aber er lief hastig weiter.

Er versuchte gerade, seine blühende Vorstellung hoffnungsloser Situationen zu bemühen, als sich neben ihm eine der Türen öffnete, langsam und lautlos.

Im Grunde war er auf alles gefasst. Trotzdem erstaunte ihn die junge Frau, die nun aus dem dunklen Zimmer in den Gang trat. Gekleidet wie eine Puppe aus einem Museum.

Emotionslos und mit leblosem Blick sah sie Lawrence an und ging ruhig und ohne Eile auf ihn zu. „Hilf ihr, sofort“, forderte sie deutlich, und Lawrence kam es so vor, als stehe sie unter einem geheimnisvollen Druck, der auf ihr lastete. „Er hat das Auge wieder unter Kontrolle“, erklärte sie leise. „Und ohne deine Hilfe wird sie ihn nicht überwältigen können.“

Lawrence lief ein Schauer über den Rücken. Er konnte sich nicht entscheiden, ob er ihr glauben oder eher eine Falle vermuten sollte.

Wieder hallte ein Schrei durch den Gang, diesmal viel näher, und Lawrence erkannte eindeutig Karens Stimme. „*God damn*“, rief er, „Karen, wo bist du?“

Ohne auf eine Antwort zu warten, drehte sie sich um, ging den Gang entlang, und er folgte ihr hastig.

Lawrence blieb stehen, sah sich um, horchte angestrengt auf Geräusche.

Da sah er am Ende des Gangs, dass sich die seltsame Frau zu ihm umdrehte. Lawrence ging näher heran und bemerkte ein flackerndes Leuchten neben ihr. Eine angelehnte Tür. Modriger Geruch erfüllte den Gang, als er sich ihm näherte.

„*Shit!*", stieß er aus und hielt sich die Hand vor den Mund. „Sie denken doch nicht, dass ich da reingehe?", fragte er, sah die dunkle Frau an und trat automatisch einen Schritt zurück.

„Du allein entscheidest jetzt über ihr Schicksal." Sie trat einen Schritt zur Seite und sah ihn auffordernd an.

Lawrence legte die Stirn in Falten, stellte sich vor, was ihn in diesem Loch erwarten würde. Katakomben, uralte verwesende Leichen. Wenigstens wäre er diese Frau los, hoffte er.

Langsam trat er näher, holte noch einmal tief Luft und betrat den Gang.

Wurzeln schienen über den Boden und die Decke entlang kriechend auf dem Weg zu einem bestimmten Ziel erstarrt zu sein, und Lawrence stieg über Nester von ihnen.

Über sich bemerkte er ein rundes, nachlässig mit Holz ausgekleidetes Gewölbe und vor ihm, etwa zwanzig Meter weiter, eine Tür. Im flackernden Licht erkannte er, dass sie nur angelehnt war.

Er humpelte los und hörte, wie sich etwas formierte, ein Summen und immer lauteres Gekreische.

Lawrence ahnte, was sich da zusammenbraute, berechnete seine Chancen und warf sich auf den Boden. In Embryostellung, den Kopf von der Tür abgewandt, schützte er Augen und Mund mit den Händen.

Ein dunkler schwarzer Schatten brach auf einmal durch die Tür, die ruckartig aufsprang. Ein dichter Schwarm aus Insekten,

Vögeln, Käfern und sonstigen Kreaturen brandeten wie ein Orkan über seinen Körper.

Eine zweite, stärkere Welle traf ihn mit solcher Wucht, dass er einen Meter weiter geschleudert und seine Kleider bis zum darunter liegenden Schutzanzug aufgerissen wurden.

So schnell der Sturm gekommen war, so schnell war er wieder weg.

Als es leiser wurde und er vorsichtig seinen Kopf hob, sah er, wie die schwarze Wolke im Gang verschwand.

Er kam mühsam auf die Beine und sah sich um. Kaum zu glauben, was passiert wäre, wenn er gestanden hätte.

Schnell überschlug er, dass dieser Insektenhammer mindestens fünfundzwanzig Kilo wiegen musste. Das entsprach einer Zahl von mehr als hunderttausend, von der Pflanze manipulierten, Insekten.

Leises Stöhnen, nicht weit von hier. Kraftlos, wimmernd.

Lawrence ging durch die nun weit geöffnete Tür, durchquerte einen runden, mit merkwürdigen Säulen abgestützten Raum und trat auf Wurzeln, die sich unangenehm unter seinen Füßen anfühlten. Es war, als ginge er über Fleisch, rutschig und weich.

Er sah sich um, erstaunt, dass es hier, eingegraben wie in einem Stollen, diese fast andächtige Stätte gab.

Als er den Raum durchquert hatte, sah er es.

Karen lag in einer der Nischen in einem Nest aus Wurzeln, mit weit geöffneten Augen, Tränen und Entsetzen im Blick. Ihr mit Wurzeln eingesponnener Kopf wand sich ruckartig, ihren Körper durchliefen Schauer, und sie bäumte sich auf wie eine Gefangene, die sich aus den dicken Strängen, die sie hielten, befreien wollte.

Ein schwarzer Ball aus Lebewesen verflüchtigte sich gerade. Zurück blieben ein paar herumschwirrende Insekten.

Lawrence war sofort bei ihr, suchte im Dickicht nach ihrer Hand, riss an Wurzeln. „Ich bin da! *Wait!*“, versuchte er, sie zu beruhigen. Er entfernte vorsichtig das Gespinst um ihren Kopf und zog sie von dem Wurzelbett.

Die dünnsten der Wurzeln rissen, doch von den dickeren gaben einige nicht nach. Wie Kabelbinder waren sie am Körper festgezurrt und schnitten Karen, die sich immer wieder dagegen stemmte, in die Haut.

Lawrence zog sein Seziermesser aus der Tasche, zerteilte vorsichtig die dickeren Wurzelarme. Langsam und ruhig versuchte er, Karens Körper aus der Kuhle zu lösen. Am Ende bedeckte nur noch ein feines Netz ihr Haar.

Karen wehrte sich, sie schien ihn nicht zu erkennen. Entsetzt schlug sie mit geweiteten Augen um sich und riss an seinem Schutzanzug.

Lawrence packte ihre Arme, hielt sie fest. „Karen!“, brüllte er sie immer wieder an. “*Crazy girl*, hörst du mich?“

Sie schüttelte sich, schlug nach den Insekten, und endlich sah sie Lawrence an. Verwundert und erschöpft. Tränen traten ihr in die Augen. „Steve, oh Gott, *du* bist es!“

Sie hob ihre Arme, zog ihn zu sich herunter und drückte sich an ihn. Zitternd schluchzte sie an seine Schulter. „Etwas hat mich angegriffen. André. Oder etwas, das so aussah, wie er.“ Sie löste sich von ihm und sah ihn mit feuchten Augen an. „Du hättest sehen sollen, wie er mich gepackt hat. Es hat so wehgetan, wärst du nicht gekommen, hätte er mich ...“

Lawrence hielt sie fest, sah sich aber kurz um. „Egal, was auch immer da war. Es ist jetzt weg.“ Er drückte sie wieder an sich und spürte, wie ihr Körper von Weinkrämpfen erschüttert wurde.

„Er hat von Marc gesprochen. Gesagt, dass er tot ist“, brach es aus ihr heraus.

Lawrence versuchte, sie zu beruhigen, und streichelte ihren Arm, ohne sie loszulassen. „Ich weiß nicht, was du hier glauben kannst. Wir werden von dieser Pflanze manipuliert. Deshalb müssen wir hier raus, so schnell wie möglich. Dann werden wir sehen, was mit Marc ist, okay?"

Sie machte sich los, richtete sich auf. Sich die Tränen aus dem Gesicht wischend, versuchte sie, die Gedanken an den Tod zu verdrängen.

Es galt jetzt, Simon zu retten und so schnell wie möglich das Gebäude zu verlassen.

Die abgetrennten Wurzeln, die noch an ihrem Körper hafteten, fielen ab, wurden zu einer staubigen Masse, die sie mit den Händen abreiben konnte. Einige blutrote Punkte und Striemen blieben zurück. „Simon!", erinnerte sie sich wieder. „Ich hab ihn gesehen! Eingeschnürt in Wurzeln, genau wie ich!"

„Wo war das? War er noch am Leben?"

Sie hob die Schultern. „Er lag in einem Grab."

Der Außeneinsatz

Einsatzleiter Berg schaute besorgt in Richtung Hügel. Es war schwer einzuschätzen, was dort passierte. Er wusste nur, dass er die Männer nicht ohne Gefahr weiter vorrücken lassen konnte.

Jeder bisher gestartete Versuch war mit massiven Angriffen von Vögeln, Insekten oder auch kleineren Tieren beantwortet worden. Selbst tollwütig um sich beißende Hunde waren aufgetaucht.

Es hatte einen Schwerverletzten und mehrere Verletzte gegeben. Einen Teil der Mannschaft musste er zudem abstellen, um Schaulustige fernzuhalten und naheliegende Wohngebiete abzusichern. Das Gelände um die alte Kirche war mittlerweile von einem Meer aus blutigen Federn übersät. Überall stieß man auf Tierkadaver.

Inzwischen traf von umliegenden Ortschaften Verstärkung ein. Große Strahler beleuchteten das Gebiet um das merkwürdige Gebäude mit der beleuchteten Glaskuppel.

Nach wie vor tummelte sich eine große Zahl an Vögeln und Insekten über dem Gelände. Sie bewachten in bizarren, sich abrupt ändernden Formationen das Haus. Auch außerhalb der Lichtkegel konnten sie unvermittelt und ohne Vorwarnung auftauchen.

Im Licht der Scheinwerfer hatte man beobachtet, dass die größeren Brände unter der Glaskuppel offenbar gelöscht oder zumindest unter Kontrolle gebracht worden waren. Zwei bis drei Personen hatten sich dort zeitweise aufgehalten.

Mittlerweile waren genügend Helfer eingetroffen. Ein weiterer Versuch, das Gebäude zu betreten, konnte gestartet werden.

Die Feuerwehr hatte besondere Schutzzüge bereitgestellt. Das Team nahm gerade die letzten Instruktionen auf und würde auf seine Anweisung hin vorrücken.

Berg warf mit seinem Fernglas einen letzten Blick hoch zum beleuchteten Dach des Gebäudes und gab den Einsatzbefehl.

Zunächst wollte man aus verschiedenen Richtungen mit Fahrzeugen so weit wic möglich an das Gebäude herankommen. Rund fünfzig Männer sollten dann das Gebäude einkreisen, um zu verhindern, dass die Schwärme sich auf eine Stelle konzentrieren konnten.

Da es nur zwei Eingänge ins Gebäude an gegenüberliegen Seiten gab, mussten sich am Ende alle an diesen beiden Stellen sammeln. Die Einsatzfahrzeuge hatten inzwischen ihre Positionen erreicht, und Berg gab den Befehl auszusteigen.

Die Männer sammelten sich an den Eingängen. Genau darauf konzentrierten sich auch die Angriffe der Tiere, fast so, als hätten sie die Taktik durchschaut. Was anfänglich wie ein Patt aussah, wurde zu einem panischen Rückzug, als der Angriff der Tiere vom Boden und der Luft gleichzeitig begann.

Schlussfolgerungen

„Und du konntest in Gedanken im Gebäude rumlaufen? Während du auf diesem Wurzeldings gelegen hast und eingewoben wurdest?“ Lawrence konnte nicht glauben, was Karen ihm erzählte.

Sie standen in der Mitte des Raums, und er sah sich die steinernen Pfeiler nachdenklich an.

„Wir sind unter einem Friedhof, und das sind Grabsteine“, offenbarte sie dem entsetzt blickenden Lawrence. „Amélie hat mich hierher geführt.“

„Die Frau aus dem Brief? Ich hab sie auch gesehen. Sah echt *crazy* aus.“

Karen verzog ihr Gesicht, begann zu weinen. „Sie ist tot! Genau wie André! Und wahrscheinlich auch Marc! Was, wenn ich ihm hier irgendwo begegne, genau wie ihr …“

Lawrence nahm sie in den Arm, barg ihre vom Heulen zuckende Schulter an seiner. „Nein, wir wissen das nicht! Vieles hier ist nicht *real*, nicht echt.“

Sie beruhigte sich, wischte ihr nasses Gesicht mit dem Ärmel ab. „Du wolltest doch jemanden holen, Polizei! Und Ullrich!“, schnupfte sie in ihre Hand.

Lawrence schüttelte den Kopf. „*Forget it!*“, stieß er leise aus. „Die sind da, aber niemand kommt hier rein. Auf der Wiese vor diesem verfluchten Haus ist alles voller Tiere, die jeden angreifen, der nahe genug rankommt.“ Sein Gesicht bekam einen schmerzhaften Ausdruck. „Ich hab draußen einen Mann gesehen, schlimm zugerichtet.“

In Karen stieg wieder Ernüchterung auf. Offenbar waren sie hier eingeschlossen, wahrscheinlich, bis der Tag anbrach und die Einsatzkräfte die angreifenden Tiere von weitem sehen konnten.

Ihr fiel etwas ein. „Es gibt einen Kontrollraum. Ich hab ihn gesehen, als ich in Gedanken unterwegs war. Ein Raum mit Codeschloss an der Tür, den ich mir gemerkt habe."

Lawrence überlegte. „Klingt phantastisch", befand er. „Wie kann es möglich sein, dass die Pflanze solche Bilder in deinem Kopf erzeugt? Dir dabei hilft, dich im Haus umzusehen?"

Er sah sie an, als erwarte er eine Antwort von ihr. Doch nach kurzem Nachdenken beantwortete er sich seine Frage selbst. „Ich nehme an, die Bilder entstehen aufgrund der unzähligen Informationen von Insekten und anderem Getier. Sie werden auf unterschiedlichste Weise und Geschwindigkeiten an die Pflanze übertragen. Doch sie bewegen sich mit verschiedenen Geschwindigkeiten und übertragen ihre Informationen an Artgenossen in diversen Zeitskalen. Das müsste zeitliche Unschärfen im Bild, das in deinem Kopf entsteht, zur Folge haben."

Karen war wieder einmal mehr von Lawrence Erklärungen beeindruckt. Ihr waren fehlende Details, die sich beim Hinsehen nicht erkennen ließen und später deutlich wurden, aufgefallen. Sie musste an Bienen denken. Sie gaben ihre Beobachtungen in Form von Tänzen an ihre Stockgenossinnen weiter. Ameisen dagegen setzten Duftmarken. Konnte die Pflanze all diese Informationen verarbeiten? Karen erzählte Lawrence von ihren Beobachtungen.

Er verzog sein Gesicht zu einem Lächeln. „*Amazing*!", sagte er, und man konnte erahnen, wie sich in seiner Vorstellung alles zu einem Puzzle zusammensetzte. Er ging ein paar Schritte Richtung Wurzelbett.

„Hey, stopp! Du willst das doch nicht selbst versuchen!" Karen hob erschrocken die Hand. „Du hast doch gesehen, was sie mit mir gemacht hat. Vielleicht steht Alex mit der Pflanze in Verbindung und hat dadurch Zugriff auf alles, was wir tun. Wenigstens du sollst eine Unbekannte in seinen Überlegungen bleiben."

Sie strich sich nervös ihre Haare aus dem Gesicht. „Ich will mir gar nicht vorstellen, was passieren wird, wenn die Feuerwehrleute in das Haus eindringen. Das Ganze fühlt sich jetzt schon an wie ein Krieg! Wir müssen so schnell wie möglich Simon finden und dann hier verschwinden."

Lawrence lächelte. „Okay, war nur so ein Gedanke. Dieser Alex wird als Beschützer seiner Pflanzen vermutlich irrational und kompromisslos handeln." Er hob die Brauen. „Und die Frau", überlegte er. "Auch die kann einer seiner Tricks sein. Es macht doch keinen Sinn für sie, uns zu helfen, oder?"

Karen schüttelte den Kopf. „Oder doch!", entschied sie dann plötzlich, „es muss einen Grund geben, und wir müssen ihn herausfinden. Lass uns sehen, ob es diesen Raum gibt und die Zahlenkombination, mit der man ihn öffnen kann, stimmt. Ich glaube, dass wir dort viel tun können. Und ich weiß, welchen Weg wir gehen müssen, um hinzukommen."

„Direkt in die Falle", mutmaßte Lawrence kopfschüttelnd.

Trotz aller Zweifel gingen sie los und verließen die kunstvoll eingerichtete Kathedrale. Als sie im Gang standen, sah sich Karen um. „Wir müssen dort lang", sagte sie entschieden und deutete in eine Richtung.

Plötzlich begann es zu rauschen, zuerst leise, dann aber immer lauter und bedrohlich anschwellend.

Erschrocken hob Karen ihren Kopf. Die tiefen Schallwellen, das Summen und das Schlagen von vielen Flügeln gemischt mit wildem Kreischen und wütendem Summen war Lawrence nur allzu bekannt. Instinktiv ging er in Deckung und spürte, wie die Luft vor ihnen verdichtet wurde. Eine tödliche Wand, wie ein Stempel, bewegte sich durch den Gang auf sie zu.

„Lauf zurück!", schrie Lawrence und drehte sich um. Ein Schlag traf ihn von hinten, warf ihn zu Boden.

Karen war vor ihm in eine Nische gesprungen. Sie sah gerade noch, wie er auf dem Boden aufschlug.

Lawrence stöhnte auf und wand die Arme um seinen Kopf. Innerlich stellte er sich darauf ein, in einem Feuerwerk von Schmerzen zu sterben.

Doch der Schwarm aus Vögeln und Insekten hatte es offenbar nicht auf sie abgesehen. Er verschwand über die Treppe ins untere Stockwerk. Lawrence sah, als er den Kopf hob, gerade noch, dass der Schwarm, wie durch einen riesigen Staubsauger, über das Treppenhaus nach unten gesaugt wurde.

„Sie verteidigen die Tür gegen einen Angriff von außen“, rief Karen, als sie wieder im Gang standen. „Komm, wir suchen das Labor!“

Sie liefen zurück, und nach einiger Suche standen sie vor einer Tür. Karen strahlte, als sie das Zahlenschloss sah. Als sie näher herankam, bemerkte sie den Schatten. Amélie!

Der Pakt

Lawrence fluchte leise und wich zurück. „Diese Frau ist unheimlich!“, stellte er flüsternd fest und schien sich seiner Sache sicher zu sein. „Ich wette, sie spioniert im Auftrag dieses Teufels die Gänge aus!“

Karen achtete nicht auf ihn. Sie trat einen Schritt auf die hochgewachsene Frau zu, sah ihr ins Gesicht. „Nein, Steve, das glaube ich nicht, im Gegenteil. Sie hat mir das Labor gezeigt und den Weg zu Simon verraten.“

Amélies Blick hielt Karens stand. „Wir müssen uns beeilen. Ich werde bald sterben, zusammen mit meiner Schwester, deren Augen du benutzt hast. Ihr könnt euch noch retten. Der Mann, den ihr als Alexander kennt, wird mit uns vergehen.“

Karen musste an Alex´ Wahnsinn denken. Es existierten anscheinend Kräfte, die nicht damit einverstanden waren, was er tat.

War diese Frau, die aussah, als käme sie aus dem vergangenen Jahrhundert, die Verkörperung, also ein Avatar, einer der Pflanzen?

„Wieso sterben? Bist du nicht schon vor über hundertfünfzig Jahren gestorben?“ versuchte Karen, es herauszufinden, und ging einen Schritt auf sie zu.

Amélie wich nicht aus. Steif und unbeweglich wie ein Fels stand sie da und schien nachzudenken. „Ich bin nicht wirklich sie. Etwas von ihr wurde in mir bewahrt, als sie sich damals öffnete“, offenbarte sie dann leise. Ihre traurigen Augen unterstrichen ihre Worte. „Ihr Tod war ein Unfall, ein unglücklicher Umstand. Von etwas infiziert, das nicht für sie vorgesehen war. Es müsste längst vergeben sein, nach dieser langen Zeit. Und es verfolgt uns dennoch in jeder Stunde.“

„Vergeben?“, wiederholte Karen. Sie dachte an Marc. Daran, was André behauptet hatte. „Kann ein Tod vergeben werden?“

Amélie zögerte. „Vielleicht“, begann sie zaghaft, „ist dies eine Möglichkeit. Sie starb durch unser Verschulden, und wir retten euch jetzt das Leben. Unter einer Bedingung.“

Lawrence lachte auf. „*Yes*, ich wusste es!“, rief er und schüttelte mit finsterem Blick den Kopf. „Das Biest macht nichts umsonst! Es will uns mit reinziehen. Karen, lass uns gehen, wir hätten längst draußen sein können. Sie wird mir immer unheimlicher!“ Er drehte sich um und humpelte schon einige Schritte in den Gang, als Karen ihn am Arm festhielt.

„Warte, Steve! Hören wir uns doch erst an, was sie verlangt!“

„Sie werden suchen“, prophezeite Amélie und sah Karen an. Sie sprach nun schneller und undeutlich. „Wenn herauskäme, was hier geschah, hätten unsere Schwestern keine Zukunft mehr.“ Sie ging einen Schritt zur Tür. „Eure Rettung gegen euer Schweigen, was unsere Lebensform betrifft. Das ist mein Angebot.“

„Willst du behaupten, wir hätten ohne dich keine Chance?“

Jetzt war es Amélie, die auf Karen zuging. Sie kam so nahe, dass Karen tief in ihre Augen sehen konnte. „Ich sage die Wahrheit. Ohne mich kommt ihr hier nicht mehr heraus!"

Lawrence schob sich vor Karen, sah Amélie an, als hätte sie den Verstand verloren. „Wie kannst du annehmen, dass wir dir helfen, dich und diese Pflanzen zu schützen?" Er schnaufte empört auf. „Sie ist gefährlich! Eine ernste Sache, Karen, dein Bruder stirbt vielleicht daran! Das Ding geht auf Menschen los! Es bringt Tiere dazu, sich rasend auf sie zu stürzen!" Er dachte an sein Erlebnis im Wald und an den unglücklichen Polizisten, dem die Vögel die Augen ausgehackt hatten.

Amélie blieb unbeeindruckt. „Auch meine Spezies muss sich wehren können", entgegnete sie. „So etwas passiert automatisch, wir haben keinen Einfluss darauf."

Sie schien nachzudenken und endlich ein Resümee ziehen zu wollen. „Im Grunde ist der Mensch die Bedrohung, denn er hat nie zugelassen, dass neben ihm eine weitere intelligente Art existieren kann. Wir werden immer gefährlich sein und können uns deshalb nur mit einzelnen Menschen, die guten Willens sind, verbünden, um zu überleben. Der Weg, den Alex beschritten hat, ist nicht unser Weg. Seine Zeit und die der mutierten Schwester endet heute. Wenn ihr mir helft."

Sie drehte sich zu Lawrence. „Ich weiß, du bist Wissenschaftler. Du wirst meine Schwester treffen und alles von ihr lernen."

Er schüttelte den Kopf, wandte sich ab.

„Was ist mit Marc und Simon?", rief Karen dazwischen und ahnte schon Amélies Antwort.

„Simon ist seit langem ein Getriebener, und die Gefahr besteht, dass er weiter sucht. Er hat ohnehin keine Chance, da Alex ihn neutralisiert hat."

„Nein", Karen schrie auf. „Das kann nicht sein! Er versucht nur, dieses Rätsel zu lösen", behauptete sie, obwohl sie ahnte, dass es etwas anderes geben musste. Sie log, um wenigstens ihn zu retten. Wahrscheinlich, musste sie sich eingestehen, empfand sie mehr für ihn, als sie bisher geglaubt hatte. Er musste eine Chance bekommen!

Aber Amélie wusste genau, wovon sie sprach. „Du machst dir was vor, und du weißt das ganz genau!“, behauptete sie in sachlichem Ton. „Und ich will auch zu dir ehrlich sein, wegen deines Bruders“, sagte sie und sah Karen ernst in die Augen. „Er ist nicht mehr wahrnehmbar“, flüsterte sie und versetzte ihr damit einen neuen Stich ins Herz.

Karen biss sich auf die Lippen. Es musste doch etwas geben, das diese Katastrophe verhindern würde.

Sie drängte sich an Amélie vorbei zur Tür und gab mit fliegenden Fingern den Code ein. Es knackte, und der Zugang öffnete sich. Sie ging am Pult mit dem Monitor vorbei.

Außer kleineren Glutnestern, sah sie auf dem Bildschirm, war das Feuer gelöscht. Karen achtete nicht darauf und suchte die Schränke und Regale ab. „Was muss ich tun?“, schrie sie. Papiere flogen auf den Boden.

Doch Amélie antwortete nicht. Sie schaute Karen zu und ging einen Schritt in den Raum.

„Ich muss erst sicher sein, bevor ich dir helfe“, sagte sie, während Karen verzweifelt auf der Tastatur des Computers herumtippte. „Glaub mir, wir sind nicht so alt geworden, damit einige Menschen kommen und alles kaputtmachen.“

Karen begann zu verzweifeln. „Okay“, versprach sie, und Lawrence nickte nachdenklich, „wir schließen diesen Pakt. Aber wenn Simon und Marc noch leben, gehören sie dazu!“

„Was Marc betrifft, kann ich dir nur wenig Hoffnung machen. Als meine Schwester in seinem Garten getötet wurde, war auch sein Schicksal besiegelt. Uns bleibt nur noch wenig Zeit. Wenn du von hier entkommst, besuche das, was von uns übrig bleibt. Dann wirst du sehen.“

Amélies Hand hob sich, und sie deutete an, dass keine Zeit mehr war, um weitere Erklärungen abzugeben. Sie zeigte mit dem Finger auf ein Bedienungsbrett an der Wand. „Dieser Schalter muss umgelegt werden. Sofort! Wir dürfen nicht mehr warten! Damit habt ihr alles in der Hand."

Er war sofort vor dem Pult und nickte. *„Hell!"*, rief er aus. „das ist es!" Er deutete auf eine kleine Plakette, auf der unter anderem O2 stand. „Sauerstoff! Wenn das Feuer noch nicht ganz gelöscht ist …" Als er den Knopf drückte und die Monitore beobachtete, breitete sich ein Lächeln über sein Gesicht aus.

Lawrence sah jetzt die ersten Veränderungen auf dem Bildschirm. An den Stellen, an denen es vorher noch gequalmt hatte, züngelten Flammen hervor. Erste Glutnester begannen, angefacht durch den Sauerstoff, wieder offen zu brennen. Das gesamte Obergeschoss fing wieder Feuer, und diesmal durfte es nicht zu stoppen sein.

Lawrences´ Finger flogen über das Pult, und er fand endlich, was er suchte. *„Wait!"*, rief er und zog einen Hebel nach unten. „Ich öffne noch die verdammten Klappen im Dach!"

Auf dem Monitor wurde es zunehmend unschärfer. Flammen schlugen hoch. Lawrence schaltete dic Sprinkleranlage ab und zerstörte den Mechanismus. Auf dem Bildschirm sah man kurz, wie Alex den Raum durchquerte. Er schrie laut, wandte sich nach allen Seiten und verschwand dann wieder aus dem Sichtfeld der Kamera.

Karen ahnte, wenn sie nicht bald nach ihm suchten, war Simon verloren. Sie zog Lawrence am Ärmel und nickte Richtung Flur.

Er verstand sofort. Als sie über den Gang rannten, warf sie Amélie einen letzten Blick zu. Sie stand unbewegt vor der offenen Tür, sah ihnen nach und hob kurz ihre Hand. Es sah aus, als winke sie zum Abschied. Ihr Mund formte ein letztes Wort: *Vertrauen.*

Als sie an der Treppe vorbeikamen, warf Karen einen Blick nach oben. Sie sah den dichten Rauch und hörte das Fauchen des Feuers, das ein Stockwerk höher im Gewächshaus wütete.

Aus dem Rauch schälte sich eine Gestalt, die die Treppe herunterhastete. Alex! Völlig verdreckt und mit versengtem Haar. Er sah sie mit wahnsinnigem Blick an.

Ein Angriff

Hunde und Katzen, die sich wie tollwütig verhielten, griffen die Teams an und erschwerten das Vorrücken in Richtung Tür. Die Tiere konnten sich zwar nicht durch die stabilen Anzüge durchbeißen, einzelne Mitglieder der Einsatzteams wurden aber durch die Bisse zu Fall gebracht.

Knurrend stürzten sich die Hunde auf die freien Körperstellen und verbissen sich im Fleisch der vor Schmerz schreienden Menschen.

Einem Team war es endlich gelungen, bis zur Tür vorzudringen. Die Männer sahen allerdings ihre eigenen Hände nicht vor lauter Insekten.

Als sie versuchten, die Tür zu öffnen, wurden sie zurückgeschleudert. Ein dunkler Nebel traf sie hart wie eine Faust. Ein Insektenschwarm, der hinter der Tür auf sie gewartet zu haben schien, zog sich nach dem Angriff sofort wieder zurück. Nur einige wenige blieben auf der Haut der Flüchtenden zurück.

Berg sah am Gebäude hoch.

Die Brände auf dem Dach waren wieder ausgebrochen. Diesmal umso stärker. Sie erfassten nahezu die gesamte Holzkonstruktion, die das Dach ausmachte, sodass es teilweise einzustürzen drohte.

Die Fensterluken auf dem Dach hatten sich geöffnet, so als wollte jemand absichtlich den Brand mit Sauerstoff verstärken. An Löschen war aber im Moment nicht zu denken, die Männer kämpften ums Überleben. Da stürzte ein Teil des Daches ein. Trümmer fielen auch am Gebäude hinunter.

Berg überlegte, seine Leute wieder zurückziehen, um etwas Neues auszuprobieren. Möglicherweise konnte man die Schwärme mit der Spritze auf Abstand halten. Doch gerade, als er den Befehl zum Rückzug geben wollte, begann die Situation sich zu beruhigen. Wie einer Aufforderung folgend, verflüchtigten sich die Insekten und Vogelschwärme, und die tollwütigen Hunde und Katzen trollten sich davon.

Berg atmete auf, gab die Order, in das Gebäude einzudringen, und wies die Männer an, nach Überlebenden zu suchen. Das gesamte Haus, schätzte er, würde bei dem aktuellen Stand der Brände in höchstens zehn Minuten vollständig in Flammen stehen. Zumindest konnte er jetzt auch mit einem Löschangriff beginnen.

Er wusste, dass sich mindestens noch drei Menschen im Gebäude befanden. Ob dieser verrückte Amerikaner noch lebte?

Retten, was zu retten ist

Alex verlor nicht viel Zeit mit Worten. Mit einer schweren Eisenstange, die er brüllend hob, stürmte er auf sie zu.

Karen wich zurück und sah gerade noch, dass auch Lawrence stolpernd auszuweichen versuchte. Er fiel hin, als die Stange krachend vor ihm auf den Boden schlug.

Alex hob sie sofort wieder an und wollte erneut zuschlagen, da stockte er plötzlich. Sein Gesicht verwandelte sich, wurde starr, mit riesigen Augen und offenem Mund. „Was …“, brachte er noch heraus, dann verschwand er hinter einer schwarzen Wolke.

„Jordan ...", stieß er wütend aus. Der dunkle Schatten war schnell und groß, er umhüllte ohne Zögern seinen gesamten Körper. Amélies Gesicht versuchte sich darin zu materialisieren. Alex´ Konturen verschwammen, und Karen nutzte die Gelegenheit. Sie riss sich von seinem Anblick los, rannte zu Lawrence und half ihm aufzustehen. Hinter ihnen schrie eine Frauenstimme, hilflos, anklagend und scheinbar ohne Hoffnung.

Als sich Karen ein letztes Mal umdrehte, meinte sie in dem schwarzen, sich wellenhaft bewegenden Schatten um Alex, ein Stück Stoff zu erkennen. Brauner Samt.

Die Treppe! Würden sie es schaffen, sie zu erreichen, wäre alles andere hoffentlich einfacher. „Die Vögel und Insekten!", warnte Lawrence humpelnd, als er unschlüssig vor der Treppe stehenblieb. „Sie killen uns, bevor wir wissen, was passiert!"

Karen war schon auf der ersten Stufe und drehte sich zu ihm. Da sah sie Alex im Gang, nur ein paar Meter hinter Lawrence. Er hatte sich befreit und hielt wieder die Eisenstange in der Hand, wütend und entschlossen. Als er in Karens Antlitz sah, verzog sich sein Gesicht zu einer grinsenden Grimasse. „Wartet!", rief er drohend, und sein Schritt beschleunigte sich.

Karen wurde panisch. „Oh mein Gott, Steve!", schrie sie, und ihre Stimme überschlug sich. „Beeil dich, er ist direkt hinter dir!"

„Steve!", machte Alex geziert Karens Stimme nach und lachte laut auf. *„Er ist hinter dir!"* Er hob wieder die Stange. Mit voller Wucht traf er Lawrence am Rücken und sah ihm lachend nach, als er an Karen vorbei die Stufen herunterfiel.

Sie schrie auf, rannte nach unten, beugte sich über den stöhnenden Verletzten. Als sie einen Blick nach oben warf, war dort, am Treppenabsatz, niemand mehr. „Ganz ruhig!", versuchte sie zitternd Lawrence aufzuhelfen und riss sich vom Anblick der leeren Treppe los.

Der junge Amerikaner stöhnte auf, als er versuchte, auf die Beine zu kommen. „Du musst gehen!", brachte er stöhnend heraus und schnappte nach Luft, als sie ihm half, sich vorsichtig wieder zu setzen. „Die Tür! Sie ist frei! Du holst Hilfe. Ich warte."

Es stimmte. Die Insekten vor der Tür waren verschwunden, und Karen hörte von draußen dumpfe Schläge, die gegen den Stahl krachten. Die Tür erzitterte.

Plötzlich brach sie auf, und Männer in roten Anzügen stürmten in den Vorraum. Karen legte ihren Arm um Lawrence und genoss das Gefühl der Rettung, als sie sich doch noch einmal umdrehte und die Treppe hinaufsah. Dort stand er wieder, lächelnd, mit arrogantem Blick und sah auf sie herunter. Dann drehte er sich um und verschwand im Gang.

Rückzug unter den Friedhof

Alles verloren, dachte er und betrat das Gewächshaus durch die von der Hitze verbogene Stahltür. Hier herrschte Chaos, Alex fluchte.

Er hatte die Rothaarige und diesen Simon völlig unterschätzt und zahlte nun einen hohen Preis dafür.

Er hob den Blick und sah, wie sich die Flammen auf dem Dach an den Holzwänden des Fachwerks hochfraßen. Darunter waren seine sorgsam gehüteten Beete mit den Kindern. Brennende Holzstücke bedeckten sie.

Die Glasfenster des Dachs zersprangen nacheinander in der Hitze, und ein Regen aus Splittern rieselte von der Decke.

Hier war nichts mehr zu retten, wurde ihm klar, und etwas in ihm verkrampfte sich vor Trauer.

Er wendete sich ab und rannte wieder nach unten, hörte schon die Stimmen der Männer, die das Haus stürmten.

Die verdammte Rothaarige sah sich ein letztes Mal nach ihm um, während sie sich um den bescheuerten Amerikaner kümmerte. Aber dieses Haus war immer noch seins!

Sie mussten am Computer im Labor die Sauerstoffzufuhr in den Rohren, die zwischen den Wurzeln in der Erde lagen, erhöht haben. Dadurch hatten sie es geschafft, das Feuer wieder anzufachen. Außerdem war die Sprinkleranlage ausgeschaltet und die Fenster geöffnet worden.

Das Feuer fraß sich mittlerweile tiefer in die Erde. Bald würde es die Wurzeln, also Herz und Gehirn des Pflanzenwesens, eine Ebene tiefer erreichen. Es war zu spät, das war klar. Trotzdem musste er sich beeilen.

Er fluchte laut, als er das Labor betrat und an den Einstellungen des Pults sah, dass sie tatsächlich ganze Arbeit geleistet hatten. Wie, um alles in der Welt, waren die Rothaarige und der Nerd in dieses abgesicherte Labor gekommen? Jemand musste nachgeholfen haben. Jordan?

War er als Amélie-Avatar neben ihm aufgetaucht? Hatte ihn daran gehindert, die Eindringlinge zu töten. Sie hatten es verdient, das musste doch auch er wissen!

Ja, es stimmte. Jordan hatte seinen Weg nach immer weiterer Perfektionierung nie wirklich gebilligt. Jetzt stellte sich heraus, dass er damit recht gehabt hatte, denn die Wahrung des Geheimnisses war nun kaum noch möglich. Es gab nur noch diesen einen furchtbaren Weg. Jede Spur musste verbrannt werden. Den Teil der Wurzeln tief im Berg würde er retten können, doch die Regeneration würde sehr lange dauern. Er würde es vermutlich nicht überleben, aber er war es ihr schuldig.

Jetzt war kaum noch Zeit, um bei ihr zu sein.

Auf dem Monitor hatte sich eine letzte E-Mail von Jordan geöffnet, als er sich setzte. „Du musst das Geheimnis wahren", las er in Jordans typisch altmodischem Stil.

Alex schnaufte verärgert auf. Jordan meinte immer schon, er müsse ihm seine Ratschläge aufdrängen. Alter Idiot! Als wäre er nicht selbst darauf gekommen!

Er nahm das Rad, öffnete noch die übrigen Tanks der Sauerstoffversorgung und legte zusätzlich auch im Labor einen Brand. Die Tür ließ er geöffnet und ging Richtung der Säulenhalle.

Die Pflanze hatte ihre Wurzeln tief in den Berg getrieben. Würde nach der Zerstörung des Hauses noch ein kleiner Teil von ihnen übrig bleiben, bedeutete dies für einige Jahre ein Leben unter der Erde. Ein Dahinsiechen zwischen pflanzlichen und tierischen Leben.

Irgendwann würde sie jedoch die schützende Erde durchstoßen und wieder zur Oberfläche zurückkommen. Er wäre dann längst verrottet, im Zentrum dieses neuen Anfangs in der Erde, zwischen ihnen.

Vielleicht würde er wieder erweckt werden und sich mit ihr wie Unkraut verbreiten. Er hatte das gesamte Potential der Pflanze noch nicht erkannt und immer wieder Überraschungen erlebt.

Alex rannte durch den Tunnel in die Kathedrale, die unter dem Friedhof seine letzte Zuflucht werden sollte, und löste eine vorbereitete Sprengung aus, die den Verbindungstunnel hinter ihm zusammenstürzen lies.

Der Rauch machte es schwierig, den Weg zu finden. Ihr Duft, normalerweise das perfekte Band zwischen ihnen, war fast nicht wahrnehmbar. Niemand konnte sie jetzt mehr erreichen. Er begrub sich damit lebend unter dem alten Friedhof.

Ich bleibe bei dir, riefen seine Gedanken in den Rauch.

Er erreichte die unterirdische Kuppel mit dem Pflanzenbett und legte sich darauf. Unzählige Male hatte er es getan, und diesmal war es etwas Besonderes. Beide wussten, dass es dem Ende zuging.

In all dem Rauch und tiefer Dunkelheit tastete er nach ihr, und als er Verbindung aufnahm, spürte er, wie ihm Tränen in die Augen traten.

In Gedanken nahm er sie auf, trug sie in ihr Schlafzimmer und legte sie sanft aufs Bett. Eng schmiegte er sich an sie, gab ihr Schutz und hielt sanft ihre Hand. Er wartete mit ihr auf das Ende. So würden sie ewig zusammenbleiben.

Flucht

David dachte an Alexander, seinen toten Partner. Merkte, wie wenig Trauer er empfand. Natürlich schmerzte es ihn, einen alten Freund zu verlieren, aber er wusste auch, dass Alexanders Ideen sie immer wieder in Gefahr gebracht hatten. Sein Tod, der Tod vieler Menschen und der von Schwestern der Pflanze und deren Kindern war ein zu hoher Preis.

Nun war es wichtig, dass sich Karen und der Wissenschaftler an den Pakt hielten. An das Versprechen, das sie ihm als Amélie gegeben hatten.

Aber auch wenn nicht, hatte er vorgesorgt. Jetzt wartete etwas anderes auf ihn. Ein Neuanfang, eine Wiedergeburt. Sein Körper würde ein neuer werden. Für sie. Er musste sich umstellen. Endlich wieder alles sehen zu können, schnell laufen, ohne diese chronischen Schmerzen, die man im Alter bekam.

David setzte sich bequemer hin, rieb sich die schmerzenden Knie. Jetzt gerade, kurz vor der Flucht, musste er an den Anfang denken, an Preußen, den Drang herauszukommen aus dem engen Korsett der Erziehung. An die Klöster in Tibet, diese Orte der Ruhe und Meditation. Das bisschen Zeit hatte er noch, beschloss er.

Seitdem war viel Zeit vergangen.

Die Mönche praktizierten den Brauch mit ihr seit Jahrhunderten. Heute noch taten sie es, im Verborgenen, und doch auf die gleiche Weise wie damals.

Als Friedrich wurde er Zeuge von Gwohas Rettung. Er sah den alten Mann heute noch vor sich, würde sein altes und später junges Gesicht nie vergessen. Biblisch, nennt man es, überlegte er, wenn jemand so alt wird. Er lachte auf. Als ob man wusste, wovon man da redete.

Für Gwoha, angeblich Sohn eines Unsterblichen in der chinesischen Mythologie, hatten sie damals im Kloster die Zeremonie gefeiert, die ihre Weisen seit so langer Zeit am Leben hielt.

Lächelnd dachte er an den Brief, den er vor so vielen Jahren von ihm erhalten hatte.

Immer noch mit einem Lächeln auf den Lippen erinnerte er sich an die Angst, die er hatte, als er das kleine Wesen an seine Brust nahm. Er beschützte es auf der langen Reise. Dabei sind sie so robust.

Er hob das Glas an seine schmalen Lippen, trank den letzten Schluck ohne Eile und stellte es vorsichtig ab. Kurz genoss er den Anblick des leeren Glases auf dem abgenutzten Holz, dann wandte er seinen Blick zur Küche, die sich schon mit Rauch füllte.

Es wurde Zeit, beschloss er. Mühsam erhob er sich und war nach wenigen Schritten zurück in seinem Wohnzimmer.

Er ging weiter, die leere Bücherwand entlang, an den aufgerollten Teppichen vorbei und stand endlich beim Plattenspieler. Vorsichtig öffnete er die Abdeckung des Geräts, nahm sich eine der Hüllen von dem Stapel daneben und zog die schwarze Scheibe heraus.

Als sie sich endlich auf dem Plattenteller drehte und der Arm mit der Nadel die Rillen knisternd berührte, zog sich ein Lächeln über sein Gesicht. Mit einem Seufzer ließ er sich auf den schmalen Sessel neben dem Regal fallen.

Er lehnte sich zurück, schloss die Augen und genoss die Töne. Seine Hände lagen locker auf seinen Beinen, und die Finger bewegten sich am Stoff der Hose, tippten im Takt der Töne imaginäre Tasten. Chopins Nocturne, Opus 9, die Erste, sein Lieblingsstück.

Er konnte nicht sagen, wie oft er es in seinem Leben gehört hatte, wie oft selbst gespielt. Er hatte es genossen, die Töne des Stücks durch seine Hände aus dem Instrument zu locken, Zuhörern Tränen in die Augen zu treiben. Jetzt würde es nicht mehr lange dauern, bis er es wieder konnte. Fehlerfrei und ohne müde zu werden. Wahrscheinlich stundenlang, nächtelang. Er kannte noch jede Note, jede Taste, die er anschlagen musste, würde sie niemals vergessen.

Als das Stück zu Ende war, nahm er die Platte vom Teller und verstaute sie wieder in ihrer Hülle. Sein Blick heftete sich auf den Plattenspieler. Niemals würde er ihn hergeben, beschloss er. Es gab Dinge, die er in jedes neue Leben mitnehmen würde, auch wenn es modernere Möglichkeiten gab. Das Gerät war eins davon.

Er zog die Kabel heraus, hob es aus dem Regal und ging zur Haustür. Als er sie öffnete, sah er den Wagen, den er sich besorgt hatte. Einen alten VW, nichts Großartiges, eben genau richtig, um alles, was er noch brauchte, mitzunehmen.

Als er die letzten Stufen der Steintreppe hinunterstieg, roch er schon den Qualm. Es wurde Zeit. Er musste weg sein, bevor sie kamen.

Auf dem Hügel

Die Feuerwehrleute halfen ihnen aus dem Haus, Lawrence musste getragen werden. Sein Rücken schmerzte nach Alex´

Angriff, und er stöhnte, aber er war froh, es geschafft zu haben.

Karen fiel das Atmen schwer. Die rauchgeschwängerte Luft hatte ihr zugesetzt. „Da ist noch jemand im Haus“, schrie sie die Feuerwehrleute an, „den müssen wir holen“, und wollte sich losreißen, als sie auf der Wiese standen. Doch man hielt sie fest.

„Ohne Sauerstoffmaske werden Sie von den Dämpfen bewusstlos“, warnte der mittlerweile herbeigeeilte Einsatzleiter Berg. „Dann sterben Sie und merken es nicht mal.“ Er nickte ihr aufmunternd zu und sah zu Lawrence herüber. „Sehen Sie, das Glück ist doch auf Ihrer Seite. Er lebt!“

Karen ahnte, dass er sie für ein Paar hielt. „Ja sicher. Aber ein Freund ist noch da drinnen!“, versuchte sie es wieder. Wenn es stimmte, was André in der Kammer gesagt hatte, hatte sie Marc verloren. Wieder stiegen Tränen in ihr auf. Simon war noch zu retten! Nur wie lange noch?

Berg sah sie an, als ahnte er, was ihr durch den Kopf ging. Kurz spiegelte sich Misstrauen in seinem Blick, dann sah er wieder aus, als hätte er alles unter Kontrolle.

„Meine Leute im Haus haben Schutzanzüge und Sauerstoffmasken“, erklärte er und versuchte, ein selbstsicheres Gesicht zu machen. „Ich bin per Funk verbunden. Die durchsuchen alles, machen Sie sich keine Sorgen. Aber wenn Sie mir genauer sagen, wo sich diese Person befinden könnte, haben sie es sicher einfacher.“

Karen hob die Hand und deutete an, dass sie nachdenken musste. Sie schloss ihre Augen und ging den Weg zu Simon in Gedanken. Die Angst, dass er längst tot und in dieser Flammenhölle verbrannt sein könnte, wurde fast unerträglich. Sie wollte nicht auch noch ihn verlieren. Sie musste wieder zurück.

Plötzlich erschütterte eine Explosion das Haus, und alle zuckten vor Schreck zusammen. Steinbrocken und Staub schossen durch die Luft und trafen Helfer auf der unteren Seite des Hügels. Ein Riss tat sich in der vorderen Wand auf, und durch die alte

Kirche ging ein Stöhnen. Dann sank die vom Hügel abgewandte Seite des Gebäudes ein Stück tiefer. Aus dem Gebäude drangen Schreie, und auch über Funk hörte man Männer in krächzendem Ton sich Anweisungen und Hilferufe zuschreien.

Bewegung kam in den Einsatzleiter. Er versuchte, sich mit dem Funkgerät über den Zustand seiner Männer im Haus ein Bild zu machen, und ließ Karen aus den Augen. Er forderte die Männer per Funk auf, das Haus sofort zu verlassen.

Karen nutzte die allgemeine Verwirrung, schnappte sich ein Funkgerät, eine Sauerstoffflasche mit Maske und ein kleines Beil. Unbemerkt lief sie zurück zum Gebäude.

Als sie die schwer beschädigte Treppe mehr hinaufgeklettert als gerannt war, sah sie sich um. Ihr schwand der Mut. Im dichten Rauch, der sich überall ausgebreitet hatte, waren in den aufgesprungenen Erdkavernen die brennenden Wurzelstöcke zu erkennen. Die Schäden am Gebäude mussten enorm sein, und Karen konnte durch klaffende Löcher und herausstehende Eisenstäbe nach oben in den Nachthimmel schauen.

Sie musste Richtung Rückseite des Gebäudes kommen, wollte sie das Grab mit Simon finden.

Ein Feuerwehrmann kam ihr entgegen, mit Atemschutz und voller Ausrüstung. Als er Karen sah, hob er die Arme. Er griff nach ihrem Handgelenk und wollte sie mit nach draußen nehmen, doch sie wehrte ab. „Da ist noch jemand!“, rief sie gedämpft durch ihre eigene Maske. Sie legte den Kopf schief und ging nahe an den Mann heran. „Bitte!“, sagte sie mit entschlossener Stimme. „Ich weiß, wo er ist. Helfen Sie mir?“

Der Mann blieb zunächst hart; er wollte nicht noch einmal in diesen unsicheren Bereich gehen; schon gar nicht mit einer Frau. Dann merkte er, wie ernst sie es meinte. Er tippte auf seine Uhr. „Höchstens fünf Minuten! Mehr nicht!“

Sie gingen los, und Karen versuchte, ihrer Erinnerung zu folgen. Auf dem Wurzelbett liegend hatte sie einen dunklen, abgeschlossenen Raum gesehen. Und Simon hatte dort zwischen den Wurzeln gelegen.

Sie sah sich die Berge schwelender Wurzelstöcke an. Dort musste es einen Zugang ins Innere des Tanks geben!

Der Feuerwehrmann folgte ihr, und als sie auf einem Durchgang zwischen den angehäuften Wurzeln in die Mitte des Raumes gelangten, sah sie ihn endlich. Er lag in einer Grube, umwickelt und scheinbar bewusstlos. Funken regneten von der Decke herab.

Ihr Helfer hatte sich auf die Erde am Rand der Grube gelegt und war dabei, Wurzelfäden und stärkere Arme der Pflanze von Simon abzureißen. Sein Funkgerät rauschte. Er hob seinen Blick und sah sie erwartungsvoll an. Er zeigte an die Decke, und Karen sah, dass dort oben, von den Seitenwänden, Flammen in den Raum züngelten. Viel Zeit blieb ihnen also nicht mehr.

Karen legte sich zu ihm und half, die filigranen Verästelungen von Simons Armen zu lösen. Der Sprechfunk meldete sich.

Der Mann setzte sich auf und schob sein Visier hoch. Er murmelte etwas in sein Gerät, und Karen sah, dass sich schon Trümmerteile von der Decke lösten und auf sie herabzustürzen drohten.

Panisch riss sie wahllos an den dicken Armen der Pflanze, erreichte aber nur, dass der Körper wieder tiefer in die Grube rutschte. Sie griff nach dem Beil und begann, alle nach unten führenden Stränge durchzuhacken.

Ihr Helfer hatte dagegen eine andere Strategie. Er steckte das Gerät weg, stieg vorsichtig zu Simon in das Grab.

Er packte ihn von der Seite, legte ihm eine Sauerstoffmaske an, rüttelte an ihm, um ihn aus den verflochtenen Ästen zu lösen. „Die Zeit läuft uns davon. Geben wir ihm eine letzte Chance“, rief er Karen schwer atmend zu. „Dann müssen wir uns in Sicherheit bringen.“

Nur Augenblicke später kämpfte er sich aus der Grube. Sein Blick war bedauernd.

Karen hackte weiter wie besessen auf die Wurzeln. Sie erinnerte sich daran, wie Lawrence die Wurzeln des Auges, die in sie gewachsen waren, durchtrennt hatte. Sie hatten sich daraufhin aufgelöst und waren zerfallen.

„Simon!", versuchte sie schreiend zu ihm durchzudringen. „Verdammt, hilf uns, wenn du kannst!" Sie begann zu weinen und schluchzte laut los.

Plötzlich ging eine Bewegung durch Simons Körper. Er bäumte sich auf, atmete wie ein Ertrinkender, hustend und stoßweise. Dann öffneten sich seine Augen, und er sah sie an, verwirrt und erschrocken.

Langsam hob sich sein Arm, und als der Feuerwehrmann schnell zupackte, schaffte er es, ihn hochzuziehen.

Sie hörten Stimmen, und zwei weitere Männer kamen hereingestürmt. Alles ging jetzt schnell. Während sie Simon herauszogen, stürzte ein Teil der Decke ein.

Einer der Männer deutete auf das Geflecht der Wurzeln, und sie merkten, dass es plötzlich leichter wurde, sie zu entfernen.

Endlich bekamen sie ihn völlig frei.

Er hatte seine Augen inzwischen wieder geschlossen und wurde auf eine mitgebrachte Trage gelegt.

Karen beugte sich über ihn, bis ihr einer der Männer den Arm um die Schulter legte und sie mit zum Ausgang zog. Weitere Feuerwehrleute kamen ihnen entgegen. Sie versuchten mit Wasser eine Gasse gegen die Flammen freizuhalten.

Karen stolperte vor den anderen auf die Wiese, dreht sich um und wartete. Zwei Sanitäter legten ihr Decken um. Sie wollten sie zum Krankenwagen bringen. Doch Karen schüttelte nur mit dem Kopf und entwand sich. „Lassen Sie mich!", forderte sie und beobachtete die Rettungsversuche.

Bange Minuten vergingen, unterbrochen von den krächzenden Stimmen aus den Funkgeräten. Mit Notstromgeneratoren und

Spritzen versuchten sie, das Flammeninferno im Gebäude noch lange genug hinauszuzögern.

Plötzlich drang lautes Rufen von der Wiese zu ihnen herüber. Im Kreis der Feuerwehrleute machte sich Aufregung breit. In Karen kroch die Angst hoch, dass es Simon nicht mehr geschafft hatte. Einige der Männer deuteten zum Waldrand, wo sich eine weitere Rauchsäule den Weg zum Himmel bahnte.

Es brannte, nicht weit von hier, Richtung Kranau.

David? Karen versuchte, sich zu erinnern. War dort nicht das Anwesen des Therapeuten? Sie hatte anfangs an eine Beziehung zwischen David Crohn, Marc und Alexander Moebus geglaubt. Allerdings nur deshalb, weil sie zu Beginn ihrer Suche kaum Anhaltspunkte hatte. Jetzt brannte es bei ihm, genau wie hier, bei Moebus. Welche Rolle spielte David Crohn in diesem Spiel?

Als dann die Männer mit Simons Trage endlich im aufgerissenen Türrahmen erschienen, rannte sie ihnen entgegen, zusammen mit einer Traube von Sanitätern.

Auf dem Weg über die Wiese zum Krankenwagen versuchte sie, einen Blick auf Simon zu werfen, es gelang ihr nicht. Doch sie hörte seine raue Stimme. Er musste sie gesehen haben. „Es geht mir gut."

Sie atmete auf. Alle Anspannung wich von ihr. Tränen liefen ihr über die Wangen.

Sie würde sich einfach fallenlassen und den Dingen, die geschahen, nichts mehr entgegensetzen.

Ernüchterung

Sie hatten Karen und Lawrence in einem Zelt in der Nähe der Straße untergebracht. Nach der Versorgung durch einen Arzt gab es einen Moment der Ruhe.

Lawrence saß im Rollstuhl und hatte ein paar Verbände hinzubekommen. Er war aber wieder wohlauf.

Während man Simon im Nachbarzelt untersuchte, ging Karen einiges durch den Kopf.

Sie hatte mit Lawrence darüber gesprochen, die Vereinbarung mit Amélie nicht zu brechen. Hier und heute würden sie alles hinter sich lassen. Auch Simon sollte möglichst nicht eingeweiht werden. Karen würde zusehen, wie sich die Dinge zwischen ihnen entwickelten.

Gerade in diesem Moment kam er in ihr Zelt. Sie sah sofort, wie erschöpft er noch war. Sein Arm steckte in einem Verband, und er hatte offensichtlich Schmerzen.

„Es war dumm von dir, alleine dort reinzugehen “, sagte sie vorwurfsvoll, als sie ihn umarmte.

Er nickte. „Ja, sicher“, gab er mit leiser Stimme zu. „Aber noch dümmer von euch. Woher wusstet ihr von dem Haus?“

Karen erzählte von der Nachricht, die sie auf seinem Handy gelesen hatte. Von der Adresse des Betriebs auf dem Display. Ohne diese Mail wäre sie völlig unbedarft hergefahren, um mit Tina zu sprechen.

Karen begann zu zittern. Mit Schaudern erinnerte sie sich an ihren leblosen Körper im Gewächshaus. Ihr fiel der Besuch bei David wieder ein. Tina musste den vermeintlichen Luis dort sofort als Alex erkannt haben.

Sie hatte ihn trotzdem gedeckt, nichts gesagt, obwohl er als Davids Enkel auftrat. Unglaublich, dass er so in Tinas Schuld stand und sie später trotzdem tötete. Und Karen wurde auch klar, wie knapp sie selbst, nach dem Erlebnis im Dorf, dem Tod entronnen war. Alex in Luis´ Gestalt hätte sie im Wald töten können. Vielleicht hatte er zu diesem Zeitpunkt gehofft, das Geschehen noch steuern zu können, wollte nur erst wissen, wie Tina reagierte, oder es gab sonstige Umstände, die ihr das Leben gerettet hatten. Karen begann zu zittern.

Simon setzt sich und nahm ihre Hand. Er wirkte müde, und Karen bemerkte die langen Wunden, die in seine Arme eingedrungene und später wieder abgerissene Wurzeln hinterlassen hatten. Sie würden verheilen.

„Wir hatten einen schwierigen Start“, murmelte er, „aber vielleicht bekomm´ ich trotzdem noch eine zweite Chance.“

Er sah sie an, als wäre das ohnehin klar. Karen lächelte. „Halten wir uns in nächster Zeit von unbekannten Pflanzen fern, dann bekommen wir das hin.“

Als sie das Vibrieren ihres Handys spürte, fing sie an, in ihrer Jacke zu wühlen. Ullrichs Name stand auf dem Display. Er wartete auf den vereinbarten Anruf. Immer noch hustend und sich räuspernd schaltete sie auf Empfang.

"Karen, hörst du mich?", rief Ullrich übertrieben laut, um das Brummen eines Geräts zu übertönen. "Ich bin im Krankenhaus. Wollte die Blutprobe holen. Du musst herkommen, deine Eltern …!" Das Gerät im Hintergrund verstummte.

Sie merkte, dass er etwas nicht aussprechen konnte oder wollte.

Karen erkannte Geräusche aus dem Flur des Krankenhauses. Schnelle Schritte und das Klingeln eines Aufzugs mischten sich mit dem wilden Klopfen ihres Herzens.

"Was ist mit Marc!“, rief sie ins Handy und hoffte, ihn falsch verstanden zu haben. "Ullrich, bitte!", rief sie und stand auf. Simon sah sie fragend an.

"Bitte komm her! Am besten sofort", wiederholte Ullrich leise. Er klang unsicher.

"Ich komme!“ Sie griff nach Simons Arm, drückte sich an ihn. "Es stimmt!“, schluchzte sie. Er hielt sie fest.

„Wir können zusammen fahren“, bot er an und wartete, bis sie sich beruhigt hatte. „Vielleicht …“

Karen unterbrach ihn. „Nein, ich weiß, dass etwas Schlimmes mit Marc passiert ist! Ich muss sofort ins Krankenhaus!" Er nickte.

Mit einem letzten Blick auf den entfernten Hügel und das brennende Haus verließen sie das Zelt.

Nach einem schwierigen Gespräch mit dem Sanitätsarzt und Einsatzleiter Berg wurden sie mit einem Krankenwagen in Polizeibegleitung in die Klinik gefahren.

Als sie dort ankamen, sah Karen ihre Eltern neben Ullrich am Eingang stehen. Als sie in ihre Gesichter sah, wusste sie, dass sie ihren Bruder verloren hatte.

Abschied

Niederod, Sommerbeginn

Sechs Monate waren seit den schrecklichen Ereignissen vergangen, und Karen hatte es bis zu diesem Tag nicht über sich gebracht, den Ort, an dem Marc damals im Koma gefunden wurde, zu besuchen.

Sie gingen über die Wiese zum eingezäunten Platz in dem Wäldchen, Karen schweigsam und gefasst, Lawrence in guter Laune und Freude über Karens Besuch und endlich ohne Krücken.

Das Gelände war inzwischen weiträumig umzäunt. Der Zugang erfolgte über ein Gebäude, an dem der Zaun begann und endete. Es war eine Niederlassung der Biologischen Universität Gießen.

Sie erkundigte sich nach Ullrich, der seit zwei Monaten zu einem Gegenbesuch im Santa Fé Institute weilte, und Lawrence berichtete, dass er die Sonne und die zauberhaften Landschaften New Mexikos genoss.

Während seines Berichts sah Lawrence immer wieder zu ihr herüber. Wenn sie es wollte, war er bereit, mit ihr das Gelände sofort zu verlassen.

Doch sie ging fest entschlossen zu der Stelle, an der sie ihn ohnmächtig gefunden hatten.

Dort legte sie eine Rose ab, und Lawrence konnte die Tränen sehen, die über ihre Wangen kullerten, auch wenn sie sich Mühe gab, ihre Trauer zu verbergen.

Sie hatte Marc nicht helfen können und musste nun annehmen, dass er am Ende, gefangen mit seinem Avatar, in einer selbst geschaffenen Welt die Antworten auf seine drängenden Fragen nicht mehr gefunden hatte.

Nicht weit weg von ihnen stand eine hohe, blühende Pflanze. Karen sah, dass an fast jedem der Äste lange Stiele mit Blüten hingen. Um die Pflanze herum waren viele Messgeräte, aber auch Abflammgeräte, die drohend in ihre Richtung zeigten, installiert.

„Danke fürs Mitkommen“, sagte sie etwas unbeholfen, und Lawrence legte einen Arm um ihre Schulter.

„Muss ziemlich *horrible, I mean* schlimm, für dich sein, das alles“, bemerkte er und sah sie an. „Du musst sie hassen.“

Karen holte Luft. Sie verzog ihren Mund. „Ich weiß nicht, irgendwie ja, aber es fällt mir schwer, so etwas wie eine Pflanze zu hassen …“, begann sie, schwieg dann aber.

Lawrence hob unsicher die Schultern. „Was uns bedrohte, war nicht diese Pflanze, sondern das Symbiosewesen aus diesem Moebus und einer mutierten Version der Pflanze. Nachdem auch das

Anwesen des Psychologen abgebrannt ist, müssen wir davon ausgehen, dass sie zu zweit waren, aber nicht unbedingt einer Meinung. Unsere Hilfe kam offenbar von dem Psychologen.

„Wieso meinst du, dass David ebenfalls in Symbiose mit einer Pflanze war?", fragte Karen, neugierig, wie Lawrence ihren ursprünglich gehegten Verdacht begründete.

„Du hat seinen angeblichen Enkel Luis dort getroffen, und deine starke allergische Reaktion im Wald und dem Dorf deutet auf eine große Plantage hin. Wir haben auf jeden Fall verbrannte Reste der Pflanze dort gefunden." An Karens Gesicht konnte Steve Lawrence erkennen, dass sie ihm zustimmte. Er fuhr fort. „Wie er seinen Avatar steuern konnte und welche Rolle Amélie wirklich spielte, werden wir nach Davids Flucht nicht erfahren. Dieser Crohn war jedenfalls der ältere der beiden und dürfte der Pianist aus diesem alten Brief gewesen sein. Es könnte sich bei Amélies Tod um einen Unfall gehandelt haben. Wir müssen aber differenzieren und dürfen diese Lebensform, die, genau wie wir, ihrem durch Züchtung und Genetik aufgezwungenen Programm folgt, nicht einfach ausrotten", trug Steve leidenschaftlich vor, um verunsichert Karen anzusehen. Ihr Blick ließ ihn noch etwas nachschieben. „Wie auch immer, der Zaun ist zum Schutz da. Damit ihr niemand zu nahe kommt und wir unseren Teil des Pakts erfüllen können." Er hob den Kopf, schnupperte in die Luft. „Merkst du das? Der Geruch. Seit wir den Zaun hier haben, sind die Aerosole der Pflanze zusammengesetzt aus friedlichen angenehmen Düften. Wir versuchen, eine Form von Kommunikation zu entwickeln."

Er sah sie ernst an. „Es gibt etwas, das du wissen musst. Diese Pflanze kommuniziert mit uns über den Amélie-Avatar. Es handelt sich um eine biologische Schwester der Amélie, die wir in Alex´ Horror-Gewächshaus gefunden haben, und da ist noch etwas …" Lawrence zögerte einen Moment und sah Karen etwas unsicher an. „Es gibt in den Sporen überall Spuren von Marcs

DNA. Sie hat ihn ausgelesen. Aber ob sich das nur auf DNA beschränkt, oder auch ganze Gedächtnisinhalte betroffen sein könnten, müssen wir noch herausfinden. Manche unserer Erlebnisse legen das aber nahe“

Karen ließ das Gesagte auf sich wirken.

Ohne auf Lawrences Worte einzugehen, starrte sie immer noch auf die hochgewachsene Pflanze. Sie konnte nicht viel Verständnis für die Wissenschaftler aufbringen, aber sie vertraute Lawrence, da sie beide gemeinsam um ihr Leben gekämpft hatten.

„Ihr hättet einen kleinen Ableger mitnehmen können. Abgeschirmt, sie in irgendeinem verdammten Labor untersuchen.“ Es klang ein bisschen wie ein Vorwurf.

Lawrence wusste nicht, ob Karen ihn verstanden hatte, und war unsicher, ob er das mit Marcs DNA weiter ansprechen sollte. Er wechselte das Thema. „Wir müssen sie hier in ihrem natürlichen Lebensraum untersuchen! Als Lebensform, die in Symbiose mit uns leben und Intelligenz entwickeln kann.“

Er sah sich um, und sein Blick blieb an der Kuhle im Boden hängen. Erinnerungen gingen ihm durch den Kopf. „Bei Plant Equipment ist alles verbrannt, auch beim Anwesen des Therapeuten im Wald. Beide sind spurlos verschwunden. Wir haben dort Feinstaubmessgeräte als Frühwarnsysteme aufgestellt. Es gibt wahrscheinlich noch viele weitere unbekannte Orte. Irgendwo in der Umgebung, ja vielleicht auf der ganzen Welt verteilt.“

Karen schaute Lawrence direkt in die Augen. Ihr Blick wurde hart. „Ich hatte gehofft, Amélies Pakt bezog sich auch auf Marc, obwohl sie mir tatsächlich die Wahrheit über seinen Zustand gesagt hatte!“

Sie wischte sich mit dem Ärmel eine Träne vom Gesicht. „Ich dachte, die Rettung wäre so nah, dabei war er schon längst tot!“

Lawrence war sofort bei ihr und nahm sie in den Arm.

Karen schluchzte auf. „Ich hab´ doch alles versucht, ihn zu retten!“ Sie drückte ihren Kopf an seine Schulter, und er strich ihr übers Haar.

„Komm“, sagte er, als er merkte, dass sie sich beruhigt hatte.

Er nahm ihren Arm und zog sie zum Waldrand hin, wo es einen weiteren großen Bereich gab, der mit Ablegern der Pflanze überwuchert war. Auch hier gab es Messeinrichtungen und Abflammgeräte.

Eine Böe kam auf, und er sah zu den Ästen der riesigen Tannen über ihnen hoch. Sie bewegten sich im Wind.

Karen roch einen herben Duft, und in ihrem Geiste sah sie Marc vor sich. Sie dachte an seine Symbiose mit dieser Pflanze. *Was hatte Steve vorhin gesagt? Wie hieß das genau?*

Sie standen am Rand des freien Feldes, als Lawrence sie vorsichtig von der Seite ansah. „Wie funktioniert es mit dir und Simon? Ist es okay mit euch?“

Sie wusste, worauf er anspielte. Seit ihrer Rettung waren sie fast täglich zusammen, entweder er bei ihr oder sie bei ihm. Doch sie war sich sicher, dass Steve nicht deshalb fragte.

Sie sah ihn an, als hätte sie ihn bei etwas erwischt. „Du fragst, weil du wissen willst, was er erzählt hat“, stellte sie fest. „Von ihr.“

Lawrence breites Grinsen war Antwort genug.

Karen nickte und hob die Brauen. „Er war natürlich all die Jahre nicht nur auf der Suche nach dem Unbekannten. Nachdem er in Paris mit einer der Pflanzen in Berührung gekommen war, *musste* er sie suchen. Jetzt, glaubt er, ist er darüber hinweg. Trotzdem fühlte er sich noch nicht so weit, mit hierher zu kommen und ihr gegenüberzustehen.“

Plötzlich hörten sie ein fauchendes Geräusch und leise Stimmen. Das Blinken der Messgeräte wurde intensiver. Ein Teil der Anzeigen waren rot, und ein monotones leises Piepen signalisierte Gefahr.

Lawrence packte sie beruhigend an ihrer Schulter. *„Look up there!"*, rief er. Ein Lächeln breitete sich über seinen Mund aus, und er deutete in den Himmel.

Karens Blick folgte seinem Finger, und sie öffnete ihren Mund. Sie traute ihren Augen nicht, als sie den riesigen Ballon sah, der über ihnen schwebte

Der pralle, grüne Stoff, auf den in kindlicher Schrift *Himmelsblase* geschrieben war, wurde durch die heiße Luft des nun ununterbrochen fauchenden Brenners zu einem umgedrehten Tropfen aufgebläht und begann schnell höher zu steigen.

Lawrence war weniger überrascht als Karen, so als hätte er etwas Ähnliches erwartet. *„You see them?"*, versuchte er sich zu vergewissern, dass Karen das Gleiche sah.

Als sie nicht sofort antwortete wiederholte er seine Frage aufgeregt. „Kannst du sie sehen?"

Doch Karen wusste sofort, was er meinte, war jedoch für einen Moment wie gelähmt.

„Wie ist das möglich?", rief sie mit zitternder Stimme in das Rauschen des Brenners.

Sie schluchzte auf und hielt sich eine Hand vor den Mund. „Steve, das kann doch nicht sein, oder?"

Der Korb stieg höher und wurde kleiner, als er davonschwebte.

Deutlich waren zwei Personen darin zu erkennen, die auf sie herunterschauten. Eine schlanke und eine etwas kräftigere.

Etwas löste sich von der Außenwand des Korbs, und es sah zunächst aus wie große Schneeflocken.

Doch als sie sich näherten, erinnerten sie eher an einen Schauer aus übergroßen Samen einer riesigen Pusteblume, dessen Flugschirme langsam herabschwebten und sich über ein weites Gebiet verteilten.

Als einer davon einige Meter entfernt auf eine Wiese fiel, rannte Karen zu der Stelle und sah, dass ein aufgerolltes Blatt Papier anstelle einer Samenkapsel daran befestigt war.

Sie entrollte das Blatt und erkannte Marcs Handschrift. In der Anrede entdeckte sie ihren Namen, davor ein Datum vom Oktober letzten Jahres, kurz bevor Marc ins Koma gefallen war.

Liebe Karen,

ich habe eine wichtige Sache verstanden, die ich dir gerne mitteilen möchte. Irgendwie ist es mir gelungen, einen Zugang zu einer perfekten Welt zu finden, eine Welt, die nur durch mich und mit mir existiert.

Dort gibt es auch eine Frau. Ihr Name ist Marina, und sie ist absolut perfekt. Sogar Gott ist hier so, wie ich ihn mir wünschen würde.

Doch ich habe nun etwas Wichtiges verstanden. Wenn ER so ist, wie ich IHN mir wünsche, dann bin ich ja selbst wie er, und dann lebe ich in meinem eigenen Gefängnis.

Mir ist jetzt klar, das ist nicht wirklich das Ideal, das ich mein Leben lang gesucht habe. Erst die Abkehr von dieser inneren Symmetrie mit mir selbst lässt die Welt, wie wir sie kennen, entstehen.

Wenn es IHN wirklich gibt, muss er unabhängig von all unseren Wünschen und auch unbequem für mich sein. Gott und die Liebe bedeuten auch Respekt für die andere Welt.

Karen, ich bin so froh, dies verstanden zu haben. Vielleicht werde ich dir diesen Brief nie senden, und du wirst es nur an einem Flackern in meinen Augen, an einem Lächeln und an meiner Liebe zu dir sehen, weil ich etwas verstanden habe, das mich unendlich glücklich macht.

Alles Liebe, Marc

Karen hob den Kopf und starrte dem am Horizont nur noch als Punkt zu erkennenden Ballon nach. Tränen liefen ihr über die Wangen, und gleichzeitig strahlten ihre Augen vor Freude.

Lawrence war schnell bei ihr. „Diese *illusions* sind ihr *way,* mit uns zu kommunizieren. Das ist mitunter sehr verwirrend, da es für jeden *different,* äh, anders sein kann“, sagte er und berührte ihren Arm. „Was hast Du *seen*?“ Lawrence Frage wurde nicht beantwortet, Karen musste das Erlebte offenbar erst verarbeiten. Er hielt ihre Hand und legte die Stirn nachdenklich in Falten. „Glaub mir, wir sind noch *far*, äh, weit davon entfernt, diese Pflanze zu verstehen."

Aphrodita Simulas Gedankenwelt

Duschen in der Sonne, heller und dunkler, Schatten von oben, die sich bewegen, Lärm, Vibrationen, Gerüche und Rascheln.

Zeit die nagt und Leben aus allen Richtungen. Schnelles Leben, das unsichtbar bleibt und langsames sichtbares Leben, ähnlich wie alles Wachsende hoch und niedrig.

Zeit, seit Er sich verbunden, zum Schutz und Unterhaltung. Er der schnell sammelt und langsam abgibt, hegt und pflegt mit Schauern alle Sinne anregt und strapaziert. Der Gefahr bannt und Umgebung formt.

Zyklen groß und klein, vergehen und wiederholen. Wasser, Quelle von Allem, Transport und Gefühl.

Binden, Vereinen und halten. Wachsen, locken, locken, vereinen auf Immer auf Ewig im Schutz durch und mit Ihm geschützt.

Unentwegt tanzen in der Schwere, schnell vor Freude und Angst und warten, warten auf Ihn bedecken und versprühen vor Freude.

Tanzen vor Schmerz, Wut und Trauer und wehren gegen Angst.

Wildes Tanzen und warten, warten.

Er kommt, riechen und zittern, Er kommt und nimmt die Angst. Er riecht die Angst und hilft. Berührung und langsam tanzen.

Duschen in der Sonne, Energie spüren ins Leere wachsen und Räume füllen. Energie, die zum Tanzen bringt, zum Strömen und Halmen im Wind.

Kalt, warm, kalt, warm, kalt, kalt, kalt , warm. Treiben im Wind, halmen, halmen, zeigen, allen zeigen.

Das Schönste, locken, locken und vereinen. Es leidet sich und seine Schmerzen werden durch Winde zurückgetragen.

Warten und wachsen, huschende Schatten vom schnellen Leben in der anderen Welt.

Anmerkungen

Beim Schreiben fiel uns ein Buch auf, das einige Fakten lieferte, deren Quelle nicht vorenthalten werden sollte. Es fasst das aktuelle Wissen über die Interaktion der Pflanzen mit ihrer Umwelt auf sehr lesenswerte Art zusammen und ist sehr empfehlenswert.

"Was Pflanzen wissen: Wie sie sehen, riechen und sich erinnern" von Daniel Chamovitz, Verlag: Carl Hanser Verlag GmbH & Co. KG (25. Februar 2013), ISBN-10: 3446435018

Ein paar der Erkenntnisse aus dem Himalaja und über chinesische Mythologie basieren auf Wikipedia Artikeln:

http://german.cri.cn/21/2005/10/09/1@36402.htm

http://de.wikipedia.org/wiki/Tibet#Geschichte

Dank

Das Buch wäre nicht ohne die tatkräftige Unterstützung unserer Freunde entstanden. Besonders für die letzte Phase des scheinbar endlosen Aufspürens der Fehler danken wir:

Christine Schäfer, die viele Fragen, die dem Leser im Buch nicht ausreichend von uns beantwortet wurden, aufdeckte.

Der ältesten Tochter Alina, die mit Akribie und studiertem Sachverstand in Bezug auf Pflanzen und Mikrobiologie eine hervorragende Beraterin war.

Christa Mazumdar, die sich die Arbeit gemacht hat, das am Ende doch sehr umfangreiche Manuskript zuverlässig und genau auf die nötige Rechtschreibung zu überprüfen.

Dieter Petersen, ein Autorenkollege, der seinen Sachverstand im Bereich der Sicherheitsbranche einbrachte und wertvolle Tipps gegeben hat.

Marina Keil, die Charaktere und Namen in Frage gestellt und uns dazu ermutigt hat, nicht zwingend darauf zu bestehen, dass liebgewonnene Figuren überleben.

Martina Stein-Lesniak, die uns kurz vor der erhofften Fertigstellung noch einige logische Knobeleien aufgab und damit dazu betrug, die Spannung noch einmal zu erhöhen.

Für die Bearbeitung hat sich das Autorenprogramm Papyrus als zuverlässiger Helfer erwiesen.

13041121R00315

Printed in Poland
by Amazon Fulfillment
Poland Sp. z o.o., Wrocław